50 ANS
DE LIBERTÉ D'EXPRESSION

CHARLIE HEBDO

50 ANS DE LIBERTÉ D'EXPRESSION

LES ÉCHAPPÉS

Au départ était un simple journal de 12 pages. Cinquante ans plus tard, bien malgré lui, ce journal est devenu un symbole, celui de la liberté d'expression. Rien pourtant ne le prédestinait à cela. Car quoi de plus banal dans une démocratie que d'user du droit de proclamer ses opinions ? Cette évidence ne l'a pas toujours été autant qu'on aurait pu l'espérer. Les créateurs de *Charlie Hebdo* en novembre 1970, et ceux qui l'ont fait renaître en 1992, croyaient sincèrement que la liberté de penser et de publier ses idées était un droit incontestable. Mais les faits ont parfois refroidi leur optimisme. L'interdiction à l'affichage du numéro de *L'Hebdo Hara-Kiri* qui ironisait sur la mort du général de Gaulle en titrant « Bal tragique à Colombey – 1 mort » allait sceller le destin de ce journal. Dès lors, la moindre couverture, le moindre dessin était scruté et chaque polémique, chaque procès intenté à *Charlie Hebdo* fut une occasion de raffermir ses convictions et de renforcer devant les tribunaux le droit à la satire et à la liberté d'expression.

Tous les journaux et tous les médias participent à leur manière à la diversité de la liberté d'expression. Ce que parfois certains ont du mal à comprendre, quand ils se réjouissent de voir disparaître une publication aux idées opposées aux leurs. Quand, en 1978, le journal de faits divers *Détective* fut interdit à l'affichage en vertu de la loi de 1949 sur la protection de la jeunesse, une partie de la gauche se félicita de cette censure. Cavanna, dans les pages de *Charlie Hebdo*, fut l'un des rares à protester contre cette décision qui utilisait la même loi qui avait réprimé son journal en novembre 1970. Huit ans plus tard, ceux qui avaient soutenu *Charlie Hebdo* contre son interdiction applaudissaient celle de *Détective*, journal populaire méprisé par la gauche moraliste. Cet épisode en annonçait d'autres plus douloureux. Des années plus tard, en 2015, *Charlie Hebdo* était accusé d'être seul responsable de son malheur pour avoir publié en 2006 les caricatures de Mahomet. Ses adversaires étaient incapables de dépasser leurs divergences politiques pour défendre cette valeur supérieure qu'est la liberté d'expression, plus facile à proclamer qu'à faire vivre car elle se situe au carrefour d'autres libertés fondamentales et oblige à faire des choix.

Depuis sa création et ses nombreux combats devant les tribunaux, *Charlie Hebdo* n'a cessé de débusquer la censure partout où elle sévit, au cinéma, dans la littérature ou encore la musique. Sa forme la plus pernicieuse est certainement l'autocensure. L'œil que *Charlie Hebdo* pose sur les autres médias pour y déceler ses méfaits n'épargne pas les journalistes, dont le public est convaincu qu'ils font leur travail en totale liberté. *Charlie Hebdo* ne s'est donc jamais privé de critiquer leur frilosité et leurs compromis avec le pouvoir, qu'il soit politique ou économique, comme la publicité. Mais la critique des autres médias impose d'être soi-même irréprochable et *Charlie Hebdo* a connu des crises internes qui ont mis à l'épreuve son éthique de la liberté d'expression. Le lecteur seul jugera si *Charlie Hebdo* est parvenu à rester fidèle à sa ligne éditoriale, envers et contre tout.

La sélection des dessins et articles que cet ouvrage réunit pour la première fois nous éclaire sur un point. Lorsqu'en 2006 *Charlie Hebdo* publia les fameuses caricatures de Mahomet, on le lui reprocha, et les tragédies qui survinrent par la suite renforcèrent chez ses adversaires la conviction qu'il n'aurait pas dû le faire. Mais comment un journal qui s'était battu depuis 1970 pour combattre toutes les formes de restriction à la liberté d'expression aurait pu à son tour céder à la censure en s'interdisant de publier ces dessins blasphématoires ? C'est toute l'histoire de *Charlie Hebdo* qui imposait de le faire. Cette publication était l'épreuve de vérité qui révélerait ou pas la sincérité de ses engagements. Renoncer à publier ces caricatures, c'était jeter à la face de ses lecteurs qui lui faisaient confiance depuis des années qu'au fond, *Charlie Hebdo* ne croyait pas vraiment à ce qu'il prêchait depuis 1970 en matière de liberté d'expression. Cette hypothèse n'était donc pas envisageable.

Malgré toutes les garanties qu'une démocratie donne à la liberté d'expression, son exercice n'est pas sans risque. L'incendie criminel du 1er novembre 2011 et l'attentat du 7 janvier 2015, qui fit plus de dix morts dans les locaux de *Charlie Hebdo*, rappelèrent avec une brutalité inouïe que les valeurs démocratiques ne font pas l'unanimité. Des idéologies intolérantes, des intégrismes religieux sont toujours bien présents dans un monde qu'on avait cru un peu vite débarrassé de toutes formes de totalitarisme. Les libertés fondamentales, dont la libre expression, nécessitent un combat incessant sans lequel elles ne manqueraient pas de s'éteindre silencieusement. La censure, qui était autrefois le monopole des tyrans et des États répressifs, s'est aujourd'hui démocratisée par le biais des réseaux sociaux où se multiplient les intimidations, le harcèlement et même les menaces de mort. Même si cela est le fait d'une minorité, comparée aux 66 millions de citoyens français et aux plus de 7 milliards d'individus vivants sur Terre, l'effet de masse et la résonance de ces nouvelles inquisitions peuvent intimider la majorité silencieuse des démocrates qui revendiquent moins bruyamment leur attachement viscéral à la liberté d'expression. Mais quand cela est nécessaire, cette majorité est capable de se manifester avec force comme le 11 janvier 2015. La liberté d'expression ne repose pas sur les seules épaules d'une poignée de dessinateurs, journalistes, écrivains, universitaires, artistes ou cinéastes, mais sur celles de tous les citoyens qui croient en elle. Chacune de leur voix, chacune de leurs opinions compte et doit pouvoir s'exprimer sans peur et sans crainte, et à travers elles, nous rappeler de ne pas oublier ceux qui ont consacré et parfois perdu la vie pour cette liberté vitale.

Riss

CHARLIE CENSURÉ

Le 9 novembre 1970 disparaît le général de Gaulle.
Le 16 novembre, *L'Hebdo Hara-Kiri* publie en couverture « Bal tragique à Colombey – 1 mort » en référence à un incendie qui a ravagé une discothèque une semaine plus tôt, provoquant la mort de 146 personnes.

En réponse à cette parution, le ministère de l'Intérieur fait interdire l'hebdomadaire à l'affichage ainsi que la vente aux mineurs en prétextant la protection de la jeunesse. Comme le mensuel *Hara-Kiri*, le journal subit les conséquences de la loi de 1949.

Pour contourner cette censure, l'équipe de *L'Hebdo Hara-Kiri* décide de lancer *Charlie Hebdo*, présenté comme la version hebdomadaire du mensuel de bande dessinée *Charlie mensuel* édité par la même maison d'édition. Dès le numéro 2, *Charlie Hebdo* reprend la forme graphique de *L'Hebdo Hara-Kiri*.

1994 *Charlie Hebdo* n° 88 du 2 mars
1970 *L'Hebdo Hara-Kiri* n° 94 du 16 novembre ▶

bête et méchant

L'HEBDO *hara-kiri*

PROLONGEMENT HEBDOMADAIRE DU MENSUEL HARA-KIRI • N° 94 • LUNDI 16 NOV. 1970 • 1,50 F • TOUS LES LUNDIS

BAL TRAGIQUE A COLOMBEY

—

1 MORT

INTERDICTION DE VENTE D'UNE REVUE AUX MINEURS DE DIX-HUIT ANS, D'EXPOSITION ET DE PUBLICITE PAR VOIE D'AFFICHES.

Le ministre de l'intérieur,

Vu la loi n° 49-956 du 16 juillet 1949 modifiée, et notamment son article 14 ;

Vu l'avis de la commission de surveillance et de contrôle des publications destinées à l'enfance et à l'adolescence,

Arrête :

Art. 1° - Il est interdit sous les peines prévues au sixième alinéa de l'article 14 de la loi n° 49-956 du 16 juillet 1949 modifiée susvisée de proposer, de donner ou de vendre à des mineurs de dix-huit ans la publication intitulée :

L'Hebdo Hara-Kiri, Editions du Square, 35, rue Montholon, Paris (9°).

Art. 2. - Est interdite sous les mêmes peines, d'une part, l'exposition de cette publication et, d'autre part, la publicité faite pour elle par voie d'affiches.

Art. 3. - Le préfet de police et les préfets sont chargés, chacun en ce qui le concerne, de l'exécution du présent arrêté, qui sera publié au Journal Officiel de la République française.

Fait à Paris, le 4 novembre 1970.

Pour le ministre et par délégation :

Le directeur général de la police nationale,

Jean Dours.

DOUBLE PAGE

1970 *Charlie Hebdo* n°1 du 23 novembre

Suite à la publication de la couverture « Bal tragique à Colombey - 1 mort », *Le Journal officiel* publie un arrêté du ministère de l'Intérieur visant à censurer *L'Hebdo Hara-Kiri*, prétextant la loi de 1949 sur la protection de la jeunesse.

Pour contourner cette interdiction, l'équipe décide de répliquer en lançant le premier numéro de *Charlie Hebdo* le 23 novembre 1970.

CABU ● CAVANNA ● Pr CHORON ● DELFEIL DE TON
FOURNIER ● GÉBÉ ● REISER ● WILLEM ● WOLINSKI

charlie hebdo

n° 1
lundi 23 nov. 70
2 francs

IL N'Y A PAS DE CENSURE EN FRANCE

LIRE PAGE 3 L'ARTICLE DE CAVANNA

Les Editions du Square, société gérante des titres « Hara-Kiri » et « L'Hebdo Hara-Kiri » et propriétaire du journal mensuel « Charlie », décide, devant le désastre financier que représente pour elle l'interdiction de « L'Hebdo Hara-Kiri », de créer un supplément hebdomadaire au mensuel « Charlie » afin de pouvoir continuer à faire face à ses engagements financiers et de permettre aux collaborateurs de l'ex-« Hebdo Hara-Kiri » ainsi qu'aux autres employés de la Société de ne pas perdre leurs moyens d'existence.

« Charlie-Hebdo » ne remplace en aucune façon « L'Hebdo Hara-Kiri » pour lequel nous lutterons jusqu'au bout afin que soit rapportée l'interdiction arbitraire qui le frappe.

si t'aimes pas ça, t'as qu'à tourner la page.

Il n'y a pas de censure en France. La France est un grand pays, un pays civilisé, un pays démocratique. Chacun peut y publier ce qu'il veut sans avoir à soumettre ses écrits à l'acceptation préalable d'un fonctionnaire. Si lesdits écrits violent la loi, l'auteur, son forfait dûment accompli et constaté, sera poursuivi, c'est tout.

En France, il n'y a pas de censure, il y a des petits enfants. La censure, c'est vilain, c'est tout noir, ça a les yeux sales et du poil aux pattes. Les petits enfants, c'est rose, ça sent bon, ça donne du pain de son goûter aux petits canards. Les petits enfants ont une âme. Les adultes aussi. L'âme des petits enfants est transparente, avec de jolis reflets irisés quand on la regarde au soleil levant. L'âme des adultes est rugueuse, mal rasée, couverte de croisillons de sparadrap, culottée comme une vieille pipe. C'est une âme qui a vécu. L'âme des adultes a besoin de nourritures épaisses, qui tiennent bien au ventre. Ces nourritures-là ne conviennent pas pour l'âme des petits enfants. Cela la ferait tousser, elle y perdrait de sa transparence, elle s'y blesserait à tout jamais. Il ne faut donc pas — ô, mon Dieu, surtout pas ! — que les choses destinées à

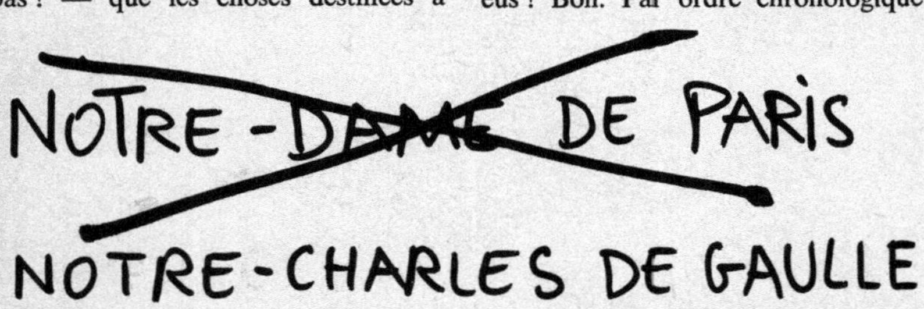

l'âme des adultes risquent d'être ingurgitées par des petits enfants. Imaginez un petit enfant apprenant brusquement que, sous son pantalon, son papa cache un derrière, ou encore qu'il existe des papas américains qui se font photographier fièrement avec, au bout du bras, une tête de Viet fraîchement coupée... Imaginez un petit enfant découvrant qu'il existe au monde des choses aussi laides que la figure de Monsieur Debré, ou que les flics, ou que les pauvres, ou que la mort, ou que les gros mots, ou que l'amour... Non, non, il ne faut pas ! Nous sommes bien d'accord.

Eh bien, voilà le problème parfaitement cerné. Il y a les choses pour les adultes, il y a les choses pour les petits enfants. Il faut simplement veiller à ce que les petits enfants ne se trompent pas. Leur défendre d'y toucher ? Vous les connaissez, les petits fripons, il suffit de leur défendre quelque chose pour qu'ils s'empressent de le faire à peine a-t-on tourné le dos. Alors ? Alors, il faut interdire aux choses pour adultes d'être vues par les petits enfants. Ça oui, c'est une bonne idée ! Eh bien, voilà. Nous y sommes. Je dicte.

Article un. Dans le but doublement louable de, d'une part, protéger les petits enfants de France contre la tentation de regarder des choses qui ne sont pas faites pour eux et, d'autre part, de protéger les adultes qui font ces choses contre le risque de les voir achetées par des petits enfants, ce qu'ils seraient les premiers, certes, à déplorer, nous, Ministre de l'Intérieur, interdisons de montrer, exposer, faire voir, étaler ces choses, de les proposer, même aux adultes, d'en parler, de se promener avec une de ces choses sur soi...

Bon. J'arrête la musique. Ça va comme ça. Je voulais vous pondre un machin très serein, très au-dessus de la mêlée, une espèce de parabole, vous voyez, humour à froid, tout ça. Et puis, tiens, j'en ai marre, moi. Trop énervé. Pas dormi depuis trois jours. L'ironie de bon ton, faut avoir son compte de dodo derrière les oreilles. Les vaches ! Comment qu'ils nous ont eus ! Bon. Par ordre chronologique :

Lundi. « Journal Officiel de la République Française. » Page... Pas le temps de chercher. D'ailleurs, vous vous en foutez. Arrêté du Ministère de l'Intérieur interdisant la vente du journal « L'Hebdo-Hara-Kiri » aux mineurs de moins de dix-huit ans, ainsi que l'affichage dudit journal et toute publicité le concernant.

Comme j'essayais de vous le dire au commencement, ceci n'est pas officiellement une mesure vexatoire, une « punition ». Cela prétend au contraire être une mesure de prévention à l'égard des jeunes qui pourraient risquer d'acheter une marchan-

dise destinée à des adultes. Ce serait, en somme, pour aider « l'Hebdo-Hara-Kiri » à ne pas tomber dans le péché que Monsieur Marcellin, bon papa, l'a fait interdire à l'affichage. Mesure bénigne, mesure amicale, mesure paternelle, puisque, à première vue, elle n'interdit pas à ce journal d'être mis en vente. Voyons ça de plus près.

Interdite « à l'affichage », une publication doit être cachée à la vue. Eh bien, pensez-vous, ceux qui veulent l'acheter n'ont qu'à la demander au vendeur. Seulement, voilà. Un journal non exposé voit son chiffre de vente dégringoler immédiatement de soixante-quinze pour cent, au moins. Même un journal comme « L'Hebdo-Hara-Kiri », dont la clientèle était particulièrement fidèle et enthousiaste. C'est comme ça, têtes folles que vous êtes, si on vous le colle pas sous le nez, vous oubliez de l'acheter. Oui, oui, je sais bien. Vous êtes pas comme ça, vous. Vous êtes un pur, un fervent, vous êtes formidable, c'est pas pour vous que je disais ça. Vous êtes tous formidables, individuellement. Statistiquement, vous êtes des gobe-la-lune et des peigne-zizi. L' « Hebdo-Hara-Kiri », vous l'avez peut-être remarqué, ne contenait aucun placard publicitaire. Un journal sans publicité n'est jamais une bonne affaire. Dans le cas de l' « Hebdo-Hara-Kiri », il ne s'agissait pas d' « affaire », bonne ou mauvaise. On n'en était pas là ! On essayait de boucler, c'était ça le grand mirage. Boucler ! Rien qu'avec le produit de la vente, c'est coton. Demandez aux gars du métier. D'ailleurs, je vous ai déjà expliqué ça, un jour. Dix pour cent de la vente en plus ou en moins, tu boucles ou tu boucles pas. C'est tendu. Alors, soixante-quinze pour cent ! Et je t'ai rien dit encore de la méfiance du marchand de journaux. Une marchandise à histoires, il aime pas ça, le marchand. Déjà le curé qui lui faisait remarquer, en passant, que des saletés pareilles ça fait pleurer le petit Jésus, déjà le flic du coin qui fronçait un noir sourcil... maintenant voilà encore qu'il faut cacher ça sous le comptoir, demander les papiers du client, des fois qu'il aurait pas la taille réglementaire, et plier le journal sous le comptoir, à tâtons, pour que, lorsqu'on l'amène au jour, le titre n'en soit pas visible, et veiller à ce que le client ne le déploie pas dans la boutique, ouïouïouille... (1). Vous voyez le degré de collaboration qu'on peut attendre de l'honorable commerçant. Faudrait des kioskistes fanas. Des militants. Il y en a. Mais en général, ce n'est pas pour se mettre les « honnêtes gens » à dos qu'on se fait marchand de journaux.

Vous avez compris. Ceci est déjà très grave, beaucoup plus grave que ne le soupçonne le public. C'est qu'aussi tout est soigneusement calculé pour donner une impression anodine. « Interdit à l'affichage », ça ne fait pas bien méchant. Ça n'excite pas l'ima-

TECHNIQUE

Il existe en France plusieurs façons d'assassiner un journal. Il y a la façon « Cause du Peuple », ainsi baptisée d'après sa plus illustre victime. Schéma : on saisit le numéro, à peine paru, pour « incitation à violences », par exemple. Quiconque le vend ou le lit est en infraction. Oh, ben, c'est pas méchant, ça. Une petite amende, quoi. Attendez voir. Quiconque lit, ou vend, ou possède au fond d'une armoire la « Cause du Peuple » est coupable de reconstitution de ligue dissoute, et ça, c'est un crime contre la Patrie : Cour de Sûreté de l'Etat. Et paf. C'est un système assez satisfaisant, mais il faut recommencer la saisie chaque semaine (si c'est un hebdomadaire), car elle ne vaut que pour un numéro. Et puis, tous ces procès, ça fait du bruit. La majorité silencieuse finit par se demander si la France ne serait pas peuplée d'autant de criminels que de gaullistes, et alors, quoi, la police à Marcellin qui nous coûte si cher, qu'est-ce qu'elle fout, hein ?

D'où l'opportunité de tâter un peu de l'autre méthode, celle qui restera dans l'histoire impérissablement attachée au nom de « l'Hebdo Hara-Kiri », et qui vous est détaillée ci-contre.

---

(1) Tout ceci est absolument véridique. Le titre ne doit à aucun moment être visible, ni le nom prononcé. Promenez-vous avec ça bien en vue dans votre poche, vous pouvez être arrêté car la publicité est interdite « sous quelque forme que ce soit ».

gination. En fait, comme je viens de vous le dire, c'est la mort. Mais ce n'est encore rien ! Pour le cas où la bête aurait la vie dure, on va la tuer une deuxième fois. Et même une troisième. Suivez le guide.

L'interdiction d'un journal aux mineurs et à l'affichage entraîne automatiquement et obligatoirement — la loi est formelle — l'interdiction pour toute entreprise de messageries de presse de distribuer ce journal aux dépositaires. C'est pas bien trouvé, ça ? Il ne s'agit plus de protection de l'enfance ! Voilà le journal devenu indigne, honteux, chassé de la profession. Eh bien, qu'il se distribue soi-même ! C'est pas la mer à boire. Ah, oui ? Vingt-cinq mille points de vente à ravitailler, dont la moitié au moins vous renverra vos journaux sans même les déballer, parce que, n'est-ce pas, une interdiction est une interdiction, on va pas s'emmerder dans les subtilités, pas d'histoires, on refuse le tout et on est tranquilles. Et voilà un deuxième beau gros trou dans le cadavre. Vous sauvez pas, c'est pas fini. Une vraie réaction en chaîne.

Les Messageries de Presse (qui sont, par la force des choses, les intermédiaires entre les journaux et le public, et aussi les débiteurs des journaux), apprenant l'interdiction du titre, ne se contentent pas de refuser de le distribuer. Par voie de conséquence, elles bloquent aussitôt les comptes pour sept mois. Plus un rond de ce qui est dû sur les ventes faites. Je crois que, cette fois, c'est bien tout. Marcellin peut aller se coucher. Il a pas volé son bœuf.

Pardonnez-moi si j'ai été un peu long. C'est que, voyez-vous, aujourd'hui, je ne serais guère capable de vous parler d'autre chose. Et puis, je me suis aperçu, à ma grande stupeur, que le mécanisme de l'interdiction dite « à l'affichage » est complètement inconnu du public, et très mal connu des journalistes eux-mêmes. J'en ai vus ne pas nous croire, ou du moins penser qu'on en rajoutait. Je ne crois pas inutile d'insister, pas pour « l'Hebdo Hara-Kiri », qui est mort et bien mort, salauds, mais pour la liberté de la presse, qui, si on laisse faire ça sans gueuler, est bien mal partie.

~~OCÉAN ATLANTIQUE~~

OCÉAN CHARLES DE GAULLE

Le pouvoir a, avec ce machin, un instrument merveilleux. Vous rendez-vous compte ? Supprimer les journaux qu'on n'aime pas par un simple décret, sans un bruit, sans un pli, sans qu'ils puissent protester devant qui que ce soit, ni se défendre, ni même s'expliquer, sans qu'on ait même à leur donner le motif de cette condamnation à mort, quel progrès ! Les confrères n'iront pas gueuler qu'on assassine la liberté de la presse : on n'a rien assassiné du tout. On n'a pas fait voter une loi de circonstance, on n'a violé aucune loi existante. On n'a fait qu'appliquer les textes. Et comme on a eu soin de les éparpiller, les textes, un peu partout dans le code, sans qu'ils se trouvent nulle part rassemblés, on a habilement semé un brouillard d'ignorance et de confusion bien propice. Tiens, un peu d'histoire :

~~MONT BLANC~~

MONT CHARLES DE GAULLE

Initialement, cette loi avait vraiment pour but de surveiller les publications « destinées à la jeunesse ». C'était en 1949. Elle fonctionna dans sa petite spécialité jusqu'en 1958, année où Charles le Sauveur, s'étant laissé faire une douce violence, accepta de sacrifier sa paisible retraite pour la tâche que l'on sait. Il avait besoin d'une bonne muselière à journaux prête à servir pour le cas où. On n'est jamais trop prudent. Mais quelque chose de discret, hein, pas de vagues. On chercha donc dans le bric-à-brac laissé par la vieille IVe, et un bricoleur de génie exhuma de là-dedans la loi sur les publications pour la jeunesse. Bien tripatouillée, elle devint l'instrument de mort que nous avons eu l'honneur de vous présenter. C'était en 1959. Ceci passa inaperçu, et c'était bien ce que désiraient le Sauveur et sa Cour. Quelques vagues additifs à une loi sur les journaux d'enfants, qui s'en fût soucié ? Passez muscade.

Lisez le texte de cette loi. C'est un chef-d'œuvre de concoction papelarde, un entrelacs d'ambiguïtés, la neuvième symphonie de l'hypocrisie. Ah, les vaches, ah, les sournois !

Vous rendez-vous compte, bonnes gens, et vous, journalistes superbes, que la presse française est sous le régime des journaux pour enfants ? Les seuls journaux « normaux » sont « Mickey », « Spirou » et « Pif le Chien » ! Tout journal non spécialement conçu pour les enfants est suspect et tout juste toléré. Une simple décision du Ministre de l'Intérieur (c'est-à-dire du Ministre de la Police), décision dont il n'a à rendre compte à personne, qu'il n'a pas à motiver, et contre laquelle il n'y a aucun recours, peut, en un instant, faire cesser de vivre n'importe quel journal. La prétendue « logique » de cette loi puante de scélératesse conduit à ceci : tout journal qui n'est pas un journal pour enfants risque de tomber sous les yeux d'un enfant. Il devrait donc être interdit à l'affichage. Journalistes, vous êtes tous des interdits en sursis !

Et puisqu'on tient tant à préserver nos chers petits, pourquoi n'interdit-on pas l'étalage des slips, soutien-gorge et autres lingeries aux devantures ? Pourquoi pas, aussi, les affiches vantant, en couleurs, ces mêmes produits ? Interdisez, Marcellin, quoi, interdisez ! Ohé, oh ! Tu dors, Marcellin ? Interdis, mon gars, interdis, vingt gueux ! Tes vaillants petits boys-scouts brûleurs de journaux sur la place publique ne peuvent pas se taper tout le boulot. Donne-leur un coup de main, Marcellin. S'ils se fatiguent trop, ils n'auront plus de forces le jour où ce ne sera plus seulement

~~COLOMBEY-LES-DEUX-ÉGLISES~~

CHARLES-DE-GAULLE-DE-MES-DEUX

sur les journaux, mais sur les gueules des journalistes, sur la gueule du peuple, qu'ils devront cogner, les chers enfants.

Bon. Faut pas s'affoler. C'est pas le fascisme. Pas encore. C'est le préfascisme. Ça veut dire que ces mecs qu'on a maintenant plantent autour de nous les barbelés que d'autres utiliseront.

Cavanna

menteurs !

A l'annonce de l'interdiction de l'« Hebdo Hara-Kiri », plusieurs journalistes, ignorant ce qu'était au juste ce genre de brimade, ont téléphoné au ministère de l'Intérieur pour avoir des précisions.

On leur répondit d'un ton paterne, rassurant, un ton de bon papa qui sait ce que c'est que d'être jeune, ah, la la, on fait un peu les gros yeux, hein, vous savez ce que c'est, vous en avez aussi... Bref, ce n'était plus qu'une petite tape amicale à des gosses turbulents. Alors qu'ils avaient étranglé « L'Hebdo Hara-Kiri » ! Qu'ils avaient serré jusqu'à ce qu'il crève...

Mais ce n'est pas tout. L'Intérieur a menti. Délibérément. On a affirmé aux journalistes, à plusieurs reprises, que « les gens de « l'Hebdo H.-K. » peuvent faire appel. S'ils ne le font pas, c'est parce qu'ils ne se sentent pas la conscience très nette ». Ceci est un mensonge. **Aucun recours en appel n'est possible contre une décision ministérielle.** (C'est même là la grande astuce !) La seule voie : le Conseil d'Etat, c'est-à-dire une attente de deux ans au minimum, mais facilement de cinq, avant que l'affaire ne soit jugée ! Pendant ce temps-là, naturellement, la mesure d'interdiction n'est pas suspendue et le journal, donc, ne paraît pas. Allez voir où il se retrouve, le titre, après deux ans sans paraître ! Et l'équipe ? Faut qu'elle bouffe, l'équipe... Oui. C'était juste pour vous faire toucher du doigt.

L'Intérieur, d'autre part, a complaisamment expliqué aux confrères que c'est le « caractère de plus en plus licencieux, voire outrageant pour les bonnes mœurs, de « l'Hebdo H.-K. », qui a fialement soulevé l'indignation générale au cours d'une réunion interministérielle tenue le 4 novembre, et entraîné la décision d'interdire ». Ceci n'est qu'un prétexte. Le vrai motif est politique. Licencieux, l'Hebdo H.-K. ? Que ceux qui l'achetaient pour se masturber ou pour mettre leur cousine en condition propice nous écrivent, ils ont gagné.

Directeur de la publication : Georges Bernier
Rédacteur en chef : Wolinski
Ange tutélaire : Cavanna
Espion : Willem
Editions du Square, s.a.r.l. au capital de 30 000 F
Siège social : 35, rue Montholon, Paris (9e)
Téléphone: 878-66-90
Dépôt légal : 4e trimestre 1970
Imprimerie : Henon, 11, r. Stendhal, Paris - Distribution : NMPP

COMMUNIQUÉ

Mardi 24 novembre 1970 — Dans un communiqué à la presse, Monsieur Marcellin, Ministre de l'Intérieur, fait savoir que, considérant que l'arrêté pris par ses services le 4 novembre 1970 et ordonnant :

1° L'interdiction à la vente aux mineurs de 18 ans du journal « L'Hebdo Hara-Kiri »,

2° L'interdiction à l'affichage de cet hebdomadaire,

3° L'interdiction de toute publicité en sa faveur.

Ainsi que les conséquences automatiques de ces trois interdictions, notamment l'exclusion des coopératives de diffusion de presse, aboutissent en fait à supprimer totalement « L'Hebdo Hara-Kiri ». Estimant qu'en ces conditions « l'objectif visé a été dépassé », le Ministre de l'Intérieur annonce que cet arrêté sera modifié et que seule sera maintenue l'interdiction de la vente aux mineurs de 18 ans.

A la suite de quoi, la rédaction de « L'Hebdo Hari-Kiri » communique :

Nous prenons note de l'aveu de Monsieur Marcellin quant à la démesure de la sanction prise par rapport au but visé, ce qui implique que des décisions aussi graves sont prises bien à la légère.

Nous ne pouvons accepter cette demi-absolution, ni cette demi-condamnation. D'abord parce que cette nouvelle « punition », même édulcorée, est non moins arbitraire que l'interdiction initiale. Ensuite parce qu'accepter serait implicitement admettre que « L'Hebdo Hara-Kiri » est effectivement un journal voué à la pornographie ou à d'autres activités « dangereuses pour la jeunesse », ce que nous contestons absolument. « L'Hebdo Hara-Kiri » n'est pas une de ces publications furtives, semi-clandestines, dont le but est d'exciter le trouble des sens, et à qui une interdiction aux mineurs apporterait une sorte de caution, de « label de qualité » pornographique, exactement comme l'interdiction de certains films aux mineurs fait s'entasser les amateurs de sensations spéciales dans les salles de cinéma. « L'Hebdo Hara-Kiri » ne peut et ne doit être proposé au public qu'à ciel ouvert, sans la moindre restriction.

Du point de vue de la liberté du commerce, l'interdiction, même limitée à la vente aux mineurs de 18 ans, jette sur une publication non licencieuse une suspicion extrêmement préjudiciable à la vente, les dépositaires de journaux, trop souvent, ne s'embarrassant pas de subtilités et refusant de « faire les flics » pour veiller à ce que les acheteurs aient bien l'âge requis.

Nous tenons à préciser que la Commission de Surveillance des Publications Dangereuses pour la Jeunesse n'a jamais signalé « L'Hebdo Hara-Kiri » comme dangereux pour la jeunesse. C'est donc de son propre chef que le ministre de l'Intérieur a pris la décision d'interdiction. Ceci démontre péremptoirement que, en dépit des affirmations de Monsieur Marcellin, le véritable motif de cette interdiction est purement politique, la référence à la « pornographie » n'étant qu'un prétexte nécessaire pour pouvoir faire jouer la fameuse loi du 16 juillet 1949 sur la « protection de la jeunesse ».

Nous signalons encore que Monsieur Marcellin a cru bon, pour étayer son accusation de « pornographie », de faire distribuer à la presse des photocopies de certaines pages de « L'Hebdo Hara-Kiri » qu'il estimait particulièrement outrées. Ces pages sont au nombre de quatre (4). Quatre pages en tout et pour tout, sur les 1 200 pages publiées en deux ans d'existence ! C'est peu... Il a vraiment fallu beaucoup chercher. Nous avons examiné ces quatre pages (trois de Willem, une de Cabu). On n'y relève, en fait de « pornographie », que des dessins caricaturaux évoquant, parmi d'autres malheurs, des femmes violées ou déchiquetées. Cela ne saurait éveiller que l'horreur de tels actes et la pitié pour les victimes, et c'était bien là le but des auteurs, sans aucune ambiguïté. N'importe quel journal « bien-pensant » comporte infiniment plus d'éléments « pornographiques », ne serait-ce que dans les pages publicitaires, d'un érotisme insolent, envahissant et extrêmement efficace si l'efficacité en ce domaine consiste à procurer aux lecteurs un trouble sensuel.

Pour conclure, l'équipe de « L'Hebdo Hara-Kiri », victime d'une mesure d'arbitraire pure et simple, n'accepte pas de reparaître sous un régime d'exception, de semi-liberté, qui serait le résultat d'une mesure tout aussi arbitraire que la première. Nous récusons la « légalité » d'une loi qui place la liberté de la presse et toute la liberté d'expression entre les mains d'un seul homme, le dotant ainsi d'un pouvoir formidable et sans contrôle. Une telle loi instaure en fait et sanctifie l'illégalité. Une telle loi est essentiellement anti-démocratique. Elle doit disparaître. Tous les journalistes, mais aussi tous les citoyens qui ne veulent pas se laisser museler, doivent lutter avec nous par tous les moyens en leur pouvoir pour obtenir l'abrogation de cette loi hypocrite et scélérate, véritable machine de guerre répressive qui peut, au moment opportun, bâillonner tel ou tel journal sans même avoir à fournir de motif. Nous ne voulons pas d'un « geste » de « clémence ». Nous n'avons pas démérité. Nous sommes fiers de notre journal. Nous en revendiquons hautement chaque phrase, chaque dessin. Nous taxer de « pornographie », de « mauvais goût », de « vulgarité », c'est faire la preuve de son propre mauvais goût, de sa propre incompétence. Ceux qui nous censurent ou qui affectent de nous défendre « pour le principe », en grimaçant ostensiblement de dégoût, proclament par là même, ingénument, leur étroitesse d'esprit, leur bêtise. Ce sont les mêmes qui condamnaient, en leur temps, Flaubert, Baudelaire, Jarry, Zola, Gide, Sartre, Vian. Ce sont ceux qui condamnent encore Rabelais ou Sade. Nous leur récusons le droit de nous censurer. Nous récusons à quiconque le droit de censurer quelque œuvre de l'esprit que ce soit au nom des « bonnes mœurs » ou du « bon goût ». Le goût est chose essentiellement personnelle. L'expérience a montré que ce que l'on appelle « bon » goût n'est que conformisme sclérosé et manque d'ouverture d'esprit. Le public doit être seul juge. On ne peut lui imposer un choix au nom d'une règle morale, esthétique, ou des « convenances ». Ce qu'il désapprouve, il lui est loisible de s'en détourner. Taxer « L'Hebdo Hara-Kiri » de mauvais goût et de pornographie (l'Intérieur a même dit : « sadisme » !) alors que fleurissent tant de publications tapageusement vouées au ragot de bas étage, à l'adulation infantile, à l'érotisme le plus graveleux, aux faits divers sanglants, bref, à l'abrutissement des masses, c'est un comble !

Nous ne voulons pas d'une demi-absolution, d'une liberté pas plus loin que la longueur de la chaîne. « L'Hebdo Hara-Kiri » ne reparaîtra que lorsqu'il sera totalement autorisé à le faire, sans aucune restriction. En attendant, l'équipe Hara-Kiri continuera à faire paraître « Charlie Hebdo ». Ce n'est qu'une solution provisoire et précaire, une solution de désespoir. Car « Charlie Hebdo » est encore plus menacé par l'arbitraire que ne l'était « L'Hebdo Hara-Kiri », et avec, à la clef, des sanctions beaucoup plus graves. Mais nous nous y cramponnerons jusqu'à ce que pleine justice nous soit rendue et « L'Hebdo Hara-Kiri » entièrement réhabilité.

L'EQUIPE HARA-KIRI

1970 *Charlie Hebdo* n°2 du 30 novembre

Pour répondre aux polémiques et aux accusations de censure politique, Raymond Marcellin, alors ministre de l'Intérieur, modifie son arrêté le 24 novembre 1970 en ne conservant que l'interdiction de vente aux mineurs. Mais le mal est fait et l'équipe ne revient pas en arrière. Dans son deuxième numéro, *Charlie Hebdo* décerne au ministre « Le prix bête et méchant ».

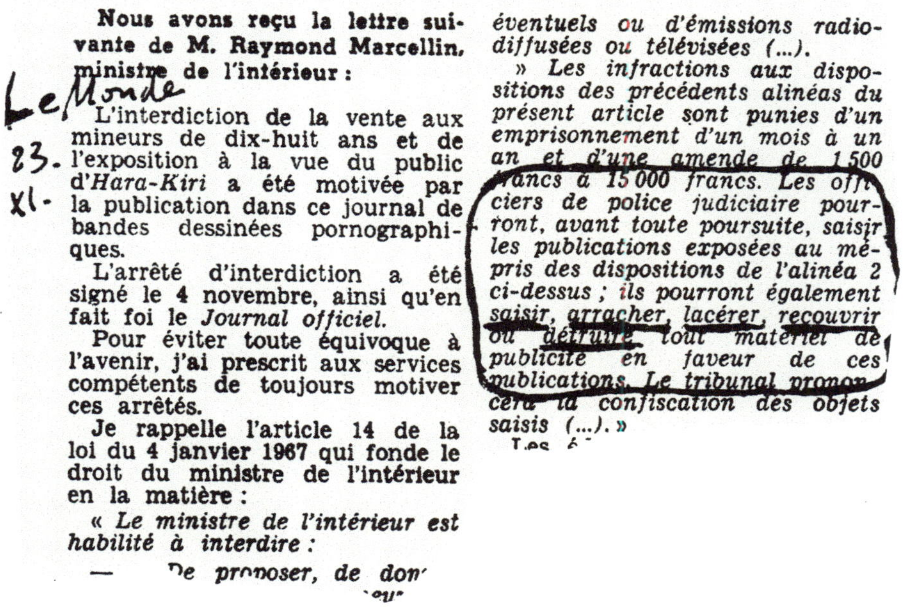

Le Monde 23. XI.

Nous avons reçu la lettre suivante de M. Raymond Marcellin, ministre de l'intérieur :

L'interdiction de la vente aux mineurs de dix-huit ans et de l'exposition à la vue du public d'*Hara-Kiri* a été motivée par la publication dans ce journal de bandes dessinées pornographiques.

L'arrêté d'interdiction a été signé le 4 novembre, ainsi qu'en fait foi le *Journal officiel*.

Pour éviter toute équivoque à l'avenir, j'ai prescrit aux services compétents de toujours motiver ces arrêtés.

Je rappelle l'article 14 de la loi du 4 janvier 1967 qui fonde le droit du ministre de l'intérieur en la matière :

« Le ministre de l'intérieur est habilité à interdire :

— *De proposer, de don*...

éventuels ou d'émissions radiodiffusées ou télévisées (...).

» Les infractions aux dispositions des précédents alinéas du présent article sont punies d'un emprisonnement d'un mois à un an et d'une amende de 1 500 francs à 15 000 francs. Les officiers de police judiciaire pourront, avant toute poursuite, saisir les publications exposées au mépris des dispositions de l'alinéa 2 ci-dessus ; ils pourront également saisir, arracher, lacérer, recouvrir ou détruire tout matériel de publicité en faveur de ces publications. Le tribunal prononcera la confiscation des objets saisis (...). »

coucou !

Alors, voilà.

Depuis le temps que vous réclamiez un « Charlie » hebdomadaire !... C'est fait. Vous l'avez. Vous êtes contents, au moins ?

C'est un beau jour. « Charlie Hebdo » est né ! Eh bien, eh bien, vous ne riez pas ? Vous ne chantez pas, vous ne dansez pas ? Vous n'avez pas envie ? Franchement, moi non plus. On n'a pas le cœur à ça. Tous ces malheurs qui nous sont tombés dessus...

D'abord de Gaulle, et puis l' « Hebdo Hara-Kiri ». C'est trop.

De Gaulle, tout ce qui pouvait en être dit a été dit. Il y a même du rabiot. S'il remourait, on serait pas à court.

Alors, bon, jetons une fleur dans la fosse où gît « l'Hebdo Hara-Kiri ». Il est mort debout. Comme les éléphants, dirait Reiser. C'est tout ce qu'il sait dire, Reiser. Il est mort debout, frappé en pleine gueule. En plein ricanement. Il n'avait pas vu venir le coup, il n'a pas eu le temps de changer de grimace. Il est tombé comme il était, ça fait un mort ricanant, un mort bête et méchant, un mort tout à fait indécent. Bon, indécent ou pas, un mort est un mort, c'est l'essentiel. Crève, charogne.

Non. Ça va pas. C'est un édito de bienvenue que j'étais parti pour faire, pas une épitaphe. Alors, heu, ben, « Charlie » a un petit frère hebdomadaire, quoi.

Vous aimiez « Charlie », vous adorerez « Charlie-Hebdo ». Toute l'équipe de « Charlie » est là, la bonne vieille équipe de « Charlie ». Eh bien voilà, voilà, voilà, voilà. Salut, les gars.

charlie

1970 *Charlie Hebdo* n°1 du 23 novembre
1970 *Charlie Hebdo* n°3 du 7 décembre ▶
1970 *Charlie Hebdo* n°2 du 30 novembre

TOUS, VOUS NOUS DEMANDEZ :
« ON VEUT VOUS AIDER. QUE FAUT-IL FAIRE ? »
CERTAINS NOUS ENVOIENT DE L'ARGENT.
VOILA CE QU'IL FAUT FAIRE :
N'ENVOYEZ PAS D'ARGENT,
MAIS
ACHETEZ CHAQUE SEMAINE « CHARLIE-HEBDO »
ACHETEZ CHACUN LE VOTRE !
NE VOUS METTEZ PLUS A 2, A 3 OU A 10 SUR LE MEME EXEMPLAIRE.
100 000 LECTEURS FIDELES VALENT MIEUX QUE 100 000 CHEQUES

Tous ceux qui nous ont envoyé de l'argent sont abonnés pour le montant de la somme. (Vous en faites pas, on a arrondi en votre faveur. S'il y avait du rab, on l'a bu en votre nom à la santé de Marcellin. C'est bien ce que vous vouliez ?)

ceux qui nous aiment

Le Courrier Cauchois Samedi 28 Nov.

MICHÈLE ALBAN

...A PROPOS DE TOUT

Une mesure de salubrité

De nombreux syndicats de la presse et du livre ont protesté contre l'interdiction (d'ailleurs reportée depuis) d'Hara-Kiri-Hebdo, journal « bête et méchant » comme il s'intitulait lui-même.

Protestations véhémentes. On s'est écrié que de nombreux journalistes, dessinateurs, typographes, imprimeurs, seraient privés de leur travail, que ces mesures portaient atteinte à la liberté de la presse, et que les atteintes graves créaient un précédent qui pourrait n'avoir pas de limites. Pour un peu, on serait allé jusqu'à dire que les droits de l'homme, les libertés du citoyen étaient supprimées.

Des communiqués paraissent de tous côtés, s'élevant avec indignation contre cette inconcevable interdiction, et, bientôt, on peut imaginer que l'on interrogera des passants, dans la rue, pour leur demander fort poliment d'ailleurs, s'ils sont partisans de la liberté de la presse, de la liberté d'expression, etc.

L'habileté de ces manœuvres est telle que, s'il était ainsi interrogé, le Français moyen qui ne lit pas toujours ce genre de publication, répondrait que « ma foi, oui, il est pour la liberté de la presse ».

Il ajouterait sans doute que l'on a lutté pour cela et que personne ne doit supprimer des droits chèrement acquis.

Mais c'est alors que, si j'étais témoin de cette enquête déloyale auprès de gens qui ne sont pas au fait, je sortirais de ma servette une dizaine de numéros de l'hebdomadaire en question, je les mettrais sous le nez du quidam et j'attendrais la réponse qui ne saurait tarder à éclater :

— Quoi ? C'est de cette cochonnerie-là que vous voulez parler ? — C'est cette ordure-là que vous défendez ?

— Ah ! non, par exemple, je ne lis pas des saletés de ce genre ! — Jamais je ne tolèrerai que mon fils rapporte ça à la maison.

Le passant, enfin renseigné, changerait de ton, répondrait au sujet de ce qu'il voit, de ce qu'il constate, et serait enfin à même de juger vraiment, de donner son opinion en connaisance de cause.

Il ne manquerait pas, je puis m'en porter garante, de rétorquer des paroles comme celles que je viens de citer, et l'on verrait si l'interdiction dudit hebdomadaire constitue une atteinte à la liberté d'autrui, ou bien si ce n'est pas plutôt sa publication qui serait une injure.

Liberté de la presse, oui, mais pas liberté de déposer des ordures, que ce soit dans la rue ou dans l'esprit des gens.

Je me rappelle avoir — pour me documenter — ouvert, en le tenant du bout des doigts, tant on aurait peur de se salir — le dernier numéro du journal « bête et méchant » — pis que cela — répugnant et imbécile.

J'y ai vu la photographie d'un homme dont le visage était éclaboussé d'une pâte brunâtre, évoquant... vous devinez quoi... et tendant à insinuer que la distraction du Français, s'il s'ennuie, consiste à se faire lancer ça à la figure.

J'y ai vu une reproduction de la « Vierge au coussin vert » avec, au dessous, cette légende ordurière : « Le Christ changeant le lait en m... » J'ai peine à écrire cette phrase, qu'on me pardonne de le faire, mais c'était nécessaire pour que l'on sache qu'il n'y a aucune atteinte à aucune liberté d'aucune sorte. Qu'il s'agit simplement de ramasser et de faire disparaître les saletés qui traînent dans les kiosques et qui risqueraient de contaminer tout le monde. Si quelqu'un était contaminé d'une épidémie (on a tant parlé du choléra ces temps-ci !) chacun tolèrerait qu'on le mit en quarantaine.

Enfin, alors que la France était dans la tristesse, à la mort du général de Gaulle, alors que, même ses adversaires ou ses ennemis avaient eu le respect ou la décence de se taire. Hara-Kiri-Hebdo — et c'est la goutte de venin qui fait déborder le vase — titrait : « Bal tragique à Colombey. Un mort. »

Michèle ALBAN

"Le Courrier Cauchois" 28-11

Le machin ci-dessus méritait une réponse, non ? Voici la lettre que j'envoie aujourd'hui même à la rédaction du « Courrier Cauchois » :

Monsieur le Rédacteur en Chef,

Le « Courrier Cauchois » du 28 novembre dernier a publié, sous le titre « Une mesure de salubrité » et sous la signature de Michèle Alban, une chronique consacrée à l'interdiction de « l'Hebdo Hara-Kiri », journal dont j'ai l'honneur — je donne à ce mot toute sa force — d'être le rédacteur en chef.

Les termes de cet article sont d'une telle violence dans la haine, d'une telle mauvaise foi dans le dénigrament et d'une telle épaisseur dans la stupidité que plusieurs lecteurs normands, indignés, me l'ont fait parvenir.

Usant de mon droit de réponse, je vous prie, Monsieur le Rédacteur en Chef, de faire en sorte que soit publiée dans le « Courrier Cauchois », et dans les délais prescrits par la loi, à la même place et dans les mêmes caractères que l'article de cette dame Alban, la réponse que vous trouverez ci-incluse. Elle est légèrement plus courte que l'article auquel elle répond, vous n'aurez donc rien à y retrancher. Je la publie d'ailleurs moi-même dans le numéro 4 de « Charlie-Hebdo ». Ainsi les lecteurs que nous pouvons avoir en commun seront-ils à même d'apprécier la fidélité avec laquelle vous la reproduirez. (Moi, je publie votre article in-extenso, en fac-simile, avec la photo de la dame. Voulez-vous ma photo ?)

Pour le cas où les termes de cette réponse vous sembleraient un peu vifs, je prends la liberté de vous rappeler que votre collaboratrice emploie, à l'égard de mon journal assassiné, les mots : « répugnant et imbécile », « saleté », « ordure », « on aurait peur de se salir »... Entre autres.

Veuillez agréer, Monsieur le Rédacteur en Chef, les salutations d'usage.

C.

Ceux qui nous aiment

L'Est-Eclair 27 Nov. 1970

L'AFFAIRE "HARA-KIRI"

UN COMMUNIQUÉ DE L'ASSOCIATION DES VOLONTAIRES DE LA RÉSISTANCE

L'Association Nationale des Combattants volontaires de la Résistance vient, sans doute, à propos de l'affaire **Hara-Kiri**, de rendre publique la position suivante. L'association :

— **attire l'attention du gouvernement et des syndicats professionnels de journalistes, sur certains articles ou publications scandaleuses parus à l'occasion de la mort du général de Gaulle, héros national ;**

— **rappelle au gouvernement son devoir de saisir en temps voulu les écrits qui attentent au moral de la nation ;**

— **demande aux syndicats de journalistes de ne pas confondre l'exercice indispensable de la liberté de l'esprit avec le droit à l'injure ou au chantage ;**

— **les invite instamment à défendre l'honneur de leur belle profession en écartant les brebis galeuses ;**

— **s'engage, à défaut de cette action de l'administration et des syndicats, à organiser le boycott des journaux qui se sont ainsi déshonorés.**

1970 *Charlie Hebdo* n°6 du 28 décembre

◀ **1970** *Charlie Hebdo* n°4 du 14 décembre

Paris, le 27 novembre 1970

Monsieur,

Voici quelques faits intéressants au sujet de "CHARLIE hebdo"

Assise dans le métro, vers 7 heures du soir, je me plongeai dans "CHARLIE", je l'avais déjà lu mais prenais plaisir à le refeuilleter.

C'est alors qu'en face de moi, je remarquai un monsieur (45 ans environ, "l'air bien", prof peut-être ?) qui me demanda si je ne vendais pas mon journal. J'en fus un peu interloquée, il réitera sa proposition : j'acceptai.

Cet échange fait, "notre monsieur" jaillit de son siège en brandissant ce pauvre "CHARLIE" déjà froissé. Et en en faisant des confetti s'écria : "MOI de la Résistance, je ne peux supporter ces ordures, ces insanités", prenant le wagon à témoin, le wagon en question et hors de question ne savait s'il devait rire ou pleurer car "Oh scandale !" parions que les 3/4 des passagers ne connaissaient "CHARLIE".

VIVE les messieurs calmes et bienveillants de la Résistance ... puisqu'ils font de la publicité pour "CHARLIE-HEBDO".

P.S. Histoire véridique arrivée le 24.11.70 sur la ligne BALARD-CHARENTON à Mme G[redacted] PARIS 15°

1970 *Charlie Hebdo* n°3 du 7 décembre
1970 *Charlie Hebdo* n°3 du 7 décembre ▶
1970 *Charlie Hebdo* n°5 du 21 décembre

ceux qui nous aiment

"La Croix" MERCREDI 25 NOVEMBRE 1970

LE POINT DE VUE DE PIERRE LIMAGNE

LIBERTÉ ET LICENCE

CETTE affaire d'**Hara-Kiri** me laisse une impression de grand malaise. Je serai toujours disposé à m'affirmer solidaire d'un journaliste contre qui le Pouvoir s'acharnerait parce qu'il défend des idées fort éloignées des siennes. J'avoue par contre ne pas me sentir confrère de gens qui ont fondé un hebdomadaire « bête et méchant », à une époque où les progrès de l'intelligence, s'il y en a, ne sont pas au niveau de ceux des techniques, où la bonté semble parfois être victime, elle aussi, de notre « environnement » dégradé.

Si une feuille « spéciale » s'estime lésée, qu'elle plaide sa cause devant un tribunal administratif ou judiciaire.

Ceux qui nous défendent

L'OPINION DE PAUL DEHEME SUR L'AFFAIRE "HARA-KIRI"

Le fameux et talentueux chroniqueur Paul Dehème a donné son point de vue sur l'affaire de "Hara-Kiri" dans son "Courrier" du 23 novembre.

Voici son texte :

"L'affaire "Hara-Kiri" est fort mal prise par un certain nombre d'organisations, notamment des syndicats de journalistes. Vous savez de quoi il retourne. "Hara-Kiri" est un hebdomadaire rédigé en langage grossier et que viennent "illustrer" des bandes pornographiques. Le ministre de l'Intérieur en a interdit la vente aux mineurs et l'exposition à la vue du public. Personne, pas même ses défenseurs, ne nie cette grossièreté et ce caractère résolument pornographique. Mais lesdits défenseurs crient à une intolérable atteinte à la liberté de la presse. L'arrêté d'interdiction, qui a été signé le 4 novembre, est cependant parfaitement fondé sur des textes législatifs indubitablement applicables en la circonstance. Aller la contre, c'est vouloir confondre liberté et licence. Et puis, au-delà de cette querelle, l'objectif du ministre est manifestement de restaurer l'autorité de l'Etat sérieusement compromise en mai 1968, et jamais rétablie depuis. Le meilleur moyen est encore d'appliquer avec ténacité et persévérance la législation en vigueur, qui est d'ailleurs l'expression suprême de la Nation puisqu'elle a été conçue et votée par ses élus. En l'occurrence c'est bien ce que fait Marcellin, D'ailleurs, la preuve que la mesure prise ne porte aucunement atteinte à la liberté de la presse est que les intéressés n'ont engagé aucune action devant les tribunaux administratifs ou le Conseil d'Etat. A la vérité, si tant de voix s'élèvent pour défendre "Hara-Kiri", c'est que ce dernier est dans la droite ligne de l'esprit de 1968 érigé en principe sacro-saint par toute une faune que sa perversion intellectuelle met à la merci de la subversion politique".

"L'Echo Presse" de 30.XI.

ADIEU *CHARLIE* !

Le 22 juillet 1981, *L'Hebdo Hara-Kiri* revient pour succéder à *Charlie Hebdo*. Mais dès le 23 décembre, le journal sort son dernier numéro. Quelques mois après l'arrivée de la gauche au pouvoir en mai 1981, l'hebdomadaire satirique s'éteint par manque de lecteurs.

L'émission *Droit de réponse* de Michel Polac du 2 janvier 1982, consacrée à la fin du journal, fait scandale et presque toute la presse critique l'équipe. La liberté de ton et l'indépendance de *Charlie Hebdo*, qui ont si souvent dérangé, disparaissent alors.

DOUBLE PAGE
1981 *Charlie Hebdo* n°580 du 23 décembre

N° 23 Mercredi 23 décembre 1981 - 6 F CHARLIE-HEBDO N° 580 Suisse : 2,80 FS Canada $1,50 - Pays-Bas 3,75 Fl.

L'HEBDO Hara-Kiri

L'HEBDO HARA-KIRI S'ARRÊTE!

SON ÉQUIPE VOUS DIT:

M 1130 - 23 - 6 F

DOUBLE PAGE
1981
Charlie Hebdo n°580
du 23 décembre

CETTE FOIS, C'EST LA FIN

ALORS, voilà. Ecoute bien. Le numéro de « L'Hebdo Hara-Kiri » que tu es en train de lire est un numéro historique.

Pourquoi ?

Parce que c'est le dernier numéro de « L'Hebdo Hara-Kiri », ex-« Charlie-Hebdo , ex-« La Semaine de Charlie »... Il n'y en aura pas d'autre. Fini. Terminé.

Pourquoi ?

Parce que « L'Hebdo Hara-Kiri » est une mauvaise affaire. Il coûte plus cher à fabriquer que sa vente ne rapporte. Depuis des mois, il creuse un trou qui, peu à peu, est devenu un gouffre.

Pourquoi ?

Parce que tu ne l'achètes pas, mon salaud.

Pas assez souvent. Pas régulièrement. Toi et tes copains, vous êtes cent mille, peut-être même cent vingt mille. Mais vous l'achetez de temps en temps. Ce qui fait trente mille exemplaires vendus chaque semaine, l'un dans l'autre. Ce n'est pas assez. Le trou est devenu gouffre, et voilà, aujourd'hui on est tombés dans le gouffre, il fallait bien qu'il y ait un jour comme ça, aujourd'hui ou mercredi prochain.

Voilà que tu pleures. Te ne seras pas le seul. « L'Hebdo » mort, les pleurs vont ruisseler de partout. Une si courageuse, si talentueuse, si estimable vieille chose ! Qu'on lisait en cachette, au lycée. Qu'on affichait. Qu'on citait. Qu'on copiait... Pleurs et nécrologies de crocodiles empaillés. Pleurez, connards ! Vous auriez mieux fait de l'acheter, quand il était temps.

Oui. Engueuler le public, ça se fait pas. Le client est roi. Si un journal ne se vend pas, c'est qu'il ne plaît pas, un point c'est tout. S'il s'est vendu et qu'il ne se vend plus, c'est qu'il a mal vieilli. Ou que le public a mal vieilli, mais, encore une fois, le public, lui, a le droit, le public est roi, c'est lui qui sort les sous de sa poche. Au journal de s'adapter. Ou de crever. Un produit qui n'a pas sa place crève, c'est la noble loi du sport, et la preuve. Tout le reste n'est que lamentations consolatoires, aigreurs de vieux con, nostalgies du bon vieux temps où les gens étaient intelligents et où les jeunes étaient vraiment jeunes, ah, là là...

D'accord. Le public, c'est sacré. Plus il est plouc, plus il se vexe. Alors, on va rester entre nous. Entre vieux cons qui font « L'Hebdo Hara-Kiri » et entre vieux cons qui s'obstinent à le lire. Public, va-t'en. Ce qui suit n'est pas pour toi.

Quand, les quelques copains que nous étions, nous avons lancé l'aventure « Hara-Kiri », puis « Charlie-Hebdo » et la suite, nous partions sur ce pari :

Ce qui plaît à l'immense majorité des gens nous emmerde. Or, nous ne sommes certainement pas seuls. Pas beaucoup, soit, mais pas seuls. Ces quelques-uns là, cette frange marginale qui veut du bon et que le tout-venant emmerde, ça représente peut-être de quoi faire vivre, modestement mais vivre, un journal ? Hmm ? Pari tenu. Et gagné. Pas tout de suite. Ce fut long, et dur, et déprimant, et exaltant. C'était il y a de cela vingt-deux ans.

Quand je feuillette de vieux numéros de « Hara-Kiri » ou de « L'Hebdo », je pète de joie et de fierté. Jamais rien d'aussi beau, d'aussi drôle, d'aussi fin, d'aussi intransigeant sur la qualité, d'aussi osé quant aux idées, n'a été réuni avec une telle densité et avec une telle constance. Tel qu'il est aujourd'hui, « L'Hebdo » est le seul hebdo que j'attendrais avec gourmandise chaque mercredi si je redevenais le môme de seize ans qui partait au boulot avec sa musette et se cherchait de quoi lire dans le métro.

C'est normal : nous faisons ce que nous avons envie qui soit, nous ne pouvons imaginer ce qui plaira aux autres qu'à travers ce qui nous plaît à nous-mêmes, ce qui suppose évidemment° que nous sommes en résonance, en connivence, avec les autres, avec un certain nombre d'autres.

« L'Hebdo Hara-Kiri » a, se plaît-on à dire, « fait le trou ». Le trou par où s'est engouffrée toute la presse qui se veut « jeune », « moderne », insolente... Il a été imité, copié, plagié. Ses collaborateurs de la première heure, ceux qui en ont tant bavé tout au long de son histoire où les années de vache enragée l'emportent de loin sur les années de veau gras, ceux-là sont les vedettes que les journaux et les télés s'arrachent aujourd'hui... A part quelques morts et quelques défections, ils sont toujours là, dans ses pages, au mieux de leur forme, bouillonnant d'idées et de talent.

Je ne vois rien sur le marché français (et encore moins ailleurs) qui puisse lui être comparé.

Résultat : vous ne l'achetez pas.

Bande de cons.

Crevez.

Vous allez répétant (c'est à la mode), la bouche en cul-de-poule :

– Mouais... « Charlie-Hebdo », c'est plus ce que ça a été. Ringard. Embourgeoisé. Récupéré...

Vous êtes aussi cons que vos pères l'étaient à votre âge, vous serez aussi cons qu'eux quand vous aurez leur âge.

Surtout, surtout, chier sur ce qu'aimait papa. Essentiel. Et redécouvrir avec extase ce qu'aimait grand'père. De génération en génération se transmet le flambeau sacré de la connerie. La connerie cherche toujours le non-conforme, à condition que ce soit le non-conforme de tout le monde.

Puisque nous sommes entre nous, que le public et les parents d'élèves ne sont pas là, je vais vous dire ce qui m'est venu à l'idée. Pure hypothèse, à coup sûr fortement entachée de subjectivité, mais bon, je viens de prendre une sacrée claque dans le gueule, je peux bien déconner un peu.

Voilà. Entre 1950 environ et le jour d'aujourd'hui, il s'est passé des choses. L'une de ces choses fut la cruelle carence d'enseignants, en particulier d'instituteurs, dans les années cinquante et soixante. Profession mal payée, méprisée, elle n'attirait personne. On embaucha en catastrophe des flopées de fruits secs qui se retrouvaient à vingt-cinq ans ayant échoué partout, avec tout juste leur bac en poche, et qui se résignaient en faisant la grimace à devenir, provisoirement espéraient-ils, « maîtres d'école ». Aucune formation pédago, aucun goût pour les jeunes, aucun savoir : ce qu'ils avaient péniblement ingurgité pour passer de justesse le bac était depuis belle lurette tombé dans les puits de l'oubli... Il y eut ensuite l'énorme saccage des « réformes » de l'enseignement en rafales successives, souvent contradictoires et allant toujours vers la facilité pour l'élève, la démagogie flatte-cul pour les parents dudit, le nivellement au ras du plus débile, supprimant la « culture générale », la formation du jugement, au profit d'une sorte de pré-apprentissage...

Depuis quinze ans, concert unanime des profs : futilité des élèves, incapacité à fixer leur attention, à fournir un effort non immédiatement « gratifiant », c'est-à-dire rigolo, à raisonner correctement, manque de curiosité, indifférence à tout ce qui n'est pas « ludique » ou promotion sociale... Ces générations saccagées sont maintenant « opérationnelles ». L'adulte qui a entre seize et trente-cinq ans aujourd'hui n'est certes pas plus bête que son papa, simplement peut-être n'a-t-il pas acquis la manière de se servir des boyaux de sa tête, ni l'envie, ni l'intérêt... Bref, la petite frange marginale des exigeants sur la qualité sur lesquels nous avions fondé notre pari initial s'est-elle réduite au point qu'elle ne constitue plus le minimum de clientèle nécessaire pour que puisse survivre un « Hebdo Hara-Kiri »?

J'entendais l'autre samedi, dans l'émission de Michel Polac, « Droit de réponse », un groupe de lycéens interrogés sur ce qu'ils pensaient des films « comiques » français actuels. Ils les vomissaient en chœur (en quoi ils avaient bien raison !), mais ils le faisaient en répétant comme des perroquets ces formules stéréotypées qui traînent dans toutes les familles de cadres dans le vent. Enfilades de clichés et de poncifs, airs supérieurs, ils étaient aussi prévisibles, dans leur genre, que la mémère expliquant pourquoi elle adore de Funès. Encore la mémère est-elle sincère et spontanée, alors que ces asticots vont chercher leurs dégoûts et leurs admirations dans les snobismes de bon ton. Ils n'aiment que Charlie Chaplin, Buster Keaton et les Marx Brothers ! Chochottes, va ! Si j'avais été là, j'aurais dit que Chaplin, tant que tu veux, à m'en faire mourir, mais que les Marx Bros m'ont toujours somptueusement fait chier, presqu'autant que « Stalker », tiens. « Stalker », je suis sûr qu'ils trouvent ça super.

Revenons à la chute de la maison « Hebdo ». Gestion imprudente ? Certes. Mais éditer un pareil journal, qui s'interdisait toute pub et même chiait sur la pub, ça ne pouvait être qu'aventureux et imprudent. Choron s'est battu comme un chien enragé, je lui rends hommage. Envers et contre tous. Les collaborateurs travaillent pratiquement à l'œil, se sont trouvé plus ou moins des trucs à côté pour subsister. Mais il y a l'imprimerie, il y a le papier, il y a, il y a... Bon. Trente mille vendus, c'est la culbute.

Vous voyez bien que vous êtes des cons et des veaux qui ne savent pas ce qu'est bon. Allez vous faire foutre.

Cavanna

SCANDALE À LA TÉLÉ : LE PROFESSEUR CHORON N'AVAIT
POLAC ! EN PLUS, IL A DES HÉMORROÏDES !
J'ÉTAIS INVITÉ À "AUJOURD'HUI MADAME" ET JE ME RETROUVE À "AUJOURD'HUI MES COUILLES" !
LISEZ MON LIVRE : "J'AI BEAUCOUP SOUFFERT" !
CHORON
BERROYER
A.D.G
NOUS, À LA "GUEULE OUVERT ON NE TOLÉRAIT AUCUN GRO MOT !
ARTHUR
ASSISTANTES DE POLAC
PAULE
RENAUD :
Y'A UN ENFOIRÉ QUI M'A DEMANDÉ SI J'ÉTAIS LE FILS CACHÉ DE LINE RENAUD. JE LUI AI MONTRÉ MON CUL EN DISANT : "REGARDE SI J'AI DES PLUMES D'AUTRUCHE !"
DANS LA BAGARRE, J'AI PERDU MON CARNET DE CORRESPONDANCE !
LES VEAUX ÉLEVÉS EN BATTERIE ÉCHAPPÉS DU LYCÉE CONDORCET

S DE 'SLIP !
cabu
RE QUE
SCARD,
M'EMPÊCHE
À LA
NOUS, LES STARTSHOOTER, ON S'EN FOUT, ON EST LÀ POUR UNE MARQUE DE CHAPEAUX !
POUR MON PROCHAIN LIVRE EST-CE QUE J'AURAI ENCORE DROIT À LA TÉLÉ ?
TA GUEULE, POLAC ! JE NE RÉPONDS PAS AUX MECS BOURRÉS, MOI !
LA SEMAINE PROCHAINE, LE THÈME DE L'ÉMISSION SERA CONSACRÉ AU PROBLÈME DE SAVOIR SI L'ON PEUT SERVIR DU VIN ROUGE AVEC DES HUÎTRES... AVEC BIEN ENTENDU : CAVANNA !
M'SIEUR ! J'PEUX ALLER FAIRE PIPI SUR UN JUIF ?
GAINSBOURG
COIN TÛÛÛT !
IL FAUT TUER LE COCHON !
SINÉ
POLAC
BOURDIER
minute
WOLINSKI
CAVANNA
J.F. KAHN
DOMINIQUE JAMET
NICOULAUD
CARALÍ
JUSQUE-LÀ, JE M'EN TIRE BIEN... POURVU QU'ILS NE ME REMARQUENT PAS !
GÉBÉ
ENFIN L'AN "O MERDE" !
C'EST MOI LE PLUS GRAND ! ACHETEZ MON ALBUM : "LES CONTES D'UN CONTEUR"
J.M. GOURIO
CHORON, IL M'A TOUT APPRIS, SURTOUT À ME SAOULER LA GUEULE DIGNEMENT !
CABU
JE BIEN FAIS LAISSER LA REINE DE HOLLANDE AU MAISON !
WILLEM

REMARQUES POUR L'ENTERREMENT D'UNE MOMIE

TOUT le journalisme et les autres moyens d'information modernes ont pour but la dissimulation de la vérité, parfois par le mensonge pur et simple, et généralement par le bavardage inepte. (J'en ai fait personnellement la vérification expérimentale partielle : devant vivre de ce que j'écris, j'ai publié dans *Charlie-Hebdo* cent articles de critique cinématographique; et j'ai toujours pris soin – sauf s'il s'agissait de reprises – de rédiger AVANT d'avoir vu le film; et le plus souvent je n'ai pas non plus vu les films après; et plusieurs de mes pairs ont loué mes bons jugements, et d'autres ont souhaité polémiquer avec moi; et en effet, sur le terrain du bavardage inepte, je les avais égalés sans grand mal.)

Charlie-Hebdo, sous ses divers titres, avait été un haut lieu du bavardage inepte le plus moderne : celui qui agite éclectiquement presque tous les fragments de la vérité, et qui fait passer ce champ d'épandage pour la vérité non-fragmentaire, effective. On y trouvait finalement toutes les rébellions partielles : féminisme et machisme, écologisme, néostalinisme, autogestionnisme, antimilitarisme, terrorisme rouge, humanisme poético-gandhiste, défense des torturés, des emprisonnés, des chômeurs, de la langue française, de la langue verte, et même des ratons-laveurs, j'en oublie – tout cela chapeauté par la casquette qualunquiste d'un philosophe de café du commerce (moustachu), et tenu à bout de bras par une casquette en peau de fesse (si j'ose dire), un louche ex-sous-off de la coloniale, montant sauvagement les coups les plus tordus, et adepte de l'hédonisme cyrénaïque dans toutes ses déterminations y compris le champagne et le scotch.

La disparition de *Charlie-Hebdo* est donc une bonne chose. Les gens ont commencé de se désintéresser du bavardage inepte. Les lecteurs se sont supprimés, sachant qu'ils ont maintenant autre chose à faire que lire des conneries. Cette suppression commence par les plus intelligents. Les lecteurs de *Charlie-Hebdo* étaient des cons plutôt moins cons que d'autres : ils l'ont prouvé justement en cessant de lire ce journal. Ce progrès va se poursuivre. Dans l'émission de télévision *Droit de réponse*, le soir du 2 janvier, la placidité inégale des journalistes invités s'explique ainsi : elle était proportionnelle à la niaiserie de leurs lecteurs; et les débatteurs les plus olympiens ont donc été ceux que les progrès de l'intelligence ne menacent pas encore dans leur gagne-pain.

Pour accepter de paraître dans cette émission, il aurait au moins fallu comprendre cela, et le dire. Mais le dire était impossible. Aucune vérité n'a jamais pu être dite à la télévision qui ne soit aussitôt noyée sous un flot de bavardage professionnel qui la fait oublier. Et l'émission *Droit de réponse* se donne explicitement ce but : noyer quelques vérités sous un flot de bavardage professionnel. La nouveauté de Polac, c'est sa modernisation du mensonge. Son insolence, qui prend peur devant quelques gros mots et une petite rixe, est seulement l'insolence de l'insolent mensonge.

Les moins niais des invités de ce soir-là ont jugé que, bordel pour bordel, paraître à la télévision ne pouvait avoir d'utilité que « promotionnelle », accompagnée du plaisir indéniable de foutre la merde. Et il s'est aussi passé ceci : quand on crie à la télévision « Je vous hais » et des gros mots, quelque chose cesse d'appartenir au bavardage inepte, et le télespectateur, dont l'esprit et la vie sont réellement ponctués de haine et d'insulte, entrevoit spectaculairement l'état de guerre qui lui est familier.

Toutefois ces brusqueries, qui auraient dû se donner le but de détruire cette émission, l'ont bien plutôt sauvée. Le scandale, quand il est médiocre, renforce ce qu'il voulait affaiblir.

Cavanna et Caster ont tenu ensuite à se situer. L'un se désolidarise des « alcoolos »; l'autre ne veut pas être amalgamée à des « fous-dingues ». Celle-ci a donc choisi son véhicule, le fourgon sanitaire de Police-secours; et celui-là a enfin proféré son ultime réflexion philosophique : on peut rester passif après une bonne bière.

Tous les journalistes sont des menteurs et des putes. Ils sont professionnellement obligés de mépriser leur travail, leurs organes, et de se mépriser eux-mêmes en permanence. Il n'est pas réellement important d'établir une distinction entre ceux qui, l'autre soir, ont manifesté convulsivement ce mépris, et ceux qui, par leur placidité apoplectique, ont montré qu'ils ne sont pas en conflit avec leur propre nature.

L'auteur tient à remercier les bières Guinness, Spaten et Gueuze Lambic, sans le précieux concours desquelles il n'aurait pu exercer le métier de journaliste pendant presque deux ans (août 79-juillet 81).

Et puis, chers lecteurs, *See you in hell*, comme ils disent à la fin d'*Elmer Gantry*.

A jeun, le 6 janvier 1982
Jean-Patrick Manchette.

A BAS LES COUPS DE POING DANS LA GUEULE

JE le dis et je le redis : je ne peux pas accepter qu'on se lève pour fiche un coup de poing dans la gueule. A qui que ce soit. Je ne peux pas accepter qu'on empêche de parler. Qu'on souhaite voir crever. Qui que ce soit. Ça me tourne les tripes. Et ça me révulse. Parce qu'il n'y a pas de petite violence physique. Celui qui peut cogner sur quelqu'un parce qu'il ne se contrôle pas est celui qui, s'il a un fusil entre les mains, peut tirer dans le tas. Toujours parce qu'il ne se contrôle pas. Toute violence physique faite à qui que ce soit me répugne. Je ne supporte pas de voir deux types se cogner. Je ne supporte pas de voir une femme prendre un pain dans la figure. Je ne supporte pas de voir un môme giflé. Je ne supporte pas de voir un animal battu. Je ne supporte viscéralement pas d'entendre : « A bas la liberté pour les ennemis de la liberté ». Parce que c'est une des phrases les plus abjectes qui soient. Celle des sanglants. Des exterminateurs. Au nom de la liberté. C'est le pire crachat jeté sur elle. Par ceux qui s'en croient les défenseurs.

Les ennemis de la liberté. Il y a dix mille autres moyens de résister contre eux. On peut les combattre à coups de plumes. A coup de crayons. On peut mettre en mots, en dessins, sa rage, sa révolte, son enthousiasme de vivre. Là, oui, on peut cogner sec. De toute ses forces. De tout son talent. On peut hurler comme une vache. Contre tout ce qui révulse. Là, oui, tous les coups sont permis. On peut tout exprimer : sa vengeance, son sarcasme, son amour, sa détresse...

Il y a des pages blanches. Pour ça. Et elles ont leur force : celle des armes blanches qui tirent à bout portant.

●

Quand je lis dans la presse la curée qui se fait sur le cadavre de « Charlie-Hebdo », la curée merdeuse, l'amalgame pourri : tous des ivrognards intolérants. Quand je vois que sur le dos de Siné on donne aux journalistes l'occasion rêvée, tant attendue, de cracher sur ce journal qui fut totalement libre. Hé bien, je sais que le combat contre les sournois, les aigrelets, les donneurs de faux son de cloche, le combat contre les ennemis de la liberté – de ma liberté – est loin d'être terminé.

Sylvie Caster

P.S.1 : A quelques rares exceptions près, ce n'est pas beaucoup la classe dans la presse écrite. Ça sait très bien que « Charlie-Hebdo », ce n'était pas l'intolérance. Ça sait très bien que c'était la liberté. Mais motus. Et crachons. A de très rares exceptions près. Je remercie les très rares qui ont fait passer un petit bout d'honnêteté et de vérité. Je les remercie très fort.

P.S.2 : Par contre, au sommet du hit-parade des petites anguilles vipérines, il y a Jacques Colin, de « Libération », qui ose écrire en cloporte visqueux que « Charlie-Hebdo » était un journal d'extrême-droite. Colin, poisson pourri à l'étal, ta prose n'a rien à envier à celle de « Minute ». Comme « Minute », tu as démasqué ton sens de l'amalgame nazillon, ton fiel. Ta haine. Et comme beaucoup de tes confrères, ta formidable mysoginie. Il n'y a pas que des ivrognes d'extrême-droite à « Charlie ». Il y a aussi deux femmes, Paule et moi.

Sache que je te méprise au plus fort. Pauvre limace fossoyeuse. Et que je te plains : tu fais bien salement ton boulot dans une bien sale peau.

PAGE DE GAUCHE
1982
Charlie Hebdo n°581
du 11 décembre

1982
Charlie Hebdo n°581
du 11 décembre

1981
Charlie Hebdo n°580
du 23 décembre

CHARLIE CONTRE TOUTES LES CENSURES

Il n'y a pas de mauvaise censure ni de bonne censure. Il n'y a que la Censure, avec un C majuscule, arrogante, bornée, jamais rassasiée.

On croit s'en être débarrassé, mais elle continue de surveiller le cinéma, la littérature ou la musique, remise en selle par de nouvelles générations de censeurs aussi moralisateurs que ceux qui les avaient précédés, espérant peut-être la rendre éternelle.

1979 *Charlie Hebdo* n° 428 du 25 janvier
1975 *Charlie Hebdo* n° 264 du 4 décembre ▶

LA CENSURE

Notez bien, j'aurais pu être chirurgien des corps ou médecin des âmes, ou conducteur d'engins de chantiers. J'aurais aussi bien pu être censeur. Chiche que je le sois !

Je le suis.

J'ai commencé dans la chose écrite en même temps que Gutenberg. Il imprimait, je le guettais. Inutile de dire si j'ai rongé mon frein ! Cet Allemand méfiant n'imprimait que des bibles en latin gothique. Période noire, débuts difficiles, vache enragée. Enfin ! Miracle ! Delfeil de Ton écrit « Mon cul sur la commode » et fait imprimer son ouvrage par Bourgois, successeur de Gutenberg. Aussitôt je brandis mon boisseau qui, avec les ciseaux, compose l'outillage de campagne du censeur, et hop ! « Mon cul sur la commode » sous le boisseau. Pendant cinq siècles ! Il vient seulement d'en sortir, vieux bouquin jauni, rédigé en un français incompréhensible, pas moisi, le boisseau étant bien sec, mais avec des « f » à la place des « s » : « F'il voulait voir le trou de fon cul... » (page 13). « Elle finit par piffer fouf elle... » (page 27). Totalement débandant.

D'ailleurs la littérature érotique n'est que la répétition d'un même grouillement des corps. Pendant cinq siècles, les écrivains sous le boisseau ignoraient ce qu'écrivaient les autres à cause de l'obscurité ; alors ils ont tous écrit la même chose. Le jour où j'ai levé le boisseau, déception pour les alléchés. Le titre a beau varier, en substance c'est toujours : « Enfonfe-moi ta groffe pine dans les feffes ».

Les vieux meurent en disant : « Ah ! C'était donc ça ! », et les jeunes vont au cinéma.

Et moi, boisseau brandi, j'y vais aussi, au cinéma, et je l'abats, mon boisseau, et je ne le lèverai que lorsque le cinéma aura perdu son match contre les vidéo-lunettes dont il sera alors temps de s'occuper.

Et les beaux films toniques et libérants dont vous rêviez n'auront pas été tournés, c'est l'essentiel. A ce propos, tout à fait entre nous, vous n'aviez qu'à vous dépêcher. Le temps qu'avec mon boisseau je passe de la littérature au cinéma, vous aviez le temps ! Le porno, justement, vous donnait l'exemple : quatre sous et trois jours de tournage. Il fallait en profiter.

Trop tard !

Au fond, je vous rends service, vous penserez toujours à ce film que la censure vous a coupé au ras du front, comme une mèche rebelle. Ce film politique et bandant. Ce film...

Du calme ! C'était un policier-karaté-porno. Grâce à moi, vous savourerez la noble amertume de la non récupération.

Le censeur n'est pas un monstre. J'aime bien les grands immeubles aux millions de petites fenêtres pareilles, j'aime bien les longues files d'autos avec leurs milliers de petits phares éteints ou allumés, c'est des gens qui sont dedans dont je me méfie. J'aime bien les gens à la plage, ils regardent l'horizon, ça fait une ligne droite dans leur tête, bleu au-dessus, bleu au-dessous. Par contre, j'ai peur quand je vois une toile blanche devant ces mêmes têtes. Tout peut arriver.

Les immeubles n'ont pas été calculés pour résister aux ondes engendrées par une fornication collective. Les lézardes ! Les lézardes ! Je me réveille en sueur. Les files de bagnoles, bourrées de têtes enflammées par la révélation de la torture quotidienne et l'imminence de la bombe aux mains des fous, deviennent des chenilles de braise. Vite ! Mon boisseau.

Qu'on tripote la technique et qu'on en tire tous les effets possibles, oui ! C'est la grande aventure des temps modernes. Mais qu'on ne touche pas aux têtes ! Qu'on ne les agite pas ! Oh, l'effrayant clapotis des têtes pensantes. Bétonnez les têtes ! Vite, la télé ! C'est la bétonnière idéale. Tout le cinéma français d'avant-guerre sur le petit écran, quel beau béton bien gras ! Prestige du cinéma français de qualité, floup ! Floutch ! Une bonne nuit là-dessus, le lendemain vous pouvez y aller à la pioche.

Février 75. Giscard : « La censure est une opération toujours inefficace et d'ailleurs contestable. » Tout le cinéma-art, pas encore mort, est réuni autour de la table de l'Elysée. Il y a du bar (c'est un poisson) farci. La bouche pleine, Michèle Morgan déclare : « Le président revenu tout bronzé de Courchevel a beaucoup de charme. » Sans le savoir, elle vient de jouer « Mon cul sur la commode », la conne. Giscard sort son fouet. Boisseau ! Les grandes compagnies de distribution, Gaumont, UGC, refuseront de sortir le film de l'Elysée. Fin de la libéralisation.

Comment devient-on censeur ? Par peur des voyous qui tournent autour des carrosseries neuves avec des bouts de fer aiguisés, pour avoir vu faire ça au cinéma « Les Reflets » par des acteurs de leur âge qui, eux, ont appris un rôle et répété vingt fois la scène, mais les voyous n'en savent rien et personne ne leur dévoile le truc, le plus simple étant d'interdire les rayures sur les carrosseries à l'écran. D'ailleurs, toute explication franche est subversive puisque démystifiante, silence !

On devient censeur par peur des flaques de foutre à la sortie des églises. Allez expliquer ça à votre grande fille endimanchée qui marche dedans. Vous dites : « C'est de la colle d'affiche. » Elle vous dit : « Au milieu de la rue ? » Il y a de la suspicion dans sa voix. Ça peut lui rester.

On devient censeur parce qu'on a des digestions et pas d'imagination, et qu'on n'aime pas que pendant qu'on digère d'autres repeignent la pièce, fassent courant d'air, se chuchotent des choses et profitent de votre roupillon pour vous transporter au grenier avec votre fauteuil, votre bureau, vos dossiers et votre loupe coupe-papier. La sieste, c'est la sieste ! Je veux voir tout le monde couché, pas de livres, pas de parlottes, on ferme les yeux. Et pas de permissions de cabinets, on prend ses précautions avant !

On devient censeur, je vais vous dire, par goût des labyrinthes. C'est tellement excitant de construire un labyrinthe et d'obliger les malins, les intellectuels créateurs à trotter comme des rats de laboratoire dans des couloirs tordus. C'est tellement salivant d'obliger, prenons Sartre, tout le monde connaît, à perdre ses dernières belles années dans les détours et les culs-de-sac. Sartre et ses belles facultés se cognant le nez !

Et tout au bout, quand il croit avoir gagné, on lui dit : « Ah non, monsieur... monsieur comment, déjà ? » Vous imaginez la scène ! Sartre ! Déjà sa gueule ! Plus la gueule qu'il fait !

Quand on n'est rien, je vous jure que c'est bon !

Sartre, c'est la télé qui lui a fait le coup. Restons dans le cinéma. Pasolini !

Le faiseur d'images peut éprouver l'illusion de la puissance et se croire invulnérable le temps qu'il commande aux lumières, aux acteurs et aux caméras. Mais vient l'heure où les projecteurs s'éteignent, allez, salut ! Les machinistes, les opérateurs, les habilleuses rentrent chez eux et la script a un rancard. Qu'est-ce qu'il est, à ce moment-là, le faiseur d'images, sur le plateau noir et désert comme un terrain vague de banlieue ? Et qui, à ce moment-là, tient le bon bout de la barre de fer ?

C'est pas moi qui verserait une larme sur la fin tragique de ces singuliers personnages travaillés par le besoin maladif d'accoster les autres : « Eh ! Ecoutez voir ! J'ai pensé à un truc. » M'emmerdent ! Il y a bien assez de culture comme ça, sans toujours vouloir en rajouter de la nouvelle qui ne vaut pas l'ancienne. Ou alors adapter pour l'écran les chefs-d'œuvre de la littérature, là je suis d'accord.

Si ça vous intéresse, j'ai des adaptations toutes prêtes plein mes tiroirs. On peut en discuter. J'accepte d'avance vos suggestions. Je peux retoucher tout ce que vous voulez. Ça ne demande qu'à être travaillé dans le sens que vous souhaitez. François Périer ? Ah oui, très bien. Dommage que Michèle Morgan se soit coulée, en compagnie de Giscard, avec un mauvais film de cul adapté de Delfeil de Ton.

Quoi qu'il en soit, si vous ne voulez pas de mes scénarios (scénarii), ce n'est pas grave. J'ai toujours su refermer mes tiroirs avec un sourire à peine hideux, même lorsque je me pinçais les doigts. C'est ce qui m'a valu une assez belle carrière dans la censure. Ça et mon flair, il faut être juste. Car j'ai du flair. Je sens venir.

Je les sens venir et je les entends, les marmonneurs. Je les connais, leurs marmonnages : « Tous créateurs, tous imaginant, l'expression pour tous, cassons les salles et les circuits et traversons les labyrinthes en ligne droite. Et passons à travers les commissions, les organismes, le Centre du cinéma et la censure. Et regardons un peu ce qu'on voit dans ces caméras et filmons un peu ce que les autres ont à montrer. Et voyons si le ventre des marchands de pellicule est bien élastique. Et essayons donc la caméra des pères Lumière pour voir si elle n'est pas suffisante. Et si on décrochait cette vieille enseigne pourrie « Septième Art » ? Et si on faisait du cinoche pour le plaisir de voir bouger ? Et si on reprenait un peu la question du spectacle, du fric et du système tout entier ? »

Ah ! Je vous vois venir.

Ah ! Je vous entends bien.

Ah ! Mais je vous préviens : il y aura du flic !

Gébé.

La redoutable loi de 49

Après la Seconde Guerre mondiale, la France adopte la loi du 16 juillet 1949 pour protéger la jeunesse des « mauvaises lectures ».

Cette loi, supervisée par la Commission de surveillance et de contrôle, est d'abord utilisée à l'encontre des bandes dessinées, puis la censure s'étend aux journaux, comme *L'Hebdo Hara-Kiri* ou *Détective*.

DOUBLE PAGE
1978 *Charlie Hebdo* n° 421
du 7 décembre

GRANDE VICTOIRE POUR LA DIGNITE HUMAINE !

LES NOUVEAUX CURÉS CRÈVENT « Détective »

- UNE DROITE QUI DÉTIENT LE QUASI-MONOPOLE DE L'INFORMATION (A.F.P., TÉLÉ, RADIO, TROIS QUOTIDIENS PARISIENS, UNE QUINZAINE DE QUOTIDIENS NATIONAUX, ET LE RESTE)
- QUATRE PÈRES ET MÈRES LA PUDEUR (DONT UN PRÉSIDENT D'ASSOCIATION DE PÈRES ET MÈRES LA PUDEUR), PLUS UN ADO LA PUDEUR (PRÉSIDENT D'UNE ASSOCIATION DE JEUNES COINCÉS, FUTURS LA PUDEUR) QUI PORTENT PLAINTE CONTRE LE JOURNAL « DETECTIVE » POUR ATTEINTE À LEUR PRUDERIE PÉTAINISTE.
- UN GRAND PARTI DE GAUCHE, ET DE LA RÉSISTANCE, QUI SOUTIENT A PLEIN ORGANE CENTRAL L'OFFENSIVE PÉTAINISTE LA PUDEUR.
- UN POUVOIR TROP CONTENT DE PRÊTER AU GRAND PARTI DES TRAVAILLEURS CHASTES SON HIDEUX PETIT NÉCESSAIRE À CENSURER (COMMISSION DE SURVEILLANCE ET DE CONTRÔLE DES PUBLICATIONS DESTINÉES À L'ENFANCE ET À L'ADOLESCENCE.)
- DES FEMMES RÉVOLTÉES PAR LE SEXISME AMBIANT QUI, DANS LEUR RAGE, APPUIENT SUR LE MAUVAIS BOUTON ET ENVOIENT L'ASCENSEUR À L'ÉTAGE OÙ L'ON ASSASSINE LES JOURNAUX (MANIF DU 30 NOVEMBRE)
- UNE PRESSE QUI SE LAISSE COUPER UN PIED PARCE QU'ON LUI FAIT HONTE DE SES ONGLES SALES ET QU'ON LUI DIT QU'IL PUE.
- DEMAIN, LE DIALOGUE FUNÈBRE ENTRE LE BOURRAGE DE CRÂNE GOUVERNEMENTAL ET LA PROPAGANDE DE L'OPPOSITION LÉGALE, DANS LE SILENCE D'UN PAYS SANS VOIX. RÉCURÉS DANS UN SENS, RÉCURÉS DANS L'AUTRE, L'ENFANCE ET L'ADOLESCENCE AURONT ENFIN L'ÉCLAT DES LAVABOS.

EN ATTENDANT, IL ÉTAIT TEMPS D'EXTIRPER CETTE VERRUE DE L'ENVIRONNEMENT OÙ S'ÉPANOUIT LA JEUNESSE

FEMINOS, COCOS, SOCIALOS, GAUCHOS, DE

LAISSEZ LES LOIS FA

Communistes, culs-bénits, même combat !

Qu'un journal d'excités prône, ouvertement ou allusivement, les saines et viriles vertus de la guerre, le chauvinisme, l'horreur de la démocratie, la haine raciale, le culte du chef, la femme pondeuse et soumise, le peuple robotisé et même l'assassinat politique, ce journal sera, par les autres journaux, par les partis politiques, par les mouvements et associations aux idées opposées aux siennes, considéré comme un brûlot d'illuminés ou de roublards, certes, mais aussi comme un adversaire plus ou moins loyal, mais avec qui on joue le jeu, contre qui on croise le fer suivant les règles de la polémique bien tempérée, que l'on traînera à l'occasion dans la boue – en caractères d'imprimerie soigneusement calibrés –... Enfin, bref, il ne viendrait jamais à l'idée, même au plus rouge de la colère, d'appeler contre lui les flics. De réclamer au pouvoir son interdiction, c'est-à-dire sa mort. On est entre gentlemen, que diable ! Vous estimez que le Juif pue, que l'Arabe est feignant, que le nègre n'est pas un homme, c'est votre opinion, je ne la partage pas et même je lutte contre elle, mais ceci est de la politique, c'est une opinion politique, votre journal est un journal d'opinions politiques, je lutte contre vous à armes égales, c'est-à-dire avec ma plume, nos idées se heurtent dans l'air frisquet et cliquètent à bruit joyeux. Je vous hais, je vous trouve con, charognard et pousse-au-crime, mais je n'userai pas de déloyauté envers vous. Répandez vos idées, mon cher, c'est la liberté.

Qu'un journal de margoulins roublards étale chaque semaine sur tous les kiosques de France le fait-divers merdeux (à base de cul, toujours) le plus propre à faire sursauter d'horreur gourmande les mémères et les pépères et à enrichir leur triste vie d'abominations délectables qui alimenteront les conversations passionnées d'un jour entier, aussitôt, plus de fair-play, plus de gentlemen, plus de sacro-sainte liberté de la presse ! Les pères-la-pudeur et les Associations pour le Lapinisme dans la Dignité se dressent. Exigent que soit interdite l'ordure. Les vierges combattantes, les femmes opprimées luttant pour l'égalité et la responsabilité se dressent aussi, à l'autre bout, et exigent la même chose, en termes plus crus.

Tout ça gueule tellement fort que le Pouvoir, charmé de pouvoir faire plaisir à tant de monde sans dépenser un sou, obtempère avec empressement. « Détective » est interdit à l'affichage. Interdiction majeure, complète, dont on n'avait pas vu d'exemple depuis longtemps. Peut-être bien pas depuis celle de « L'Hebdo-Hara-Kiri », en 1970.

Ah, ouais ! On t'attendait là ! Les féministes fourrent « Détective » et « Charlie-Hebdo » dans le même sac. Alors, naturellement, tu prends la défense de « Détective » ! Normal...

Faire interdire un journal con, c'est faire preuve d'intelligence.

Et voilà ! Je devrais avoir le bec cloué... Ça me ferait mal, tiens ! Rien à foutre de « Détective ». Je le lisais pas. Parce que ça m'emmerde, c'est tout. Pas parce que ça me révolte. Il y a des choses qui me révoltent bien davantage. Eh, quoi, merde ? Qu'est-ce qu'il y avait donc de si révoltant, de si « sexiste », dans « Détective » ? « Détective » traitait les mêmes faits-divers que le « Parisien Libéré », que « France-Soir », que tous les quotidiens de province, les mêmes, exactement. Simplement, il sélectionnait les faits-divers de cul (et où le cul n'est-il pas, surtout en matière de faits-divers ?), il leur collait un titre fracassant, en lettres d'affiche, un titre évocateur d'orgies vinassières, de cocuages compliqués, de petite culotte malpropre, de choses sales et fascinantes QUI AURAIENT PU SE PASSER CHEZ LE VOISIN. C'est ça, le grand truc : le ragot de fond de cour projeté sur grand écran, les murs devenus transparents, le cul de la salope d'en-face collé sous ton nez, la mère de famille d'à-côté violée par son propre fils, le voyeurisme élevé à la dignité d'une institution nationale.

BIENTOT ! LE SEUL JOUR

« Détective » n'a rien inventé. Chatouiller le cochon (et la cochonne) est la vocation de toute la presse dite « à sensation », et si d'autres hebdomadaires, comme « Ici-Paris », « France-Dimanche », « Paris-Match » ou « Jours de France » préfèrent polariser les foules sur le cul des vedettes plutôt que sur celui des héros de faits-divers, c'est que leur créneau, à eux, est là, y a une clientèle pour, clientèle tout aussi con, aussi précocement sénile, aussi racornie, vicelarde, méchante et puant de la gueule que celle de « Détective ». « Détective » a mis l'accent sur l'essentiel, a, si j'ose dire, dépouillé le fait-divers, en même temps que du détail sans intérêt, de l'hypocrisie qui feignait de ne traiter le détail « cul » que comme un détail parmi les autres. Alors que ce « détail »-là, seul, intéresse le lecteur, lui fait porter la main à la braguette (ou à l'entre-cuisses).

« Détective » vendait du cul. Oui. Du cul sale. Oui. Du cul bête. Oui. Du cul abêtissant. Oui, oui, oui. Pas que « Détective ». « Lui » aussi vend du cul, et beaucoup plus que « Détective », du cul à l'état pur. Et « Play-Boy ». Et... Oh là, eh, arrête, elles vont exiger l'interdiction de tout ça, et elles diront que c'est toi qui leur as donné l'idée !

Sexiste ? J'ai pas vu ça, moi. Justement, Ducon, c'est la preuve : t'es trop phallo toi-même pour

Ça, c'est un extrait de ce que j'avais écrit en nov. 72, lorsque "L'Hebdo-Hara-Kiri" avait été interdit à la suite de la fameuse couverture : "Bal tragique à Colombey : 1 mort".

Le pouvoir a, avec ce machin, un instrument merveilleux. Vous rendez-vous compte ? Supprimer les journaux qu'on n'aime pas par un simple décret, sans un bruit, sans un pli, sans qu'ils puissent protester devant qui que ce soit, ni se défendre, ni même s'expliquer, sans qu'on ait même à leur donner le motif de cette condamnation à mort, quel progrès ! Les confrères n'iront pas gueuler qu'on assassine la liberté de la presse : on n'a rien assassiné du tout. On n'a pas fait voter une loi de circonstance, on n'a violé aucune loi existante. On n'a fait qu'appliquer les textes. Et comme on a eu soin de les éparpiller, les textes, un peu partout dans le code, sans qu'ils se trouvent nulle part rassemblés, on a habilement semé un brouillard d'ignorance et de confusion bien propice. Tiens, un peu d'histoire :

Initialement, cette loi avait vraiment pour but de surveiller les publications « destinées à la jeunesse ». C'était en 1949. Elle fonctionna dans sa petite spécialité jusqu'en 1958, année où Charles le Sauveur, s'étant laissé faire une douce violence, accepta de sacrifier sa paisible retraite pour la tâche que l'on sait. Il avait besoin d'une bonne muselière à journaux prête à servir pour le cas où. On n'est jamais trop prudent. Mais quelque chose de discret, hein, pas de vagues. On chercha donc dans le bric-à-brac laissé par la vieille IVe, et un bricoleur de génie exhuma de là-dedans la loi sur les publications pour la jeunesse. Bien tripatouillée, elle devint l'instrument de mort que nous avons eu l'honneur de vous présenter. C'était en 1959. Ceci passa inaperçu, et c'était bien ce que désiraient le Sauveur et sa Cour. Quelques vagues additifs à une loi sur les journaux d'enfants, qui s'en fût soucié ? Passez muscade.

Lisez le texte de cette loi. C'est un chef-d'œuvre de concoction papelarde, un entrelacs d'ambiguïtés, la neuvième symphonie de l'hypocrisie. Ah, les vaches, ah, les sournois !

Vous rendez-vous compte, bonnes gens, et vous, journalistes superbes, **que la presse française est sous le régime des journaux pour enfants ? Les seuls journaux « normaux » sont « Mickey », « Spirou » et « Pif le Chien » ! Tout journal non spécialement conçu pour les enfants est suspect et tout juste toléré. Une simple** décision du Ministre de l'Intérieur (c'est-à-dire du Ministre de la Police), décision dont il n'a à rendre compte à personne, qu'il n'a pas à motiver, et contre laquelle il n'y a aucun recours, peut, en un instant, faire cesser de vivre n'importe quel journal. La prétendue « logique » de cette loi puante de scélératesse conduit à ceci : tout journal qui n'est pas un journal pour enfants risque de tomber sous les yeux d'un enfant. Il devrait donc être interdit à l'affichage. Journalistes, vous êtes tous des interdits en sursis !

CRATES, PROGRESSISTES... VOUS DECONNEZ !

CISTES AUX FASCISTES

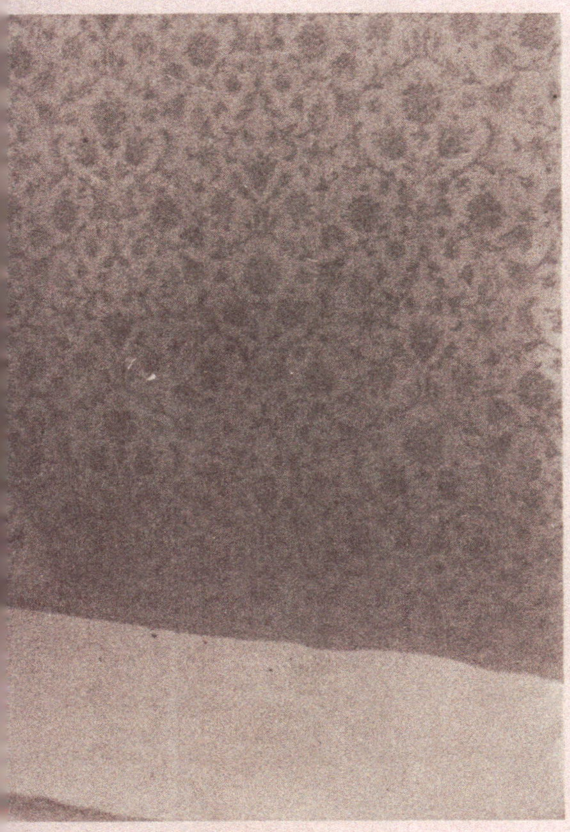

ORISÉ : LE PAPIER PEINT.

voir le sexisme là où il est ! J'ai vu de la connerie, du ragot, de la passion merdeuse, du sang, du cul, de la tristesse... J'ai pas vu de sexisme, c'est-à-dire, si j'ai bien compris, de femme ravalée systématiquement à l'état d'objet sexuel. J'ai vu de pauvres cons et de pauvres connes essayant de résoudre leurs difficultés baisatoires ou sentimentales en expérimentant dans la grange les hardiesses vues au ciné ou à la télé, ou réglant très classiquement à coups de fusil de chasse à travers la gueule leurs très classiques histoires de jalousie rurale. A chialer. La lecture des articles, la vue des photos, vous foutaient le cafard. A moi, en tout cas. Pauvres gens ! Et c'était écrit par des illettrés se servant de la main gauche ! Peu importe. Le client n'achetait pas de la littérature.

Tout était dans les titres. Dans celui de la couverture, surtout. Pharamineux ! Les affichettes de « Détective » ! C'était devenu une institution. Je me demandais : « Qu'est-ce qu'ils vont bien avoir pu inventer cette semaine ? » Plus fort que la semaine d'avant, c'était pas possible. Et pourtant, si ! Ils le faisaient ! J'imaginais les gras lascars se fendant la gueule après avoir enfin trouvé un nouveau truc énorme (et inédit !) à faire faire à la mariée...

On dirait que l'idée initiale a été pêchée dans ce titre de roman-feuilleton édité par épisodes dans les années cinquante : « Abandonnée le soir de ses noces ! ». Succès énorme. Point d'exclamation inclus dans le titre.

A partir de là, « Détective » brodait. « Livrée à ses copains le soir de ses noces ! ». « Prostituée au sortir de l'église ! ». « Toujours vierge au retour du voyage de noces : son mari couchait avec les garçons d'hôtel ! ». « Trompée pour une truie le soir de ses noces ! ». « Châtré le soir de ses noces ! »... Pas que les noces, mais les noces étaient un solide pilier.

Il y aurait une thèse à faire sur la mythologie « Détective », un recensement statistique des situations, des évocations suggérées, des mots les plus efficaces, savoir qui l'emportait dans la faveur des lecteurs, du cul ou de la passion. Ou du sang... J'espère que quelqu'un l'écrira, cette thèse.

La dignité, c'est ce qui rend le bétail fier d'aller à l'abattoir.

Qu'est-ce que la dignité vient foutre là-dedans ? Qui plus est, la dignité « de la femme », spécialement ? Ma dignité n'est pas dans mon cul, et ce n'est pas de « dignité » qu'il faut parler ici. Dignité ? Connais pas. Bêtise, oui. Dites-moi que « Détective » était, non pas bête, mais flatte-bête, j'applaudis.

Que des merdouilles comme « Détective » existent, ça me fait honte, non parce qu'il y a des types pour le faire, mais parce qu'il y en a pour l'acheter. J'ai beaucoup plus honte encore quand j'apprends que « Le Chasseur Français », cette montagne de niaiseries pour assassins repus, tire à plus d'un million (chiffre qui date peut-être, pas de temps à perdre à vérifier de telles conneries, sachez qu'il vend beaucoup beaucoup, ça suffit pour la démonstration). Ce n'est pas à coups d'appels aux flics et d'interdictions qu'on luttera contre la connerie. Ne voir là qu'affaire de « sexisme » et de « dignité », c'est se fourrer le doigt dans l'œil. « Jours de France » est infiniment plus pernicieux que « Détective ». « Jours de France » traîne chez tous les coiffeurs, les dentistes, les médecins. Pourquoi ces intellectuels ne jettent-ils pas à la poubelle l'exemplaire gratuit qu'ils reçoivent ? Sont trop cons pour voir à quel point c'est con, en quoi c'est con ? C'est pas sexiste, « Jours de France » ? Eh, les frangines !

Plein le cul de me faire bomber « sexiste » presque sur la gueule alors qu'il n'y a pas plus proféministe que moi (Demandez aux bonnes femmes qui me connaissent. Et d'abord, qu'aurai-je à perdre à l'égalité, et même à l'avènement des femmes ? Pas plus cons que les hommes, elles sont, et moins féroces, j'ose croire, et puis, moi, elles me rassurent, na. Vivent les femmes ! Et merde à celles qui m'aiment pas !). Plein le cul d'expliquer la loi d'interdiction à l'affichage à des générations de cons et de connes sans cesse renouvelées et redécouvrant sans cesse avec la même extase les mêmes Amériques de merde !

La liberté, c'est aussi la liberté d'être con.

Il n'y a pas deux libertés de la presse. Les cons AUSSI ont le droit de parler (sinon, QUI décidera qui est con ?). Si vous estimez les gens (les « autres ») trop cons pour être laissés libres de choisir, ne voyez-vous pas que vous condamnez la liberté même ? Toute la liberté ?

Toute loi qui supprime SANS JUGEMENT un journal, un livre, un moyen d'expression, est une loi scélérate, une négation de la démocratie, un défi à la Déclaration des Droits de l'Homme.

Cette « Commission de surveillance des publications destinées à la jeunesse » (!!), commission croupion dont le ministère de l'Intérieur ne fait semblant de prendre les « avis » au sérieux que lorsqu'il a décidé de torpiller une publication gênante pour le pouvoir ou (comme aujourd'hui) lorsqu'il veut donner des gages qui ne coûtent rien à un quarteron d'affamés de « dignité » (« dignité » des lapinistes et « dignité » des ventres libres pour une fois unanimes !)... Ecoutez, j'en ai marre, j'ai expliqué ça en long et en large tant et tant de fois, ça me sort par le nez, reportez-vous donc à votre précieuse collection.

« Je ne tolérerai aucune censure d'aucune sorte ».

Giscard accédant au pouvoir.

Ils ont appelé les flics, les flics sont venus. Ils sont contents. Les femmes en lutte, les « laissez-les-vivre », les communistes, les fachos, les centre-mou, les chiraquoux, les gauchos, les messe-en-latin, les jésus-est-amour, le cadre noir, les anciens de Quatorze-Dix-Huit, l'amicale des pêcheurs à la ligne, monsieur Ricard et la mère Denis, tous chantent victoire, grande et éclatante victoire ! Le laideron ne se branlera plus en lisant « Violée par deux gorilles le soir de ses noces ». La concierge ne commentera plus les amours compliquées de trois homosexuels amoureux de deux gouines qui les forçaient à boire l'urine de... Oh, eh, continuez donc vous-même. Tiens, c't'une idée ! Jouez à vous bricoler vous-même votre « Détective » à la maison. C'est pas dur : vous prenez un soir de noces, vous prenez un jeune mari, une jeune épouse, et puis tout ce qui vous passera par la tête : un cheval, un fer à repasser, une moissonneuse-batteuse, un régiment de la Légion, des quintuplés clandestins... Celui qui dira « un raton-laveur », ma main sur la gueule...

> *Extrait de "Charlie-Hebdo" n° 1*
>
> **Nous récusons la « légalité » d'une loi qui place la liberté de la presse et toute la liberté d'expression entre les mains d'un seul homme, le dotant ainsi d'un pouvoir formidable et sans contrôle. Une telle loi instaure en fait et sanctifie l'illégalité. Une telle loi est essentiellement anti-démocratique. Elle doit disparaître. Tous les journalistes, mais aussi tous les citoyens qui ne veulent pas se laisser museler, doivent lutter avec nous par tous les moyens en leur pouvoir pour obtenir l'abrogation de cette loi hypocrite et scélérate, véritable machine de guerre répressive qui peut, au moment opportun, bâillonner tel ou tel journal sans même avoir à fournir de motif.**

On n'utilise pas une loi fasciste pour défendre la démocratie. Les vieux cons pères-la-pudeur-et-associations-de-familles, je les laisse, ça leur va comme un gant ce qu'ils ont fait là. Pouah, les laids, les tout noirs, les sales cafards ! (Pardon, mes amis les cafards). Mais vous, les filles, vous avez marché comme des connes, et ça, ça me fait mal. Vous avez marché comme des générales de Hauteclocque, comme des péteuses, comme des enfants de Marie. Vous avez appelé les flics pour faire interdire un journal ! Vous vous rendez compte ? Si ça vous retombe sur la gueule un jour, mes grandes, vous l'aurez bien cherché.

Et quand, dans un pays, existent des lois scélérates, faites dans un but scélérat, l'honneur – puisque vous avez sans cesse à la bouche l'« honneur » et la « dignité » – l'honneur, donc, et la dignité des citoyens leur commandent de faire COMME SI ELLES N'EXISTAIENT PAS.

Laissez les lois fachos aux fachos.

Rien ne doit se faire en dehors des tribunaux, ils sont là pour ça.

Vive la liberté de la presse, TOTALE et INCONDITIONNELLE.

Cavanna

Coluche, une candidature qui ne fait pas rire

Du 26 novembre 1980 au 4 mars 1981, *Charlie Hebdo* devient le journal officiel de la candidature de Coluche. Il se dote également d'un supplément, *Coluche-Hebdo*, pour donner la parole au candidat alors frappé d'interdiction à la radio et la télévision.

1981
Charlie Hebdo n° 541
du 25 mars

1981
◀ *Charlie Hebdo* n°535
du 11 février

La gauche au pouvoir, la censure bouge encore

Arrivée au pouvoir en 1981, la gauche ne semble pas très à l'aise avec la censure et n'ose pas lui tordre le cou.

1981
Charlie Hebdo n°563 ▶
du 26 août

Jack Lang, ministre de la Culture, souhaite supprimer la Commission de contrôle des films mais fait face à de nombreux refus de la part du gouvernement. Il tente alors de réformer la censure au cinéma en intégrant des jeunes de 18 à 25 ans au sein de la Commission.

2000
◀ *Charlie Hebdo* n°417
du 14 juin

Élisabeth Guigou, ministre de la Justice, fait voter en 1999 un projet de loi interdisant aux médias de diffuser des images photographiques et audiovisuelles de personnes accusées de délit ou de crime, visant à ne pas porter atteinte à la dignité des victimes.

« APRÈS TOUT, SI NOUS DEVONS MAINTENIR UN SYSTÈME DE CENSURE... »

INTERVIEW DE JACK LANG DANS "PLAYBOY", EDITION FRANÇAISE : JACK, CRÉPITANT COMME UN FLIPPER VOLTAIRIEN, TOUS BONUS ALLUMÉS.

JACK ADHÉSIF (QUI DÉCLENCHE L'ADHÉSION) SAUF QU'APRÈS AVOIR FLÉTRI LE FRANGLAIS IL ANNONCE UN "New Deal de la Culture". MAIS UN NOUVEAU BOND VERS LES ETOILES, EN COMPAGNIE DE JACK le New-Dealer, REND LE DÉTAIL RAPIDEMENT INVISIBLE.
JACK LE CHARMEUR : ON EST BÉAT. ET, SOUDAIN, JACK BORGIA NOUS VERSE LE POISON DANS LA GORGE. JACK MACHIAVEL NOUS FAIT LE COUP DES CISEAUX.

PLAYBOY : *Etes-vous particulièrement libéral sur le chapitre du sexe ?*

LANG : *Si le ministre de la Culture ne l'était pas, quel ministre le serait ? [...] sans être expert en psychologie, je trouve anormal qu'un garçon ou une fille de seize ans n'ait pas le droit de voir des images que vous et moi pouvons voir [...]* APRÈS TOUT, SI NOUS DEVONS MAINTENIR UN SYSTÈME DE CENSURE, MON IDÉE EST D'INTRODUIRE UNE MOITIÉ DE JEUNES DANS LA COMMISSION.

● La bande dessinée est-elle un genre strictement réservé aux enfants ?

● La presse tout entière doit-elle continuer à être tenue sous surveillance comme une presse pour enfants ?

En la ville d'Angoulême, au lieu-dit "La Bulle", se tient, les 19, 20 et 21 janvier le Salon de la B.D, sur le thème de "LA LIBERTE D'EXPRESSION".

Profitant de l'occasion, toute l'équipe de "Charlie-Hebdo" prend le train pour Angoulême afin de participer au grand débat du samedi 20, à 15 heures. Qu'on se le dise !

A BAS LA CENSURE HYPOCRITE !

La presse française tout entière est depuis 20 ans soumise au régime de surveillance de la presse enfantine. Ceci est ridicule et absurde. C'est surtout inique. C'est en fait une arme politique, terriblement efficace entre les mains du pouvoir en cas de besoin.

Cette mise en tutelle est le résultat du détournement hypocrite d'une loi (16 juillet 1949) qui avait effectivement pour but, à l'origine, la surveillance des illustrés pour enfants. Cette loi voulait éviter que ne s'y donnent libre cours des tendances estimées dangereuses pour la formation morale des jeunes lecteurs : exaltation de la violence, apologie du crime, vulgarité d'inspiration, grossièreté du langage, défauts où tombaient trop facilement les récits d'aventures. Le sexe aussi était concerné, mais secondairement, en ces temps où il ne menaçait guère d'envahir les journaux pour enfants.

Une commission mixte, siégeant au ministère de la Justice, fut chargée de veiller à la bonne tenue des journaux pour enfants. Son titre était sans équivoque : « Commission chargée de la surveillance et du contrôle des publications *destinées à* l'enfance et à l'adolescence ». Nous soulignons *destinées à*, mots-clefs (1).

La Commission signalait au service compétent du ministère de la Justice les journaux pour enfants et adolescents qu'elle estimait répréhensibles. Le ministère pouvait alors porter plainte et engager des poursuites contre ces publications par les voies judiciaires normales, dans le cadre des lois réglementant la presse.

En décembre 1958, cette loi fut modifiée et son action étendue à toutes les publications, qu'elles aient à voir avec la jeunesse ou non. Ceci fut fait, intentionnellement et très discrètement, par le moyen d'une simple ordonnance rendue par le gouvernement du général de Gaulle en vertu des pleins pouvoirs dont il avait été investi après le 13 mai 1958. Cette ordonnance introduisait un certain article 14 qui donnait au ministre de l'Intérieur tout pouvoir pour interdire « d'exposer à la vue du public en quelque lieu que ce soit » « les publications *de toute nature* présentant un danger pour la jeunesse en raison de leur caractère licencieux ou pornographique, ou de la place faite au crime ou à la violence ».

Il ne s'agit pas là d'une simple nuance. C'est énorme. Du coup, TOUTE la presse tombe sous la coupe de la Commission. Tout ce qui, dans la presse destinée aux adultes (c'est-à-dire l'immense majorité des publications) risque de porter atteinte à l'âme enfantine (ou simplement est estimé tel par la Commission) entraîne de sa part une dénonciation au ministère de l'Intérieur qui, s'il le juge bon, décrète l'interdiction de la publication à l'affichage.

En fait, ça fonctionne dans l'autre sens. La Commission n'a que voix consultative. Le ministère ne tient compte de ses avis que lorsqu'il a *d'abord* décidé d'interdire et que ces avis vont dans son sens. Mais il peut aussi très bien interdire sans que la Commission soit consultée, ou même lorsqu'elle est d'un avis contraire. Le ministère de l'Intérieur décide en toute souveraineté, par un simple décret paraissant au « Journal Officiel » et immédiatement exécutoire. *C'est l'arbitraire total*, sans recours possible.

(1) Loi du 16 juillet 1949, article premier :
« Sont assujetties aux prescriptions de la présente loi toutes les publications, périodiques ou non, qui, par leur caractère, leur présentation ou leur objet, apparaissent comme principalement destinées aux enfants et adolescents. »

Loi du 16 juillet 1949, article trois :
« Il est institué, au ministère de la Justice, une commission chargée de la surveillance et du contrôle des publications destinées à l'enfance et à l'adolescence. »

Le service qui est chargé des interdictions à l'affichage appartient à la « Direction de la Réglementation », c'est-à-dire à la police.

Camouflée derrière une commission-prétexte, c'est donc en fait directement la police qui décide de la vie et de la mort d'un organe de presse.

Qu'est-ce qu'une « interdiction à l'affichage » ?

Les mots sont intentionnellement bénins. Interdire à l'affichage, c'est-à-dire à l'exposition publique, cela paraît, au commun des mortels, pas bien méchant. En fait, les gens du métier savent qu'il est presque impossible de vendre dans ces conditions. Mais ce n'est encore là que l'aspect le plus anodin de la chose. On affecte de mettre l'accent sur l'interdiction d'exposer, alors que ce n'est qu'un aspect mineur de la « punition ». Les véritables mesures scélérates ne sont pas énoncées dans le texte, mais éparpillées dans le Code fort astucieusement. La plus terrible étant l'*interdiction faite à toute coopérative de distribution* (N.M.P.P. ou autre) *d'assurer le transport et la mise en place du journal.* Vous pouvez imprimer votre journal, mais il restera en tas sur le carrelage de l'imprimerie. *Ceci est une condamnation à mort instantanée.*

Ajoutons que l'interdiction à l'affichage concerne tous les numéros parus ou à paraître de la publication interdite, ainsi que tout ce qui porte son titre (albums, recueils, etc.).

Ajoutons encore que toute publicité pour une publication interdite à l'affichage est interdite, « sous quelque forme que ce soit », qu'un quidam pris à la lire dans un lieu public est en infraction, que même annoncer la mesure d'interdiction peut être considéré comme un délit, si le flic en décide ainsi. Arbitraire total.

Ajoutons encore que l'interdiction dite « à l'affichage » n'étant pas une décision judiciaire mais une simple mesure administrative, *il est impossible d'en faire appel.* Il n'existe aucune juridiction compétente. (Sauf le Conseil d'Etat : deux ans d'instruction minimum, non suspensifs de l'interdiction ! Même si le journal gagne son procès, où en sera-t-il après avoir disparu pendant deux ans ?)

Depuis 1973, un adoucissement de la loi permet, si le ministère le juge bon, de n'appliquer que l'« interdiction de vente aux mineurs », version atténuée qui n'entraîne pas l'interdiction de distribution. Il n'empêche que ceci reste une énorme gêne, une atteinte à la liberté de la presse, et que d'autre part l'interdiction totale continue en même temps à être appliquée, comme nous venons encore tout récemment de le voir avec « Détective », paix à son âme.

En somme, sous prétexte qu'il existe des enfants, la presse pour adultes est tout entière placée sous un régime de nursery, au même titre que les publications spécialisées dans l'enfance, lesquelles représentent une proportion fort minime de la totalité ! Pourquoi alors n'interdit-on pas dans les maisons la présence de fusils de chasse, qui sont pourtant autrement dangereux pour la jeunesse !... Ceci serait délirant si nous ne savions quels hypocrites calculs politiques se cachent derrière.

Tous les journaux qui ont publié des photos du massacre de Guyana, c'est-à-dire la totalité de la presse française, auraient dû être interdits à l'affichage, car ces images violemment traumatisantes pour la sensibilité enfantine pouvaient fort bien être contemplées par les enfants ! (Et le furent.)

En conséquence, nous exigeons l'abrogation des amendements et tripotages qui ont transformé la loi portant surveillance des journaux destinés à la jeunesse en loi donnant toute latitude au pouvoir de supprimer un journal qui lui déplaît sous un vague prétexte de « danger pour la jeunesse » toujours très facile à mettre sur pied. Nous exigeons le retour pur et simple au texte de la loi originelle, qui appliquait le principe de la surveillance aux seuls journaux *destinés à l'enfance.*

Conséquemment, nous exigeons la restriction de la compétence de la Commission aux seules publications destinées à l'enfance.

Ceci ne peut prendre son vrai sens et son plein effet que si les publications à vocation exclusivement ou préférentiellement enfantine l'annoncent clairement et bien visiblement sur leur page de titre : « PUBLICATION POUR LA JEUNESSE », ou toute autre formule à mettre au point, non équivoque, la même pour tous. Tout journal portant cette mention serait soumis à la surveillance spéciale de la Commission.

Toute publication ne portant pas cette mention ne sera pas soumise à la surveillance de la Commission et n'aura, le cas échéant, à répondre de ce qu'elle publie que devant les tribunaux, ainsi que le prévoient les lois républicaines régissant l'exercice de la liberté de la presse (outrage aux mœurs, diffamation, injures, secrets militaires, etc.).

Il faut ici faire une fois pour toutes la distinction entre bandes dessinées et journaux pour enfants. Les journaux de bandes dessinées pour adultes sont freinés dans leur essor par l'amalgame qui persiste, dans l'esprit du public mais surtout dans celui du censeur, entre B.D. et « petits Mickeys ». Tout ce qui est timidement audacieux, côté sexe, dans une histoire dessinée, déchaîne aussitôt l'impitoyable interdiction, alors que les magazines de photos nous offrent à peu près impunément des spectacles d'un réalisme ahurissant. La claire désignation « PUBLICATION POUR LA JEUNESSE » ou son absence supprimera l'équivoque.

Il est par contre stupide que certains magazines de B.D. soient amenés à porter la mension « RESERVE AUX ADULTES » ! « France-Soir » porte-t-il cette mention ? La bande dessinée est un moyen d'expression comme un autre, comme le texte, comme la photo, elle peut s'adresser à des adultes, à des spécialistes, à des enfants.

En résumé, cette loi détournée à des fins d'opportunité politique, cette loi de coup d'Etat, doit être ramenée et strictement cantonnée à son propos d'origine : la surveillance de la presse enfantine, et la Commission voir ses attributions réajustées en conséquence. Les journaux pour enfants doivent être clairement désignés. Les infractions aux lois sur la presse doivent être du ressort des seuls tribunaux.

A bas la censure hypocrite !

Vive la liberté de la presse !

Vive la B.D. !

Editions Audie *(Fluide glacial)*
Casterman *(A suivre)*
Dargaud *(Pilote)*
Elvifrance *(Sam Bot, etc.)*
Editions du Fromage *(Echo des Savanes)*
Les H nanoïdes Associés *(Métal Hurlant, Ah, Nana !)*
Editions du Square *(Charlie, B.D.)*

Nos livres au bûcher

Incitation à la pornographie, protection de la jeunesse, tous les prétextes sont bons pour interdire la publication d'un ouvrage, quand on veut bien s'en donner la peine.

1979
◀ *Charlie Hebdo* n°427
du 18 janvier

Plusieurs maisons d'édition se rassemblent pour publier, dans leur journal respectif, un texte dénonçant les abus de la loi de 1949.

1996
Charlie Hebdo n°189 ▶
du 31 janvier

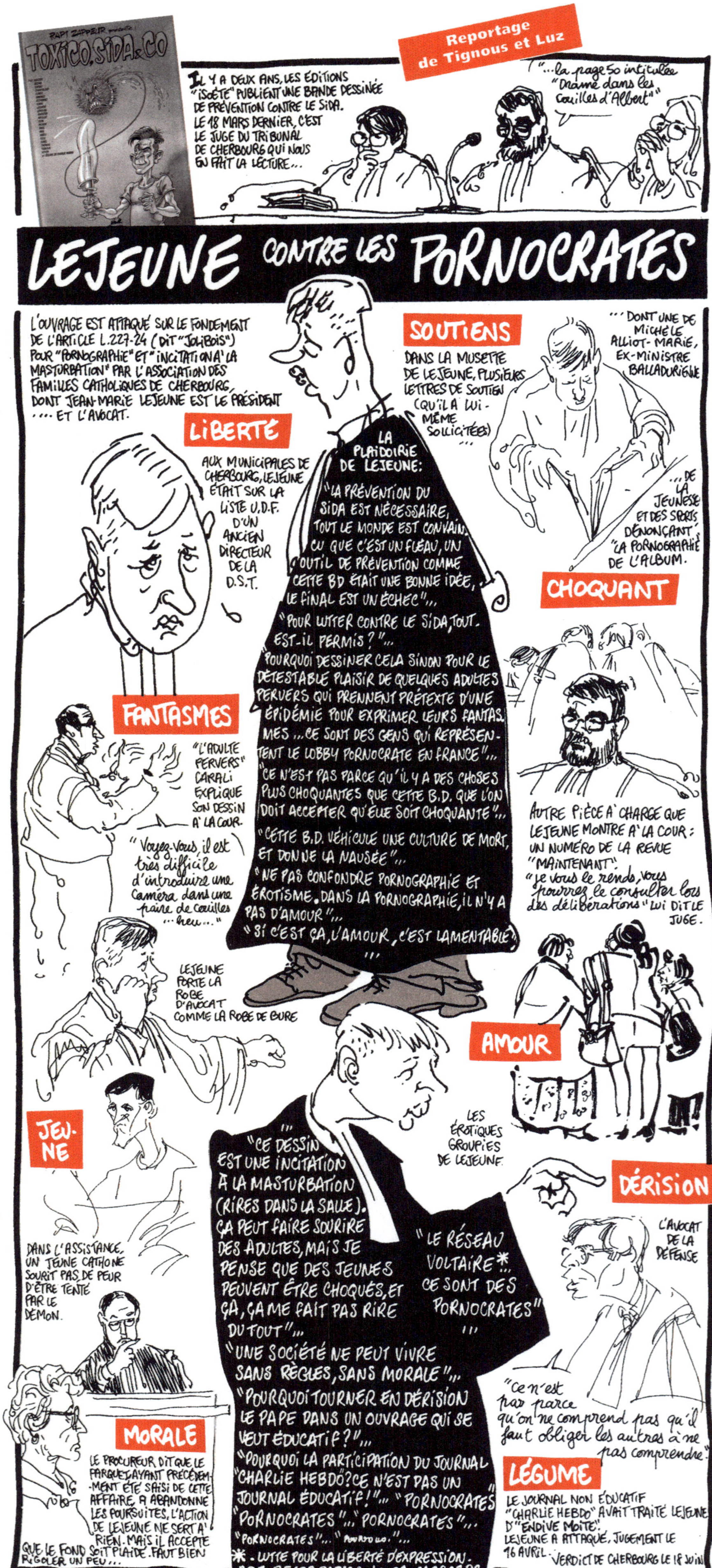

RAPT ZAPPEIR présente :
TOXICO, SIDA & CO
Reportage de Tignous et Luz
IL Y A DEUX ANS, LES ÉDITIONS "ISOÈTE" PUBLIENT UNE BANDE DESSINÉE DE PRÉVENTION CONTRE LE SIDA. LE 18 MARS DERNIER, C'EST LE JUGE DU TRIBUNAL DE CHERBOURG QUI NOUS EN FAIT LA LECTURE...
"...la page 50 intitulée "Drame dans les couilles d'Albert""
LEJEUNE CONTRE LES PORNOCRATES
L'OUVRAGE EST ATTAQUÉ SUR LE FONDEMENT DE L'ARTICLE L.227-24 (DIT "JOLIBOIS") POUR "PORNOGRAPHIE" ET "INCITATION À LA MASTURBATION" PAR L'ASSOCIATION DES FAMILLES CATHOLIQUES DE CHERBOURG, DONT JEAN-MARIE LEJEUNE EST LE PRÉSIDENT .... ET L'AVOCAT.
LIBERTÉ
AUX MUNICIPALES DE CHERBOURG, LEJEUNE ÉTAIT SUR LA LISTE U.D.F. D'UN ANCIEN DIRECTEUR DE LA D.S.T.
SOUTIENS
DANS LA MUSETTE DE LEJEUNE, PLUSIEURS LETTRES DE SOUTIEN (QU'IL A LUI-MÊME SOLLICITÉES) ...
... DONT UNE DE MICHÈLE ALLIOT-MARIE, EX-MINISTRE BALLADURIENNE
... DE LA JEUNESSE ET DES SPORTS DÉNONÇANT "LA PORNOGRAPHIE" DE L'ALBUM.
LA PLAIDOIRIE DE LEJEUNE :
"LA PRÉVENTION DU SIDA EST NÉCESSAIRE, TOUT LE MONDE EST CONVAINCU QUE C'EST UN FLÉAU, UN OUTIL DE PRÉVENTION COMME CETTE BD ÉTAIT UNE BONNE IDÉE, LE FINAL EST UN ÉCHEC"...
"POUR LUTTER CONTRE LE SIDA, TOUT EST-IL PERMIS ?"...
"POURQUOI DESSINER CELA SINON POUR LE DÉTESTABLE PLAISIR DE QUELQUES ADULTES PERVERS QUI PRENNENT PRÉTEXTE D'UNE ÉPIDÉMIE POUR EXPRIMER LEURS FANTASMES ... CE SONT DES GENS QUI REPRÉSENTENT LE LOBBY PORNOCRATE EN FRANCE"...
"CE N'EST PAS PARCE QU'IL Y A DES CHOSES PLUS CHOQUANTES QUE CETTE B.D. QUE L'ON DOIT ACCEPTER QU'ELLE SOIT CHOQUANTE"...
"CETTE B.D. VÉHICULE UNE CULTURE DE MORT, ET DONNE LA NAUSÉE"...
"NE PAS CONFONDRE PORNOGRAPHIE ET ÉROTISME. DANS LA PORNOGRAPHIE, IL N'Y A PAS D'AMOUR"...
"SI C'EST ÇA, L'AMOUR, C'EST LAMENTABLE" ...
CHOQUANT
AUTRE PIÈCE À CHARGE QUE LEJEUNE MONTRE À LA COUR : UN NUMÉRO DE LA REVUE "MAINTENANT".
"Je vous le rends, vous pourrez le consulter lors des délibérations" LUI DIT LE JUGE.
FANTASMES
"L'ADULTE PERVERS" CARALI EXPLIQUE SON DESSIN À LA COUR.
"Voyez-vous, il est très difficile d'introduire une caméra dans une paire de couilles ...heu..."
LEJEUNE PORTE LA ROBE D'AVOCAT COMME LA ROBE DE BURE
AMOUR
LES ÉROTIQUES GROUPIES DE LEJEUNE
JEU-NE
DANS L'ASSISTANCE, UN JEUNE CATHO NE SOURIT PAS DE PEUR D'ÊTRE TENTÉ PAR LE DÉMON.
"CE DESSIN EST UNE INCITATION À LA MASTURBATION (RIRES DANS LA SALLE). ÇA PEUT FAIRE SOURIRE DES ADULTES, MAIS JE PENSE QUE DES JEUNES PEUVENT ÊTRE CHOQUÉS, ET ÇA, ÇA ME FAIT PAS RIRE DU TOUT"...
"UNE SOCIÉTÉ NE PEUT VIVRE SANS RÈGLES, SANS MORALE"...
"POURQUOI TOURNER EN DÉRISION LE PAPE DANS UN OUVRAGE QUI SE VEUT ÉDUCATIF ?"...
"POURQUOI LA PARTICIPATION DU JOURNAL "CHARLIE HEBDO" ? CE N'EST PAS UN JOURNAL ÉDUCATIF !"... "PORNOCRATES" "PORNOCRATES"... "PORNOCRATES"... "PORNOCRATES"...
"LE RÉSEAU VOLTAIRE*... CE SONT DES PORNOCRATES" ...
DÉRISION
L'AVOCAT DE LA DÉFENSE
"Ce n'est pas parce qu'on ne comprend pas qu'il faut obliger les autres à ne pas comprendre"
MORALE
LE PROCUREUR DIT QUE LE PARQUET, AYANT PRÉCÉDEMMENT ÉTÉ SAISI DE CETTE AFFAIRE, A ABANDONNÉ LES POURSUITES. L'ACTION DE LEJEUNE NE SERT À RIEN. MAIS IL ACCEPTE QUE LE FOND SOIT PLAIDÉ. FAUT BIEN RIGOLER UN PEU...
LÉGUME
LE JOURNAL NON ÉDUCATIF "CHARLIE HEBDO" AVAIT TRAITÉ LEJEUNE D'"ENDIVE MOITE". LEJEUNE A ATTAQUÉ. JUGEMENT LE 16 AVRIL. VERDICT DE CHERBOURG LE 18 JUIN
* . LUTTE POUR LA LIBERTÉ D'EXPRESSION. BP 7. 75433 PARIS Cedex 09. 44790782

1976 *Charlie Hebdo* n° 309 du 14 octobre
◀ **1996** *Charlie Hebdo* n° 197 du 27 mars
2016 *Charlie Hebdo* n° 1427 du 15 juin

ATTENTION LIRE NUIT GRAVEMENT À LA SANTÉ

J'ai entendu parler des *trigger warnings* en mai dernier au Festival de littérature de Sydney, lors d'un panel nommé « Le danger des idées » où je causais avec trois essayistes anglo-saxons.

Trigger veut dire « gâchette ». Il s'agit d'avertir les lecteurs que tel livre risque de déclencher des idées noires et de raviver un traumatisme. La première mention officielle des *trigger warnings* semble être une motion adoptée le 25 février 2014 par les étudiants de l'université de Santa Barbara (Californie) : ils ont demandé aux professeurs de les prévenir quant au contenu des livres et autres supports, bien en avance, *« pour que la personne menacée par ce contenu n'ait pas à souffrir, en plus, de devoir quitter la classe au milieu du cours sous le regard des autres »*. On peut lire toute la motion sur le site de leur université.

Jeannie Suk, le 15 décembre 2014 dans le *New Yorker,* raconte la difficulté croissante qu'elle a à enseigner : cette professeure de droit à Harvard, spécialiste de la question du viol, s'est vu interpeller par plusieurs de ses étudiants qui ne supportaient ni le documentaire qu'elle leur avait montré *(Capturing the Friedmans)* ni même le mot viol. Elle propose alors, ironiquement, que les étudiants en médecine soient prévenus bien en avance qu'ils risquent d'être mis en contact avec des choses dérangeantes – la maladie, par exemple.

Tara Moss, une des essayistes avec qui je débattais à Sydney, écrit souvent des *trigger warnings* sur ses posts Facebook pour avertir qu'une photo peut choquer. C'est légitime. Il y a longtemps qu'au journal télévisé on nous prévient que ce qui suit va être pénible. Mais la littérature ? Elle est, par essence, pleine de bruit et de fureur. Pourtant, plusieurs universités américaines sont en train d'adopter les *trigger warnings,* y compris dans leur cursus de lettres. Le *New York Times* cite un étudiant de l'université Rutgers demandant que *Gatsby le Magnifique* ne soit proposé qu'après avoir averti de son *« contenu misogyne, grossier et violent »*. L'université Columbia avertit que *Les Métamorphoses* d'Ovide sont une longue série de viols. L'université Oberlin prévient que *Le monde s'effondre,* le chef-d'œuvre de Chinua Achebe, pourrait *« renouveler le traumatisme de ceux qui auraient fait l'expérience du racisme, de la colonisation, de la persécution religieuse, de la violence, du suicide et autres »*.

Ce « et autres » est formidable. Shakespeare, Faulkner, Dante et Homère sont farcis de « et autres ». La vie est salissante, et on espère que l'université reste un lieu qui avertit, justement, qu'il y a de l'injustice et des opinions contraires dans le grand extérieur.

Avant d'aller en Australie, j'étais au Rwanda. Je demandais à certains de mes amis rescapés comment ils percevaient des séries comme *The Walking Dead,* où les figurants sont sans cesse découpés en morceaux. *« Ça nous fait rigoler »*, me dit Médiatrice qui, en revanche, ne supporte pas de voir en vrai des vêtements laissés en tas, car il lui semble *« qu'il y a un mort dessous »*. Les intellectuels que je connais là-bas lisent Primo Levi et rejouent le génocide au théâtre (par exemple celui de Carole Karemera). Ça les aide à supporter leur vie. La représentation, depuis Aristote au moins, maintient les humains sous oxygène. Ça s'appelle la catharsis.

À l'université de Santa Barbara, décidément à la pointe pour la protection des plus faibles, une autre motion que je trouve sur leur site est : *« Comment puis-je rendre ma classe plus accueillante aux survivants de violence sexuelle ? »* Une étudiante sur quatre, est-il rappelé, est victime de violence sexuelle. Mais à force de considérer comme vulnérables des pans entiers de population – les femmes, les Noirs, les transgenres, les handicapés… –, à force de percevoir ces « minorités » comme faibles et à protéger, elles sont de fait minorisées : maintenues comme mineures, comme des enfants. Verra-t-on s'étendre à tous les livres la loi sur ceux destinés à la jeunesse, qui date en France de 1949, et qui interdit d'abord de *« démoraliser l'enfance »* ?

Marie Darrieussecq

CENSURE

Racket au « blackface » à la Réunion

Depuis quelques jours, l'affiche de la 8e édition du Festival international du film fantastique de la Réunion fait l'objet d'une polémique qui serait parfaitement ridicule si elle ne s'inscrivait pas dans un contexte de plus en plus malsain, et dont l'enjeu dépasse largement celui de la liberté de création.

Aurélia Mengin, artiste et directrice du Festival international du film fantastique de la Réunion, « Même pas peur », pensait tout connaître en matière de surréalisme. C'était sans compter sur Louis-Georges Tin. Le président du Conseil représentatif des associations noires (Cran) n'a pas apprécié l'affiche de l'édition 2018 du festival, qui doit se tenir du 21 au 24 février à Saint-Philippe, et a réclamé son retrait pur et simple sous peine de poursuites. Qu'y voit-on, sur cette affiche qui, comme toutes celles des précédentes éditions, mise sur l'étrangeté? Deux femmes nues, siamoises, tenant un œuf, coiffées de perruques faites en nids d'oiseau. Oui mais voilà, elles sont peintes en noir, et leurs yeux et leurs bouches sont soulignés en rouge. *« Blackface ! »* s'insurge Louis-Georges Tin, qui dénonce en outre *« la nudité qui évoque le sauvage, l'accentuation d'une bouche rouge sang qui renvoie à l'idée de cannibalisme, les yeux rouges un peu zombies pour la notion diabolique, et puis le côté monstrueux avec les sœurs siamoises… ».* Ah ! Attention ! S'il existe une association de défense des personnes siamoises, Louis-Georges Tin risque d'avoir des ennuis, car il vient carrément de les traiter de « monstres ». Et là, ce n'est pas de l'interprétation, nous sommes bien face à une manifestation flagrante de siamoisophobie.

Aurélia Mengin est médusée : *« L'affiche* […] *met en scène deux siamoises amazones mi-femmes, mi-oiseaux, dont la peau vinyle est faite de peinture et dont la chevelure constituée de nids de bellier évoque les perruques de la Renaissance* […]. *Elle ne met pas en scène deux femmes noires, sinon pourquoi nous serions-nous infligé ce travail fastidieux et délicat de peinture sur corps ? Ma propre mère est noire, ainsi qu'une grande partie de ma famille. Si j'avais voulu photographier des femmes noires, je l'aurais fait. »* Mais, peu désireuse de s'infliger les affres d'une action en justice, elle cède et crée une autre affiche, qui, elle, ne prête à aucune confusion : on l'y voit bâillonnée et tenant un clap de cinéma sur lequel est inscrit « Autocensure ».

ATMOSPHÈRE FÉTIDE

Mais Louis-Georges Tin ne lâche pas l'affaire pour autant. Il accuse l'artiste, *« fruit du métissage entre une mère noire et un père blanc »,* de perpétuer *« l'imagerie colonialiste et esclavagiste »* et exige des excuses des sponsors… Oui, Louis-Georges Tin n'hésite pas à sous-entendre qu'Aurélia Mengin est la bâtarde un peu trop claire d'un patron de plantation et de sa cuisinière affranchie – décidément, la mixité est vraiment devenue un gros mot –, mais il tient à ce qu'on lui fasse la révérence quand il s'estime lui-même offensé… Du coup, Olivier Rivière, maire de Saint-Philippe, a très officiellement annoncé que la municipalité, qui accueille le festival, placardera bien l'affiche originale : *« Les méthodes employées pour faire pression sur la directrice du festival sont indignes,* […] *elles desservent la cause que le Cran est censé défendre.* […] *Aurélia Mengin n'avait pas les moyens d'aller en justice, moi, en tant qu'élu, ce n'est pas la même histoire. Localement, il n'y a eu aucune réaction négative vis-à-vis de cette affiche.* […] *On est sur une terre de métissage. Chacun peut avoir sa lecture de l'affiche, mais on n'a pas à aller vers la censure. S'ils considèrent que je suis raciste, qu'ils m'attaquent. Et s'il y a procès d'incitation à la haine raciale, cela aura le mérite de poser le débat sur la place publique. »*

Le débat, justement. Nous en sommes très loin dans cette affaire qui témoigne jusqu'à l'absurde de l'atmosphère de plus en plus fétide qui plane sur la liberté de création. Qu'il s'agisse d'empêcher des projections de films, d'interdire des pièces ou des expositions, de censurer des affiches ou des œuvres d'art, de museler un humoriste pas drôle – au risque de mettre les neuf dixièmes d'une profession au chômage… –, la stratégie mise en œuvre ne vise à pas à débattre, mais à faire taire. Bien sûr, souvent, la cause est on ne peut plus noble et mérite combat : l'antiracisme, la lutte contre le sexisme et ses violences… Mais la sert-on vraiment quand le but n'est pas d'éclairer, mais d'effacer ? Au premier sens du terme, parfois, puisque c'est littéralement ce qui est arrivé à Kevin Spacey, numériquement gommé et remplacé par Christopher Plummer dans le film de Ridley Scott *Tout l'argent du monde.* Le film en est-il meilleur pour autant ? Non. Mais il est plus « propre », plus « pur ».

Car c'est bel et bien de pureté qu'il est question, au fond. Et l'argumentation odieuse de Louis-Georges Tin dans sa croisade contre le festival « Même pas peur » en est la preuve. Ce n'est d'ailleurs pas un hasard s'il arrive que les méthodes employées soient proches de celles qu'utilisent les associations catholiques d'extrême droite comme Civitas, à base d'intimidations et d'actions violentes – comme ce fut le cas pour l'exposition « Exhibit B » à Paris en 2014 (voir *Charlie* nos 1172 et 1174). Dans une tribune publiée le 4 janvier dans *Libération*[1], l'Observatoire de la liberté de création s'inquiète à juste titre de ces dérives, dénonce un cyberharcèlement devenu routine et rappelle un certain nombre d'évidences qu'il serait bon de ne jamais perdre de vue : l'art ouvre à toutes les interprétations, c'est même sa fonction ; un artiste doit disposer de toute la liberté d'expression possible, et si son œuvre constitue un délit ou un crime puni par la loi, c'est à un tribunal d'en décider ; enfin, il est indispensable de ne pas confondre représentation, fiction et réalité. C'est même un enjeu vital dans un monde zombifié par les « nouvelles technologies ». Sinon, à force de lyncher virtuellement sur les réseaux sociaux, on finira un beau jour par trouver plus rigolo de le faire dans la vraie vie.

Gérard Biard

1. liberation.fr/debats/2018/01/03/liberte-de-creation-ne-nous-trompons-pas-de-combat_1620172

La censure s'affiche partout

Au détour d'une affiche pour un festival ou pour une exposition, la censure en embuscade surgit quand on l'a oubliée. Dès qu'il faut interdire, cacher ou dissimuler, elle sait faire preuve d'une inventivité aussi tordue qu'obscène.

2002 *Charlie Hebdo* n°505 du 20 février

◀ **2018** *Charlie Hebdo* n°1329 du 11 janvier

2000 *Charlie Hebdo* n°416 du 7 juin ▶

L’art d’interdire contre le 7e art

En reparaissant en 1992, *Charlie Hebdo* pensait que le cinéma serait désormais plus libre. Mais les censeurs officiels ou privés sous forme d’associations ne baissent jamais les bras et le 7e art, comme tous les autres moyens d’expression artistique, n’échappe pas à leur inquisition.

DOUBLE PAGE

2002 *Charlie Hebdo* n°507
du 6 mars

L’affiche du film *Amen* de Costa-Gavras, qui mêle la croix chrétienne à la croix gammée, choque de nombreux catholiques, dont les intégristes de l’AGRIF, qui intentent une action en justice pour l’interdire, sans succès.

Attendu que l’AGRIF soutient que l’affichage, sur la voie publique, de l’affiche du film *Amen*, de Constantin Costa-Gavras, constitue un trouble manifestement illicite justifiant la saisine du juge des référés et les mesures sollicitées sur le fondement de l’article 809, alinéa 1, du nouveau Code de procédure civile.

LES ATTENDUS DU PROCÈS DE L’AGRIF

Attendu que l’affiche se trouve en parfaite adéquation à la fois avec le propos du film qu’elle annonce et la pensée actuelle de l’épiscopat français lorsqu’il écrit, dans sa déclaration de repentance : « *Aujourd’hui, nous confessons que ce silence fut une faute. Nous reconnaissons aussi que l’Église de France a alors failli à sa mission d’éducatrice des consciences et qu’ainsi elle porte avec le peuple chrétien la responsabilité de n’avoir pas porté secours, dès les premiers instants, quand la protestation et la protection étaient possibles et nécessaires* […]. »

Considérant que l’affiche critiquée n’est constitutive d’aucun trouble manifestement illicite, le représentant du ministère public préconise le rejet de la demande. Il observe que la liberté d’expression, qui demeure le principe, doit permettre de faire progresser un travail historique auquel le pape Jean-Paul II lui-même souhaite contribuer en permettant l’accès aux archives du Vatican, et que l’affiche litigieuse, loin d’être choquante, participe de ce débat historique qu’il n’appartient pas à l’autorité judiciaire de trancher.

Déboutons l’association Alliance générale contre le racisme et pour le respect de l’identité française et chrétienne, dite AGRIF, de toutes ses demandes.

Condamnons l’AGRIF aux dépens.

L’ÉGLISE DU REICH

L’irrésistible essor de la religion chrétienne tient surtout, non à la mort puis à la prétendue résurrection du Christ, mais à la façon même dont il a été mis à mort.

Les Juifs exécutaient les condamnés par la lapidation. Ça se passait comme ça : on enterrait le coupable debout, ne laissant dépasser que la tête. Le peuple tapait à coups de pierres sur cette tête. Pas très décoratif.

Or, quand il s’est agi d’exécuter la sentence de mort du Sanhédrin, la Judée était sous occupation militaire romaine, seuls les Romains exécutaient les condamnés, et ils faisaient ça selon la coutume romaine : la crucifixion. Il est à remarquer que ce mode d’exécution était le plus infamant, appliqué spécialement aux esclaves et aux bandits de bas étage.

Jésus fut donc mis en croix. Si vous regardez un crucifix, vous constaterez que c’est un objet d’un effet décoratif inimitable : la symétrie de la croix, l’ampleur souveraine des deux bras grands ouverts, en même temps que l’intense pitié émanant du corps pendu entre ces bras… Un crucifié meurt debout, bras étendus, attitude superbement majestueuse. Il s’envole vers le ciel, emportant sa dépouille suppliciée tout en bénissant le monde entier. Je suis certain que cette image a puissamment agi sur l’inconscient collectif pour faire admettre la supériorité de la nouvelle foi. Ce cadavre planant sur sa croix de douleur est infiniment plus imposant qu’un Jupiter tonnant depuis son trône de nuages.

Imaginez seulement que Jésus eût été pendu. Il est certain qu’on n’adorerait pas un corps pendant piteusement par le cou. Esthétiquement, ça ne fonctionne pas. Et s’il avait été empalé ? Impensable !

Les tout premiers chrétiens n’avaient pas encore saisi l’efficacité graphique de la croix. Ils symbolisaient le Christ par un poisson, un agneau, une colombe. Il en est resté des vestiges dans la liturgie et les cantiques. Le trait de génie fut l’utilisation de la croix comme emblème. Une croix avec une jambe plus longue, donc ayant un sens : debout.

La mise au point de la croix gammée ne fut pas, elle, due au hasard, mais mûrement calculée en vue de l’efficacité maximale sur l’inconscient. On veut la faire remonter aux Hindous, aux Grecs, aux Celtes, aux Incas… Bien sûr, on la trouve un peu partout, c’est un ornement parmi les ornements, mais laissons tomber l’ésotérisme, miroir à gogos. Les fondateurs du parti nazi surent mettre au point une combinaison graphique qui agit puissamment sur l’imaginaire plus ou moins conscient. Elle a tout à la fois une symétrie et une antisymétrie dont la combinaison la font tourner sur elle-même. Elle a quelque chose de méchant, d’implacable, de terrifiant. Elle danse une danse de squelette ou de tarentule, surtout quand, après plusieurs années, on eut l’idée de la faire tenir sur une de ses pointes.

Qu’on mêle en un symbole parlant la croix du Christ et celle de Hitler, ça ne gêne que ceux qui se paient de symboles. Mais justement, c’est en brandissant des symboles que l’on fait s’étriper les gens ! Tout symbole proclame fièrement une foi, c’est-à-dire une connerie. Si le symbole est religieux ou politique, c’est une connerie mortelle.

L’affichiste de Costa-Gavras s’est arrêté trop tôt. Il aurait dû clouer Jésus sur la croix gammée. Il aurait eu l’air de concourir pour le championnat des garçons de café (voir figure). S’il l’avait cloué sur le croissant de l’islam, il aurait roupillé dans un hamac. Sur l’étoile de David, il devenait bretzel. **CAVANNA**

PAPAMOBILE
2

Dies irae
L'Église et l'Inquisition

Alléluia
L'Église et la pédophilie

Le Dîner de Cons

INTERVIEW

« CENSURE-MOI » PAR TOUS LES TROUS !

Depuis l'affaire « Baise-moi », on reparle beaucoup de censure. Pourtant, institutionnellement, il n'y a plus de censure cinématographique en France. Avant que le Conseil d'État ne fasse plaisir aux intégristes, le film de Virginie Despentes avait un visa d'exploitation.

Depuis bientôt vingt ans, la France a une particularité qu'elle partage avec l'Espagne : le cinéma n'y est plus considéré comme le catalyseur de toutes les débauches et de tous les crimes. Le débat sur la violence est toujours ouvert, mais il n'est plus rythmé par des coups de ciseaux arbitraires qui n'ont jamais empêché n'importe quel dingue de passer ses nerfs et ses fantasmes sur son voisinage. La preuve : c'est aux États-Unis et en Grande-Bretagne, où les comités de censure sont pourtant très performants, qu'on trouve les plus beaux psychokillers.

Il faut bien le dire, c'est à Jack Lang qu'on doit cette situation d'exception. Dès son arrivée au ministère de la Culture, en 1981, il fait en sorte qu'en France plus aucun film ne soit interdit, ni coupé. En 1990, il réforme la Commission de contrôle des films et la rebaptise Commission de classification. La critique et les associations de jeunes y font leur entrée. Les interdictions aux moins de treize et dix-huit ans sont abaissées à douze et seize ans.

Cette Commission est composée d'un président, membre du Conseil d'État, d'un vice-président haut fonctionnaire et de soixante-quinze membres, répartis en quatre grands groupes : les professionnels du cinéma (exploitants, réalisateurs, producteurs, distributeurs, critiques), les ministères (Justice, Jeunesse et Sports, Éducation nationale, Culture), les experts (juges pour enfants, CSA, pédopsychiatres, Union nationale des associations familiales...) et les associations de jeunesse. Chaque membre est nommé pour deux ans renouvelables. Philippe Rouyer, secrétaire général du Syndicat français de la critique de cinéma, critique à « Positif » et sur France-Culture, est l'un d'eux. Il nous explique pourquoi le système français actuel est l'un des plus justes au monde.

Philippe Rouyer, membre de la Commission de classification des films : « Si on comptabilise les meurtres et les scènes de sex, on interdit Shakespeare aux moins de seize ans. »

CHARLIE HEBDO : Quelle est la fonction précise de la Commission ?

PHILIPPE ROUYER : L'unique fonction de la Commission, c'est la protection de la jeunesse. On considère qu'un film est une œuvre artistique, donc, on ne coupe pas, on n'interdit pas. Même si l'interdiction totale reste dans les textes, elle n'est pas pratiquée. C'est une sorte d'arme atomique. Depuis 1990, ça n'a jamais été proposé. Et puisqu'on ne coupe pas les films et qu'on ne les interdit pas, on se dit que tout le monde n'est pas forcément prêt, à tout âge, à voir certaines choses. Donc, restriction éventuelle aux moins de douze ans, aux moins de seize ans, et avertissement. Et également classement X. Mais la dernière fois qu'un film a eu un visa X, c'était en 1996.

Justement, la loi X est-elle encore justifiable si elle l'a jamais été ?

En tant que secrétaire général du Syndicat de la critique, je suis absolument contre. Je l'étais déjà quand elle a été promulguée, mais aujourd'hui, cette loi est complètement à côté de la plaque. S'il n'y a pas eu de film classé X depuis 1996, c'est tout simplement parce qu'il n'y a pas eu de demande. Désormais, les films pornos sortent directement en vidéo, avec un label X que s'attribuent eux-mêmes les distributeurs. C'est une sorte de signe de reconnaissance, pour que les clients sachent ce qu'ils achètent ou louent. Cette loi n'a plus aucun sens.

Comment se déroulent les débats ?

À l'inverse de ce qui se passe dans d'autres pays, on n'a pas de critères prédéterminés. On ne comptabilise pas les meurtres, les scènes de sexe, en disant : ça équivaut à telle classification. On tient compte de la manière dont c'est filmé, du traitement, du contexte de l'histoire. Sinon, on interdit Shakespeare aux moins de seize ans...

Quels sont les thèmes qui posent le plus de problèmes ?

Le sexe, paradoxalement, pas tellement. Des tas de films avec des scènes explicites sont passés sans problèmes. Là où on est le plus vigilant, c'est devant la violence, la drogue, le suicide des mineurs, et notamment tout ce qui peut présenter un caractère incitatif. Là encore, il ne s'agit pas de dire que s'il y a un suicide dans le film, on l'interdit aux moins de douze ou de seize ans. On ne se focalise pas sur une scène, on fait un travail d'analyse. D'où l'intérêt d'avoir des professionnels du cinéma. Dans les débats, on ne parle jamais de la qualité des films, mais, en tant que critique, il m'arrive très souvent de mettre l'accent sur la mise en scène, sur les codes du cinéma de genre... Il est évident qu'on n'a pas la même perception de la violence dans un western que dans un film qui se passe au Forum des Halles.

« Des films qui incitent à la violence, je n'en connais pas beaucoup »

Sachant que la violence a toujours fait partie du récit, comment définir un film d'incitation à la violence ?

Je prends l'expression au pied de la lettre : un film qui appelle le spectateur à la violence. Et des films comme ça, moi, je n'en connais pas beaucoup. Il y a des films violents, il y a des films où on peut qualifier la violence de complaisante, mais ce ne sont pas des films d'incitation à la violence.

Certains polars sont sujets à polémiques. Par exemple, on a beaucoup parlé de « Doberman » à sa sortie.

C'est idiot. D'ailleurs, il n'a jamais été question de le classer X. Il a été interdit aux moins de seize ans, point. C'est un film très violent, je ne crois pas que ce soit un spectacle familial, mais je ne pense pas que sa vision puisse inciter qui que ce soit à se torcher avec *Les Cahiers du cinéma*, par exemple, comme le fait l'un des personnages. Chaque fois, on nous sort l'affaire d'un tueur qui avait chez lui une cassette de *Seven* ou de *Tueurs-nés*... Et alors ? Il avait aussi peut-être été voir un match du PSG la veille. Est-ce qu'on va pour autant dire que le foot l'a incité à la violence ?

« Jack l'Éventreur n'avait pas vu tellement de films de violence »

On pourrait. Il y a plus de dégâts à la sortie des stades qu'à la sortie des cinémas.

Il y a aussi des enfants qui se sont jetés du toit de leur maison pour faire comme Superman. Est-ce qu'on va interdire la projection de *Superman* aux enfants ? Il faut rester lucide. Je ne vois pas comment un film pourrait pousser un adulte sain d'esprit à commettre un crime. Et s'il n'est pas sain d'esprit, c'est une exception, et le

La loi X

En 1975, la vague du cinéma porno bat son plein. Michel Droit, Jean Cau, Jean Royer font campagne contre « la licence ». Même François Mitterrand, alors chef de l'opposition, est frappé d'un curieux accès de puritanisme et réclame des circuits spécialisés pour les films de cul.

Pour la première fois de sa vie, Giscard décide de faire plaisir à Mitterrand (la seconde, ce sera le 10 mai 1981). Le décret du 31 octobre 1975 promulgue la « loi X » pour les films à caractère pornographique et d'incitation à la violence. Cette loi de finances porte la TVA à 33,33 %, la taxe sur les bénéfices à 20 %, et instaure une surtaxation supplémentaire pour les films étrangers. À moins d'être une salle spécialisée gérée en conséquence, plus aucun exploitant ne peut se permettre de programmer un film classé X. C'est le gros avantage de cette loi : elle permet d'interdire n'importe quel film, sans que le mot « interdiction » soit jamais prononcé. Bon nombre de films érotiques, de polars, de films d'horreur en font les frais — *Zombie,* de Romero, est classé X, sans doute de peur que les spectateurs, en sortant de la salle, se jettent sur les passants pour les dévorer vivants. Sans compter tous les films qui sortiront coupés pour éviter le classement infâme et pénalisant. Jusqu'en 1981. Dans les faits, la loi X a permis de censurer tous les genres de films. Sauf les pornos. G. B.

cinéma n'y changera rien. Que je sache, Jack l'Éventreur n'avait pas vu tellement de films de violence.

Pourtant, de nombreux pays considèrent que le cinéma est potentiellement dangereux. L'Angleterre, par exemple.

C'est s'acheter une conscience à bon compte. On fait du cinéma le bouc émissaire des malaises de la société, ça évite de s'interroger sur l'origine de ces malaises. C'est caractéristique de pays où, comme en Angleterre, le cinéma n'est pas considéré comme un art, mais comme un produit. La Commission britannique contrôle un film comme elle contrôlerait un écrou : quand elle voit un bord qui ne correspond pas, une aspérité, elle lime. Leur Commission est le reflet de leur société. Il y a un autre problème : dans les pays qui pratiquent une vraie censure, l'Angleterre et la Suède par exemple, les membres de la Commission sont payés, c'est leur profession. Nous, on a tous des métiers. Pour la Commission, on ne voit que deux films par jour, deux jours par semaine, par roulement. Ça veut dire que chaque membre, à son niveau, est en contact avec la jeunesse et reste en prise avec le réel. On ne se retrouve pas avec un juge pour enfants qui ne voit plus d'enfants depuis quinze ans, qui passe ses journées enfermé dans une salle de cinéma.

PROPOS RECUEILLIS PAR GÉRARD BIARD

2000
◀ *Charlie Hebdo* n° 417
du 23 août

2014
Charlie Hebdo n°1175
du 24 décembre

▶ **CHARB N'AIME PAS LES GENS**

SONY PICTURES, LA HONTE !

Il est moins ici question de lâcheté que d'insondable bêtise. Sony, le producteur de *The Interview,* une comédie qui raconte comment deux foireux agents de la CIA sont chargés d'assassiner le grotesque leader de la Corée du Nord, saborde son film. Sony a cédé à la menace de hackers non identifiés qui ont piraté le site de l'entreprise, volé et diffusé des informations confidentielles et menacé l'entreprise d'attentat si le film était diffusé : *« Nous vous montrerons clairement, là où* The Interview *sera projeté, à quel sombre destin doivent être condamnés ceux qui cherchent le divertissement dans la terreur. Le monde sera paralysé par la peur. Souvenez-vous du 11 septembre 2011. »* C'est ce genre de galimatias qui a fait paniquer la majorité des salles de cinéma qui, du coup, a déprogrammé le film. Sony ne se battra pas pour que *The Interview* soit vu, même confidentiellement, le film ne sortira pas non plus en DVD.

Dans la foulée, les studios américains New Regency, propriété de la Fox, renonçaient à adapter au cinéma *Pyongyang,* l'excellente BD de Guy Delisle dans laquelle le dessinateur raconte son séjour professionnel dans la capitale nord-coréenne... Qui sera le prochain ?

Il n'est pas question de censure, mais d'autocensure. Et tout le monde semble s'accommoder du fait que des pseudo-terroristes dictent leur loi à l'industrie du cinéma. Regardez cette grosse baderne étasunienne ! Elle est capable de massacrer des populations au nom de la démocratie et de l'assumer parfaitement, mais elle regarde ailleurs lorsqu'une inoffensive comédie est prise pour cible par on ne sait quels pirates informatiques à la noix. L'humour est toujours plus obscène que des tripes à l'air pour les dirigeants politiques.

En cédant aux menaces, Sony devient le complice des terroristes. En s'automutilant, Sony fait le boulot que des tarés, des planqués, des minables voyous n'auraient sans doute jamais fait. Mais pour son action, Sony sera sans doute considérée par l'opinion et les politiques comme l'entreprise la plus « responsable » du moment. En effet, en cédant à la terreur, elle empêche peut-être la terreur de s'exercer. Alors que c'est précisément en cédant à la terreur qu'on donne corps à la terreur...

On se souvient qu'en 2012, lorsque *Charlie* s'était à la fois foutu de la gueule du ridicule film dit « antimusulman » et des réactions disproportionnées qu'il avait suscitées dans le monde de la part d'une minorité de croyants, le journal avait été qualifié d'*« irresponsable »* à la fois par des membres du gouvernement, des journalistes, des Français de l'étranger... Des dessins étaient mis sur le même plan que des bombes, et notre liberté d'expression était la mèche qui allait enflammer un « monde musulman » fantasmé. Le problème n'était pas le terrorisme, le problème, c'était *Charlie Hebdo.* En renonçant à son film, Sony reconnaît que le problème, c'est son film.

Le Mahomet de Corée du Nord vexé

Il est à noter que la fureur des abrutis est souvent déclenchée par des œuvres humoristiques ou qui se veulent telles. Les caricatures danoises de Mahomet n'étaient en rien comparables avec le raid aveugle d'un drone américain sur un village afghan, mais elles ont déclenché des réactions bien plus nombreuses et violentes... Bientôt, l'humour sera considéré comme une arme de destruction massive. Une arme qu'il ne sera toutefois pas nécessaire d'interdire, puisque, de plus en plus nombreux, ceux qui la détiennent la sabotent, l'enrayent et l'enterrent au fond du jardin.

Pour vivre longtemps, il est plus prudent de vivre le regard rivé à ses pompes. C'est ce que veulent nous faire croire tous les larbins de tous les totalitarismes.

charb@charliehebdo.fr

YVES BOISSET : LE CIN
LE PLUS CENSURÉ DE

« Désormais, il est impossible de faire un film qui déran vraiment : vous ne trouverez pas le financement. »

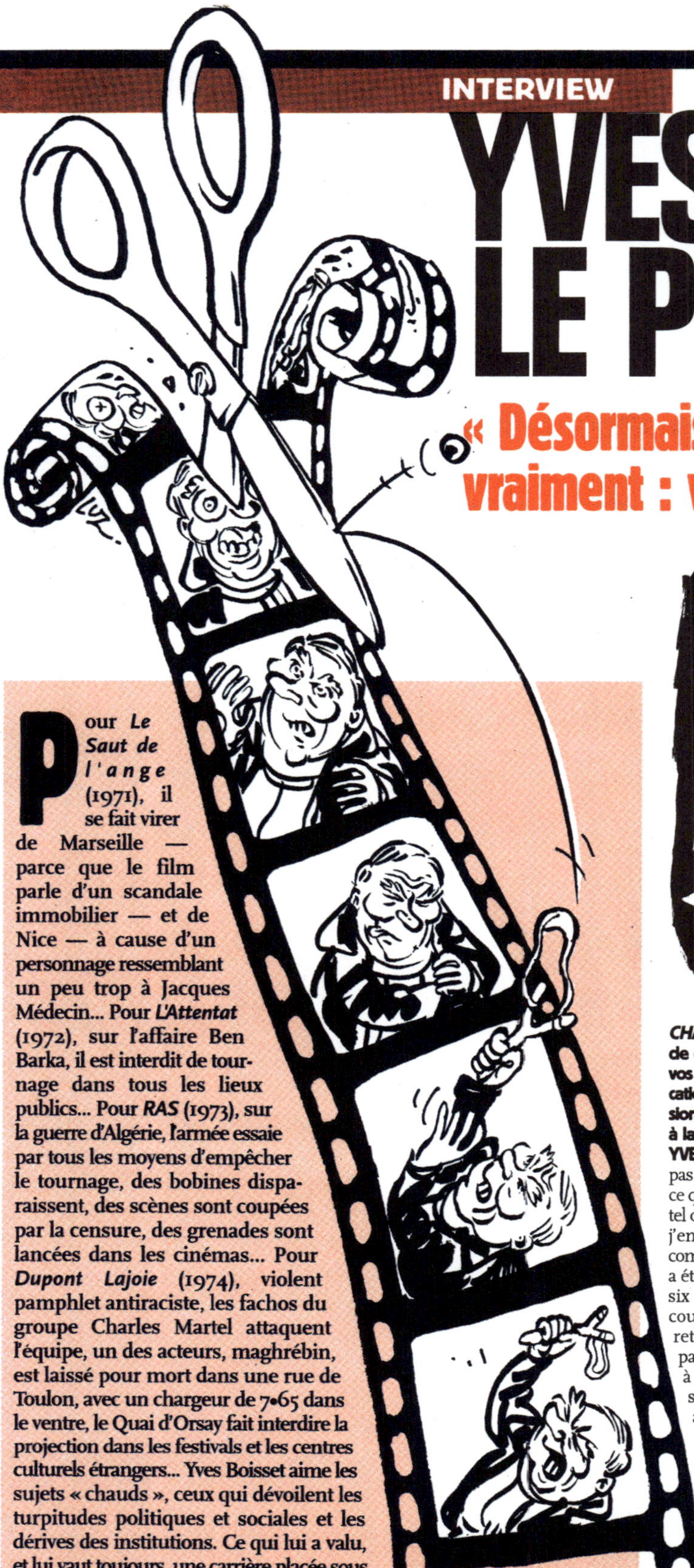

Pour *Le Saut de l'ange* (1971), il se fait virer de Marseille — parce que le film parle d'un scandale immobilier — et de Nice — à cause d'un personnage ressemblant un peu trop à Jacques Médecin… Pour *L'Attentat* (1972), sur l'affaire Ben Barka, il est interdit de tournage dans tous les lieux publics… Pour *RAS* (1973), sur la guerre d'Algérie, l'armée essaie par tous les moyens d'empêcher le tournage, des bobines disparaissent, des scènes sont coupées par la censure, des grenades sont lancées dans les cinémas… Pour *Dupont Lajoie* (1974), violent pamphlet antiraciste, les fachos du groupe Charles Martel attaquent l'équipe, un des acteurs, maghrébin, est laissé pour mort dans une rue de Toulon, avec un chargeur de 7,65 dans le ventre, le Quai d'Orsay fait interdire la projection dans les festivals et les centres culturels étrangers… Yves Boisset aime les sujets « chauds », ceux qui dévoilent les turpitudes politiques et sociales et les dérives des institutions. Ce qui lui a valu, et lui vaut toujours, une carrière placée sous le signe des ennuis.

G. B.

***CHARLIE HEBDO* : En plus de trente ans de carrière, pratiquement pas un seul de vos tournages ne s'est déroulé sans complications : censure, menaces, attentats, pressions diverses… Ce n'est pas un peu pesant, à la longue ?**

YVES BOISSET : C'est un choix. On ne peut pas pleurnicher, parce qu'on sait à peu près ce qu'on risque quand on choisit de traiter tel ou tel sujet. Des salades, effectivement, j'en ai eu presque à chaque film. Ça a commencé en 1970 avec *Un condé*. Le film a été interdit totalement pendant plus de six mois, il y a eu douze minutes de coupées et une scène entièrement retournée : un interrogatoire de police particulièrement musclé. Cela dit, grâce à cette interdiction, le film a eu un succès qu'il n'aurait sans doute pas eu autrement. M. Marcellin était un exécrable ministre de l'Intérieur, mais c'était un excellent agent de presse.

Le cas le plus célèbre reste celui du *Juge Fayard, dit « le Sheriff »*, sur l'assassinat du juge Renaud, avec les fameux « bip » remplaçant le mot « SAC ».

Là encore, la censure s'est complètement retournée : dans les salles, à chaque bip, les gens gueulaient « SAC ! ». Mais ça n'a pas empêché les emmerdements. Un soir, des mecs me sont tombés dessus en bas de chez moi, m'ont cassé le nez, entre autres. Ma bagnole, qui était rangée sur le trottoir, était entièrement défoncée à coups de masse, toutes les vitres explosées, sauf celle du conducteur, sur laquelle ils avaient marqué « bip-bip ». Je passe sur les menaces téléphoniques sur mes enfants… Mais le plus drôle, c'est quand il y a eu la commission d'enquête parlementaire, et qu'on m'a demandé de venir témoigner sur ce que je savais du SAC. On vient me chercher avec deux voitures blindées pleines de flics, on m'amène toutes sirènes hurlantes à l'Assemblée nationale, on me fait entrer par les souterrains, encadré par des types avec fusil à pompe. Pendant une heure et demie, on me pousse au crime, on veut me faire dire des choses que j'ignore. Et, à la fin, on me dit : « Merci, monsieur, vous avez été très courageux… » Et on me lâche dans la rue, à pied. Je suis rentré en métro chez moi.

Vous vous êtes souvent frotté à l'armée. La dernière fois, c'était pour *L'Affaire Dreyfus*.

Le film a pu se tourner grâce à François Léotard, qui a été vachement bien sur ce coup-là — et on ne peut pas dire que j'ai beaucoup de tendresse pour ce garçon. Il nous a ouvert l'École militaire et le mont Valérien, contre l'avis de la totalité de l'état-major, y compris les socialistes. Quand je suis allé à l'École militaire, le général commandant l'établissement m'a convoqué dans son bureau, et m'a dit : « *Je suis militaire depuis trente-cinq ans, et jamais je n'ai reçu un ordre aussi honteux. Vous n'aurez pas un homme, un bouton de guêtre, un fusil, au-delà des ordres écrits et spécifiques !* » Et il termine en me disant : « *Monsieur, est-ce que vous pouvez me soutenir, les yeux dans les yeux, que vous pensez une seconde que le Juif était innocent ?* » Ça se passait quand même en 1994… Et, ce qui est extraordinaire, c'est que tout ceux dont la carrière remontait à avant la guerre d'Algérie avaient le même état d'esprit. Ils avaient été élevés dans la religion que Dreyfus était coupable et que toute l'affaire n'était qu'un vaste complot judéo-maçonnique pour abattre l'armée française. Alors que les jeunes officiers, au contraire, étaient plutôt intéressés, me demandaient de leur passer des bouquins…

Vous avez tourné *Le Tunnel*, sur Somport et la vallée d'Aspe, pour TF1. C plutôt curieux.

J'ai d'abord fait un reportage po « Envoyé spécial ». Il était extrêmeme parlant, puisque, avec une admiral unanimité, tous les politiques du co Bayrou et Alliot-Marie en tête, o demandé son interdiction. Mais Bourg qui était président de France Télévisi à l'époque, m'a soutenu et le reporta est passé. Résultat, j'apprends que je su interdit de séjour dans les Pyrénées Donc, je décide d'enfoncer le clou et faire un film de fiction : *Le Tunnel*. honnêtement, sans penser à mal, je fais pour TF1. Dès mon retour à Par après un tournage western dans les Py nées — les décors ont été incendiés, se faisait attaquer à coups de caillasse la nuit on se faisait tirer dessus —, Le L me téléphone et me dit : « *Vous ê complètement malade, vous avez tourné film pour expliquer que les entrepri Bouygues sont une bande d'escrocs qui n'h sitent pas à proférer des menaces de mort à tuer un type !* » Et vraiment, ce que je savais pas, c'est qu'un certain nombre d entreprises qui travaillaient pour tunnel étaient des filiales de Bouygues Finalement, comme tout le monde av parlé de l'affaire et qu'il y a eu un papi dans *Le Canard enchaîné*, ils ont quar même passé le film. À 10 heures du so un jour de départ en vacances…

« NE ME DITES PAS QU "LA HAINE" EST L MUST DES CONSTATS SOCIAUX »

Justement, du fait que ce sont aujourd'h les premiers producteurs de cinéma, l chaînes de télévision sont aussi l premiers censeurs, non ?

Complètement. Mais le vrai problème cinéma, c'est que, depuis une quinzain d'années, il est impossible de faire u film qui dérange vraiment. Vous ne tro verez jamais le financement. Si vous vo intéressez à un sujet gênant — commerce des armes, par exemple – vous commencez par recevoir des coup de téléphone d'amis qui disent : tu ne v pas faire ça, ce serait faire le jeu de droite, etc. Si vous les envoyez balader que vous persistez, quinze jours plus ta vous avez une vérification fiscale perso nelle approfondie et votre producteu reçoit un troupeau de polyvalents qui foutent en faillite en un mois[1]. Ça fa passer l'envie. Vous pouvez remarqu que, depuis le milieu des années 198 il n'y a pas eu en France un seul film po tiquement dérangeant. Qu'on ne me di pas que *La Haine*, c'est le must d constats sociaux. C'est peut-être un b film romantique, mais ça s'arrête là.

Est-ce qu'il n'y a pas aussi une censure d distributeurs ?

Elle a toujours existé. Mais ça ne s'a range pas avec le renforcement d monopoles et la disparition des ind pendants. UGC, Pathé, Gaumont Karmitz choisissent à eux quatre la tot lité des films que les gens verront ou n verront pas. Et le phénomène est presq plus important encore avec les film étrangers. Par exemple, il y a des cin matographies étrangères complèteme

ASTE
RANCE

gnorées, et d'autres qui, tout d'un coup, eçoivent des appuis énormes. Quand n découvre que le cinéma iranien, c'est ormidable — ce qui est vrai, mais ce 'est pas le seul —, la perspicacité des ritiques n'a rien à y voir.

e suppose qu'il y a des projets de film ui vous tenaient à cœur et que vous 'avez jamais pu tourner ?

'une des principales raisons pour esquelles j'ai abandonné le cinéma pour télé — en dehors du fait que j'ai fait es films qui se sont plantés, c'est air —, c'est que je ne pouvais plus faire e que je voulais. En revanche, pendant n moment, la télé permettait de traiter ertains sujets. Mais j'ai peur que l'étau e resserre, parce que je me retrouve ujourd'hui dans la même situation u'au cinéma dans les années 1990. Je e peux pas dire qu'on veut m'empêcher e travailler ou qu'on est très méchant vec moi, pas du tout. Mais on me ropose plutôt de faire des *Julie Lescaut*.

e suis producteur, je vous laisse carte lanche. Vous tournez quoi ?

ai l'embarras du choix. En ce moment, travaille sur un projet qui s'appelle *Le ouvoir de l'ombre*, qui raconte comment n amène un quasi-arriéré mental à attre un personnage au demeurant ut à fait haïssable, pour protéger le chef e l'État. Je travaille avec un journaliste investigation et on s'est aperçus qu'on vait la même thèse sur l'affaire Bousuet... La question qu'on se pose, c'est omment un type comme Christian idier, qui est à moitié débile et qui vit ans un foyer Sonacotra, fait pour se ocurer des documents à en-tête du inistère de la Justice, rédigés d'une anière suffisamment crédible pour ue le secrétaire de Bousquet aille le ercher pour signer une décharge au i-disant coursier du ministère ? C'est s troublant. Celui-là, je vous dirai dans an ou deux si j'ai pu le tourner...

PROPOS RECUEILLIS PAR GÉRARD BIARD

'est ce qui est arrivé à Yves Boisset en 1984, alors il travaillait au projet d'un film sur le commerce s armes, *Les Seigneurs de la guerre*.

CINÉMA

LES FLICS, LES MAIRES ET LA CENSURE

« Roberto Succo » déprogrammé en Savoie

C'était en 1979, en plein dans les années Giscard. « Le Pull-Over rouge », le film de Michel Drach sur l'affaire Ranucci, provoquait une levée de boucliers des syndicats policiers du Sud-Est de la France et était interdit à Aix-en-Provence, Digne, Salon-de-Provence, Marignane, Toulon... Les années Giscard. Autant dire la préhistoire. Pas tant que ça. Aujourd'hui, c'est en Savoie que ça se passe. L'objet du délit, c'est la bio filmée d'un tueur fou, Roberto Succo.

Le film de Cédric Kahn raconte l'histoire vraie d'un psychopathe qui, à dix-neuf ans, tua ses parents avant de s'échapper de l'hôpital psychiatrique où il était enfermé, pour entamer une cavale sanguinaire au cours de laquelle il fit un nombre impressionnant de victimes. Dont un policier. Le syndicat Alliance Police nationale s'est élevé contre le fait qu'un tueur de flic soit *« la vedette d'un film »* et a organisé plusieurs manifs à Cannes et devant les cinémas projetant le film. *« Comment peut-on, au nom de la liberté artistique, promouvoir le parcours d'un criminel ? »*, peut-on lire sur le tract distribué aux spectateurs. Il est bien évident que *Roberto Succo* ne cherche en aucun cas à faire la promo du meurtre de sang-froid, mais à rendre compte de la folie d'un malade qui a poignardé sa mère parce qu'elle refusait de lui prêter sa bagnole et étranglé son père parce qu'il ne voulait pas *« qu'il sache* [qu'il était] *un assassin »*. Et puis, si la police devait manifester chaque fois qu'un tueur est le héros d'un film, il ne lui resterait plus beaucoup de temps pour courir après les voleurs...

Ne pas confondre liberté d'expression...

Le syndicat Alliance ne trompe personne : s'il s'indigne, ce n'est pas parce que Succo a massacré à tour de bras, mais parce qu'il a tué un policier. À la rigueur, on peut comprendre ce réflexe corporatiste. En revanche, la réaction des maires d'Albertville, de Chambéry et d'Aix-les-Bains, qui ont demandé aux exploitants de leur ville de suspendre la programmation du film, est plus ennuyeuse. Heureusement, les gérants des salles, après avoir dans un premier temps obéi à leur bon maire, ont décidé de reprogrammer *Roberto Succo*, considérant à raison que cette polémique n'avait pas lieu d'être. Il n'empêche qu'une fois de plus se pose le problème du pouvoir des municipalités en matière de censure.

En France, c'est le Comité de classification des films — qui dépend du ministère de la Culture — qui attribue le visa d'exploitation permettant à un film d'être diffusé sur tout le territoire, sans exception. Mais la loi autorise le maire, en tant que principale autorité de police administrative, à prendre toutes les mesures restrictives qui lui semblent nécessaires envers un film *« susceptible de troubler l'ordre public »*. Or la notion de trouble à l'ordre public est on ne peut plus subjective. Dans les années 50, Jacques Médecin s'en était donné à cœur joie à Nice, sous prétexte de *« décence et de bonnes mœurs »*, en interdisant *Le Blé en herbe*, de Claude Autant-Lara, *Avant le déluge*, d'André Cayatte ou *Monika*, d'Ingmar Bergman. Plus récemment, *Je vous salue Marie* de Godard fut interdit à Versailles, et les poils de cul de Sharon Stone, rapidement entrevus dans *Basic Instinct*, provoquèrent des froncements de nez dégoûtés dans quelques municipalités. À tel point que le ministère de la Culture dut intervenir pour calmer cette poignée d'élus pudibonds. Aujourd'hui, sous la pression des associations familiales intégristes, c'est le plus souvent à l'affiche que s'en prennent les maires.

... et liberté de corporation

Bien sûr, le danger de troubles sérieux est parfois réel. Dans l'affaire du *Pull-Over rouge*, le réseau d'extrême droite Honneur de la police avait carrément menacé de *« plastiquer les salles »*. Et on se souvient des hystériques qui voulaient allumer des bûchers dans les cinémas projetant *La Dernière Tentation du Christ*. Mais, dans tous les cas, qu'il s'agisse d'une simple manif ou d'une menace d'attentat, l'ordre public est avant tout troublé par les opposants au film. Quand un maire est inquiet parce que des dingues veulent foutre le feu aux salles, il a raison de prendre des mesures. Mais ce sont les intégristes qu'il faut interdire, pas le film. Seulement voilà, le film ne vote pas...

• Lire : Jean-Luc Douin, *Dictionnaire de la censure au cinéma*, Presses universitaires de France.

GÉRARD BIARD

Le rap à la trappe

Pas de rap sans provocation, pas de provocation sans répression.

Une bonne censure sait s'adapter aux nouvelles formes d'expression. Le rap croyait y échapper, mais il s'est fait rattraper par elle.

◀ **2009** *Charlie Hebdo* n°876 du 1er avril

1996 *Charlie Hebdo* n°231 du 20 novembre

Charb *n'aime pas les gens*

NTM niqué!

La justice de Toulon condamne deux Français

Les deux chanteurs de NTM ont été condamnés à six mois de prison dont trois mois ferme et à 50 000 F d'amende pour *« outrages par paroles à l'égard de l'autorité publique »*. Envoyer des artistes en taule parce qu'ils n'ont pas été polis avec la police dans un de leurs raps, on se dit que ça ne peut pas se passer en France. En France, non. À Toulon, oui.

Toulon avait déjà un maire d'extrême droite, un préfet d'extrême droite, Toulon a aujourd'hui un juge du même tonneau. Il s'appelle M. Boulanger. En plus de la prison, ce monsieur croit pouvoir infliger six mois d'interdiction d'exercer leur métier sur le territoire français à Joey Star et Kool Shen. Hé, ho ! Comment un juge toulonnais, c'est-à-dire varois, peut-il décider de qui peut ou non chanter dans notre pays ? C'est de l'ingérence. On espère que la France protestera officiellement auprès de l'ambassade du Var à Paris. À l'heure où l'on s'apprête à fêter Malraux, les intellectuels français, au lieu de beurrer leurs toasts et de trinquer sur le cadavre du gaulliste, feraient mieux de suivre l'exemple du brigadiste international. Qu'ils aillent libérer Toulon !

Le juge ? Un ancien policier !

Le groupe NTM a été condamné à la suite de la plainte de trois syndicats de police : la FNAP (plutôt à droite), la FASP (plutôt socialo) et la FPIP (plutôt d'extrême droite). Si les policiers que ces fédérations représentent se sont sentis insultés en se reconnaissant dans la chanson de NTM ou dans les propos que le groupe a tenus sur scène, libre à eux d'attaquer en justice, ça ne les rendra pas plus ridicules. Ce qui est inquiétant, c'est que NTM a été condamné pour « outrage », et non pour « injure » — comme le permet la loi sur la presse de 1881. Les chanteurs de NTM sont des auteurs, ils ont été traités comme la police traite les mômes de banlieue quand elle veut les faire tomber pour des motifs bidon. Quand ta tronche ne revient pas à un flic, soit tu l'as outragé, soit tu t'es rebellé. Mais on comprend mieux la hargne dont a fait preuve M. Boulanger à l'encontre de NTM quand on sait que M. le juge était jusqu'en 1985 inspecteur principal de police. On n'oublie jamais son premier boulot, on n'oublie jamais les vieilles méthodes. M. Boulanger a été en quelque sorte, dans cette affaire, à la fois juge et partie. En France ça choquerait, à Toulon non.

Un syndicat de police s'est réjoui du verdict de Toulon en soulignant que la dignité des fonctionnaires est enfin respectée et que le racisme contre les policiers est enfin condamné. Les policiers sont une race... Ah, bon. Et quand les cons auront décrété qu'ils sont une race, on ne pourra plus dire de mal d'un seul gendarme, c'est ça ? Allez, s'il y avait des policiers vraiment choqués par le racisme, avant de s'intéresser à NTM, ils se seraient penchés sur les paroles d'une chanson de Zebda qui s'appelle *Le Bruit et l'Odeur*. À la fin du morceau, le groupe reprend pour le dénoncer un extrait d'une intervention publique de Chirac en 1991. Pour Chirac, les immigrés sont des feignants polygames vivant de prestations familiales, ils sont bruyants et font une cuisine malodorante. Aucun policier n'est allé s'en plaindre auprès d'aucun juge, ni français, ni toulonnais (*Le Bruit et l'Odeur,* Zebda, Barclay).

CHARB

LIBERTÉ D'EXPRESSION

LA RUMEUR CONTRE L'INTÉRIEUR, épisode 4

2008
Charlie Hebdo n°854
du 29 octobre

Depuis six ans maintenant, et après trois relaxes consécutives, le groupe de rap La Rumeur n'en a toujours pas terminé avec la justice. Quelques nouvelles du chanteur Hamé, entre deux comparutions au tribunal…

RAPPEL DES ÉPISODES PRÉCÉDENTS

29 avril 2002, huit jours après le premier tour de l'élection présidentielle : pour accompagner la sortie de son album *L'Ombre sur la mesure*, La Rumeur publie un fanzine irrévérencieux, dans lequel Hamé écrit que « les rapports du ministère de l'Intérieur *ne feront jamais état des centaines de […] frères abattus par les forces de police sans qu'aucun des assassins n'ait été inquiété* ».

Piqué au vif, Sarkozy — alors premier flic de France —, porte plainte pour *« diffamation publique envers la police nationale »*. Mais au regard du silence qui a entouré le massacre du 17 octobre 1961, la répression du métro Charonne ou, plus récemment, la mort de Zyed et de Bouna à Clichy-sous-Bois, le tribunal refuse de qualifier le pamphlet de « diffamatoire »… Le groupe est relaxé en décembre 2004. Mais l'argument ne convainc pas le ministère de l'Intérieur, qui conteste le KO.

Deuxième round : il fait appel de la décision du TGI, en juin 2006. Nouveau procès, qui relaxe encore La Rumeur. Juin 2007, l'avocat général se pourvoit en cassation, qui annule la relaxe. Et c'est reparti pour un tour ! Le 23 septembre dernier, la cour d'appel de Versailles donne une fois de plus raison à Hamé… Accepter, enfin, la décision des juges et jeter l'éponge ? Sûrement pas ! Trois jours plus tard, et à la surprise générale, l'État décide de se pourvoir de nouveau en cassation. Résultat : La Rumeur devra passer à la barre une quatrième fois. Pendant ce temps, Dati se plaint de l'engorgement des tribunaux.

Charlie Hebdo : Où en êtes-vous ?

Hamé : En mars, ça fera sept ans que la procédure a été entamée. Sarkozy, celui-là même qui hier refusait l'*« excès de censure »*, s'obstine aujourd'hui contre un article qui, selon moi, n'est même pas un « excès de caricature »…

En plus de se couvrir de ridicule, le ministère de l'Intérieur est donc en train de donner un tournant historique à cette affaire : un acharnement pareil, c'est du jamais-vu ! Il se pourrait même que ce soit la première fois, depuis l'entrée en vigueur du droit de la presse en 1881, qu'une affaire de ce type est renvoyée par deux fois en cassation.

Pourquoi cet « acharnement » ?

Jusqu'au premier appel, on pensait que les syndicats de policiers faisaient pression sur le ministère de l'Intérieur. Mais depuis le pourvoi en cassation, juste après l'élection de Sarkozy, on s'interroge : est-ce que l'ancien ministre de l'Intérieur en a fait une affaire personnelle ? Pourquoi s'entêter à nier que ce que j'ai écrit n'est pas diffamatoire ? Une jurisprudence favorable au rap fait-elle si peur que cela ? Ou alors, il se pourrait que cette affaire soit assise sur des enjeux qui la dépassent : un affrontement entre une magistrature soucieuse d'affirmer son indépendance et un pouvoir politique qui voudrait faire de la justice une simple caisse d'enregistrement…

Êtes-vous stimulé ou fatigué par ce combat ?

C'est épuisant financièrement, ça coûte cher en frais de justice et en avocats, mais je refuse qu'on conteste ma légitimité à m'exprimer sur la place publique. Je compte donc la revendiquer dix fois plus, afin de démontrer à quel point la censure peut être contre-productive. Nous assumons pleinement la dimension politique de ce procès : les bâtons qu'on essaye de nous mettre dans les roues, nous en faisons un tremplin pour aborder le problème des violences policières.

Quels sont les enjeux de ce procès ?

D'abord, préserver la liberté d'expression. Ensuite, affirmer le droit d'attaquer les dominants, de s'emparer des affaires publiques, depuis la place où on se trouve. Enfin, soulever le problème des crimes policiers.

Malgré les passages qui ont été attaqués, mon texte initialement n'était pas un article sur la police. Je parlais de la manipulation idéologique sur l'insécurité, à laquelle j'oppose l'insécurité qui nous vient d'en haut, et qui tend à vouloir faire de populations en danger des populations dangereuses. Et, parmi ces facteurs d'insécurité dans les quartiers, il y a les violences policières. Je n'ai donc pas cherché à faire de la police un bouc émissaire. Mais on ne doit pas être otages du silence sur les aspects peu reluisants de l'histoire de France, ou sur les réalités qui nous tordent le ventre, comme les crimes policiers impunis.

MARINE CHANEL

POLÉMIQUE

Sale pute, allons voir si la rose…

Accusé d'*« apologie de la violence conjugale »** ***et menacé d'être viré des Francofolies, le rappeur de pacotille Orelsan fait l'objet d'une injustice artistique criante…

Que n'ont-ils vu le cri de désespoir, l'ode aux sentiments, le message d'amour du Christ dans ce cantique d'Orelsan.

Des rimes vertigineuses, de subtiles références. « *Je déteste les petites putes genre Paris Hilton, les meufs qui sucent des queues de la taille de Lexington.* » « *Je veux que tu pleures tous les soirs quand tu t'endors, t'es du même acabit que la pute qu'a ouvert la boîte de Pandore.* »

Que n'ont-ils vu l'héritage des grands chantres de la poésie. Baudelaire, Trenet, Brassens, Charb : « *T'es juste bonne à te faire péter le rectum.* » « *Je veux que tu crèves lentement, je veux que tu tombes enceinte et que tu perdes l'enfant/T'es juste une putain d'avaleuse de sabre, une sale catin/On verra comment tu suces quand je te déboîterais la mâchoire, t'es juste une truie, tu mérites ta place à l'abattoir !* » Sublime.

Que n'ont-ils applaudi ses mises en garde sanitaires : « *Pétasse, tu mériterais seulement d'attraper le dass*[1]. » Et ce refrain divin, indélébile et soudain : « *Une sale pute, une sale pute, une sale pute* », qui cogne comme une rengaine et colle comme une rancœur.

Que n'ont-ils salué le génie à la « *Kubrick* », contenu dans ce clip

rythmé à la Django : un puceau, costard-cravate, VRP force de vente, cocu par Marjolaine. Une bouteille de whisky, une chambre petite-bourgeoise et un coucher de soleil. Prodigieux.

Une œuvre capitale. Un veuf inconsolable, un Prince d'Aquitaine à la Tour abolie. Sa seule étoile est morte et voilà les ringards qui sortent le lance-roquettes…

Orelsan, fils d'institutrice et de directeur de collège, aura réussi son plan média. Et sans doute, à contribuer à écrire la plus belle chanson d'amour…

A. ANDRÉ

1. Sida, en verlan.

2009 *Charlie Hebdo* n°876 du 1er avril

Nouvelles technologies, nouvelles complices

Modernes et attirants, les nouvelles technologies, réseaux sociaux et moteurs de recherche ont mis leur immense puissance au service de la bonne vieille censure d'autrefois.

L'AUTOCENSURE DE GOOGLE

Larry Page et Serge Brin, les deux patrons de Google, détenaient chacun, fin 2008, un capital de 20 milliards de dollars. Jeunes, brillants, hérauts de la démocratie, ils ont une haute opinion du rôle bienfaisant de leur firme pour l'humanité. Google informe et relie les hommes aux hommes. Google met en ligne des contenus de livres et beaucoup d'autres choses. J'utilise Google. C'est un moteur de recherche très efficace. Larry Page et Serge Brin, même s'ils sont un peu agaçants avec leurs leçons de déontologie et de démocratie qui enveloppent le poisson plus ou moins frais de leurs bonnes affaires, même s'ils sont boulimiques comme tout bon capitaliste qui se respecte (ils veulent tout : les télés, les films, les logiciels...), même s'ils se frottent les mains avec la hausse de 8 % de la pub cette année sur Internet, sont certainement moins lamentables que le patron de Total, qui soutient une junte immonde. Et pourtant... Ils viennent, une fois de plus, de plier devant la Chine. En 2006, les dirigeants de Chine populaire, gênés qu'une recherche sur Tiananmen dans Google Images renvoie des photos de chars réprimant la révolte étudiante, ont obtenu que la requête « Tiananmen » sur le portail chinois de Google ne renvoie plus ces images. La Chine est le plus grand marché mondial de l'Internet avec 400 millions d'usagers. Ça vaut bien quelques concessions.

La Chine se méfie d'Internet. Elle estime que les réseaux sociaux type Facebook sont des outils de subversion politique menée par les pays occidentaux, en tête desquels les États-Unis. Les autorités ont donc suspendu ces réseaux. Google est, disent-elles, « lié aux services de renseignement américains ». Qui sait ? Avec tout ce qui se passe et se dit sur Internet...

Mais, à la suite de fructueuses palabres avec ces autorités chinoises, Google a vu sa licence d'exploitation renouvelée, et s'en félicite. Google reconnaît avoir une « nouvelle approche » en Chine, dans le but de satisfaire les autorités chinoises. Google vend donc un dictionnaire sans tous les mots, un dictionnaire expurgé, incomplet. Ou un livre dont certaines pages sont arrachées. Google en avait marre des cyberattaques diligentées par les autorités chinoises. Et Google a besoin d'argent. Et puis Google, dit son PDG, veut « offrir des services aux Chinois ».

Car la présence de Google en Chine (comme celle d'Areva ou de la Vache qui Rit) est une forme de libération du peuple chinois. Les marchands ont toujours plaidé pour l'ouverture des frontières, au nom de la libération. Ce n'est pas Google qui nous intéresse, c'est la Chine. Elle réussit la synthèse entre la police et le commerce. Fascinante est la capacité d'absorption et de dilution par la Chine des inventions porteuses de liberté. La Chine autorise les voitures, à condition que vous alliez où elle vous dit et embarquiez les passagers qu'elle impose. Pour cette raison, elle est l'avenir des « démocraties » occidentales, dans lesquelles le commerce aura primé sur tout. En acceptant que le commerce soit l'alpha et l'oméga de la vie, les sociétés occidentales ont accepté que la dictature soit leur avenir. Et non pas le « système fasciste des objets », à la Baudrillard, mieux que ça : la bonne vieille dictature, toute simple, celle du policier. Conclusion : merci, Mediapart. **Oncle Bernard**

2010 *Charlie Hebdo* n°928 du 31 mars

2010 *Charlie Hebdo* n°943 du 13 juillet

◀ **2010** *Charlie Hebdo* n°928 du 31 mars

LOGICIELS CENSEURS

La censure des mormons à l'assaut de Hollywood

Le 27 avril dernier, Bush signait le Family Movie Act, qui rend légales des technologies permettant, lors de la lecture d'un DVD, de nettoyer un film en le filtrant de ses éléments jugés contestables. Après le système du contrôle des contenus (code Hays), après l'institution de la cotation par âge, la censure américaine entre dans une nouvelle ère en devenant une activité commerciale privée.

Tout commence très concrètement en pays mormon avec la sortie de Titanic en vidéo. Ray Lines a un ami soucieux de protéger la santé mentale de sa famille nombreuse que les seins de Kate Winslet pourraient sérieusement échauffer : *« Il m'a demandé si mon équipement vidéo pouvait me permettre de couper la scène de nu pour qu'il puisse projeter le film en famille. Peu après, quelqu'un d'autre m'a demandé de faire le même travail avec Jerry McGuire, et puis, après, un autre avec* Il faut sauver le soldat Ryan. *Il y a eu un effet boule de neige… »*

Naissance d'une nouvelle industrie. Grâce aux logiciels personnels de montage et mixage sur ordinateur, on peut facilement retirer un plan ou une séquence, chinter un mot ou couvrir un dialogue. Ray Lines crée CleanFlicks, entreprise d'*« assainissement de films »* dont le catalogue contient aujourd'hui plus de 700 titres. *« Nous retirons tous les abus de langage, la violence excessive, la nudité et le contenu sexuel »,* indique la publicité sur son site (www.cleanflicks.com).

Sur le lieu même du péché, au cœur de l'image, Ray Lines saccage l'idée d'un cinéma conçu à la fois comme écran du désir et outil cathartique, jeu spectaculaire où s'échangent l'attraction et l'effroi, l'image violente et l'image érotique. Hitchcock, pour qui le cinéma doit avant tout produire un choc émotif et qui conçoit sa mise en scène comme *« manipulation du spectateur »*, avait pris *« le contrôle de l'univers »*, pour reprendre l'expression de Jean-Luc Godard. Notre mormon tient aujourd'hui sa revanche sur le maître de Hollywood et ses épigones, talentueux ou pas. Il entend bien reprendre le contrôle de son petit univers. Il nous apprend surtout que le statut des images a changé : celles-ci ne sont plus seulement faites pour être vues, éprouvées comme une force à laquelle le regard se soumet. N'importe qui peut désormais les inspecter et les nettoyer.

L'empire contre-attaque : les studios et le syndicat des réalisateurs se lancent dans la bataille juridique. Sont remises sur le tapis les définitions de l'intégrité d'une œuvre et de la liberté d'expression. Des principes sacrés s'opposent : le droit d'auteur et le droit d'exploitation contre le droit du consommateur à disposer d'un produit comme il l'entend. Le débat est considérable.

DE LA CENSURE AU RÉVISIONNISME

Il faut dire que les industriels de l'*« assainissement de films »* sont déchaînés. Il ne s'agit pas seulement de retirer les éléments plastiques qui choqueraient *« gratuitement »* le spectateur, conçus comme autant d'excroissances inessentielles au bon déroulement de l'intrigue. Bien couper, c'est aussi réécrire le film, réinventer l'action à laquelle on assiste. Dans *L'Homme qui murmurait à l'oreille des chevaux*, Robert Redford danse avec Kristin Scott Thomas, mais, comme le personnage interprété par cette dernière est déjà marié avec un autre homme *: cut !* La nouvelle censure, armée de ses nouveaux appareils informatiques, s'évertue avant tout à redéployer dans le tissu même du film sa vision kitsch du monde. Plus grave, elle peut devenir un puissant outil révisionniste, désireux d'intervenir idéologiquement ou politiquement sur la perception d'un film. Ainsi, elle coupera la scène de débarquement dans *Il faut sauver le soldat Ryan*, et tant pis si la guerre demeure un spectacle exotique où le sang ne jaillit plus jamais sous les balles. Mais elle empêchera aussi — comme le note un juriste[1] — que le public voie la nudité des déportés dans une scène de *La Liste de Shindler,* considérant que cette image *« insiste trop sur la déshumanisation ».*

Le système se perfectionne. Des technologies permettent désormais de filtrer un film pendant son déroulement sans que le disque soit altéré. ClairPlay propose au spectateur un logiciel qui permet d'activer ou désactiver à sa guise quatorze filtres (qui identifient aussi bien la violence ou la nudité que les « insinuations ethniques ou sociales »), ce qui donne, selon le calcul du concepteur, 16 384 configurations possibles (www.Clairplay.com). Un logiciel comme MovieMask peut même, plutôt que retirer la scène de nu dans Titanic, recouvrir numériquement d'un habit les seins de Kate Winslet. Non plus seulement gommer ou extraire des éléments, mais en ajouter d'autres… Les concepteurs de MovieMask expliquent ainsi qu'il leur est déjà possible d'insérer des publicités n'importe où dans un film. Bientôt un logo Nike sur le chapeau de Gary Cooper ?

C'est le développement d'une technologie de type Clairplay que le Family Movie Act signé par Bush a pu rendre légal, parce qu'elle laisse le DVD original intact et ne contrevient pas de manière évidente à la loi qui protège le *copyright.* À la Maison-Blanche, on est tombés d'accord avec Ray Lines quand il déclare : *« Les réalisateurs font des choix quand ils proposent leur montage. N'aurais-je pas le droit dans l'intimité de mon foyer à faire mes propres choix ? »* Au spectateur le *final cut !*

Un peu d'anticipation… Pour mieux la comprendre, il faut en effet pousser à sa limite la logique de ces nouvelles technologies. Elles ne marquent pas seulement un retour au contrôle des contenus jugés immoraux, comme au bon vieux temps du code Hays. Pour preuve, au moment de la création de CleanFlicks, une rumeur circulait selon laquelle une société, FilthyFlick, se proposait d'insérer des images de violence et de sexe dans des films jugés trop prudes. Le canular peut devenir réalité grâce à des logiciels comme ceux que développent ClairPlay et MovieMask.

AU SPECTATEUR LE FINAL CUT !

Au fond, rien n'empêche cette nouvelle forme de censure de devenir un marché démocratique et ouvert à tous. D'autant plus si les studios décident de s'approprier les techniques et de ne pas en laisser le monopole aux nostalgiques des ligues de décence. Au-delà de la version intégrale et revendiquée du réalisateur, chaque groupe de personnes, chaque individu, chaque communauté ou minorité politique pourra ainsi créer sa petite version privée d'un film. Le rôle du metteur en scène consistera ici à mettre à sa disposition un stock d'images, base de données, que le spectateur pourra manipuler à l'infini, produisant et réalisant lui-même la version du film qui convient le mieux à son regard.

Fin d'un espace commun de la réception des films. Il s'agit moins d'aller à la rencontre d'une vision que de toujours chercher à se replier en autiste sur la sienne. Et tout se passe comme si le spectateur, ne voulant plus être cette créature captive intégralement soumise au défilement fatal des images qu'on lui impose, prenait au mot d'une manière radicale la formule d'André Bazin que Godard place en exergue du *Mépris :* le cinéma lui substituera bel et bien un monde qui s'accorde à ses désirs, ou à ses refoulements, tous ses petits caprices privés, quels qu'ils soient.

Stéphane Bou

1. Sharon Weinberg, dans le numéro de mars 2004 du *Georgetown Law Journal*.

2005 ▶
Charlie Hebdo
n°687
du 17 août

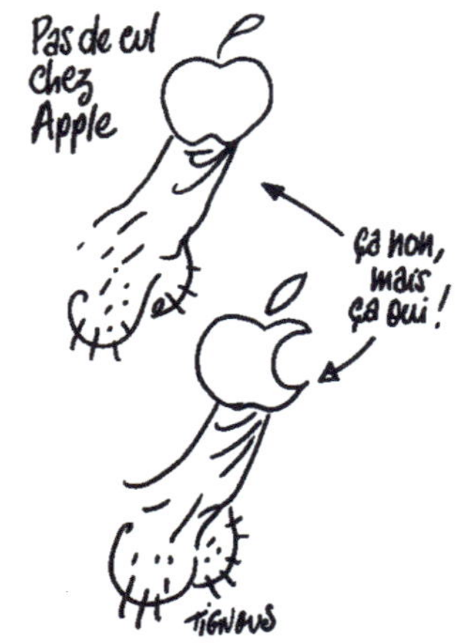

APPLE

LE NOUVEL ORDRE MORAL

Brûler un livre, c'est fasciste, péter un iPad, c'est la liberté !

Quoi, *Charlie Hebdo* n'est pas encore disponible sur iPad ! Ni sur iPhone ! Mais demain, toute la presse sera sur iPad ! Et sur iPhone ! Il faut que *Charlie* vive avec son siècle ! Oui, oui, oui, avait-on l'habitude de répondre aux amis et aux lecteurs que la passion pour les progrès du numérique transformait en agents commerciaux Apple. Oui, on le fera un jour, on n'a rien par principe contre les journaux sur iPad, mais là, on a autre chose à faire.

Alors, quand on est venu nous démarcher pour vendre *Charlie* sur iPad, on a attentivement écouté le monsieur. Incollables on est, sur l'iPad. Convaincus à la fin de l'entretien qu'on pouvait mettre intégralement et pour le même prix que la version papier *Charlie* sur iPad, on était près de conclure l'affaire. Et puis, une ultime question a tout fait basculer. Est-ce que Apple a un droit de regard sur le contenu du journal qu'il diffuse ? Ah, oui, bien sûr ! Pas de sexe. Et puis peut-être d'autres trucs. C'est Apple qui voit.

Adieu, iPad. Adieu, iPhone.

Charlie Hebdo n'a pas été censuré par Apple et c'est pour éviter de l'être jamais que *Charlie Hebdo* ne sera jamais sur iPad. Crève, Steve Jobs. Le caricaturiste américain Mark Fiore, Prix Pulitzer 2010, a été censuré par Apple. Ses animations ne pouvaient pas être vues sur iPhone. Le scandale a fait suffisamment de bruit pour que Steve Jobs recule. Chacun doit-il mener le combat de son côté pour lutter contre la censure Apple ? Doit-on chacun quémander à Steve Jobs la liberté d'expression ?

Le système de distribution des journaux en France oblige les diffuseurs de presse à vendre tous les journaux. Steve Jobs, diffuseur de presse, lui, est libre de mutiler les journaux qu'il diffuse. Disons aussi que les journaux disponibles sur iPad acceptent de fait la censure d'Apple. Et certains la devancent pour être sûrs de figurer au catalogue Apple.

Journaux de collabos, presse de merde ! La censure que rêve d'imposer Sarkozy à la presse, un industriel américain réussit à l'imposer avec la complicité de la presse. Sans que personne moufte. Briller sur iPad vaut toutes les compromissions. La liberté de la presse comparée au prestige que ça représente d'être lu sur une palette à la con qui coûte la peau du cul, c'est rien ! Aveuglé par la beauté du progrès technique, on ne voit pas que le génial ingénieur est en réalité un sale petit flic.

Qui garantit au lecteur de journaux sur iPad que l'exemplaire auquel il a accès est la version originale non censurée ? Surtout, comment des journaux, même s'ils n'ont pas encore été victimes de censure, peuvent-ils accepter le principe d'une possible censure ? L'ensemble de la presse devrait se retirer d'iPad en attendant que l'espèce de mormon fasciste qui dirige la boîte renonce à imposer ses codes moraux au reste du monde.

Imaginons deux secondes que Gutenberg, l'inventeur de l'imprimerie en Europe, ait eu la volonté et les moyens de contrôler le contenu de tous les papiers imprimés. Comment aurait-il fini ? Pendu par les couilles au plafond, oui. Quelqu'un sait si c'est haut de plafond chez Steve Jobs ? **Charb**

DOUBLE PAGE
2010
Charlie Hebdo
n°951 du
8 septembre

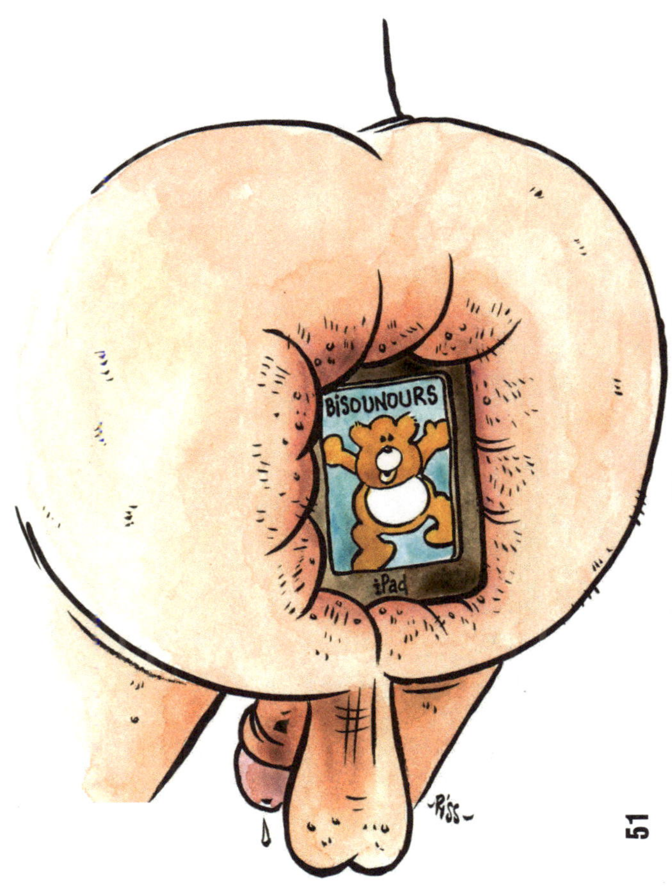

DOUBLE PAGE
2020
Charlie Hebdo
n°1433
du 7 janvier

LIBERTÉ D'EXPRESSION

La justice protège, la société interdit

RICHARD MALKA

Le 25 octobre dernier, la Cour de cassation, en assemblée plénière, sa formation la plus solennelle, décidait que représenter Marine Le Pen en étron fumant ne dépassait pas les limites de la liberté d'expression. Voilà pour les politiques et les personnes publiques. Pour ce qui est de la critique des religions, le 2 août 2018, la Cour européenne des droits de l'homme rappelait que *« ceux qui choisissent d'exercer la liberté de manifester leur religion, qu'ils appartiennent à une majorité ou à une minorité religieuse, ne peuvent raisonnablement s'attendre à le faire à l'abri de toute critique. Ils doivent tolérer et accepter le rejet par autrui* [...] *et même la propagation par autrui de doctrines hostiles à leur foi ». Charlie* a longuement combattu pour la protection de ce droit au blasphème, consacré, en France, par le procès dit « des caricatures de Mahomet ».

En matière d'incitation à la haine ou aux discriminations, la Cour de cassation a sérieusement restreint le champ d'application de ce délit, exigeant désormais que seules les « exhortations » soient condamnables et non plus simplement les « incitations ». Quant au journalisme d'investigation, le recours aux notions européennes d'intérêt général et de base factuelle suffisante a considérablement limité les possibilités de gagner un procès en diffamation. Autrement dit, la liberté d'expression n'a jamais connu un tel degré de protection judiciaire.

C'est paradoxalement quand ce droit est consacré, après des siècles, voire des millénaires, de combats, que les hommes, comme s'ils s'affolaient de la liberté conquise, refusent de quitter leur cage et réclament de nouvelles laisses.

Philosophes ou politiques interdits de s'exprimer dans les universités, censées être des temples de la tolérance et du débat, au prétexte qu'ils ne pensent pas comme il faut ; pièce de théâtre antique censurée ; instauration d'un nouveau tribunal des bonnes mœurs avec le CSA, auquel on demande toujours plus d'interdictions et de condamnations lapidaires ; films ou livres expurgés pour tenir compte jusqu'à l'absurde de la susceptibilité épidermique de tel ou tel groupe ; lapidation en place numérique sur le fondement de propos dénaturés ; épidémie de pétitions pour interdire d'expression publique des journalistes de tout bord ; syndicat étudiant se transformant en secte de gardes rouges intersectionnels à tendance décoloniale et racisée – je sais, c'est anachronique mais ce n'est pas encore interdit – ; musées auxquels on demande d'épurer leurs collections... On n'en finirait pas d'égrener les mille et une manifestations du tyranniquement correct ambiant. Aujourd'hui, Voltaire ne serait plus embastillé et la justice le protégerait. Peut-être même que l'État lui dépêcherait des officiers de sécurité, mais la nouvelle bourgeoisie néovertueuse demanderait toujours sa peau, au nom de la dictature victimaire.

Notre nouvelle bourgeoisie néovertueuse demanderait la peau de Voltaire

Ce constat, je l'ai exprimé cent fois. Des milliers d'autres l'ont fait : chercheurs, intellectuels, militants, journalistes. Des millions ont manifesté, le 11 janvier 2015, pour l'idée de la liberté d'expression. Empêcher de s'exprimer librement n'est jamais légitime, sauf exception pour les mots qui mènent à la violence. Le seul combat que l'on gagne en instaurant la peur de parler, c'est celui de la fin de la démocratie, pas celui d'une minorité quelconque. Une fois que la société aura perdu, pour de bon, le goût de parler librement, le fruit sera mûr pour les vrais autoritaires. Ce sera mieux que de mourir, mais pas aussi bien que d'accepter la belle liberté qui nous est offerte.

Pourtant, les choses ne font qu'empirer, alors à quoi bon plaider une fois de plus ? Notre ministre de la Culture restera silencieux, voire complaisant, face à ces phénomènes, nos présidents d'université resteront lâches et n'inviteront plus personne de dérangeant, par peur des polémiques, et le CSA continuera à blâmer et à infliger des amendes par millions.

« Il n'y a qu'une chose que les hommes préfèrent à la liberté, c'est l'esclavage. » Nous vivons l'illustration contemporaine de cette fulgurance de Dostoïevski. La justice ne tiendra pas éternellement. C'est une digue, mais elle ne peut rien face aux marées des océans quand elles deviennent trop puissantes. Chacun peut et doit combattre, avec respect, en manifestant, en écrivant, en s'engageant, en militant, en votant, en quittant tel syndicat, en adhérant à tel autre, en n'ayant pas peur des anathèmes ni des exclusions. La liberté d'expression est la source de toutes les libertés. Sa restriction entraînera celle des autres droits. Tous. Pas un citoyen ne sera épargné, alors autant agir. ●

Vivrensemble

LES AUTO-ENTREPRENEURS DE LA CENSURE

GÉRARD BIARD

À l'heure de l'ubérisation, du nombrilisme des réseaux sociaux, du communautarisme tendance, de la défiance envers l'État et du rejet de toute représentation politique, pourquoi demander aux institutions quelque chose que l'on peut bricoler tout seul dans son coin ? La censure, traditionnellement exercée par l'autorité civile, militaire ou religieuse – et souvent par les trois à la fois –, n'échappe pas à la modernité : chacun monte désormais sa petite start-up ou balance son tutoriel de maniement des ciseaux sur Facebook.

La censure n'est plus, loin s'en faut, l'apanage de l'État. Celle que l'on surnommait autrefois Anastasie déploie désormais ses talents dans le privé, au service de multinationales de l'algorithme, d'associations militant pour la défense d'intérêts strictement sectoriels, de groupes d'enragés de la pureté à l'affût de la moindre déviance, voire d'individus qui estiment que leurs émotions ou leurs choix prévalent sur toute autre considération sociétale ou politique. Si le poids du pouvoir religieux est plus que jamais là, et bien là, les trop connotées « bonnes mœurs » ont cédé la place à l'« identité », à la « culture », au « ressenti », au « respect », censément bafoués par le racisme, le sexisme, l'homophobie, le colonialisme et autres fléaux bien réels, auxquels on prend soin d'ajouter tout un tas de manifestations fantaisistes du « mal » qu'il serait fastidieux de lister, car il en pousse une tous les jours, avec une « phobie » en étendard… Comment être contre, puisque ce n'est plus – officiellement – au nom de la morale que l'on veut faire taire, mais pour combattre, entre autres, des idées ou des pratiques qui, pour certaines, sont déjà punies par la loi ?

Ma phobie est plus grosse que la tienne

C'est là que l'on arrive au cœur du problème. Car la principale caractéristique de ces auto-entrepreneurs de la censure, c'est qu'ils ne réclament aucune loi. Ils s'en affranchissent même la plupart du temps, préférant l'arbitraire et l'intimidation, parfois physique, à la légitimité des tribunaux. Ce qu'ils exigent, c'est l'annulation, le retrait, l'effacement, le silence, la réécriture conforme, l'autodafé. Et, surtout, le repentir : une bonne autoflagellation les plonge dans des délices insoupçonnées.

Rien de plus logique. En démocratie, la loi, qu'il s'agisse de la voter ou de la faire éventuellement appliquer, engendre le débat. Or ces censeurs 2.0 rejettent tout débat. Quand, au printemps 2019, le metteur en scène des *Suppliantes*, d'Eschyle, accusé de « blackface » pour avoir fait porter des masques de cuivre à ses comédiens, proposa aux étudiants et aux associations communautaristes réclamant l'interdiction des représentations à la Sorbonne de venir voir la pièce pour en débattre, il se vit opposer une fin de non-recevoir : pas question de jeter un seul œil sur cette abjection. Peur de salir un regard que l'on veut pur envers et contre tout. Le débat lui-même devient l'objet de l'outrage. Témoin, par exemple, la conférence que devait tenir la philosophe Sylviane Agacinski en octobre dernier à l'université de Bordeaux, annulée suite au communiqué menaçant d'associations étudiantes, qui considéraient qu'on avait le droit de parler de la PMA, mais à condition d'être pour.

Affronter cette nouvelle – et pernicieuse – forme de censure, c'est se confronter à une sorte de jury populaire autoproclamé, qui prononce des sentences sans procès préalable, et pouvant tout aussi bien s'incarner dans une multitude de groupes aux motivations parfois contradictoires que dans des individus isolés aux lubies insondables. Autrement dit, la « faute » peut surgir à tout moment et à tout propos. D'ordinaire, ce mécanisme destiné à générer la crainte de s'exprimer librement a cours dans les régimes totalitaires… Est-on en train de s'en bricoler un, là aussi ? ●

Charlie
encore et toujours censuré

Durant toute son histoire, *Charlie Hebdo* n'a cessé d'être harcelé, interdit et parfois même agressé par ses adversaires.

On a lu ça:

Au secret pour avoir lu « Charlie-Hebdo »

Un appelé du 602e régiment de circulation routière, à Dijon, détenait en outre des tracts

Un appelé du 602e régiment de circulation routière de Dijon, Michel Vernier, vingt-quatre ans, est depuis le 23 août dernier au secret dans la prison de son régiment.

La sécurité militaire a découvert dans son placard, à l'issue d'une fouille, un exemplaire de *Charlie-Hebdo* et deux tracts du comité syndical des soldats du régiment, ce qui, aux yeux des autorités militaires, constitue une action de « propagande antimilitariste » et tombe de ce fait sous le coup de l'article 215 du Code du service national.

De notre correspondant à Dijon

INTERPELLE, le 22 août, dans l'après-midi, Michel Vernier a été placé au secret dès le 23 par le commandant en second du régiment. Depuis, personne ne l'a vu. Il risque trente jours d'arrêt et une libération retardée. Pour les animateurs du comité syndical du 602e RCR créé il y a trois mois, cette punition infligée au soldat Vernier est une *« atteinte aux libertés démocratiques ». « L'armée n'a pas à imposer ses lectures à un citoyen. Ce dernier doit être libre de pouvoir lire ce que bon lui semble, d'autant plus qu'officiellement il n'existe pas de journaux interdits dans les casernes. »*

« Pour nous, ajoutent les animateurs du comité syndical, *l'autorité militaire a voulu faire un exemple en tapant dans le tas. Une dizaine d'appelés ont été interrogés le jour de l'arrestation de Michel Vernier. Mais on n'a rien trouvé dans leurs placards et ils n'ont pas été punis. »*

Trois bulletins syndicaux ont été imprimés et distribués avec le soutien de la CGT et de la CFDT depuis la création de ce comité syndical de soldats.

Les deux organisations syndicales ont d'ailleurs élevé une protestation contre cette *« nouvelle atteinte aux libertés les plus élémentaires ».*

La CGT relève que les faits indiqués par l'autorité militaire *« sont faux parce qu'on ne peut pas accuser quelqu'un de propagande antimilitariste au seul mal d'avoir trouvé, dans son placard, deux tracts et un hebdomadaire ».* En outre, les tracts qui ont été distribués par les militants de la CGT en gare de Dijon, ce qui a valu aux cégétistes d'être convoqués à l'hôtel de police, après la plainte des autorités militaires, *« ne contenaient pas de propagande antimilitariste, mais uniquement des revendications légitimes et la dénonciation de faits intolérables sur ce qui se passe dans cette caserne »,* précise encore la CGT. *« Ces méthodes de répression sont d'un autre âge »,* conclut l'Union départementale de la CGT de la Côte d'Or qui demande : *« Quand considérera-t-on les appelés comme des citoyens à part entière, notamment en ce qui concerne la liberté d'information et le droit de poser collectivement des revendications ? »*

Robert Lerles

"Le Matin" du 1er septembre 1979

Censure en Belgique

Pour cause de drame national

LES BELGES avaient déjà leur roi con, leurs moules-frites et leur Manneken-Pis, ils ont aujourd'hui leur Marc Dutroux. Marc Dutroux, le pédophile-violeur-assassin-taré, a remplacé à lui tout seul, en l'espace de quelques semaines, tous les symboles de la Belgique éternelle. On s'attend à ce que les éditeurs de cartes postales publient des portraits de Dutroux, que les agences de voyages proposent de faire visiter l'antre du monstre, on suppose que des cinéastes belges mettront en scène la vie du moustachu pervers. Chaque place de village voudra bientôt sa statue du salaud national, c'est sûr. Car Marc Dutroux n'est pas simplement responsable d'un ignoble trafic d'enfants, de tortures et de meurtres, Marc Dutroux est aussi l'auteur d'un drame national.

En Belgique, il y a d'abord le drapeau national et puis, juste derrière dans la hiérarchie, il y a maintenant le drame national. Qu'un étranger pleure en apprenant ce qui est arrivé à ces gosses belges, c'est bien aimable. Les larmes seront prises par le peuple belge comme une marque de sympathie et de politesse envers leur nation. Mais que l'étranger compatissant n'aille pas dire qu'il partage la douleur de la famille. Cette douleur est nationale, on ne touche pas ! Seul un Belge peut et doit ressentir une réelle émotion au récit des massacres de Dutroux. Écoutez l'hymne national belge. Vous pouvez le trouver beau, vous pouvez même éprouver un frisson de bonheur au moment du solo de triangle mais votre émotion ne sera jamais aussi intense que celle d'un vrai Belge, pense le vrai Belge. De même, vous pouvez dire que le drapeau belge est joli, mais, si vous prétendez que le drapeau belge est une partie de vous, vous exagérez ou alors vous êtes vraiment belge. La Belgique, avec son drame national, nous donne le sentiment que ce ne sont pas des êtres humains qui sont morts, mais des Belges. Nationalisme de merde.

Marc Dutroux, monument belge

Le drame national belge, comme le drapeau, est sacré. Il n'y a qu'une manière correcte d'honorer le drapeau, c'est *grosso modo* de se mettre au garde-à-vous devant. Il n'y a qu'une manière correcte d'honorer le drame national, c'est de pleurer. Impossible d'évoquer le drame autrement qu'en pleurant !

En qualifiant le meurtre des fillettes de « drame national », la Belgique a fait de ce drame (qui en est vraiment un) un monument grotesque et déshumanisé. Quand l'émotion est obligatoire, il n'y a plus d'émotion. Quand on montre jusqu'à la gerbe des mémères en train de chialer et d'appeler au rétablissement de la peine de mort tous les soirs à 20 heures, on a envie de zapper. Ou bien alors de se marrer. Contre cette émotion de foire, il y a le rire. Willem, dans les couvertures échappées de la semaine dernière, s'est marré. Le diffuseur belge de *Charlie* a refusé de distribuer le journal. En Belgique, ce n'est pas le directeur du journal qui est responsable devant la justice en cas de plainte, mais le diffuseur. Le diffuseur belge n'a pas voulu risquer d'avoir un procès pour manque de respect envers un drame national, il a préféré censurer le journal. Le numéro de septembre du *Psikopat,* un mensuel de BD, a été victime, pour les mêmes raisons, de la même censure. Pauvres Belges condamnés à chialer au garde-à-vous... À bas les drames nationaux, les drapeaux nationaux, les hymnes nationaux, les héros nationaux, les soldats inconnus nationaux et tous les autres bibelots nationaux qui font ressembler les pays à des casernes ! **CHARB**

1996 *Charlie Hebdo*
n°230 du 13 novembre

1979 *Charlie Hebdo*
◀ n°460 du 6 septembre

▸ CHARB N'AIME PAS LES GENS

CENSURE SUR LE BOULEVARD SAINT-GERMAIN

« *La Hune est un lieu historique et une référence pour les intellectuels et les artistes.* » C'est la présentation de la célèbre librairie du VIe arrondissement de Paris qu'on peut lire sur le site de son propriétaire, le groupe Flammarion. On devait s'y voir le 13 juin. J'avais eu l'honneur d'y être invité pour dédicacer le nouvel album de Maurice et Patapon. Et puis Cécile Thomas, l'éditrice de la maison d'édition Les Échappés, a reçu un coup de fil du directeur de la librairie la semaine dernière: la séance de dédicace est annulée. Un mail est venu le confirmer. Ah. Problème technique? Non, le directeur craint des incidents. Il ne prendra pas un tel risque. Bien sûr, si ça avait été sa librairie, il aurait foncé, mais il ne peut pas faire ce sale coup au groupe Flammarion, qui, jure-t-il, n'est au courant de rien et n'a rien demandé, vous comprenez… Non, on ne comprend pas. Que craint-il? Une attaque des militants anti-mariage gay! Quel rapport avec Maurice et Patapon? Bah, le titre: *Mariage pour tous!* Hein? Sérieusement? Ah, oui, ils cherchent toutes les cibles possibles, les anti-mariage gay, et la bédé de ce chien et de ce chat en est une potentielle… Rendez-vous compte! Un chat qui épouse un chien! Aux abris!

On a connu des libraires (très peu) qui ont annulé des dédicaces par crainte d'une attaque islamiste au moment où *Charlie* était menacé. Aujourd'hui, on vient de passer un cap dans le grotesque. Les fachos ont gagné. Avec la pleutre complicité de la Hune, oui.

On a failli se croiser.

Si ce libraire craint que Maurice et Patapon ne représentent une provocation pour les homophobes, on imagine ce qu'il aurait dit à Oscar Wilde pour annuler sa venue… Non, monsieur Wilde, on est désolés, mais votre dernier bouquin risque d'attirer les foudres de Christine Boutin, on ne peut pas se permettre une émeute de dingues devant la librairie du respectable groupe Flammarion! Et pourquoi les exploitants de salles de cinéma ne se serviraient pas de l'argumentation du directeur de la Hune pour refuser de diffuser *La Vie d'Adèle* ou d'organiser des débats autour au motif que la palme d'or de Cannes pourrait exciter les homophobes? Si le mariage d'un chat et d'un chien peut créer un émoi à Saint-Germain-des-Prés, on imagine ce que peuvent déclencher deux filles qui se lèchent sur tous les écrans de France… Ce n'est pas une poignée de crânes rasés qui arrivera à imposer ses idées en France, mais le renoncement et l'autocensure de démocrates pétochards.

Le directeur de la Hune nous propose d'attendre gentiment que toute cette tension autour du mariage gay soit retombée pour m'inviter de nouveau… Moi qui ne suis pas contre le mariage des pédés, je ne foutrai plus jamais les pieds dans cette librairie avant qu'elle ne soit devenue un magasin de fringues ou que son directeur ne soit retourné gérer la librairie Flammarion du Vatican.

Les librairies meurent, on comprend pourquoi… Oui, la Hune est une référence pour les intellectuels de Civitas et les artistes de Saint-Nicolas-du-Chardonnet. ■

charb@charliehebdo.fr

2013 *Charlie Hebdo* n°1093 du 29 mai
◀ **1996** *Charlie Hebdo* n°221 du 11 septembre

RÉPUBLIQUE FRANÇAISE

Mairie d'Orange

ORANGE, le 9 FEVRIER 1996
MONSIEUR LE MAIRE
Mairie de
84860 CADEROUSSE

Monsieur Le Maire et Cher Ami,

Tu trouveras ci-joint la copie d'un tract du FNJ dont j'ai " bloqué " la diffusion.

Je crois, en effet, préférable, avant de rendre une chose publique, d'alerter les élus.

En lisant ce tract, tu t'aperçois de la teneur de l'affaire.

J'éspère que tu pourras convenir avec les organisateurs de "Sabords 84" d'une solutionb. Il serait dommage que tu te fasses piéger par une bande de provocateurs parisiens.

Je te prie d'agréer, Monsieur le Maire et Cher Ami, l'expression de mes salutations distinguées.

Le maire,

P. S. : Je fais part par copie de ce problème aux autres élus de ta vill

DES POURRISSEURS A CADEROUSSE !

Les 1er et 2 juin se tiendra à Caderousse un festival de BD.
Parmi les dessinateurs invités figurent une partie de l'équipe de
l'hebdomadère *Charlie-Hebdo*. Ce journal spécialisé dans l'ordure
et la vulgarité s'est fait une spécialité de la haine anti-française.
Alors, réunion de Bédéphiles ou Fessetival de pornographie ?

Charlie-Hebdo a le droit d'exister. Il ne faut pas pratiquer à son égard
la censure qu'il voudrait exercer sur les autres.
Mais les Caderoussiens, eux, ont le droit d'être informés sur les per-
sonnes qu'il vont accueuillir
durant trois jours.
Voila ce qu'est Charlie-Hebdo : bassesse et ordures, style pipi-caca et
touche toi mon pote...
Ces dessinateurs ont-ils l'excuse de la jeunesse et de la révolte ?
Même pas !! Le rédacteur en chef, un certain Val a plus de quarante
ans. Soixante-huitard attardé, il a longtemps animé des spectacles de
3ème zone... Pseudo-contestataires, Cabu et Cavana, eux, approchent
ou dépassent allègrement les 60 ans...
Intolérant et haineux, les« journalistes » de cet hebdomadaire ne sont
en fait que des petits Kapos de la pensée unique... Ils se la jouent
« révolte et provocation » mais ont accès aux médias les plus confor-
mistes du système : Val passe sur France-Inter, Cabu et Cavanna à la
télé. Quant à un de leurs éditorialistes, le chanteur Renaud, c'est un
milliardaire qui possède une luxueuse demeure à l'Isle sur Sorgues.
Ni prolétaires ni jeune révolté, les dessinateurs de Charlie-Hebdo ne
sont en fait que des petits bourgeois gauchisants. Doivent-ils pour
autant nous imposer leurs « œuvres » ?
Qu'en pensent les organisateurs de cette manifestation ? Et le maire de
Caderousse ?

1996
Charlie Hebdo
n°197 du
27 mars

ça se durcit

Le maire d'Orange contre « Charlie »

La culture, pour le Front national, c'est des baffles crépitant sous la B.O. du film *Christophe Colomb*, un bon mot du cocasse Bruno Mégret, la soirée d'élection de Miss Toulon et des blagues de régiment. Pas les Chorégies. Pas un festival de B.D. Et surtout pas *Charlie Hebdo*.

Quand le F.N. prend le pouvoir dans une municipalité, il s'empresse de dépecer tout ce qui ressemble à une forme d'art et de pensée. A Orange, Bompard s'en est d'abord pris aux Chorégies. Loupé. Elles ont pu être sauvées pour l'année en cours, notamment grâce à l'Etat. Alors il a redéployé sa mesquinerie vers le festival de B.D., Sabords 84, en demandant à l'association 56 000 F pour la location du théâtre antique. Encore loupé. Le festival a trouvé refuge dans la commune voisine de Caderousse.

Mais Bompard veut piétiner le festival et en profiter pour s'attaquer à *Charlie Hebdo*. Il a donc écrit une belle lettre de dénonciation au maire de Caderousse (qui n'a pas répondu). Sous les « cher ami » et les « Cordialement », la menace : ou *Charlie* se fait virer, ou Caderousse barbotera bientôt dans la mare de tracts obligeamment déversés par le F.N.J.

Pour Bompard, *Charlie* est porno. Mais pas Le Pen, qui truffe ses discours du mot « sodomie ».

Officiellement, si Bompard s'acharne sur *Charlie*, ce n'est pas parce que c'est un journal anti-F.N. Non, c'est parce que c'est un journal pornographique. *Charlie* n'est pourtant pas classé X. En kiosque, il est vendu sur le présentoir des quotidiens et hebdomadaires d'information générale, et pas au rayon chaînes et fesses entre *les Confessions d'une paire de menottes en latex*, *Toutes des salopes* et *Groin-Groin le petit cochon*.

Pour Bompard, *Charlie* est porno. Mais pas Le Pen, qui truffe ses discours du mot « sodomie ». Pas les membres du F.N., qui racontent leurs blennos et prennent les femmes pour des essuie-mains. Pas *Minute* et son dossier *Sexe, argent et politique*, avec photos de derches rebondis, laisses et colliers de chien, guide des boîtes partouzardes, détails sur les vidéos pédophiles et sur le *fist fucking*.

Mais, après tout, pourquoi se priver d'attaquer *Charlie* ? En l'absence de réaction, Bompard y trouvera un encouragement à multiplier les pressions et les attaques sous-marines. Et si la manœuvre est dévoilée, il pourra toujours affirmer que ce n'est pas lui qui a voulu faire du tapage, puisqu'il a bloqué le tract (il circule quand même, sous le manteau...).

Coup de fil à la mairie d'Orange. Bompard est en déplacement, la secrétaire me passe André-Yves Beck[1], le chargé de communication qui voulait faire interner Fajardie. Discours caramélisé, plein de courtoisie, comme la radio du même nom. Alors, Bompard fait tout pour qu'on ne vienne pas à Caderousse ? *« C'est pas vrai, c'est pas vrai. C'est que des menteries ! »* Et les tracts ? *« C'est pas nous, c'est le F.N.J. ! »* Et la lettre ? *« C'est gentil ! C'est de maire à maire ! de maman à maman ! »* Vraiment, la mairie n'a rien contre nous ? *« J'aime bien* Charlie. *Val a beaucoup de talent, Cabu est formidable. Vous avez les meilleurs dessinateurs de presse, excepté Konk... N'empêche que... vos dessins sont crades. Ça n'irait pas avec Caderousse. »* Et les chants de paras, ils sont pas crades ? *« Je me fous des chants de paras, je me branle dessus ! »*

La conversation continue. Il garde le ton chantonnant du gamin qui s'est assis sur le goûter de son voisin. Avec, de temps à autre, un crissement : *« Vous êtes des raclures, zéro physiquement, zéro intellectuellement, zéro moralement. Et on s'opposera à votre venue à Caderousse. »* Retour au caramel. *« Quand vous avez publié mon C.V. dans* Charlie, *vous en avez oublié la moitié ! Vous auriez pu dire que j'étais assez intelligent, plutôt pas mal et gentil. »* Encore un peu. *« Orange est si jolie ! Si vous venez, on prendra un verre ensemble et on sera amis. Mais non, c'est vrai, vous n'accepterez pas. Ah si vous voulez, je peux faire des piges dans* Charlie *! Gratos ! Et puis, j'ai répondu à vos questions, j'ai bien droit à mon sucre d'orge, à un abonnement gratuit ! »*

Courtoisie. Correction. Paroles frottées à la chamoisine, lisses et brillantes. André-Yves Beck est courtois. Comme Le Pen, qui danse bien la valse. Comme Otto Abetz, un expert en baise-main.

ANNE KERLOC'H

1. Ancien militant des groupuscules nationalistes-révolutionnaires Troisième Voie et Nouvelle Résistance.

on a reçu *ça*

Autodafé (« acte de foi »)

Cela fait quelque temps que je lis (et achète !) votre journal qui m'amuse beaucoup. Je vous écris pour vous en raconter une bien bonne qui vient de m'arriver hier au soir. J'habite à Paris et travaille à Issy-les-Moulineaux, donc je prends le RER C tous les jours (là, je vois votre œil s'allumer...). Eh oui, j'ai pris le train et vu défiler ces milliers de jeunes (!) déferler sur notre capitale pour y adorer leur idole papale, papiste ou papautaire, cochez le mot qui vous convient.

Comme j'aime assez lire mon Charlie dans les transports en commun, évidemment, ça n'a pas loupé... (Il faut dire que votre dernière couverture était soignée !)

— Monsieur, me dit-elle, ça ne vous dérange pas de montrer ce journal devant les JMJistes ? (Si si, elle a dit ça !)

— Les quoi ? je lui réponds, les JMJistes ? C'est une nouvelle secte ?

Bien sûr, ça l'a mouchée. Elle et tout le groupe, d'ailleurs (il a dit quoi ? il a dit quoi ?...).

Amusé, je termine ma lecture et décide d'en remettre une couche.

— J'ai terminé mon journal, mademoiselle, dis-je, l'air entendu, si vous voulez, je vous le donne...

Elle accepte, empressée, et, en pleine gare Champ-de-Mars-Tour Eiffel, prend le beau journal que je lui tends, sort son briquet et le brûle ! Il y avait des centaines de personnes sur le quai !

Comme je ne suis pas vache, je lui fais une dernière remarque :

— Vous savez, mademoiselle, il est interdit de faire du feu dans les gares, c'est très dangereux...

Pour le coup, elle est restée sans voix, et je suis parti tête haute, de mon pas triomphant mais souple, car le train venait juste de stopper à quai.

Je sais, c'était facile, elle était jeune et sans défense. (Quoique, sur la fin, ils étaient vraiment beaucoup à nous écouter.) Mais j'ai pas pu m'en empêcher.

DIDIER L., PARIS

ÉDUCATION NATIONALE

« Charlie » interdit à l'école ?

Faire lire *Charlie Hebdo* à ses élèves lorsqu'on est enseignant constitue-t-il une faute professionnelle grave ? Oui, si l'on en juge par ce qui arrive aujourd'hui à Dominique Piveteaud, instituteur dans une classe de CP, et par ailleurs formateur de maîtres.

Le mercredi 26 septembre 2007, *Charlie* publie un reportage, réalisé par Riss, sur les enfants de sans-papiers scolarisés à l'école de la rue Cavet, dans le XVIIIe arrondissement parisien, mobilisée depuis plusieurs jours pour soutenir les parents menacés d'expulsion. À la demande des parents d'élèves, Dominique Piveteaud distribue une photocopie du reportage dans sa classe. Les enfants peuvent y lire et y voir dessiné ce qu'ils vivent au quotidien. Rien de plus, rien de moins.

Le 14 avril 2008, l'instituteur est inspecté. L'inspecteur constate la présence de l'article parmi les textes de lecture donnés aux élèves. Et consigne dans son rapport qu'il s'agit là d'un *« manquement au principe déontologique et à la nécessaire neutralité de l'enseignant »*. Il reproche également à l'instituteur d'avoir installé les tables en U — ce qui se fait dans nombre d'écoles en France — et d'avoir organisé un cours de *« pâtisserie »*, car *« la pâtisserie fait référence à une rubrique à caractère peu professionnel dont le contenu n'est pas mentionné »*... Fallait-il intituler le cours « séance de 250 g de farine, 150 g de beurre mou, 150 g de sucre, 2 œufs, une poignée de raisins secs marinés une heure dans du thé, un sachet de levure, mélanger dans une terrine, mettre dans un moule beurré et fariné et cuire 30 minutes à four chaud » ? Nul ne le sait, car les voies de l'inspection académique sont souvent plus qu'impénétrables...

Toujours est-il que ce mercredi 25 juin Dominique Piveteaud est convoqué au rectorat de Paris — il s'y rend avec, en poche, une lettre de soutien signée par la totalité des parents d'élèves de sa classe —, qui l'enjoint de choisir un poste où il n'exercera plus en tant que formateur de maîtres. S'il refuse — ce qu'il compte bien faire —, il risque la mutation d'office.

Deux questions.

L'inspecteur d'académie à cheval sur la déontologie a-t-il entendu parler du Centre de liaison de l'enseignement et des moyens d'information (Clemi), organisme lié au ministère de l'Éducation nationale, qui a pour mission de *« promouvoir [...] l'utilisation pluraliste des moyens d'information dans l'enseignement, afin de favoriser une meilleure compréhension par les élèves du monde qui les entoure, tout en développant leur sens critique »* et qui organise tous les ans la Semaine de la presse et des médias dans l'école ?

Charlie Hebdo est-il interdit dans les écoles françaises ? Si c'est le cas, nous aimerions en être informés officiellement.

GÉRARD BIARD

2008 *Charlie Hebdo*
n°836 du 25 juin

1997 *Charlie Hebdo*
◀ n°272 du 3 septembre

2013 *Charlie Hebdo* ▶
n°1087 du 17 avril

DOUBLE PAGE SUIVANTE
1995 *Charlie Hebdo*
n°173 du 11 août

ON PARLE DE (NOTRE) MAHOMET (AUSSI) EN ALLEMAGNE

LE GRAND HEBDO "DIE ZEIT" DATÉ DU 4 AVRIL CONSACRE UNE GRANDE PAGE À LA PREMIÈRE PARTIE DE "LA VIE DE MAHOMET" PUBLIÉE PAR "CHARLIE".

GLAUBEN & ZWEIFELN

Ein bisschen Prophet darf sein

Die Rückkehr nach Mekka

"DIE ZEIT" VA JUSQU'À REPRODUIRE ET TRADUIRE DEUX PAGES DU HORS-SÉRIE. MAIS LES DESSINS QUI REPRÉSENTENT LE PROPHÈTE SONT GROSSIÈREMENT MASQUÉS D'UN CARRÉ NOIR.

QUANT À LA UNE, ELLE EST COUPÉE EN DEUX. LE PETIT NUAGE AU-DESSUS DE LA TÊTE DE MAHOMET N'EST PAS BLASPHÉMATOIRE, LUI.

Die heiligen Kriege

Diese beiden Episoden stammen aus dem Comic »Das Leben Mohammeds«

Wo ist Mohammed?

LA PAUVRE PETITE TÊTE DE MOMO PEUT TRAUMATISER LES FOULES ALLEMANDES... CE QUI N'EST PAS LE CAS DE LA TRONCHE D'HITLER...

DIE ZEIT

WOCHENZEITUNG FÜR POLITIK WIRTSCHAFT WISSEN UND KULTUR

Hitlers letzter Sieg

Vor 30 Jahren fiel der »stern« auf frei erfundene Tagebücher des »Führers« herein. Ein bis heute unbegreiflicher Skandal. Der mitverantwortliche Chefredakteur Felix Schmidt schrieb damals alles auf. Ein Dokument des Wahns, das er erst jetzt zum Abdruck freigibt

LA UNE DE "DIE ZEIT" DU MÊME JOUR...

VU À LA TÉLÉ

« J'IRAI CRACHER MES DENTS

SUR LES COUPS DE 21 HEURES, je débarque à la Maison de Radio France. Je gare prudemment mon scooter devant l'entrée principale, et je demande aux vigiles d'y jeter un œil. Je ne voudrais pas qu'il lui arrive quelque chose. Le public commence à arriver. Je ne suis pas la Sofres, mais ça sent davantage *Minute* et *Madame Figaro* que *Charlie Hebdo* et *le Monde diplomatique*. Mini-scandale à l'entrée des personnalités : une espèce d'endive moite, qui prétend être maître Lejeune, se voit refuser l'accès aux coulisses. Il couine qu'il va s'en aller et que tant pis pour l'émission. Un évêque de ses amis menace aussi de s'en aller... Une jeune femme un peu grasse, blanche et mollassonne s'indigne et clame que c'est incroyable, ce qui fait tressauter les médailles de la Vierge qui pendouillent entre ses gros nichons plats. Finalement, l'endive moite est vraiment maître Lejeune, et tout le monde entre avec des airs de dindon courroucé.

Dans la loge qui nous est réservée, je retrouve Thierry Meyssan, le copain du Réseau Voltaire qui m'a embarqué dans cette galère, et André Bercoff, qui est une vieille connaissance. Je l'ai connu dans les années 70 alors qu'il dirigeait une revue littéraire appelée *Gulliver*. On ne s'était jamais revus depuis. Pas le temps de se raconter des souvenirs. Conseil de guerre. En regardant la liste des intervenants, on se rend compte que le camp des intégristes est bien mieux représenté que le camp de la liberté. Deux avocats, un évêque, un maire... De notre côté, un travesti, bien gentil mais évaporé, un patron de serveur Minitel, un échangiste, une star du porno... N'importe quoi. Je ne me sens rien de commun avec ces gens qui se définissent par leur activité sexuelle. Les catégories sociales ou politiques ne sont pas déterminées par des choix de vie intimes... Mon dieu, comme la télévision est bête...

Je vais au maquillage. Tout le monde porte, qui une croix en or autour du cou, qui des médailles pieuses, qui une soutane... Ça papote onctueusement, on se croirait dans une sacristie. Je m'assois. la maquilleuse commence à me poudrer. Je lui dis que j'ai envie de m'en aller. Elle me demande si j'ai le trac. Je lui réponds « non, je pense simplement que je ne vais servir à rien ».

Cinq minutes avant le début de l'émission, j'arrive sur le plateau. Le public est déjà là, trépignant. Dès que Thierry et moi entrons, nous sommes hués et injuriés. En revanche, dès que Garaud, Lejeune, Pierre Bernard, l'évêque Tomazeau apparaissent, la salle croule d'applaudissements. Ça commence bien.

Quelqu'un de la production s'approche de moi et me dit que je dois me placer dans le public. Je suis un peu étonné, car j'ai été invité comme débatteur. Du coup, je dis au revoir à Meyssan et à Bercoff. J'en ai assez vu, je rentre chez moi. Ils décident également de partir. On nous rattrape par la manche, on s'excuse, on m'a confondu avec un homonyme, c'était une erreur. On s'installe. L'émission commence. Comme prévu, impossible de faire trois phrases de suite. Le public hurle de haine dès que j'ouvre la bouche. Dechavanne s'aperçoit que la salle est noyautée par les intégristes. J'essaye bien de dire que le débat est biaisé, et que ceux qui prétendent défendre la morale se comportent comme des voyous... Rien à faire. Je m'emmerde sec.

La preuve qu'il faut dissoudre le Front national

Je fais des efforts pour essayer de rester un peu présent. Tout le monde s'engueule. Ceux d'en face sont triomphants. Quoi qu'il arrive, ils dévident leur leçon. On peut les mettre en face de leurs contradictions, leur prouver qu'ils mentent, rappeler à certains qu'ils sont sous le coup d'inculpation pour incitation à la haine raciale, prouver aux autres, documents en main, qu'ils mentent, rappeler qu'ils piétinent le droit républicain, rien à faire. Ils sont portés par leur foi, sûrs d'eux. Nous sommes des fourmis négligeables qu'ils écrasent sur le chemin qui les mène au pouvoir. Les sondages qui ponctuent l'émission les couronnent déjà : 80 % des téléspectateurs sont favorables à la morale, 20 % favorables à la débauche. Comme si, nom de dieu, j'étais venu défendre la débauche ! Alors qu'on m'a convaincu de venir pour parler de la liberté de la presse ! Je voudrais dire que la morale c'est un dieu, que la débauche c'est un maître, et que l'humain adulte et responsable n'a ni dieu ni maître...

Je broie du noir sur ma banquette. Au moment où je propose de faire jurer aux prêtres fidélité aux lois républicaines, faute de quoi on les renverra par charters au Vatican, la foule me conspue. Insultes et mena me pleuvent dessus. Je me dis tristement : « voilà où l'on en est. Quand la télé donne une bune comme ça à l'extrême droite, ils se mo lisent. Ils arrivent en autocar pour soutenir l cause. Ils sont lyriques. Ils savent que leur he va bientôt sonner. Que le pouvoir est à por de main. Ils ont déjà trois villes. Aux prochai législatives, ils auront un groupe parlementa Ils sentent que leur triomphe est inéluctal ils sont déterminés, ils sont déjà dans une s tégie de prise de pouvoir, ils sont tout ne pleins d'énergie. Et nous, en face, on arrive mains dans les poches, comme pour une con sation de salon. Avec un peu de bonne foi p tout bagage. La liberté d'expression, les dr de l'homme, la laïcité, la justice, l'antiracis ils n'en ont rien à foutre, ils le disent hau fort, et ils font exploser l'audimat. Ce sont

SUR VOS TOMBES…»

déjà des stars en puissance. Les médias ont misé sur eux. Les émissions de variétés avec chanteurs ne font plus recette, la télé a ringardisé le music-hall, les ıumoristes sont devenus des comiques pour b Med, il n'y a plus que rême droite qui fasse recette ? rs on invite l'extrême droite. t pis si l'on crée ainsi une amique monstrueuse qui les pulse aux marches du pou-. »

émission se termine. Je suis comme saoulé par leur culot inoxydable, par leur assurance de fous, par s obsessions sexuelles, par leur détermination ıévrosés. Eux ne doutent de rien. Ils ont besoin rois secondes pour cracher leur venin et allu- l'enthousiasme des foules. Nous, avec notre pticisme, notre prudence, nos tes, on a besoin, pour s'exprimer, n temps de parole que ne nous ınera jamais la télévision.

En récupérant mes vêtements ıs ma loge, plus que jamais je ıse qu'il faut dissoudre le Front ional : en faisant croire aux gens le F.N. est un parti comme les autres et qu'il correspond à la définition que la Constitution donne d'un parti politique, on leur laisse penser que le fascisme est une solution possible à leurs problèmes. Or le fascisme n'est pas une solution. Le fascisme, c'est la guerre. La démocratie, ce n'est pas, comme dit l'autre, cinq minutes pour les nazis, cinq minutes pour les Juifs. La démocratie, c'est : d'abord on se débarrasse des nazis, après on parle.

En quittant la Maison de la radio, je m'aperçois qu'une partie du public avait fait le tour pour attendre la sortie des « personnalités ». En manière de plaisanterie, je dis aux vigiles : « Vous feriez bien de m'accompagner un bout de chemin, ils vont me casser la gueule. » Les vigiles se marrent. L'un deux rallume la Gitane maïs qu'il a commencé à fumer en 1962…

Je sors le plus discrètement possible, accompagné de trois ou quatre personnes. Je n'ai pas fait cent mètres que deux types arrivent par-derrière. Ils me jettent à terre et me frappent. Quand les coups cessent de pleuvoir, j'entends qu'ils s'éloignent en courant et je me dis : « Je suis vivant. Je suis content. » Je me relève. J'ai mal partout. Je crache des morceaux de dent. Je rentre dans la Maison de la radio. Quand ils voient que je suis blessé et qu'on m'emmène en ambulance, les tarés qui attendaient à la sortie, de joie, se mettent à genoux et entonnent un cantique. Une scène médiévale. Il paraît qu'ils sont restés comme ça une heure sur le parking, à chanter dans la nuit…

Deux molaires dans le caniveau

Hôpital de nuit. Ambroise-Paré, puis la Pitié-Salpêtrière. Déjà RTL a réussi à me joindre. Ils ne perdent pas de temps…

Le lendemain matin, je rentre chez moi. Tout le monde s'inquiète. Au journal, les télégrammes, les appels téléphoniques, les fax pleuvent… Ça réconforte. Merci à tous. J'ai eu tous les avantages d'un enterrement, tout en étant encore en vie pour jouir des témoignages d'affection.

Quand on est petit et qu'on perd une dent, on fait un vœu. Je forme le vœu que chacune de mes molaires rapporte un million de pétitions pour la dissolution du Front national. Que mon pays expulse ce mauvais caillot qui le menace de mort.

PHILIPPE VAL

CHARLIE ET LA GRANDE PRESSE

Pourquoi créer un hebdomadaire comme *Charlie Hebdo* quand on a la chance de disposer d'autant de journaux de qualité comme *Le Monde, Libération, Le Figaro, Le Parisien, Le Nouvel Obs* ou *Paris Match* ?

La grande presse, la presse sérieuse, pilier de la liberté d'expression, *Charlie Hebdo* n'a jamais cessé de la lire, de l'observer et parfois de la moquer.

2003 *Charlie Hebdo* n°558 du 26 février

Le Monde, un pouvoir

Institution de la presse française, *Le Monde* incarne depuis 1944 le journalisme sérieux et raisonnable, qui informe les cadres, les politiques et l'intelligentsia. Un vrai journal, un vrai pouvoir.

«Une» du numéro 20 de *Charlie Hebdo* refusée par le journal *le Monde*. Pas de motif invoqué, mais il est évident que c'est le code-barres qui a choqué les déontologues du grand quotidien d'opinion.

1992
Charlie Hebdo n°21
du 18 novembre

1994
Charlie Hebdo n°130 ▶
du 21 décembre

ENTRETIEN AVEC PIERRE PÉAN, À PR

Le Monde : UN CONTRE-

« La Face cachée du Monde » mise sous les projecteurs par le livre
contre Le Monde *que contre les abus de pouvoir du* Monde. *U*
les stupéfiants portraits croisés forment la trame du livre, à cô

Imaginons un arpenteur. Armé de son mètre, il mesure et définit l'espace auquel chacun a droit. Un jour, l'arpenteur apprend que le fameux « mètre étalon », en platine iridié, déposé au pavillon de Breteuil, n'est pas iridié, encore moins en platine, et que ça fait beau temps qu'il ne fait plus un mètre. Sa référence n'est plus valide. Son monde d'arpenteur s'écroule. Il plonge douloureusement dans un abîme de perplexité. C'est ce qui est arrivé à Pierre Péan et Philippe Cohen. Tous deux journalistes et tous deux lecteurs du *Monde*, ils se sont aperçus que le mètre étalon du journalisme, déposé dans le bureau des dirigeants du *Monde* en platine iridié, n'était plus en platine, encore moins iridié, et qu'il faisait beaucoup moins d'un mètre. En enquêtant sur ce singulier mystère, ils constatèrent même qu'il avait du mal à atteindre la taille d'un double décimètre. *La Face cachée du* Monde n'est pas un livre contre *Le Monde*. C'est un livre sur la manière dont les actuels dirigeants du *Monde* — Jean-Marie Colombani, Edwy Plenel et Alain Minc — ont fait du quotidien national de référence une machine au service d'elle-même.

Il ne s'agit plus aujourd'hui d'un des multiples ouvrages universitaires consacrés au *Monde*. C'est une longue enquête journalistique. En racontant la face cachée du *Monde*, le livre met en lumière le fonctionnement d'un grand journal, le champ de force sur lequel il se trouve et les passions qui le traversent. Il analyse un rouage essentiel de

« Le Monde » concerne tout le monde

par Philippe Val

la démocratie française de 1945 à nos jours, et ce n'est pas la moindre de ses vertus.

On pourrait croire que ce livre, après tout, ne concerne que les trois ou quatre cent mille lecteurs du *Monde*, ce qui peut sembler dérisoire dans un pays qui compte soixante millions d'habitants. Évidemment, il n'en est rien. Ce livre concerne tout le monde. Tous l
citoyens et tous les journalistes.

Tous les citoyens, parce qu'il ya b[...] peu de rédactions, en France, [...]
n'étalonnent leurs choix sur ceux
Monde du jour. Les journaux télévis
notamment, puisque ce sont e
désormais, la principale source d'inf
mation des Français, sont conçus
hiérarchisés à partir des gros titres
Monde, qui donne le *la* quotidien de
qu'il faut traiter en priorité. Un su
méprisé par *Le Monde* a de granc
chances d'échapper à la quasi-total
de la population. En revanche, l'o
nion publique se nourrira à coup s
de tout ce que *Le Monde* décide
« faire remonter à la une ». À cela
faut ajouter les nombreux liens or
niques que *Le Monde* entretient a
d'autres organes d'information, nota
ment TF1, RTL, LCI, mais aussi a
les publications de plus en plus no
breuses — *Les Cahiers du cinéma,*
Nouvel Obs, Télérama, etc. — dans l
quelles *Le Monde* prend des partici
tions financières. C'est la raison po
laquelle même le citoyen qui n'a jam
ouvert *Le Monde*, mais qui nourrit
désir de savoir comment il est inforr
satisfera sa légitime curiosité en lis

***CHARLIE HEBDO*: Pourquoi avez-vous écrit ce livre ?**

PIERRE PÉAN: Je lis *Le Monde* depuis la fin des années 50. Je suis vite devenu « accro ». Je ne sais plus pendant combien de dizaines d'années je me suis précipité pour aller l'acheter en début d'après-midi. C'était « mon » journal. Sa caractéristique principale était sa retenue et sa grande rigueur. Ce qui ne l'empêchait pas d'être vif ! Contre de Gaulle, par exemple. Mais si *Le Monde* était critique, ce n'était pas dans l'acharnement, ce n'était pas en orchestrant des campagnes. La critique était toujours au niveau de l'idée. Et puis j'ai constaté qu'au fil des ans — surtout à partir de la fin des années 80 ou du début des années 90 — un changement important s'opérait. Je peux comprendre qu'il ait fallu le moderniser, en s'adaptant à l'air du temps, mais *Le Monde* a fait davantage. Il a eu recours aux pratiques des tabloïds. Il est devenu, en quelque sorte, le *France-Dimanche* des élites. Et d'une certaine façon sa « une » est devenue la place de Grève, l'endroit où l'on « tue », comme si la rédaction était le Comité de sûreté générale qui, pendant la Terreur, envoyait les gens à la guillotine après un simulacre de procès. Dès lors, *Le Monde* n'était plus « mon » journal. Avant ce détournement opéré par la rédaction, j'étais loin d'être tout le temps d'accord avec lui. Mais je n'avais jamais eu ce haut-le-cœur que l'on ressent quand on se retrouve malgré soi complice de l'acharnement de « son » journal contre un homme politique, quel qu'il soit. J'en arrivais, par exemple, à vouloir soutenir Chirac ! Il y a quelque chose qui ne va pas, là...

Le sous-titre du livre est : *« Du contre-pouvoir aux abus de pouvoir ».*

C'est l'idée essentielle. Au cours de nos enquêtes, nous les avons surpris plusieurs fois en flagrant délit de manipulation. Ce qui est insupportable ! *Le Monde* se réfère toujours au devoir d'informer, mais je ne vois pas le rapport avec le fait de monter des coups. Comme l'affaire Messier, par exemple... Le journaliste doit jouer en contre-pouvoir. C'est sa fonction. Mais quand un journal a ses alliés et ses têtes de Turc, quand il met ses éditos et tout son fonctionnement au service de ses propres intérêts, on voit bien que le contre-pouvoir devient un pouvoir. *Le Monde* est devenu une sorte de flic qui ne rend de comptes à personne. Un des rares pouvoirs qui n'a pas de contre-pouvoir et qui n'hésite pas à utiliser ses propres pages au service de ses intérêts économiques et financiers, comme dans l'affaire des journaux gratuits. Il faut donc le traiter comme tel et analyser les travers de ce pouvoir. D'autant plus que *Le Monde* se présente comme un parangon de vertu et qu'il n'arrête pas de faire la morale. Le moteur de ce livre est dans l'analyse de l'écart entre leur discours et la réalité. Nous avons ainsi utilisé le mécanisme dont le quotidien se sert pour taper sur les hommes politiques. Alors, évidemment, ça fait mal...

« *Le Monde* utilise ses pages au service de ses propres intérêts. »

***Le Monde* a détourné la mission du journaliste ?**

Le Monde a inventé une nouvelle élite de journalistes : le « journaliste d'investigation ». Ce journalisme-là est une véritable imposture. Et je le dis d'autant plus que l'on me range généralement dans cette catégorie. Ces nouveaux journalistes ont la particularité de ne pas « investiguer », mais d'utiliser et de mettre en scène les enquêtes des autres, notamment celles des flics et des juges... Ils se veulent pourtant appartenir à la noblesse de la profession alors qu'ils ne sont le plus souvent que des agents de communication de leurs informateurs. Ils sont devenus des gestionnaires de fuites. L'influence du *Monde* est telle que les jeunes journalistes rêvent tous de devenir des Plenel ou des Gattegno. Ils ne savent pas qu'un des outils essentiels de la plupart de ces « journalistes d'investigation » n'est que le fax qui les relie à leurs informateurs et que les papiers les plus « saignants » sont des réécritures des PV d'instruction... Enquêter, c'est autre chose. C'est mettre les mains dans le cambouis, passer beaucoup de temps avec le risque de ne rien trouver et, *in fine*, prendre le risque de se tromper. Alors que, abrités derrière les certitudes de la justice et faisant fi du secret de l'instruction, les « journalistes d'investigation » peuvent tranquillement flinguer — un peu, beaucoup, c'est selon — les cibles de leur journal. Ils sont les chevau-légers de la nouvelle direction, ceux qui ont le pouvoir absolu de ruiner les réputations, de « tuer » sans contrôle. Critiquer leur méthode, c'est s'exposer au crime d'atteinte à la liberté d'information, à la liberté de la presse. Je suis tenté de reprendre une phrase du philosophe Jacques Bouveresse qui affirme que *« l'usage confus et indifférencié de la notion d'information menacée ne constitue, en fait, rien d'autre qu'une porte ouverte, de façon cynique, à tous les abus ».*

« Et dire que *Le Monde* se présente comme un parangon de vertu... »

À ce propos, un des éléments symboliques du changement du nouveau *Monde*, c'est d'avoir fait de Gattegno, le journaliste qui a sorti les principales « affaires » des dernières années, le vrai patron du service politique. Cela signifie que le journal dit « de référence » a décidé de « lire » la politique et les hommes politiques par le biais des affaires. *Le Monde* porte ici une responsabilité grave dans la crise du politique.

Vous avez eu des difficultés à écrire ce livre ?

Non. Et, dans les derniers mois de notre enquête, nous avons été surpris de la qualité et de la quantité des inf
mateurs qui souhaitaient nous aid
On nous a même contactés pour nc
apporter des informations. Certaines
celles-ci ne figurent d'ailleurs pas da
le livre parce que nous n'avons pas e
temps de les vérifier. Nous somn
convaincus qu'il y a encore beaucoup
place pour de futurs enquêteurs.
pouvoir crée toujours autour de
beaucoup de frustrations. *Le Monde*
est un et n'échappe pas à la règle. Il
trop souvent arrogant à l'égard de
profession, de ses partenaires écon
miques et financiers, de la classe p
tique, du monde des affaires mais au
du monde littéraire et des arts. Be
coup de gens voulaient d'autant p
nous parler qu'ils en ont été victimes
en ont simplement peur. Il y a des g
qui ont mis le genou à terre devant
et qui ne se supportent pas d'avoir
une telle attitude. J'ai eu le sentim
qu'ils se sentaient libérés. Nous avo
rencontré beaucoup de gens conte
que l'on enquête sur *Le Monde*.

Il devait y avoir un livre de Phili[...] Cohen et le vôtre. Pourquoi et comm[...] ces deux livres ont-ils fini par fusionn[...]

Je porte ce livre depuis longtem
Disons plutôt qu'il m'importait que
livre se fasse, mais pas obligatoirem
par moi. Je savais que c'était beauco
de travail, beaucoup trop ! Dans un p
mier temps, j'ai poussé des jeunes
faire. Et puis ça n'a pas marché. Les
teurs avaient peur du *Monde*, ajout
que ces jeunes journalistes n'étaient
assez légitimes. Mon désir s'est rallu
au moment où j'ai écrit *Dernières Vo*
tés, derniers combats, dernières souffran
Je voulais donner ma propre lecture
ma biographie de Mitterrand, laque
avait été scandaleusement instrumen

« *Le Monde* porte ici une responsabilit

'OUVOIR DEVENU POUVOIR

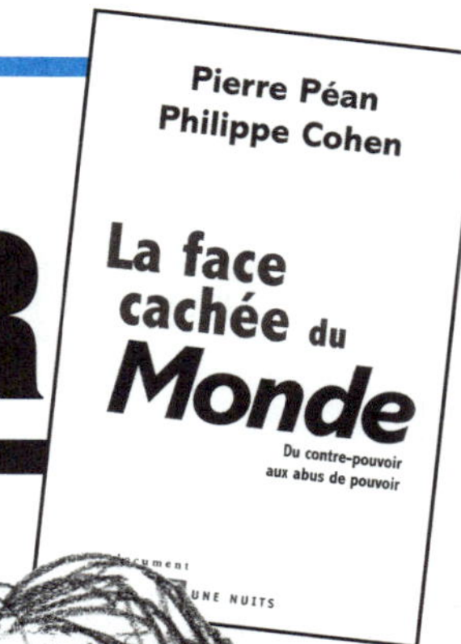

an et Cohen (éditions Mille et Une Nuits). Il s'agit moins d'un livre uvoir concentré entre les mains de Colombani, Plenel et Minc, dont quel les* Illusions perdues *semblent sortir de la Bibliothèque rose.

livre. Mieux, il comprendra à quel nt, même sans lire *Le Monde*, il est ormé par *Le Monde*.

Tous les journalistes sont égale-nt concernés. Si cette brutale désa-lisation du *Monde* fait pleurer l'œil découvre que sa référence n'en est s une, elle peut réjouir l'autre œil découvre une liberté toute neuve. servitude volontaire, sourde, à la ntière de l'inconscience et de l'habi-e, qui consiste à choisir contre ou ur, mais en fonction du *Monde*, la on dont on traite l'information vont er en éclats. On peut espérer que la blication de ce livre donne un coup fouet salutaire à la diversité de la sse, ce qui, d'ailleurs, ne remet pas cause l'incontestable compétence de nbreux collaborateurs du *Monde*.

livre est l'histoire d'un contre-pou-r nécessaire, qui, sous l'impulsion ses actuels dirigeants, a muté pour enir un pouvoir que plus rien ne trebalance. *Le Monde* s'est mis à loir faire et défaire des rois, en fonc-n de ses intérêts d'entreprise et d'une tégie qui n'a plus grand-chose à voir c la modestie du devoir d'informer.

On pourra reprocher au livre de n et Cohen certains partis pris, cer-taines opinions qui sont de l'ordre du jugement moral ou du choix politique. Il s'agit d'une sorte de second livre dans le livre. Autant les faits étayés, nombreux et accablants, démontrent d'eux-mêmes la nécessité de cette enquête, autant certains commentaires

prêteront à d'interminables et vieux débats que les intéressés utiliseront sans doute comme autant de chiffons rouges pour détourner l'attention de l'essentiel. La motivation première de l'enquête suffisait : il s'agit du quotidien de référence et sa pratique est scandaleuse.

Le pouvoir du* Monde *est tel — Denis Jeambar, le rédacteur en chef de *L'Express*, l'a parfaitement exprimé en écrivant dans son éditorial que « Le Monde *fait peur* » — que ce livre a dû être élaboré, fabriqué et édité dans le plus grand secret. J.-M. Colombani, qui était au courant de ce qui se préparait, aurait menacé : « Dans cette affaire, je n'accepterai pas qu'on reste neutre, on sera pour ou contre. » C'est implacablement vrai, mais pour des raisons qui, désormais, lui échappent. Il ne reste plus qu'à souhaiter que cette crise aura pour conséquence sinon une réconciliation, du moins une amélioration des rapports que les citoyens de notre pays entretiennent avec leur presse. De toute façon, cela ne pouvait guère aller plus mal. Un phénomène tel que celui du *Monde*, à savoir un pouvoir qui s'accroît follement à mesure que le lectorat s'érode, n'est pas tenable. Si la publication de *La Face cachée du* Monde avait la vertu de remettre au premier rang des préoccupations des entreprises de presse l'austère mission d'informer avec cette « subjectivité désintéressée » qu'aimait évoquer le fondateur du *Monde*, Hubert Beuve-Méry, alors ses auteurs pourront se réjouir d'avoir accompli leur tâche. ■

e par *Le Monde*. J'ai voulu faire deux es en un, puis finalement j'ai abanné la partie consacrée au quotidien. ais frustré, et j'ai fini par me vaincre qu'il fallait y aller... J'avais à une bonne documentation, avec amment quelques « unes », comme e sur la boîte noire retrouvée de ion abattu du président du Rwanda. premier « scoop » de Gattegno que le rnal a été obligé de démentir lques jours plus tard. *Le Monde* ne is avait pas habitués à faire des nes » aussi fausses... Je me suis mis

« Un des rares pouvoirs qui n'a pas de contre-pouvoir. »

au travail. Mais j'avance très lentement. Je n'aime pas travailler sous pression. Mon seul gri-gri est le temps. J'apprends que Cohen travaille lui aussi sur le même sujet. Je le connais et je l'aime bien. On se rencontre et on s'aperçoit progressivement que l'on ne piétine pas exactement les mêmes plates-bandes. Cohen m'a proposé de fusionner nos projets. J'ai accepté en estimant qu'on pourrait les emboîter sans boiter...

On a quand même l'impression qu'il y a deux livres dans ce livre...

Si le lecteur avait cette impression, cela voudrait dire qu'on n'a pas réussi complètement notre fusion...

Ce n'est pas ce que l'on veut dire. Il y a deux livres au sens où il y a deux démarches qui ne se croisent pas nécessairement. D'une part, une enquête exceptionnelle, une démonstration implacable, où le fait vaut comme preuve, d'autre part, des critiques sur les prises de position du *Monde* reposant sur des jugements de nature éditoriale.

Cette critique porte sur un seul chapitre sur les 24, celui qui s'intitule : « *Ils n'aiment pas la France, ni le monde, d'ailleurs...* »...

Il y a aussi le passage qui concerne le conflit entre Gilles Ménage[1] et Plenel où vous réfléchissez sur le rapport du journaliste et de l'État et où l'on peut parfois avoir le sentiment que vous vous rangez du côté de la raison d'État...

Gilles Ménage a aujourd'hui une très mauvaise image parce qu'il a été matraqué par le quotidien depuis bientôt vingt ans. Pourquoi *Le Monde* s'est-il acharné sur lui ? Parce qu'il a voulu faire en sorte que des zones importantes de l'appareil d'État soient protégées des journalistes, que les lieux de décision au ministère de l'Intérieur ne leur soient pas ouverts. À un moment donné, les journalistes y étaient présents et donc pesaient sur le système. Ménage a essayé d'arrêter ce système. Le journaliste joue en contre-pouvoir, mais s'il rentre aussi loin dans les lieux de pouvoir au point d'influer sur les décisions, je trouve logique que le pouvoir essaie de comprendre, de se défendre et de se protéger. C'est dans sa nature. C'est ce qu'a fait Ménage : isoler les centres de décision, changer les directeurs. Oui, ça ne me choque pas qu'il existe une raison d'État. J'assume totalement cette affirmation. Or Plenel n'a pas supporté l'idée de pouvoir perdre certaines de ses sources d'information. Et il a petit à petit fait de Ménage un « méchant », l'homme du « cabinet noir ». Si le journaliste est dans son rôle de repousser la limite du secret, le responsable dans l'appareil d'État est aussi dans le sien quand il se protège pour prendre ses décisions.

« *Le Monde* ne nous avait pas habitués à faire des "unes" aussi fausses... »

Mieux vaut le secret que le simulacre de la transparence...

Exactement. Non à trop de raison d'État. Et que l'on ne croit pas qu'il soit possible de l'annuler en étant toujours présent au moment où le pouvoir prend des décisions.

À propos du chapitre dont vous parliez — « *Ils n'aiment pas la France...* » —, on peut vous rétorquer que les journalistes ne sont pas là pour chanter les louanges de la France.

Nous ne disons pas ce que devrait être la ligne éditoriale du *Monde*. Et, bien évidemment, les journalistes ne sont pas là pour chanter les louanges de la France ! Sauf que rien ne justifie le harcèlement et l'acharnement. C'est le systématisme qui pose problème. Le quotidien mène des campagnes qui tracent un portrait déformé de la France. Oui au devoir de mémoire. Non à la réduction de la France à sa part la plus sombre et la plus dégueulasse.

Le livre paraît chez un éditeur qui appartient à Lagardère, qui est un acteur de votre livre.

Lagardère n'a été mis au courant que mardi 18 février au soir. Et il n'a rien fait pour arrêter la publication.

Comment vous imaginez-vous la riposte du *Monde* à votre enquête ?

Vous avez vu la note « *à nos lecteurs* » en dernière page du *Monde* la semaine dernière ? Elle parle de « *campagne* » contre le journal. Ce n'est pas un livre, c'est une « campagne ». Je fais partie d'un complot. On dit même que Plenel va lancer des enquêteurs pour « *trouver qui se cache derrière Péan et Cohen* ». Après, je ne sais pas comment les accusations vont se faire. Il pourra toujours essayer de me faire passer pour un type d'extrême droite masqué en type de gauche, une sorte de rouge-brun...

Et comment l'ensemble de la presse va-t-elle réagir, selon vous ?

Cela n'allait pas de soi au début, mais je constate aujourd'hui que tous les verrous sautent progressivement et que nous sommes déjà invités dans de nombreux médias.

Idéalement, qu'aimeriez-vous que le livre ait comme conséquence ?

Retrouver « mon » journal et que celui-ci soit à nouveau considéré à juste titre comme le journal de référence... Un journal que l'on ne lit plus pour savoir ce que pense *Le Monde* mais pour ce qu'il y a à savoir du monde. Le journalisme, c'est la modestie.

PROPOS RECUEILLIS PAR STÉPHANE BOU ET PHILIPPE VAL

1. Chef de cabinet de Mitterrand, puis chargé de la Sécurité, accusé par Plenel d'être le maître des basses œuvres policières du président.

grave dans la crise du politique. »

◀ ET DOUBLE PAGE PRÉCÉDENTE
2003
Charlie Hebdo n°558
du 26 février

Dans *La Face cachée du Monde*, Pierre Péan et Philippe Cohen dévoilent le fonctionnement du grand quotidien du soir dirigé par Edwy Plenel (directeur général délégué des rédacteurs), Jean-Marie Colombani (président du directoire) et Alain Minc (président du conseil de surveillance).

◀ **2003**
Charlie Hebdo n°558
du 26 février

◀ **2004**
Charlie Hebdo n°624
du 2 juin

◀ **2001** *Charlie Hebdo* n°470 du 20 juin

2000 *Charlie Hebdo* n°402 du 1er mars

« LE MONDE »

La presse, un joujou pour oligarque

GUILLAUME ERNER

Ce n'est pas la fin du monde, c'est la fin d'un *Monde* et ça m'effraie. Daniel Křetínský, milliardaire tchèque, a déjà racheté 49 % des parts de Matthieu Pigasse, actionnaire du journal. Ça n'est pas la première fois que ce monsieur fait ainsi ses emplettes. Ses achats ? L'hebdomadaire *Marianne,* puis des titres possédés par Lagardère, *Télé 7 jours* ou bien encore *Elle.* Une fièvre acheteuse qui ressemble presque à un TOC. D'autant que le bonhomme semble tout ignorer du secteur. Mediapart rapporte que Křetínský a ainsi découvert, après ses achats, l'existence de la clause de conscience, cette possibilité laissée aux journalistes de quitter, avec des indemnités, un journal en cas de changement de propriétaire. Pour finir, Křetínský a affolé son monde en assurant que le papier avait un bel avenir… À ce niveau-là, ce n'est plus de l'optimisme, mais de l'inconscience.

Pourquoi Daniel Křetínský veut-il s'appauvrir dans la presse française ? Peut-être parce qu'il souhaite s'acheter une influence. Sa fortune, il l'a bâtie en rachetant des entreprises dans le domaine de l'énergie en Tchécoslovaquie. Pourquoi ne pas poursuivre cette stratégie en France, où d'autres affaires pourraient se présenter ? Mais pour peser, il faut une carte de visite. Et c'est ici que *Le Monde* intervient. En rachetant les parts de Pigasse, Křetínský s'offre un bout d'un titre qui compte en ville.

Les médias ont creusé leur propre tombe

Ce faisant, il nous rappelle la situation terriblement précaire des médias aujourd'hui. L'information n'a peut-être pas de prix, mais elle a un coût. Et personne ne veut le supporter. Les ventes de tous les journaux papier déclinent, un mouvement massif, accéléré par la fermeture des points de vente. La croissance des abonnements numériques est bien trop lente pour contrebalancer cette chute. Il faut dire que les médias ont merveilleusement creusé leur propre tombe. Sur Internet, ils ont décidé de donner ce qu'ils vendaient jadis. Le rétropédalage actuel est trop tardif pour renverser la tendance. Le mal est fait : dans l'esprit de tous, l'information doit être gratuite. Et ce qui est gratuit ne vaut rien.

Le vieux monde achetait des journaux et faisait vivre la presse. Le nouveau monde s'achète un journal pour s'offrir de l'influence. Aux États-Unis, le *Washington Post* appartient désormais au patron d'Amazon, *The Atlantic* est la propriété de la veuve de Steve Jobs. Le *New York Times* a jusqu'ici sauvegardé son indépendance, mais ses finances sont loin d'être florissantes. Pourtant, la situation des journaux ne devrait pas poser problème aux seuls journalistes. D'ailleurs, les journalistes pourront toujours se recycler dans la communication. Faire du *brand content,* autrement dit transformer des articles en encarts publicitaires. Mais lorsque tous les journaux auront été vendus, qui rachètera la démocratie ? ●

LAÏCITÉ

« Le Monde » trempe sa plume dans le bénitier

« École catholique, deviens ce que tu es ! », a récemment déclaré Jean-Paul II.

***Le Monde* a parfaitement compris le message papal.** Dans son édition du 24 février, l'éditorial, titré « L'école publique au défi », est consacré aux mérites comparés de l'école laïque et de l'école privée catholique. Ce n'est pas autre chose qu'un texte de propagande en faveur de l'école confessionnelle. Aux yeux du *« journal de référence »,* il y a *« échec de l'école de la République »* qui ne sait plus *« assurer »* ses missions d'intégration des enfants issus de tous les milieux sociaux et des étrangers et dont les enseignants ne seraient pas assez disponibles.
Selon l'éditorialiste, *« l'école des curés »* devient aujourd'hui *« un refuge pour les plus pauvres »,* car elle *« n'est plus l'adversaire de la République ».* La preuve, *« le privé s'ouvre à une forme de laïcité ».* Quelle laïcité ? La laïcité ouverte, plurielle, etc., c'est-à-dire une laïcité de compromission. Mais pas un mot sur la doctrine sociale de l'Église, véritable projet antilaïque de société libérale défendu par le Vatican et relayé par les cléricaux politiques. *Le Monde* ignorerait-il le travail de sape entrepris depuis de longues années au sein des régions en France et en Europe par l'Opus Dei, véritable bras armé politique du Saint-Siège ? Opération quasiment réussie, d'ailleurs, avec l'inclusion dans le traité de Maastricht d'un texte sur la reconnaissance des droits et des privilèges des Églises et communautés confessionnelles.
Depuis le début de la Ve République, la droite puis la gauche, convertie au libéralisme, n'ont eu de cesse de détruire l'Instruction publique (méchamment rebaptisée Éducation nationale) à coups de lois Guermeur, Debré, Barranger jusqu'aux lois Rocard ou Lang.
Comment *« offrir à chaque enfant l'égalité des chances, quels que soient ses capacités intellectuelles, son milieu social, sa religion [...] »,* se demande à juste titre *Le Monde.* Pour régler le problème, il avance une solution : *« Contraindre l'enseignement public à se réformer. »* En substituant l'école privée confessionnelle parée de toutes les vertus à l'école laïque ? C'est ce qui apparaît à la lecture de l'article, puisque, selon l'auteur, entre autres qualités, les établissements catholiques *« offrent un sentiment de sécurité ».* Cette affirmation subjective doit être modulée à l'aune des propos de Paul Malartre, secrétaire général de l'enseignement catho, qui a déclaré au sujet de ces établissements scolaires : *« Nous connaissons nous aussi la violence »* (*Courrier de l'Ouest*, 17/02/2000).
Enfin, rapprochons la position antilaïque du *Monde* de la déclaration du cardinal Poupard lors du colloque intitulé « La laïcité au défi de la modernité », au printemps 1996 : *« L'État laïque ne peut survivre que si, une fois reconnue son incompétence dans le champ éthique, ou en d'autres termes dans le domaine des valeurs, il reconnaît et respecte la compétence d'autres que lui en ce domaine. C'est-à-dire les personnes qui professent ces valeurs. [...] C'est dire que l'État laïque respecte les Églises, et, loin de reléguer la religion dans la sphère du privé, a besoin qu'elle irrigue toute la sphère du public. »*
Le Monde porte-parole de l'Église, désormais, à quoi va servir *La Croix* ?

XAVIER PASQUINI

2018 *Charlie Hebdo* n°1371 du 31 octobre

2003 *Charlie Hebdo* n°558 du 26 février ▶

Les cadeaux de Jean Daniel du « Nouvel Obs »

le nouvel Observateur

1 YARDLEY, brillantine en pot 80 g 14 € (91.83 F)

2 LACOSTE, Lacoste pour Homme, 41 € (268.94 F). GIVENCHY, 36 € (236.14 F). DIOR, 77 € (505.09 F).

3 DHAMMARANGSI, écharpe, recto en soie, 54 € (354.22 F)

4 B&C, T-shirt en coton 26 € (170.55 F)

5 DIM, collants en dentelle 9 70 € (63.63 F)

7 GWA, collier avec pendentif crâne en argent massif 95 € (623.16 F).

8 FRANCE CARTES, pendule chromé Petit Modèle 34.90 € (228.93 F).

9 DEMONS & MERVEILLES, boule à neige Casimir 9.95 € (65.27 F)

10 "Les Cakes de Bertrand"

11 SAMARITAINE, sac bourse brodé 54 € (354.22 F).

12 Boule de Noël en verre soufflé à la bouche avec incrustation de perles fait main 6 € (39.36 F).

13 DESIGNERS GUILD Salila, coussin 30x40 cm et housse de coussin en coton 22 € (144;31 F)

14 JIPEPE, chaussettes, 9,90 € (64.94 F).

15 SENTOU, bouillotte lapin et cochon (55 cm) 45 € (295.18 F)

16 ESPACE, bottillons zippés en cuir semelles gomme 123 € (806.83 F)

17 ROMANOWSKI DESIGN, taille crayon en acier 56 € (367.34 F)

5 FOSSIL, Kaleido, montre acier : le fond change de couleur, étanche 100 m 89 € (583.80 F). **S.T. DUPONT,** montre chronographe , étanche 3 ATM 1290 € (8461.85 F). **GUESS,** Trend, montre homme, boîtier acier, 3 compteurs dateurs,149 € (977.38 F). **PEQUIGNET,** Mooréa, montre femme en acier sertie de 30 diamants 0,20 carat, mouvement quartz 2800 € (18366.80 F). **EBEL,** Beluga, montre femme, boîtier acier sertie de 14 diamants 0,22 carat, 4 index diamants, bracelet veau recouvert de satin, mouvement quartz, étanche 3 ATM 2455 € (16103.74 F). **TISSOT,** montre homme automatique en acier, dateur, étanche 100m 430 € (2820.62 F).

Les cadeaux d'Edwy Plenel du « Monde »

Le

2 PIV
édition limitée à 2
les 100 ml d'eau

3 IGLOO
Lampes Cosmos e
333 € le grand m

4 BROWNIE
Coupe en cuir et

5 PAPAYE
Sac Picotin en
Hermès.

6 VÉRONÈSE
Miroir vénitien, 37

7 P
E

1 PAIX
Montre Divan à mouvement automatique en or gris, sertie de diamants, sur bracelet en alligator, 23 100 €, Cartier.

9 COCK
Gamell

LA PRESSE NE VEUT PLUS DE LECTE

Pour les fêtes, Jean Daniel, du « Nouvel
Serge July, de « Libé », nous présentent leur

Les cadeaux de Serge July de « Libération »

S, ELLE VEUT DES CONSOMMATEURS

ervateur », Edwy Plenel, du « Monde », et
ppléments cadeaux livrés avec leur journal.

Libération, enfin un grand quotidien de gauche pour la gauche

Soutenu par *Charlie Hebdo* à sa création en 1973, *Libération* veut être le grand quotidien que la gauche attendait.

Attentif aux évolutions de la société, « Libé » ne résiste pas à celle de la presse écrite et sera lui aussi investi par des groupes comme Les Chargeurs.

Dans un contexte de plus en plus difficile pour les journaux, *Libération* accueille *Charlie Hebdo* dans ses locaux après l'incendie de 2011 et l'attentat de 2015, aidant ainsi *Charlie* à se relever.

1981
◀ *Charlie Hebdo* n°537
du 25 février

DOUBLE PAGE PRÉCÉDENTE
2002 *Charlie Hebdo* n°548
du 18 décembre

Libération a vingt ans

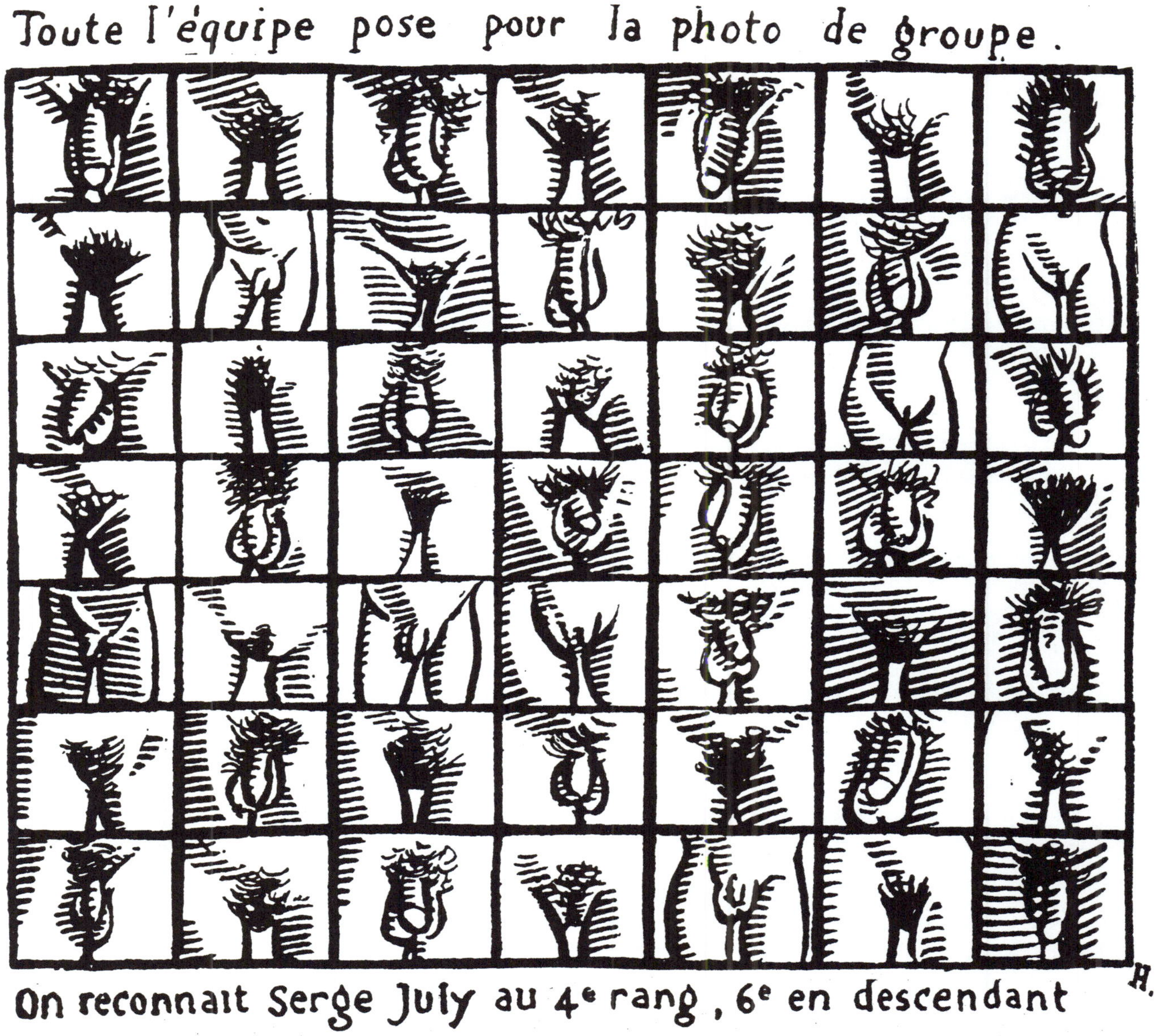

1993
Charlie Hebdo n°51 ▶
du 16 juin

2014
Charlie Hebdo n°1131
du 19 février

▶ **DANS LE JACUZZI DES ONDES**
PHILIPPE LANÇON

ÉLOGE DE « LIBÉRATION »

Le jour des obsèques de Cavanna au Père-Lachaise, il pleuvait et *Libération* s'est mis en grève. Dans le funérarium rempli du cimetière, on entendait des vieilles chansons italiennes, *La Mauvaise réputation*, de Brassens, on voyait des gens pleurer à leurs souvenirs et rire à des interventions. Vers la fin, un type aux yeux clairs et à la voix grave, une splendide gueule cassée des *seventies*, a pris le micro. Il lisait *Charlie* depuis l'adolescence et il a dit : *« Je suis le lecteur inconnu. »* C'était la flamme dont tout véritable journal a besoin ; qui lui donne sa force, sa mémoire et son identité. Au même moment, rue Béranger, les salariés du quotidien — dont je suis — ignoraient encore à quel point les actionnaires leur mentaient depuis des mois, prêchant l'austérité comme Tartuffe, préparant leurs affaires immobilières et mondaines comme un quelconque bonhomme balzacien.

On entend et lit ces jours-ci un nombre incalculable d'âneries et de vacheries orientées sur le prétendu archaïsme du personnel de *Libération*. En réalité, celui-ci était depuis longtemps conscient et informé des problèmes financiers du journal, d'une baisse de qualité largement due à une direction fantôme et au manque de moyens, de la gabegie orchestrée par cette direction vers des produits dérivés, de l'urgence de structurer le lien entre papier et site Internet et avant tout de répondre à cette question : que doit être *Libération* dans la France d'aujourd'hui ? Que peut-il faire que nul autre ne fera ? Quelle est sa mission ? Le personnel n'a en réalité jamais cessé d'alerter sur ces points ses actionnaires : sans argent, que faire ? Mais ceux-ci ne l'écoutaient pas, et c'est avec un certain cynisme qu'ils le taxent désormais d'immobilisme. Cette comédie s'achèvera soit par la mort du journal, soit par un sursaut — des journalistes comme des lecteurs.

LE CHANT DES ADAPTÉS

Dans le premier cas, la France pourra s'honorer d'être cette étrange démocratie où un journal véritablement libre meurt sans que nul s'en soucie vraiment, sinon pour le piétiner et se réjouir lorsqu'il est à terre. Peu d'entre vous peuvent imaginer à quel point les journalistes de *Libération* ont toujours été libres. Ce qu'ils ont fait ou pas de cette liberté est aujourd'hui l'objet de critiques violentes, parfois justifiées. Mais on ne m'ôtera pas de l'idée que la cible première de ces attaques, c'est cette liberté même — qui ne va pas sans celle d'en user de travers ou pas suffisamment.

Longtemps, les journaux ont dû faire face — c'est naturel — à la colère ou à l'agacement de leurs lecteurs. Avec Internet, ils doivent désormais affronter ceux qui ne les lisent pas. Une foule indéterminée d'internautes généralement anonymes s'est donc acharnée sur un *Libération* affaibli, dénonçant sa nullité, l'inadaptation de ses journalistes au monde moderne (tout en leur reprochant d'être des béats en modernité et des caricatures de bobos), leur évolution de socio-traîtres (mais aussi, à l'inverse, leur gauchisme naïf). Dans cette curée, l'un des arguments les plus fréquents — si l'on peut parler d'arguments —, c'est que *Libération* meurt — ou plutôt « crève » — de ne pas s'adapter.

J'ai appris en classe de philo qu'il faut définir mot à mot les termes d'une proposition. S'adapter, certes, mais à quoi ? Qui détermine les critères d'adaptation ? En fonction de quelles valeurs ? Sur les bases de quels intérêts ? Par le biais de quels rapports de force ? Il existe désormais à gauche tout un tas d'idiots utiles du capitalisme le plus darwiniste, pour qui la seule qualité d'un produit est de se vendre ou pas. Certes, un journal doit se vendre. Mais est-il un produit comme un autre ? Quelle est la responsabilité de ses lecteurs, de la société qui le forme et qu'il reflète, dans son évolution ? Est-on encore prêt à payer pour obtenir plusieurs journaux libres et de qualité, avec de bons journalistes, en nombre suffisant, pour ne pas courir derrière l'événement comme des cafards vers l'obscurité ? Un mot caractérise le rapport contemporain de tant d'individus aux éléments de leur citoyenneté : l'immaturité. ■

Libé, le journal préféré de ceux qui ne l'aiment pas

par Philippe Val

Trente ans. Un vieux couple. Dès le début, ç'a été passionnel, orageux. Mais mettez-vous à ma place… Mon papa lisait deux journaux par jour. Le matin, *Le Figaro*, et, le soir, *France-Soir*, dernière édition. Il me le spécifiait bien, en me donnant les 25 centimes : prends la toute dernière. Car en ce temps-là, *France-Soir*, qui vendait un million d'exemplaires, sortait plusieurs éditions par jour et se réactualisait au cours de l'après-midi. J'essayais de résoudre les problèmes d'échecs du *Figaro*, et je faisais le « Jeu des sept erreurs » dans *France-Soir*. Plus tard, de temps en temps, j'achetais *Le Monde*, et j'essayais, en vain, de trouver des sujets d'exaltation dans ces immenses pages pleines de gris. *Le Figaro* sentait la cravate chic. *Le Monde*, la cravate austère. *France-Soir*, la cravate vulgaire. *L'Huma*, la cravate rouge. Et *Le Petit Parisien* sentait le cordon à rideaux des loges de concierge. Mon dieu, qu'on se faisait chier. Heureusement, à la fin des années soixante, Cavanna et son équipe magique nous ont fait le cadeau de *Hara-Kiri Hebdo*, puis de *Charlie Hebdo*… Comment s'intéresser au monde comme il va sans sentir une cravate vous serrer le kiki ? On n'avait pas trop le choix. La presse quotidienne était une institution aux codes aussi étroits que les « Traités de savoir-vivre à l'usage des vieilles générations » de Nadine de Rothschild.

C'était l'amour vache.

Et puis voilà *Libération*… C'est difficile d'expliquer aujourd'hui à quel point *Libération* portait bien son nom et sa nécessité. Je faisais partie de ces nombreux lecteurs qui allaient envahir leur kiosquier quand il n'avait pas *Libé*. Ce n'était pas une feuille militante, ce n'était pas un de ces nombreux journaux gouvernementaux de l'époque, c'était un vrai journal pour nous. On n'avait jamais eu ça avant. Les autres nous parlaient de choses et de faits qui nous dépassaient. L'actualité politique à l'Assemblée, les grands événements du monde, la vie des vedettes et les faits divers spectaculaires prenaient toute la place. On ne parlait jamais de nous. Aucun journal ne prenait la peine d'observer la façon dont, au jour le jour, fonctionnait la société. Toutes les œuvres intellectuelles visent à nous apprendre quelque chose sur nous-mêmes et *Libé* avait l'ambition d'être une œuvre intellectuelle.

Pour nous, à l'époque, aider *Libération* à vivre n'était même pas un devoir. C'était dans le mouvement naturel des choses. Je repense avec émotion à l'énorme gala de soutien organisé à la Villette pour renflouer les finances du journal, à la ferveur du public, à l'enthousiasme des participants… Mais c'était l'amour vache… L'intrusion de la publicité, les pages consacrées aux résultats du tiercé, tous ces gages donnés au monde ancien ont été vécus comme des coups de poignard. On aurait voulu qu'il ne nous apporte que du neuf, dans son contenu comme dans son fonctionnement. Ses lecteurs s'en sentaient à la fois les propriétaires et les inquisiteurs. Si la totalité de la presse quotidienne française était née de l'immédiate après-guerre, *Libé* était né de l'après-68. On pourrait dire qu'il était l'expression journalistique de la déconstruction des valeurs dont les artisans, très divers — de Nietzsche à Lacan, en passant par Wilhelm Reich, André Gide, Foucault et Sartre —, étaient, jusque-là, cantonnés dans les domaines de la littérature, de la philosophie et de la psychanalyse.

Charlie — je peux en parler, puisque à l'époque je n'en étais que lecteur — avait ouvert la voie, en bousculant beaucoup de tabous. *Libé* s'est largement nourri de la liberté de ton de son cousin hebdomadaire. Et pas que de sa liberté, puisque *Charlie* était même allé jusqu'à ouvrir une souscription pour aider *Libé* à paraître. On était loin de la rivalité, de la concurrence et du marketing. Il s'agissait d'une solidarité instinctive. Dans ces années-là, au-delà des divergences, il y avait une complicité entre ceux qui contestaient à la fois la droite au pouvoir et le conformisme de la société.

Trente années, où, presque tous les matins, j'ai fait, comme le prétend Hegel, ma prière quotidienne en ouvrant *Libération*. Et souvent avec la rage. Parfois avec enthousiasme. Rarement indifférent. Je me souviens qu'ils appelaient Pierre Goldman « Goldy ». Et cette familiarité avec l'auteur de *Souvenirs d'un Juif polonais né en France*, accusé d'assassinat et assassiné lui-même par un commando qui se nommait « Honneur de la police », me sortait par les trous de nez. Au-delà de la question de savoir s'il était ou non coupable, je ne voyais pas la nécessité de faire de Goldman une icône de gauche, un mythe à livrer en pâture aux assoiffés de mythes. De même, l'utilisation des colonnes du journal par Klaus Croissant, l'avocat de la bande à Baader, bien qu'elle ait valu à *Libé* des tirages salvateurs, me foutait hors de moi. Je trouvais irresponsable le gauchisme branché et les bontés pour l'action violente de certains collaborateurs du journal. Comme plus tard les éditoriaux ultra-libéraux et les pages économiques des petits trous du cul modernistes des années 1980-1990.

La mort de Brassens a révélé plus que tout une des grandes tares de *Libé* : le mépris antipathique sécrété par les pages dites culturelles. Ils l'ont enterré en jetant sur son cercueil des giclées de fiel, en oubliant qu'à sa façon l'auteur de *La Mauvaise Réputation* avait lui aussi préparé le terrain sur lequel pousseraient le journal et ses lecteurs.

S'il est difficile de rendre compte des nouvelles tendances sans sombrer soi-même dans un anticonformisme pavlovien, on ne peut pas dire que *Libé* ait jamais cherché à résoudre ce problème. Cela a contribué à maintenir le journal dans une sorte de schizophrénie. Un côté appétissant, pour tout ce qui relève du journalisme quotidien, politique, société et reportages — cette rédaction a été et est encore la plus belle pépinière de talents de la presse quotidienne —, et un côté un peu repoussant, pour toute la partie magazine du journal. Une partie du journal a eu le génie d'intégrer ses lecteurs dans son histoire, de faire un journal dont le contenu concerne le lecteur, une autre partie s'est ingéniée à les exclure en ringardisant tout et n'importe quoi au nom de l'adhésion à une modernité qui ressemble trop à la peur de vieillir pour être vraiment jeune.

Mais dans ce fatras, qui ressemble un peu à un « after » dans une pissotière de night-club berlinois, on a pu quand même trouver quelques grands bonheurs du côté de la critique cinématographique et de l'analyse des images médiatiques.

De toute façon, *Libération* souffre de la maladie dont souffrent tous les journaux en ce début de XXIe siècle, maladie qui met en danger les démocraties occidentales en général : l'échec de la culture de masse. Le marketing a précipité dans l'impuissance tout effort pour rendre jouissive et indispensable la satisfaction de la curiosité intellectuelle. Petites cocottes en papier ballottées sur la crête des meilleures ventes, les pages qui sont peut-être les plus stratégiques errent dans le sillage des promotions télévisées. Mis à part l'utile décryptage de ces minables mythologies, on devrait les ignorer superbement dès lors qu'il s'agit de rendre compte du mouvement des idées. Plus que jamais, aujourd'hui, la culture relève de la résistance. Si *Libé*, et c'est heureux, s'est libéré de son gauchisme de jeunesse, la fidélité à son ambition d'être une œuvre intellectuelle est plus nécessaire que jamais.

Libé a accompagné et suscité bien des progrès de la société. On pourrait dire que Mai 68 avait établi une sorte de cahier des charges dont *Libé* a surveillé et encouragé l'accomplissement. Dans cette région du monde, l'Europe, qui est la seule où le bonheur n'est ni l'utopie d'un totalitarisme, ni une promesse religieuse mais une idée politique, la France n'était pas, loin s'en faut, le pays le plus moderne. Ce journal a contribué à rendre légitimes des libertés — avortement, sexualité, modes de vie —, a dénoncé des fonctionnements institutionnels — prisons, justice, police, immigration —, et a promu les idées internationalistes et européennes, ce qui n'est déjà pas mal.

Devant notre justice expéditive, l'omniprésence policière, l'antisémitisme mutant, le harcèlement des étrangers, le chômage fringant et le FN vivace, on comprend à quel point, tous les matins, la présence de *Libération* dans les kiosques est précieuse. La liberté, dans nos démocraties malades, ne s'exprime pas dans tant d'endroits que l'on puisse se priver d'un seul.

Une dernière chose, et pas des moindres. Je lis la plupart des journaux par nécessité, alors que c'est aussi par plaisir que tous les matins j'ouvre *Libération*. Cela tient peut-être au fait qu'il nous ressemble, avec son mélange de défauts qui nous amusent et de qualités qui nous ennuient… Un journal est comme le fleuve d'Héraclite. On ne plonge jamais deux fois dans le même, car il change sans arrêt et son lecteur aussi. J'espère bien que, dans trente ans, quand *Libé* et moi serons tellement différents de ce que nous sommes aujourd'hui, nous et surtout ceux qui nous suivent seront fidèles à cette alerte matinale. ■

1994 *Charlie Hebdo* n°118 du 28 septembre
1994 *Charlie Hebdo* n°117 du 21 septembre

En 1994 est lancée la nouvelle formule *Libération 3*, désormais sous le contrôle financier du groupe Les Chargeurs, de Jérôme Seydoux.

◀ **2003** *Charlie Hebdo* n°591 du 15 octobre

1995 *Charlie Hebdo* n°145 du 5 avril

Charb *n'aime pas les gens*

Les moines meurent et « Libé » pue

mais ça n'a rien à voir

A LA « UNE » DE *LIBÉRATION* de vendredi dernier, le gros titre que tous les journaux ont traité ce jour-là : *« Le G.I.A. revendique le meurtre des moines. »* Pour illustrer l'information, la photo que tous les journaux ont publiée. Celle où l'on voit les trappistes en rang d'oignons. Ils ont le soleil dans les yeux et ils sourient. La photo de *Libération* est rigoureusement la même que celle du *Parisien* ou du *Figaro*, pourtant, les moines de *Libération* ont un petit quelque chose en plus : ils cocottent. Ils cocottent même drôlement fort, les vaches ! Tellement fort que, quand je suis allé acheter le pain avec mon *Libé* sous le bras, chez le boulanger, ça sentait plus la bombe à chiottes que le croissant chaud. De la même manière, je me suis fait remarquer chez l'épicier et le charcutier. Il n'y a que chez le fromager que j'ai pu passer inaperçu.

C'est que Libé, vendredi dernier, était le support d'une campagne de pub olfactive pour une eau de toilette. L'eau de toilette s'appelle « Carrera » et elle est faite pour toi, l'homme *« libre, aventurier, séducteur »*. D'habitude, ce sont plutôt les magazines qui puent, mais bon, les publicitaires innovent tous les jours, il faudra se faire à l'idée que nos quotidiens sentent eux aussi le *Figaro Madame*. Donc *Libé* a trempé tous ses numéros de vendredi dans un bain de « Carrera ». Pourquoi pas ? Mais si le lecteur devenu insensible à la connerie publicitaire trouve plutôt anodin que son *Libé* pique le nez, il n'en va pas de même pour Serge July. En effet, le directeur de la publication s'est fendu d'un petit mot péteux publié en « une » pour s'excuser auprès du lecteur du fait que la campagne pour l'eau de toilette « Carrera » tombe le même jour que l'annonce de la mort des sept moines. Il dit, July : *« Nous ne sommes pas parvenus à décaler cette campagne, afin d'éviter les télescopages malheureux et les rapprochements hasardeux, nuisibles à l'information mais aussi à la publicité. »*

Serge July parfumeur chez « Libé »

Quelle faute de mauvais goût ! Mais bien sûr ! July aurait dû attendre que l'actualité soit un peu plus légère pour inonder son journal de sent-bon ! July craint qu'on associe la pub pour l'eau de toilette au crime ignoble qu'est l'assassinat des religieux... Mais de quoi a-t-il le plus peur ? Que le parfum nous fasse trouver gaie la mort de sept êtres humains, ou bien que la mort de sept êtres humains nous dégoûte du parfum Carrera ? Marier le parfum et la mort, ce n'est pas terrible, July aurait dû publier une pub pour Opinel. Maintenant qu'on sait comment fonctionne un vrai journal, on comprend qu'il est plus astucieux de publier une pub pour Dassault ou Matra quand on a un bon article sur la guerre à mettre en face.

Serge July est complètement vendu à la pub, mais il a des scrupules. Il aurait pu, pour contenter la marque Carrera, changer le thème de sa couverture et parler des fleurs. Mais non ! Les fleurs, il avait déjà fait sa une dessus le week-end précédent... July est embêté, il aimerait tellement concilier au mieux la pub et l'info, alors que la pub et l'info sont inconciliables. Non, July, publier la pub pour un parfum le jour où l'on apprend la mort de sept moines ne nous a pas choqués : la pub ne peut pas être autre chose que minable, vulgaire, imbécile. Et en plus, maintenant, elle schlingue. Non, July, les lecteurs ne t'en veulent pas. On ne peut pas en vouloir à un marchand de parfums qui fait son boulot. Tu n'as de comptes à rendre qu'au P.-D.G. du pestilentiel Carrera.

CHARB

1996 *Charlie Hebdo* n°206 du 29 mai

2014 *Charlie Hebdo* n°1130 ▶ du 12 février

▶ L'APÉRO DE BERNARD MARIS

LIBÉ, Ô LIBÉ, POURQUOI M'AS-TU ABANDONNÉ ?

Libé, c'est un peu nous. Quand *Charlie* a brûlé, *Libé* nous a hébergés, fourni une belle place pour nos dessins et nos textes... On les a squattés le temps de trouver une nouvelle niche. Merci. On n'oublie pas. Difficile de dire du mal de quelqu'un qui vous a tendu la main... Alors ce qui suit, les amis, ce n'est pas du mal, mais du regret.

Libé est un enfant de Mai 68. En ce bref mois de mai, tout le monde parlait à tout le monde. Ce n'étaient plus les puissants qui parlaient pour les soumis, les intellectuels pour les incultes, les militants pour les nuls, les hommes pour les femmes, les professionnels pour les amateurs, les aboyeurs pour les badauds et les sophistes pour les cancres. Tous parlaient, et tous questionnaient. Le peuple parlait. Sartre en fut tellement ébloui qu'il créa *Libé « pour que le peuple prenne la parole et la garde »*. Pour le peuple : *Libé* était libertaire. Par le peuple : il contenait de merveilleuses petites annonces et une foultitude de quotidiennetés. On percevait en lui un petit parfum parisien, mais à peine. Moins de dix ans plus tard, en 82, est arrivée la pub. Or la pub, les marchands, les Séguéla, Lévy et autres canailles, sont ce contre quoi était né 68. *Libé* choisissait de couper sa racine. Serge July expliquait : *« Ce n'est pas* Libé *qui a changé, c'est la pub ; la pub est devenue un art »* (on ne rit pas). Je me souviens de débats où l'on nous expliquait, à nous, lecteurs, que la pub serait rare, qu'elle serait pleine page ou rien, etc. Bien entendu, la pub s'est immiscée partout. C'est un choix : quand on parle aux marchands, on ne parle plus aux lecteurs. Affirmer qu'on peut parler aux uns et aux autres veut dire qu'on fait un canard dont Séguéla est le directeur de la rédac (ou Dassault, ou FOG, ou quiconque). Certes, il y a de très bonnes pubs, comme il y a d'excellentes drogues. Quand on y tombe, adieu.

Quand on fait entrer la pub dans un journal, on choisit de faire payer les journalistes par la pub. C'est un choix. On peut faire payer les journalistes par les lecteurs, ou par les annonceurs. Les annonceurs sont convaincus qu'ils fournissent le pain des journalistes. Entendu cent fois sur les radios privées : « Nous, on est libres, la pub nous paye ! » Pauvres crétins ! Beaucoup de journalistes du privé pensent autrement. Beaucoup de journalistes des services publics aussi, heureusement, pensent autrement. Quand la pub est là, on est tenté de faire ce qu'elle fait : des coups. *Libé* s'est mis à faire des coups. Un jour le quotidien arrivait en bleu, ou en rose, ou en je ne sais quoi. Un jour tout en dessins, un jour tout en papillotes, le lendemain en mirlitons. On sentait bien que les gens de la com' prenaient le dessus. Et puis *Libé* faisait des forums, des événements. Pour le lecteur lambda comme moi, qui ne suis pas encore sur Internet (une question de jours), c'était insupportable, et les fameux jeux de mots aggravaient la chose, devenaient imbuvables. Bref, *Libé* se comportait comme une marque.

Et voici que le quotidien, en crise, se voit proposer de devenir ce vers quoi il tendait... une marque ! Le projet des actionnaires, je les cite, *« inscrirait* Libération *non plus comme un seul éditeur de presse papier, mais comme un réseau social, créateur de contenus, monétisable sur une large palette de supports multimédia (print, vidéo, TV, digital, forums, évènements, radio, etc.)... À cela s'ajoutera un espace culturel et de conférence, comportant un plateau télé, un studio radio, une newsroom digital[1], un restaurant, un bar, un incubateur de start-up, bref, un lieu d'échange ouvert et accessible à tous, journalistes, artistes, écrivains, philosophes, politiques, designers, etc. »* On lit ce truc, on imagine la tronche de Pierre Marcelle en pompom girl (avec le logo *Libé*) et on se pisse au froc. Le plus horrible, c'est ce « monétisable ». T'es bancable ou pas, mec. Monétisable ou pas. Soudain, les journalistes se souviennent qu'ils sont des journalistes avant d'être des barmen ou des designers et font grève. Ils clament : *« C'est* Libération *sans* Libération. *Ils veulent éjecter les journalistes mais garder la marque. »* Oui. La pub est le coucou de la presse. Elle finit par virer tous les journalistes, partout. Et un actionnaire ne cherche pas d'abord des lecteurs, mais de la pub, du pouvoir symbolique, et des moyens de pression sur les politiques.

> ***La pub est devenue le coucou de la presse. Elle a fini par virer tous les journalistes, partout.***

Et maintenant, que cherche un journaliste ? Du pouvoir symbolique et un moyen de dîner avec le Prince ou les Grands ? Ou un moyen de faire circuler la rumeur lointaine du peuple, son rire, sa souffrance et de l'informer sur les mensonges du Prince et des Grands ? De la satisfaction narcissique lustrée aux connivences, ou le plaisir de transmettre l'innocence de l'invention et de la révolte, quand on les cherche et qu'on a la chance de les percevoir ? La fraîcheur de la nouveauté, qui est le contraire de la destruction créatrice du marché ? Nous savons tous qu'Internet et les gratuits tuent la presse papier. Sauf que les hebdos gratuits existent depuis toujours, ils ont pour nom *L'Express* ou *Le Point*, et la tuent aussi. Que donnait de plus un *Libé* ? Un angle, des lunettes, une autre manière de voir solidaire et affective. Et populaire. Les journalistes de *Libé* sont toujours là ? Alors *Libé* est sauvé. ■

1. Je ne sais pas ce que c'est.

«L'HUMA» CHANGE DE LOOK : AVANT ▼

N° 000000000/7 FRANCS

MARDI 23 SEPTEMBRE 1997

Nostalgie
« Comment j'ai niqué l'union de la gauche en 78 », par G. Marchais.

Littérature
« Mes 100 meilleures blagues », par Robert Jaruzelski.

Diététique
« Mes recettes minceur », par Bernard Ceausescu.

Immobilier
Wolinski vend sa baraque dans le Lubéron.

l'Humanité

CRÉÉ PAR JEAN JAURÈS, VOLÉ PAR GEORGES MARCHAIS.

Le communisme, ça marche ! par Marcel Lyssenko.

La Sibérie autosuffisante en noix de coco

La Sibérie, premier fournisseur mondial de glaçons pour le Ricard des travailleurs, vient de franchir une nouvelle étape vers des lendemains qui chantent pendant que sonne le tocsin et que les acquis sociaux font une avancée pour répondre à l'attente des gens.
(page 2)

Souscription nationale en l'honneur de Mère Teresa, meilleur ouvrier de Calcutta
Les fonds recueillis seront destinés à la réalisation d'une statue à sa mémoire (page 5)

Les retraités de la CGT en croisière sur le brise-glace Maxime-Gorki *ont eu beau temps. Rien n'est trop beau pour la classe ouvrière. (Lire le reportage page 10)*

Sports
Le Dynamo de Moscou écrase le Foot-ball Club de Budapest, 20 000 morts à 0.

Culture
Jean Ferrat chante Beria : « Mon Dieu, que la Loubianka est belle ! »

Les pages « emploi » de *L'Huma*
Le pacte de Varsovie offre 3 600 postes d'agents de renseignement. Écrire à L'Huma qui retransmet à Martine Aub

Pour tout abonnement à L'Huma, un tee-shirt à l'effigie de Jacques Duc

France 7 F - Corse 3 kilos de châtaignes - Tadjikistan 2 chameaux - Désert de Gobi 5 scorpions - Albanie 1 brouette de fumier - Kremlin-Bicêtre 4

M 0110 -7,00 F

1997 *Charlie Hebdo* n°275 du 24 septembre
En 1997, *L'Humanité* veut rafraîchir son image, dans un contexte où le Parti communiste perd de plus en plus d'électeurs. Dans sa nouvelle maquette, *L'Humanité* fait disparaître de sa couverture le symbole de la faucille et du marteau.

APRÈS ▼

MERCREDI 24 SEPTEMBRE 1997

N° 000000000/7 FRANCS

l'Huma

LE JOURNAL DES COCOS GIGA FUN, YO !
REPRENEUR : ROBERT HUE

Le coin des fêtards
> Robert Hue, patron des Bains-Douches : « La fête de L'Huma aux Bains, c'est carrément **groovy.** »

Rock
Interview **choc** de Bob Hue, leader des « Faucilles Rouillées » :
> « J'ai beaucoup **changé.** »

> Politique

«J'ai été communiste dans une vie antérieure»

par Robert Hue et Paco Rabanne.

Auto
hangez
tre vieux T-62
ntre la dernière
afrane
injection,
Robert Tut-tut.

Littérature
«Aragon m'a toujours fait chier **la bite** »,
par Robert Hue, de l'Académie française.

Le strip-tease des militantes
Cette **semaine,** Roberte Hutte, de la section Marcel-Cachin, de Tours.

Bourse
Renault, Moulinex, Télécom, Air France :
«C'est le moment **d'acheter!**»,
par Charles-Henri-Robert Hue.

Immobilier
Embellie sur le marché : **Wolinski** a vendu sa baraque dans le Lubéron.

Pour tout abonnement à L'Huma, un tee-shirt à l'effigie de lady Diana.

7,00 F

Les pronostics de Monsieur Bernard Arnault pour le tiercé à Longchamp

Le Parisien

Monsieur Bernard Arnault nous dévoile: "Ma passion pour le tuning"

Merci not' bon maître de nous rach'ter

Toute l'équipe du "Parisien" a accueilli avec joie la décision de Monsieur Bernard Arnault de racheter notre journal, qui rejoint ainsi le prestigieux groupe LVMH.

Monsieur Bernard Arnault démantèle un réseau jihadiste à Bobigny

Monsieur Bernard Arnault envoie un camion-citerne de parfum Guerlain aux Roms de Montreuil : "Les riverains ont le droit de ne plus être incommodés par les mauvaises odeurs"

Monsieur Bernard Arnault inaugure un musée d'art moderne à la Patte d'Oie d'Herblay

La fondation LVMH de Monsieur Bernard Arnault offre une piste de gymkhana aux habitants de La Courneuve

Monsieur Bernard Arna
sauve une grand-mère de
noyade au Mée-sur-Seine

Monsieur Bernard Arnault ravitai
les populations inondées par
Marne avec son jet personnel

Monsieur Bernard Arnault
investit trois tickets
restaurant dans un SDF

Le Parisien, libéré à la Libération, racheté à la libéralisation

Pendant longtemps, *Le Parisien Libéré* comme *France-Soir* ont incarné une presse populaire, pour ne pas dire populiste. Dans les années 1970, *Charlie Hebdo* n'est pas tendre avec cette presse démago et réactionnaire.

1977 *Charlie Hebdo* n°321 du 6 janvier
En 1977, Émilien Amaury, patron du *Parisien*, décède d'un accident de cheval.

◀ **2015** *Charlie Hebdo* n°1193 du 3 juin
Trente-deux ans plus tard, Bernard Arnaud lui succède. La dynastie des grands patrons de presse « amoureux » de la liberté d'expression est assurée…

1976
Charlie Hebdo n°317
du 9 décembre

1975
Charlie Hebdo n°237
du 29 mai

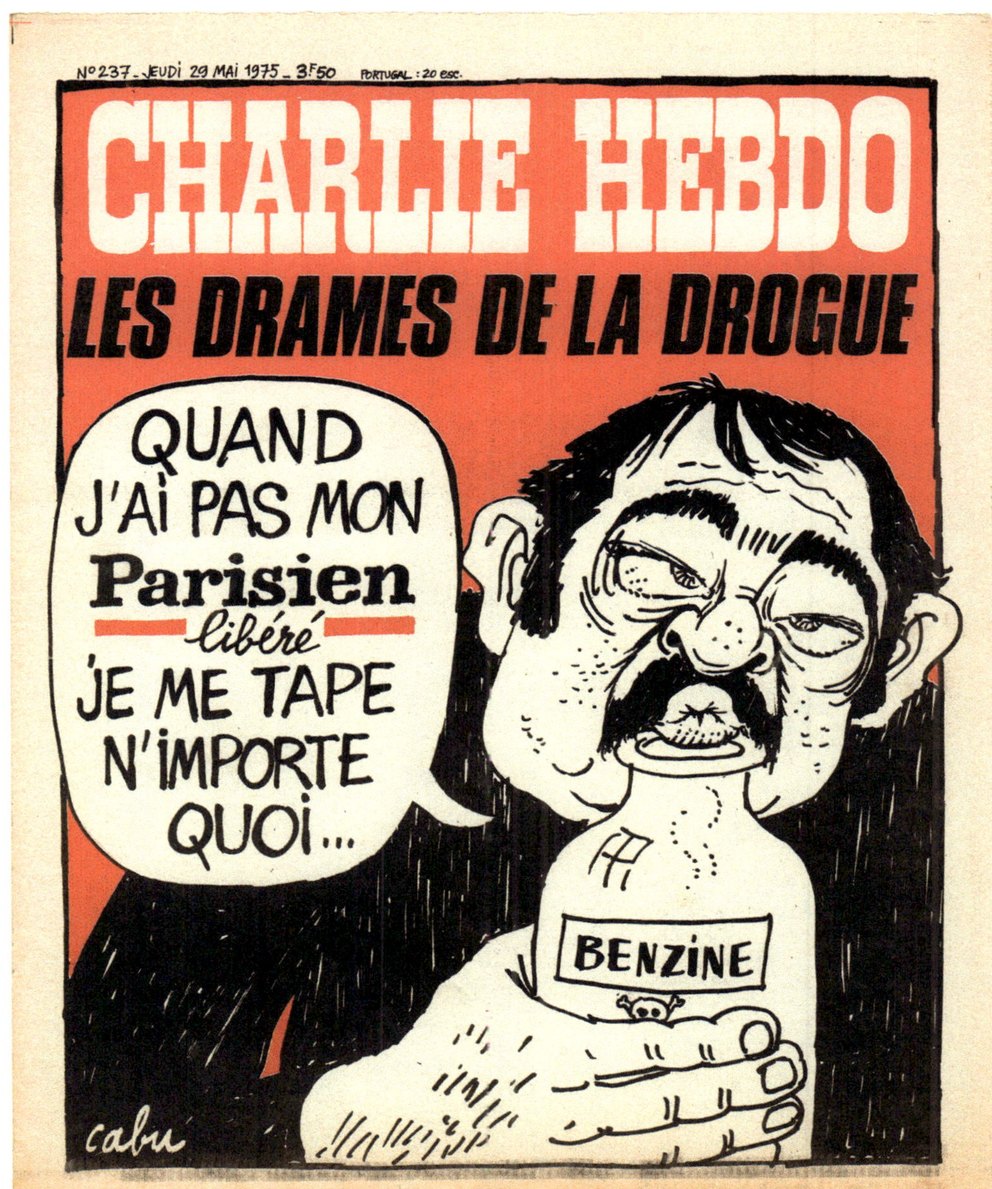

IL Y A 30 ANS, LA LIBÉRATION...
Le Parisien libéré
LA PILULE DONNE LES PIEDS PLATS ET LE CANCER
DEHORS LES METEQUES
ILS TUENT ILS PILLENT ILS VOLENT LES HIPPIES
LIZ TAYLOR ET POULIDOR
CHAQUE MATIN, MON JOURNAL FAVORI ME RAPPELLE CE QUE FUT NOTRE COMBAT ACHARNÉ POUR QUE PUISSE ENFIN REPARAITRE UNE PRESSE LIBRE.
POUR CONSERVER PIEUSEMENT L'ESPRIT DE LA LIBÉRATION... MOI, JE LIS Le Parisien libéré
« LE JOURNAL QUI A RAMENÉ SA GUEULE QUAND LE DERNIER ALLEMAND EST FOUTU LE CAMP »
POUR LAVER LA HONTE DE L'OCCUPATION J'AI FAIT CREUSER SA TOMBE A UN VIEUX SOLDAT BOCHE AU BOIS DE BOULOGNE ET JE L'AI FINI A COUPS DE PELLE EN CHANTANT "LA MARSEILLAISE"
COMME ON FAIT SON LIT ON SE COUCHE, DIT MA GRAND-MÈRE...
[redacted] J'AI TONDU DES DIZAINES DE SALOPES...
AUJOURD'HUI, J'AI ENCORE MES CISEAUX DANS MA POCHE...
FOLIES BERGÈRE
J'AI PRIS, TOUT SEUL, UN MONUMENT DE PARIS PARCE QUE JE VOULAIS EFFACER LA HONTE DE L'OCCUPATION
maison de la culture
BRECHT
AUJOURD'HUI, QUAND JE VOIS A QUI EST CONFIÉ NOTRE PATRIMOINE CULTUREL, JE ME DIS : CELA VALAIT-IL LA PEINE ?
BOUGE PAS !
JE N'AI JAMAIS PU SUPPORTER LES ARABES QU'EN GOUMIERS OU EN ZOUAVES (OU EN SPAHIS A LA RIGUEUR)...
AUJOURD'HUI, JE N'AI PAS CHANGÉ.

o soldats de la liberté
SUR LES BARRICADES, LES INTELLECTUELS ETAIENT AVEC MOI
MATCH
AUJOURD'HUI, JEAN CAU EST DE MON CÔTÉ...
JE NE SUIS ENTRÉ DANS LA RÉSISTANCE QUE TARDIVEMENT. (LE LENDEMAIN DE LA LIBÉRATION) J'ÉTAIS DANS LA POLICE. CE SONT LES CIRCONS-
-TANCES QUI M'ONT FAIT PRENDRE LA PLACE D'UN COPAIN. AUJOURD'HUI, C'EST À LUI QUE JE PENSE...
J'AI RELÂCHÉ UN COCHON MENACÉ PAR UN TRAFIQUANT AU MARCHÉ NOIR
C'EST DEPUIS CETTE ÉPOQUE QUE J'AIME LES BÊTES...
PÉTAIN:
DE GAULLE:
PENDANT QUATRE ANS, J'AVAIS TRAVAILLÉ POUR VICHY, MAIS JE ME SUIS RECY ·É DU JOUR AU LENDEMAIN...
BILLARD AU 1er
GRANDE SALLE POUR TORTURES
TOILETTES TELEPHONE ABRI 50 PLACES
Le Parisien occupé
Aujourd'hui
Gâteau de fèves du Chef
Ticket GK d'Avril
AUJOURD'HUI J'AI OUVERT UN RESTAURANT "LE PARISIEN OCCUPÉ" POUR RAPPELER À LA JEUNESSE ACTUELLE LES SOUFFRANCES DE CETTE ÉPOQUE
1 ICI LONDRES
2 BROUILLAGE
3 SACCHARINE
4 CHIEN
5 VESTIAIRE GRATUIT
6 PETITE VENDEUSE DE PNEUS ET DE SAVON AU MARCHÉ NOIR
7 CHASSEUR DU . ESTAURANT
8 OH! OH! COMBINAISON EN PARACHUTE ANGLAIS
9 ALORS ÇA VIENT MON VÉLO-TAXI
10 ET HOP! POUR LE COLIS DU PRISONNIER
11 FROMAGE
...PATIN À FAIRE RENTRER LES DOIGTS DE PIED. PENDANT CES PÉRIODES TROUBLÉES ON SE RATTRAPE
cabu

Le Figaro, de Beaumarchais à Serge Dassault

Incarnation de la presse de droite, *Le Figaro* est souvent brocardé par la presse de gauche et bien évidemment par *Charlie Hebdo*. *Le Figaro*, journal conçu par des journalistes mais racheté par un marchand d'armes, Serge Dassault. Quand la pluralité de la presse commence à ressembler à celle du Cac 40, la liberté d'expression a du souci à se faire.

2005 *Charlie Hebdo* n°655
du 5 janvier

2005 *Charlie Hebdo* n°656 ▶
du 12 janvier

1999
Charlie Hebdo n°389
du 1er décembre

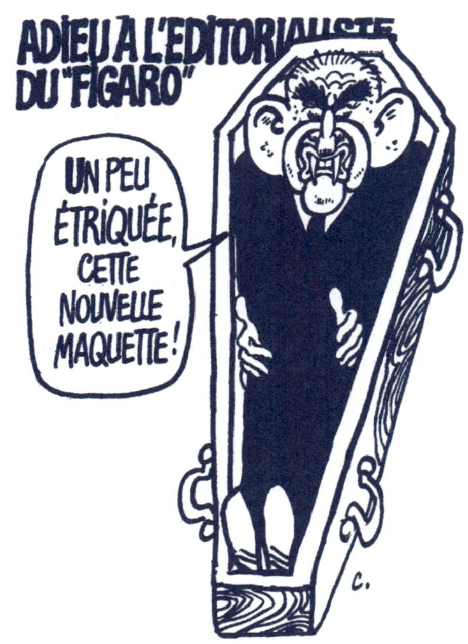

2010
Charlie Hebdo n°928
du 31 mars

> COUP DE TORCHON

2015
Charlie Hebdo n°1207
du 9 septembre

La presse quotidienne régionale ou PQR

Il n'y a pas que le monde, il n'y a pas que l'Europe, il n'y a pas que la France, il y a aussi nos « territoires ». Avec leur richesse, leurs kermesses et leurs petits notables locaux en photos dans la presse régionale.

La presse régionale

VOLONTAIREMENT VIDE, délibérément rabâcheuse et mal écrite ; mauvaise rédaction, sans développement ni discussion ni conclusion, sans style ; pleine de clichés, d'idées reçues, de serpents de mer, de marronniers, de géraniums primés, de notables interchangeables et toujours impeccables ; album de populations agglutinées et béates marchant au kir, à la médaille, à la coupe sportive, à la poignée de main, à la maison fleurie, à la buvette réussie ; vile, veule, moche, c'est la presse régionale.

Elle remplit le rôle que les pouvoirs régionaux lui assignent : tranquilliser. Pas de vagues, tout va bien, allez en paix, dormez debout ! L'usine de chapeaux s'envole, mais le grand ou le moyen stade va venir coiffer la jachère et le bon air attirer les industriels faibles des poumons, le T.G.V. va désenclaver plus blanc et l'autoroute relier à l'Europe et déverser du tourisme redynamisant. En attendant, la foire est commerciale, le port de plaisance, la remontée mécanique, la corne d'abondance, la décharge d'utilité publique, l'assèchement du marais dicté par le progrès, l'optimisme est de rigueur, le climat sympathique et le conseil général. C'est dans le journal. GÉBÉ

1998 *Charlie Hebdo* n°331 du 21 octobre

DOUBLE PAGE SUIVANTE
1995 *Charlie Hebdo* n°144 du 29 mars

Record battu !

Du jour au lendemain, la presse balladurienne es

Hier :

La nouvelle RÉPUBLIQUE bananière du CENTRE OUEST

4,78 francs

Lundi 16 janvier 1995

L'ÉDITO

Balladur est au sommet dans les sondages. Son secret est simple : clairvoyant comme de Gaulle, sage comme Pompidou, malin comme une bite. Il a su transiger avec les forts et être impitoyable avec les faibles. *« Etre un enculé mène à tout »*, disait Raymond Aron. C'est à l'Elysée que tout cela va mener M. Balladur. Un pays de veaux a besoin d'un guide pour aller loin. La France a trouvé son vacher. Il s'appelle Edouard Balladur.

Bernard Boulard, journaliste

LA PHRASE DU WEEK-END

M. Balladur s'est laissé aller au jeu des petites phrases en déclarant : *« Ceux qui mettent les mains là où je mets les pieds s'en mordront les doigts. »*

LE PREMIER MINISTRE en campagne chez nous

« Il faut que la France de demain prenne son avenir en main. »

AVEC LES JEUNES DU PAYS

Alors qu'il visitait La-Fosse-à-Purin-sur-Erdre, le Premier ministre n'a pas hésité à se diriger vers un groupe de jeunes qui se faisait chier la bite. L'initiative sema un vent de panique dans le service d'ordre mais fut l'occasion d'une discussion à bâtons rompus.

Ambiance. *« Une expérience à renouveler »*, a déclaré Edouard Balladur.

A L'ÉCOUTE *des handicapés*

Marie-Jo Balladur a visité le centre pour handicapés. Très sensible à leur problèmes — elle possède elle-même un cochon d'Inde handicapé —, Marie-Jo Balladur a d'ailleurs créé l'association « Légume vert » afi de venir en aide aux handicapés mentaux.

Pag

« UNE ENTREPRISE MODÈLE »,

a déclaré le Premier ministre en visitant la société Yoyo 2000. Cette société qui fabrique des Yo-Yos en exporte la moitié, fournit la cour d'Angleterre et fait travailler plus de 2 salariés, sans compter les retombées économiques locales.

ÉCRASÉE

par une voiture

elle se jette sous un

TRAIN

et meurt.

Page 5

CONCOURS *du plus* GROS mangeur de saucisses

1er prix : M. Balladur, à la surprise générale.

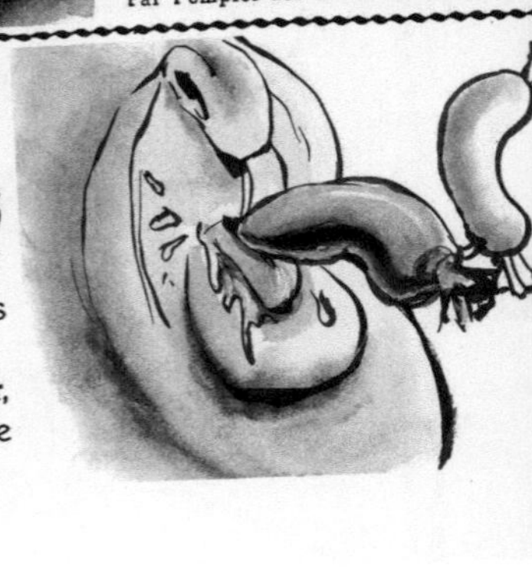

evenue chiraquienne.

Aujourd'hui :

La nouvelle RÉPUBLIQUE *bananière du* CENTRE OUEST

Lundi 27 mars 1995

4,78 francs

L'ÉDITO

Chirac est au sommet dans les sondages. Son secret est simple : clairvoyant comme de Gaulle, sage comme Pompidou, malin comme une bite. Il a su transiger avec les forts et être impitoyable avec les faibles. *« Etre un enculé mène à tout »*, disait Raymond Aron. C'est à l'Elysée que tout cela va mener M. Chirac. Un pays de veaux a besoin d'un guide pour aller loin. La France a trouvé son vacher. Il s'appelle Jacques Chirac.

Bernard Boulard, journaliste

CHIRAC en visite chez nous

« Il faut donner à la France un avenir pour demain. »

DES EMPLOIS !

C'EST CE QU'A PROMIS M. Chirac en annonçant l'installation prochaine sur la commune d'un centre de stockage et de traitement de déchets nucléaires.
En revanche, le centre pour mongoliens, qui causait une gêne permanente pour le voisinage, sera supprimé et rasé, a-t-il déclaré.

« Le 3e régiment de parachutistes ne sera pas dissous », *a promis Jacques Chirac*

dans un discours aux accents gaulliens. 110 emplois seront ainsi sauvés.

UNE JEUNE FILLE violée par un militaire hier soir au Macumba. Page 10.

UN CHIEN a violé

une poule, hier, en fin de matinée. Si vous reconnaissez cet individu, réputé dangereux et instable, téléphonez tout de suite à la gendarmerie ou à la rédaction du journal.

Petites phrases

Le week-end a été riche en petites phrases aigres-douces, comme en témoigne cette confidence de M. Chirac : *« Quand je vois Balladur, j'ai vraiment envie de lui chier une grosse merde fumante sur la gueule. »*

DERNIÈRE MINUTE :

une bombe atomique explose en Russie. *Lire nos pages sport.*

UN ACCIDENT *qui aurait pu être beaucoup plus* GRAVE

Hier, un camion-citerne a explosé, causant la mort de 137 riverains. Une chapelle ardente a été dressée au théâtre municipal. Réservez dès maintenant vos places (voir page 10).

FAITS ET MEFAITS

LA CENTENAIRE

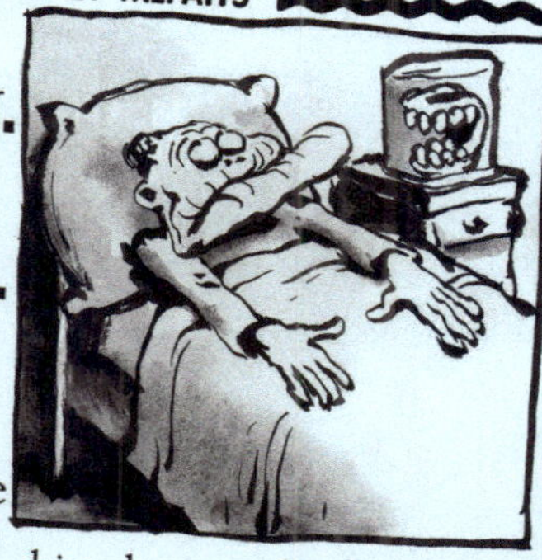

du village retrouvée **MORTE,** hier dans son lit. Suicide ou crime d'un rôdeur ? On la disait dépressive depuis la mort de son mari en 1949. Mais l'hypothèse d'un crime n'est pas à exclure selon la gendarmerie, qui a déjà arrêté 10 manouches et obtenu 15 aveux.

<u>Les Landes-Génusson</u>

IL TUE SA FEMME à coups de tronçonneuse et se blesse !

La maison du drame. Page 8.

-RISS-

Nouvel Obs et vieille gauche

Créé en 1964 par Jean Daniel, *Le Nouvel Observateur*, souvent appelé « Le Nouvel Obs », a longtemps été le grand magazine de gauche à la pointe des débats d'idées qui ont traversé la société française. Mais comment être encore un grand journal de gauche quand la gauche n'est plus que l'ombre d'elle-même ?

« DIEU ET LA SCIENCE »

Pour Noël, « Le Nouvel Obs » a pris ses lecteurs pour des dindes

Pour les fêtes, l'affichage spectaculaire dans les kiosques du* Nouvel Observateur *sur « Dieu et la science » n'a pu échapper à personne. Ce n'est pas la première fois qu'on gratte des ventes sur le sujet. Mais ce dossier est emblématique de la bouillie mentale largement diffusée, prêt-à-penser autour de la bûche.

Le *Nouvel Obs* nous apprend qu'à l'ère industrielle la science est devenue une religion, sans que les mots soient définis. Ce tour de passe-passe est permis par la confusion d'au moins deux acceptions du mot « science ». La science « première », entendue comme démarche rationnelle de la découverte du monde réel, et la science vue à travers les technologies à forte valeur marchande. On encense les savants pris par le « doute », mystérieux doute qui n'est suscité que par cette confusion, posée dès l'introduction d'un dossier qui cumule approximations, flous, erreurs historiques.

Dieu bouche les trous.

Marcel Gauchet trouve la science oppressive. Il mélange la science première et les technosciences, reflets des intérêts politiques et économiques. Les scientifiques ont plutôt le sentiment contraire que c'est cette science première qui devient une denrée rare, oppressée par le monde marchand, son tempo, son culte du résumé et de l'accroche, sa vacuité et la misère matérielle qu'il impose à toute production intellectuelle rigoureuse et autonome. La science est prise pour ce qu'elle n'est pas, et n'est pas prise pour ce qu'elle est. Elle est loin d'être adulée, ni sur le plan de ses méthodes exigeantes, où elle reste incomprise, ni sur le plan social, où les chercheurs, dont un tiers en France ne sont pas payés[1], sont pris pour des cons.

Les lecteurs du *Nouvel Obs* aussi, d'ailleurs. Quand Michel de Pracontal leur parle de biologie, c'est pour dire que les mécanismes de l'hérédité et de la sélection naturelle sont *« froids et aveugles »*. Michel de Pracontal truande Darwin. Tout amateur d'histoire des sciences sait qu'entre la première édition de son maître livre (vérifiez vous-mêmes : on la trouve chez Penguin Press Classics) et la seconde (disponible chez Oxford Univ. Press), Darwin subit des pressions pour qu'il soit fait mention du Créateur dans la toute dernière phrase. Ce fait est occulté, et ce silence malhonnête sert à vous faire croire que Darwin tendait la main à Dieu. Mais la science ne travaille pas avec Dieu et elle n'a rien à lui dire.

Le Nouvel Observateur nous sert la soupe mondaine pourtant mille fois resservie du « Dieu des trous », celui qui va se nicher là où la science laisse de l'inexpliqué. Et Dieu reproche à la science son insupportable autonomie : on a droit à la série habituelle de bêtises sur les incertitudes de la matière, les inconnues de l'univers, les mystères de la vie, les énigmes de l'homme... Car il revient logiquement aux esprits dogmatiques de concevoir comme une faiblesse le fait de ne pouvoir tout expliquer, faiblesse de la science qui semble justifier « une chance pour Dieu » réconfortante. Bien sûr que la science n'explique pas tout : son boulot se situe précisément à la limite du connu et de l'inconnu ! Comme si la croyance en Dieu avait un rapport avec le degré de performance de la science ! Le Dieu des trous n'intéresse que les religieux. En espérant « une chance pour Dieu ? », *Le Nouvel Observateur* se place de leur côté : il a plus de lecteurs à la messe de minuit que dans les laboratoires.

GUILLAUME LECOINTRE

1. Allusion faite aux hordes de doctorants non payés pour les résultats qu'ils produisent.

2005 *Charlie Hebdo* n°656
du 12 janvier

◀ **2013** *Charlie Hebdo* n°1081
du 6 mars

2008 *Charlie Hebdo* n°817 ▶
du 13 février
Le site Internet du *Nouvel Obs* publie un SMS que Sarkozy a envoyé à son ex-femme dans lequel il lui propose d'annuler son mariage si elle revenait. *Le Nouvel Observateur*, grand journal de la gauche intello, se met ainsi au niveau de la « presse people ». Mais contrairement aux usages des lois sur la presse, Sarkozy poursuit *Le Nouvel Obs* au pénal, marquant son désir de réprimer et d'intimider la presse.

CHARLIE HEBDO

2€

HORS-SÉRIE
L'ADN
EXPLIQUÉ À
SARKOZY
EN KIOSQUES
LE 20 FÉVRIER

FŒTUS

p. 3

De l'humanisation à l'interdiction de l'avortement

«CHAROGNARDS»

Faut-il défendre «Le Nouvel Obs»?

GUYANE

Ces Français oubliés de la forêt

TCHAD

La France sécurise l'oléoduc américain

COMMERCE EXTÉRIEUR

L'alibi des 35 heures

N° 817 ▪ Mercredi 13 février 2008 ▪ FRANCE MÉTRO : 2 € ▪ DOM : 3 € ▪ TOM: 620 F CFP ▪ BEL : 2,30 € ▪ CH : 4 FS ▪ AND : 2 € ▪ CAN : 4,90 $C ▪ D : 3 € ▪ GR : 2,90 € ▪ LUX : 2,30 € ▪ MAY : 3 € ▪ NL : 3 € ▪ PORT. CONT. : 3,25 € ▪ ZONE CFA : 1800 CFA. Imprimé en France.

T 05777 - 817 - F: 2,00 €

la science *amusante*

PIRATAGE À « LA RECHERCHE »

On la prenait pour une revue sérieuse. Or *La Recherche* a reproduit sans autorisation un article américain, en l'attribuant à un auteur imaginaire.

LA RECHERCHE a bonne réputation. C'est même la revue de référence pour les chercheurs qui veulent s'informer sur les travaux de leurs confrères… D'où l'intérêt de cette petite histoire.

Nous sommes l'été dernier. *La Recherche* publie un numéro spécial sur le vieillissement. On y trouve un article intitulé *« Le piège d'une médicalisation excessive »* et signé d'un certain Charles S. Ridell, gériatre retraité de l'université de Duluth. *A priori*, rien d'anormal…

Sauf qu'en septembre un médecin français découvre que cet article est la traduction littérale d'un texte paru en avril dans une revue scientifique américaine, *The New England Journal of Medecine (NEJM)*. Petit détail : l'article est signé du Dr James Goodwin, célèbre gériatre de l'université du Texas.

Premier de la classe et copieur ?

Flairant le plagiat, le perspicace médecin contacte aussitôt le Dr Goodwin. Lequel explique qu'il a bien autorisé *La Recherche* à publier son article. Mais sous son vrai nom et, surtout, sous réserve de l'accord du *NEJM*, qui seul possède les droits.

Prévenu, le *NEJM* tombe des nues : « La Recherche *nous a demandé l'autorisation de reproduire l'article du Dr Goodwin, mais nous avons refusé, comme nous le faisons systématiquement, quelle que soit la revue.* »

N'ayant pas l'autorisation de traduction, *La Recherche* aurait dû en rester là. Au lieu de quoi elle publie, sans même citer le *NEJM*, l'article sous un faux nom. Car le Dr Charles Ridell est purement fictif, tout comme le service de gériatrie de l'obscure université de Duluth. *La Recherche* pensait-elle que la supercherie allait passer inaperçue ?

Contactée par le *NEJM*, elle a été contrainte de publier, en novembre, quelques lignes dans un coin de page, priant les lecteurs d'*« accepter toutes* [leurs] *excuses pour cette présentation fantaisiste due à une série de malentendus »*. Mais sans donner la moindre explication…

Un peu léger comme excuses. Et tardif. Car si la supercherie n'avait pas été découverte, *La Recherche* n'aurait certainement pas moufté (elle est même allée jusqu'à publier, en octobre, une lettre de lecteur adressée à l'imaginaire Dr Ridell). Le pire, c'est que son rédacteur en chef rembarre sans ménagements ceux qui demandent des explications : d'abord le médecin qui a levé le lièvre, dont il refusé de publier la lettre sous prétexte que sa démarche est *« indigne d'un chercheur »* ! Et puis *Charlie*, qu'il n'a pas voulu prendre au téléphone, arguant *« ne pas être seul en cause »*, et que *« cela ne présente pas d'intérêt »*. Plutôt gonflé… Qui d'autre serait en cause ? Les choses sont claires : sans copyright, pas de publication. Le reste, ça s'appelle du piratage. Et qu'on ne vienne pas invoquer l'impossibilité de supprimer un article déjà programmé : le texte a été publié dans un numéro spécial, conçu plusieurs mois à l'avance.

Quant au prétendu manque d'intérêt de l'affaire, tout le monde n'est pas de cet avis. En tout cas, sûrement pas Edward Campion, l'éditeur du *NEJM* : *« C'est la première fois que je vois cela. Toute publication qui souhaite être prise au sérieux par la communauté scientifique doit observer les principes de base de l'honnêteté éditoriale. »*

Quand on voit comment, à *Charlie*, nos scoops ont parfois du mal à être pris au sérieux… Alors, qu'une revue se targuant d'honorabilité use d'un procédé indigne du pire torchon, c'est dur à avaler. *La Recherche* ne serait-elle plus à la hauteur de sa réputation ?

ANTONIO FISCHETTI

1999
Charlie Hebdo n°387 du 17 novembre

La presse spécialisée se laisse aussi parfois aller à séduire le lecteur d'une manière pas toujours très scientifique.

1994
◀ *Charlie Hebdo* n°107
du 13 juillet

1970
L'Hebdo Hara-Kiri
n°59 du 16 mars

Paris Match, le poids des morts, le choc des lolos

Que serait la presse sans *Paris Match*, le journal que tout le monde lit pour ses photos de faits divers, ses interviews de stars ringardes, ses grands reportages de guerre avec de belles photos sanguinolentes ?

Une autre presse est-elle possible ?

Créer un journal libre, indépendant, audacieux et créatif, dans un pays libre comme la France, ça devrait être possible, non ? Oui, mais qu'est-ce que c'est dur !

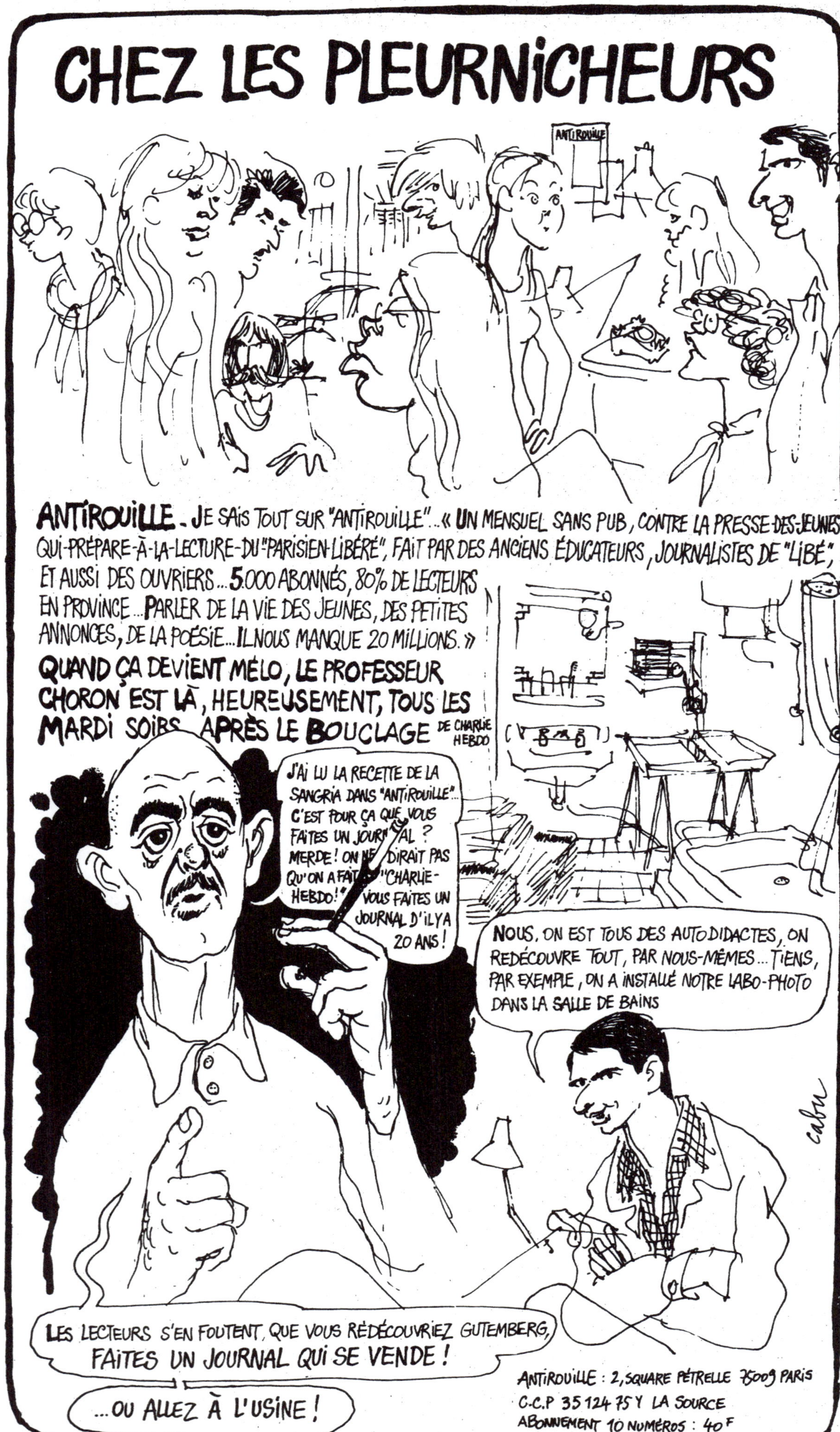

1978
◀ *Charlie Hebdo* n°375
du 5 janvier

1993
Charlie Hebdo n°43 ▶
du 21 avril

Un festival à Poitiers

Avec des jeunes et du papier

PAR RISS ET CHARB.

LE PLUS FORT TIRAGE
ET LA PLUS FORTE VENTE
DES PETITS JOURNAUX
UN ÉTUDIANT
une groupie
LA RÉDACTION DU "CLAMPIN"
— "Le Clampin", qu'est-ce que c'est ?
— UN MENSUEL RÉGIONAL DE CONTRE-INFORMATION, DE LILLE ET SA RÉGION, QUI TIRE À 7.000 EXEMPLAIRES AU BOUT DE 20 NUMÉROS.
— Comment fonctionnez-vous ?
— EN AUTOGESTION. ON IMPRIME NOUS-MÊMES, ON DIFFUSE NOUS-MÊMES, ON SE TAPE MÊME LES 7000 EXEMPLAIRES À PLIER À LA MAIN !
— Vous ne passez pas par les N.M.P.P ?
— NON, les N.M.P.P PIQUENT 42% DU PRIX DE VENTE. NOUS, ON DONNE 20% AU VENDEUR, QUE CE SOIT UN MARCHAND DE JOURNAUX, UN CAFÉ, OU UN VENDEUR SUR LE MARCHÉ.
UN ÉTUDIANT INGÉNIEUR (I.C.A.M)
le directeur de la publication (ÉTUDIANT À L'ÉCOLE DE JOURNALISME DE LILLE)
PROCÈS À LILLE ... Clampin
Le Clampin
SI ÇA MARCHE, JE NE FERAI PLUS QUE DES PIEDS DROITS
AU DÉBUT, ON LE VENDAIT AU RESTO-U MAINTENANT, "LE FURET" EST VENU NOUS DEMANDER DE LE VENDRE
— Comment allez-vous évoluer ?
— À LA RENTRÉE, ON PRÉVOIT 3 PERMANENTS À MI-TEMPS... 500F PAR MOIS CHACUN. JUSQU'À PRÉSENT, PERSONNE N'ÉTAIT PAYÉ.
LES DEUX ÉTUDIANTS-JOURNALISTES ONT TERMINÉ LEURS ÉTUDES CE MOIS-CI. ILS NE CHERCHENT MÊME PAS UNE PLACE DANS UN "VRAI JOURNAL"... ILS ONT LANCÉ LEUR JOURNAL IL Y A 2 ANS.
LE DRUGSTORE ET LE "FURET" EN VENDENT 1.000 ! UN CAFÉ DU MARCHÉ EN VEND 50 !
Le Clampin
Le Clampin
— Pour votr
numéro
qu'est-ce
vous fai
— ON SE PA
UN PROCÈS
NOTRE PRE
PROCÈS...
C'EST
LA RÉUSSIT
LA RÉUSSITE, C'EST QUAND LES NOTABLES N'HÉSITENT PAS À VOUS DÉFENDRE. DILIGENT, VICE-PRÉSIDENT DU CENTRE DÉMOCRATE DE LECANUET, A REMIS SA ROBE D'AVOCAT POUR DÉFENDRE LE "CLAMPIN" !
— Comment avez-vous vos informations ?
— BEAUCOUP PAR DES JOURNALISTES DE LA "VOIX DU NORD" OU DE "NORD-MATIN"
AH ! SI J'AVAIS VOTRE
AVEC CE QUE JE SAIS
COMMENT QUE J'ÉCRIRAIS DANS LE "CLAMPIN"
« PAPA PENSE À NOUS, NE DIS PAS TOUT ! »
ON EST ALLÉ LE VOIR LA VEILLE DU PROCÈS DANS LA BANLIEUE LILLOISE.
ÇA COMMENÇAIT MAL. SA FILLE AVAIT ARRACHÉ LE DOSSIER...

1976
Charlie Hebdo n°292
du 17 juin

Les journaux aussi crèvent un jour

Ruinés, abandonnés par leurs lecteurs, ringardisés à force de trop vouloir suivre les modes, les journaux ne sont pas immortels et ne se cachent pas pour mourir.

nécro

« Actuel » cesse de paraître. Parce que, disent ceux qui le faisaient, ils n'ont plus rien à dire. Ce qu'ils avaient à dire, ils l'ont dit. Tant et tant. En avaient marre de se répéter. Alors, se sont sabordés. Peut-être n'est-ce pas la seule raison. Peut-être y avait-il, aussi, des difficultés de trésorerie, une baisse des ventes, je ne sais pas, moi. Je ne suis pas dans le secret. Je me contenterai donc de l'explication officielle : « On a fait notre boulot, on arrête, au-revoir M'sieurs-dames ».

On n'a jamais fait son boulot. Dans ce domaine, en tout cas. Sans cesse à recommencer. Traquer la merde. Aider à voir clair. A ne pas se laisser submerger. A ne pas accepter l'inacceptable. A ne pas se résigner. Je ne parle pas ici de révolte violente, c'est pas mon genre pour des raisons que je vous ai maintes fois dites (je recommencerai). Métier chiant. Desséchant. Ramer à contre-courant, c'est exaltant dans les grands sursauts collectifs. On se sent porté. C'est plus ingrat quand la vague retombe, qu'on se retrouve dans le train-train marécageux grisouille, que les gens ont autre chose en tête... Etre en porte-à-faux perpétuel, seul dans son coin, gueuler contre le vent, encore et encore, dans l'indifférence et l'agacement du plus grand nombre, dans le mépris condescendant des confrères « sérieux » qui ne vous consentiront un bout de chronique que lorsqu'elle sera nécrologique, c'est harassant, c'est chiant, c'est désespérant. J'en sais quelque chose, et tous ceux de « Charlie-Hebdo »-« Hara-Kiri » aussi. Ne jamais savoir jusqu'où ça porte, avoir le sentiment de se crever le cul dans son petit ghetto pour un petit nombre, si petit, d'êtres que dérange l'universelle connerie, l'universelle résignation à la connerie (l'injustice n'est qu'une conséquence de la connerie, puisque l'injustice est l'incohérence), c'est pas une vie. Il faut pourtant qu'il y en ait qui l'acceptent, cette « pas vie », sans quoi, que resterait-il au petit nombre dont je parlais et qui sont, eux les non-conformes, eux les inquiets, eux les soucieux de justice et de cohérence, le vrai « sel de la terre », pour parler comme l'autre Charlot ?

Les cons, eux, n'ont pas la trouille de rabâcher. Les marchands de merde sur papier couché ne sont jamais fatigués de touiller la merde, de tirer les mêmes conclusions flatte-con et pousse-au-crime des mêmes faits-divers miteux... Jamais fatigués d'aligner les superlatifs délirants pour exalter les vedettes du sport-compète, de la chanson-cucul... Jamais honteux d'être payés par le fric des fabricants de lessive ou d'avions de guerre... Jamais dégoûtés de n'être que des prétextes, la vraie marchandise étant l'annonce publicitaire... Alors, merde, on va laisser la place, toute la place, à ces râclures ?

Ah, mais non ! Pas d'accord, « Actuel ». Tant que le journal « boucle », c'est-à-dire, matériellement, peut vivre, on va pas baisser les bras. L'influence d'un journal ne se mesure pas seulement au nombre de ses lecteurs. Bien davantage compte la qualité de ces lecteurs. Leur inquiétude. Leur exigence. La clientèle évolue ? Ce n'est plus le bon gros chouette manichéisme d'après 68, si simple si direct ? Eh, oui. Ça devient dur de « sentir » le lecteur, afin de lui donner juste ce qu'il demande au moment où il le demande... Le plus simple, c'est encore de ne pas se soucier de lui faire de la peine, au lecteur, et tant pis si, de temps en temps, il l'a en pleine gueule.

La génération de mai a pris du bide, elle s'intéresse à sa promotion dans l'entreprise. Quant à la génération nouvelle, elle en a sa claque de la politique cousue main. Mai 68 fut un pet de gavé dans l'abondance. (Qu'on ne s'y trompe pas. C'est de ces pets-là que sortira la vraie révolution, si elle doit sortir un jour). La France d'octobre 75 est un pays frileux et inquiet, replié sur ses problèmes de pénurie et de chômage, et sa révolte, ou plutôt sa revendication, est tout naturellement canalisée vers les grands courants collectifs. Plus question de remettre en cause la Société, mais de trouver du boulot, ou de ne pas perdre celui qu'on a. Les jeunes — la faute à qui ? — se « dépolitisent », eh, oui. La grande prise de conscience d'après 68 n'aura-t-elle donc été qu'une mode ? Que non ! Ça fait son chemin. Ça ne se voit guère. Mais ça avance. C'est pourquoi il faut continuer. Les anti-jeunes, eux, n'ont jamais été aussi fringants. On n'a pas attendu mai 68, ici, pour être ce que fut la presse née de mai 68. Dès 60, « Hara-Kiri » grimaçait et ricanait. Pas nés de la vague, on ne mourra pas avec la vague (1). En tout cas, on fera tout ce qu'il faudra pour ça. Pour ne pas crever, je veux dire.

Dis donc, tu pars en coup de chapeau ému au confrère tombé au champ d'honneur et, va savoir comment ça s'est fait, tu termines en décernant a Légion d'honneur à « Charlie-Hebdo »-« Hara-Kiri » ! Quel filou, ce mec !

Cavanna

(1) Certains disent que la vague est née de nous. Flatteurs, va ! Disons qu'on y a un peu aidé.

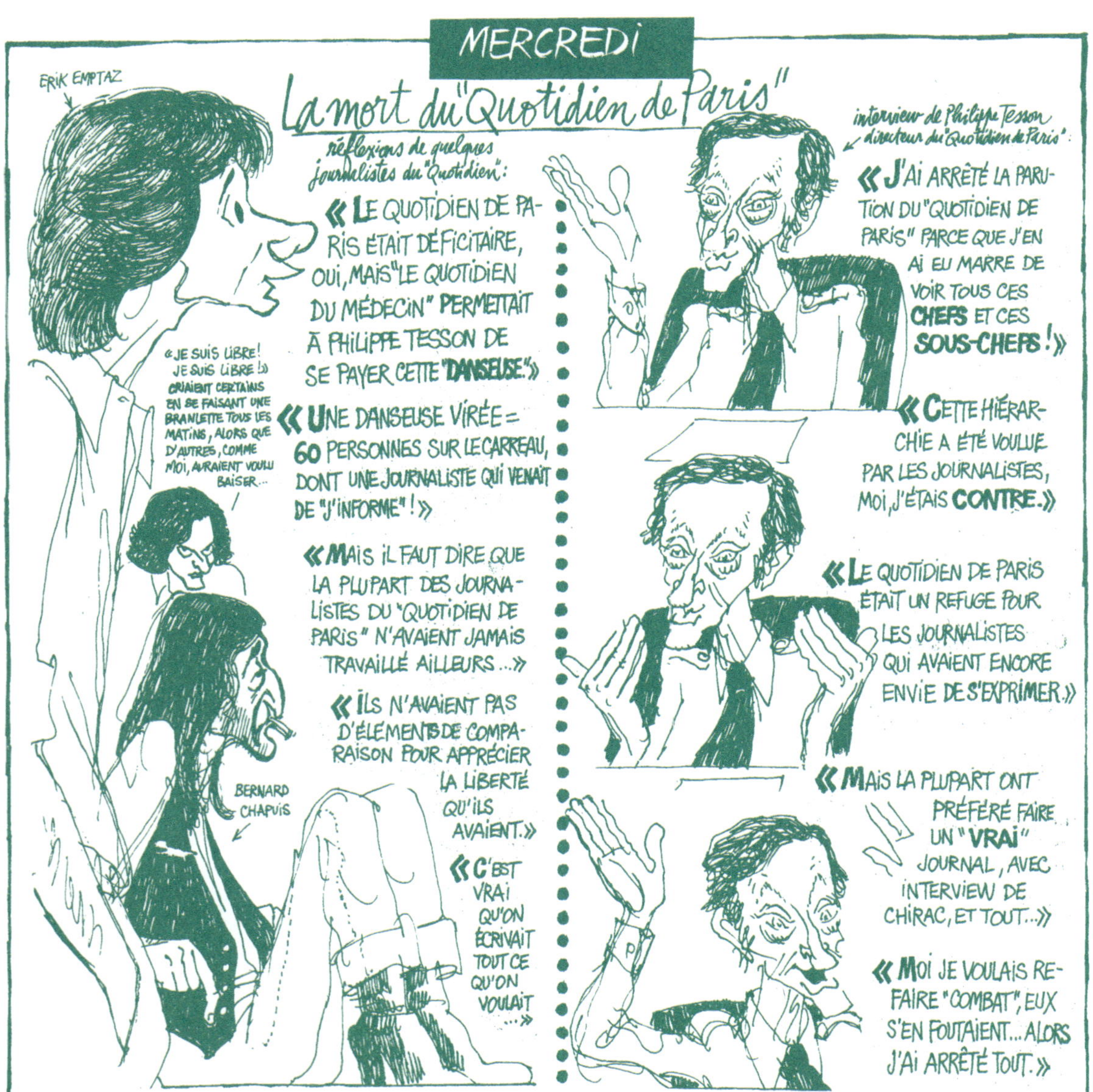

1975
Charlie Hebdo n°257
du 16 octobre

1978
◀ *Charlie Hebdo* n°399
du 6 juillet

1992
Charlie Hebdo n°18 ▶
du 28 octobre

NÉCROLOGIE

À « Pif », les quadras reconnaissants

***Pif Gadget** vient de mourir. Une pensée pour cette revue mythique qui a rendu moins cons des millions de gosses.*

Quand j'étais môme, il y avait deux clans : ceux des *Pif* et ceux des *Mickey*. Moi, j'étais farouchement *Pif*. Je ne parle pas du *Pif* récent, sans grand intérêt, mais de celui que les moins de 40 ans ne peuvent pas connaître. Au début des années 1970, *Pif*, c'était 35 millions d'exemplaires par an ! Vous imaginez ça aujourd'hui ?

Il y avait bien sûr les gadgets. Tu fabriquais un microscope, tu ressuscitais des crevettes séchées, tu écrivais à l'encre invisible, tu fabriquais un tuyau musical, et, l'air de rien, tu faisais de la physique, de la chimie et de la botanique. Aurais-je poursuivi des études de science sans la graine de *Pif Gadget* ?

Et puis, les héros ! Ceux de *Pif* étaient animés d'un véritable sens politique. Prenez Rahan. Il débarque dans un village dirigé par un sorcier facho qui exerce son pouvoir en maintenant ses sujets dans une vision magique du monde. Rahan, lui, raisonne, expérimente et démontre que le sorcier dit des conneries : c'est l'archétype du combat révolutionnaire de la raison contre l'obscurantisme !

Et puis, dans *Pif*, il y avait aussi Docteur Justice, médecin humanitaire judoka à faire pâlir d'envie Bernard Kouchner. Et le Grêlé 7/13, jeune résistant qui nous faisait découvrir les turpitudes de la collaboration, soigneusement occultée dans nos cours d'histoire. Et le majestueux aventurier Corto Maltese, et le chien gotlibien Gai Luron et le couple sado-masochiste Corinne et Jeannot… *« La politique rédactionnelle de l'époque est de proposer aux enfants non seulement ce qu'ils aiment, mais ce qui va pouvoir les faire progresser »*, expliquait Richard Medioni, ancien rédacteur en chef de *Pif*. *« Les personnes qui pensaient aux enfants et pas à l'argent réussissaient quelque chose, et chaque fois que quelqu'un a pensé à l'argent, il s'est planté. »*

D'aucuns ricaneront que *Pif* était un sous-marin du Parti communiste. Et alors ? Laissons-les ricaner, le clan des *Pif* se reconnaîtra dans ce que je viens d'écrire. **ANTONIO FISCHETTI**

À écouter dans un documentaire audio sur Pif Gadget, en ligne (gratuitement) sur la fabuleuse radio www.arteradio.com

2009 *Charlie Hebdo* n°867 du 28 janvier

CHARLIE ET LA PRESSE QUI VA MAL

La presse va mal. Ce diagnostic semble avoir accompagné l'histoire des journaux depuis toujours. Pour sa survie, une presse abreuvée de publicité, vendue à des financiers qui ne s'embarrassent pas de scrupules pour satisfaire un lectorat peu exigeant, a rabaissé la liberté d'expression souvent plus bas que terre. La « presse pourrie » ou « people » a toujours été l'exact contraire de ce que *Charlie Hebdo* voulait être.

1997 *Charlie Hebdo* n°273 du 10 septembre
1980 *Charlie Hebdo* n°518 du 15 octobre ▶

PRESSE
PRESSE
LE FINANCIER
QUEL POIDS ONT LES NAZIS ?
LA HONTE !
EXPRESS
PLUS JAMAIS ÇA !
LES ASSASSINS SONT LÀ !
LA DEPE.
ILS SONT À NOTRE PORTE !
TOC TOC
SEX
LUTTONS CONTRE ELLE !
LE MEILLEUR
40 ANS EN ARRIÈRE
DEHORS LES NAZIS !
LES ÉCHOS
NON !
EXCLUSIF
LE QUOTIDIEN
LA BÊTE IMMONDE EST LÀ !..
L'OBSERV
ASSEZ !
PARIS MATCH
ÇA SUFFIT !
REISER

cavanna

je l'ai pas lu, je l'ai pas vu...

pieds-nickelés

Jules Ferry était un con. Oh, vous, alors, toujours aussi direct ! Et pourquoi, s'il vous plaît, aurait-il été ce que vous dites, ce monsieur Jules Ferry ? A cause du Tonkin, déjà. C'est comme ça qu'on appelait le Vietnam, à l'époque. Il voulait le Tonkin, Jules, il l'a eu. Et tout ce qui s'ensuit. Mais surtout à cause de l'instruction publique. C'est comme ça qu'on appelait la culture, à l'époque. Il voulait, Jules, qu'elle le soit, publique, l'instruction, justement. Et laïque. Et obligatoire. Il se disait, Jules, et tous ses copains les Généreux Barbus se le disaient aussi, que, le peuple sachant lire, on ne pourrait plus l'exploiter comme quand il était ignorant. Brave Jules ! L'a pas fini de nous faire rigoler, le sapré gars. N'importe quel goret aurait pu vous dire que, le peuple sachant lire, on pourrait l'exploiter cent mille fois plus facilement qu'avant. Industriellement. Massivement. L'imprimerie, c'est la machine à gaver les oies. C'est, comme vous diront les gens instruits, un outil dans le genre de la langue, dont Esope disait qu'il peut en sortir indifféremment le bon et le mauvais. Tu parles ! Dans le genre du pâté d'alouette, oui : une alouette de bon, un cheval de mauvais.

La presse. La mécanique à bourrer les crânes à domicile. Le lavage de cerveau à l'heure du café au lait. Un illettré, ça échappe au moule à couler les cons. C'est con, mais ça reste un con biscornu, un con non conforme, une crotte de bique dans la belle pâte de cons bien homogène. On a peine à croire qu'il fallut à papa Jules tant et tant de bagarres parlementaires pour imposer son instruction publique. Les grands bourgeois réactionnaires et faire curetons, il dut leur arracher ça des griffes comme un paquet de Suez. Pourtant, c'étaient bien eux les mieux placés pour tirer le maximum d'avantages de la chose ! Mais non, ils ne voyaient pas. Craignaient que la racaille ne se mette à lire Voltaire et Diderot, peut-être même Marx, au lieu de prier le petit Jésus et de se saouler la gueule. N'ont commencé à dresser l'oreille que lorsqu'au froissement du papier journal se mêla le bruit cristallin des picaillons chiés par la publicité. Les grands bourgeois, c'est tellement con, y a que ce bruit-là qui les réveille.

La publicité. La voilà. Le couple est formé. Les amants célèbres. La presse, la pub. La pouffiasse et le maquereau. Danse réaliste. Java vache. Remarque intéressante : maquereau-micheton dans le même froc. A peine née, la presse s'est vautrée aux pieds de la pub. Soumise. Humide. Implorante. Dès le début, tout fut faussé, tout fut mensonge. Le journal : mensonge. Un prospectus, oui ! Un appât, un piège à clients. L'information ? Un prétexte. Le lecteur ? Un cocu. Un micheton à la puissance deux. Le prix de vente ? Une rigolade. Le vrai fric sérieux, la mine d'or, c'est le fric du marchand de nouilles aux œufs frais.

Un siècle passa. Un siècle de pur bonheur. Le mouvement s'accélérait. L'industrie galopait, la société devenait de plus en plus de consommation, le travailleur devenait de plus en plus un client tout en demeurant un exploité. Le maigre fric que l'exploiteur lui tendait d'une main, il se dépêchait de le lui refaucher de l'autre. Grâce à la publicité et à sa putain la grande gresse. Il y avait de l'oseille pour tout le monde, les journaux fleurissaient au soleil. Un coup resté célèbre est celui des emprunts russes. La France voulait sa revanche sur l'Allemagne. C'est-à-dire que Schneider et Krupp avaient du matériel premier choix à placer, et que, le Pakistan n'étant pas encore inventé, on se démerdait avec la clientèle locale. Mais, la France n'étant pas tout à fait sûre de pouvoir casser la gueule à l'Allemagne sans risquer de prendre encore une fois la pile, elle fit appel à son vieux frère latin le tsar de toutes les Russies pour qu'il lui donne un coup de main. Le tsar dit da, da, mais il faut donner à moi pognon pourr acheter canons et habiller arrmée. La France dit d'accord, mais je n'ai pas de monnaie sur moi, demandez donc aux petits épargnants de chez nous, il se feront un plaisir. Le tsar demanda. Par le truchement de la presse française. Pendant quelques décennies, TOUS les grands journaux français, à l'exception de la presse révolutionnaire, cela va de soi, martelèrent le public français sous un bombardement d'intoxication jamais égalé depuis, même par Goebbels. Publicité du type dit « rédactionnel », naturellement. La plus puante de toutes. L'armée russe y était présentée comme la plus formidable de tous les temps, les canons russes, la flotte russe, le courage russe, comme ce qui se faisait de mieux dans le genre, la Russie était un paradis où le blé poussait tout seul et donnait douze épis par tige à l'ombre des bananiers croûlants de fruits tandis que les moujiks russes dansaient au son de la balalaïka en rêvant de Paris reine du monde, vous voyez, rien que des choses optimistes comme ça. Les petits épargnants français revanchards, dopés à mort, vidèrent les Caisses d'Epargne en sifflottant « Les Yeux Noirs » pour acheter le bon emprunt russe qui double la mise en trois mois et qui permettra de venger Sedan et de reprendre l'Alsace-Lorraine sans vraiment se fatiguer, c'est le tsar qui fera tout le boulot, il nous doit bien ça. Pendant ce temps-là, le tsar, avec leur bon pognon, équipait une super-police très très coûteuse afin de le protéger des méchants nihilistes, et la super-police super-bouffait tout, et elle disait « Encore ! » et bon, le tsar repartait faire un tour en France, et de temps en temps c'était le Président français qui allait en Russie, et les journaux étaient de nouveau arrosés, bien bien, par l'ambassade, et c'était reparti pour un emprunt russe. Et la guerre arriva, celle de Verdun, naturellement, et l'armée russe avait des triques qu'elle s'était taillées dans les haies, et les Allemands, négligemment, l'écrasèrent, et le petit épargnant français prisonnier de guerre dans un camp de Poméranie eut quatre années devant lui pour se demander pourquoi son collègue prisonnier de guerre russe allait nus-pieds alors qu'il avait, lui, donné personnellement ses économies au tsar pour, précisément, acheter des souliers à ses soldats. L'emmerdant, avec moi, c'est que je me laisse un peu emporter par mes exemples.

Oui. C'était le bon temps. Ça ne pouvait pas durer. Les industriels devenaient malins. Pas intelligents, malins. Ils comprirent que la publicité, c'est pas la baguette magique. Il faut viser. Concentrer le budget sur les mass, comme ils causent, média qui ont un rendement maxi, et laisser tomber les autres. C'est-à-dire tout sur les grands journaux. Un ou deux titres, mais des gros. Les grands journaux devinrent encore plus grands, les petits crevèrent. Bon, ça, se dirent les grands. Et, comme tout grand, journal ou pas, ils connaissaient des gens dans les sphères. Ils firent voter des lois pour aider les petits confrères à crever. La grande nouba, quoi. On était entre soi, entre grossiums, les havanes craquaient, le champagne pétillait, les soubrettes tendaient ce qu'il faut juste quand il fallait, c'était les Pieds-Nickelés sur la Riviéra.

Et boum, voilà la télé. Ah, la salope ! Fallait qu'elle s'amène, celle-là. Fini, la belle vie. La pub, aussi sec, tout sur la télé. Ça coûte plus cher, mais quel impact ! Laisse tomber le papier sale. Les journaux ne joignent plus les deux bouts. Les bilans penchent du côté de tant pire. Journalistes au chômage, en commençant par les plus vieux.

La presse écrite crève. Elle l'a bien cherché. S'est enfermée elle-même dans le piège à rats, dans le piège à cons. Etaient-y contents, les grands journaux de la grande presse, de maintenir, grâce au sale pognon de la pub, leur prix de vente tellement bas qu'il ne payait même pas le papier ! Jubilaient-y pas, les crocodiles pourris, de voir des petits boys-scouts courageux lancer des journaux contre vents et marées, et s'y casser le pif, coincés par l'obligation de vendre leur truc à un prix pas trop différent des prix auxquels la clientèle est habituée, mais sans apport publicitaire, eux (la pub n'aide que le succès), et y crever, et retourner en pleurant arracher des betteraves pour payer leurs dettes !

... mais j'en ai entendu causer

Et voilà. Aujourd'hui, la pub les laisse tomber, eux, les pachydermes. Coincés à leur tour par les habitudes qu'ils ont machiavéliquement cultivées chez le client et qui maintenant leur retombent sur la gueule. Un journal comme « France-Soir », sans la pub et les petites annonces, devrait se vendre, honnêtement, sainement, aux alentours de cinq francs (je dis bien : cinq cents balles ancien style). Imaginez ! C'est là qu'on verrait le lecteur se marrer. Déjà qu'il a plus tellement le temps de lire, le lecteur, ni l'envie, à cause de la, justement, télé qui comble ses loisirs et son besoin d'information tout en lui laissant les mains libres pour s'occuper de la race...

Donc, la grande question qui creuse les joues du monde occidental et fait s'interroger, les yeux fous, les travailleurs dans le métro, est : la presse est-elle condamnée ? Difficile à dire, comme ça. Disons qu'elle a mangé son pain blanc. Va falloir qu'elle apprenne à en baver. Si elle en crèvera ? M'étonnerait. La télé est chère. Il restera toujours assez d'industriels de seconde zone pour entretenir le train-train d'un quotidien. Et puis, il y a le mendigotage de subventions, au nom de la Pensée, de la Culture, de la Liberté !... (voir modèle-type de demande de subvention). N'empêche, finies les vaches grasses. La presse est malade : faut qu'elle devienne une entreprise comme les autres, qu'elle cesse d'être une putain. Ça va être dur. S'est-elle assez traînée aux pieds des marchands de merde, la grosse sale ! S'est-elle assez pavanée dans les diams et les visons que lui payaient ses michetons aux as !

T'es pas chouette, Coco, de dire ça. Tu penses pas assez aux petits collègues qui se retrouvent sur le sable. Que si, que j'y pense. La preuve : ce papier. Je voudrais que leur croûte ne dépende pas d'entreprises aussi hasardeuses que les journaux tels qu'ils sont. J'aurais voulu, surtout, qu'eux et leurs syndicats jugeassent bon de gueuler contre la main-mise de la pub sur la presse AVANT, quand c'était utile. Ça l'est d'ailleurs toujours. J'aurais aimé les voir expliquer au public qu'en lui vendant un journal cinquante centimes on se foutait de sa gueule. J'aurais aimé les voir protester contre les mesures fiscales destinées à aider à crever dans l'œuf toute concurrence éventuelle. Le rôle des travailleurs et de leurs syndicats, c'est pas seulement de gueuler quand le patron, parce qu'il a conduit son affaire comme un con et, surtout, comme un salaud, se voit obligé de licencier du personnel. C'est aussi — enfin, ce devrait être — de gueuler casse-cou même quand cette prospérité artificielle, précaire, inique, favorise indirectement les travailleurs, ne serait-ce qu'en leur donnant du boulot. Il est encore temps les gars. Il est temps plus que jamais.

Mais ce serait aussi demander aux syndicats de travailleurs de l'armurerie de refuser de fabriquer des engins à tuer, aux syndicats de travailleurs de l'aéronautique de faire la grève si l'on vend les hélicoptères qu'ils fabriquent à des gens qui s'en serviront pour tuer, aux syndicats de gardiens de prison d'en faire autant si leurs chefs les obligent à brimer et torturer les détenus... Ce serait, en somme, demander aux travailleurs de ne plus se contenter de toucher leur paie, mais de s'inquiéter de ce que l'on fait de leur travail. Obliger coûte que coûte le patronat à trouver des « débouchés » rentables à l'activité de l'entreprise, en ne voulant voir qu'une seule chose : qu'il y ait de l'emploi et la paie au bout, c'est proclamer qu'on n'est et ne veut être qu'un esclave irresponsable et qu'on n'aura pas volé ce qui peut vous tomber sur la gueule, chômage, vie chère, guerre, pollution,... Tout se tient.

Autre chose : croyez-vous qu'un type qui travaille à « France-Dimanche » ou au « Parisien Libéré », pour ne citer que ceux-là, que ce type, donc, qu'il soit reporter, rédacteur, photographe, metteur en pages ou typographe, puisse être fier de ce qu'il fait ? C'est pas tout, le bifteck. On a aussi besoin d'être content de soi. Allez, salut.

Cavanna

2003 *Charlie Hebdo* n°562 du 26 mars

◀ **1980** *Charlie Hebdo* n°527 du 17 décembre

1980 *Charlie Hebdo* n°510 du 20 août

PRESSE POURRIE !
TU NE PEUX PAS SAVOIR QUELLE SOUFFRANCE C'EST DE PONDRE UN ÉDITORIAL VENGEUR TOUS LES JOURS
C'EST PIRE QUE L'USINE !
VOUS AVEZ VU CE QUE JE LUI AI MIS, À GASTON ? IL NE S'EN RELÈVERA PAS !
IL A TÉLÉPHONÉ. POUR LE DÉJEUNER, C'EST D'ACCORD.
IL Y A EU UNE ÉPOQUE OÙ POUR VENDRE DU PAPIER, IL FALLAIT ÊTRE DE GAUCHE
TU EN VENDAIS MOINS QU'AUJOURD'HUI, EN CE TEMPS-LÀ !
FORCÉMENT ! J'ÉTAIS MOINS SALAUD, QUAND J'ÉTAIS DE GAUCHE,
LES RÉSULTATS DU SONDAGE QUE NOUS AVONS FAIT EFFECTUER. NE CORRESPONDANT PAS AVEC L'ESPRIT DU JOURNAL, J'AI DÉCIDÉ DE NE PAS RENDRE CE SONDAGE PUBLIC
UNE AUTRE SOLUTION, CE SERAIT DE CHANGER L'ESPRIT DU JOURNAL
CHUT ! TU ES FOU !
LA MAIN MISE
LA CHIENLIT
L'ACCUSATEUR
L'ANATHÈME
LE GRAND GUIGNOL
LES CHIENS
L'HUILE SUR LE FEU
À FEU ET À SANG
LA DIATRIBE
L'INVECTIVE
LA FANGE
LE COMPLOT
LE CHAOS !
LA MENACE
LA CASSE
L'INSULTE
PLAINTES CONTRE X
DIVISION DE LA NATION
LE FASCISME ROSE
LA SALOPERIE
HAINE
L'OUTRANCE VERBALE
GUÉRILLA
LA FAILLITE
POLÉMIQUE
VIOLENCE
C'EST GRAVE
LA PARANO
LA GUERRE CIVILE
LA FIÈVRE SOCIALE
AU SECOURS !
DANS UNE DÉMOCRATIE, L'OPPOSITION DOIT ÊTRE INSULTANTE, ET LA MAJORITÉ AU POUVOIR PATIENTE
C'EST COMME ÇA QU'ELLES SE FONT ENCULER !
C'EST MOU, CE JOURNAL ! ENCORE TROP D'ARTICLES INTELLIGENTS ET BIEN ÉCRITS. VOUS ALLEZ DÉGOÛTER LE LECTEUR !
WOLINSKI

LA PRESSE SOUS PRESSION
Depuis 1950 l'Institut International de la Presse à Zürich publie chaque année un rapport sur la liberté de la presse dans le monde. Et chaque année le rapport est plus pessimiste que l'année précédente.
RAPPORT I.I.P.
Faire un journal est dangereux et pas profitable.
10 journalistes mort pendant interrogatoire en Chili!
Les journaux qui ne sont pas interdits par des potentats...
...sont vendus aux marchands d'annonces!
Et le prix du papier!
Le tarif du P.T.T!
CALMANT
l'Industrie de l'information est démodé, comme celui du Zeppelin, du pianola ou de la faneuse à vapeur!
l'Important est de s'en débarrasser au moment juste.
Donc on décidait de ne plus publier des journaux...
MOI JE VAIS VENDRE DU MERGUEZ!
FERMÉ
...sauf quelques produits de luxe pour les snobs.
REMARQUABLE!
Des milliers de journalistes perdent leur emploi... et rodent de village à village...
...en échangeant les dernières nouvelles...
JE TE RACONTE TOUT CE QUI SE PASSE À BANGKOK, SI TU ME DONNE LA COURSE DU DEUTSCHE MARK.
HM. DONNE MOI UN ACCIDENT DE VOITURE EN PLUS.
...et les vendant à leurs anciens lecteurs.
Raconte moi de l'Espagne.
J'ai aussi un interview avec le premier ministre, si vous voulez...
Et le Bangla-Desh, ça marche?
Raconte moi le météo, et tu peux te coucher dans la meule!
Le temps sera passa-gèrement pluvieux, surtout au nord du pays, quant au sud, il a du verglas.
CHIEN MÉCHANT
Dernier rapport de l'I.I.P. sur la liberté d'expression! Plus pessimiste que jamais!
Ta gueule, imbécile! Ne vois-tu pas que tout le monde est libre de dire ce qu'il veut!?
EXCLUSIF: Jackie Onassis: „Je m'ennuie!"
Ces journalistes, quel folklore!
Sheila et Ringo: c'est le divorce!
MERCI

1972 *Charlie Hebdo* n°63 du 31 janvier
1972 *Charlie Hebdo* n°64 du 7 février

1974
Charlie Hebdo n°207 ▶
du 4 novembre

1975
◀ *Charlie Hebdo* n°216
du 6 janvier

1998
◀ *Charlie Hebdo* n°337
du 2 décembre

ÉCONOMIE

Sarko rachète

Une fois de plus, un grand quotidien français va devoir porter la bonne parole d'un groupe industriel ami intime du pouvoir.

Cinq mois de conflit s'achèvent entre Bernard Arnault, *« l'ange exterminateur »*[1], et les journalistes du groupe Les Échos, qui n'en veulent pas comme patron. Les seconds ont perdu. Arnault accuse la direction de la rédaction de le diaboliser et de tirer les ficelles du mouvement. Il conteste toute mobilisation spontanée. Il affirme que les journalistes de *La Tribune*, le quotidien qu'il doit laisser pour reprendre *Les Échos*, n'ont jamais subi d'influence. Les journalistes de *La Tribune* (127 journalistes sur 200 salariés) s'étouffent. Ils n'ont cessé de voter des motions de défiance contre les pressions ou les censures, tout simplement, dont ils furent victimes pendant dix ans.

Arnault est présent dans le luxe, les spiritueux et la distribution. Pourquoi a-t-il besoin d'un quotidien économique ? Parce que, dit-il, il en avait un, mais qui ne gagnait pas d'argent ; qui en perdait même, 12 à 15 millions d'euros par an. *Les Échos* en gagnent. Du coup, Arnault vend sans ménagement *La Tribune*, coulée par lui, à Alain Weill, P-DG de Next Radio TV (RMC, BFM, BFM TV, *L'Ordinateur individuel*, *Micro Hebdo*, etc.).

AUX ORDRES DU LUXE

Les journalistes des *Échos* se solidarisent avec ceux de *La Tribune*, écœurés par cette façon de traiter la presse. Weill promet monts et merveilles : augmenter les salaires, redresser le titre en trois ans au plus, mais il n'a pas un radis. Weill est un « restructureur ». D'où l'inquiétude de certains journalistes de se retrouver sur Internet ou dehors.

Arnault n'a jamais fait gagner d'argent à *La Tribune*, parce que c'est un journal qui a sa tronche, pense comme on fait du publi-reportage, et écrit comme on vend du produit de luxe. Arnault tuera *Les Échos*.

Arnault n'a jamais voulu rencontrer la rédaction des *Échos*, sauf très récemment, après que Erik Izraelewicz en a pris la direction. Devinez ce qu'il lui a affirmé ? Que la rédac' serait indépendante, hi, hi ! Comment imaginer que les journalistes des *Échos* puissent enquêter sérieusement sur LVMH ou ses concurrents ? Comment imaginer une enquête objective même sur Pinault (le meilleur ennemi d'Arnault) ? On dira : Pearson (l'ancien patron des Échos) laissait travailler les journalistes. Oui, mais Pearson était le patron du *Financial Times*, l'un des quotidiens les plus lus et respectés dans le monde anglo-saxon, où la presse économique est un peu moins aux ordres qu'en France. Et Pearson n'était pas le patron d'un groupe industriel multidimensionnel. Dans aucun pays, le principal quotidien économique n'appartient à un grand groupe industriel aux intérêts économiques diversifiés[2]. Sur BFM, Georges-Marc Benamou, l'un des principaux conseillers de Sarkozy, avait salué le rachat des *Échos* par Arnault. Visiblement, ce rachat

2007 *Charlie He*

« Les Échos »

ne déplaît pas en haut lieu. En fait, Arnault et son numéro deux, Nicolas Bazire, mangent dans la main de Sarko. Le premier fut le témoin du mariage du président, le second fut directeur de cabinet de Balladur, du temps où Sarko était son porte-parole et l'homme fort du gouvernement. Peut-on penser que le quotidien restera sévère vis-à-vis de la politique économique du gouvernement comme il l'a été ? Ou s'orientera-t-il vers une « neutralité bienveillante » ?

En même temps, puisque Bolloré, Bouygues, Lagardère, Dassault tiennent les grands médias français, pourquoi Arnault n'aurait-il pas *Les Échos* ? Pourquoi ? Parce que, sur 224 journalistes qui ont voté à propos de ce rachat, 5 seulement ont voté pour, 9 se sont abstenus, tous les autres ont voté contre. Et parce qu'on n'achète pas une équipe de journalistes comme une équipe de base-ball.

Comment écrire désormais sur Dior, Vuitton, Moët & Chandon, Le Bon Marché ? Et sur Radio Classique, la voix de son maître ? Et sur Carrefour, l'entrepôt de pacotilles de son maître ?

Oncle Bernard

1. *L'Ange exterminateur. La Vraie Vie de Bernard Arnault*, par Airy Routier, Albin Michel, 2003.

2. Et en général la presse est adossée à de grands groupes de communication, et n'appartient pas à des industriels, comme Dassault, Lagardère (toujours patron d'EADS), Pinault. Certes, *La Repubblica* et *L'Espresso* appartiennent à Carlo de Benedetti, et Fiat possède *La Stampa*. Mais ils n'ont pas de contenu économique.

04 du 14 novembre

2001
Charlie Hebdo n°473 ▶
du 11 juillet

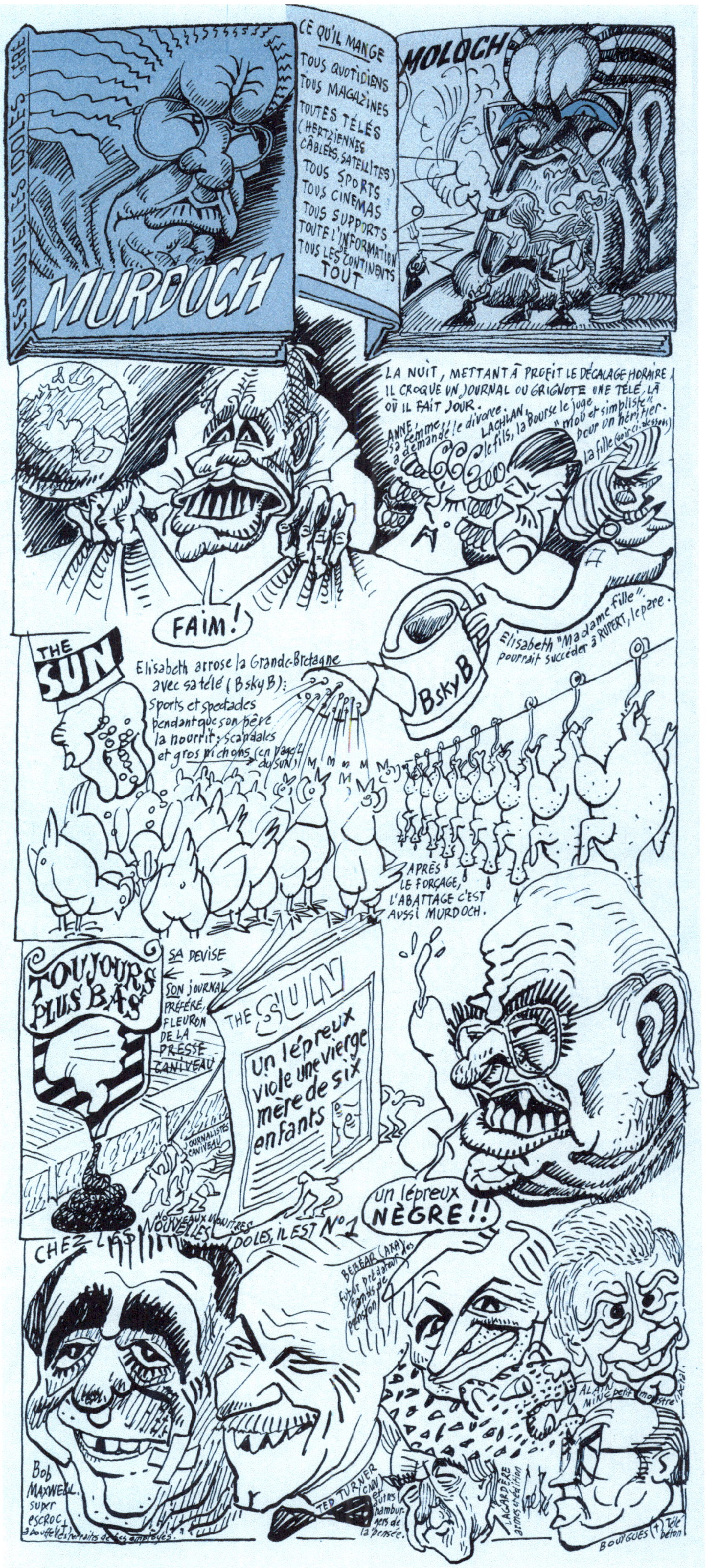

> PHILIPPE LANÇON

L'hiver

Pour un journaliste, il devient peu réjouissant d'arpenter le samedi les boulevards citadins. Tous ces kiosques clos, sans fruits, sans fleurs, sans feuilles, reposant sur le bitume comme des arbres morts ou des volailles de verre et d'acier aux ailes coupées... Restent le vent, les crottes et les premiers troupeaux de consommateurs. Restent également les femmes au nez rougi par l'hiver précoce, couvertes de toques ou de chapeaux fantaisie, Ninotchkas sous le vent mi-fatiguées, mi-enchantées. Mais il manque à la ville la soie de l'imprimé. Sa vie, ses couleurs, ses rumeurs, ses enquêtes, ses corps nus, ses éditoriaux, ses tabloïds, ses longs papiers, sa frivolité, sa profondeur, ses starlettes, ses idées, sa bêtise, son intelligence : de la démocratie en toutes dimensions et du rêve de pacotille, mais de la démocratie et du rêve *écrits*, pour le meilleur et pour le pire, et physiquement disponibles au-dehors. Au lieu de quoi c'est l'hiver qui vient. Chacun demeure chez soi, comme un demi-dieu derrière son écran, cloué dans sa misérable toute-puissance climatisée. Le journaliste, cette cigale qui chante l'information pour tous publics, se trouve alors fort dépourvu.

Il ne devrait pas être le seul. La crise de la presse quotidienne d'information générale, puisque celle-ci est aux premières loges du désastre, concerne chacun d'entre vous. Chaque journal qui ferme n'ouvre sur rien de bon pour les citoyens. Mais faut-il encore employer ce mot de citoyens ? Il sonne comme un archaïsme, une ariette oubliée. On se sent vieux, soudain, à l'écrire : un pied dans la tombe avec Chevènement, l'autre dans une salle de classe entre casquettes et quolibets. «Citoyens» vient du placard aux vieilleries républicaines. On le regarde, on le flaire : il sent la grand-mère. Aux larmes, citoyens... et avec ce qui reste de papier presse, préparez vos mouchoirs !

Je ne pleurerai pas. Je regarderai plutôt le paysage et le boulevard, vides, tels qu'ils sont. Derrière, des capitalistes mondains ou surarmés rachètent ou pénètrent à bas prix des journaux affaiblis : Dassault prend *Le Figaro*, Lagardère investit *Le Monde*, Rothschild entre à cheval dans *Libération*. Chacun se prépare, plus ou moins clairement, à rafler la mise symbolique auprès de ces survivants. Pour remettre de l'ordre ? Au bout du compte (et les comptes seront vite faits, les hommes d'affaires sont toujours impatients envers ceux qu'ils possèdent), je le crains. Toutes ces manœuvres ont un petit air balzacien de derrière les fagots : marche arrière, toute.

2004
Charlie Hebdo n°654
du 29 décembre

2000
◄ *Charlie Hebdo* n°412
du 10 mai

le presse

Devant, une crise du lectorat. J'entends dire partout, et depuis longtemps, que les quotidiens parisiens sont trop parisiens, et leur superficie, trop superficielle. Je l'entends dire, en particulier, de la part de gens qui ne les lisent pas et que tout article de plus de deux feuillets semble épuiser davantage qu'une montée du Ventoux à bicyclette. Je vous le dis, lecteurs : je n'ai jamais cru qu'il fallait vous faire confiance pour savoir ce que vous vouliez. Ceux qui affirment le contraire sont des démagogues. Le lecteur lit ce qu'il trouve et répète ce qu'il entend. Dans les sondages, il dit réclamer ce qui l'embellit à ses propres yeux : des enquêtes de fond, de grands reportages, des merveilles d'investigation et d'indépendance bien écrites. Dans les sondages, il est Einstein : la presse n'est jamais assez intelligente ni assez profonde pour lui. Dans la vie, c'est autre chose : il lit en général des textes courts, simples, sans mots compliqués ou rares, qui flattent et divertissent sans aigrir la conscience. Le lecteur n'est pas un héros.

Il l'est d'autant moins que sa vie est comme enduite d'un vernis d'informations permanentes. Ce bain étrange a créé un nouveau type de « citoyen » : le myope d'actualité. Il croit savoir et, en même temps, comme il ne voit rien de précis, il pense qu'on lui cache tout. Il est à la fois blasé et suspicieux, ricanant et paranoïaque. Il méprise la presse qui apporte de mauvaises nouvelles, mais lui reproche de cacher les pires d'entre elles. Ce qu'elle révèle l'agace ; ce qu'elle ignore ou masque le rend fou. Le journal qu'il lit de moins en moins alimente ses rêveries, ses angoisses, ses complexes, ses fantasmes. Il cueille les gratuits à l'entrée du métro, disponibles comme les fruits au paradis terrestre. Ces gratuits alimentent sa vision étouffante et minimaliste du monde. Ils ne créent pas de véritables lecteurs, mais des consommateurs inquiets d'échantillons informatifs.

Internet vient achever la vieille bête. Certaines études affirment que la mise en ligne gratuite des journaux fidélise les lecteurs. Comment peut-on fidéliser des gens qui n'achètent rien, ne font pas même cette démarche minimale de s'abonner ou d'aller au kiosque ? Autant s'ouvrir les veines dans un bain d'eau tiède en imaginant des lendemains qui ne fuient pas. Dernier exploit de l'ère du soupçon : les blogs. Il en est beaucoup de mauvais, quelques-uns d'excellents. La plupart ont un point commun : ils se vivent comme des francs-tireurs, des pionniers indépendants de la démocratie spontanée face à ces gros éleveurs d'informations que seraient les journaux « installés ». Ils vivent de la méfiance que la presse leur inspire. Ils la mettent en scène, la surexposent. Les blogueurs ont bonne conscience. Ils se croient en avance, mais ils retardent. Le pouvoir n'est plus chez les journalistes, qu'ils dénoncent comme de faux jumeaux. Le journal n'est plus l'institution qu'ils croient — ou feignent de croire.

La presse quotidienne nationale est dans la situation d'une danseuse vieillissante qui ne sait plus quoi faire pour attirer des hommes qui ne veulent plus d'elle. Il y a tant de bruit informatif qu'il y a moins de désir d'information; tant de bavardage qu'il y a moins de désir de lecture; tant de vitesse que l'écrit imprimé ne respire plus. Méfiance, complot, rumeur, mépris : tels sont les monstres que ce grand manège a fini par développer. Mieux vaut apprendre à vivre avec, et à lutter contre, pied à pied. ■

Condamné à dix ans d'indignité nationale en 1947 pour faits de collaboration pendant la guerre, puis amnistié en 1952, Robert Hersant se fait élire député de l'Oise et devient l'un des patrons de presse les plus importants de France, rachetant *Le Figaro* ainsi que de nombreux quotidiens régionaux. En 1981, la gauche veut mettre un terme à cette concentration de journaux entre les mains d'un même homme, mais la loi qu'elle fait voter reste sans effet et est finalement abrogée après le retour de la droite au pouvoir en 1986.

1996
Charlie Hebdo n°201 du 24 avril

GANG BANG AU KIOSQUE

Au mois d'août, l'actu, c'est le cul. Même Raffarin et Borloo se plient au rite, et accordent une interview exclusive à « Vérités », juste entre les photos de « la bimbo de l'été » et les « Confessions d'une soumise ». Preuve que le gouvernement s'intéresse aussi à la France du bas-ventre. À « Charlie », nous ne sommes pas du genre à rater une occasion aussi belle de parler sexe. Nous avons donc écumé les kiosques pour une revue de presse caniculaire.

L'été est un cauchemar pour la presse. Les rédactions sont désertées, les lecteurs sont à la plage et l'actualité est morose. Pour couronner le tout, les annonceurs se font rares et on est obligé de vendre du papier pour survivre. Ce qui explique pourquoi, tous les ans, en juillet-août, le sexe est à la une de tous les journaux. Même les plus improbables s'y mettent : cet été, *Savoir maigrir* nous explique comment concilier *« forme et sexualité »*, *Sciences humaines* se penche sur *« La Sexualité aujourd'hui »*, *Le Journal des psychologues* nous parle *« amitié, amour et sexualité »* et *Synopsis*, le magazine du scénario, explique comment le cul passe du papier à la pellicule : *« Le Sexe à l'écran, des mots aux images »*. Jusqu'au *Canard enchaîné*, qui sort un dossier consacré au *« Cul mis à nu »*...

Coup de bol, cette année, le sujet tendance, c'est le porno. Et notamment son influence sur les ados. Ce qui permet aux titres « sérieux » de faire estival tout en restant dans le débat.

Marianne saute sur l'aubaine et lance un cri d'alarme indigné : *« Les Ados victimes de la dictature pornographique »*. Sur l'air de « tout fout l'camp »,

l'hebdo entend démontrer qu'on peut être de gauche tout en disant qu'après 68, quand même, on est allé trop loin, et qu'il-ne-faut-pas-s'étonner-si-maintenant-les-enfants-ne-sont-plus-ce-qu'ils-étaient-et-qu'on-est-obligé-de-les-foutre-en-taule-avant-la-puberté. Quelques photos modérément chaudes complètent le tableau et permettent d'assouvir le voyeurisme du lecteur, bien légitime en cette saison. Sur le même thème, *« Les Ados et le porno »*, *Le Nouvel observateur* est plus pondéré et choisit de faire illustrer son dossier par Bretécher.

Les Inrockuptibles, eux, décident d'y aller franchement — ce qui leur a d'ailleurs valu d'être privés de distribution par La Poste. Dans un numéro spécial retitré pour l'occasion *les Inrocuptibles*, ils s'interrogent sur le thème *« Porno, censure, ordre moral, critique de la raison prude »*, avec une turlute en couverture et, à l'intérieur, plein de photos d'érections non pixelisées. Plus faux-derche, *Technikart* pose la question *« Sexe, elle est où, la révolution ? »*, avec un gode géant en couverture, tandis que *De l'air* met un cul flou à la une et un dossier tout aussi flou dans ses pages : *« Corps et âme, tout doit être nu. »*

Seul *Le Point* semble ne pas être concerné par le débat du moment. Mais il tente de rassurer ses lecteurs frappés par l'andropause en dévoilant les mystères du Viagra dans *« La Chimie du sexe »*. Un dossier illustré d'un graphique très « hot » sur *« le marché de l'érection »*, dans lequel on apprend que le monde est bien fait, puisque les hommes bandent mou et les femmes ont des orgasmes en moins de cinq minutes.

Pourtant, il suffit de feuilleter la majorité des titres proposés dans les kiosques pour se rendre compte que le débat sur le porno est complètement stérile, puisque tout le monde est d'accord pour faire les 600 tests de l'été sur les performances sexuelles — *« Combien valez-vous en sexe ? »* (*20 Ans*), *« Calculez votre intelligence sexuelle »* (*Psychologies*), *« Êtes-vous bonnes en hommes ? »* (*Vital*) —, puisque tout le monde est d'accord pour s'accorder à dire que Kennedy s'était trompé et que la dernière frontière, c'est la sodomie, puisque tout le monde est d'accord pour compulser avec frénésie les multiples guides touristico-sexuels qui indiquent les endroits où il faut absolument aller si l'on veut s'éclater avec des sauvages huilés.

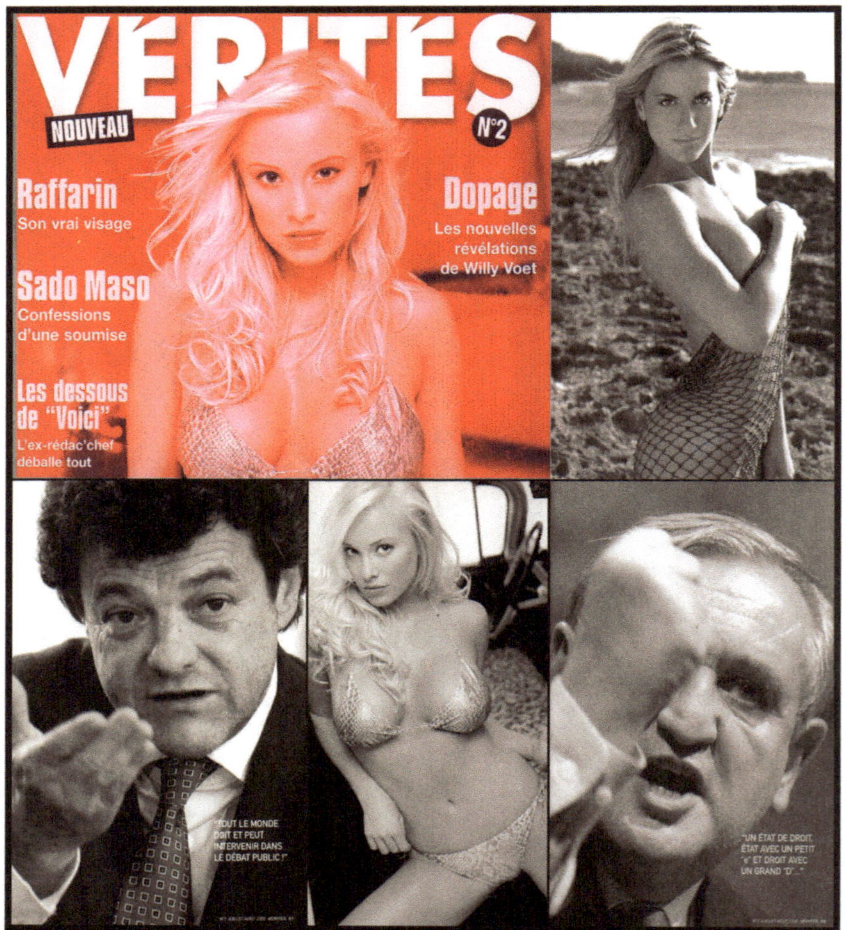

Le même numéro de *Vérités*. D'une page à l'autre, on casse l'ambiance.

Ainsi, *Cosmopolitan* propose à ses lectrices un supplément, *« Destination plaisir, le premier guide touristique de charme réservé aux femmes »*, dans lequel on apprend comment se comporter avec un *escort boy* australien et un gigolo jamaïcain, comment emballer un vrai guerrier massaï ou comment draguer un pompier new-yorkais. Et, pour le côté pratique, on lira *« Elle est chouette, ma valise à roulettes, elle se fait tirer dans le monde entier »*, article de fond sur le thème : dis-moi quelle Samsonite tu es, je te dirai quelle libido tu as.

Du côté de chez *Marie-Claire*, on apprendra, tout ému, par la bouche d'un certain Dimitri qu'*« avec la sodomie la force de l'accélération de l'éjaculation est vertigineuse »*, et à *Psychologies*, on s'interroge : *« Porno, sodomie, échangisme... Et nous ?. »* Quant à *Max*, qui parle déjà de cul toute l'année, il nous offre un vrai festival d'été. Dans le numéro d'août, on trouve : *« Deux filles, sinon rien »*, *« Je roule des pelles à 100 euros »*, *« Comment coucher avec une touriste »*, *« Mesurez votre libido avec Miss Trick »*, *« Interview sexy des "people" en tricot de peau »* et *« Ce qu'elles pensent de votre pénis »*.

Ceux qui s'inquiètent de l'influence du sexe sur les adolescents trouveront la réponse dans *20 Ans*, avec *« Mes parents sont des chauds lapins »* et *« L'Astro désir »*, l'horoscope des appétits sexuels, qui découpe le calendrier estival en trois périodes : *« libido zéro, libido mollo, libido bingo »*.

Une telle frénésie sexuelle conduit tout naturellement à des dérapages surréalistes.

Men's Health, le magazine des hommes qui ont des tablettes de chocolat et des noisettes épilées, énumère les *« 5 trucs qui la font craquer »* : les fesses, les yeux, le sexe, les jambes, le torse. Bref, si on excepte les coudes, ça fait un homme complet. Comme quoi, contrairement à ce qu'on lit dans les journaux de l'été, les femmes ne sont pas si compliquées que ça. Le supplément, *« Passeport pour le plaisir »*, est encore plus étonnant : on y apprend que le pain perdu est éminemment aphrodisiaque, car il *« regorge de thiamine et de riboflavine »*, et que *« le fromage à tartiner apporte à vos muscles le calcium dont ils ont besoin pour se contracter »*. Et il paraît que la quiche aux légumes marche très bien aussi.

Ce qui prouve que les rédacteurs en chef ont tort de s'inquiéter : au mois d'août, on peut aborder n'importe quel sujet, à condition de mettre de la testostérone autour. Chose que n'a de toute évidence pas compris *Le Magazine littéraire*, qui renonce à vendre sur la plage et titre *« La Dépression, de la mélancolie à la fatigue d'être soi »*. Cet été, c'est le seul magazine sans interview de Clara Morgane, sans recette pour bander pendant une semaine, sans strip-tease de Raffarin. Ça repose.

GÉRARD BIARD ET STÉPHANE BOU

1999 *Charlie Hebdo* n°389 du 1er décembre
1996 *Charlie Hebdo* n°189 du 31 janvier

2002
◀ *Charlie Hebdo* n°528
du 31 juillet

1999
Charlie Hebdo n°377 ▶
du 8 septembre

▶ **MÉDIAS**

LA PRESSE MÂLE PARFUMÉE AU MÉPRIS

La nouvelle presse masculine cause abdos, parfum et épilation des poils de nez. Mais traite toujours la femme en gentil animal inférieur.

C'EST UN GRAND PAS vers l'égalité des sexes. Jusqu'ici seules les femmes, ces écervelées créatures, avaient le droit (et le devoir) de se gaver de magazines bourrés d'enquêtes sur le scandale du mascara qui coule en piscine et de reportages sur le front des guêpières. Pendant que l'homme, le front plissé de soucis, compulsait les pages financières du *Figaro*. Le week-end, l'homme se lâchait, avec les pages charnues de *Penthouse*, devant un bon match de boxe sponsorisé par les Brasseurs réunis.

La vie était simple.

Mais une nouvelle génération de magazines est venue tout chambouler. Des mâles mensuels qui n'ont rien à envier à *Jeune et jolie* et autres *Mise en plis magazine*. Avec des conseils psy, cul, santé, veston et après-rasage.

Dans la lignée « la vie ne tient qu'à un fil de cachemire », on trouve *Optimum* (deux ans d'existence), qui donne une foule de précieux conseils pour claquer son blé chez Vuitton. Plus branché, *Upstreet* est *« Le magazine de l'homme urbain »*, le vrai, celui qui sait se morfondre d'un air blasé dans son caleçon Prada et achète son parfum dans un emballage top design en plastique hermétique. Parce que le XXe siècle sera sous vide ou ne sera pas.

Men's Health, lancé cet été à 350000 exemplaires, s'impose, lui, comme le spécialiste des abdos. Avec des pages détachables sur la gym qui donne une pêche d'enfer et une haleine fraîche. Le créneau pédago-généraliste étant occupé par *M Magazine*, qui, entre deux pubs de bières, révèle « Les 100 choses qu'un homme doit savoir ». En vrac, « shaker » un bloody-mary, *« donner un coup de boule »* ou *« shooter dans un ballon »*. Côté cul, le mensuel livre des adresses de boîtes chaudes. Plus une fiche pratique qui nous apprend qu'il faut toujours mettre ses suppositoires à l'envers. Ça peut toujours servir.

Mais tout cela reste gentillet en regard des *New-look* et *Lui* de l'ancien temps. Dans la presse masculine, la misogynie aurait-elle laissé la place à la niaiserie consumériste ? Pas si simple. Car les clichetons sur le rôle de l'homme et de la femme abondent. Et certains titres, s'ils ne donnent pas dans le cul bête et massif, font dans l'habile faux-cul.

Un exemple, *Max*, qui s'est imposé il y a plusieurs années comme un précurseur, étale en couverture un string en peau de zèbre (avec une femme dedans), et cette interrogation, qui, de Socrate à Lévi-Strauss, n'a cessé de hanter les penseurs les plus aguerris : *« Pourquoi aiment-elles nos culs ? »*

Mais le vainqueur du lot est sans doute *FHM (For Him Magazine)*. Ce nouveau-né marche du feu de dieu, puisque le tirage du n° 2 a atteint 250000 exemplaires. Son rédac chef jure que son journal n'est pas machiste : *« Chez nous, pas de femmes à poil, de grosse bagnole rouge. Mais un ton léger, très second degré pour les hommes qui ont envie de profiter de la vie. »*

Ce qui donne — par exemple — l'interview d'une ex-starlette d'AB Productions, expliquant qu'elle en a dans le ciboulot : *« Avant, je jouais beaucoup sur le registre de la séduction, maintenant j'ai pris des cours pendant deux ans et je fais du théâtre »*, chantonne la belle, qui, pour attester de son intellect, s'expose en bikini-rikiki. Second degré, second degré, vous dis-je !

C'est donc en irrécupérable coincée que l'on appréciera très moyennement la sublime hypocrisie de la rubrique « Lamentable mais vrai » de *FHM*. Laquelle propose, cliché à l'appui, un sport très cool, le *Tennis chic*, où le joueur doit envoyer ses balles dans l'entrecuisse de dix femmes à poil (une balle coincée = *one* point). Ou que l'on baissera les bras devant la « Chronique misogyne », expliquant qu'une femme armée d'un flingue est une *« femme apaisée »*, puisqu'elle *« tient à la main ce qui lui manque habituellement »*. Sans oublier ces blagues hilarantes qui vous assureront un franc succès au dîner de « l'Association des paras pour la réouverture des maisons closes » : *« Un homme va voir son médecin après une opération. — Docteur, vous m'avez greffé des oreilles de femme ! — Comment le savez-vous ? — J'entends tout mais je ne comprends rien ! »*

Mais qu'on ne s'y trompe pas, la presse masculine est le marché de demain. Et si les titres se bousculent, il reste encore de la place. Par exemple, pour *TDS Mag'* (Toutes des salopes magazine). Et son supplément du dimanche, *SFM* (Sauf ma mère).

ANNE KERLOC'H

ADIEU LES JOUR

LA MAUVAISE UNE

LA BONNE UNE

LA MAUVAISE UNE

LA BONNE UNE

NAUX D'OPINION

LA BONNE UNE

BONJOUR LA PRESSE LÈCHE-CUL

***Libération*, journal d'information, a commis un péché mortel. Non seulement il a fait de l'humour, mais en plus il rappelle qu'il a été un journal d'opinion et qu'il prétend le redevenir. Ce qui est beaucoup plus grave. La presse lèche-cul, incolore, inodore, est la seule presse tolérée en France par les annonceurs publicitaires.**

LA MAUVAISE UNE

LA BONNE UNE

LA MAUVAISE UNE

LA BONNE UNE

CHARLIE ET LES JOURNALISTES

La liberté de la presse sans journalistes, c'est comme un myopathe sans sa chaise roulante : elle ne risque pas d'aller bien loin. Le beau métier de journaliste est glorieux quand il est bien fait, et déplorable quand il est bâclé. *Charlie Hebdo*, journal créé par des autodidactes dont la plupart n'ont pas fait d'école de journalisme, ne s'est jamais privé d'étriller cette belle profession quand cela lui semblait justifié.

1997 *Charlie Hebdo* n°245 du 26 février

1996-1997
Charlie Hebdo n[os]229 à 233, 237 à 239 et 243 ▶
du 6 novembre au 12 février

LE COURS DE JOURNALISME
SI TU N'AS PAS ENCORE ÉCRIT QUE "L'ANNÉE COMMENCE SOUS DES AUSPICES FAVORABLES", TU N'ES PAS UN VRAI JOURNALISTE...
LE COURS DE JOURNALISME
SI TU PARLES DES SOLDES, N'OUBLIE PAS D'ÉVOQUER "LA VALSE DES ÉTIQUETTES" OBLIGATOIRE!
LE COURS DE JOURNALISME
ÉPATE L'ANALPHABÈTE, COMMENCE TON ARTICLE PAR "À LA VEILLE DU TROISIÈME MILLÉNAIRE"...
LE COURS DE JOURNALISME
POUR ÉVOQUER UN FROID RECORD, IL CONVIENT DE COMMENCER SON ARTICLE PAR, "DE MÉMOIRE DE..."
EXEMPLE: DE MÉMOIRE DE CHAMONIARD, ON N'A JAMAIS VU UNE NEIGE AUSSI FROIDE.
LE COURS DE JOURNALISME
À PROPOS DES SONDAGES DE POPULARITÉ, NE TITRE PAS, "CHIRAC ET JUPPÉ EN BAISSE", MAIS, "BAISSE DE L'EXÉCUTIF".
ET BOSSE AU FIGARO...
LE COURS DE JOURNALISME
SI TU ES CAPABLE DE PLACER DANS UN ARTICLE L'EXPRESSION: "CARACOLER EN TÊTE DES SONDAGES", "OUEST-FRANCE" T'EMBAUCHE...
LE COURS DE JOURNALISME
SI TU ES CAPABLE DE TITRER UN ARTICLE "LES RAISONS DE LA COLÈRE", TU PEUX BOSSER À "LIBÉ"...
LE COURS DE JOURNALISME
SI TU AS ASSEZ DE TALENT POUR ÉCRIRE "J'AI LU DANS LES GAZETTES" AU LIEU DE, "J'AI LU DANS LES JOURNAUX", TU PEUX REMPLACER JEAN DUTOURD À FRANCE SOIR...
LE COURS DE JOURNALISME
GLISSE "INVENTAIRE À LA PRÉVERT" DANS TON ARTICLE ET PASSE POUR UN INTELLO...

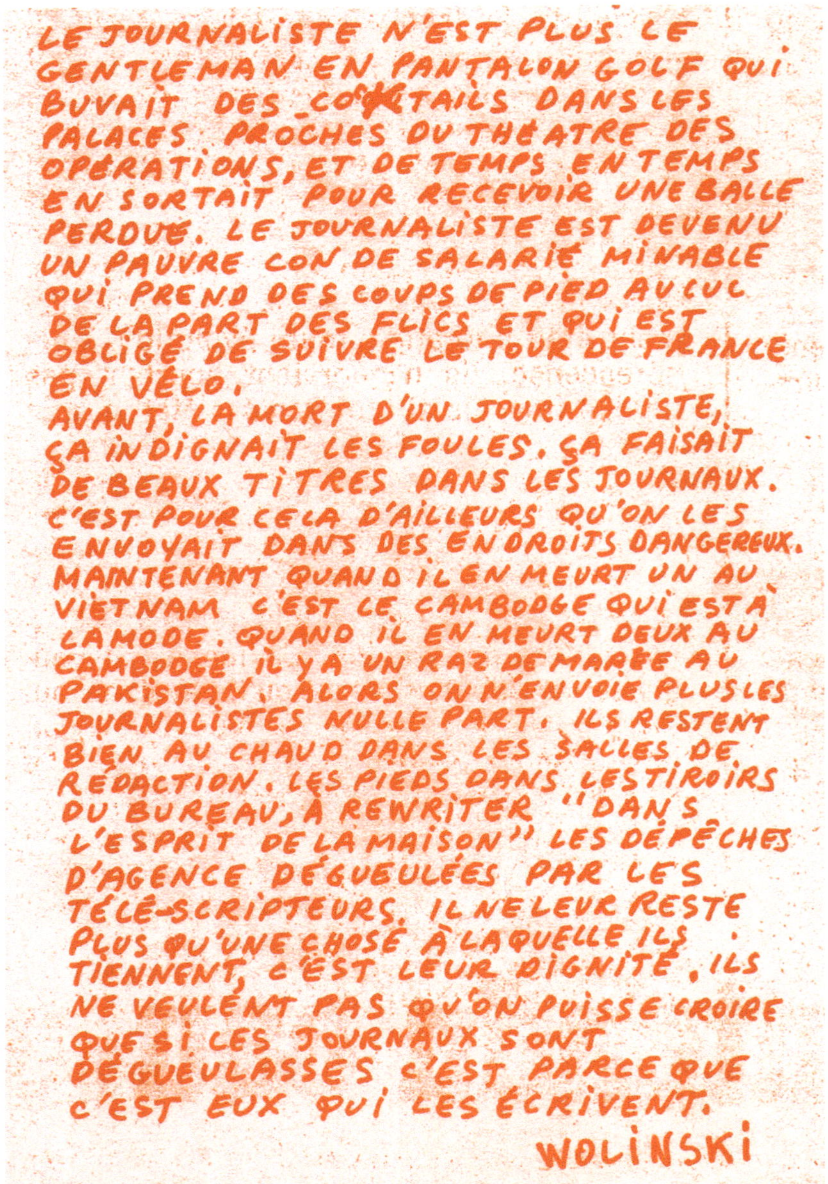

LE JOURNALISTE N'EST PLUS LE GENTLEMAN EN PANTALON GOLF QUI BUVAIT DES COCKTAILS DANS LES PALACES PROCHES DU THÉATRE DES OPÉRATIONS, ET DE TEMPS EN TEMPS EN SORTAIT POUR RECEVOIR UNE BALLE PERDUE. LE JOURNALISTE EST DEVENU UN PAUVRE CON DE SALARIÉ MINABLE QUI PREND DES COUPS DE PIED AU CUL DE LA PART DES FLICS ET QUI EST OBLIGÉ DE SUIVRE LE TOUR DE FRANCE EN VÉLO.
AVANT, LA MORT D'UN JOURNALISTE, ÇA INDIGNAIT LES FOULES. ÇA FAISAIT DE BEAUX TITRES DANS LES JOURNAUX. C'EST POUR CELA D'AILLEURS QU'ON LES ENVOYAIT DANS DES ENDROITS DANGEREUX. MAINTENANT QUAND IL EN MEURT UN AU VIETNAM C'EST LE CAMBODGE QUI EST À LA MODE. QUAND IL EN MEURT DEUX AU CAMBODGE IL Y A UN RAZ DE MARÉE AU PAKISTAN. ALORS ON N'ENVOIE PLUS LES JOURNALISTES NULLE PART. ILS RESTENT BIEN AU CHAUD DANS LES SALLES DE RÉDACTION, LES PIEDS DANS LES TIROIRS DU BUREAU, À REWRITER "DANS L'ESPRIT DE LA MAISON" LES DÉPÊCHES D'AGENCE DÉGUEULÉES PAR LES TÉLÉ-SCRIPTEURS. IL NE LEUR RESTE PLUS QU'UNE CHOSE À LAQUELLE ILS TIENNENT, C'EST LEUR DIGNITÉ. ILS NE VEULENT PAS QU'ON PUISSE CROIRE QUE SI LES JOURNAUX SONT DÉGUEULASSES C'EST PARCE QUE C'EST EUX QUI LES ÉCRIVENT.

WOLINSKI

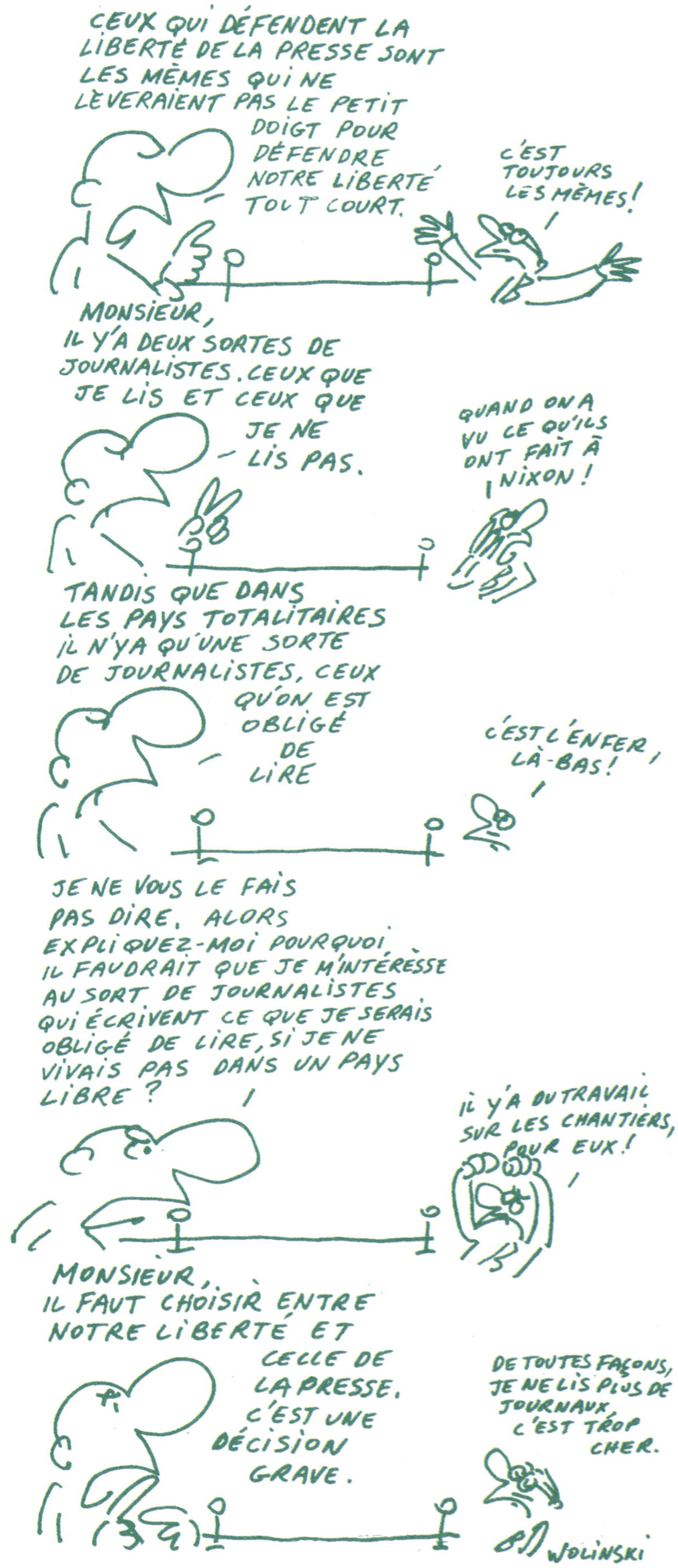

1970 *Charlie Hebdo* n°6 du 28 décembre (extrait)
1974 *Charlie Hebdo* n°207 du 4 novembre ▶
1993 *Charlie Hebdo* n°37 du 10 mars

1979 *Charlie Hebdo* n°429 du 1er février

LES DIX COMMANDEN

LE JOURNALISTE UN CHIEN QUI SAIT

Quand Le Pen inclut dans sa liste des mesures immondes la création d'un examen obligatoire pour les journalistes, les sous-entendus sont clairs. Une fois la République boutée hors de la France de Jeanne d'Arc, arrestation des journalistes opposants au nouveau régime, et tout ce qui s'ensuit, dont on ne parle pas à table. L'Allemagne nazie, l'Italie fasciste, l'Espagne franquiste, le Chili de Pinochet, les régimes staliniens, etc., et les cinquante-deux Etats totalitaires de la planète, ça devrait suffire à s'en faire une idée. Donc Le Pen menace publiquement une profession de servage ou de mort. Que se passe-t-il alors ? La profession rouspète dans ses colonnes, en pesant ses mots par peur des procès, puis le lendemain parle d'autre chose par peur d'ennuyer le lecteur.

Il faut reconnaître que menacer la presse n'est pas le fait du seul aspirant dictateur. Au temps où il lor-

MON ÉTHIQUE À GAUCHE, MA DÉONTOLOGIE À DROITE,

1992
Charlie Hebdo n°25
du 16 décembre

1972 ▶
Charlie Hebdo n°61
du 17 janvier

◀ **2003**
Charlie Hebdo n°553
du 22 janvier

ENTS DU JOURNALISTE

É DU POUVOIR : TTRE SA MUSELIÈRE

gnait les Sceaux, le très à gauche Me Kiejman avait présenté un bel assortiment de petites lois effilées, propre à faire réfléchir les fouineurs (les fausses factures n'avaient pas encore d'en-têtes). Et, récemment, le très libéral Raymond Barre, de son désert politique, a proclamé l'urgente nécessité d'instituer un « Comité d'éthique médiatique ».

Tout cela a fini par excéder les journalistes : « Suffit ! Bâillonneurs de la liberté d'expression ! Nous sommes bien capables de nous bâillonner nous-mêmes. » Et *le Monde* annonce la publication de ses propres « principes de déontologie ». Et TF1 affiche son éthique à la porte des studios : « Défense aux journalistes et liseurs de nouvelles à l'antenne (P.P.D.A. visé) d'accepter des cadeaux de plus de 1 000 F. » Espèrent-ils, les uns avec leur déontologie suspendue au cou, les autres avec leurs cadeaux étiquetés 999,50 F, échapper à l'examen de Le Pen, être dispensés des cours du soir de Raymond Barre ?

GÉBÉ

CRIS UN ARTICLE SUR LE TEMPS, SANS CITER DE NOMS

1999 *Charlie Hebdo* n°377
du 8 septembre

1996 *Charlie Hebdo* n°227 ▶
du 23 octobre

1997 *Charlie Hebdo* n°285
du 3 décembre

Charb *n'aime pas les gens*

Une révolte de journalistes

Quand le lèche-cul devient militant

POUR PROTESTER contre la suppression de leurs 30 % d'abattement fiscal, certains journalistes de province ont décidé de ne plus imprimer dans leur journal ni le nom, ni la photo des députés favorables à l'abolition de leur privilège. En fait de privilège, les journalistes considèrent leurs 30 % d'abattement comme une aide indirecte à la presse.

En France, la plupart des journaux ne se vendent pas assez pour ne vivre que de leurs ventes. La ristourne fiscale dont bénéficie le journaliste permet à son patron de le payer avec un lance-pierres. Les dirigeants de quotidiens comme *Le Télégramme de Brest, La Montagne, Le Courrier picard, Var-Matin,* etc., ne se sont pas opposés à la décision de leurs journalistes consistant à faire pression sur les élus. C'est un mois de salaire que vont perdre pas mal de journalistes en perdant leurs 30 %. Les patrons de presse préfèrent que leurs larbins réclament des sous aux parlementaires plutôt qu'à eux.

L'opération « homme invisible », cette censure du nom et de la tronche d'élus, a été qualifiée de *« minable »* par le député de la Somme et maire d'Amiens, Gilles de Robien, qui a décidé *« l'embargo de toutes les informations émanant de la Mairie d'Amiens à destination des journalistes du* Courrier picard *ainsi que la suspension de la publication des annonces légales dans ce quotidien ».* Gilles de Robien ne réussit qu'à se montrer aussi minable que les journalistes pratiquant le boycott des parlementaires.

Les minables contre les salauds

C'est uniquement quand leurs intérêts particuliers sont menacés que tous ces journaux d'information se mettent à devenir des journaux d'opinion. Jusque-là, le journaliste qui publiait la photo du député-maire en train d'assister au repas de l'Amicale des anciens du quartier des Bouses bleues ne tenait pas compte des positions ignobles ou imbéciles qu'avait prises l'élu à l'Assemblée la veille. Pourquoi aucun de ces journalistes n'a chié dans les bottes d'un notable local parce qu'il avait, par exemple, voté ou appelé à voter en faveur des lois Pasqua ? Tout simplement parce qu'il se serait fait virer par son patron. On connaît par cœur le discours de tous ces directeurs de torche-cul qui veulent faire un journal « objectif » et ne « s'en tenir qu'aux faits » et qui bouffent tous les jours avec M. le député. Supprimer un mois de salaire d'un travailleur, fût-il journaliste, c'est scandaleux, mais est-ce plus grave que de laisser appliquer des lois racistes en France ? Si le journaliste ne s'indigne que lorsqu'on touche à son porte-monnaie, pourquoi fait-il ce métier ? S'il n'a rien à dire, qu'il ferme sa gueule, si rien ne le met en colère que son taux d'imposition, le journal dans lequel il bosse peut fermer, faire faillite, la démocratie ne s'en portera pas plus mal. Si Le Pen arrive au pouvoir, ils recopieront la dépêche de l'AFP qui annoncera l'événement mais ne la commenteront surtout pas. Ils ne traîneront le conducatore dans la merde que s'il touche à leur complément retraite. Des journalistes de quotidiens locaux ou régionaux, j'en ai fréquenté. Par intérêt, par lâcheté, parce qu'il faut bien vivre, ils se sont résignés à vivre à genoux. Qu'ils apprennent donc maintenant à vivre fauchés. C'est plus difficile, mais c'est moins honteux.

CHARB

1997
Charlie Hebdo n°240
du 2 janvier

1993
Charlie Hebdo n°66 ▶
du 29 septembre

Séquence émotion

La peine de mort fait remonter l'audience

Le fait divers le plus prisé du journaliste, c'est le meurtre d'enfant. Avec un meurtre d'enfant, il peut tenir une bonne semaine, le journaliste. Si le môme a été violé avec un démonte-pneu, qu'il a été découpé en rondelles avec un couteau rouillé et éparpillé dans une décharge, alors c'est le grand pied. Plus le crime est sordide, plus il y a de viande hachée, et plus on peut tartiner.

La petite Karine a bien été violée et étranglée, mais on l'a retrouvée en un seul morceau. Le journaliste de base ne pouvait guère espérer tirer de cette affaire que quelques feuillets larmoyants, avec un « horrible » toutes les deux lignes et un « monstrueux » à chaque fin de phrase, pour bien faire comprendre au lecteur un peu demeuré à quel point il est horrible et monstrueux de violer et d'étrangler les petites filles. Pas très original. Heureusement, la petite Karine a un papa. Un papa fou de douleur. La douleur du papa, le journaliste peut la décrire en un petit paragraphe, c'est vite fait, c'est pas ça qui va remplir sa page. Ce qui est un peu plus rentable à exploiter, c'est le cri de douleur du même papa. Le papa a en effet réclamé la peine de mort pour les tueurs d'enfants. La peine de mort : formidable ! C'est qu'il peut en faire des articles et des articles, le pisse-copie, avec la peine de mort ! Et dans tous les journaux, sur toutes les radios, partout le journaliste, professionnel, brode là-dessus. La déclaration du papa qui disjoncte, il en fait un événement qui lui permet tout naturellement d'enchaîner avec « et le débat sur la peine de mort, il en est où ? ».

Que le père de la petite Karine ait des envies de meurtre et de vengeance après ce qu'on a fait à sa gosse, ça se comprend. Mais que des journalistes se servent de l'émotion du bonhomme pour titiller les penchants pro-guillotine d'un gros paquet de Français, c'est un peu immonde. Un père dont on vient d'assassiner sa fille ne peut dire que des conneries, alors pourquoi faire les gros titres avec ? Pour que le populo s'identifie au papa martyr et se demande : « Et si ça m'arrivait à moi, qu'est-ce que je ferais ? » ? Rabâcher pendant trois jours que le père de la fillette assassinée est pour la peine de mort, ce n'est pas une information, c'est de la pub pour la guillotine. « Monsieur Untel, éleveur de Karine, vous recommande la peine de mort pour vos assassins d'enfants », pourraient carrément dire Paul Amar ou P.P.D.A., au lieu de faire semblant d'être journalistes. **CHARB**

Philippe Val

Journalistes yeux bandés

Une brève dans *Le Monde*... Jeudi après-midi, on apprend que, lors d'une conférence de presse clandestine, le FLNC-Canal historique a qualifié de *« provocation inutile et irresponsable »* le préalable de renonciation à la violence posé par Lionel Jospin avant toute négociation sur le statut de l'île.

Vous parlez d'un scoop ! L'homme descend du singe, mais les nationalistes corses sont restés accrochés à une branche par les bretelles. Propos antisémites, antiféministes, xénophobie terroriste, on peut dire que le mouvement nationaliste corse entre dans le XXIe siècle en heaume et en cotte de mailles. Les crimes et les attentats contre les intérêts collectifs, perceptions, postes, gendarmeries, se multiplient, et on voudrait que Jospin vienne, une bouteille de mousseux dans une main, une assiette de mini-pizzas dans l'autre, leur proposer l'ouverture d'un stand d'armes lourdes au duty-free d'Ajaccio ?

Vite, pour éviter tout malentendu, précisons. Il n'est pas question ici de parler « des Corses » comme d'une ethnie aux mœurs et à la morale inférieures. La majorité des habitants de toutes les régions du monde sont à peu près d'accord sur quelques valeurs universelles, sur les vertus du dialogue, et préfèrent la fraternité au mépris et au racisme. Les Corses, en ce sens, sont des Berrichons ou des Toscans comme les autres. Maintenant, parlons de ceux qui, sans qu'aucun processus démocratique leur en ait donné le mandat, s'arrogent le rôle de représentants de la Corse, des Corses, de la corsitude, de la langue corse, de la culture corse, et des prétendues mœurs spécifiques des Corses. Moi, je serais corse, j'en aurais marre de vivre sous le régime féodal de ceux qui, avec leurs bombes pour seuls arguments, plongent leur région dans une dissidence mafieuse.

> **Un bon journaliste doit savoir se bander les yeux tout seul.**

Assassins, spoliant le fisc, partageant avec Le Pen la haine de l'impôt progressif, et pénalisant lourdement ceux qui s'acquittent honnêtement de leurs prélèvements obligatoires, chassant par la force les populations qu'ils jugent « allogènes » — c'est-à-dire non corses —, détruisant les services publics, transgressant la loi commune, ces mouvements nationalistes n'ont rien de politique. Ils relèvent purement et simplement des cours d'assises ou des tribunaux correctionnels. Mais tout cela n'est pas bien nouveau. Dans le petit article du *Monde*, les mots qui me font sauter au plafond, c'est *« conférence de presse clandestine »*. Plus précisément, c'est le mot *« presse »* qui coince. Qu'est-ce que c'est que ces journalistes qui se rendent régulièrement à la convocation d'une bande de truands pour se faire dicter leur délire paranoïaque ? Depuis quand les journalistes se font-ils les agents publicitaires des associations de malfaiteurs ?

Les cagoulés ont donc engagé un service de communication auquel ils font appel régulièrement pour faire parler d'eux dans les journaux et à la télé. C'est extraordinaire. Parce qu'être clandestin, c'est bien mignon, mais dans notre société d'image, si tu veux exister, il faut travailler ta « visibilité ». Les « journalistes » qui se rendent aux « conférences de presse » clandestines font ce qu'ils veulent, mais, bon dieu, qu'ils rendent leur carte de presse, et qu'ils émargent directement auprès de ceux qui les emploient, à savoir les assassins du préfet Érignac et leurs complices.

Le service qu'ils rendent aux terroristes en répercutant leurs réunions clandestines est inestimable. Ils leur donnent une place, une légitimité médiatique, une efficacité, une force inespérées. Je pensais que le journalisme était un contre-pouvoir, pas un outil de renforcement d'influence, surtout quand cette influence s'exerce au détriment de la collectivité. On a reproché, à juste titre, à certains journalistes vedettes d'être les *« nouveaux chiens de garde »* d'un pouvoir économique qui tend à réduire un pouvoir politique — souvent consentant — à l'impuissance. Alors que dire du rôle de porte-parole d'assassins qu'endossent complaisamment ces minables chasseurs de scoops ? Imaginerait-on que, régulièrement, les barons du trafic de drogue et de la prostitution européens donnent des conférences de presse clandestines devant un parterre de journalistes chargés d'informer les autorités judiciaires des revendications de la profession : moins de contrôle dans les aéroports, suppression de la fouille des bagages, et remboursement du manque à gagner des saisies, sinon, on fait péter le ministère de l'Intérieur ?

« Monsieur le Premier ministre, mon patron, un certain don Corleone, me charge de vous faire savoir que si vous n'acceptez pas ses conditions, il va vous buter un préfet. » Est-ce le métier d'un journaliste ? Des types cagoulés et armés jusqu'aux dents se réunissent dans le maquis corse pour montrer leur puissance ? Si vraiment ils sont aussi virils qu'ils le prétendent, qu'ils invitent les flics, et qu'ils acceptent la bataille rangée. Mais, comme des marchands de savon, ils se payent un publi-reportage avec de faux journalistes chargés de leur faire passer des encarts publicitaires gratuits dans toute la presse. Méthode de minables. Ils se prennent pour Robin des bois, mais ils ont les mêmes sordides méthodes de promo que les marchands de voitures.

Ah, je l'imagine, l'Albert Londres de Bastia, attendant le cœur battant son coup de fil anonyme lui donnant rendez-vous dans un hall d'hôtel. Puis la camionnette arrive, peut-être qu'on lui bande les yeux... La grande aventure, quoi. On s'arrête dans une clairière, il découvre toutes ces cagoules, tous ces flingues. Ce n'est plus Albert Londres, c'est Hemingway. Il sort son stylo, son bloc et, d'une main tremblante, il note les mots que lui dicte le côté obscur de la « Force » : *« La renonciation à la violence est une provocation inutile et irresponsable. »* Ouah ! Avec ça, je tiens le prix Pulitzer. Il rebouche son stylo. Il se rebande les yeux lui-même, car un bon journaliste doit savoir se bander les yeux tout seul, il remonte dans la camionnette... Il se rappelle : il y avait des virages et des cahots, donc ce devait être un sentier. Quelle enquête ! Et rondement menée, avec ça. Une heure plus tard, il est à la terrasse du bistrot à côté du journal. Demain matin, c'est lui qui fait la « une » de *U Poilocu* : « Conférence de presse clandestine du FLNC, j'y étais ! » L'info est reprise dans toute la presse nationale, il est pratiquement sûr d'avoir la prime de fin d'année.

Pourquoi n'apprend-on pas, dans les écoles de journalisme, à faire la différence entre « opération de communication » et « information » ? Ce n'est pourtant pas compliqué : informer, c'est être au service de ceux qui lisent, communiquer, c'est être au service de ceux qui dictent.

Qu'est-ce que ces journalistes nous apprennent sur la vie quotidienne des citoyens corses qui subissent l'oppression de groupes paramilitaires ? Rien. En revanche, à coups de comptes rendus de conférences de presse, ils donnent des alibis politiques à des auteurs de crimes et de délits. Ils offrent une prime, et la plus précieuse de toutes aujourd'hui, une prime médiatique, aux ennemis d'une démocratie sans laquelle il n'y aurait pas de journalistes... Les conférences de presse du FLNC sont des opérations publicitaires du FLNC. Y participer, c'est y collaborer. En plus honteux, encore. C'est encourager sournoisement des crimes qu'on n'a pas le courage de commettre soi-même. La Corse est le seul pays où, avec une carte de presse, on peut voter la mort. ■

◀ **1996** *Charlie Hebdo*
n°229 du 6 novembre

◀ **1999** *Charlie Hebdo*
n°382 du 13 octobre

▸ **CHARB N'AIME PAS LES GENS**

MORT AU JOURNALISTE POLITIQUE

Roselyne Bachelot, Première ministre. La question est sérieusement évoquée dans le couloir des chiottes des salons de l'Élysée. La preuve qu'il s'agit un peu plus que d'une rumeur : la ministre de la Santé s'est fait faire un gommage il y a deux jours. Elle soigne son image à quelques heures du remaniement annoncé… Il y a anguille sous roche !

Les points noirs de Roselyne sont en passe de faire oublier la nouvelle coupe de cheveux de Borloo. Ringardisé, Borloo. Les commentateurs politiques qui ont évoqué son nom comme premier-ministrable rient d'eux-mêmes. Comment ont-ils pu pronostiquer que ce tocard pouvait remplacer Fillon ? Et dire qu'ils ont même imaginé que Fillon pouvait se succéder à lui-même ! Non, aujourd'hui, c'est Bachelot qui tient la corde…

Ça pourrait ne pas être une blague. *Charlie Hebdo* est juste un peu en avance sur la mode en annonçant que Bachelot a ses chances. Les larves qui se font passer pour des journalistes politiques ont trouvé de quoi justifier un salaire délirant sans rien foutre. Ils mâchent et remâchent le nom qu'un valet de Sarkozy leur jette en pâture. Ils le mâchent jusqu'à ce qu'ils en aient extrait tout le jus. Lorsque le sujet est épuisé, le nom d'un nouveau prétendant est balancé dans la fosse aux cons. Et ainsi de suite jusqu'à épuisement du stock. Le remaniement est le formidable prétexte à des éditoriaux crétins, bâclés, soporifiques. L'analyste politique est le résultat du croisement entre une voyante et un Thierry Roland. Si vous avez l'occasion de croiser ce genre de spécimen, tentez l'expérience : interrogez-le sur le remaniement. Laissez le nullard débiter sa thèse, laissez-le postillonner sur les bonnes chances de Michèle Alliot-Fillon ou de François Borloin, laissez-le faire son Stéphane Bern en résumant la trépidante carrière de la princesse Copé ou du duc Bertrand, et puis, lorsque, enfin, sa salive devient plus épaisse que de la pâte à pain et que, saoulé de lui-même, il joint ses doigts boudinés sur les taches de sauce de sa cravate, demandez-lui ce que ça changerait pour les gens qui l'écoutent que ce soit Pif ou Hercule qui soit nommé Premier ministre ? Quelle différence pour les Français que Sarkozy assoie ses fesses sur le coussin Fillon ou le coussin Borloo ? Silence. Une brise d'angoisse viendra rider la face de cassoulet du prétendu journaliste. C'est qu'il vient de comprendre qu'il est démasqué. Une vie de fumiste mise au jour. Et puis, réalisant qu'il n'y a pas d'autre témoin de cette scène pathétique que vous-même, il tentera soit de vous assassiner, soit de vous acheter en payant le repas. Le commentateur politique, eunuque de la pensée, vit au restaurant. C'est aux meilleures tables qu'il fait ses pronostics. C'est de ce point de vue privilégié qu'il avait prédit que le mouvement social contre la réforme des retraites ne durerait pas deux jours. En effet, Thibault et Chérèque étaient entrés ensemble dans le restaurant et ils en étaient ressortis chacun de leur côté. Jamais le commentateur politique n'a mis ses pieds atrophiés dans une manif. Si, dans la minute, Bachelot franchit les portes du restaurant en compagnie d'un petit page de Sarkozy, le commentateur politique validera la thèse de *Charlie Hebdo* : Bachelot est première-ministrable…

Sarkozy a besoin des bachelotistes pour gagner en 2012

On peut difficilement reprocher à Sarkozy d'occuper les heures d'antenne des télés et des radios avec son remaniement gadget. Sans la complicité des feignasses du service politique des rédactions, on ne parlerait ni plus ni moins du prochain gouvernement que du quinté plus à Vincennes. ▪

charb@charliehebdo.fr

2010 *Charlie Hebdo*
n°960 du 10 novembre

1999 *Charlie Hebdo* ▶
n°364 du 9 juin

Charb ***n'aime pas les gens***

La presse et le Kosovo

Feignantise et manipulation

Dès le début de la guerre de l'OTAN contre la Yougoslavie, la grande majorité de la presse avait pris soin de rassurer l'opinion et de se rassurer elle-même. Cette fois-ci, promis, on ne recommencera pas les erreurs commises pendant la guerre du Golfe. On ne se laissera pas manipuler par l'état-major de l'armée américaine, on ne prendra pas pour argent comptant les promesses de guerre propre, on ne restera pas béat d'admiration devant les images électroniques montrant un missile guidé au laser rentrer par la cheminée d'un bâtiment ennemi sans toucher les bords. Résultat, la presse ne manque pas de nous tenir au courant chaque fois qu'un missile de l'OTAN s'écrase là où il n'est pas prévu qu'il s'écrase. Le gros du travail critique de la presse s'arrête là. L'impertinence des journaux consiste de temps en temps à remplacer le terme « dommage collatéral » inventé par l'OTAN par « bavure ». Ainsi, le bombardement de l'ambassade de Chine a été considéré comme une bavure. La presse, qui s'était juré au lendemain de la guerre du Golfe de se remettre à penser, n'a pourtant pas douté que la destruction de l'ambassade de Chine était une bavure, accréditant ainsi, sans preuve, la thèse de l'OTAN.

De même qu'ils n'étaient pas nombreux, les intellectuels et les éditorialistes, à s'interroger sur les véritables buts de guerre des États-Unis dans le Golfe, ils ne sont pas tripette aujourd'hui ceux qui se demandent pourquoi l'OTAN intervient en Yougoslavie. C'est évidemment pour des raisons humanitaires, puisqu'il n'y a pas de pétrole au Kosovo !

La découverte que les fameux accords de Rambouillet boudés par les Serbes comportaient des clauses que pas un pays — démocratique ou non — n'aurait signées n'a pas jeté le doute sur la réalité des efforts déployés par les Occidentaux pour résoudre la crise du Kosovo diplomatiquement. Rappelons juste un passage des « accords » : *« Le personnel de l'OTAN bénéficiera, ainsi que leurs véhicules, bateaux, avions et équipements, du droit de libre passage, sans restriction aucune, à travers tout le territoire de la République fédérale yougoslave, y compris l'espace aérien et les eaux territoriales associés. Cela inclura, mais ne sera pas limité, au droit de bivouac, de manœuvre, de logement et de l'utilisation de tout endroit ou installation requis à des fins d'appui, d'entraînement et d'opérations. »*

Depuis le début de la vie sur Terre, il y en a eu, des conflits, et, pourtant, le seul auquel la plupart des intellectuels font référence pour expliquer celui du Kosovo c'est celui de la Seconde Guerre mondiale. Milosevic, c'est Hitler, comme Saddam Hussein était Hitler, comme Pol Pot l'a été. Et même Nasser était déjà qualifié de Hitler au moment de la crise de Suez, en 1956. Le Hitler de demain existe déjà. Pour le dénoncer, les journaux attendent que les États-Unis le désignent.

Pourquoi le drame que vivent les Kosovars a-t-il soudain fait la une de toute la presse, occultant largement les drames tout aussi terribles vécus par d'autres peuples sur la planète ? Qu'est-ce qui a poussé les rédacteurs en chef de la presse libre à choisir de faire leurs gros titres sur le Kosovo plutôt que sur les massacres perpétrés par l'armée indonésienne contre les Aceh, peuple musulman du nord de Sumatra, par exemple ? Lorsque les États-Unis bombarderont Jakarta, probablement que tout le monde titrera sur les peuples opprimés de l'archipel indonésien, comme tout le monde a titré sur le peuple koweïtien martyrisé. On pourrait ainsi multiplier les exemples.

La presse dans son ensemble commet les mêmes erreurs que pendant la guerre du Golfe, elle omet de se poser les mêmes questions. On vivrait sous une dictature, tous les citoyens se moqueraient de cette presse aux ordres et univoque. Mais on vit en démocratie, n'est-ce pas ? L'inconsciente autocensure remplace la censure brutale et bien visible. Et personne ne veut croire qu'une prison sans barreaux est plus efficace qu'une prison en dur…

2018
Charlie Hebdo n°1370 ▶
du 24 octobre
Fin 2018, Jean-Luc Mélenchon s'en prend aux journalistes de Radio France après une enquête menée sur les comptes de sa campagne.

1999
Charlie Hebdo n°377
du 8 septembre

▶ **APRÈS *LE MONDE* ET *LE PARISIEN***

◀ **1998** *Charlie Hebdo* n°337 du 2 décembre
1979 *Charlie Hebdo* n°476 du 26 décembre

2005 *Charlie Hebdo* n°693 du 28 septembre
DOUBLE PAGE SUIVANTE 2017 *Charlie Hebdo* n°1306 du 2 août

FESTIVAL INTERNATIONAL DU JOURNALISME VIVANT DE COUTHURES

LE JOURNALISME PÉPÈRE SE PASSE

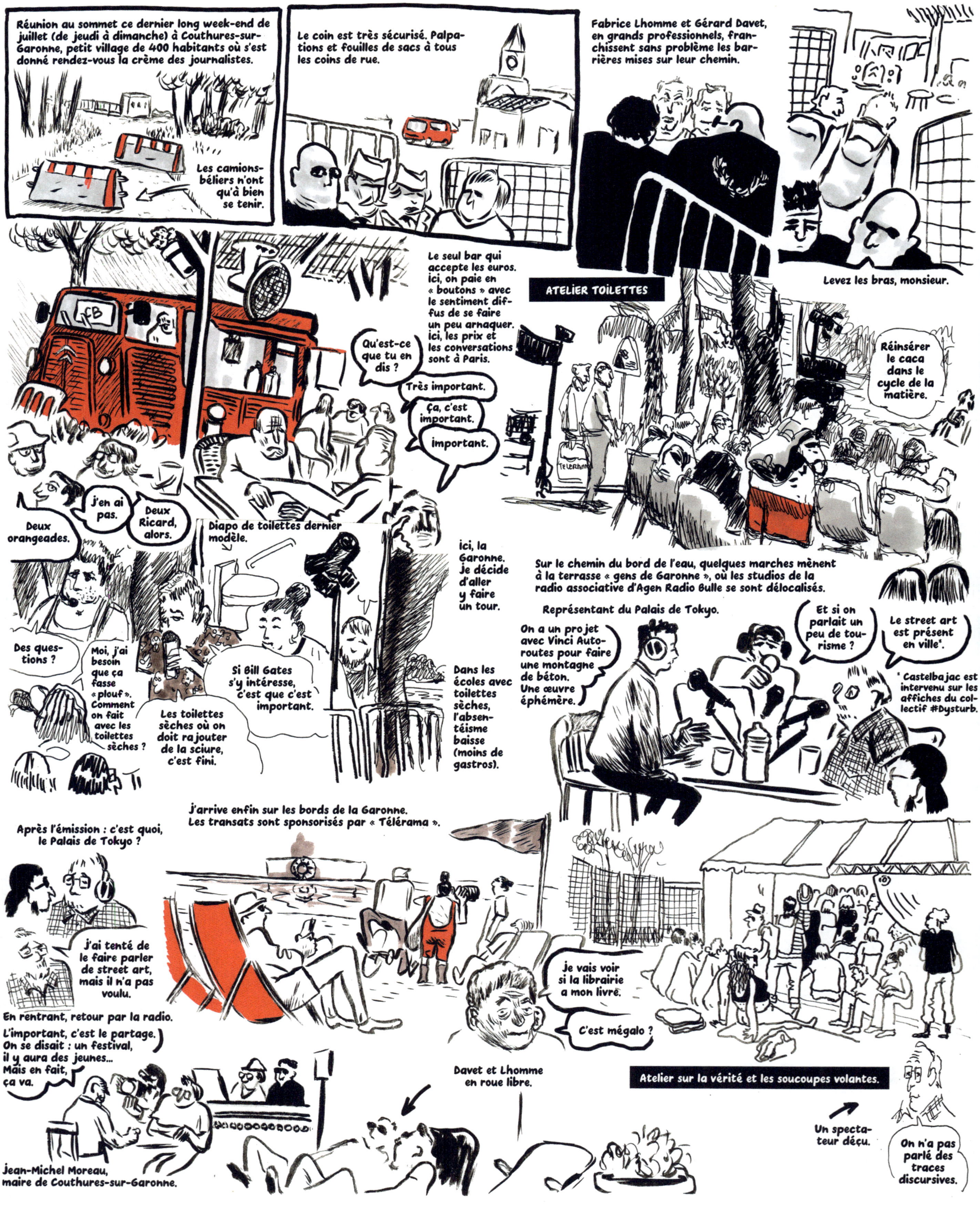

E LA POMMADE

Toilettes sèches, environnement, alimentation, cette année, les sujets abordés étaient brûlants ! Terrorisme, intégrisme, ce sera pour plus tard. On ne va quand même pas se gâcher les vacances.

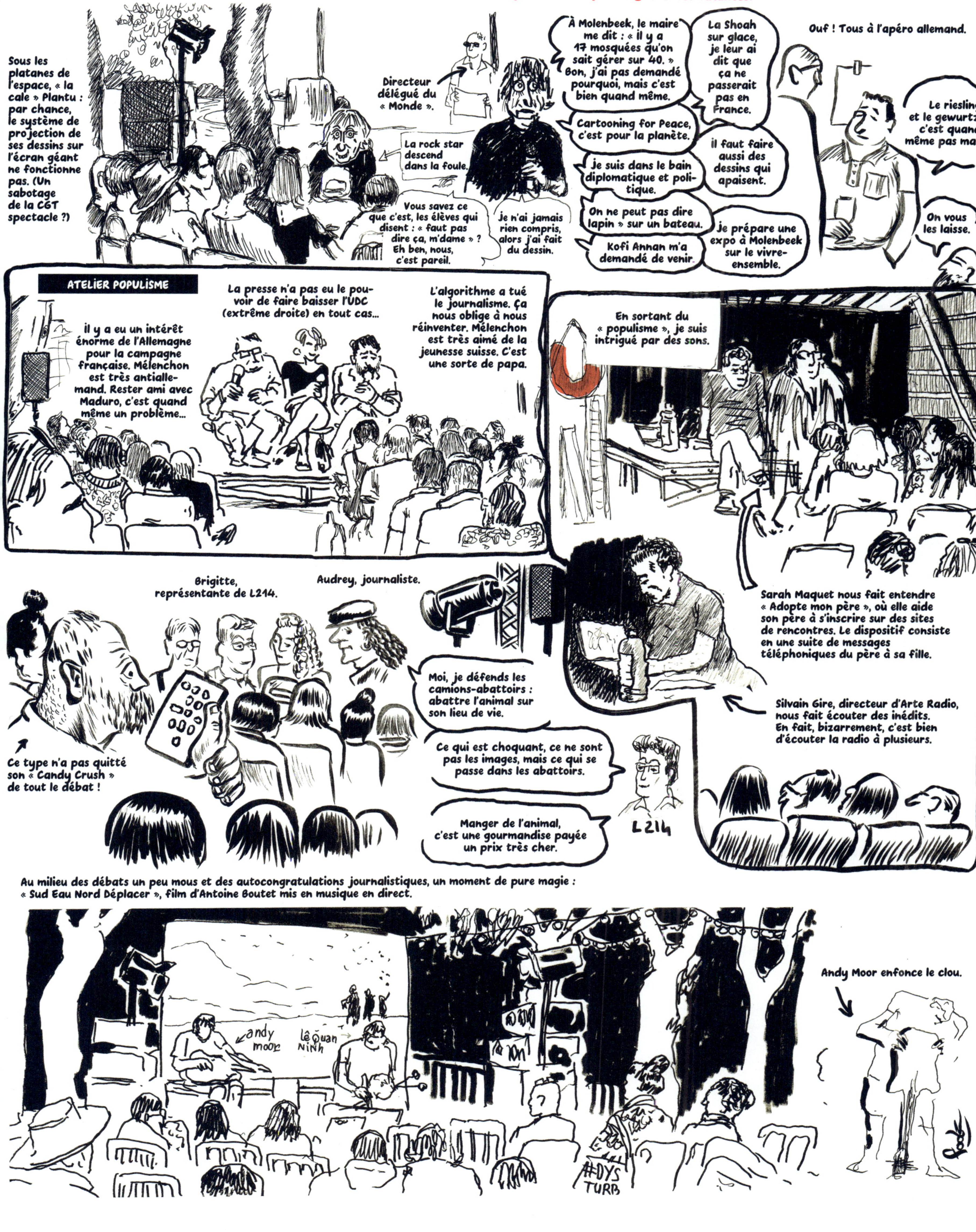

LES « DOGMES NEWS »

RISS

Journaliste a toujours été un métier à risques. La semaine dernière, la rédaction de France Bleu Isère, installée à Grenoble, a été incendiée. Les images de photocopieurs fondus et de suie noire sur les bureaux et les ordinateurs rappellent celles des locaux incendiés de *Charlie Hebdo,* en novembre 2011, après la publication en couverture d'une caricature de Mahomet. Quelle caricature a diffusée France Bleu pour mériter une telle punition? Aucune.

Le blasphème s'est généralisé. Publier des informations contraires aux convictions de certains citoyens constitue désormais un blasphème. Un de plus. Et cela leur donnerait le droit d'incendier les médias. Si on suit ce raisonnement, l'information doit satisfaire l'opinion du citoyen. La réalité importe peu. Plus la peine d'aller en reportage pour vérifier les faits, le journaliste doit restituer ce dont le citoyen est déjà convaincu. Ce ne sont plus des « fake news », mais des « dogmes news ».

Souvent, on confond la vérité avec la réalité. La réalité, c'est ce qui existe ou ce qui n'existe pas. La Terre est-elle ronde ou plate? La réponse s'impose à nous, que ça nous plaise ou non, parce qu'elle est la réalité. Or la réalité n'a rien à voir avec la vérité. En Union soviétique, le principal journal d'information s'appelait la *Pravda* (ce qui signifie la « vérité »). Le monde décrit dans les pages de la *Pravda* était celui dont rêvaient les dirigeants soviétiques, mais pas la réalité de ce que le pays était. Aujourd'hui, beaucoup de citoyens qui font le procès aux journalistes de ne pas dire la vérité raisonnent comme les apparatchiks de l'ex-Union soviétique : comme dans la *Pravda,* ils veulent qu'on dise leurs vérités, mais pas la réalité. Car la vérité est empreinte d'une dimension morale, voire idéologique, qui n'existe pas avec la réalité. Dire que la Terre est plate ou ronde ne doit rien à la vérité qui nous convient, mais à la réalité qui risque de ne pas nous convenir. Si les « gilets jaunes » ont des discours complotistes, il faut le dire. Si d'autres « gilets jaunes » ont des propositions politiques intéressantes, il faut aussi le dire. La réalité n'a pas à se soucier de notre confort intellectuel.

Souvent, on confond la vérité avec la réalité

C'est pour cela que le métier de journaliste est un casse-tête. On part en reportage toujours un peu vers l'inconnu. Et sur place, on découvre tout le contraire de ce qu'on imaginait. On croyait que les « gilets jaunes » étaient des excités et on découvre que ce sont des gens qui ont la tête sur les épaules. On croyait que les « gilets jaunes » étaient des démocrates et on découvre que parmi eux il y a de vrais fachos. Comment rapporter cette réalité, sans heurter les convictions que les lecteurs ont déjà dans la tête avant même de lire le moindre reportage.

Parfois, les journalistes se trompent. Même avec beaucoup de précautions, on peut se faire rouler. Le journalisme n'est pas une science exacte et ne le sera jamais. Mais il ne sert à rien de mettre le feu à une station de radio et de casser la gueule aux journalistes qui vont sur le terrain interroger les citoyens dans une manif. Ce n'est pas cela qui rendra le métier de journaliste plus efficace.

C'est bien pour ça qu'en 1992 *Charlie Hebdo* a reparu. Quand on n'est pas content de ce que disent les journaux, on ne les brûle pas mais on en crée un nouveau, avec pour objectif d'être meilleur que les autres.

Les incendiaires qui ont réduit en cendres les locaux de France Bleu Isère devraient plutôt utiliser leur énergie et leur formidable intelligence pour créer un nouveau média et nous montrer comment faire de l'excellent journalisme. Bon courage. ●

2019 *Charlie Hebdo* n°1385 du 6 février

◀ **2001** *Charlie Hebdo* n°463 du 2 mai

1973 *Charlie Hebdo* n°119 bis du 26 février ▶

PAGE D'EXERCICES PRATIQUES.

Les journalistes sportifs : le niveau zéro de la liberté d'expression

Charb *n'aime pas les gens*

Crève, journaliste sportif !

ET ILS CONTINUENT, les encartés journalistes ! « Colère », « révolte », « haut-le-cœur », « dégoût », « tristesse », « déception », « gâchis »... Jamais ils n'auront eu recours à tant de vocabulaire pour parler du sport. Au moins, l'affaire de dopage qui touche le Tour de France aura-t-elle permis aux commentateurs sportifs d'ouvrir un dictionnaire. L'expression qui revient le plus souvent, c'est le *« Tour est pourri »*. Aussi pourri que les crétins qui le couvrent — dans tous les sens du terme — depuis des années. Et tous ces faux derches de souhaiter que la justice fasse le ménage, qu'elle purifie le cyclisme et rende le Tour aussi propre qu'aux jours de sa création, lorsque les coureurs ne se dopaient encore qu'au gros rouge. Encore plus corrompu que le journaliste économique perroquet du CNPF, c'est drôle d'entendre le journaliste sportif fringué gratos et de pied en cap par de grandes marques de vêtements de sport réclamer plus de morale, de transparence, de contrôles... Au tennis, les contrôles antidopage sont aussi rares qu'inefficaces. Il faut vraiment qu'un joueur pisse de la limaille de fer pour qu'il soit reconnu positif et sanctionné. Au tennis, comme dans plein d'autres sports, aucune analyse de sang n'est jamais effectuée pour débusquer le tricheur. Entendons-nous les journalistes sportifs le regretter et insister pour que le tennis démontre qu'il n'est pas pratiqué par une bande de shootés ? Bien sûr que non. Ils donneront des cours de morale aux joueurs de tennis quand la moitié des participants à Roland-Garros sera dans le bureau du juge pour répondre d'un trafic d'anabolisants. Les cyclistes ont raison d'en vouloir aux journalistes sportifs. Longtemps complices passifs de leurs tricheries, non seulement les journalistes ne sont pas solidaires des coureurs dans l'adversité, mais ils leur font de la mauvaise publicité en les traquant de la sortie de l'hôtel à l'entrée du bureau du juge. Trop lâche pour dénoncer la mafia du vélo, trop lâche pour assumer ses amitiés et soutenir dealers et dopés, le journaliste sportif est une sous-merde.

JOSPIN ET BLAIR s'amusent. Ils jouent à « Je suis moins socialiste que toi ». Tout le monde s'accorde pour dire que c'est Blair qui sort constamment victorieux de ce match idiot, mais ça vexe Jospin. Alors, avant d'aller rencontrer son copain Blair jeudi dernier à Londres, Jospin a privatisé Aérospatiale. Le fabricant d'armes Aérospatiale a été offert au fabricant d'armes Matra. L'État détiendra moins de 50 % du marchand de mort. Bravo Jospin, un bon point pour toi ! On ne peut pas dire que privatiser une entreprise est « de gauche » et, en plus, tu n'as rien fait pour transformer cette entreprise de production de cadavres en une entreprise de production d'éoliennes ou de fours solaires. On est convaincus, Jospin, tu n'es ni un socialiste ni un de ces pédés pacifistes.

LES PROFS qui s'intéressent à leur boulot liront avec plaisir et intérêt la revue *Espace Temps*, numéro 66/67, consacré à l'histoire-géographie. Le contenu des programmes d'histoire-géographie actuels, pour être fade, n'est pas neutre politiquement. Les auteurs démontent et analysent tous les préjugés, clichés et niaiseries réactionnaires dont on farcit, sans s'en apercevoir, la tête des gosses. Denis Retaillé écrit notamment : *« Voilà dit crûment le problème : il ne faut pas se désoler de la remontée des idées xénophobes et racistes, les cadres mentaux qui les rendent acceptables sont établis à l'école sans qu'on y prenne garde, dans le tableau du monde en classe de géographie et vieux d'une époque dominée par la ferme idée de la supériorité de "la" civilisation... » Espaces Temps*. Les Cahiers : B.P. 149, 75562 Paris Cedex 12. 175 pages, 140 F (aïe !).

CHARB

1998
◄ *Charlie Hebdo* n°319
du 29 juillet

> CHARB N'AIME PAS LES GENS

Le journaliste sportif est un con, Domenech est son prophète

Raymond Domenech, le sélectionneur de l'équipe de France, vous n'en avez rien à foutre. Moi non plus. Mais la presse, la presse libre de notre belle France, se passionne pour le bonhomme. Chaque mouvement de sourcil de sa part est décortiqué, autopsié, interprété. Chaque tic nerveux peut fournir une indication au journaliste spécialisé sur la tactique que Domenech demandera à ses « gars » de mettre en œuvre contre le Gabon.

Chaque roulement de cul de Domenech peut fournir matière à un édito, alors vous imaginez la réaction de la presse lorsque le sélectionneur des Bleus a réservé l'exclusivité de déclarations au sponsor de la Fédération française de football plutôt qu'aux journaux, radios et télés ! Si c'est bien publiquement que Domenech a lu la liste des 23 joueurs qui partent en Allemagne, c'est SFR qui a eu la primeur des explications de Domenech sur sa sélection. La presse est indignée. Seuls les abonnés SFR qui possèdent un portable de la troisième génération ont vu et entendu Domenech déclarer : *« Que Fabien soit le gardien n° 1, ce n'est pas une surprise. Cela aurait été Coupet, cela n'aurait pas été une surprise non plus. C'était du 50-50, il fallait faire un choix. Cela n'a pas été simple de choix. »* On se rend compte à la lecture du scoop que la presse d'information a raison de se sentir frustrée...

La Fédération française de football a expliqué dans *Libération* que SFR est certes un sponsor, mais *« c'est aussi un média, au même titre que* Libération, Le Monde *ou France-Inter, qui reçoit des hommes politiques le matin. Est-ce qu'on brocarde France-Inter quand ils ont une exclusivité ? »*.

Les médias d'information sont vexés. Comment peut-on comparer un sponsor, une marque, une usine à fric avec un journal, une radio qui ne diffuse des informations que dans le but

de défendre la liberté d'expression et la démocratie ! Un média d'information, lui, ne paie pas pour obtenir une interview ! La presse a une éthique ! Et toc !

Bref, nous serions en train d'assister à un combat entre la déontologie et l'argent...

« Le dernier nom qu'on a mis, c'est Franck Ribéry. C'est pas qu'on hésitait, mais quand on fait une liste, on commence par les gardiens de but et on finit par les attaquants, et le dernier attaquant que j'ai mis, c'est Franck Ribéry. » Lorsque Domenech déclare ce genre de phrases via SFR, il faut rappeler à nos collègues journalistes blessés qu'il s'agit indéniablement d'une information, mais que le connard qui la transmet ne peut pas se prévaloir d'être journaliste. Il n'y a donc pas lieu d'être jaloux de SFR. Un journaliste sportif n'est en effet pas un journaliste. S'abaisser à tendre son micro à un abruti en short, enregistrer ses propos et les retransmettre sur les ondes, c'est faire office de téléphone portable, mais certainement pas de journaliste.

Quand la presse est prête à se disputer comme une hyène avec SFR pour se partager les carcasses de phrases vides échappées de la bouche d'un Domenech, on a plus envie de résilier ses abonnements à la presse qu'à SFR. D'autant que c'est l'empressement des médias à relayer le baragouin de Domenech qui permet à la FFF de le vendre si cher à SFR.

Le journaliste sportif est un chien de Pavlov qui éjacule du micro chaque fois qu'un athlète décrit ses ampoules aux pieds. Le journaliste sportif est un pont qui relie le néant à nos tympans.

Certains journalistes sportifs se sont moqués de SFR, qui a payé si cher les propos aussi creux de Domenech. Ils oublient qu'eux-mêmes auraient été les premiers à les livrer à leurs lecteurs s'ils y avaient eu accès gratuitement. Peut-être effectivement que SFR s'est fait escroquer par Domenech en achetant ses déclarations à la FFF. Mais qui le journaliste sportif escroque-t-il lorsqu'il publie les paroles de Domenech, si ce n'est son lecteur ? Ce dernier, comme SFR, paie pour lire les conneries du sélectionneur de l'équipe de France... ■

2006
Charlie Hebdo n°727
du 24 avril

1993
Charlie Hebdo n°63 ▶
du 8 septembre

1997
◀ *Charlie Hebdo* n°240
du 2 janvier

Les journalistes à la botte du pouvoir

Même en démocratie, l'indépendance des médias irrite parfois la classe politique. La liberté d'expression en est un pilier, à condition qu'elle ne dérange pas trop le pouvoir en place. Pour la dompter, il existe d'autres solutions que la censure grossière, comme celle qui frappa *Charlie Hebdo* en 1970 : des journalistes dévoués, carriéristes, de bons petits soldats, courageux avec les faibles, dociles avec leurs maîtres.

1997 *Charlie Hebdo* n°275 ▶
du 24 septembre

1997 *Charlie Hebdo* n°274
du 17 septembre

1969 *Hara-Kiri Hebdo* n°10 ▶
du 7 avril
L'ORTF (Office de radiodiffusion-télévision française) créé en 1964 a souvent été accusé d'être la voix du pouvoir, surtout sous de Gaulle qui donnait ses consignes directement à son ministre de l'Information Alain Peyrefitte.

1973
Charlie Hebdo n°154 du 29 octobre

bête et méchant

HARA-KIRI HEBDO

PROLONGEMENT HEBDOMADAIRE DU MENSUEL HARA-KIRI • Nº 10 • LUNDI 7 AVRIL 1969 • 1 F

le scandale du gavage des oies en France

TELE : ÇA DEGAGE !

FINALEMENT, il a donc lieu, le grand nettoyage de la télé. On aurait pu croire, pendant quelques semaines, que la gauche victorieuse se montrerait vainqueur magnanime et que les règlements de comptes trop prévisibles dont se pourléchaient d'avance les Ducon-Lajoie nous seraient évités. Il paraît que ce n'était pas possible. « Cinna ou la clémence d'Auguste » n'est pas une pièce pour le boulevard.

On vire donc les lèche-cul. Pour les remplacer par quoi ? Par d'autres lèche-cul, mais programmés tête-bêche ? Non, disent les syndicats de l'audio-visuel. Par des gars responsables devant nous, acceptés par nous, voire choisis par nous, parmi nous.

A l'heure où j'écris, comme on dit, ces lignes, je ne sais pas dans quelle mesure le pouvoir acceptera. Le pouvoir d'avant lui lui a légué, entre autres bien utiles zinzins, ce formidable cadeau : le Monopole. La télé appartient au pouvoir. Au pouvoir en place. Elle est un formidable instrument de propagande, donc de maintien du pouvoir. Les responsables sont (étaient ?) nommés par le pouvoir. Qui exige d'eux qu'ils soient à sa botte. Pas rigoler avec ça, hé là ! Comme des militaires de carrière.

Le pouvoir, chose imprévisible en Cinquième République, change de mains. La Cinquième République est une démocratie de droit divin, elle a été faite par un homme providentiel pour cet homme providentiel et à son exclusif usage, ses successeurs aux mains débiles n'étaient pas assez providentiels, la couronne était trop grande pour leurs petites têtes, elle leur tombait sur les épaules en leur rabattant les oreilles, bref : le pouvoir passe à la gauche. Pour laquelle, encore une fois, il n'est pas fait. Habit de cour pour la droite, carcan pour la gauche. Une Constitution, ça se retaille. Mais bon, chaque chose en son temps, ne nous égarons pas.

A sa botte. Ainsi les voulait le pouvoir de droit divin. Chargés d'encenser le Pharaon, de truquer l'information dans le sens qui lui était propice. Or, ce travail, faudrait pas croire, exige du doigté. Il ne s'agit pas seulement d'attendre la volonté du maître, il faut la pressentir, aller au-devant. Et ne pas se tromper. Art tout en finesse, qui tient du tango argentin et de la divination de pensée. Le pouvoir, plof, change. Et même bascule. Cul par dessus-tête. Choc très brutal. Très très. Les lèche-cul en place doivent partir. C'est l'évidence même. Remarquez, le nouveau pouvoir s'accommoderait peut-être très volontiers d'eux, ce sont, comme je vous disais, gens de métier, orfèvres en la, si j'ose dire, matière, ils ont leur truc bien en main, le public est habitué à eux bien plus qu'il ne le croit lui-même, mais voilà : le pouvoir nouveau a ses hommes à lui à mettre en place, qui piaffent et trépignent de l'autre côté de la porte, et parmi eux un paquet de bons bougres injustement chassés par le précédent pouvoir pour cause de, ben oui, sympathie pour les opposants d'alors qui sont les majoritaires de maintenant, ou pour cause d'objectivité pure et simple. Et puis, le public ne comprendrait pas. Ces visages ont trop chanté les louanges du précédent et dé-

(Suite page 3)

(Suite de la page 1)

sormais honni pouvoir, se sont trop confondus avec le visage même du pouvoir déchu. Le public veut que le changement se manifeste tout d'abord, et de façon éclatante, dans le rectangle fascinant où se matérialise l'univers : l'écran de sa télé. Le public veut voir des têtes nouvelles et entendre rouler les anciennes.

Si les responsables de la télé étaient des lèche-cul du pouvoir, la faute à qui ? Au pouvoir. Qui les voulait tels. Qui les écrasait, les réduisait à n'être que ça. Les tyrans font les esclaves. Mitterrand est le premier président de la Cinquième à ne pas se nimber du reflet de l'auréole magique de de Gaulle. Il n'est pas le Sauveur, ni l'héritier du Sauveur, il ne se targue d'aucun « charisme » affirmé ou suggéré.

Mitterrand n'est que l'élu des Français. Il n'a nul besoin d'entretenir parmi eux je ne sais quel mythe d'infaillibilité quasi-divine. Il peut se permettre de se tromper, et de le dire. Son gouvernement peut gouverner sur la place publique. Il est fait d'hommes, non de demi-dieux. Il n'a nul besoin de tronquer, de truquer l'information. Il peut donner la parole à l'opposition. Il peut se garder de toute démagogie. Il n'a donc pas besoin de lèche-cul.

Je fais là, me direz-vous, un portrait idyllique de Mitterrand et de son équipe. Eh, pardi, oui ! Je ne fais que jouer le jeu. Les prendre pour ce qu'ils se donnent. Les voilà au pied du mur, à eux de nous montrer s'ils sont bien tels. Je leur accorde le préjugé favorable, n'ayant nul plaisir à voir le dompteur se faire dévorer, à voir le politicien se faire bouffer par le pouvoir.

Monopole ou pas monopole ? Au nom de la liberté, on a envie de dire : « Pas de monopole. » Et puis on réfléchit que « liberté » veut dire pognon, et qu'on a toute certitude de voir fleurir une télé où le gros annonceur fera la loi, une télé-Hersant, une télé de putsch, peut-être, et alors on se mord la langue... Mais pourquoi le monopole serait-il obligatoirement la main mise totale de l'Etat – c'est-à-dire de la faction au pouvoir – sur les programmes ? Encore une fois, le pouvoir de la gauche peut se payer le luxe d'être fidèle à un idéal de gauche et laisser les journalistes qu'il paie donner aux Français une information sérieuse, objective, abondante. Une information qui les invite à réfléchir, à « aller plus loin », au lieu de ce baratin débité à la vitesse d'un vendeur de cravates à la sauvette, et avec le même ton. Au lieu de ces faits divers pittoresques ou tragiques montés en épingle alors que l'essentiel est escamoté ou défiguré...

Je rêve... Je croirai que quelque chose a bougé quand les infos ne commenceront plus par le football ou le tennis et ne se termineront plus par le tiercé... Oui, bon, d'accord. Le peuple est roi, et c'est lui qui veut ça. Cette merde. Le peuple veut de la merde, si tu lui donnes autre chose il mord. C'est ce qu'ils disent tous. Ce qu'ils ont toujours dit jusqu'ici. Peut-être bien qu'on peut essayer de lui faire une douce violence, au peuple, hm ? Pour voir.

Cavanna

PERPLEXITÉ

Qui tient les médias tient le pouvoir.

Axiome.

Au nom duquel le précédent pouvoir a tenu la télé et, directement ou indirectement, la radio et la grande majorité de la presse écrite dans sa poigne de fer.

Résultat :

Mitterrand élu, raz de marée socialiste et tout ce qui s'ensuit.

Or, Mitterrand avait la quasi-unanimité des médias contre lui, télé, radio, presse (la presse parisienne à 70 %, la presse régionale à 90 %).

Le bourrage de crâne ne serait-il plus ce qu'il était ?

1981
La semaine de Charlie
n°554 du 25 juin

1981
◀ *Charlie Hebdo* n°578
du 9 décembre

1981
Charlie Hebdo n°560
du 5 août

1993
◀ *Charlie Hebdo* n°40
du 31 avril

1981
Charlie Hebdo n°548
du 14 mai

1997
Charlie Hebdo n°262
du 25 juin

TÉLÉ-CHIRAC

1996
Charlie Hebdo
n°234
du 11 décembre

2000
Charlie Hebdo ▶
n°445
du 27 décembre

1996 *Charlie Hebdo* n°207 du 5 juin
2004 *Charlie Hebdo* n°652 du 15 décembre

FRANCE 2
la "Pravda" de la droite

2005 *Charlie Hebdo* n°658 du 26 janvier
◀ **2005** *Charlie Hebdo* n°658 du 26 janvier
2002 *Charlie Hebdo* n°521 du 12 juin

2010
Charlie Hebdo n°957
du 19 octobre

2007
◀ *Charlie Hebdo* n°806
du 28 novembre

2002
Charlie Hebdo n°511
du 3 avril

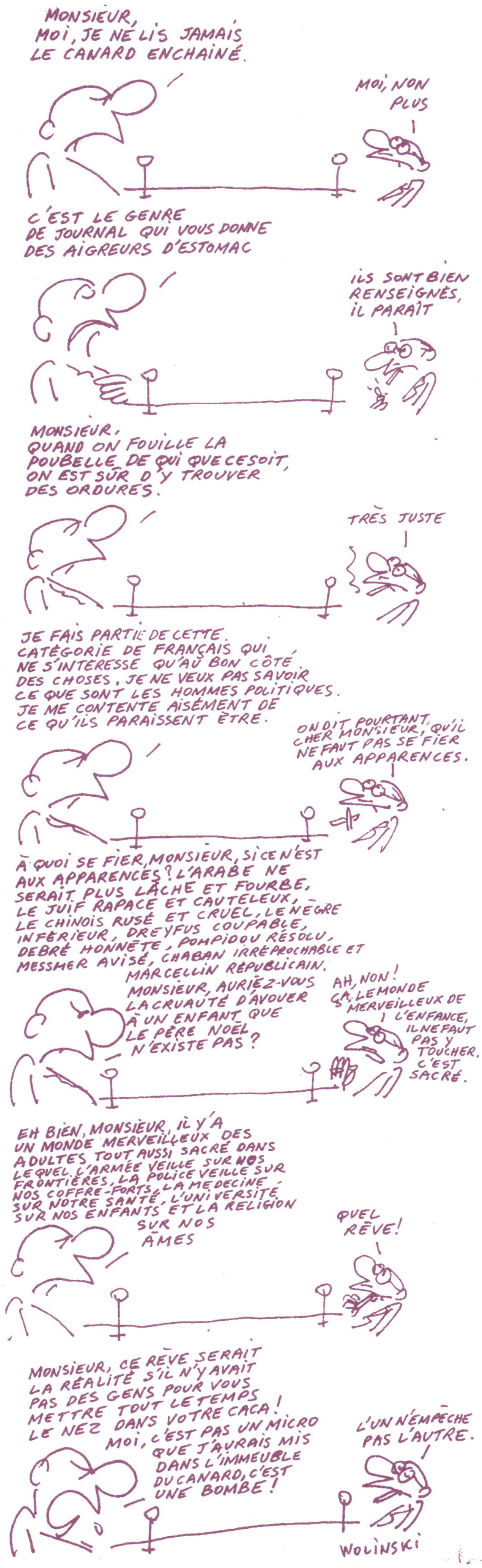

1973 *Charlie Hebdo* n°161 du 7 décembre
2008 *Charlie Hebdo* n°851 du 8 octobre ▶

2004
◀ *Charlie Hebdo* n°651 du 8 décembre

2008
Charlie Hebdo ▶ n°835 du 18 juin

2005
Charlie Hebdo n°658 du 26 janvier

2008 *Charlie Hebdo* n°835 du 18 juin
2005 *Charlie Hebdo* n°701 du 23 novembre ▶

Delcourt
« Une enquête édific
CE QUE FAIT
DANS LE

1995
Charlie Hebdo n°170
du 20 septembre

1995
Charlie Hebdo n°150 ▶
du 10 mai

2002 *Charlie Hebdo* n°514 du 24 avril
1995 *Charlie Hebdo* n°170 du 20 septembre

1998 *Charlie Hebdo* n°302 ▶
du 1er avril
1995 *Charlie Hebdo* n°133
du 11 janvier

Journalistes poules mouillées

Le Front national dissout la liberté de la presse

« Le Monde » condamné pour racisme antifasciste !

par Philippe Val

IL NOUS A HABITUÉS À MIEUX, Pierre Georges ! D'habitude, je me régale à lire sa chronique quotidienne à la dernière page du *Monde*, mais là, nul. C'était samedi dernier. À la place de sa prose habituellement ondoyante, ironique et minutieuse, un style de chiotte. À la place de son humanisme élégant, des grosses affirmations surnageant entre les virgules comme des étrons dans une eau d'égout. Écœurant. Exemple : « *Les sociétés multiculturelles ont toutes abouti à des échecs sanglants. Le discours du Front national a justement pour objectif d'éviter la généralisation d'affrontements sur notre sol entre personnes d'origines différentes.* » Plus loin, cette affirmation stupéfiante : « *Il* [le FN] *n'est ni de droite ni de gauche.* [...] *Il est le parti de la France.* » En arrivant à la signature, je lis avec soulagement que l'article n'est pas signé par Pierre Georges, mais par un certain Jean-Marie Le Pen, président du FN, qui a pris sa place.

En résumé, voici l'histoire. Le 12 mai 1995, Pierre Georges avait consacré sa chronique à l'assassinat de Brahim Bouaraam par des skinheads qui suivaient le défilé du 1er mai organisé par le FN. Il y parlait de « *Cinq crânes rasés aux idées rases, qui fêtèrent Jeanne d'Arc à la bière et à la haine.* » Il rappelait qu'ils étaient « *venus de Reims* » comme « *ils y étaient retournés : dans un car affrété pour la manifestation par la Fédération de la Marne du Front national* ». Il avait pris la précaution de signaler également que ces jeunes « *n'étaient pas des militants du Front national* » ni, sans doute, d'aucune organisation, « *hormis leur adhésion ponctuelle et imbibée à une littérature néonazie et à des idées folles* ». Il évoquait « *des paumés et des violents, des squatters du racisme ordinaire* ».

Le Pen a porté plainte, prétendant que ce qui était sous-entendu dans cet article était insultant pour le Front national. Plainte qui a de quoi faire éclater de rire n'importe quel procureur de la République républicain, puisque, dans cet article, tous les mots sont pesés au trébuchet du diamantaire. Inattaquable. Sauf par une justice qui craindrait un jour d'avoir à travailler sous les ordres d'un Jean-Marie Le Pen, et qui, dès aujourd'hui, serait soucieuse de donner des gages à son futur patron.

AUJOURD'HUI, les apparences laissent croire que ce serait le cas de la justice française. Entre les décisions iniques que leur permettent de rendre les lois Pasqua dans les affaires concernant les étrangers, et les condamnations qui pleuvent sur la presse qui s'autorise à contester les thèses de l'extrême droite, tout se passe comme si le pouvoir judiciaire balayait la route du pouvoir devant les troupes fascistes.

Le 17 avril dernier, *le Monde* a donc été condamné en première instance, devant le tribunal de Nanterre, à publier un droit de réponse de Jean-Marie Le Pen à la place de l'article de Pierre Georges. Dans les attendus du jugement, on peut lire cette affirmation incroyable : « *Bien qu'il affirme clairement : "Ces jeunes n'étaient pas des militants du Front national", l'article* [...] *met bien en cause le Front national par l'amalgame auquel il se livre.* » En conséquence, le tribunal ordonne le droit de réponse, sous astreinte de 20000 F par numéro de retard, et condamne Colombani et *le Monde* à payer 10000 F de dommages et intérêts au Front national. Vendredi 7 juin, le tribunal de Versailles, par une ordonnance de référé, contraint *le Monde* à insérer le texte de Le Pen.

Désormais, lorsque les journaux parleront des fascistes en les appelant par leur nom, ils seront condamnés. Depuis que l'extrême droite s'est rendu compte que certains tribunaux lui étaient favorables, elle se livre à un harcèlement judiciaire dont elle sort vainqueur et grandie. À *Charlie*, nous avons essayé d'alerter tous les parlementaires sur le caractère anticonstitutionnel du FN. Nous avons crié sur les toits qu'il fallait s'y opposer sur le terrain du droit. C'est trop tard. Aujourd'hui, c'est le Front national qui s'approprie la stratégie et qui met hors la loi la liberté de la presse.

À chacun de nos procès perdus devant la 17e chambre correctionnelle de Paris, présidée par Mme Ract-Madoux, nous avons alerté la presse : attention, aujourd'hui c'est nous, demain ce sera vous. Effectivement, *le Nouvel Obs, le Canard enchaîné, Libération* sont, depuis, tombés sous les coups de cette institution qui porte encore, curieusement, le nom de « justice républicaine ». Mais il a fallu attendre aujourd'hui, à présent que *le Monde* est attaqué, pour que sonne l'alerte rouge dans toutes les rédactions. Quel temps perdu... Pauvre pays de notables qui ne se réveille de ses lourdes fins de banquet que lorsqu'un notable est étranglé avec sa cravate.

LE PEN, dans son droit de réponse, précise, en guise d'avertissement, qu'il n'est ni raciste, ni fasciste, ni xénophobe, ni de droite, ni de gauche. Ami lecteur, il va donc falloir t'adapter au changement de vocabulaire auquel les tribunaux nous contraignent. Je n'ai pas encore les attendus du procès me condamnant pour avoir qualifié Me Lejeune d'« endive moite ». Je ne sais donc pas encore si c'est « endive » ou si c'est « moite » qui a été jugé insultant. Quoi qu'il en soit, désormais nous écrirons « endive sèche », ou « carotte moite », selon que l'un ou l'autre des termes sera prohibé.

Nous n'écrirons plus « fasciste », mais « centriste ». Comme en Italie, où Gianfranco Fini, l'allié de Berlusconi, est un « centriste d'extrême droite ».

Nous n'écrirons plus « révisionniste », mais « historien ».

Nous n'écrirons plus « crime raciste », mais « jeu de rôle ». À moins que la victime ne soit une catholique pratiquante. Marchiani, le préfet du Var, ne nous autorise à qualifier spontanément de « raciste » que les actes délictueux perpétrés à l'encontre d'un chrétien.

Nous n'écrirons plus « antisémite », mais « de centre droit ».

Nous n'écrirons plus « xénophobe », mais « bon père de famille qui préfère ses cousins à ses voisins ».

Nous n'écrirons plus « Hitler », mais « marchand de détail ».

Nous n'écrirons plus « génocide », mais « détails en gros ».

Nous n'écrirons plus « raciste », mais « de centre gauche ».

Nous n'écrirons plus « Front national », mais « association culturelle promouvant les danses folkloriques du terroir ».

Nous n'écrirons plus « relents pétainistes », mais « senteurs de lavande ».

Nous n'écrirons plus « extrême droite », mais « démocrate ». Etc.

DONC, ne soyez pas surpris si bientôt, dans *Charlie*, vous lisez cette phrase : « Le Pen, le président de l'association culturelle pour la promotion des danses folkloriques du terroir, passe élégamment du centre gauche au centre droit, en attendant de devenir marchand de détail, et ce bon père de famille démocrate aux senteurs de lavande ne manque jamais d'encourager les jeux de rôle dont il apprécie le spectacle en compagnie de ses amis les endives sèches. »

Quand les mots rétrécissent, ce sont nos libertés qui disparaissent. Nos vies vont devenir de plus en plus petites à mesure que s'allongera sur les tribunaux l'ombre mortelle de l'extrême droite. Une décision de justice telle que celle dont *le Monde* vient d'être victime aurait été inimaginable cinq ans après la Seconde Guerre mondiale. Faudra-t-il attendre qu'un nouveau génocide ait eu lieu pour qu'on puisse réutiliser les vrais mots pour désigner les vraies choses ? En politique, il faut commettre combien de crimes pour que le citoyen puisse traiter les coupables d'« assassins » sans que ce soit l'accusateur qui soit condamné ? ■

1992 *Charlie Hebdo* n°21
du 18 novembre

◀ **1996** *Charlie Hebdo* n°208
du 12 juin

2002 *Charlie Hebdo* n°516 ▶
du 7 mai

DOUBLE PAGE SUIVANTE

2012 *Charlie Hebdo* n°1022
du 18 janvier

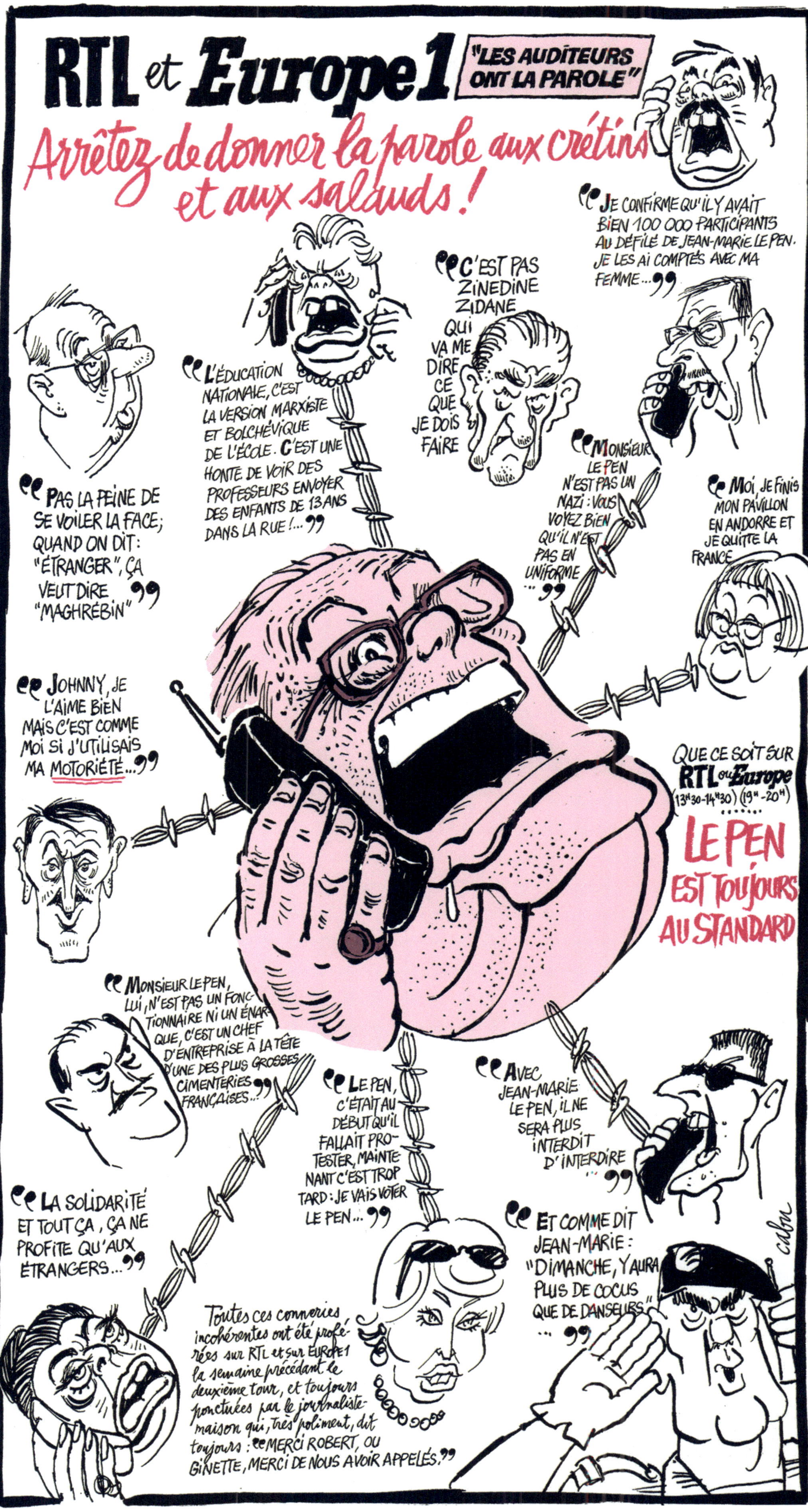
RTL et Europe 1 "LES AUDITEURS ONT LA PAROLE"
Arrêtez de donner la parole aux crétins et aux salauds !
« Je confirme qu'il y avait bien 100 000 participants au défilé de Jean-Marie Le Pen. Je les ai comptés avec ma femme… »
« C'est pas Zinedine Zidane qui va me dire ce que je dois faire »
« L'Éducation nationale, c'est la version marxiste et bolchévique de l'école. C'est une honte de voir des professeurs envoyer des enfants de 13 ans dans la rue !… »
« Pas la peine de se voiler la face ; quand on dit : "étranger", ça veut dire "maghrébin" »
« Monsieur Le Pen n'est pas un nazi : vous voyez bien qu'il n'est pas en uniforme… »
« Moi, je finis mon pavillon en Andorre et je quitte la France »
« Johnny, je l'aime bien mais c'est comme moi si j'utilisais ma motoriété… »
Que ce soit sur RTL ou Europe (13h30-14h30) (19h-20h) …… LE PEN EST TOUJOURS AU STANDARD
« Monsieur Le Pen, lui, n'est pas un fonctionnaire ni un énarque, c'est un chef d'entreprise à la tête d'une des plus grosses cimenteries françaises… »
« Le Pen, c'était au début qu'il fallait protester, maintenant c'est trop tard : je vais voter Le Pen… »
« Avec Jean-Marie Le Pen, il ne sera plus interdit d'interdire »
« La solidarité et tout ça, ça ne profite qu'aux étrangers… »
« Et comme dit Jean-Marie : "Dimanche, y aura plus de cocus que de danseuses"… »
Toutes ces conneries incohérentes ont été proférées sur RTL et sur Europe 1 la semaine précédant le deuxième tour, et toujours ponctuées par le journaliste-maison qui, très poliment, dit toujours : « Merci Robert, ou Ginette, merci de nous avoir appelés. »
cabu

ÉLYSÉE 2012

Marine Le Pen

LA VOIX DU PEUPLE, L'ESPRIT DE LA FRANCE

Comité Marine Le Pen 2012

Monsieur le président,

L'émission de M. Ruquier du 7 janvier
présidentiel, tout est à craindre de la par

M. Ruquier a diffusé ce samedi cette
l'image dans ma lettre car peut-être n'ête

La vulgarité de M. Ruquier atteint son c
traitée ainsi sur le service public.

Je récapitule ici les atteintes très graves
- Émissions « C'est à vous » et «
réponse sont en cours. Ce serait le minin
- Procédure contre l'émission « C
journalistes de cette émission. J'ai co
émission avaient été placés en garde à v
- Plainte pour injure contre M. R
Pen en croix gammée.
- Je n'oublie pas la plainte qu'a
Ruquier.

Maintenant M. Ruquier compare Mme
ressemble", Laurent Ruquier insulte au p

Sous l'impulsion de France télévisio
particulièrement nauséabonde et ordurié
de l'audiovisuel et je la rends publique.

Veuillez agréer, M le Président, l'expres

ITONS MARINE LE PEN...

DIRECTEUR DE FRANCE TÉLÉVISIONS À PROPOS D'UN
NS "ON N'EST PAS COUCHÉ" (FRANCE 2, 7/01/12)

anterre, le 9 janvier 2012

. Pflimlin
rance télévision
5 esplanade Henri de France
5015 Paris

d'eau qui fait déborder le vase. D'ici le scrutin
ateur.

ours de son émission hebdomadaire. J'insère
a courant ?

me Marine Le Pen est la seule candidate à être

l'objet :
de Caroline Fourest : des demandes de droit de
s vouliez bien les accepter.
d'enquête » relativement à la déontologie des
a semaine dernière des journalistes de cette
n d'un autre incident déontologique.
qu'il ait transformé la généalogie de Mme Le

aussi Me Collard contre M. Darmon et M.

ne merde. En ajoutant, "la candidate qui vous
illions de téléspectateurs et d'électeurs.

agne présidentielle s'engage dans une voie
copie de la présente lettre au Conseil supérieur

sentiments distingués.

runo Bilde
irecteur de la communication
e la campagne présidentielle de Marine Le Pen

OMME ES AUTRES ANDIDATS !

Liberté d'expression, combien de divisions ?

Liberté d'expression, combien de disparitions ?

2016
Charlie Hebdo n°1113
du 16 octobre

1994
Charlie Hebdo n°97 ▶
du 4 mai

2019
Charlie Hebdo n°1397
du 30 avril

1994
◀ *Charlie Hebdo* n°109
du 27 juillet

2013 *Charlie Hebdo* n°1118 ▶
du 20 novembre

2014
◀ *Charlie Hebdo* n°1140
du 23 avril

2005
Charlie Hebdo n°665
du 16 mars

2013 *Charlie Hebdo* n°1118 du 20 novembre
◀ **2004** *Charlie Hebdo* n°637 du 1er septembre

2005 *Charlie Hebdo* n°678 du 15 juin

Reporters sans vergogne

Le ridicule a des frontières.

Quand j'ai vu la photo dans « Libération », j'ai d'abord cru qu'il s'agissait de la campagne de lancement d'un nouveau journal satirique. Et j'ai eu peur pour l'avenir de *Charlie Hebdo*. Merde, les types qui ont réalisé ce visuel savent rigoler ! Il va y avoir de la concurrence.

La photo représente Christine Ockrent en pull à col roulé et veste de cuir, la tête renversée sur le dossier de sa chaise. Les yeux perdus dans le vague, elle a une balle dans le front. Elle est morte. Le commentaire : *« N'attendez pas qu'on vous prive de l'information pour la défendre. »* À se pisser au froc, oui, sauf qu'il ne s'agit pas de la pub pour un magazine d'humour, c'est une des affiches de propagande pour l'association Reporters sans frontières. RSF lutte contre la censure et pour la liberté de la presse...

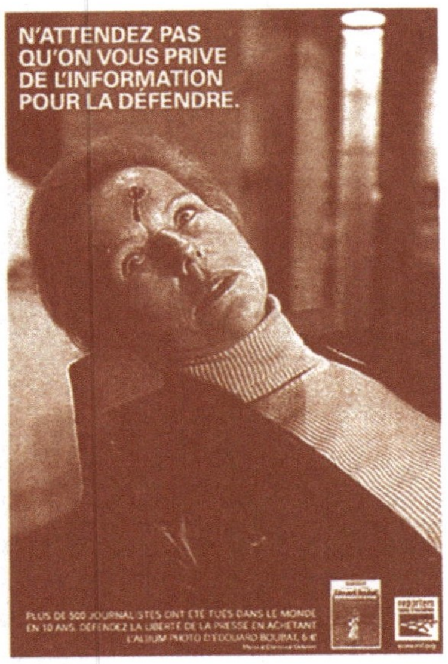

Deux autres affiches dans la même veine ont été réalisées gracieusement par l'agence Saatchi & Saatchi. Elles sont visibles sur le site rsf.fr. Sur l'une, Guillaume Durand est écroulé contre un mur gris maculé de sang. Il a reçu plusieurs balles dans la peau. Sur l'autre, Emmanuel Chain, un peu pâlot, est allongé sur le sol. Ses cheveux baignent dans une mare de sang. Il a été égorgé. Le message qu'a voulu délivrer RSF : *« En rappelant que plus de cinq cents journalistes ont été tués en dix ans, Reporters sans frontières a voulu ancrer son combat dans la vie quotidienne des Français et ainsi rappeler l'urgence de la situation de la liberté de la presse dans le monde. »* Noble combat, grotesque démarche. On comprend bien que RSF a voulu que le lecteur de l'affiche se dise « mon dieu, et si ça arrivait chez nous ! » et, après quelques secondes de réflexion, « il ne faut pas attendre qu'on nous prive de l'information pour la défendre ».

Mais qui en France peut croire que l'information se porterait plus mal si un de ces journalistes disparaissait ? En quoi leur mort ou leur départ à la retraite nous priverait de l'information ? Quelle dictature serait assez folle pour éliminer ses meilleurs porte-parole ? Ils servent la dictature du pognon aveuglément, pourquoi pas celle d'un général moustachu ou bien une junte vert olive ? Est-ce qu'un jour une information est sortie de la bouche de Guillaume Durand qui a dérangé le pouvoir politique, le pouvoir économique, le pouvoir médiatique ? L'impertinence de Christine Ockrent la mettrait-elle en danger chez Poutine, Castro ou Saddam Hussein ? Le producteur Emmanuel Chain vend des émissions qui empêcheraient le mal de tourner sur son axe ? Saatchi & Saatchi manquait sans doute de pelloche pour photographier Jean-Pierre Pernaut empalé sur une pique ou alors Olivier Mazerolles les couilles dans la bouche. Le comique de répétition est efficace, pourtant. Si les journalistes qui se battent pour avoir le droit d'écrire des vérités qui dérangent le pouvoir établi voyaient ces affiches du fond de leur prison, ils éclateraient de rire pour peu qu'ils soient armés d'un solide second degré. Sinon, ils mourraient de honte au lieu de mourir sous la torture.

Comparer des combattants pour la liberté avec des passeurs de plats, des speakers fadasses qui n'empêchent de dormir que le téléspectateur neurasthénique, c'est un peu dégueulasse. En trois affiches, RSF réussit, d'une part, à prendre les gens pour des cons et, d'autre part, à tourner en dérision la mission que l'association s'est assignée. En plus, faire appel à une agence de publicité, c'est-à-dire à une agence de désinformation, pour défendre l'information, c'est amusant... Faire soutenir l'information par son pire ennemi, c'est offrir une corde à un pendu. La garantie d'une information de meilleure qualité serait que les trois vedettes de la télé disparaissent (dans des conditions moins tragiques) vraiment du petit écran. Par exemple, RSF pourrait offrir l'argent récolté par cette campagne pour payer des vacances éternelles aux trois rigolos. Allez, au boulot, RSF ! **CHARB**

2003
◀ *Charlie Hebdo* n°552
du 15 janvier

1995
Charlie Hebdo n°145 ▶
du 5 avril

CARTE D'IDENTITE DES JOURNALISTES PROFESSIONNELS
PRESSE 1995
N°
LA LIBERTÉ DE L'INFORMATION SERA ASSURÉE
TARDI

CHARLIE ET CEUX QUI FONT VIVRE OU MOURIR LA PRESSE

Quand *Charlie Hebdo* paraît de nouveau en 1992, il y a alors 36 000 points de vente en France. En 2020, il n'en reste plus que 22 000. Sans les kiosquiers, les maisons de la presse et les marchands de journaux, un pan de la liberté d'expression disparaîtrait.

Dans les années 2000, les journaux gratuits entièrement financés par la publicité ont distillé le poison de la gratuité et fait croire au public qu'un média ne coûte rien. Alors qu'en réalité, si un journal ne coûte rien à acheter, c'est peut-être parce qu'il ne vaut pas beaucoup plus.

2016 *Charlie Hebdo* n°1224 du 6 janvier
1996 *Charlie Hebdo* n°231 du 20 novembre ▶
2000 *Charlie Hebdo* n°410 du 26 avril ▶

SAINT-GERMAIN-DES-PRÉS
Le Monde
Newsweek
Librairie
METRO
ALERTE !
APRÈS LES LIBRAIRIES, LES MARCHANDS DE JOURNAUX DISPARAISSENT !
OLGA ESPARDELIER ET SON MARI,
DÉPOSITAIRES DE PRESSE 65, RUE DE RENNES, EXACTEMENT À LA SORTIE DU MÉTRO St SULPICE, VONT FERMER LEUR BOUTIQUE LE 31 DEC. 96
« LES N.M.P.P NE ME LIVRENT PAS ASSEZ DE JOURNAUX QUE JE VENDS... ET ME LIVRENT TROP DE PRESSE ET DE "PARA-PRESSE" QUE JE NE VENDS PAS. »
JE N'AI PLUS "LE MONDE"... MAIS J'AI PLEIN DE "PAN PAN CUL CUL" !
« LES N.M.P.P ME FACTURENT DES AVANCES DE TRÉSORERIE DE PLUS EN PLUS IMPORTANTES EN REFUSANT D'ADAPTER SES LIVRAISONS À MES BESOINS. »
« CE QUI M'INTÉRESSE, C'EST DE VENDRE LA PRESSE ÉTRANGÈRE PLUTÔT QUE DES CASSETTES VIDÉO OU DES TIRAGES PHOTO ! »
NICOLAS
sarah well
Cabu
« DANS CE MÉTIER, OU BIEN VOUS MANQUEZ DE RÉASSORTS, OU BIEN VOUS ÊTES SUBMERGÉS DE CONNERIES. » LE KIOSQUE DE LA RUE DE BUCI A FERMÉ BOUTIQUE AU DÉBUT DE L'ANNÉE...
LES N.M.P.P ÉTAIT UNE BELLE IDÉE COOPÉRATIVE... OÙ LES DÉPOSITAIRES AVAIENT LE DROIT DE SE FAIRE ENTENDRE...

3 FOIS 35 HEURES OU LA VIE D'UN KIOSQUIER
ALAIN CLÉMENT, KIOSQUIER PLACE DE LA NATION À PARIS, FRÈRE DE DANIEL CLÉMENT, KIOSQUIER PLACE DU Cel FABIEN (VOIR "CHARLIE" DE LA SEMAINE DERNIÈRE)
TRAVAILLE 15 H PAR JOUR POUR GAGNER LE SMIC.
1 PARISIEN
Le Parisien
MONSIEUR CLÉMENT AIME LES GENS. HEUREUSEMENT, CAR SON MÉTIER EST DE PLUS EN PLUS EXIGEANT : « TROP DE PAPIER ! PAS LE TEMPS D'ENCARTER TOUS CES SUPPLÉMENTS ! OBLIGÉ DE VENDRE DES CASSETTES, DES POKÉMONS... 75 F LE LIVRE DES POKÉMONS, AVEC TOUJOURS DES CARTES QUI MANQUENT... ET ILS TROUVENT QUE LES JOURNAUX COÛTENT TROP CHER ! »
INTERNET
MODES
JARDIN
« TOUS LES EMPLACEMENTS SONT LOUÉS À LA PUB SUR MON KIOSQUE PAR LES N.M.P.P. »
« DES JOURNAUX DE MODE À 40 F J'EN VENDS AUCUN »
1 MOTO-REVUE
1 PARISCOPE
1 MATIN-COURSES
VACANCES DE PÂQUES 3 JOURNAUX DE CUL D'UN COUP
– « MONSIEUR... J'AVAIS RENDEZ-VOUS À L'ANGLE DE LA PLACE DE LA NATION ET DE L'AVENUE BELAIR... C'EST BIEN ICI ?
– OUI, MADAME ! VOUS AVEZ RENDEZ-VOUS AVEC MOI ! »
1 NOUS DEUX
1 AUTO-PLUS
AH ! SI GUTENBERG REVENAIT...
UN RENSEIGNEMENT
PAS MERCI
M. CLÉMENT NE QUITTE PAS SON KIOSQUE DE LA JOURNÉE : IL EST OBLIGÉ DE PISSER DANS UNE BOUTEILLE.
... TOUT EN SERVANT SES CLIENTS...
... J'AI VU LA BOUTEILLE.
MONSIEUR, S'IL VOUS PLAIT, VOTRE PARAPLUIE
CUISINE
L'EXPRESS
CHAQUE SEMAINE, M. CLÉMENT VEND 19 "CHARLIE HEBDO". Cabu

2000
◀ *Charlie Hebdo* n°409
du 19 avril

2003
Charlie Hebdo n°597 ▶
du 26 novembre

MAUVAISES NOUVELLES OU BONNES NOUVELLES...

Quatorze heures de boulot par jour. Debout. Parfois, pipi dans une bouteille. Vacances : jamais.

1 400 nouveaux numéros 1 en 2002.

Gain net : 9 %
Revenus : 915 €

60 % des titres placés ne font qu'un aller-retour, ne se vendent jamais.

... C'EST TOUJOURS LE MESSAGER QU'ON ÉLIMINE

Place Gambetta, le tout nouveau kiosque de Pascal. Garanti non dangereux. Il y a quelques années, un panneau de «Détective» du vieux kiosque s'était envolé et avait arraché la tête d'un motard. Tiens : certains kiosquiers appellent leur lieu de travail « le cercueil[1] »...

UN KIOSQUIER PLACE GAMBETTA (XXe)

P. Clément, 26 ans de métier

Pas ce genre de risque avec le nouveau, où beaucoup de revues sont rangées dans des casiers et où le kiosque lui-même se déplie comme dans une immense boîte à Barbie. Le kiosque est l'un des plus gros et des plus rentables de Paris. Son proprio a dû patienter vingt ans pour l'avoir. Auparavant, il faisait le pied de grue (un kiosquier est généralement debout) à République, un bon lieu d'achat, pourtant. Pascal n'a pas voulu y rester. *« Parce que les gens ne me disaient pas bonjour. »* Pascal aime les contacts humains. Il dit que le XXe est l'un des derniers arrondissements de Paris où les gens sourient. C'est vrai. Curieuse, tout de même, cette théorie du commerce « personnalisé », où l'on s'aime… Le « kiosque » est-il une forme archaïque, précapitaliste, d'échange ? En tout cas, le quartier, populeux, évoque le vieux Paris, sans doute un peu moins froid. Cabu, Baudoin-la-Baude et moi grelottons sous la pluie en regardant des types demander des journaux imprimés en cyrillique. Sur un sondage sur vingt clients, c'est l'étranger, les mots croisés et *Le Canard enchaîné* qui dominent (pas étonnant, c'est mercredi).

Un kiosquier ne peut refuser la marchandise.

Le kiosque obéit à la loi inéluctable de la concentration. 280 kiosquiers à Paris il y a deux ans, 220 aujourd'hui. Sur les 220, 200 sont en train de crever, dont celui de l'autre côté de la place, le « petit kiosque ». Le « grand kiosque », lui, celui de Pascal, tout neuf, profite de la proximité de la bouche du métro. Manque de bol, à côté du métro, la concurrence déloyale, les « gratuits ». Combien gagne notre ami des humains ? Un smic : 1 000 euros par mois. Pas besoin de chercher plus loin la raison de la disparition d'un métier (le plus mal payé d'Europe) où l'on démarre à 5 heures du mat' pour faire l'inventaire des revues tout en servant les premiers clients, un boulot qui exigerait une secrétaire à plein temps. Après quoi, debout en général pendant douze heures, avant de refaire un deuxième inventaire. *« Le retour des invendus est si volumineux, le nombre des "vieux" numéros* [les numéros qui ne sont pas renvoyés dans les délais] *si important qu'on en crève ! »*, dit Pascal, qui ajoute : *« Regardez le train de vie d'un employé des NMPP ! C'est autre chose que le nôtre ! En plus, les messageries ne paient pas le portage ! C'est nous qui les nourrissons, qui payons ! »*

Le kiosquier achète, mais il est un simple manutentionnaire. Un stockeur de papier inutile et inintéressant à 99 % sur lequel les messageries (les NMPP ou les MLP) et les éditeurs prennent le pactole. Les kiosquiers ressemblent un peu aux libraires : des entreprises de stockage de livres, dont la plupart ne se vendront pas (sur 20 000 livres en librairie, 4 000 se vendent), mais qui, par leur rotation rapide, permettent de faire de la « cavalerie » de papier.

« Pour nous, les 35 heures, c'est 364 heures par mois. »

Depuis la loi Bichet, tous les journaux ont le droit d'être distribués par les coopératives. Les NMPP ont la majeure part de la distribution. Autrefois, pour éviter de leur payer une dîme importante (la distribution est un coût énorme des journaux), certains éditeurs faisaient eux-mêmes le réassort des kiosquiers. Certains kiosquiers, en toute illégalité, s'approvisionnaient parfois directement chez l'éditeur. Ça se produit encore, avec la douce complicité de certains éditeurs. Autant de chiffre d'affaires en plus. Lorsqu'un kiosquier oublie de retourner les invendus dans un délai de un mois et cinq jours après leur réception, il les paie. C'est fréquent. C'est un énorme déchet.

280 kiosquiers à Paris il y a deux ans, 220 aujourd'hui.

« On nous dit : le papier ne vous appartient pas ! D'accord ! Mais quand on est en retard pour le vendre, tout à coup il nous appartient ! C'est dégueulasse ! » Un titre n'est rappelé qu'une fois. Le kiosquier n'a jamais de seconde chance.

Mais le problème vient plutôt des éditeurs qui imposent des masses énormes de journaux qui ne seront pas vendus, journaux qui parfois sont prépayés par la pub ou financés sur avances bancaires. Le seul moyen qu'a le kiosquier de refuser tout ou partie de cette masse de papier est de la payer cash. Et encore ! Très peu le font. Beaucoup sont endettés sur leurs recettes à venir.

D'où l'inflation de titres et de papier qui encombrent les kiosquiers et les rend fous. Faute de place, tout simplement, sous l'accumulation des journaux de mots croisés, le kiosquier doit faire des choix. Par exemple, Pascal limite le porno. Il place bien en vue *Marianne, Le Canard, Charlie*. Il est le plus grand vendeur de *Marianne* de Paris et un très bon vendeur des deux autres.

De même que le pharmacien fait son beurre sur les crèmes qui valent trois fois moins cher en supermarché et soignent aussi mal, le kiosquier pourrait améliorer son revenu en ajoutant des colifichets et des bonbons à sa devanture. Pascal estime qu'il a une vraie mission d'information et, je cite, de *« participation à la vie sociale »*. Un jour, les kiosquiers se feront payer pour placer en vitrine telle ou telle revue. Que deviendront les journaux qui n'auront pas les moyens de leur graisser la patte ? Cela ne suffira pas à maintenir les kiosques. La Mairie de Paris vient de faire un effort en baissant leurs loyers. *« Oui ! Mais le maire de Paris ne fait rien pour lutter contre les quotidiens gratuits qui occupent illégalement l'espace public ! Demandez à un cafetier le prix de l'amende s'il s'amuse à déplacer une chaise d'un centimètre en terrasse ! »*

Le kiosquier est là pour faire vivre un quartier. Comme le ciné. Mais c'est vrai qu'il n'y a plus de cinés de quartier.

ONCLE BERNARD

1. Lire le très bon article de Perrine Cherchève dans *Marianne* du 7 au 13 juillet.

Fossoyeurs de la presse : journaux gratuits

Apparue en France en 2002 avec *Métro*, la presse gratuite a surtout diffusé l'idée catastrophique que le travail de journaliste est lui aussi gratuit. Avec l'apparition d'Internet, les grands titres de la presse papier ont, dans un premier temps, misé sur la publicité pour proposer gratuitement leur contenu. Depuis, les acteurs traditionnels de la presse écrite, marchands de journaux, kiosquiers et maisons de la presse n'ont cessé de voir la vente des journaux papier s'effondrer.

MÉDIAS

LES JOURNAUX GRATUITS, VOUS ALLEZ LE PAYER !

Malgré la protestation du Syndicat du livre CGT, qui voit dans ces journaux une menace pour les salaires des employés des journaux payants, la presse quotidienne gratuite, dont les leaders sont deux groupes suédois et norvégiens, est désormais en place.

Sans débourser un centime d'euro, on peut tout savoir du monde, de la politique, de la culture et du sport. Les promoteurs du projet en étaient persuadés : la gratuité, c'est l'avenir de la presse écrite. Les naïfs se demandent alors comment sont financés ces journaux. Évidemment, par la publicité. Beuve-Méry, le fondateur du *Monde*, disait qu'en gros, au-delà de 20 % de recette publicitaire, un journal était mort. Mais c'était autrefois. D'ores et déjà, la quasi-totalité de la presse payante est sous perfusion publicitaire. Vivant avec entre 40 et 80 % de recette publicitaire, la presse nationale manque singulièrement de globules rouges, c'est-à-dire de liberté et d'indépendance.

Mais l'avènement des journaux gratuits marque un progrès décisif. Ce sont désormais des journaux cliniquement morts qui alimentent les neurones des citoyens qui assouvissent leur soif d'information avec des journaux financés à 100 % par la publicité.

Plus dangereux que les Martiens

Ce qui est étonnant, c'est que les Norvégiens étaient les plus rétifs à l'uniformisation globalisante, au point de repousser régulièrement leur participation à l'Europe. Or, dans le même temps, ils diffusent à travers le monde le pire accélérateur de la mondialisation ultralibérale. Ils peuvent donc continuer à fabriquer leurs allumettes et leurs harpons de baleine comme à l'ancien temps et à vendre des petits drakkars en bois dans leurs boutiques de souvenirs artisanaux, tandis que le monde autour d'eux est désormais peuplé de robots abrutis, qui ne nourrissent leur désir d'intervenir dans la marche du monde qu'avec des dépliants publicitaires, lesquels ont nécessité pour leur fabrication l'abattage de leurs forêts sacrées, où le renne ancestral broute goulûment son lichen afin d'avoir assez de force pour tirer le chariot du Père Noël.

On croit donc que ces journaux sont gratuits. Comme si des purs produits du marketing planétaire pouvaient être gratuits. Comme si on nous donnait des journaux en échange de rien. Mais comment sommes-nous devenus assez naïfs pour croire de pareils enfantillages ? Le journal payant, malgré toutes ses faiblesses, est un des derniers contre-pouvoirs sans lesquels une démocratie se transforme en dictature aussi sûrement que l'eau bout à cent degrés.

Dire qu'il y en a qui fixent les étoiles, redoutent la fin du monde et l'arrivée des Martiens. Ils feraient mieux de redescendre sur Terre pour percevoir des dangers moins exotiques, mais beaucoup plus réels. L'invasion des journaux gratuits dans les démocraties occidentales est autrement plus dangereuse que celle des Martiens.

Évidemment, ces journaux ne sont pas gratuits. Ce n'est pas parce qu'on ne les paie pas avec de la monnaie qu'on ne les paie pas. En échange de leurs infos soigneusement sélectionnées par leur service commercial, ils nous demandent notre sens critique, notre conscience politique, notre capacité à réfléchir un peu sur le monde comme on le désire. Pour la première fois, on ne nous vend pas un produit contre de l'argent, mais contre un peu de nous-mêmes. On économise un ou deux euros, mais on sacrifie chaque fois quelques millions de neurones. Les journaux gratuits sont vraisemblablement une excellente affaire financière. Il est évident qu'il n'y a pas moins cher que la gratuité. La concurrence va avoir du mal à lutter. D'ailleurs, dans les pays où elle existe déjà, les ventes de la presse quotidienne ont baissé de 7 % dès la première année. Cette concurrence déloyale inspire déjà au groupe Amaury, éditeur du *Parisien*, le projet de lancer lui-même un quotidien gratuit. Le but est donc de concurrencer les journaux par une publication qui n'est pas un journal. Car un vrai journal coûte cher à réaliser et n'est pas très facile à rentabiliser. Les journaux gratuits ont programmé la disparition des journaux, au profit de tracts publicitaires dans lesquels l'information n'est plus qu'un produit d'appel, ce qui en dit long sur la finalité du projet.

Le retour de la « Pravda »

L'information, c'est-à-dire la vie du monde, la vie de la planète et de ses six milliards d'humains, n'aura plus à présent pour but que de faire monter les prix des espaces publicitaires dans les publications gratuites. L'information et la culture ne seront plus que des prétextes pour que les gens ne jettent pas immédiatement par terre ces tonnes de papiers bourrés d'arnaques, de mirages et d'offres spéciales.

Finalement, c'est le retour de la *Pravda*, sauf que, au lieu d'être aux ordres du comité central du parti communiste, *Métro* n'a même pas besoin d'être aux ordres du Medef, puisqu'il est l'émanation naturelle de son projet, de sa vision du monde.

L'ultime différence, c'est qu'au temps de Brejnev il fallait faire la queue trois heures pour obtenir du papier hygiénique, tandis qu'aujourd'hui il est distribué gratuitement dans la rue.

PHILIPPE VAL

2002 *Charlie Hebdo* n°506 du 27 février
2002 *Charlie Hebdo* n°505 du 20 février ▶

2005 *Charlie Hebdo* n°669 du 13 avril ▶
2002 *Charlie Hebdo* n°501 du 23 janvier

CHARB N'AIME PAS LES GENS

Liberté de la presse

Les gratuits arrivent !

● **Aux armes, citoyens ! La presse, la presse libre, rouage essentiel de notre belle démocratie, est en danger de mort !** L'ennemi approche, on ne va pas tarder à entendre les patrons de journaux hululer qu'on les égorge. Le danger vient du Nord. Dans trois mois, un quotidien gratuit, lancé par le groupe suédois Metro International, devrait être distribué à Paris et à Marseille. Il s'appellera *Metro*. Ce n'est pas tout. Les barbares scandinaves attaquent en horde. Un autre quotidien gratuit, édité par le groupe norvégien Schibsted, viendra lui aussi ravager la France. *Vingt Minutes*, il s'appellera. Déjà, le syndicat national des journalistes CGT a mis en garde les maires de Paris et Marseille afin qu'ils ne se fassent pas les complices d'un crime contre la liberté de la presse. En effet, ces journaux ont besoin de l'accord de Gaudin et de Delanoë pour installer leurs présentoirs sur la voie publique. « *Cette presse entièrement livrée à la publicité* », s'indigne le syndicat, va « *déstabiliser tous les secteurs d'une activité à l'équilibre précaire* ». Mais enfin, que risque notre presse ? En quoi cette presse pourrie aux mains des publicitaires peut-elle faire de l'ombre à nos beaux quotidiens soucieux d'éthique et de plein d'autres mots compliqués ?

La pub ou la mort ? Pourquoi pas la liberté ?

Le problème, c'est que nos quotidiens ne peuvent pas vivre sans publicité. Les revenus de *Libération* et du *Monde*, par exemple, dépendent pour presque 40 % de la publicité. Leur retirer cette manne, c'est les condamner. Parce qu'ils sont gratuits, *Metro* et *Vingt Minutes* risquent de toucher un large public et donc de récupérer beaucoup de pub. Mais, allons, les lecteurs préféreront toujours lire des journaux qui délivrent une information de qualité ! C'est l'autre problème. Les quotidiens gratuits ont les moyens de pondre des informations vérifiées et des articles aussi « bons » que ceux de la presse payante. Alors, qu'est-ce qui nous fera préférer la presse payante ? La liberté de ton ? La certitude qu'elle n'est pas soumise aux publicitaires ? L'honnêteté ? Tu parles.

Il y a deux types de journaux honnêtes. Il y a ceux qui ne vivent pas du tout de la publicité et il y a ceux qui ne vivent que de la publicité. Au moins on est sûr que le journal aux mains des annonceurs est une merde. Aucune ambiguïté, c'est marqué dessus « je suis vendu ». Le journal qui ne peut vivre sans pub mais dont la pub ne représente pas 100 % de ses revenus se targue d'être indépendant, insensible aux pressions des annonceurs. Quand un sujet n'est pas traité ou mal traité par le journal, le directeur peut dire que c'est un choix éditorial et non pas un choix financier destiné à éviter de vexer tel important annonceur. Mais qu'en est-il en réalité ? Qu'un quotidien dépende à 100 % de la pub ou bien à 40 %, la situation est la même. Sans pub, *Metro* et *Vingt Minutes* ne vivront pas. Sans pub, *Libération* et *Le Monde* crèvent. Qu'il soit gratuit ou payant, un quotidien est aussi libre que ses annonceurs le lui permettent.

● **Abdelhamid Berzel a fait un truc horrible.** Il est allé assister à l'enterrement du jeune Moussa, tué par la police parce qu'il était assis sur le siège passager d'une voiture qui a forcé un barrage. Abdelhamid, bien qu'il vive depuis l'âge de six ans en France, est marocain et en situation irrégulière depuis 1979. Un sans-papiers, quoi. Un sans-papiers qui en plus fait partie du MIB (Mouvement de l'immigration et des banlieues). Ça fait beaucoup. Alors, après l'enterrement de Moussa près de la porte de Clichy, la police a contrôlé l'identité des gens du MIB présents. Abdelhamid a été embarqué, il est menacé d'expulsion. La nouvelle tactique de la police, flinguer un innocent pour choper des militants.

CHARB

charb *n'aime pas les gens*

« InfoMatin »

Rien pour 3 F, c'est donné

POURQUOI ACHETER *InfoMatin* ? Parce qu'il ne coûte que 3 F, qu'il est maniable (son format est la moitié de celui du *Monde* !), parce que les articles sont courts, parce que la maquette est claire, parce que les photos sont en couleurs. Voilà pour les arguments publicitaires. Ça fait plus d'une semaine maintenant qu'on peut acheter le nouveau quotidien. Ça fait quelques jours que je me demande comment j'ai pu acheter le deuxième numéro alors que j'avais déjà vu dans le premier numéro qu'*InfoMatin* était bien tel que la publicité le décrivait. Un petit rien avec pas grand-chose dedans. Avec les 3 F que j'économise tous les jours en n'achetant pas *InfoMatin*, je vais me payer des cigarettes et apprendre à fumer, c'est pas plus con que de lire le quotidien nain. Allons, allons, un journal qui se crée par les temps qui courent, c'est miraculeux ! Il faut encourager ce genre d'initiatives téméraires ! Et puis, un titre en plus sur le marché, c'est bon pour la liberté de la presse, ça garantit le pluralisme de l'information et plein de trucs du même genre... Tu parles ! C'est pas un journal qu'ils nous ont sorti, c'est un produit. Un journal, c'est quelques feuilles de papier qui disent quelque chose, un produit, c'est quelques feuilles de papier qui ne disent rien mais qui le maquettent joliment. Rappelons que concepteur de papier d'emballage, c'est un métier comme un autre. Le travail des journalistes d'*InfoMatin* consiste à réécrire les dépêches d'agences en coupant dedans tout ce qui n'est pas assez plat, assez incolore, inodore et sans saveur. Ne surtout pas prendre position, c'est ça l'objectivité, coco !

Le rédacteur en chef d'*InfoMatin* a prévenu : « Notre ligne politique sera fondée sur les valeurs déontologiques du travail journalistique. » Ça veut dire que les idées, les coups de gueule, l'indignation et tout ce qui peut ressembler à un peu de réflexion doivent être bannis des colonnes du journal. *InfoMatin* est à la mode, *InfoMatin*, c'est un yaourt nature sans sucre 0 % de matières grasses. Les créateurs du quotidien ont mis deux ans pour en arriver là, deux ans pour pondre une bassine d'eau tiède, un machin sans âme, un truc que voudrait même pas bouffer une autruche tellement ça n'a pas de goût. Un gâchis. Ils n'avaient, semble-t-il, qu'une seule angoisse, ces professionnels de la communication qui se sont lancés dans « l'aventure de la presse quotidienne », c'est de faire un soporifique suffisamment puissant pour endormir 100 000 personnes par jour. Pari gagné. *InfoMatin*, tu le lis, tu roupilles. S'il est petit comme ça, c'est pour être lu dans le métro, alors on le lit dans le métro et on rate sa station, on voulait descendre à Porte-de-Pantin, et on se réveille à Place-d'Italie.

Plus il y aura de journaux comme *InfoMatin* et plus j'aurai envie de lire *le Figaro*. D'accord, *le Figaro* pue la merde, mais au moins il sent quelque chose. Les propos du *Figaro* sont tellement réac, Max Clos y est tellement à vomir qu'après sa lecture on a envie de foutre le feu à ce torchon et allumer la Mairie de Paris avec. Alors que *Libération* essaie de museler ceux de ses rédacteurs encore de gauche pour définitivement sombrer dans un consensus sans fond, alors que *le Parisien* existe, pourquoi *InfoMatin* ? Pour permettre aux abrutis qui ne lisent que *l'Equipe* de dire, « tu sais, Jeanine, faut pas croire, je lis la presse d'information ». Et 3 F pour faire croire qu'on s'intéresse, c'est pas trop cher.

CHARB

2004 *Charlie Hebdo* n°637 du 1er septembre

◀ **1994** *Charlie Hebdo* n°82 du 19 janvier

2003 *Charlie Hebdo* n°588 ▶ du 24 septembre

2004 *Charlie Hebdo* n°654 du 29 décembre

APRÈS ~~MÉTRO~~, ~~BOULOT~~, ~~DODO~~...

metro, metro, metro

Quelle différence y a-t-il entre un journal payant et un journal gratuit ? La réponse, à première vue, est un paradoxe. Dans un journal payant, vous trouvez quelque chose de gratuit, tandis que dans un journal gratuit tout est payant. Démonstration.

Dans un journal payant, même s'il contient des publicités qui peuvent influencer son contenu, la rédaction jouit d'une certaine indépendance. Il lui faut parfois négocier, lutter contre la régie publicitaire du journal, mais il y a un rapport de force, et ce ne sont pas toujours les publicitaires qui en sortent gagnants. Il y a souvent des psychodrames violents, mais, contrairement à ce que l'on pourrait penser, il reste encore beaucoup de journalistes qui refusent de céder au chantage exercé par les acheteurs d'espace. C'est parce qu'ils s'appuient sur le produit de la vente du journal que ce rapport de force est possible et tourne encore quelquefois en leur faveur.

Ce qu'offre un journal payant n'a donc pas de prix : c'est une information gratuite en ce sens qu'elle est le produit d'un devoir d'informer et non d'une obligation de rentabilité. En payant son journal, on paye cette gratuité, cette indépendance relative, certes, mais réelle. Tandis qu'un journal gratuit, qui ne vit que de ses recettes publicitaires, ne donne rien. Rien n'y est gratuit. La publicité dicte sa loi sans aucune contrainte. La rédaction ne peut en aucun cas appuyer son indépendance sur l'adhésion d'un lectorat, puisque le lecteur, ne déboursant rien, n'existe pas. La gratuité d'un journal fait disparaître deux personnes : le lecteur, qui n'a aucun lien avec son journal, et aucun compte à lui demander — au nom de quoi critiquerait-il le cadeau qu'on lui fait ? —, et le journaliste, qui n'est que l'employé d'une régie publicitaire, et dont le travail ne doit en aucun cas nuire à la rentabilité de l'entreprise.

La valeur de la lecture est dans ce qu'on lit, pas dans le fait qu'on lit.

La censure des groupes industriels

Or les annonceurs publicitaires sont des acteurs de la vie politique et économique, et la connaissance des informations les concernant est indispensable à tout citoyen qui veut se faire une idée du monde dans lequel il vit, et se déterminer au moment des échéances électorales. Voudrait-on que tout ce qui concerne des entreprises comme Alstom, par exemple, ou la SNCF, ou France Télécom, ou Vivendi, ou Elf, ou les chaînes de supermarchés demeure définitivement à l'abri de toute enquête ? Le jour où toute la presse sera gratuite, la corruption et la collusion entre les groupes industriels et le pouvoir politique seront multipliées par cent, et personne n'en saura rien. La seule chose qui changera, c'est que nous ne serons plus dans une démocratie, et que nous vivrons dans un régime totalitaire, où la censure sera exercée par les groupes industriels qui posséderont à la fois les moyens d'information et ceux qui y collaborent. Les journalistes ne seront plus que les attachés de presse et les cellules de relations publiques de leurs financiers.

L'argument selon lequel les gens qui lisent les journaux gratuits de toute façon ne lisent pas de quotidiens, et qu'il vaut mieux qu'ils lisent ça que rien, ne tient pas. On dit même que ça éduque les jeunes gens à lire tous les jours un journal. Alors, il vaudrait mieux lire n'importe quoi que rien. C'est idiot. C'est faire de la lecture une valeur en soi, alors que la valeur, elle est dans ce qu'on lit, pas dans le fait qu'on lit. Sinon, à une époque où les Allemands lisaient moins, il faudrait rendre grâce à Hitler d'avoir publié son best-seller *Mein Kampf*, qui a incité toute une génération d'Allemands à se remettre à la lecture. C'est absurde.

Le monde a tort.

Il vient de se produire en France un événement de toute première importance, qui annonce un redoutable changement de société. TF1 vient d'acheter pour 12 millions d'euros sa participation au capital du journal gratuit *Métro*. *A priori*, tout le monde s'en fout. Le monde a tort. Car c'est le prélude à l'effondrement de la presse libre et indépendante, qui tient encore debout bien que ce ne soit plus la mode.

Il faut savoir que, pour des raisons aisément compréhensibles, la publicité télévisée pour les journaux est interdite en France, ainsi d'ailleurs que pour l'édition en général. On imagine que si ça n'était pas le cas, les journaux qui auraient les moyens de se payer cette ruineuse promotion seraient les seuls, à leur tour, à pouvoir rafler le marché de la publicité. Mettez-vous à la place d'un annonceur. Si vous voulez vous payer des espaces de pub dans la presse, vous choisissez évidemment la presse qui elle-même fait de la pub à la télé. Les autres journaux verront s'envoler toutes leurs recettes publicitaires, et disparaîtront purement et simplement. Pour un journal indépendant, qui dépend à vingt ou trente pour cent de la pub, ce qui reste raisonnable et permet le rapport de force expliqué plus haut, c'est la mort. D'ores et déjà, il ne reste plus que deux journaux nationaux, en France, qui ne dépendent d'aucune recette publicitaire : *Le Canard enchaîné* et *Charlie Hebdo*. Or, ni je pense *Le Canard enchaîné* ni *Charlie* ne souhaitent la disparition de leurs confrères, dont ils sont complémentaires.

Premier acte d'une mise à mort

En janvier 2004, la France devra se mettre en conformité avec la directive européenne autorisant la publicité télévisée pour les journaux. C'est là que la prise de participation de TF1 dans le quotidien gratuit *Métro* prend tout son sens. Dans un avenir proche, *Métro* pourra faire sa promotion sur TF1, et les annonceurs vont évidemment acheter à prix d'or les espaces du journal gratuit, et comme les recettes publicitaires de la presse en général ne sont pas élastiques, les quotidiens payants verront leurs recettes s'écrouler. Sauf si, comme le journal *Le Monde*, ou comme *Le Parisien*, on a déjà pris la peine de pactiser avec le diable, en investissant dans les gratuits. *Le Monde*, qui, par ailleurs, a déjà des accords manifestes avec le groupe TF1, via leur collaboration avec LCI, sortira renforcé de cet assassinat programmé de l'information libre. Le premier grand perdant de l'affaire, sera précisément *Libération*, grand concurrent du *Monde*. L'entrée de TF1 dans *Métro* est le premier acte d'une mise à mort du dernier quotidien national du matin qui, comme par hasard, est de gauche.

Le prix de la gratuité

Les intermittents du spectacle, les chercheurs, les architectes, les enseignants et les représentants des professions menacées parce qu'elles produisent dans la société un bien incalculable, qui est de l'ordre de la création et de la liberté, un bien qui relève de cette gratuité sans laquelle il n'y a pas de démocratie, devraient s'intéresser de près à ces problèmes qui recoupent exactement les leurs. Et le fait que les gratuits soient désormais régulièrement cités dans les revues de presse devrait les alerter.

Il faut ne posséder que trois neurones qui se battent en duel pour ne pas comprendre que ce qui fonde la légitimité d'une rédaction, c'est de n'avoir de comptes à rendre qu'à ses lecteurs. Et que le lecteur n'a d'existence légitime en tant que lecteur que s'il finance l'indépendance de son journal. Et que les groupes tels que TF1 vont nous faire cadeau d'un journal gratuit sans rien nous demander en échange. En échange de mon petit torchon quotidien que je te distribue gratuitement, je ne te prends qu'un petit droit pour lequel tes aïeux ont lutté pendant plus de deux siècles : la liberté de la presse. Après l'avoir arrachée au pouvoir politique, maintenant, il faut l'arracher au pouvoir économique. Mais peut-être que tu t'en fous comme de ta première paire de Nike ?

En dernier ressort, ce sont les gens qui trancheront, en restant fidèles à des vrais journaux sur lesquels ils pourront exercer leur esprit critique parce qu'ils les payent. Sinon, sans risquer de se tromper, on peut prédire que, dans un avenir proche, on va payer très cher la gratuité des journaux.

PHILIPPE VAL

CHARLIE CONTRE LA PUB

« La publicité nous prend pour des cons. La publicité nous rend cons. » Par cette proclamation, Cavanna affirme l'un des principes fondateurs de l'hebdomadaire satirique qu'il a créé : pas de publicité dans *Charlie Hebdo*.

Non seulement elle nous prend pour des cons en nous vendant des produits inutiles, mais elle prend en otage la liberté d'expression en la soumettant au bon plaisir des annonceurs, dont la manne financière fera courir aux médias qui en dépendent trop le risque de perdre leur indépendance.

1997 *Charlie Hebdo* n°254 du 30 avril
1979 *Charlie Hebdo* n°434 du 8 mars ▶

ON A RETROUVÉ LA PUB !
HOOO... ENCORE DES PUBLICITÉS POUR LES TAMPAX AU MOMENT DU DÎNER !
AAAAH, ÇA ME DÉGOÛTE !...
AH, BEN, VOILÀ UNE PUBLICITÉ POUR NETTOYER LES CHIOTTES, MAINTENANT...
DE MIEUX EN MIEUX !
ON MANGE !
AH, BRAVO !
DOUX
LA PUBLICITÉ POUR LE PAPIER À CUL, À PRÉSENT...
AVEC EN GROS PLAN LES FESSES D'UN PETIT MERDEUX QU'ON VIENT DE TORCHER !
ON MANGE !
JE PAIE UNE REDEVANCE POUR PATAUGER DANS LA PISSE, LA MERDE ET LES SERVIETTES HYGIÉNIQUES...
SUITE →

Tire sur le fil, tout se démaille

1994
Charlie Hebdo n°115 ▶
du 7 septembre

La publicité nous prend pour des cons. La publicité nous rend cons.

Ouais. Pas à dire, ça claque, ça sonne clair, ça fait mal et ça va loin. Seulement, papa, c'est du réchauffé. On a déjà lu ça quelque part, ou entendu, va savoir. Exact. Mais moi, j'ai le droit, parce que, figure-toi, c'est de moi. Et finalement, pas de quoi être tellement fier, puisque, depuis lurette que je vais clamant ça à tous les vents, ça n'a rien changé dans la marche triomphale de la grosse pute publicité, ni dans la conification accélérée des masses, vu l'empressement avec lequel elles se laissent enculer — que dis-je : l'enthousiasme qu'elles apportent à participer à leur propre enculage...

Le jour où un gredin psychologue s'avisa d'imprimer (ou de broder, me chicane pas sur la technique) le nom de sa marque de fabrique gros comme une bouse en plein sur le poitrail et sur le dos du survêtement qu'il vendait (si ce n'est pas Adidas c'est donc son frère), une étape décisive fut franchie. On peut parler hardiment de révolution : ce hardi lascar avait transformé le client en homme-sandwich. (Oui, je sais, fidèle à moi-même, j'aurais dû écrire « homme-tartine », ou « homme-casse-croûte », mais vous n'auriez pas compris, ou alors ça vous aurait pris tellement longtemps qu'on aurait perdu le fil...) Faire du cochon de payant, qui jusqu'alors n'était qu'une proie, un micheton, un crache-ton-fric-et-mets-les-bouts, faire, dis-je, de cette passive victime un appât contribuant à attirer d'autres loquedus, et gratuitement, notez, quelle trouvaille ! Quelle victoire ! Ce qu'ils sont fiers, les bons cons, de trimbaler Adidas et sa fameuse feuille d'arbre sur leur ventre, sur leurs miches, sur leurs bagages, enfin sur toutes les camelotes de l'empire Adidas (pas qu'Adidas, bien sûr, c'est juste un exemple pour accrocher le concret) ! Tellement fiers ils sont, les tristes flaques, que, dans les bleds où les croquants sont trop pauvres pour s'offrir du vrai, on leur fabrique de l'imitation. Naturellement, Adidas fait le procès, ce qui est encore une forme de pub pour Adidas ! L'imitateur félon peut d'ailleurs fort bien être Adidas lui-même, comble du vice, qui s'annexe ainsi un marché qu'il n'aurait pas pu envahir aux vrais prix Adidas, lesquels sont monstrueusement gonflés sans quoi le client qui a de quoi n'achèterait pas, dame, il veut du prestige, cet homme, et il mesure le prestige au prix qu'il le paie. Arborer un sac couvert d'initiales Vuitton vous classe une rombière en tant que rombière. Seules les rombières occidentales, les dactylos japonaises en vacances et les travelos chiliens portent des sacs Vuitton... Ah, bon ? Vuitton n'est plus dans le coup ? C'est quelle marque qu'il faut porter, aujourd'hui ? Dis-nous vite, toi qui sais, dis-nous !

Oui, j'ai le mépris facile... Mais aussi, pourquoi êtes-vous si cons ? Si moutons de Panurge ? Oh, ces fringants cyclistes du dimanche, qui trimbalent sur les routes serpentines des campagnes leurs uniformes de coureurs « comme ceux du Tour » ! Oh, ces vieux birbes grisonnants s'échinant sur les pédales à faire fondre la brioche et les bourrelets des repas d'affaires, déguisés en coureurs, bariolés de marques s'entrechoquant, se chevauchant pour clamer la gloire impérissable de Carrefour, de Hollywood-chewing-gum, de Apple, de Pampers, de Renault... Ils auraient honte de mettre le nez dehors sans cette chienlit sur eux. Se sentiraient tout nus. Et ils paient, et cher, pour trimbaler ces cochonneries ! Alors qu'ils devraient se faire payer. Tu sais combien ça se paie, la seconde T.V. ? Le mètre carré dans le métro ? Cher.

Tu me diras que je m'emballe pour pas grand'chose. Qu'il y a des sujets d'indignation plus urgents... Je te répondrai poliment que, premièrement, le journal que tu tiens devant tes yeux comprend seize pages (sans un centimètre carré de perdu pour l'infâme pub, tu peux vérifier), que les copains n'y pleurent pas leur peine pour t'arroser l'indignation avec les grands terribles sujets de l'actualité brûlante, et aussi, deuxièmement, qu'aucun sujet n'est négligeable car, quelque infime soit le bout de fil par lequel tu abordes l'universel, tu tires dessus et tout le bazar se démaille. (Ça, c'est de l'image !)

La publicité n'est pas un petit quelque chose d'accessoire dans nos vies. Elle est devenue le plus actif agent du grand nivellement par le bas vers lequel le tapis roulant nous entraîne à toute vibure. Est venu s'y ajouter, ces dernières années, un puissant auxiliaire, un sacré facteur d'abrutissement massif : le jeu sous toutes ses formes. Depuis l'« érudition » imbécile des jeux télévisés jusqu'à la formidable offensive des « Tac-o-Tac », des « Morpions » et des jeux de casinos à bon marché (machines à sous), la fascination du gain facile, vite fait, toujours possible, est venue mettre de l'aventure dans le terne des existences. L'intense et permanent battage publicitaire est là pour empêcher le raisonnement, jouant crapuleusement sur les mots, exaltant la possibilité de gagner et l'énormité relative des gains mais se gardant bien de dire qu'une chance sur plusieurs millions équivaut à une quasi-certitude de perdre.

Ce n'est pas une coïncidence si cet essor des jeux de hasard côtoie celui de l'astrologie, de la sorcellerie, de la « voyance » et de toutes les fariboles du « New-Age », et aussi le renouveau du culte des saints intercesseurs. « Sainte Cunégonde, faites que mon numéro sorte ! » De là à « Sainte Cunégonde, faite que j'aie mon bac ! » il n'y a pas loin, le bac comme le reste devenant jeu de hasard soumis au caprice des Puissances supérieures.

La pub fait l'exact inverse de ce que fait (devrait faire ?) l'école : elle désapprend à raisonner. Elle procède par affirmations assenées : « Ceci est plus blanc que cela parce que lavé avec Duschpaf. » Où est la notion de preuve, de démonstration ? « Roulez en Citronaultcedes, la voiture qui fera tomber les filles sur vos coussins ! »

Le produit disparaît derrière l'annonceur. Ce qu'on vous vend, et très cher, c'est l'habileté du camelot. Ça ne m'empêche pas de profiter du spectacle. Si la fille est belle et en montre beaucoup, je me rince l'œil. Si le sketch est drôle (très, très rarement !), je me marre. Si le perroquet, le chat, l'éléphant ou la montagne sont beaux, j'en profite, et pourquoi pas ? Mais quand, à la fin de l'intermède, la bonne grand'mère vient me vendre son café, ou l'honnête gentleman au regard si franc son assurance-vie, ou la splendide salope aux cuisses de paradis sa gomme à mâcher, je dis, tout haut pour bien me l'imprimer dans les boyaux de la tête : « Cause toujours, Ducon, ton truc, je l'achèterai pas. »

Mais, en général, j'ai zappé avant. Sauf pour la belle fille. Et peut-être le perroquet. J'aime bien les perroquets aussi.

CAVANNA

Crise à « L'Express »

L'INDÉPENDANCE ET LA PLURALITÉ DE LA PUBLICITÉ MENACÉES

PENDANT la guerre d'Algérie, avoir « L'Express » à la main c'était, hors des Champs-Elysées et du quartier Latin, terres d'asile, courir le risque de poings dans la gueule, ou pire, à l'ombre des képis. Les facteurs livraient des bombes à « L'Express ».

Allons très vite. De Gaulle arrive et la gauche devient moins mode. La pub de *L'Express*, la clique gaucharde dévaluée, Jean Daniel en tête, passe à *L'Obs* et *L'Express* fait un bond au centre. C'était l'époque, et ça durera des années, où des gens disaient, sarcastiques : « T'as vu *L'Express* qui se dit de gauche !... » En écoutant bien, on doit encore l'entendre de-ci, de-là.

Allons encore plus vite. 1977. Les capitaux gloutons bouffent tout ce qu'ils trouvent. Les Arabes achètent le Ritz, les Japonais achètent les vignobles bordelais. Les cosmétiques achètent les surgelés, la tôle ondulée achète le verre plat, Jimmy Goldsmith achète *L'Express*.

Ralentissons, nous abordons notre sujet. Jimmy Goldsmith, anglais, homme d'affaires – notez le « s » – c'est les frères Willot en un seul gentleman, quatre grosses merdes dans un seul bas de soie, plus humour, séduction, force tranquille du T.G.V. en or sur des rails de platine. Et logique : la droite à lui tout seul. Ses balises : Thatcher, Giscard, Reagan.

Jimmy baisse un peu la tête pour franchir la porte de ce petit journal français, mais sitôt dedans, il se fait livrer un bureau porte-avions, fait remplacer le téléphone de poupée de J.-J. S.-S. par des haltères en fonte et convoque l'armée de Lilliputiens noircisseurs de papier. Si le papier journal n'est pas noirci, les gens n'achètent pas.

Jimmy commence par un petit speech, marchant de long en large en prenant bien soin de ne pas écraser trop de journalistes, contournant les tapis pouvant cacher des punaises syndicales pointe en l'air.

Auparavant, armé d'un microscope, il avait sélectionné, dans le bouillon de culture journalistique parisien, un virus filtrant frétillant rédacteur en chef : Olivier Todd, une bactérie à grosse tête directeur de rédaction : Jean-François Revel, et un haricot sauteur : Raymond Aron.

Fin du speech : « Vous avez des chefs, du papier, des pointes Bic et des feuilles de paye, au travail ! »

Quatre années sans vagues. Giscard parlait, *L'Express* recopiait dans les trous laissés par la pub et Jimmy, culturiste des affaires, remportait tous les prix sur les places boursières, se faisait masser par des femmes de ministres, ratait un journal anglais

copié sur *L'Express* : *Now*, riait de son échec minuscule et repartait pour de nouvelles aventures. De temps en temps un scotch, avec *L'Express* sous le verre pour ne pas faire de ronds sur la table laquée.

Avant-dernier chapitre : où l'on verra les Lilliputiens trahir le bon géant franco-anglais.

Entre les deux tours, à quelques jours du point culminant des élections – le face-à-face Giscard-Mitterrand – *L'Express* publie une couverture croche-patte à Giscard où l'on voit ce dernier, gâteux et pendouillant de toutes ses rides, regarder d'un œil mort une télé remplie d'un Mitterrand posant pour la Quintonine. Ne manquait que le fauteuil roulant sous les fesses, sans doute pleines d'escarres, du décadent descendant de Louis XV ravagé par les tares de la consanguinité.

A partir de là, tout va très vite et sans surprises. Jimmy pique une crise en franglais et vire Todd. Revel suit par solidarité, non sans avoir lancé en se retournant : « J'avais demandé qu'on enlève un peu de rides au cou de Giscard. Cela n'a pas été fait. » (Authentique.)

Jimmy Goldsmith va embaucher d'autres Lilliputiens en chef. Si ça ne va pas, il arrête. En ce moment il est absorbé par une prise de participation majoritaire dans une multinationale de tire-comédons.

Le socialisme s'installe. Demain les journaux vont appartenir à ceux qui les font, non ? Finis les patrons de presse marchands d'armes, marchands de marchandises creuses et parfois anciens SS, non ? Il va falloir ouvrir des écoles de journalistes indépendants, furieusement indépendants et, pour commencer, étrangleurs de rewriters. Premier cours : « Comment faire un journal sans publicité ? »

On a eu beau changer le titre de « Charlie-Hebdo », c'est toujours l'utopie.

Gébé

1981
La semaine de Charlie
n°549 du 21 mai

« Le Monde »

NI PEYREFITTE, ni Max Clos, ni même Franz-Olivier Giesberg ne travaillent au *Monde*. *Le Monde* est un journal sérieux, un journal de référence. Quand on veut convaincre quelqu'un qu'on a raison, on lui dit : « Mais si, je te le jure, c'était dans *le Monde* d'hier soir. » *Le Monde* n'a donc rien à voir avec *le Figaro*. Et pourtant si. Comme *le Figaro*, *le Monde* a besoin de la pub pour survivre. Et, comme *le Figaro*, *le Monde* a publié la semaine dernière un bon gros encart publicitaire vantant les mérites de Matra Défense, « une entreprise Lagardère Groupe ». Au-dessus d'une photo d'un pilote de chasse en train d'infuser dans son cockpit, on lit ce slogan : « nous assurons la défense pour protéger la vie ». En dessous, ceux que cette énormité n'a pas convaincus ont droit à l'explication suivante : « premier missilier européen, Matra Défense contribue à la sécurité et à la souveraineté des nations et assure la protection du capital le plus précieux : l'homme ». Un marchand d'armes, un dealer de mort, un assassin par procuration, un ratatouilleur de vies, bref, un *industrial killer* peut, en en payant le prix, affirmer dans *le Monde* que sa société « assure la protection du capital le plus précieux : l'homme »... Comment, dans ces conditions, les journalistes, les éditorialistes du *Monde* peuvent-ils déplorer la guerre en Bosnie ou n'importe où ailleurs ? S'ils sont honnêtes, ils peuvent simplement rendre compte de la guerre, mais certainement pas la condamner, puisqu'ils en vivent de temps en temps, puisqu'ils en vivent chaque fois qu'un marchand d'armes achète un peu du *Monde* pour y faire la promotion de son savoir-faire. Quand *le Figaro* déplore les ravages de la guerre sur une page et vend du Matra sur une autre, ça fait rigoler. Quand c'est *le Monde* qui fait ça, ça jette un froid.

CHARB

OUIN ! Sept magazines pleurnichent contre la loi Evin limitant la publicité sur le tabac et sur l'alcool. Les recettes publicitaires diminuent, snif ! La formule 1, elle, a bénéficié d'une subvention de 400 millions, snif ! et la presse, rien, snif ! Tu parles d'une presse indépendante ! Quand c'est pas après les publicitaires qu'ils chialent, les magazines, ils vont en file indienne réclamer des sous à l'Etat. Pour survivre, les magazines n'ont qu'à changer de métier. Au lieu de vendre des consommateurs à des publicitaires, pourquoi ne pas vendre des journaux à des lecteurs ?

CHARB

1993
Charlie Hebdo n°36
du 3 mars

1994
◀ *Charlie Hebdo* n°89
du 9 mars

2001
◀ *Charlie Hebdo* n°454
du 28 février

2011
Charlie Hebdo n°1007
du 5 octobre

▸ À BAS LA PUB

LA PUB NE MENT PAS

La vérité est sur Internet. Cette légende urbaine, ce fantasme de geek shooté aux pixels, se vérifie au moins dans un cas précis : la publicité. Sur Internet, la réclame apparaît sous son jour véritable. Elle ne peut plus se dissimuler derrière le nez de clown de la « communication », elle est ce qu'elle n'a jamais cessé d'être : un instrument de propagande intrusif et agressif. À coups de bannières défilantes, de fenêtres jaillissantes, d'écrans intempestifs, elle met le pied dans la porte et vous empêche de la refermer.

Essayez, par exemple, de consulter la météo sur Internet. C'est vrai, c'est idiot, il suffit de sortir sur le pas de la porte et de regarder quel temps il fait dehors, mais faites l'expérience tout de même. À peine arrivé sur le site de Météo France, des annonces pour La Redoute, la SNCF ou le dernier forfait Orange vous sautent au visage. Et ne vous avisez pas de cliquer pour fermer la fenêtre flashy qui vous trépigne sous le nez, ce serait encore pire : un demi-millimètre d'écart de la souris, et vous êtes embarqué bien malgré vous sur le site concerné.

Sur Internet, la pub dit enfin ce qu'elle pense. Si elle pouvait nous crever les yeux et nous brancher directement le nerf optique sur un écran publicitaire, elle le ferait sans hésiter.

G. Biard

Lire avec la pub

Be et a, Babibel

APPRENDRE À LIRE aux enfants grâce aux marques, c'est possible. La méthode fonctionne bien aux Etats-Unis, pourquoi ne marcherait-elle pas en France ? C'est ce que s'est dit Catherine Aubert, une brave fille pas bête qui est allée faire une démonstration de sa méthode à l'école maternelle Marx-Dormoy dans le XVIIIe arrondissement. Malheureusement, l'expérience n'a pas duré longtemps. Lorsque les instituteurs et les parents d'élèves se sont aperçus qu'apprendre à lire par les marques consistait essentiellement à faire recopier aux gamins que « Toto aime bien boire du Coca-Cola quand il va manger chez McDonald's », ils ont tout de suite alerté la presse : cette femme lave le cerveau des enfants ! Elle les conditionne ! Elle les manipule, c'est dégueulasse ! Ils ne sont pas très ouverts aux nouvelles méthodes d'apprentissage, dans le XVIIIe...

Aux Etats-Unis, ça fait déjà un moment que les gamins savent écrire McDonald's sans faute dès la maternelle. C'est qu'aux Etats-Unis les marques sponsorisent les écoles en fournissant, en plus du matériel scolaire, le contenu des cours. Ou plutôt leur mise en forme. Sur un écran de télé payé par Coca, les enfants apprennent que 50 cl de Coca plus 50 cl de Coca, ça fait 1 l de Coca. Et l'instituteur est prié de jouer le jeu. Pas question de pirater la méthode pour enseigner à ses élèves qu'un McNuggets plus un McTimber égale une bonne chiasse. Bon, d'accord, cette méthode fait entrer la pub à l'école, et alors ? Du moment qu'elle donne des résultats. Et puis le sponsoring fait faire des économies à l'Education nationale, donc au contribuable. Mais, surtout, le gros avantage d'éduquer nos chiards à coups de logos et de spots, c'est qu'à terme c'est bon pour la consommation.

Ce texte est sponsorisé par les stylos Bic

En sortant de l'école, les enfants vont réviser leurs leçons au supermarché et les parents, plutôt que d'acheter un cahier de devoirs de vacances, offrent deux packs de Sprite et trois paquets de M&M's. Fini les histoires de Fantômette à la con : nos petits préféreront lire l'étiquette d'un pot de Nutella avant d'aller se coucher. Alain Juppé devrait contacter cette Catherine Aubert et en faire son ministre de l'Education. Plus besoin de primes Balladur ou Juppé pour écouler les stocks de bagnoles, un bon programme scolaire suffit. C'est ça, le libéralisme. Le libéralisme, c'est accorder tous les moyens nécessaires aux industriels et aux publicitaires pour baiser la gueule à ce gibier qu'est le consommateur. Le rêve : une population programmée pour consommer. Programmée par l'école. Et à la récré, si la classe « Coca » se fout sur la gueule avec la classe « Pepsi », interdiction de séparer les mômes : la libre concurrence doit s'exercer pleinement.

Le seul espoir de ne pas finir en zombies des supermarchés, c'est que les cours parrainés par de grandes marques ne soient pas moins chiants que les cours actuels. Apprendre et retenir que 3 carambars fois 3 carambars, ça fait 9 devinettes, c'est toujours des maths, et être obligé de lire les voyages du livreur de pizzas Hut au lieu de lire *les Voyages de Gulliver,* on n'est pas sûr d'y gagner au change. Il faut compter sur la bêtise des publicitaires qui sauront dégoûter les mômes de leurs produits de merde. Peut-être, dans un avenir proche, fera-t-on l'école buissonnière non pas pour échapper aux mortels cours de maths mais pour fuir les tables de multiplication Kellog's corn flakes ou les problèmes de robinet de la Lyonnaise des eaux. Pourvu qu'il y ait beaucoup de mauvais élèves pour faire de bons citoyens et peu de premiers de classe pour faire de bons consommateurs.

CHARB

1996 *Charlie Hebdo* n°194
du 6 mars

1996 *Charlie Hebdo* n°196 ▶
du 20 mars

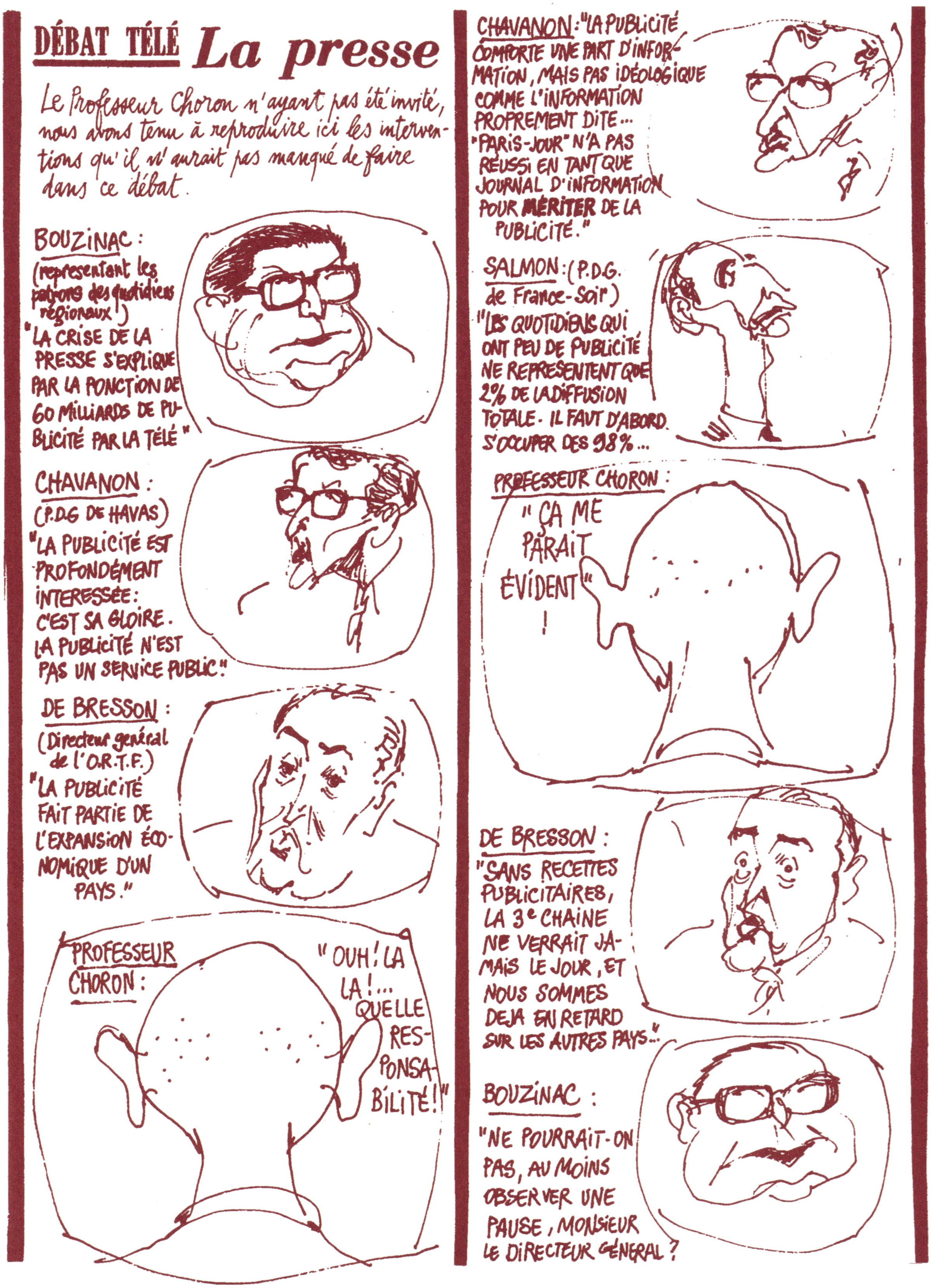
DÉBAT TÉLÉ La presse
Le Professeur Choron n'ayant pas été invité, nous avons tenu à reproduire ici les interventions qu'il n'aurait pas manqué de faire dans ce débat.
BOUZINAC : (representant les patrons des quotidiens régionaux) "LA CRISE DE LA PRESSE S'EXPLIQUE PAR LA PONCTION DE 60 MILLIARDS DE PUBLICITÉ PAR LA TÉLÉ"
CHAVANON : (P.D.G DE HAVAS) "LA PUBLICITÉ EST PROFONDÉMENT INTERESSÉE : C'EST SA GLOIRE. LA PUBLICITÉ N'EST PAS UN SERVICE PUBLIC."
DE BRESSON : (Directeur général de l'O.R.T.F.) "LA PUBLICITÉ FAIT PARTIE DE L'EXPANSION ÉCONOMIQUE D'UN PAYS."
PROFESSEUR CHORON :
"OUH ! LA LA !... QUELLE RESPONSABILITÉ !"
CHAVANON : "LA PUBLICITÉ COMPORTE UNE PART D'INFORMATION, MAIS PAS IDÉOLOGIQUE COMME L'INFORMATION PROPREMENT DITE... "PARIS-JOUR" N'A PAS RÉUSSI EN TANT QUE JOURNAL D'INFORMATION POUR MÉRITER DE LA PUBLICITÉ."
SALMON : (P.D.G. de France-Soir) "LES QUOTIDIENS QUI ONT PEU DE PUBLICITÉ NE REPRESENTENT QUE 2% DE LA DIFFUSION TOTALE. IL FAUT D'ABORD S'OCCUPER DES 98%...
PROFESSEUR CHORON :
"ÇA ME PARAIT ÉVIDENT" !
DE BRESSON : "SANS RECETTES PUBLICITAIRES, LA 3e CHAINE NE VERRAIT JAMAIS LE JOUR, ET NOUS SOMMES DEJA EN RETARD SUR LES AUTRES PAYS."
BOUZINAC : "NE POURRAIT-ON PAS, AU MOINS OBSERVER UNE PAUSE, MONSIEUR LE DIRECTEUR GÉNÉRAL ?

PROFESSEUR CHORON :
" BIEN PARLÉ !"
GALAMUR P.D.G DE "LA CROIX"
"LA CROIX N'A QUE 9% DE PUBLICITÉ... POUR LES PUBLICITAIRES, ON DIRAIT QUE LE LECTEUR DE "LA CROIX" NE MANGE PAS, NE S'HABILLE PAS...
PROFESSEUR CHORON :
"C'EST RÉVOLTANT !"
MASSOT : (PRÉSIDENT DU SYN. DES ENT. DE PRESSE)
"LE PLURALISME DE LA PRESSE EST LA GARANTIE DE LA LIBERTÉ D'EXPRESSION.
CE NE SONT PAS LES CONCENTRATIONS QUI ENTRAINENT DES RAVAGES, CE SONT LES RAVAGES QUI ENTRAINENT LES CONCENTRATIONS...
"LA PRESSE QUOTIDIENNE POUR MOI, C'EST UNE MISSION : LA CONTINUATION DE L'ENSEIGNEMENT ET LE RECYCLAGE PERMANENT DU CITOYEN."
PROFESSEUR CHORON :
"BEN, MON VIEUX"...
GRIOTTERAY
(DÉPUTÉ R.I. PRÉSIDENT DE LA COMMISSION DE LA PRESSE À L'ASSEMBLÉE)
"L'ÉTAT VEUT BIEN AIDER LA PRESSE, ENCORE FAUDRAIT-IL QU'IL PUISSE CONTRÔLER LES SUBVENTIONS QU'IL DONNE..."
PROFESSEUR CHORON :
" IL AURAIT PAS DÛ PARLER D'ARGENT. IL A TOUT GÂCHÉ.

▶ ÉCONOMIE

LA SEMAINE DU TAPIN

La semaine des fils de pub s'achève.

LES BONNES NOUVELLES : la pub, la mère maquerelle des marchandises, a vu ses marges réduites, à la suite de la loi Sapin de 1993, de 20 à 40 %. Les effectifs ont baissé de 10 %. Aucune agence de pub n'a créé d'emploi.

La loi Sapin est une loi anticorruption. Les publicitaires sont rangés dans la catégorie « escrocs ». En mettant son nez dans les « conditions d'attribution des espaces publicitaires », la loi met fin au racket des publicitaires (centrales d'achat d'espaces et grandes agences de pub) qui se goinfraient par les deux bouts au détriment des annonceurs et des médias. Les tarifs des passes n'avaient aucune signification. Tout se calculait en commissions, sur-commissions, prébendes et pourboires. L'article 20 de la loi Sapin disposait, on se frotte les yeux, que tout achat d'un espace relèvera désormais d'un contrat... *écrit*.

Bien entendu, les racoleurs se sont posés en victimes, que la compétitivité ceci, la mondialisation cela, et que ça supprime des emplois. Bien fait. Chaque fois qu'un publicitaire crève, une fenêtre s'ouvre.

Les médias et surtout les annonceurs ont donc récupéré les bakchichs. Aujourd'hui, les patrons de presse adjurent le gouvernement d'élargir la loi Sapin au hors-média. Les tapins tremblent. Le hors-média (marketing direct, mailings, éditions publicitaires, marketing téléphonique, objets publicitaires, salons et foires, parrainage, journaux gratuits, etc., on se bouche le nez) représente 60 % des 152,44 milliards du marché de la pub.

Les mauvaises nouvelles, maintenant. La pub se requinque. Elle mute, comme toute saloperie de virus du mensonge attaquée par des leucocytes de transparence.

Internet d'abord. Le grand bazar médiatique. Le super-bouquet numérique fun du savoir en plastique. Le contraire de la bibliothèque, où l'on prend le temps non seulement de chercher, mais aussi de lire. Ne parlons pas de réfléchir. 40 sites publicitaires en juin 96, 120 six mois plus tard. Le milliard de dollars atteint fin 97[1]. En France, avec la fusion prévue du Minitel, du Net et de la télé, la pub sur le Net équivaudra à celle de la télé avant 2010 (soit 18,11 milliards de francs et 11 % du marché[2]).

« Bartering, programming, decerveling »

Ensuite, la pub innove. Le vieux spot télé de trente secondes, c'est fini. Place au « parrainage ». Problème : l'échange d'espaces pub contre le financement de programmes télé (« bartering ») est strictement interdit par la loi. Pour tourner la loi, on crée le « programming ». Le « programming » est du « bartering » avec un parrain exclusif. Dechavanne vient de créer une société de « programming » avec Publicis[3]. Vas-y, programme !

L'« infomercial », maintenant. Nouvelle merde destinée à confondre information et commercial, comme son nom l'indique. Méthode : une petite émission (deux minutes) avec un numéro vert à la fin.

La « relation directe » avec le gogo devrait exploser. Là encore Internet, via le E-mail, devrait devenir un vecteur essentiel (« vecteur »... en plein dans la cuistrerie publicitaire, moi aussi...).

La presse gratuite pour finir. 4,5 milliards de pub. Autant que la presse régionale. Trois fois la presse nationale. Certes, *Le Figaro* est déjà de la presse gratuite distribuée dans les universités, les IEP et autres hauts lieux de l'intelligence.

Au fait... La pub dépense 3,533 milliards de francs par an pour les « relations presse »... Pour arroser le journaleux... Parfois, je regrette que *Charlie* ne fasse pas de pub...

ONCLE BERNARD

1. C'est pas beaucoup par rapport au total du marché mondial. 287,79 milliards, dont 106 pour les États-Unis. Mais Internet devrait bouffer 10 % du marché mondial dès 2010.
2. La presse représente 15,71 % du marché et l'affichage 5,27 %.
3. « Étoile-TV ».

1997 *Charlie Hebdo* n°279
du 22 octobre

◀ **1996** *Charlie Hebdo* n°227 ▶
du 23 octobre

18 - 19 - 20 octobre 1996
Espace Eiffel - Branly

CON COMME LA PUB !

REPORTAGE DE CHARB ET BIARD

SCÈNE PRINCIPALE :

CHEZ NAF-NAF :

À l'entrée, une immense cannette d'Orangina. C'est vrai qu'à l'intérieur, ça secoue. On croise une vache-qui-rit en patins à roulettes, des hôtesses en tailleur ras-la-moule qui offrent des échantillons, quelques stars : Don Patillo, Germaine Lustucru... On est dans une pub géante, qui veut nous faire bouffer le produit et son emballage.

NOUS SOMMES au « Salon de la pub en fête », au pied de la tour Eiffel. Une quarantaine de marques et quelques agences de pub nous invitent à découvrir le monde merveilleux de Séguéla-Land. En s'amusant.

Une fois dépassée la cannette, on tombe sur Mickey et Dingo s'agitant sous un gigantesque panneau TF1. Ça ne dépareille pas avec la population locale.

Le stand *Kit Kat* est l'un des plus sophistiqués : deux étudiantes en costume de panda sortent d'une cahute en bois, effectuent quelques pas de danse et font coucou aux spectateurs. En boucle, toute la journée. Sans savoir combien elles seront payées, car le montant de leur « salaire » ne leur sera communiqué qu'à la fin du « stage ».

Un jeune mec qui se croit vraiment au zoo leur file une sucette.

Au stand *Malabar*, on fait des concours de bulles, chez *Orangina*, on peut se faire photographier à l'intérieur de la petite bouteille ronde, *Libération* vous propose de faire la une du journal...

Chez *Naf-Naf*, un vieux type, béret vissé sur la tête, imite le cri du cochon. Interview, *in extenso* :

« Bonjour.
— *Grouik.*
— Ça va ?
— *Grouik.*
— Vous travaillez dans la pub ?
— *Non, je suis cultivateur.*
— Et que faites-vous là ?
— *J'ai été engagé parce que je suis champion de France du cri de cochon.*
— Bien, merci.
— *Grouik.* »

Pendant qu'il exerce son art, sa femme, madame Cri-de-Cochon, fait le tour des stands et rafle des échantillons.

Chez Mercedes, on ne joue pas et on n'offre pas. On vend. Des porte-clefs, des modèles réduits, des sacs de cuir, des fringues griffées. Un gros balèze veille à ce que personne ne raye la carrosserie du bolide de luxe exposé. Il n'y a rien à gagner, pas d'échantillons, pas de bateleur. Donc pas grand monde.

Les gens sont venus pour le bruit et les couleurs. Et tout le monde a l'air content : les publicitaires qu'on reconnaît à leurs habits et leur coiffure, les parents qui ont emmené leurs enfants *« pour les distraire, parce qu'ils aiment bien la pub »*, les jeunots qui sont venus *« pour rigoler et pour les attractions »*... Les élèves d'une école de « com' » de Nîmes sont tout de même un peu déçus : *« On pensait que ça serait plus professionnel, moins commercial, ça ressemble au parc Astérix...*
— Pourquoi voulez-vous travailler dans la pub ?
— *Pour séduire les gens. »*

Exemple de séduction : la conférence sur *« La responsabilité des marques »*. Commentant une pub *Opel* fondée sur l'écologie, Thomas Stern, directeur de la création à l'agence *McCann Erickson*, déclare : *« Elle date de l'époque où Paris avait* enfin *atteint le taux de pollution de Mexico »*. Visiblement, il n'attendait que ça pour lancer sa campagne...

Vantant la déontologie des fast-food, Jean-Noël Kapferer, prof à HEC, raconte que, *« en 1991, les dirigeants de Quick ont refusé d'acheter de la viande anglaise et ont préféré acheter de la viande française, plus chère, car ils savaient déjà qu'il y avait un problème »*. Ils savaient et ils n'ont rien dit ? Sans doute avec l'espoir que la concurrence, elle, ne sache rien et empoisonne ses clients...

On n'a pas eu le temps d'assister à toutes les conférences de séduction. Ça nous aurait fait rater trop d'attractions : l'élection de miss *Élite*, le casting *Dim*, le défilé *Naf Naf*, le concours du cri de cochon, le concours de câlins sur matelas, le concours « Secouez-moi »...

GÉRARD BIARD

CHEZ KIT-KAT :

CHEZ MALABAR :

1999
◀ *Charlie Hebdo* n°388
du 24 novembre

2000
Charlie Hebdo n°421 ▶
du 12 juillet

2016
◀ *Charlie Hebdo* n°1250
du 6 juillet

2013
Charlie Hebdo n°1074 ▶
du 16 janvier

À BAS LA PUB Des petits jeunes pleins d'avenir

Tous les ans, en juin, a lieu à Cannes le Festival international de la rédame, qui distribue ses « Lions » à tous les publicitaires de la planète. Cette année, le Prix des jeunes créatifs est allé à l'agence Euro-RSCG Stockholm, pour une campagne pour Médecins sans frontières et la commercialisation des médicaments dans le tiers-monde. À première vue, l'initiative est louable. Mais quand on détaille l'affiche couronnée, le sourire a tendance à se transformer en grimace. Et on comprend mieux pourquoi le jury a récompensé le couple de jeunes créatifs qui a pondu cette campagne : ils sont en effet très prometteurs, et maîtrisent déjà parfaitement les outils de la profession. À savoir l'ambiguïté et le sens caché des mots et des images.

Ici, il s'agit avant tout de mots. *« Voir ma famille mourir de la malaria m'a vraiment déprimé »*, nous dit l'accroche. *« Dieu merci, j'avais du Prozac. »* On peut bien sûr se dire que l'intention des « jeunes créatifs » est de souligner la gravité des épidémies de paludisme en Afrique et d'appeler au largage massif de Nivaquine sur les savanes. Le problème, c'est qu'il n'est pas du tout question de Nivaquine, mais de Prozac. En associant un antidépresseur, utilisé essentiellement dans les pays riches par les cadres stressés, à une fièvre tropicale qui décime des milliers de miséreux qui n'ont même pas de quoi se payer un Aspro, cette publicité sous-entend exactement le contraire de ce qu'on lui demande. À savoir que la malaria en Afrique, ce n'est pas plus grave qu'une déprime de yuppie qui a perdu en Bourse et retrouvé sa Ferrari emboutie au parking. Sans parler de l'image de « médicament de confort » du Prozac.

Peut-être que ces « jeunes créatifs » sont encore pleins de naïveté et de maladresse. Accordons leur le bénéfice du doute. Mais on peut parier que le jury, en revanche, composé de vieux briscards de la pub, a, lui, saisi tout le cynisme ricanant de cette affiche. Et l'a couronnée en toute connaissance de cause.

GÉRARD BIARD

▸ **CHARB N'AIME PAS LES GENS**

LA MORT DES SITES VENDUS À LA PUB ?

Le terroriste Free n'aura pas terrorisé longtemps les annonceurs publicitaires en ligne. Dommage. Une fonction de la Freebox Révolution a permis durant quelques jours aux abonnés Free de ne plus voir certaines pubs lorsqu'ils naviguaient sur Internet. L'initiative de Free ne visait hélas pas à éradiquer la pollution publicitaire de nos ordinateurs, mais à faire pression sur Google. Passons sur les raisons de la guéguerre Free/Google.

C'est Fleur Pellerin, la ministre de l'Économie numérique, qui a demandé à Free de mettre fin au blocage de la publicité au motif que l'initiative « peut mettre en danger la survie d'un certain nombre d'acteurs économiques ». Tous les sites « gratuits », qui ne vivent que de la publicité, se sont sentis menacés. Ça veut dire que ces sites craignent que demain les visiteurs qui en ont la possibilité se rendent sur leurs pages en faisant le choix de ne pas visionner la pub. S'ils craignent ce genre de chose, c'est qu'ils pensent que la publicité est perçue négativement par le plus grand nombre. Ils ont donc conscience de donner à voir de la merde aux internautes. Le visionnage obligatoire de cette merde est le prix à payer pour accéder aux sites « gratuits ». Si certains internautes sont prêts à filtrer la pub et donc à faire crever les sites « gratuits », c'est que le visionnage de la pub est finalement envisagé comme étant un prix à payer trop cher.

La disparition des sites « gratuits » favorisera peut-être l'émergence de sites payants, qui jusque-là étaient victimes de la concurrence déloyale des sites « gratuits ». Fleur Pellerin s'inquiète de la survie d'un certain nombre d'acteurs économiques sans réaliser que ces acteurs économiques qui proposent du « gratuit » contribuent à faire crever des acteurs économiques qui proposent du payant. Pourquoi un membre du gouvernement (d'un gouvernement qui laisse crever Florange au nom du marché) prend-il partie pour un modèle économique plutôt qu'un autre ? Et, surtout, pourquoi Pellerin prend-elle partie pour le modèle économique le plus pourri : celui du temps de cerveau disponible ? Un gouvernement qui veut éradiquer la prostitution devrait se réjouir que les sites « gratuits » ne soient plus sous l'emprise des maqueraux de la publicité… Ça les fera crever, les sites « gratuits » ? Ils feront comme les putes interdites d'exercer leur activité, ils changeront de boulot ou crèveront sur le trottoir.

Un site financé par la pub en moins, c'est un peu de liberté en plus.

L'autre opposant à l'initiative de Free est le président du Syndicat de la presse indépendante d'information en ligne (SPIIL), Maurice Botbol, pour qui, « demain, n'importe quel autre contenu pourra être censuré de la même manière par un fournisseur d'accès à Internet s'il le décide ». Que Free décide selon ses critères quelle pub ne doit pas apparaître à l'écran, ce n'est pas normal, mais que Free propose un système qui permet à chaque internaute de masquer ou non la pub, quel est le problème ? Le président du SPIIL voudrait que la neutralité du Net soit garantie par la loi. Que les fournisseurs d'accès ne puissent pas avoir la possibilité de choisir ce qu'ils donnent à voir ou non à leurs abonnés, d'accord, mais que les abonnés aient la possibilité de zapper systématiquement ce qu'ils n'ont pas envie de voir, pourquoi pas ? Si l'abonné de Free fait le choix de ne plus voir les pubs, ça le regarde, lui. Si demain un fournisseur d'accès propose à ses abonnés la possibilité de ne plus avoir accès à aucune image représentant le prophète Mahomet (par exemple), en quoi cela est-il gênant pour la liberté d'expression ? Si sur ma Freebox je découvre une fonction qui censure toutes les photos de Nadine Morano, j'avoue que je serai tenté de l'activer…

Au nom de la liberté d'expression, on s'indigne qu'un fournisseur d'accès puisse contrôler le contenu du Net. Au nom de cette même liberté d'expression, personne ne s'indigne que des sites qui sont financés par la pub se présentent comme étant des sites d'information. ■

charb@charliehebdo.fr

2004
Charlie Hebdo n°611
du 3 mars

ESSE EN TRANCHES !

3

... en couverture ouvrante,
la presse affiche
sa schizophrénie:
le pognon
ou l'opinion?
La liberté
ou la mort?
LA MORT,
ça rapporte plus !

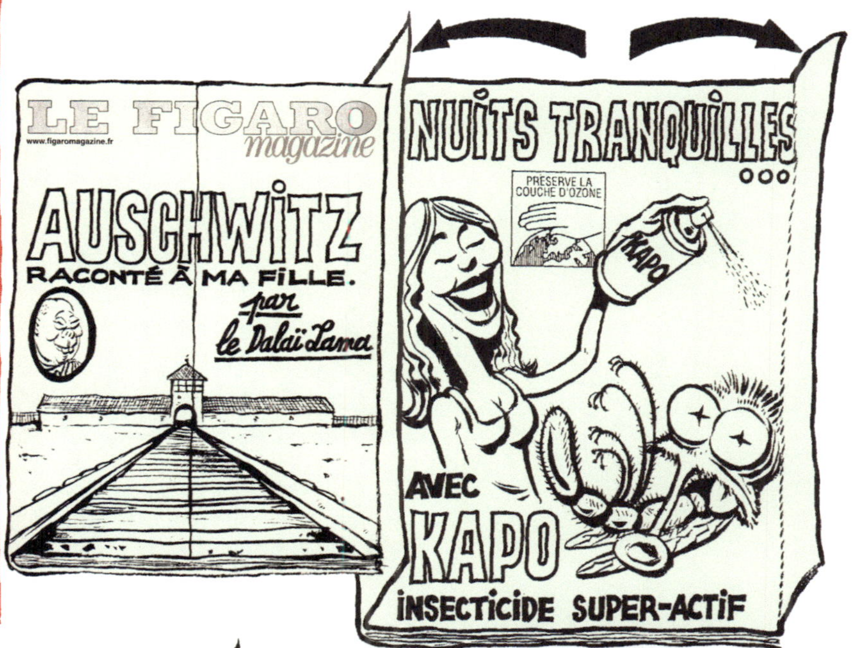

CHARLIE ET LES DESSINATEURS DE PRESSE

Un bon dessin vaut mieux qu'un long discours. Si l'adage est flatteur pour les dessinateurs, reste encore à en démontrer la pertinence. Dès sa création, *Charlie Hebdo* a pris le parti de donner au dessin une place aussi importante qu'à l'écrit. Avec pour objectif de diffuser des caricatures qu'ailleurs on n'oserait pas publier, prenant le contrepied des clichés souvent reproduits par le dessin de presse traditionnel.

2017 *Charlie Hebdo* n°1304 du 19 juillet
2006 *Charlie Hebdo* n°718 du 22 mars ▶

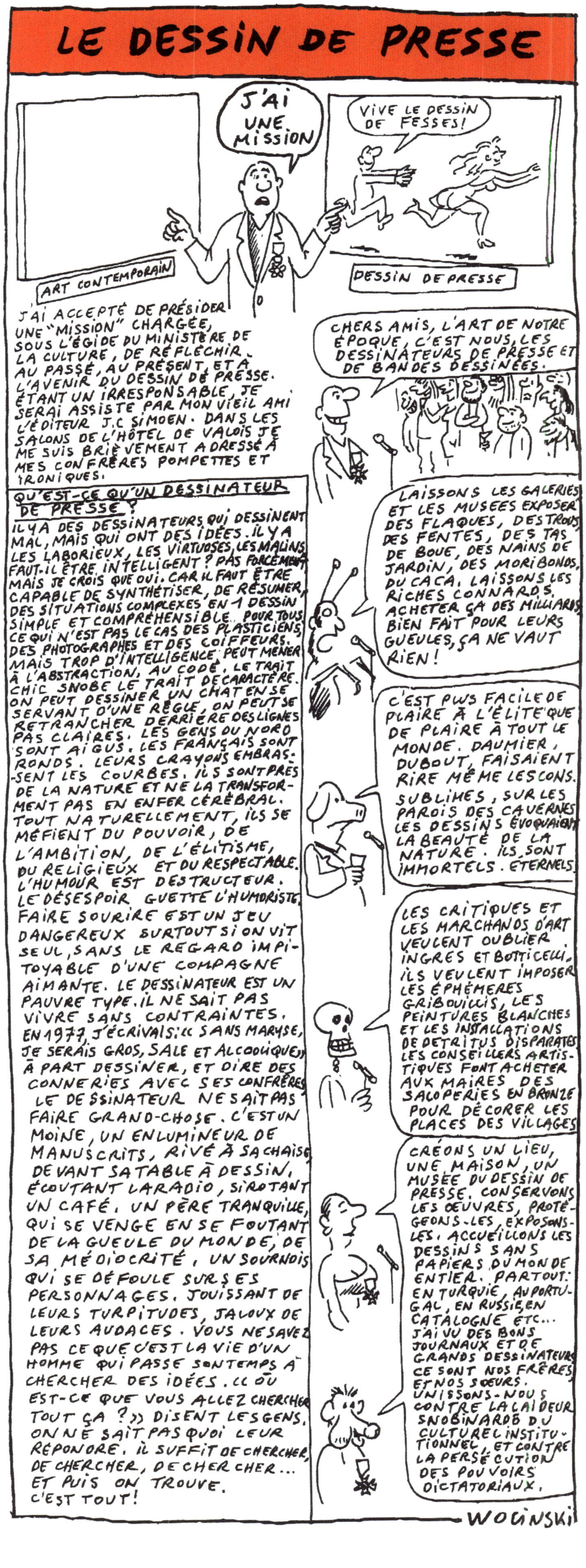
LE DESSIN DE PRESSE
J'AI UNE MISSION
VIVE LE DESSIN DE FESSES!
ART CONTEMPORAIN
DESSIN DE PRESSE
J'AI ACCEPTÉ DE PRÉSIDER UNE "MISSION" CHARGÉE, SOUS L'ÉGIDE DU MINISTÈRE DE LA CULTURE, DE RÉFLÉCHIR AU PASSÉ, AU PRÉSENT, ET À L'AVENIR DU DESSIN DE PRESSE. ÉTANT UN IRRESPONSABLE, JE SERAI ASSISTÉ PAR MON VIEIL AMI L'ÉDITEUR J.C SIMOEN. DANS LES SALONS DE L'HÔTEL DE VALOIS JE ME SUIS BRIÈVEMENT ADRESSÉ À MES CONFRÈRES POMPETTES ET IRONIQUES.
QU'EST-CE QU'UN DESSINATEUR DE PRESSE?
IL Y A DES DESSINATEURS QUI DESSINENT MAL, MAIS QUI ONT DES IDÉES. IL Y A LES LABORIEUX, LES VIRTUOSES, LES MALINS. FAUT-IL ÊTRE INTELLIGENT? PAS FORCÉMENT MAIS JE CROIS QUE OUI. CAR IL FAUT ÊTRE CAPABLE DE SYNTHÉTISER, DE RÉSUMER DES SITUATIONS COMPLEXES EN 1 DESSIN SIMPLE ET COMPRÉHENSIBLE POUR TOUS CE QUI N'EST PAS LE CAS DES PLASTICIENS, DES PHOTOGRAPHES ET DES COIFFEURS. MAIS TROP D'INTELLIGENCE PEUT MENER À L'ABSTRACTION, AU CODE. LE TRAIT CHIC SNOBE LE TRAIT DE CARACTÈRE. ON PEUT DESSINER UN CHAT EN SE SERVANT D'UNE RÈGLE, ON PEUT SE RETRANCHER DERRIÈRE DES LIGNES PAS CLAIRES. LES GENS DU NORD SONT AIGUS. LES FRANÇAIS SONT RONDS. LEURS CRAYONS EMBRASSENT LES COURBES. ILS SONT PRÈS DE LA NATURE ET NE LA TRANSFORMENT PAS EN ENFER CÉRÉBRAL. TOUT NATURELLEMENT, ILS SE MÉFIENT DU POUVOIR, DE L'AMBITION, DE L'ÉLITISME, DU RELIGIEUX ET DU RESPECTABLE. L'HUMOUR EST DESTRUCTEUR. LE DÉSESPOIR GUETTE L'HUMORISTE. FAIRE SOURIRE EST UN JEU DANGEREUX SURTOUT SI ON VIT SEUL, SANS LE REGARD IMPITOYABLE D'UNE COMPAGNE AIMANTE. LE DESSINATEUR EST UN PAUVRE TYPE. IL NE SAIT PAS VIVRE SANS CONTRAINTES. EN 1977, J'ÉCRIVAIS: «SANS MARYSE, JE SERAIS GROS, SALE ET ALCOOLIQUE» À PART DESSINER, ET DIRE DES CONNERIES AVEC SES CONFRÈRES LE DESSINATEUR NE SAIT PAS FAIRE GRAND-CHOSE. C'EST UN MOINE, UN ENLUMINEUR DE MANUSCRITS, RIVÉ À SA CHAISE DEVANT SA TABLE À DESSIN, ÉCOUTANT LA RADIO, SIROTANT UN CAFÉ. UN PÈRE TRANQUILLE, QUI SE VENGE EN SE FOUTANT DE LA GUEULE DU MONDE, DE SA MÉDIOCRITÉ, UN SOURNOIS QUI SE DÉFOULE SUR SES PERSONNAGES. JOUISSANT DE LEURS TURPITUDES, JALOUX DE LEURS AUDACES. VOUS NE SAVEZ PAS CE QUE C'EST LA VIE D'UN HOMME QUI PASSE SON TEMPS À CHERCHER DES IDÉES. «OÙ EST-CE QUE VOUS ALLEZ CHERCHER TOUT ÇA?» DISENT LES GENS. ON NE SAIT PAS QUOI LEUR RÉPONDRE. IL SUFFIT DE CHERCHER, DE CHERCHER, DE CHERCHER... ET PUIS ON TROUVE. C'EST TOUT!
CHERS AMIS, L'ART DE NOTRE ÉPOQUE, C'EST NOUS, LES DESSINATEURS DE PRESSE ET DE BANDES DESSINÉES.
LAISSONS LES GALERIES ET LES MUSÉES EXPOSER DES FLAQUES, DES TROUS, DES FENTES, DES TAS DE BOUE, DES NAINS DE JARDIN, DES MORIBONDS, DU CACA. LAISSONS LES RICHES CONNARDS ACHETER ÇA DES MILLIARDS. BIEN FAIT POUR LEURS GUEULES, ÇA NE VAUT RIEN!
C'EST PLUS FACILE DE PLAIRE À L'ÉLITE QUE DE PLAIRE À TOUT LE MONDE. DAUMIER, DUBOUT, FAISAIENT RIRE MÊME LES CONS. SUBLIMES, SUR LES PAROIS DES CAVERNES LES DESSINS ÉVOQUAIENT LA BEAUTÉ DE LA NATURE. ILS SONT IMMORTELS. ÉTERNELS.
LES CRITIQUES ET LES MARCHANDS D'ART VEULENT OUBLIER INGRES ET BOTTICELLI. ILS VEULENT IMPOSER LES ÉPHÉMÈRES GRIBOUILLIS, LES PEINTURES BLANCHES ET LES INSTALLATIONS DE DÉTRITUS DISPARATES. LES CONSEILLERS ARTISTIQUES FONT ACHETER AUX MAIRES DES SALOPERIES EN BRONZE POUR DÉCORER LES PLACES DES VILLAGES.
CRÉONS UN LIEU, UNE MAISON, UN MUSÉE DU DESSIN DE PRESSE. CONSERVONS LES ŒUVRES, PROTÉGEONS-LES, EXPOSONS-LES. ACCUEILLONS LES DESSINS SANS PAPIERS DU MONDE ENTIER. PARTOUT. EN TURQUIE, AU PORTUGAL, EN RUSSIE, EN CATALOGNE ETC... J'AI VU DES BONS JOURNAUX ET DE GRANDS DESSINATEURS CE SONT NOS FRÈRES ET NOS SŒURS. UNISSONS-NOUS CONTRE LA LAIDEUR SNOBINARDE DU CULTUREL INSTITUTIONNEL, ET CONTRE LA PERSÉCUTION DES POUVOIRS DICTATORIAUX.
WOLINSKI

2018 *Charlie Hebdo* n°1367 du 3 octobre

◀ **2004** *Charlie Hebdo* n°623 du 26 mai

1994 *Charlie Hebdo* n°122 du 26 octobre

◀ **2006** *Charlie Hebdo* n°709 du 18 janvier

2012 *Charlie Hebdo* n°1060 du 10 octobre ▶
Les dessins de Plantu utilisés à l'époque dans le journal n'ont pas été autorisés par leur auteur à être reproduits dans ce livre.

Plantu, éleveur de colombes au "Monde" depuis 40 ans
LE 1ER OCTOBRE 1972, "LE MONDE" PUBLIAIT MON TOUT PREMIER DESSIN
ET CE DESSIN ÉTAIT UNE...
COLOMBE
... DE LA PAIX.
PAS UNE COLOMBE DE LA CGT DESSINÉE PAR CE COMMUNISTE DE PICASSO!
POURQUOI AVEC UN POINT D'INTERROGATION DANS LE BEC?
PARCE QUE LA PAIX ... LA GUERRE ... L'UN OU L'AUTRE, ON SAIT PAS, DONC POINT D'INTERROGATION
EN TOUT CAS, AU "MONDE", ILS ONT COMPRIS, EUX.
IRAN-IRAK? COLOMBE!
ISRAËL-PALESTINE? HOP, COLOMBE!
GUERRE DU GOLFE? ZOU! COLOMBE!
DEPUIS, À CHAQUE CONFLIT HOP! UNE COLOMBE!
LA COLOMBE C'EST COMME LE NOIR: ÇA VA AVEC TOUT ET ÇA FAIT HABILLÉ.
AAH SI SEULEMENT L'ACTUALITÉ PERMETTAIT DE DESSINER DES COLOMBES CHAQUE JOUR, JE SERAIS LE PLUS HEUREUX DES DESSINATEURS!
MALHEUREUSEMENT, LES NOUVELLES NE SONT PAS FAITES QUE DE GUERRES, DE PAIX ET DE POINTS D'INTERROGATION!
NOVEMBRE 87
ALORS J'AI AUSSI DESSINÉ DES BONSHOMMES!
ICI GORDJI, SUSPECT N°1 DANS LES ATTENTATS TERRORISTES À PARIS, EST ENTENDU PAR LE JUGE BOULOUQUE QUI LE RENVERRA À TÉHÉRAN
(1) "LORSQUE, TROIS ANS PLUS TARD, LE JUGE S'EST SUICIDÉ...
"ON N'A PAS MANQUÉ DE ME RAPPELER MA RESPONSABILITÉ EN TANT QUE DESSINATEUR"(1)
ET ÇA M'A TRAUMATISÉ!
SEULE CONSOLATION, LE DESSIN A EU LE PRIX DES CHAMPAGNES MUMM
IMAGINEZ: MOI, LE GENTIL DESSINATEUR DE COLOMBES, MONTRÉ DU DOIGT COMME UN ASSASSIN!
ALORS EN 96 APPARAÎT LA PETITE SOURIS DE MOI, QUI ME PERMET D'EXPRIMER MON OPINION SEULEMENT DANS UN COIN DU DESSIN.
CAR SI LE DESSIN EST ENTIÈREMENT UNE OPINION, ON N'EST PLUS DANS L'OBJECTIVITÉ ET LES ENNUIS COMMENCENT
LE 20 SEPTEMBRE 2012, MON OPINION EST LÀ, EN PETIT...
SOURIS, C'EST PAS UN MÉTIER FACILE.
?
16 OCTOBRE 2006, APRÈS LE SCANDALE DES CARICATURES DANOISES, JE FONDE UNE ASSO INTERNATIONALE DE DESSINATEURS: CARTOONING FOR PEACE
ET QUI DIT "PEACE" DIT...
ET HOP! COLOMBE.
ET ALORS QUE JE SUIS À LA TRIBUNE DE L'ONU À CÔTÉ DE KOFI ANNAN, TOUT DEVIENT CLAIR
"MAINTENANT QUE NOS DESSINS SONT REPRODUITS ET DIFFUSÉS SUR INTERNET NOUS AVONS UNE RESPONSABILITÉ SUPPLÉMENTAIRE ET DEVONS NOUS MONTRER PLUS INTELLIGENTS QUE JAMAIS"(2)
"DÉSAPPRENDRE L'INTOLÉRANCE"
"LES CARICATURES POLITIQUES DOIVENT ÊTRE GRINÇANTES MAIS IL FAUT S'EFFORCER DE RESPECTER LES CONVICTIONS RELIGIEUSES ET LES SENTIMENTS DE MÊME NATURE"(2)
CROUIC
MAIS SURTOUT NE JAMAIS CESSER DE GRINCER.
HEUREUSEMENT QUE JE DESSINE DES COLOMBES, ET NON DES VACHES SACRÉES DE LA PAIX
SINON, J'AURAIS OFFENSÉ UN MILLIARD DE HINDOUISTES!
APPELER TOUS LES CORRESPONDANTS DU "MONDE" À L'ÉTRANGER COÛTAIT TROP CHER AU JOURNAL
J'AI UN DOUTE SUR UN DESSIN
ALORS, FIGÉ DANS LA PEUR DE MA RESPONSABILITÉ, J'AI COMMENCÉ À GRINCER EN SILENCE.
EN MARS 2007, ALORS QUE L'IRAN ORGANISE UN CONCOURS DE CARICATURES NIANT LA SHOAH, JE PROPOSE UNE "TRÊVE DES BLASPHÈMES", LORS D'UN DÉBAT À GENÈVE.
UNE TRÊVE OBSERVÉE PAR LES OCCIDENTAUX QUI ARRÊTENT DE DESSINER LES RELIGIONS ET PAR LES DESSINATEURS MOYEN-ORIENTAUX QUI DESSINENT DES JUIFS OU DES ISRAÉLIENS AVEC DES NEZ CROCHUS"(3)
CAR, POUR VOUS, LA RÉALITÉ DES CHAMBRES À GAZ C'EST COMPARABLE À UNE RELIGION?
FAISONS LA PAIX ET ALLONS TOUS DESSINER DES COLOMBES!
ON PEUT FAIRE DES NEZ CROCHUS AUX COLOMBES?
LE 20 DÉCEMBRE 2010, LE QATAR RÉCOMPENSE MA CLAIRVOYANCE EN REMETTANT À CARTOONING FOR PEACE LE PRIX DE 10 000 EUROS "DOHA, CAPITALE CULTURELLE ARABE". DEVANT MOHAMED AL KUWARI, AMBASSADEUR DU QATAR, JE PRONONCE UN ÉMOUVANT DISCOURS:
"QUE CE SOIT AU QATAR OU AU PROCHE-ORIENT, J'APPRENDS BEAUCOUP SUR LA LIBERTÉ D'EXPRESSION ET LA LIBERTÉ DE PENSER"(4)
"MERCI DE DONNER CE PRIX À CARTOONING FOR PEACE, QUI TOUCHERA AU PLUS PROFOND DE LEUR CŒUR TOUS LES DESSINATEURS DU MONDE ENTIER, DE TOUTES LES RELIGIONS ET DE TOUTES CULTURES"(4)
Merci beaucoup Monsieur l'ambassadeur
C'EST UN PEU LE BOB L'ÉPONGE DE LA DIPLOMATIE ET DES CENTRES CULTURELS FRANÇAIS
EN TOUT CAS, IL COÛTE MOINS CHER QU'UN FOOTBALLEUR.
CERTES, LE QATAR EMPRISONNE LES HOMOS, CONDAMNE LE BLASPHÈME À 7 ANS DE PRISON, PRATIQUE LA FLAGELLATION...
MAIS C'EST LE PARADIS DES COLOMBES!
VIENS, JE T'EMMÈNE
PLANQUE TON BEC, TU OFFENSES LE PROPHÈTE
ON SE MARRAIT PLUS AVEC PICASSO.
LUZ.

Le dessin de presse est mort à Téhéran, vive le dessin de presse

Au temps de Villon, qui savait lire et écrire? La «morale», c'est-à-dire les quelques préceptes permettant au collectif de fonctionner sans contrevenir aux différents pouvoirs — royal, religieux, économique, traditionnel… —, était transmise oralement et par l'image. Dans la *Ballade pour prier Notre-Dame,* Villon fait parler sa mère, qui se rend au «moustier», c'est-à-dire à l'église, et qui met son corps à l'épreuve de la contemplation des fresques. Selon ce qu'elles représentaient, cette pauvre vieille illettrée ressentait des choses différentes, et c'est ainsi que se transmettait l'obéissance aux lois. Ce témoignage est précieux. Il nous renseigne sur une des fonctions du dessin et de la peinture dans la société du Moyen Âge:

Femme je suis, pauvrette et ancienne
Qui rien ne sait: oncque lettre ne lus.
Au moustier vais, dont je suis paroissienne
Paradis peint, où sont harpes et luths
Et un enfer où damnés sont bouillus.
L'un me fait peur, l'autre joie et liesse…

C'est dire si la langue des images a parlé, et parle encore haut et fort en nous. Freud, dans *L'Interprétation des rêves*, ne fait qu'élaborer la première grammaire de la langue des images, en découvrant qu'elle n'obéit pas à la même logique que celle des mots. Pour autant, son pouvoir n'a rien à envier à celui de l'oral et de l'écrit. Il est puissant, il s'adresse peut-être encore plus directement à notre inconscient.

C'est pourquoi le dessinateur, comme le poète, l'écrivain, le philosophe, porte pleinement la responsabilité des sens que déploie sa création. Il n'est guère de plus lourde responsabilité que d'être léger et vrai.

Car le dessin, comme toute création digne de ce nom, partage avec la science d'être validé par la vérité. Évidemment, il faudrait s'entendre sur le mot vérité, et, ici, la place manque. Mais on peut dire que son statut n'est pas le même selon les âges et les civilisations. Ce que l'on appelle «les Temps modernes» n'est autre chose que la période, qui commence vers le dix-septième siècle, où la vérité prend une place centrale. Cette nouvelle place a permis à la science de se développer, aux formes artistiques de s'affranchir de l'obéissance aux dogmes, et a contraint le pouvoir politique à muter profondément. Avant, la vérité qui émanait de l'autorité primait sur celle qui découlait de la connaissance vérifiée par la réalité. La découverte que la vérité elle-même est un élément mouvant de l'incessante reconfiguration de l'Univers ne change rien au fait que l'œuvre ou la loi scientifique doivent lui être fidèles. L'œuvre d'art, d'ailleurs, dans les Temps modernes, se complique et s'élabore dans le but, non plus de représenter l'état des choses — qui n'est qu'un rêve déjà rêvé auquel s'accrochent les réactionnaires, et c'est le vrai sens de ce mot —, mais le mouvement des choses, qui est la réalité éternelle.

La très célèbre — et très incomprise — déclaration de Jean-Luc Godard selon laquelle le cinéma, c'est la vérité vingt-quatre fois par seconde, dit quelque chose de très subversif, sur quoi peu d'esprits, à gauche comme à droite, sont prêts à s'accorder. Elle répète cette injonction de Paul Valéry: *«Faire voir que la pensée pure et la découverte de la vérité en soi ne peuvent aspirer qu'à la découverte ou la construction de quelque forme.»* Roland Barthes en conclut, dans son cours sur le haiku, que le but de la poésie ne serait pas la beauté, mais la vérité. En d'autres termes, la découverte d'une vérité n'est que la découverte d'une nouvelle forme.

Sous cet angle, il n'y a pas de différence entre le dessin de presse et n'importe quelle œuvre graphique. La vérité impose une forme, satirique, humoristique ou autre, journalistique, philosophique, esthétique… La responsabilité du créateur reste la même, dire la vérité sur quelque chose de la réalité en mouvement. Et cette vérité est comme un fil qui ne tient que parce qu'il est arrimé à deux ports: la vision du créateur, lequel la projette sur son spectateur, qui est, à la lettre, n'importe qui. Ce «n'importe qui» à qui l'on s'adresse est essentiel à la manifestation de la vérité. Il représente toute l'humanité, laquelle contient potentiellement mon meilleur ami, dont je ne saurais être indigne. C'est un point essentiel si l'on veut comprendre pourquoi l'exposition iranienne des caricatures sur l'Holocauste participe du crime contre l'humanité dont elle prétend rire. S'adresser à tout le monde, sans exception, quand bien même peu entendent, c'est l'honneur d'un créateur. Celui qui s'adresse à une clientèle particulière est un salaud et un escroc, et il ne s'agit pas là d'insultes, mais de mots entendus dans leur sens précis.

Le dessin de presse, comme tout travail de création, a besoin de briser ses propres clichés, de «casser le moule» de son classicisme, de brûler ses ficelles pour pouvoir redire des histoires du monde présent, baroque, charnel, impur, vivant. Plus les formes se figent, plus on s'adresse à une clientèle qui attend toujours la même chose, et qui enfile les petits codes, auxquels elle est habituée, comme des pantoufles qui ne l'emmèneront jamais plus loin que le cimetière. Ce dessin est mort, et l'exposition de Téhéran en est le mausolée.

Les dessinateurs qui ont concouru, à l'invitation des ayatollahs, ont repris tous les clichés, toutes les formules classiques de la caricature antisémite. Leur but n'est pas de critiquer le judaïsme ou le christianisme en tant qu'ils se mettent en travers de la liberté humaine et de la démocratie, mais d'inciter à la haine raciale. Ils sont destinés à deux clientèles:

— Aux citoyens des États de droit, qui ont fondé leur société, entre autres, sur le refus des discriminations sexuelles et raciales. L'Iran devient donc le pays héraut de l'apologie du crime contre l'humanité. C'est ce que Douste-Blazy appelle un grand pays stabilisateur. Cette exposition est une déclaration ouverte de haine contre tous les pays où hommes et femmes sont égaux en droit, quelles que soient leur origine et leur sexualité — pourvu qu'ils soient adultes et consentants.

— Aux citoyens des pays islamiques, qui ont en commun avec la mère de Villon d'être en grande majorité illettrés, et qui verront dans ces images le Juif comme cause de leurs échecs. Cette exposition, qui aurait dû avoir lieu à partir du 14 mai dernier, date anniversaire de la création de l'État d'Israël, a sans doute été reculée pour des raisons de négociation sur leur armement nucléaire. Ils ont décidé de l'inaugurer au lendemain de l'arrêt de la guerre du Liban, dont l'issue provisoire est considérée comme une victoire par le Hezbollah. Israël n'étant plus invincible, on peut annoncer la bonne nouvelle: les pays où la vérité n'a pas un statut central — les dictatures religieuses ou non — sont désormais en droit d'espérer imposer victorieusement leur propre système au reste du monde. Cette exposition de Téhéran fait partie d'une stratégie des ayatollahs pour faire de l'Iran la puissance dominante du monde islamique.

Les Français diplomates, ou qui veulent jouer les raisonnables ou les sages tolérants, haussent les épaules et, avec un sourire calme, nous rassurent: «Il s'agit juste de provocations…» Sous-entendu: il ne faut rien faire et laisser dire, rien dire et laisser faire… Jouer l'indifférence. Ils vont bien finir par se calmer s'ils voient qu'on ne réagit pas… C'est évidemment absurde. Ni les caricatures, ni la menace de rayer Israël de la carte, ni l'ambition affichée de se doter de l'arme atomique ne sont des provocations. Ce sont des déclarations programmatiques, encouragées par chacune de nos flatteries, chacune de nos reculades. Conduit par l'avocat personnel de Chirac, le procès que la Mosquée de Paris — dont tout le monde sait qu'elle est aux ordres de Chirac et de Sarkozy — et l'Union des organisations islamiques de France font à *Charlie* est entre autres choses un signe à Téhéran, ils peuvent continuer à remonter la moitié du monde contre l'autre: ils bénéficieront toujours de la bienveillante neutralité de la France… Il y a des jours, de plus en plus fréquents, où l'on n'est pas trop fier d'être citoyen d'un pays dont l'absence d'éthique politique est en train de devenir une sérieuse pollution politique dans l'histoire qui est en train de se jouer.

Un détail montre la perversité des ayatollahs, et leur volonté farouche de rendre impossible toute résolution du drame israélo-palestinien: ils ont organisé cette exposition de dessins au «musée d'Art palestinien» de Téhéran. C'est pour embarquer les Palestiniens avec eux dans une radicalisation qui va les mettre au ban des nations. Spécialistes du genre, ils ont une fois de plus pris les Palestiniens en otages, en les mêlant à une entreprise de propagande directement inspirée par l'histoire nazie, pour les rendre incompatibles avec toute tentative de dialogue avec les Israéliens.

Cette exposition, qui est officiellement une réponse à la publication des caricatures danoises, parie sur l'inculture des masses, qui pourront en conclure que ça fait «un partout», comme dans un match de foot. Sauf qu'il ne s'agit pas de foot, et que les dessins iraniens n'ont rien à voir avec les danois. Comme le remarque Cavanna cette semaine, pourquoi, alors que les dessinateurs sont danois, les Iraniens répondent-ils en incitant à la haine des Juifs?

Cette histoire illustre à quel point le dessin est une langue puissante, et combien est grande la responsabilité des artistes. La liberté nécessite deux conditions dont l'une n'est pas moins essentielle que l'autre: l'absence de censure et l'éthique de l'artiste. L'éthique ne consiste pas en un respect plus ou moins élastique d'une morale établie, mais dans l'obligation intime de chercher à produire de la vérité, vingt-quatre fois par seconde pour le cinéma, une fois par coup de crayon pour le dessin. La forme qui en découle, tragique ou comique, est une des plus joyeuses manifestations de l'aventure humaine. La forme qui découle du mensonge en est la plus sinistre, en ce qu'elle augure toujours de lendemains qui tuent. ●

2000
Charlie Hebdo ▶
n°400 du
16 février

2006
◀ *Charlie Hebdo*
n°740 du
23 août

Après la décision du New York Times de ne plus publier de dessins politiques…

The New York Times

RACHETÉ PAR « CHARLIE HEBDO »

DESSINATRICE BRÛLÉE AU NAPALM APRÈS AVOIR REFUSÉ DE CHANGER SA BULLE

RÉDACTRICE EN CHEF EMBRASSÉE DE FORCE PAR UN DESSINATEUR

LE JOURNALISME anti-vagues

GÉRARD BIARD

Le *New York Times* ne veut pas d'emmerdements. Et le dessin de presse, la caricature, la satire, parce qu'ils font rarement rire les dirigeants politiques et les personnages publics auxquels ils s'attaquent, parce qu'ils déclenchent de plus en plus de réactions éruptives au sein de groupes qui s'autoproclament défenseurs exclusifs d'une cause ou d'une communauté, sont source d'emmerdements. D'où la décision du « journal de référence » américain de supprimer définitivement le dessin politique de son édition internationale à compter du 1er juillet – pour l'édition nationale, la purification avait été faite depuis quelque temps déjà.

Le prétexte : une polémique déclenchée suite à la publication, le 25 avril, d'une caricature de Trump et de Netanyahou signée du dessinateur portugais António Moreira Antunes, jugée antisémite. Prétexte, car par la décision radicale qu'elle a prise, la direction du *New York Times* a clairement signifié que, pour elle, le problème n'était pas l'antisémitisme, mais le dessin de presse.

Dire qu'il s'agit d'une énorme surprise serait exagéré. Le journal n'a pas décidé du jour au lendemain de devenir un robinet d'eau tiédasse dont la principale obsession n'est pas d'informer ses lecteurs et de les éclairer sur l'actualité, mais de ne faire de peine à personne. En 2006, déjà, il avait refusé de publier – comme la majorité de ses confrères – les caricatures de Mahomet du *Jyllands-Posten*. En janvier 2015, il avait fait de même avec la couverture de *Charlie* postattentat, « Tout est pardonné », toujours au nom du grand journalisme « responsable », soucieux de n'offenser personne. Jadis, l'un des orgueils de la presse était de déchaîner les passions. Désormais, elle a pour plus grande ambition de ne surtout pas faire de vagues.

The New York Times, 25/4/2019.

Certes, depuis deux ans, le *New York Times* s'affiche comme l'opposant numéro un à Donald Trump. Dans l'Amérique actuelle, la posture est on ne peut plus confortable. Et sans grand risque, puisqu'on a derrière soi une cohorte d'autres grands médias, la totalité du Parti démocrate, les neuf dixièmes d'Hollywood, toute la Silicon Valley et à peu près tout ce que le pays compte d'intellectuels. Trump est dans le camp du Mal, le *New York Times* est lu par le camp du Bien, chaque chose est à sa place. Personne n'est offensé. Pas même Trump, qui, au fond, doit peut-être même trouver ça amusant.

Les grands journalistes du *NYT* n'ont pas levé un sourcil

Les grands journalistes responsables du *New York Times* qui n'ont pas levé un sourcil face à la décision de leur direction de ne plus publier aucun dessin politique devraient y réfléchir à deux fois avant d'estimer qu'ils ne sont pas concernés par cette affaire de vulgaires gribouilleurs de petits mickeys. Tout comme les éditorialistes et les chroniqueurs politiques du journal. Que se passera-t-il le jour où ils écriront un article qui ne plaira pas à tel ou tel responsable politique, tel ou tel personnage public, tel ou tel groupe de pression que les dirigeants du quotidien ne voudront pas froisser ? S'ils ne veulent pas se retrouver à terme dans l'équivalent d'un bulletin paroissial, ces grands journalistes responsables feraient bien de s'inquiéter. ●

« NEW YORK TIMES »
Journal d'humour pour dictateurs

RISS

Le dessin d'humour n'a jamais été considéré comme une forme d'expression noble. Le dessin est une activité de cancre. Le dessin est un truc pour faire rire les copains au fond de la classe, pas pour faire rire le professeur.

La France est un pays de premiers de la classe. Ou plutôt qui croient l'être. Le monde est dirigé par des premiers de la classe, c'est-à-dire des bons élèves toujours assis au premier rang, toujours prêts à se lever pour essuyer le tableau, toujours prêts à lécher le cul du maître. Et on a rarement vu les premiers de la classe se mouiller pour défendre les cancres du dernier rang.

Le quotidien signe l'arrêt de mort de tous les dessinateurs de presse du monde

La place du dessin dans la presse a toujours été ambiguë. À la fois revendiquée et en même temps tolérée. Au début du XIXe siècle, alors qu'on jetait encore en prison des dessinateurs de presse, on ne pouvait pas prétendre défendre la liberté d'expression sans défendre la liberté de publier des dessins politiques.

Avec cette décision du *New York Times* de supprimer les dessins dans son édition internationale, il semble que ce soit désormais le cas : la liberté d'expression peut exister sans l'aide du dessin politique.

C'est vrai qu'on peut vivre sans dessin d'humour, car rien n'est indispensable. On peut vivre sans musique, sans cinéma, sans lire le moindre livre, sans manger de viande et peut-être même sans baiser. On peut vivre comme sur le radeau de *La Méduse* : en se rationnant le premier jour avec un verre d'eau par personne, et le deuxième jour avec seulement un demi-verre. À la fin, quand tout le monde sera mort, il en restera bien un de vivant. Le *New York Times* pense qu'il sera ce survivant.

En supprimant le dessin politique, le journal signe l'arrêt de mort de tous les dessinateurs de presse du monde. À partir d'aujourd'hui, qui pourra critiquer les dictatures qui exécutent les dessinateurs, les emprisonnent et leur brisent les mains dans les commissariats, puisque le *New York Times* fait la même chose en les faisant tomber aux oubliettes ? Les dictatures du monde entier peuvent dire merci au quotidien américain. Plus besoin de kalachnikov pour se débarrasser des dessinateurs de presse. Le *New York Times* vient de nous faire découvrir une autre méthode. ●

DESSINATEURS QUI ONT REFUSÉ DE DESSINER DES COLOMBES DE LA PAIX

DESSINATEUR SURPRIS DANS SON BUREAU AVEC UN EXEMPLAIRE DE "CHARLIE HEBDO"

DIRECTEUR DU "NEW YORK TIMES" CHERCHE UN BON DESSINATEUR

Colombes de la paix, *go home !*

Il n'y a rien de pire que les dessins symboliques. Les dessins symboliques utilisent des colombes de la paix, des croix gammées, des étoiles de David, des faucilles et des marteaux et tout un bric-à-brac de logos simplistes censés aider le lecteur à comprendre le dessin. L'utilisation du symbole dans un dessin de presse est une facilité, car le dessinateur n'a plus besoin de trouver une idée graphique originale puisque le symbole le fait à sa place. À *Charlie Hebdo*, on a toujours refusé cette pratique, en tout cas on l'évite le plus possible.
On peut dessiner un homme politique tenant en laisse un autre homme politique, pour illustrer la soumission de l'un à l'autre. On l'a déjà fait avec des personnalités politiques françaises. Mais jamais avec des symboles. Dessiner une étoile de David au cou de Netanyahou est donc très con, car cette étoile peut être interprétée comme symbolisant tous les Juifs, alors que Netanyahou ne représente que lui-même. De même, affubler Trump d'une kippa suggère qu'il est sous l'influence des Juifs, ce qui est carrément antisémite puisque cela illustre le vieux cliché des Juifs qui dirigent le monde.
Le *New York Times* publie depuis tellement longtemps des dessins truffés de symboles cons comme la lune, des colombes de la paix par exemple, qu'il ne s'est même pas rendu compte de la dimension antisémite de ce dessin.
Au lieu de s'interroger pour savoir si cette pratique du dessin de presse était encore pertinente, le quotidien a préféré faire disparaître cette forme d'expression de ses pages.
Je ne sais pas si on peut en tirer des conclusions quant à la manière avec laquelle ce journal conçoit la liberté d'expression, mais ça n'indique pas un très haut niveau de réflexion sur la question.
Car la liberté d'expression est une belle idée quand elle reste théorique, mais devient très vite une source d'emmerdements infinie quand on veut la mettre en œuvre. Pour fuir ses responsabilités, le *New York Times* a choisi une ligne éditoriale digne d'un film de mafieux : faire disparaître les dessinateurs de presse dans un bain d'acide. On pourrait faire un joli dessin pour illustrer ça. Et là au moins, pas besoin de symboles idiots pour faire passer le message.

Riss

2010
◀ *Charlie Hebdo* n°940
du 23 juin

1999
Charlie Hebdo n°383 ▶
du 20 octobre

FESTIVAL DE LA CARICATURE

REPORTAGE

LES COULISSES DE L'ENNUI

Wolinski, président d'honneur du Festival international de la caricature de Saint-Estève, m'avait dit : « Allez, viens, on va se marrer ! » Sacré Wolinski !

AÉROPORT DE PERPIGNAN, vendredi en fin d'après-midi. Un petit groupe de retraités encadrés par des types affublés d'une cape noire à large col violet brodé d'or et bavoir assorti, brandissent des exemplaires de *Coin-coin*, le journal du festival. La confrérie de la cave coopérative de Saint-Estève nous accueille. Dans la salle qui sert à ranger les fauteuils roulants de l'aéroport, discours de bienvenue et dégustation de rivesaltes. Tout le monde lève son gobelet en plastique à ce 14e Festival international de la caricature. J'ai envie de mourir.

Des voitures nous emmènent à notre hôtel. J'en partage une avec un vieux monsieur très gentil. Il se présente : « Pinatel ». Dessinateur surtout connu pour avoir écumé la presse d'extrême droite.

IL Y A PLUS DE VIE SUR MARS QU'À UN FESTIVAL DE DESSIN.

On traverse Saint-Estève, 10 000 habitants répartis dans de petits pavillons rose saumon. Beaucoup ont des grilles joliment ouvragées aux fenêtres. Les rues sont très propres. Un des organisateurs m'expliquera que le maire (RPR) aime la propreté puisqu'il est originaire du Limousin… *« Il veut que ses rues brillent comme de la porcelaine de Limoges. »*

Pause-pipi à l'hôtel avant de se rendre à l'espace Saint-Mamet où a lieu l'exposition de dessins. Il s'agit d'un vaste hangar en tôle situé en dehors de la ville. Les entrepreneurs escrocs ont coutume d'appeler ça une salle polyvalente. La fanfare municipale — veste orange et cravate texane rouge — et tout ce que la région compte de notables nous attendent pour inaugurer le festival. Deux gentilles dames tiennent le ruban tricolore en travers de l'entrée. Le sous-préfet est en retard. La fanfare entame l'air de *« il est vraiment phénoménal, là là là là »*. On sert la main d'élus locaux. Tous de droite. Ah, non, il y a aussi un député socialiste. Je crois que c'est la première fois que je suis content de voir un socialiste. Le sous-préfet est arrivé, le ruban est coupé, on visite l'expo. De bons ou de très bons dessinateurs côtoient les pires crasses. Trois planches à suivre de l'excellent Hunt Emerson sont accrochées dans le désordre.

Les officiels montent sur scène pour un discours. Le maire commence, plein d'autres suivent. C'est long, c'est con. Wolinski, président d'honneur, a titré le festival *« C'est l'an 2000, pas de panique »*. Tous commenceront leur blabla par un malicieux *« C'est l'an 2000… pas de panique, comme dirait notre ami Wolinski ! »* C'est au tour du conseiller régional représentant le président Jacques Blanc (oui, celui qui gère la Région avec le FN) de causer. Il se demande pourquoi on a fait appel à lui puisqu'il s'occupe de l'agriculture à la Région.*« Mais enfin, bon, dans agriculture, y a culture. »* Très applaudi. En revanche, le discours du député, pourtant aussi fin que les autres, est plutôt boudé. Mon voisin, un gros barbu, bougonne : *« Tiens, vlà l'autre coco ! »*

On nous emmène dîner au Tropico, resto libano-catalan.

Le patron très gentil nous a préparé une surprise. La soirée sera animée par une chanteuse. Pleine d'entrain, la dame, très gentille, nous avertit. On va bien s'entendre parce que, comme elle, on est des artistes. Un type taciturne envoie la bande-son et branche quatre spots aveuglants. La dame chante *« une chanson de 1965 de M. Alain Barrière, Ma viiiiie »*. Suivent *Je m'en vais voir les p'tit's femmes de Pigalle* et autres tubes du même genre. Personne ne tape dans les mains ni ne reprend le refrain. La dame est déçue. Entre deux couplets, elle s'adresse à Bernar et à moi. *« Il faut vivre un peu ! J'ai jamais vu des artistes aussi tristes, et ça fait quinze ans que je chante! »* *« Ça s'entend pas! »*, répond Bernar. La dame, vexée, le traite de *« méchant »*, gueule qu'elle préfère *« chanter pour les Catalans et les gens des villages »* et fait couper la musique. Je fais un bisou à Bernar.

LE MAUVAIS GOÛT N'EST NI DE DROITE NI DE GAUCHE…

C'est le président du festival, un gentil vieux monsieur, qui nous ramène à l'hôtel. Bernar l'interroge un peu sur l'historique du festival. À l'origine du festival, Loro, un gentil dessinateur engagé à l'extrême droite et aujourd'hui décédé. Il y a quelques armées, il a été écarté de l'organisation du festival parce qu'il invitait trop de personnalités d'extrême droite. Bernar fait remarquer que, cette année, il y a tout de même Pinatel de présent. *« Boaf! Pas grave, ça ! Il peut y avoir des gens d'extrême gauche des gens d'extrême droite, du moment qu'ils ne sont pas suffisamment nombreux pour marquer politiquement le festival. »*

Samedi matin, rendez-vous à l'espace Saint-Mamet pour répondre aux questions de la presse locale. Un jeune et gentil journaliste de *L'Indépendant* me prévient : il ne connaît rien de rien au dessin. Au moins lui l'avoue-t-il. Il finira par me demander mon âge, si je suis marié et combien j'ai d'enfants.

Plus rien à faire jusqu'à l'après-midi où il y aura, paraît-il, beaucoup plus de visiteurs que ce matin. Ce matin, il n'y en a aucun.

Sur un panneau décoré figurent, joliment peints, tous les noms des participants. On me fait remarquer qu'il n'y a pas le mien. Si, si, il y est, mais il est orthographié « Chard ». Chard existe, c'est une dessinatrice d'extrême droite. Décidément ! Le festival bat son plein. 50 gentils visiteurs tournent en rond. Je rencontre quand même trois lecteurs de *Charlie Hebdo*.

Des gamins se font maquiller, des petits vieux tripotent nos bouquins comme s'il s'agissait de poisson pas frais. Tout le monde est très gentil.

L'entrée du festival coûte 30 F, et celui qui veut une dédicace est prié d'acheter une feuille blanche 10 F. Une feuille blanche tamponnée du cachet du festival.

PAS UN NOIR, PAS UN ARABE À L'EXPO

Discussion avec un gentil monsieur qui s'occupe de la comptabilité du festival. Il raconte qu'une manif de maraîchers en colère a mal tourné et qu'un des leaders est en prison pour avoir tapé sur les CRS. Évidemment, ça ne se fait pas de taper sur les CRS, mais lui au moins avait une raison de le faire, pas comme *« tous ces Noirs qui tapent pour rien la police et qui sont même pas arrêtés »*.

Ouf ! Un peu d'oxygène ! Un groupe folklorique breton défile entre les panneaux d'exposition en faisant hurler ses cornemuses, ce qui couvre la soupe musicale qui supure des haut-parleurs depuis le matin.

Retour à l'hôtel pour un grand dîner. Une animation est prévue. Wolinski pâlit, les organisateurs rassurent. *« C'est pas comme hier soir, là, c'est nous qui avons choisi les chanteurs, ce sont des jeunes sympas. »* Qui chantent *Ne m'appelez plus jamais France* et qui jouent *Tomber la chemise* au synthé…

Dimanche matin, direction l'avion. Sur le chemin, j'admire une dernière fois les panneaux d'affichage publicitaires qui ont quasiment tous été recouverts par des citations de Wolinski. Par exemple : *« C'est l'an 2000, pas de panique »*, suivi de *« Il est temps d'être absurde »* ou bien *« Il est temps d'être ridicule »* ou bien *« Il est temps de paniquer »*, ce qui ne veut plus rien dire. Les gentils concepteurs n'ont même pas relu leurs gentilles affiches.

Dans le journal *L'Indépendant* du jour, une intéressante interview de Wolinski qui évoque Cavanna systématiquement orthographié Cabana.

Plus jamais ça. À quoi sert ce genre de manifestation ? À faire mousser des élus locaux qui n'ont pas plus de goût ou de passion pour le dessin que pour la musique ou la littérature. Peu importe le succès réel du festival, les journaux locaux et France 3 région en rendront compte *« objectivement »*.Traduction : ils salueront l'excellente initiative de l'équipe municipale sans jamais évoquer la qualité du contenu de l'expo. Critiquer, rompre le consensus, c'est mettre un terme à sa carrière de journaliste local. Les dessinateurs qui participent à ce genre de festival sont bien traités, aussi bien que les fleurs qui décorent les villes inscrites au concours des villes fleuries. Comme elles, on les arrose. Eux, c'est avec le vin local. Le festival de Saint-Estève a été patronné par le conseil général Pyrénées-Orientales, la Région Languedoc-Roussillon, Air Liberté, Anchan, Canson, Dauphin (affichage), Rire et chansons, France Télécom, *L'Indépendant*, L'Olivier (hôtel), Dom Brial (cave), *Le Midi libre*, le Crédit agricole, Renault.

CHARB

2008
◀ *Charlie Hebdo* n°851
du 8 octobre

2007
Charlie Hebdo n°799 ▶
du 10 octobre

2011
Charlie Hebdo n°1007 ▶
du 5 octobre

L'UNIQUE SALON DU DESSIN DE PRESSE

FRÉDÉRIC PAJAK, DESSINATEUR ET ÉDITEUR

« LA PLUPART DES DESSINATEURS DE PRESSE FONT DES CROBARDS »

Frédéric Pajak dessine beaucoup, et puis il publie les dessins des autres. Il a créé des journaux éphémères, comme *L'Imbécile de Paris* en 1991 ou *9 semaines avant l'élection* en 2012. Il continue à s'intéresser au dessin de presse, mais comme éditeur, notamment de Topor, Chaval, Bosc, Siné, Mix & Remix, El Roto, Tomi Ungerer…

Depuis quinze ans, il dirige les éditions Les Cahiers dessinés et la revue *Le Cahier dessiné*. C'est le livre *L'Immense Solitude* qui l'a fait connaître auprès d'un large public, en 1999. En 2012, Frédéric Pajak débute une nouvelle œuvre écrite et dessinée unique, fondée sur l'équilibre entre le dessin et le texte : *Manifeste incertain*, qui en est à son cinquième volume. C'est un formidable reportage passé-présent circulant entre les années 1930 et notre actualité, et qui est en même temps le journal d'un écrivain-dessinateur intranquille.

CHARLIE HEBDO : Pourquoi ne faites-vous plus de dessin de presse ?

▸ **Frédéric Pajak :** J'ai été viré de tous les journaux qui m'ont publié. Sauf de *L'Idiot international*, que j'ai quitté en claquant la porte. La plupart des rédacteurs en chef ne comprennent rien au dessin. J'ai donc édité mes propres journaux, tous éphémères. Je ne supporte pas le conformisme propagé par la presse et j'aime trop la démocratie pour la voir singée. Un exemple : la France, depuis la guerre en Irak, ne cesse de gendarmer le monde. De Mitterrand – aux ordres de Bush senior – à Sarkozy et Hollande, tous ont joué les va-t-en-guerre sans aucun mandat explicite. Comme les conflits dans lesquels ils s'engagent paraissent lointains, nous oublions que nous sommes en guerre. Presque personne ne s'oppose vraiment à la France belliciste, et surtout pas les dessinateurs de presse. Aujourd'hui, la plupart d'entre eux se contentent de faire des petites blagues, en caricaturant à la va-vite tel ou tel homme politique. Ils ne dessinent plus : ils font des crobards. Ils sont souvent incultes, comme leurs rédacteurs en chef, et n'ont plus aucun sens de l'Histoire : ils réagissent à l'actualité, ne s'émeuvent que dans l'urgence. Le dessin de presse devrait s'inspirer de Goya, de George Grosz ou de Saul Steinberg.

En 2012, pendant la campagne présidentielle, vous avez lancé le journal *9 semaines avant l'élection*, dans lequel on parlait de tout, sauf de la campagne. C'était pour *« supporter cette période électorale »*. Aujourd'hui, que faites-vous pour la supporter ?

N'ayant plus de journal, je n'ai plus de remède. Encore une fois, je me fais une haute opinion de la démocratie. Il faut la recréer, car le système électoral n'est qu'une parodie de démocratie dans laquelle il s'agit ni plus ni moins d'élire un monarque. Mais les gueules des roitelets et de la baronne ne font pas envie. D'ailleurs, les électeurs votent en se bouchant le nez. En 2012, les bien-pensants ont reproché à *9 semaines avant l'élection* de faire l'apologie de l'abstentionnisme. Cinq ans plus tard, ils n'ont pas changé d'avis. Moi non plus.

Pour Les Cahiers dessinés, vous éditez des dessinateurs de tous les horizons. Vous voyagez beaucoup pour les rencontrer ?

J'ai commencé à éditer des dessins dès l'âge de 17 ans. Être éditeur, ce n'est pas un travail, c'est une vocation et une manière de vivre. J'ai voyagé, je voyage encore et, où que j'aille, je découvre toujours de nouveaux dessinateurs. Je voyage aussi dans le temps, en publiant des dessins anciens, par exemple des dessins néolithiques.

Parlez-nous d'une découverte récente, un dessinateur que vous avez eu envie d'éditer.

J'ai de l'admiration pour le dessinateur espagnol El Roto, qui publie chaque jour dans *El País*. Son dessin est à la fois graphique et philosophique. C'est un homme très fin, très cultivé, et ça se ressent dans ses dessins, qui sont à la fois subtils et déroutants. El Roto nous incite à considérer les événements ou les situations d'un tout autre œil. De lui, j'ai publié *Le Cahier électrique*, un recueil de ses dessins politiques.

Topor, pas mort ? Vous avez récemment édité un ouvrage de 500 pages intitulé *Topor dessinateur de presse*. Qu'est-ce qui fait la singularité de cette œuvre ?

Roland Topor a toujours imposé sa propre vision du monde et ses obsessions à la presse. Il n'a jamais cédé aux requêtes ni aux censures des rédacteurs en chef. Il ne s'est pas soumis au goût du jour, au conformisme politique ou moral. C'était un dessinateur d'une absolue liberté, qui ne ménageait pas sa peine pour donner à voir de véritables allégories de la condition humaine.

Dans le volume 1 de votre *Manifeste incertain*, vous parlez d'une *« guerre menée par un présent vidé de son passé »*. C'est, au long des trois premiers volumes, un reportage très réaliste et intimiste sur le réfugié Walter Benjamin fuyant le nazisme, interné dans les camps français et finalement acculé au suicide. C'est aussi un travail d'historien qui nous éclaire sur la façon dont les démocraties européennes traitent les réfugiés…

En se désolidarisant des républicains espagnols en 1936, Léon Blum porte une responsabilité déterminante dans l'escalade du fascisme et du nazisme. La lâcheté et les hésitations d'un gouvernement ne datent pas d'aujourd'hui. En évoquant le passé, j'aime à rappeler la tyrannie molle de nos « démocraties » d'aujourd'hui, une tyrannie du renoncement.

> « Je ne supporte pas le conformisme propagé par la presse. »

Le tome 5 du *Manifeste incertain* vient de sortir, on y trouve un Van Gogh inédit. Qu'est-ce qui vous a amené à lui ?

Walter Benjamin voulait réhabiliter les exclus de l'Histoire : vaincus, lumpenprolétaires, ratés. En écho, j'ai raconté scrupuleusement la vie d'un raté – raté à ses propres yeux et aux yeux de ses parents et des marchands d'art. Mais il est un raté réussi, universellement célébré.

***Manifeste incertain* comptera neuf volumes. Vous avez un plan précis pour les quatre prochains ?**

Non. J'ai besoin de rêver, de m'égarer, de voyager pour rester en alerte, ouvert à la surprise. Ces neuf volumes d'un même livre que j'ai voulu sans fin exprimeront, je l'espère, mon sentiment de l'Histoire, de la subjectivité et, au final, ma vision d'une démocratie véritable.

Beaucoup de psychanalystes comptent parmi vos lecteurs. Est-ce réciproque ?

J'ai des amis psychanalystes, notamment Patrick Declerck, l'auteur des *Naufragés – Avec les clochards de Paris*, qui est devenu un écrivain vitupérant, courageux et drôle. Plus jeune, j'ai aimé *L'Analyse caractérielle*, de Wilhelm Reich, pour qui il est vain de se coucher sur un divan, puisque c'est moins l'homme qui est malade que la société entière. Ce constat désespéré n'est pas pour me déplaire.

Propos recueillis par Yann Diener

• Le tome 5 du *Manifeste incertain, Vincent Van Gogh, une biographie*, vient de sortir aux éditions Noir sur blanc. Le volume 2 de *Topor voyageur du livre* sortira début novembre aux éditions Les Cahiers dessinés. Dans le n° 11 de la revue *Le Cahier dessiné*, riche de 800 reproductions, on trouvera des dessinateurs connus ou inconnus, dont un double portrait de Willem et de Medi Holtrop, intitulé « La psychanalyste et le chirurgien », ou encore du caricaturiste russe Denis Lopatine.

2014
Charlie Hebdo n°1236
du 30 mars

2016
◀ *Charlie Hebdo* n°1265
du 19 octobre

CHARLIE DEVANT LA JUSTICE

L'histoire de *Charlie Hebdo* pourrait s'écrire uniquement à travers les procès dont il fut l'objet.

Si la liberté d'expression est grande, elle est cependant délimitée par quelques lignes rouges à ne pas franchir, comme la diffamation ou l'injure.

Intentés par l'armée, le ministère de l'Intérieur, les catholiques intégristes, les autorités musulmanes et bien d'autres encore, les procès qui ont frappé *Charlie Hebdo* sont nombreux et ont très souvent consolidé le droit à la caricature.

2007 *Charlie Hebdo* n°765 du 14 février
1979 *Charlie Hebdo* n°437 du 29 mars ▶

L'EUROPE EN MARCHE...

LE MONDE — 24 mars 1979

« Charlie-Hebdo » condamné

L'ARMÉE LAVÉE DE SES INJURES

La dix-septième chambre correctionnelle du tribunal de Paris a condamné, jeudi 22 mars, pour injures envers l'armée, le directeur, un journaliste et deux dessinateurs de l'hebdomadaire Charlie-Hebdo.

Un recueil de dessins de M. Jean-Maurice Cabut, dit Cabu, était aussi visé par ces poursuites (le Monde *du 24 février). Pour le numéro de* Charlie-Hebdo *du 11 novembre 1976, MM. Georges Bernier, le directeur, et Jacques Reiser, dessinateur, sont condamnés à 1 500 francs d'amende chacun et Cabu à 800 francs. Pour le numéro du 18 novembre de la même année, MM. Bernier et Cabu à 1 000 francs chacun. Pour le numéro du 25 novembre, M. Bernier à 1 000 francs, M. François Cavanna à la même somme, Cabu à 800 francs. Pour le numéro du 23 décembre, MM. Bernier et Cabu à 800 francs chacun. Pour l'album intitulé* A bas toutes les armées, *M. Bernier, l'éditeur, et M. Cabu sont condamnés chacun à une amende de 2 500 francs.*

Pour 15 200 francs, l'armée est lavée de ses injures.

ON N'A PAS LE DROIT DE FAIRE APPEL AUX LECTEURS POUR PAYER DES AMENDES JUDICIAIRES. **MAIS** LES LECTEURS PEUVENT TOUJOURS ACHETER L'OBJET DU DÉLIT EN ENVOYANT 30F AUX ÉDITIONS DU SQUARE, 10 RUE DES TROIS-PORTES, 75005 PARIS ▶

LE MÊME JOUR, À BRUXELLES, LE PRIX St MICHEL 79 ÉTAIT ATTRIBUÉ À CABU, POUR SON LIVRE : "À BAS TOUTES LES ARMÉES". **ON** VOIT ICI L'ATTACHÉE DE PRESSE DES ÉDITIONS DU SQUARE, MADIE PESCAROLO, RECEVANT LE TROPHÉE DES MAINS DU MINISTRE BELGE DE LA CULTURE FRANÇAISE, JEAN-MAURICE DEHOUSSE.

REPONSE A TOUT : LE PROFESSEUR CHORON

SERGE July est poursuivi pour provocation au meutre pour avoir écrit dans « Libération » : « Ils (les juges) ne sont pas sans savoir non plus qu'en matraquant aveuglément de la sorte, ils vont tenter le diable, s'exposer sans aucun doute à des attentats à l'explosif, au moins à une escalade dont ils seront vraisemblablement la cible... » (Cf. l'article de Delfeil de Ton dans le « Nouvel Observateur » de cette semaine.)

« Charlie-Hebdo » et « Hara-Kiri » ont autour du cou les vieux procès et les procès en cours...

Sont-ce hideuses manœuvres ? Est-ce autre chose ?

– Eh bien, racontez-moi ça.

– Attends voir. On avait fait un rappel historique de l'entrée des Boches dans Paris. Mais avec des photos bidons. On avait cette photo des croque-morts. On leur avait mis à tous un brassard avec une croix gammée. Et ils portaient le cercueil comme si c'était un bélier : les premiers Allemands cassant la porte de Pantin. Une connerie aussi énorme que ça. Mais les croque-morts ont dit qu'ils étaient anciens combattants, que ça portait atteinte à leur honneur, niania. Ils ont tous eu droit à 4 000 F. Evidemment, il faut ajouter à chaque fois à tout ça les frais de justice, les frais d'avocats...

– C'était quoi, le procès le plus cher ?

– C'était le mime Marceau. Qui, lui, demandait carrément trente millions anciens de dommages et intérêts.

– Pourquoi ?

– Ce n'était même pas lui qui était en cause. Il y avait juste son nom. Parce que c'est un personnage public, tout de même. C'était Gébé qui était déguisé en mime. Qui faisait l'âne, qui faisait la crèche. Enfin, c'était vraiment con. On est toujours en procès, d'ailleurs. Il a obtenu 50 000 F, le Mime, et là, on est en appel.

– Et ça fait combien de temps que ça dure ?

– Ça fait au moins deux ans.

– Et la saisie de « Hara-Kiri », c'était pourquoi ?

– Oui. La saisie. C'était parce qu'on avait pris en photo une jeune fille qui paraissait vingt-cinq ans. On avait même pas pensé à lui demander sa carte d'identité. Je me rapellerai toujours de la couverture. Elle tordait le cou à une dinde. Et le texte, c'était : « Joyeux Noël aux dindes ». Les parents, en voyant la photo de leur fille en couverture de « Hara-Kiri », ont trouvé subitement qu'elle était mineure. Ce qui était vrai. Et ils ont obtenu la saisie du numéro qui était en vente.

– A part le bandeau sur la tête des flics, est-ce qu'il y a d'autres procès qu'on peut éviter ?

– Pour les photos qu'on prend dans la rue, on a trouvé une parade. On expédie les photographes, les Lambau, dans les pays voisins. Parce que, comme ça, on se dit que les gens ne se reconnaîtront peut-être pas. Mais enfin, on a quand même besoin de photos de flics et tout ça.

– Et pour « Charlie-Hebdo », quels sont les principaux motifs de procès ?

– Il y a toutes les injures à l'armée que collectionne Cabu. Depuis la création de « Charlie-Hebdo », on a eu une cinquantaine de procès qu'on a tous perdus.

– Et ça coûte cher, « injures à l'armée » ?

– Ça s'accumule. Pour dix dessins, cent mille balles. Ce qu'il y a, avec « injures à l'armée », c'est qu'on n'est jamais acquitté. Jamais, jamais. Avec les flics, c'est pareil. Elisabeth Arden, par exemple, on a été acquittés. Il y a quand même une vache de différence dans la tête des juges. Entre ce qui est de leur côté, les flics, les militaires, là tu perds à tous les coups, et les autres, les particuliers.

– C'est quoi, les procès de « Charlie-Hebdo », en ce moment ?

– En ce moment, il y a Paule. Dès qu'elle met en cause un garde forestier, un type, il y a le procès qui tombe. Et là, le prochain, il est difficile à défendre. Parce que tous les gens qui pourraient apporter des témoignages en sa faveur, à partir du moment où ils vivent dans le même village que celui qu'elle accuse, ils ont la trouille. Ils se défilent. Et on se retrouve comme des cons.

– Et comme autre procès en cours ?

– Il y a aussi celui de « Terre des Hommes ». Parce qu'on a passé deux lettres de deux associations qui s'occupent de gosses abandonnés puis adoptés. Et qui dénonçaient qu'une famille qui avait adopté deux gosses Coréens les frappait. Nous n'avons fait que publier des échanges de let-

(suite page 14)

– « Hara-Kiri » et « Charlie-Hebdo » ont combien de procès par an ?

– « Hara-Kiri » et « Charlie-Hebdo » ont, à peu près, sans exagération, vingt procès par an. Avec « Hara-Kiri », à chaque fois qu'on met une marque en cause, on risque le procès. On a eu, par exemple, le procès Elisabeth Arden. C'était un montage photo qu'on avait fait. Une femme toute décharnée sur une plage. On lui avait accroché un parachute sur le dos. Et on avait écrit : « Cet été, sur les plages, Elisabeth Arden sautera en parachute. Ceux qui la recevront sur la gueule auront gagné. » Elisabeth Arden a dit que ça portait atteinte à ses produits de beauté. Là, on a gagné le procès. Puisque E. Arden n'existe pas en tant que personne. C'est seulement une marque.

– C'était quand ?

– Ça fait un bout de temps. C'était, que je dise pas de conneries, il y a une douzaine d'années. Ça, c'est dans les premiers procès de « Hara-Kiri ».

– Et après ?

– Après, il y a eu Air France. Une grande catastrophe aérienne. Je ne me rappelle plus quelle marque d'avion s'était cassé la gueule, une Caravelle ou autre. Là encore, on avait fait un montage photo. C'était tous des corps qui étaient crevés, par terre. Et on leur avait mis des cuisses de poulet dans la bouche. On avait écrit : « A Air France, on se casse la gueule, mais on bouffe bien. » Alors Air France nous a fait un procès vachement méchant. On l'a perdu, celui-là. C'était quand même une somme. Ça approchait le million de francs anciens. Alors, dans le numéro suivant, on s'était dit on va voir si la compagnie Alitalia est aussi con que la compagnie Air France. On a repassé la même photo. Mais on avait changé la marque. Il n'y a pas eu de procès.

– Et à part les marques ?

– Pour « Hara-Kiri », on a été condamnés pour injures à l'armée. Dans les pages de « Faits », c'est-à-dire les photos parlantes, on a régulièrement des procès. Dès qu'on met une gueule de flic, les flics portent plainte. Ça doit être leur syndicat de flics. C'est automatique. Et à chaque fois, on connaît le tarif. Ça vaut 10 000 F rien que de passer un flic. Alors, maintenant, on leur met un petit bandeau noir sur le visage.

– Il y a les gens qui se reconnaissent sur les photos, aussi ?

– Oui. Les gens qui sont photographiés dans la rue. Ça vaut 5 000 F, 10 000 F. Ça dépend de la légende qu'on a mise. En ce moment, on a un procès en cours où les mecs ne se dégonflent pas. Ils demandent 100 000 F de dommages et intérêts simplement parce qu'on a mis comme légende : « C'est dur d'être le sosie d'un homme important... »

– Vous vous rappelez d'autres procès pour « Hara-Kiri » ?

– Pour « Hara-Kiri », il y a eu aussi les croque-morts qui portaient Pompidou. Ils nous ont fait un procès qu'ils ont gagné. Appuyés par un syndicat C.G.T.

REPONSE A TOUT :

(suite de la page 13)

tres. Les parents, qui sont soi-disant des bourreaux d'enfants, nous foutent devant les tribunaux. Et c'est nous qui sommes responsables en tant que presse. Il y a aussi les outrages aux bonnes mœurs, pour des dessins de Willem, de Bazooka. Ça, ça va chercher à chaque fois dans les 2 000 – 3 000 F. Déjà, il nous faut en permanence un avocat qu'on paye au mois. A la fin de l'année, tout ça, ça fait une bonne dizaine de millions.

– Pour « Libération », on leur fiche des procès, des procès. Ils sont strangulés financièrement. Et on a même plus à les interdire. On les tue comme ça. Est-ce que vous pensez que c'est la même manœuvre pour « Charlie-Hebdo » et « Hara-Kiri » ?

– Ça n'est peut-être pas une manœuvre pour faire crever. Mais il y a des gens chez les flics, aux « Bonnes Mœurs », qui lisent plutôt des journaux comme « Charlie-Hebdo » ou « Libération » avec une intention de nuire. Ça, c'est sûr. Et une intention de vengeance. Ça les fait chier. Et en plus, aux « Bonnes Mœurs », ils n'existent que parce qu'il y a une morale, une protection des bonnes mœurs. Si demain les mœurs évoluent encore davantage, ces gens-là n'auront plus rien à foutre. Inconsciemment aussi, pour eux, c'est ça.

– Ça se passe comment avec les « Bonnes Mœurs » ?

– Chaque fois qu'il y a outrage aux Bonnes Mœurs, tu es convoqué là-bas. Nous, on sent qu'ils ne nous aiment pas parce qu'on est des espèces de sauvages pour eux. Mais alors, « Libération », ce qu'ils n'aiment pas et encore moins que nous, c'est leurs petites annonces. Quoique ça leur rende service aussi. Parce qu'ils les lisent. Et avec ça, ils travaillent. C'est comme pour d'autres journaux, genre « Contacts ». C'est épluché là-bas, à la « Mondaine ». Et je crois plus à ça que à « Tiens, on va les crever ».

« Brasil au Baltard » le 9 juin, de 14 h à 2 h du matin. Avec les Etoiles, Erica Morimar, Teca et Ricardo, Alceu Valença, Mazaré Pereira. Au final : carnaval. Ça se passera au pavillon Baltard, à Nogent-sur-Marne (accès par le RER, SNCF, autoroutes A3 et A4).

– Ils ne font pas ça avec tous les journaux ?

– Il y a un service de presse à la préfecture de Police qui les épluche tous. Et tous les journaux ont des procès. Et pas que les journaux. Les radios aussi. Donc on ne peut pas dire que c'est parce que c'est « Libération ». Disons que « Libé » et nous, on se prête davantage à ça. Et que les flics aussi seraient peut-être heureux dans le fond de leur tête qu'on crève.

– Mais, en fait, avec la loi de 1949, ils peuvent faire tomber un journal quand ils veulent ?

– Ah, quand ils veulent. D'ailleurs, avec « Libération », ils ont les moyens, avec la loi de 1949. Même « Charlie-Hebdo » a tout pour tomber sous le coup de cette loi. Ils ont essayé une fois avec nous. Ils ont vu que c'était un coup de boomerang qui leur revenait sur la gueule. S'ils ne s'en servent pas, c'est qu'ils ont peur que cette loi soit mise au grand jour. Elle leur sert. Elle est là, dans l'ombre. La loi de 1881 donne à la presse une formidable liberté. Cette liberté a des limites : outrages aux bonnes mœurs, diffamation... Mais tu passes devant un tribunal, tu te défends. Ça fait partie du jeu. Et ça, j'estime que ce sont des lois républicaines. Et qu'il faut les défendre. Même si elles nous coûtent cher. La loi vraiment dégueulasse, c'est cette loi de 1949. Donc, si tu veux, je veux, moi, des procès, mais que cette loi de 1949 disparaisse.

– Je pensais que c'était presque une tactique du pouvoir. Parce que, quand on lit l'article de July qui lui vaut d'être inculpé de provocation au meurtre, c'est anodin, complètement anodin, ce qu'il écrit July ?

– Oui, c'est anodin. Mais il a refusé d'aller à la convocation du juge Cabié. Et là, à mon avis, il a tort. Il est convoqué par un juge. Qu'est-ce que tu veux, mon vieux, sans ça, c'est refuser le principe même de la démocratie. Je crois plutôt que c'est « Libé » qui a la tactique. Soit de grossir les ventes par un scandale. Soit de finir par un scandale. Si July avait été condamné à une brique d'amende pour ce qu'il a écrit, il pourrait hurler. Là, il a seulement été convoqué. Le juge d'instruction Cabié peut très bien rendre un non-lieu.

Cela dit, « Libération » a pris des risques. Parce que les petites annonces qu'ils ont faites, nous, à « Charlie-Hebdo », on ne les aurait pas faites. On a pas eu ce culot-là. Eux, ils ont joué le jeu qu'ils étaient un quotidien. Ils ont joué l'interdiction.

– « Libé » monte à 2,50 F. Se pose la question des petites annonces payantes et de la publicité dans le journal. Mais, pour la publicité, c'est un peu le même problème que pour « Charlie-Hebdo ». Même en admettant qu'on en veuille...

– Quels annonceurs vont payer, étant persuadés qu'on est des traîne-patins qui n'achètent rien... Mais ça m'étonnerait que « Libé » crève. Ils vendent 35 000 exemplaires de moyenne. Un quotidien à 35 000, ça peut intéresser des financiers. Je crois, moi, que la fin de « Libé », ça sera ça. Un mécène qui finance. Et, très doucement, tu verras le journal évoluer. Et à ce moment-là, ils en trouveront, de la pub...

Sylvie Caster

P.S. : « La loi de 1949 permet au ministre de l'Intérieur, d'un geste de la main, d'une signature, de te faire crever. En ne prononçant même pas le mot d'interdiction totale. Mais seulement d'interdiction aux mineurs et à l'affichage. Et ces deux termes-là équivalent à la mort du journal. Puisque les NMPP ne veulent pas te distribuer. »

1997
Charlie Hebdo n°239
du 15 janvier

PAGES SUIVANTES
1997 *Charlie Hebdo*
n[os]240 à 248 et 250 à 258,
du 15 janvier au 28 mai

Dix-neuf procès durant les cinq premières années après la reparution du journal en 1992.

Depuis, *Charlie Hebdo* a renoncé à les compter...

Où va votre argent ?

Les procès de Charlie 2

Juillet 1993 : **l'Association de soutien à l'armée française** porte plainte pour *« atteinte à l'honneur et à la considération envers les anciens combattants »*, et demande 1 million de francs. Motif : la « une » du n° 54, un dessin de Cabu barré du titre *« Le Soldat inconnu s'est fait enculer par l'adjudant Chanal »*. *Charlie* se fait gronder par le juge, mais s'en tire grâce au délai de prescription. On a eu chaud. Champagne !

Où va votre argent ?

Les procès de Charlie 3

Août 1993 : **L'Alliance générale contre le racisme et pour le respect de l'identité française (AGRIF)** nous traîne en correctionnelle pour « diffamation », à la suite d'un reportage de Luz sur le pèlerinage catho-intégriste de Chartres (n° 49). *Charlie* est condamné en première instance (déc. 94), fait appel et obtient la relaxe (juin 95). L'AGRIF ne débande pas, et se pourvoit en Cassation. On attend toujours.

Où va votre argent ?

Les procès de Charlie 4

Septembre 1993 : **Alliance Nationale Population et Avenir,** association pro-nataliste dont le conseil d'administration accueille deux membres du FN, porte plainte en diffamation pour un article d'André Langaney intitulé « Nazional Démographie » (n° 39). *Charlie* est condamné à 20 000 F de dommages et intérêts. Au lieu du champagne, on sable le Viandox.

Où va votre argent ?

Les procès de Charlie 5

Novembre 1993. **L'association Possibilis et la société SFLR,** gérantes du camp de vacances new-age Espace du Possible, s'estiment insultées par un article de Cyran et plusieurs dessins regroupés sous le titre *« Club Med vert pour écolos-gogos »* (n° 61). Elles demandent 750 000 F de dommages et intérêts. Le tribunal estime que *« ni les circonstances ni l'équité ne justifient »* une condamnation, et déclare l'action prescrite. Champagne !

Où va votre argent ?

Les procès de Charlie 6

Mars 1994. Ça devient une habitude : **l'AGRIF** attaque *Charlie* pour *« appel à la haine religieuse contre les chrétiens »*. Cette fois, l'officine intégriste du FN prend pour cible six dessins consacrés à la réforme de la loi Falloux et aux menaces sur la laïcité (n° 78). Elle demande 100 000 F. *Charlie* est condamné en première instance par le TGI de Paris (présidé par Martine Ract-Madoux), mais relaxé par la cour d'appel. L'AGRIF s'est pourvue en Cassation.

Où va votre argent ?

Les procès de Charlie 7

Mars 1994. **Charles Scaglia,** maire UDF de La Seyne-sur-Mer (Var), porte plainte en diffamation à la suite d'une enquête de Cyran et Luz sur les magouilles politico-mafieuses qui ont émaillé la gestion de la ville (numéros 78 et 79). *Charlie* est condamné à 1 F de dommages et intérêts et à 10 000 F d'amende. Quant à Scaglia, il démissionne en août 1994 et est mis en examen en novembre 1995. Ça console.

Où va votre argent ?

Les procès de Charlie 8

Février 1995. **L'AGRIF,** officine catho-intégriste bien connue de nos lecteurs, s'en prend cette fois-ci à un dessin de Riss (n° 125) intitulé : « Les commandos anti-IVG nous font chier, faisons comme eux dans les églises avec des commandos anti-Bon Dieu. » *Charlie* est condamné pour *« discrimination religieuse »* à 50 000 F de dommages-intérêts par le TGI, mais gagne en appel. L'AGRIF s'est pourvue en cassation.

Où va votre argent ?

Les procès de Charlie 9

12 octobre 1995. **Marie-Caroline Le Pen,** fille de Jean-Marie et prétendante à la mairie de Neuilly-sur-Seine, porte plainte pour injure publique à la suite d'une brève de *Charlie* (n° 170) comparant la jeune femme à un animal que la décence et le tribunal nous interdisent de nommer ici. On est condamnés à 20 000 F d'amende et à 10 000 F de dommages et intérêts.

Où va votre argent ?

Les procès de Charlie 10

Décembre 1995. **Jean-Marie Le Chevallier,** maire FN de Toulon, porte plainte en diffamation. Motif : un reportage de Gébé à Toulon, où celui-ci évoque des faits passés (n° 169) que la décence et la justice nous interdisent de rappeler ici. *Charlie* est condamné en première instance à 20 000 F de dommages et intérêts et à 8 000 F d'amende. Le jugement ayant été confirmé en appel, *Charlie* s'est pourvu en cassation.

OÙ VA VOTRE ARGENT ?

Les procès de Charlie 11

Janvier 1996. **Jean-Marie Lejeune,** avocat proche des milieux catho-intégristes, porte plainte en diffamation pour avoir été traité d'« *endive moite* » et de « *dindon courroucé* » par Philippe Val, dans un article où celui-ci racontait son tabassage à la sortie d'une émission de Dechavanne consacrée à l'ordre moral (n° 171). Condamné en première instance, *Charlie* est relaxé en appel.

OÙ VA VOTRE ARGENT ?

Les procès de Charlie 12

Mai 1996. **Le ministère de la Défense** porte plainte pour sauver l'honneur de deux pilotes français abattus en vol en Bosnie, retenus en otages par les Serbes et, pour finir, « insultés » par *Charlie* (n° 175). Condamnés pour « injure » le 21 mars 1997, Gébé (en tant que directeur de la publication) et Charb (en tant qu'auteur du dessin injuriant-insultant) devront verser chacun 10 000 F au ministère des Armées.

OÙ VA VOTRE ARGENT ?

Les procès de Charlie 13

Février 1995. **Véronique Mortaigne** prend très mal un article de Renaud, dans lequel le chanteur taille un short à la critique musicale du *Monde* (*Charlie* n° 134). Elle porte plainte pour injures et demande 200 000 F de dommages et intérêts. En janvier 1996, *Charlie* est condamné à 20 000 F de dommages et intérêts.

OÙ VA VOTRE ARGENT ?

Les procès de Charlie 14

Septembre 1996. **L'AGRIF,** groupuscule de sinistres calotins d'extrême droite, nous envoie une énième fois son huissier. Objet de la plainte : un édito de Val (n° 211) titré « *Bienvenue au pape de merde* ». Les fous de Dieu réclament 50 000 F pour racisme anti-chrétien. L'affaire est en cours.

OÙ VA VOTRE ARGENT ?

Les procès de Charlie 15

Juillet 1996. **François Foucart,** agent de propagande religieuse sur France-Inter, réclame 500 000 F à *Charlie Hebdo*. Motif : une double page relatant un dîner entre une auditrice de la radio publique, François Foucart et son ami l'abbé Laguérie, le curé intégriste de Saint-Nicolas-du-Chardonnet (n° 206). Le procès a eu lieu le 2 avril. On attend le jugement.

OÙ VA VOTRE ARGENT ?

Les procès de Charlie 16

Avril 1997. **National Hebdo** porte plainte pour « *injure* » après une chronique de Siné qualifiant ce journal de « *papier-toilette lepéniste* », mais en moins poli (n° 241). Il réclame à *Charlie* 50 000 F de dommages et intérêts. Affaire en cours.

OÙ VA VOTRE ARGENT ?

Les procès de Charlie 17

Avril 1997. **Serge de Beketch** assigne *Charlie* en justice, après une chronique de Siné où celui-ci résume brièvement la carrière de l'ex-directeur de *Minute*, ex-collaborateur du maire FN de Toulon (n° 241). S'estimant « *outragé* » par les qualificatifs qu'imposait cet exercice, de Beketch réclame 300 000 F de dommages et intérêts.

OÙ VA VOTRE ARGENT ?

Les procès de Charlie 18

Janvier 1997. **Thierry Lefèvre,** un militant du groupuscule intégriste « Trêve de Dieu », porte plainte en diffamation. Motif : une enquête d'Anne Kerloc'h et de Fiammetta Vener sur les connections entre commandos anti-IVG et mouvements néonazis (« L'internationale noire des anti-IVG », *cf.* n° 227). Il demande 100 000 F de dommages et intérêts. Affaire en cours.

OÙ VA VOTRE ARGENT ?

Les procès de Charlie 19

Septembre 1994. Pour une fois, c'est « Charlie Hebdo » qui porte plainte. Cible : **« Le Figaro-Magazine »,** qui a reproduit sans les avertir des dessins de Gébé, Riss et Luz consacrés à la manif anti-Bayrou de janvier 1994. Le supplément d'extrême droite du *Figaro* a non seulement effacé les signatures des auteurs, mais il a — ignominie ! — tenté de faire croire que les dessins étaient l'œuvre du PS. Gébé, Riss et Luz empochent chacun 15 000 F de dommages et intérêts, et offrent généreusement une tournée de mousseux au reste de l'équipe.

Philippe Val

AGRIF contre “Charlie” : six procès, ça suffit !

Lettre ouverte à Élisabeth Guigou, garde des Sceaux

C'EST LA PREMIÈRE FOIS que nous nous adressons ainsi à un ministre en exercice. Et si nous le faisons, c'est que nous avons une question grave à vous poser. Comptons ensemble sur les doigts d'une main les journaux nationaux qui vivent sans publicité, et ne sont les organes d'aucun parti, s'assurant ainsi une totale indépendance éditoriale. Et si, demain, notre pays était privé de ses deux hebdomadaires satiriques et politiques, *Le Canard enchaîné* et *Charlie Hebdo*, ne penseriez-vous pas, madame la Ministre, que la démocratie française aurait perdu un peu de son sens ? Quand bien même, çà et là, nous déplaisons aux uns ou aux autres, vous, dont les convictions républicaines sont indiscutables, savez que notre métier n'est justement pas de plaire, mais au contraire d'oser déplaire à ceux dont la puissance contrevient si souvent aux principes de liberté, d'égalité et de fraternité. Notre seule force, madame la Ministre, c'est notre légitimité et la référence constante à la loi républicaine. Mais si la loi nous trahit, nous sommes morts.

Notre métier n'est pas de plaire...

Faut-il le rappeler ? La justice, en matière de presse, est un produit de luxe. Certains confrères spécialisés dans les aventures sentimentales des milliardaires affrontent la justice sereinement. Le prix des amendes et des réparations — 400 000 F, 500 000 F — est tellement inférieur aux bénéfices que leurs « scoops » leur procurent qu'ils font passer le travail de la justice dans leurs frais de représentation... D'autant que ces journaux bénéficient de l'aide à la presse, ce qui n'est pas le cas de *Charlie*. Ô, ironie, pour en bénéficier, il faut faire des recettes publicitaires ! La subvention étant là pour, officiellement, combler les trous laissés par l'insuffisance de pub !

Si, pour certains groupes de presse, les frais d'avocat et de justice ne sont qu'un investissement rentable, il n'en va pas de même pour les publications dont les seules ressources sont la force de travail et de création de leurs collaborateurs. Nos seules recettes provenant de la vente au numéro, il en faut, des numéros à 10 F, pour payer les avocats et la machine judiciaire !

Si, pour *Voici*, 500 000 F d'amende ou de dommages et intérêts, c'est un éclat de rire, pour un journal politique comme *Charlie Hebdo,* c'est un éclat de rire amer. Et, vous en conviendrez sans doute, un *Voici* de perdu, dix de retrouvés. Alors qu'un *Charlie* de perdu, c'est la disparition irrémédiable d'un des deux seuls journaux de France libres de tout capital extérieur.

L'INDÉPENDANCE DES MAGISTRATS du parquet est le thème du grand débat qui agite le monde judiciaire, parlementaire et gouvernemental. Les réponses ne sont pas simples. En effet, si le ministre de la Justice, issu d'une majorité démocratiquement exprimée, ne peut plus agir d'aucune façon sur la politique pénale, alors il n'a plus grand-chose d'autre à faire qu'effectivement garder les Sceaux, ce qui n'occupe qu'un tout petit mi-temps. Vous savez comme moi qu'il n'en sera rien, et voilà pourquoi je m'adresse à vous.

Charlie Hebdo compte actuellement dix-sept procès en cours. Certaines procédures ont été engagées par des personnalités d'extrême droite — de Beketch, Le Chevallier, Bruno Mégret —, mais la majorité des plaintes émanent d'une officine du Front national, l'AGRIF. Pratiquement, sa seule activité consiste à harceler judiciairement *Charlie Hebdo*.

Les buts de l'AGRIF sont multiples. Sa justification, c'est la lutte contre le « racisme anti-français et anti-chrétien ». Lorsqu'ils commencèrent à déposer des plaintes contre nous, sur la base de la loi Gayssot, dont l'abrogation est au premier plan des projets du FN, leur but était de perdre, afin de plaider la jurisprudence quand eux-mêmes font l'objet de plaintes pour racisme, révisionnisme ou antisémitisme. Dans un premier temps, effectivement, ils perdirent. Puis Mme Ract-Madoux fut nommée présidente de la 17e chambre correctionnelle. Plus royaliste que le roi, si je puis dire, elle donna régulièrement gain de cause à l'AGRIF, qui, changeant de stratégie, continua à porter plainte afin de faire mourir notre journal.

Comme il s'agit de citations directes, il est loisible à M. Romain Marie, alias Bernard Antony, président de l'AGRIF et membre du bureau politique du Front national, ainsi qu'à son avocat, maître Wallerand de Saint-Just, avocat également de Saint-Nicolas-du-Chardonnet et proche de Bruno Mégret, de choisir le président. Pensant, à tort ou à raison, que Mme Ract-Madoux avait avec eux quelques affinités électives, ils s'arrangèrent pour que leurs affaires soient systématiquement jugées par elle. Les verdicts, statistiquement, tendent à leur donner raison, la 17e chambre correctionnelle de Paris semblant alors se transformer en bras judiciaire d'une poignée de fanatiques. Ce qui, pour une chambre qui se réclame d'une tradition voltairienne, donnerait à sourire, si la montée de l'extrême droite ne nous en empêchait. La vocation antiraciste de l'AGRIF, qu'un incroyable arrêt d'avril 91 de la Cour de cassation légitime, est pour le moins sujette à caution. Parmi ses militants, elle compte M. Serge de Beketch, qui anime tous les mercredis à 18 heures une émission sur Radio Courtoisie. Remplaçant les mots « Juifs » et « Arabes » par « pingouins » et « antilopes », il se permet de tenir des propos dont l'antisémitisme et le racisme rappellent les pires délires des pamphlétaires des années trente, héritiers de Drumont, imitateurs de Céline et admirateurs du IIIe Reich.

ROMAIN MARIE, lors de l'occupation de Saint-Bernard, bien que président d'une AGRIF qui par ses statuts est censée lutter contre le racisme, n'avait pas hésité à déclarer : *« Il faudrait occuper les mosquées et les synagogues puisque ces gens occupent nos églises. Je condamne ces chrétiens émasculés qui accueillent ces négros. »* Ce qui, d'ailleurs, lui valut une condamnation pour injures racistes. Ce qui ne l'empêche pas de dénoncer « *la tendance qu'ont les Juifs à occuper tous les postes clefs des nations occidentales* ». Ces quelques exemples sont naturellement loin d'épuiser une liste presque infinie...

Charlie Hebdo est un journal fondé par François Cavanna, et exploité par les éditions Rotative. D'un commun accord, et par contrat, nous sommes convenus que l'autorisation de publication était soumise à des impératifs catégoriques, parmi lesquels :

— la fidélité aux idéaux républicains des Lumières,
— la défense de la démocratie,
— la lutte contre le racisme et l'antisémitisme,
— la défense de la laïcité,

tout manquement entraînant la rupture du contrat d'exploitation.

Madame la Ministre, voilà bientôt cinq ans que nous sommes harcelés judiciairement par l'AGRIF. Régulièrement, si nous gagnons en appel, l'AGRIF va en Cassation. Les procédures durent des années, et les frais de justice qu'elle devrait éventuellement nous rembourser au titre de l'article 700 ne le sont jamais. Nous sommes fatigués de travailler pour payer des procès grotesques. Par ailleurs, nous sommes déterminés à ne plus nous laisser saigner dans l'indifférence générale.

Est-il normal que cette mascarade continue ? Est-il normal que la justice républicaine se prête aux manœuvres d'une officine d'un parti dont le président de la République lui-même a dit qu'il était raciste et xénophobe ? La justice doit-elle se laisser manipuler par des associations telles que l'AGRIF ? L'AGRIF est-elle habilitée pour décider, avec l'aide et la complicité de la justice française, de l'existence des journaux en France ? Je vous ai entendue dire lundi matin sur France-Inter que, en ce qui concerne la lutte contre l'extrême droite, il valait mieux s'attaquer aux causes. Doit-on pour autant négliger les effets ? Et si la justice refuse de juger et de condamner les effets que sont les délits, que jugera-t-elle ? Les causes ? La misère ? Les ravages de la mondialisation ? L'abus de procédure à des fins d'assassinat d'un journal est-il un effet trop insignifiant pour qu'il attire votre attention ? N'est-il pas possible de faire figurer dans les directives du garde des Sceaux l'irrecevabilité de toutes les plaintes émanant d'une association prétendument contre le racisme, mais dont tous les responsables sont membres d'un parti officiellement raciste et xénophobe ? Jeudi dernier, nous avons reçu la signification d'un sixième procès contre *Charlie Hebdo*. Voudriez-vous que l'on continue poliment à accepter l'inacceptable ? ■

Procès

« Charlie » attaqué par une endive folle

JEAN-MARIE LEJEUNE[1], avocat, élu villiériste et dirigeant des associations familiales de Cherbourg, n'aime pas les endives. A croire que, quand il était petit, sa maman en farcissait sournoisement ses gâteaux de riz. Aussi, quand Philippe Val, au détour d'un article, l'a traité d'*« endive moite »*, sa haine légumière a resurgi et il a aussitôt porté plainte pour diffamation, en réclamant 1 million de francs de dommages et intérêts.

Le mardi 16 avril, au tribunal, Lejeune s'est fait défendre par Me Rosny Minvielle de Guilhem de Lataillade, connu pour défendre les anti-avortements. A voir son profil en bec et ses yeux de rayons X, on se dit qu'on va déguster. En fait, son rôle se bornera à faire des petits paquets avec ses dossiers et à entamer une plaidoirie mal rapiécée, presque aphasique. L'endive moite ? Diffamation ! *« On pense à des pullulement d'insectes dans les pays équatoriaux. »* Affirmer que, pendant l'émission de Dechavanne, Lejeune voulait rentrer dans les coulisses ? Re-diffamation ! *« On sait bien ce qui se passe dans les coulisses. »* La salle, pleine de lecteurs de *Charlie,* se marre sans trop faire bouger ses dents pour ne pas se faire évacuer. En écoutant Gébé, Val et Me Dartevelle, l'avocat de *Charlie,* qui parle de Lejeune comme d'une *« grande tige un peu nerveuse dans sa mollesse »*, même le policier de service et la présidente (qui, d'habitude, n'hésite pas à nous saquer) ne peuvent s'empêcher de faire effectuer à leurs lèvres un mouvement ascendant. Quant au procureur, il a du mal à comprendre pourquoi on nous attaque. Bon, rien n'est encore gagné. On saura le 14 mai si le cours de l'endive est à 1 million de francs pièce.

ANNE KERLOC'H

1. Aucune parenté génétique avec le fondateur de Laissez-les vivre, mais une grande proximité idéologique.

1996
Charlie Hebdo n°201 du 24 avril

1999
Charlie Hebdo n°367 du 30 juin

Procès gagné

Riss se demandait, dans un dessin, ce qui se passerait si l'on usait des mêmes méthodes avec les curés anti-avortement qu'eux-mêmes avec leurs commandos investissant les hôpitaux et souillant les instruments chirurgicaux. L'AGRIF[1] nous ayant attaqués pour ce dessin, on a perdu devant la 17e chambre. On a fait appel, et on a gagné. L'AGRIF est allée en Cassation, et l'arrêt a été cassé. Rejugés par la cour de Versailles, nous avons gagné. L'AGRIF est retournée en Cassation. La Cour a tranché en notre faveur. Ça coûte cher, des procédures comme ça. Le mieux, c'est de réfléchir avant de les entamer. On dit ça par gentillesse, pour ne pas que l'AGRIF fasse faillite...

PH. V.

1. Alliance générale contre le racisme et pour le respect de l'identité française et chrétienne.

1998
◄ *Charlie Hebdo* n°306 du 29 avril

1996
Charlie Hebdo n°235 du 18 décembre ►

GARDIENNES DES MOEURS
LES CHENILLES PROCESSIONNAIRES DE L'AGRIF.
L'AGRIF
L'Alliance Générale contre le Racisme et pour le Respect de l'Identité Française et Chrétienne.
L'association "L'AGRIF", dont l'activité principale consiste à faire des procès à CHARLIE HEBDO, est sise Bd Saint-Germain, dans un immeuble où l'escalier danse le French Cancan. Curieuse adresse pour un organisme vertueux...
← Curieux emblème qu'une griffe pour une association qui se réclame de la charité, de l'amour, etc.
Au 70 Bd St Germain est son siège social style gothique-restauration (scolastique + férocité). Mauvais cuir à hémorroïdes et pied rafistolé par un de ces abbés faiseurs de pancartes édifiantes qui dégueulassent les églises.
DIEU ARROSE LE JARDIN DES PRIÈRES
PRIÈRES
LUMIERE
TON COEUR
LAMPADAIRE
Saint Esprit
Porteur de Lumière
Nom de dieu!
Dès que dans Sodome et Gomorrhe la chrétienté est victime d'irrespect, le Président sort du siège.
Il descend (à regret) l'escalier dépravé...
...et se rend chez l'avocat des vieux miliciens.
Au passage, ils réquisitionnent un huissier.
ET PLAF!...
PROCÈS.
PLAINTE, AU NOM DU CIEL, DES ANGES ET DES ANDOUILLES
Nom de dieu!
RÉCIDIVE!
ET ENFIN, JOUR DE GLOIRE POUR LES CHENILLES PROCÉDURIÈRES.
Respect pour le théocrate du Vatican!
Respect pour l'Inquisition! Respect pour les bûchers!
Et tout ça, ça fait d'excellents procès

17e chambre correctionnelle
KESSLER contre VAL
Le 21 Février 2000, Philippe Val, dans sa chronique sur France-Inter consacrée à la décision d'Axa de doubler les cotisations des enfants handicapés, faisait un parallèle entre cette décision et le traitement des handicapés par les nazis. Axa et Kessler, cités dans la chronique, poursuivaient Val en diffamation.
Madame Epagneul, de l'UDAPEI (association pour handicapés) :
On était en face d'une assurance qui ne voyait que le côté économique.
Denis Kessler, vice-président du Medef et président de la Fédération Française des Sociétés d'Assurances, fait part de son indignation :
Je suis alsacien, je suis fils de déporté à Dachau. [...] Tout ceci est insupportable.
Le président Montfort fait diffuser dans la salle la cassette de la chronique, saisie par la police.
Val :
Pour monsieur Kessler, dans sa vision du monde, l'homme n'est pas une fin en soi.
L'avocat de Kessler :
Philippe Val accuse monsieur Kessler d'eugénisme économique. Pour monsieur Philippe Val, Denis Kessler a adopté les idées qui ont mené à l'extermination des sous-hommes. [...] Le propos est ignoble. Le propos est diffamatoire.
Il demande la condamnation de Val pour diffamation et 1 franc de dommages et intérêts.
Jean-Claude Guillebaud, témoin de Val :
La révolution génétique conduit à remettre en cause le code de Nuremberg. On accepte que le concept d'humanité soit divisible.
Il cite le cas d'une Américaine qui s'est vu refuser un contrat d'assurance car son enfant avait des gènes prédisposant à des maladies.
Cette question pose le problème du néolibéralisme.
Kessler répond à cela : « Aucune société d'assurances n'a recours en France à des tests génétiques. » Jusqu'à quand ?
Le procureur :
Il n'y a pas diffamation. [...] Je vous demande d'entrer en voie de relaxe.
← Kessler, libéral fou furieux obligé d'écouter un fonctionnaire lui expliquer qu'il a tort !
Pour Me Malka, avocat de « Charlie », la comparaison avec le traitement des handicapés par les nazis, faite par Val dans sa chronique, ne concernait qu'Axa, qui a retiré sa plainte, et non Kessler. Il conclut : « On a le droit de considérer le monde de l'actionnariat comme un monde barbare. » Décision le 9 mai.
← Le président.
Riss.

2001
◀ *Charlie Hebdo* n°460
du 11 avril

2009
Charlie Hebdo n°870 ▶
du 18 février

2017
Charlie Hebdo n°1323
du 29 novembre

« CHARLIE » GAGNE UN PROCÈS

Bonne nouvelle : on a le droit de dessiner Nadine Morano en trisomique quand elle dit que le général de Gaulle avait qualifié la France de *« pays de race blanche »*. Le Collectif contre l'handiphobie a perdu en appel le procès qu'il intentait à *Charlie* pour la couverture de Riss du n° 1211 du 7 octobre 2015, « Morano, la fille trisomique cachée de De Gaulle ». La cour d'appel de Paris a jugé que *« la cible* [de ce dessin] *était, compte tenu du contexte ayant fait l'objet d'une polémique nationale, uniquement Nadine Morano et l'instrumentalisation qu'elle avait faite de la figure du général de Gaulle; que le droit à la critique ou à l'humour n'a pas, en l'espèce, dépassé les limites de la liberté d'expression »* et que, par conséquent, *« aucune faute fondée sur la prévention de provocation à la discrimination, la haine ou la violence envers les personnes handicapées* [ne peut] *être relevée »*.

JUSTICE

Le clito à la barre

Jeudi dernier, à Lille, se tenait le procès en diffamation intenté à Charlie par Brigitte Mauroy, urologue et conseillère municipale, et par l'ordre des médecins du Nord-Pas-de-Calais. Au cœur des débats, les mensurations clitoridiennes.

France 3, *Nord Éclair*, *La Voix du Nord*, *20 Minutes*, *La Brique*... Toute la presse lilloise est là, mais pas l'ombre d'une Brigitte Mauroy. Elle a juste pris la peine de convoquer un témoin en dernière minute, le pauvre Dr Henri-Jean Philippe, venu de Nantes pour la défendre, alors que notre accusatrice, qui habite à cinq minutes, n'a pas jugé utile de venir s'expliquer. Devant un tribunal attentif, je détaille les points litigieux de la phrase de Mme Mauroy *(voir encadré)*. D'abord, qu'il est faux d'affirmer que le capuchon clitoridien est plus long chez les Éthiopiennes: je cite les références scientifiques. Ensuite, qu'on n'appelle pas « circoncision » son ablation, mais « excision »: c'est écrit noir sur blanc dans les textes de l'Organisation mondiale de la santé. Puis Mme Mauroy prétend avoir cité un auteur: or, sans guillemets ni référence, c'est difficile à deviner. Et, surtout, je redis que le danger de sa phrase, c'est de laisser entendre qu'une mutilation peut être justifiée par un surdimensionnement génital, ce qui étaye la rhétorique classique des exciseurs (textes référencés à l'appui).

Petit organe, grands effets

Viennent nos deux témoins. Le Dr Gérard Zwang, président d'honneur de l'Association contre la mutilation des enfants, explique pourquoi son *« sang n'a fait qu'un tour »* en lisant Brigitte Mauroy: *« Je lui ai écrit, mais sans jamais recevoir de réponse. »* Sabreen Al'Rassace, membre d'Amnesty International, en charge des mutilations sexuelles féminines, poursuit en affirmant que *« ce texte écrit par un médecin réputé comme Mme Mauroy peut être utilisé dans certains pays pour justifier l'excision »*. En toute modestie, je pense qu'on a été plutôt bons.

Sabreen Al'Rassace

Pour la partie adverse, le Dr Henri-Jean Philippe s'échinera à contester la classification des mutilations de l'OMS et à s'appuyer sur le texte « historique » de 1949, qui a inspiré Brigitte Mauroy... avant de reconnaître que lui non plus n'a pas daigné répondre à mes demandes d'interview.

L'avocat de Brigitte Mauroy se bornera surtout à rappeler l'honorabilité de sa cliente (que je ne conteste aucunement, en dehors de la phrase litigieuse). Quant à l'avocat du conseil départemental du Nord de l'ordre des médecins, il mettra sur le même plan les lois française et égyptienne, sous prétexte qu'elles autorisent toutes deux les atteintes génitales dans certains cas: comme si la chirurgie vulvaire à visée « esthétique » sollicitée par des adultes occidentales était comparable aux mutilations systématiquement imposées aux bébés égyptiens! Notre avocat, Me Richard Malka, lui clouera vite le bec en précisant qu'il n'a rien à faire ici — le conseil de l'ordre n'étant pas concerné par l'affaire. Richard détaillera ensuite le danger du texte incriminé, avant de mettre le doigt sur la *« susceptibilité »* de son auteur, en rappelant, à force d'exemples, la jurisprudence en matière de polémique à l'encontre d'un personnage public: on était autrement virulent en 1920 et personne n'était condamné pour autant.

Au final, le procureur reconnaîtra que la phrase de Brigitte Mauroy est *« ambiguë »* et *« dangereuse »*... tout en requérant la condamnation de *Charlie* à 2 000 euros d'amende, à cause du manque de nuance dans mon emploi du mot « complice ». Mais allez faire dans la nuance quand vous êtes indigné! Délibéré le 26 février.

ANTONIO FISCHETTI

> ## → Les faits
>
> Dans *Le Dictionnaire de la sexualité humaine*, Brigitte Mauroy écrit, à propos du capuchon du clitoris: *« Ce repli, peu développé chez les Occidentales, est beaucoup plus long chez certaines Asiatiques ou Africaines, ce qui fait procéder à une circoncision. »*
> Le Dr Gérard Zwang rédige une lettre où il dénonce une *« fable d'anatomie fiction* [qui] *sert d'excuse aux coupeuses de filles »*.
> Je demande des explications à Brigitte Mauroy. Elle refuse de me répondre. Ce qui me fait écrire qu'elle se rend *« par maladresse ou en toute lucidité* [...] *complice de mutilations sexuelles »*.
> D'où l'accusation de diffamation (voir article original dans *Charlie* n° 820, puis mes arguments détaillés dans *Charlie* n° 856). **A. F.**

◀ **1998** *Charlie Hebdo* n°333 du 4 novembre

UNE ASSOCIATION MUSULM

Chassez le F

Tout a commencé par un gentil article de Fiammetta Venner, dans le numéro 662 de *Charlie,* où il était question de Faouzia Zebdi-Ghorab, la candidate voilée de Neuilly qui s'est présentée contre Sarkozy. Dans un encadré, Fiammetta spécifiait que l'UFCN (Union française pour la cohésion nationale), dont se réclame la candidate, n'était pas « *ce qui se fait de pire dans l'islam radical* ». L'UFCN, vexée, nous a donc intenté un procès pour diffamation. Vous avez aimé l'AGRIF, cette officine du Front national défendant l'identité chrétienne et française, qui nous a invités de multiples fois à passer l'après-midi devant la 17e chambre correctionnelle, mais qui, déçue par la justice de son pays, est rentrée dans sa coquille ? Je pense que vous aimerez l'UFCN, qui lui ressemble comme deux gouttes d'eau bénite, à ceci près que ce n'est plus de l'identité chrétienne qu'il s'agit, mais de l'identité musulmane.

Peinant à se faire un nom, l'UFCN a décidé d'instrumentaliser la justice afin d'accéder à la célébrité. Outre les 50 000 euros qu'elle nous réclamait, elle exigeait une publication judiciaire à nos frais dans la presse quotidienne nationale.

Une telle procédure est assez longue. Généralement, plusieurs mois. Mais dans le cas d'une élection proche, le législateur a prévu une procédure accélérée, réduisant au minimum les droits de la défense. Nous voilà de retour à la 17e chambre correctionnelle vendredi dernier, à 13 h 30, en compagnie de Me Richard Malka, qu'on ne présente plus à nos lecteurs qui ont suivi nos multiples aventures judiciaires depuis treize ans.

En arrivant au tribunal, nous croisons Me de Saint-Just, qui a longtemps ferraillé contre nous pour le Front national : « *Qu'est-ce que vous faites là ?* », s'inquiète-t-il courtoisement. « *Ah, désormais, ce n'est plus avec vous qu'on a rendez-vous, mais avec l'UFCN.* » Il se marre. Nous aussi. Eh oui, les temps changent.

Le président de l'UFCN, Mustapha Lounès, est un monsieur corpulent, avec des petites lunettes, sorti tout droit d'un roman de Chesterton. Il se défend lui-même, il n'a pas d'avocat. Il semble connaître le code par cœur. Il est fonctionnaire à l'Éducation nationale. Premier incident. Le chèque de garantie qu'il doit déposer à la régie du tribunal doit être certifié. Le président demande si l'on accepte un arrangement. On refuse. Même question au procureur, qui refuse aussi. M. Lounès prend à témoin la salle pour protester contre ce qu'il appelle un déni de justice. Le président le rappelle sévèrement à l'ordre en lui précisant qu'il doit s'adresser à la cour et non au public, qui, en l'occurrence, était composé presque exclusivement de personnes d'origine marocaine, l'affaire suivante étant consacrée à un journal marocain. La cour se retire pour délibérer. Elle revient pour dire à M. Lounès qu'il a jusqu'à dix-sept heures pour se procurer un chèque certifié. On sent qu'on n'est pas sortis. On se replie à la buvette pendant que M. Lounès galope à sa banque. Présage de bon augure pour la candidature de Paris aux J.O. ? Je ne sais pas, mais M. Lounès revient juste à temps avec son chèque.

Le temps que l'affaire précédente se termine, c'est-à-dire deux cafés et trois potages-tomate plus tard, nous revoilà devant la cour. Mais Richard Malka, avant d'attaquer le fond de l'affaire, fait remarquer au tribunal que le scrutin de dimanche n'est pas un scrutin de liste, que l'UFCN n'est pas habilitée à porter plainte comme personne morale à la place de la candidate, en utilisant cette procédure dérogatoire prévue en cas d'élection. Il conclut en demandant la nullité. Madame le procureur s'exprime à son tour pour appuyer l'argumentation de Me Malka. Ça fait plus de cinq

ont national, il revient en Coran

ıeures qu'on est là. La cour suspend ·audience pour délibérer. Elle ne ·eviendra que deux heures plus tard. Nous sommes seuls dans le tribunal ıvec le garde qui s'ennuie et qui n'a pas lormi depuis hier matin. Il fait nuit ıaintenant, et les bateaux-mouches ɥui passent sur la Seine éclairent la salle. Ça crée une intimité de gare de province, la nuit, quand on est cinq dans la salle d'attente. Mais M. Lounès n'est pas du genre à se mélanger. Seul sur son banc, il est peut-être pour la cohésion nationale, mais en gardant es distances. Pas un mot. Pas un egard. Enfin, la cour revient et déclare sèchement que la procédure est nulle, puis elle se retire. Alors, et pour la première fois, M. Lounès, en partant, s'adresse à Me Malka : *« À dans vingt jours. »* Vingt jours étant le délai pour introduire une procédure par la voie classique. *« Avec plaisir »*, répond notre avocat avec ce sourire d'enfant qui, personnellement, fait ma joie, mais c'est une question de goût.

Cette affaire aura donc une suite, dans plusieurs mois, avec des délais normaux pour préparer la défense, ce que Me Malka, Fiammetta et moi-même ferons « avec plaisir ».

Puisque, dans l'état actuel, la procédure a été jugée nulle, on peut quand même s'étonner de la susceptibilité de l'UFCN. Qu'aurait dû écrire Fiammetta pour ne pas froisser M. Lounès ? Que l'UFCN est ce qui se fait de pire dans l'islam radical ? Que l'UFCN est ce qui se fait de mieux dans l'islam radical ? Que l'UFCN est ce qui se fait de plus modéré dans l'islam radical ? À moins que ce ne soit le mot *« radical »* qui ait gêné M. Lounès. Mais un programme politique qui se résume à présenter des candidates voilées et à comparer la loi contre le voile à la propagande de Radio Mille Collines au Rwanda, l'interprétant comme un appel à un massacre ethnique, ne présente-t-il pas quelques symptômes de radicalité ?

Oser comparer la loi sur la laïcité aux lois de Vichy — allusion à l'obligation faite aux Juifs de porter l'étoile jaune — alors que l'étoile jaune imposait un signe distinctif quand la loi sur la laïcité interdit les signes distinctifs, ce n'est pas être radical ? Oser comparer la loi sur la laïcité aux lois de Vichy quand cette loi vise à supprimer toute discrimination, ce n'est pas être radical ? Oser comparer la loi sur la laïcité aux lois de Vichy quand l'étoile jaune désignait à la déportation et à la mort alors que la loi sur la laïcité entend faire respecter les mêmes droits pour toutes et tous, c'est tout de même être un peu radical. Et radicalement quoi ? Je laisse le lecteur trouver l'adjectif adéquat, en l'incitant à la prudence s'il ne veut pas se retrouver devant un tribunal.

Et quant au « chat » de mejliss.com, site dans la mouvance de Tariq Ramadan, sur lequel M. Lounès a communiqué l'intégralité de sa citation avant même que l'audience ait lieu, afin que son public puisse en juger avant le tribunal, il n'est pas radicalement quelque chose, lui aussi ? On peut y lire que « Charlie Hebdo *est un pseudo-journal indépendant, totalement sionisé et orienté raciste (spécialement antimusulman) et néocolonialiste* ». L'analyse de cette phrase serait intéressante, et notamment celle du néologisme *« sionisé »*, absent du dictionnaire, auquel il faut bien chercher quelque équivalent. *« Enjuivé »* serait-il le plus approchant ? J'ai réfléchi à la composition actuelle de l'équipe de *Charlie Hebdo*. On y trouve, outre des hommes et des femmes hétéros et homosexuels, des collaborateurs d'origine et de culture française, arabe, musulmane, antillaise, juive, orthodoxe, catholique, protestante, serbe, africaine, hollandaise, belge — flamande et wallonne — et italienne… Je pose deux questions à l'auteur de cette phrase :

À partir de quel pourcentage de Juifs considère-t-il qu'un journal n'est plus indépendant, c'est-à-dire *« sionisé »* ? 10 % ? 20 % ? 5 % ?

Prévoit-il, pour une société plus juste et plus fraternelle, la création d'un bureau où l'on doive déclarer le nombre de Juifs dans une équipe, afin que l'on puisse porter à la connaissance du public le degré de « sionisation » d'un journal, étant entendu que le nombre des autres ressortissants n'a pas de signification, et que seul le nombre de juifs a du sens pour juger de la crédibilité de la publication ? Je laisse aux lecteurs le soin de réfléchir à ces questions, à leur pertinence et au degré de radicalité dont témoignent ceux qui les suscitent.

PHILIPPE VAL
DESSINS TIGNOUS

CHARLIE ET LES POLÉMIQUES

Existe-t-il un humour universel,
compréhensible et acceptable par tous ?

Pas sûr, quand on observe les réactions passionnées que *Charlie Hebdo* a souvent occasionnées dans son histoire, avec ses couvertures explicites. Le second degré est souvent mal compris, l'humour noir est vécu comme une provocation et la plaisanterie énorme dérange. *Charlie Hebdo* n'a jamais prétendu faire l'unanimité. Alors tant pis pour les susceptibles et tant mieux pour les défenseurs de la liberté d'expression.

2015 *Charlie Hebdo* n°1179 du 25 février

1971 *Charlie Hebdo* n°10 du 25 janvier ▶
On remarquera le « gentil organisateur » de cette rencontre, qui n'était autre que Jean-Pierre Raffarin, alors étudiant à l'École supérieure de commerce de Paris.

"L'HUMOUR EST-IL DE GAUCHE ?"

UN DÉBAT ORGANISÉ PAR LES ÉLÈVES DE L'ÉCOLE SUPÉRIEURE DE COMMERCE DE PARIS

AVEC ROBERT ESCARPIT, PROF. À L'UNIVERSITÉ DE BORDEAUX, PIERRE DANINOS, ÉCRIVAIN, ET FRANÇOIS CAVANNA, RÉDACTEUR EN CHEF DE "CHARLIE-HEBDO" LE JEUDI 14 JANVIER 1971

ILS ONT DIT...

Daninos – L'humour, c'est une certaine façon de voir les choses...

Cavanna – S'il s'agissait simplement de contempler avec un oeil anglais...

Escarpit – L'humour est un phénomène pneumo-gastrique. Rire des incongruités passivement est une attitude de droite. Mais quand on rit de quelqu'un je commence à me méfier. Le rire qui met le rieur dans une situation de supériorité peut être un instrument d'oppression

Cavanna – Le rire, c'est ce qui nous fait fendre la gueule à Hara-Kiri "Bal tragique à Colombey 1 Mort", ça nous a fait hurler de rire, alors on l'a imprimé et on a été interdit, mais on a rigolé

Escarpit – Ce n'était pas de l'humour, c'était simplement un rapprochement interessant. D'ailleurs je pense que personne n'a ri (WOOAAAH ! DANS LA SALLE)

Cavanna – L'humour est une technique de la communication. L'humour prend des matériaux tragiques mais ne les désamorcent pas, contrairement à ce que dit Escarpit C'est le contraire, ayant ri, vous avez remarqué cette chose-là. Reflechir c'est deja militer...

Cavanna – Un monde cohérent, c'est un monde dans lequel les rouages ne seraient pas placés "sentimentalement" mais "harmonieusement"...

Escarpit – Technocrate !

Escarpit – En attaquant un certain nombre de tabous, on enlève les béquilles à des gens.

Cavanna – Si les béquilles s'appellent "Bon Dieu", "Drapeau" ou "Matin des Magiciens", alors oui, qu'ils crèvent ! Car ce sont eux qui masquent les vrais problèmes...

Escarpit – Oh ! Moi je me refuse à ce qu'ils crèvent. Moi, j'ai des facultés qui me soutiennent, mais les pauvres gens...

Une voix dans la salle – Escarpit, pourquoi tu ne travailles pas à Hara-Kiri ?

Escarpit – Dans Hara-Kiri, je serais emmerdant... Dans "le Monde", mes petits billets, bon, ça va... parce que "le Monde" est encore plus emmerdant que moi. (TEXTO)

Une voix dans la salle – Tu sais ce que j'en pense, Escarpit, de tes petits billets dans "le Monde" ?

Escarpit – Je me considère comme un homme de gauche et ma collaboration au "Monde" me pose des problèmes quotidiennement

Une voix dans la salle – Daninos ! reveille-toi !

Daninos – Les ouvriers n'aiment pas les romanichels. Paul Morand a écrit des choses très drôles...

HARA-KIRI C'EST LE MAUVAIS GOÛT. TE DÉFENDS PAS SUR LE TERRAIN DU BON GOÛT...

MOI J'AURAIS ÉTÉ PLUS À L'AISE, ÉTANT PROFESSEUR COMME ESCARPIT... (CHORON)

LE GENTIL ORGANISATEUR

(ALFRED SAUVY) ESPION

1977 *Charlie Hebdo* n°369 ▶
du 8 décembre

1977 *Charlie Hebdo* n°368
du 1er décembre

LE SECOND DEGRÉ A ENCORE FRAPPÉ

Traiter dans la même phrase un Arabe de bicot et un Juif de youpin, c'est pas le meilleur moyen pour passer un week-end rafraîchissant.

Samedi matin, le tribunal correctionnel de Paris, statuant en référé sur plainte de la Ligue internationale contre le racisme et l'antisémitisme, a estimé que la phrase qui figure sur la couverture du dernier « Charlie-Hebdo » : « Un bicot lèche le cul d'un youpin », signée Carali, n'est pas injurieuse dans son intention, étant donné le caractère satirique de l'hebdomadaire et ses positions antiracistes bien connues.

Oh, dis, eh, tout le monde voit bien que c'est du second degré, ton machin, là : « Un bicot lèche le cul d'un youpin » ! Tu causes pas

Le rédacteur en chef de « Charlie-Hebdo » s'explique :

sérieusement, eh, c'est pas vraiment ça que tu penses, tu rigoles, quoi, tu te fous de la gueule des gens qui disent ça pour de vrai, c'est de l'ironie que tu fais, de la satire, comme on dit, dans le genre à Coluche, quoi, même que Coluche, c'est tellement bien fait, tu t'y croirais. Il y a des mecs dans la salle qui le traitent de sale con, de raciste et de phallo, Coluche, à tous les coups.

Jeudi, à peine l'hebdo sorti, un type était venu. Furieux. « C'est dégueulasse, ce que vous avez écrit là ! Vous traitez les Arabes de bicots, c'est dégueulasse ! Je suis arabe, je vous dis que c'est dégueulasse, prenez-le comme vous voudrez. »

Un peu plus tard, un autre. « Depuis les nazis, personne n'avait osé imprimer le mot « youpin ». Je suis juif, et j'en suis fier. Au nom de tous nos martyrs... »

En somme, si nous avions écrit : « Un Arabe lèche le cul d'un youpin » ou « Un bicot lèche le cul d'un Juif », nous aurions, dans un cas comme dans l'autre, fait plaisir à la moitié des pas contents. L'essentiel, c'est de taper sur l'autre. Si tu distribues équitablement le second degré, tu es sûr de voir les deux camps te tomber dessus.

Le plus triste de tout ça, c'est que me voilà en train de vous faire l'analyse et l'exégèse. Vous me direz, c'est bien fait, vous êtes trop sales-en-gueule, aussi, pouvez pas dire les choses comme les gens bien élevés ? Vous auriez écrit, tout bêtement : « Un Arabe s'abaisse devant un Juif », hm ?

Non. « S'abaisse » est humiliant. Alors : « Un Arabe s'incline sans rien perdre de sa dignité devant un Juif ». Ça ira, comme ça ?

Non. « Juif », « Arabe », le seul fait de mentionner ces ethnies sent la méchanceté à plein nez. Quand le « Parisien » dit « un Arabe » ou quand « Je suis partout » disait « un Juif », on sait bien tout ce qu'il y a derrière.

« Un Egyptien présente ses hommages à un Israélien ». Qu'est-ce que vous en pensez ? Ah, très bon ! Vous y êtes. Vous voyez bien que, quand vous voulez, vous pouvez bien faire.

Peut-être — peut-être — un peu imprécis. Prenons un exemple sur un terrain moins brûlant. Supposons que monsieur Valéry Giscard d'Estaing ait livré à un pays notoirement germanique et néanmoins voisin un avocat fugitif que ledit pays lui réclamait pour le mettre en prison. Supposons. Nous contenterons-nous de titrer en grosses lettres : « Un Français présente ses hommages à un Allemand ? » Ce ne serait pas suffisant, vous avez tout à fait raison. Correct, certes, et de bon goût, mais pas suffisant.

Essayons d'améliorer la chose : « Un Français catholique se courbe avec déférence devant un Allemand luthérien qui lui tourne le dos. » Non. Pas de religion, on vous l'a déjà dit.

Allons, précisons, précisons ! « Un grand Français s'incline devant un Allemand non moins insigne, lequel lui tourne le dos et a baissé son pantalon. »

Ça vient, ça vient ! Ce Français et cet Allemand ont valeur de symboles. Remplaçons le symbole par le concept qu'il représente, c'est de l'algèbre. Nous obtenons l'équation :

« La justice française s'incline devant la police allemande et lui passe avec insistance la langue dans l'intervalle entre les muscles fessiers afin de lui témoigner son empressement déférent sans pour autant perdre quoi que ce soit de sa dignité d'institution sacrée d'un grand et valeureux peuple. »

Voilà comme on écrit, quand on est bien élevé.

Cavanna.

Bernard-Henri Lévy :

Croyez-vous à une résurgence de l'antisémitisme ?

Il n'y aura pas de résurgence de l'antisémitisme. Car l'antisémitisme, à dire vrai, n'a jamais disparu. Il est là, fantôme discret et familier, à roder dans telle déclaration de Georges Marchais, telle intervention de Michel Droit, une couverture de *Charlie-Hebdo* ou le douteux humour d'un quotidien d'extrême gauche.))

"Le Matin" 1-XI.

C'EST TRISTE DE PERDRE SON TEMPS A REPONDRE A DES CONNERIES

Etre obligé de répondre à ça, ça m'emmerde. Il paraît que si je ne le fais pas, ce sera interprété qui ne dit mot consent, qui se sent morveux se mouche, ce genre de choses. Le monde est méchant, dans le doute il te décrète crapule, si tu fermes ta gueule c'est que t' es faible, si t'es faible il te piétine. Ouvrons notre gueule.

Bernard-Henry, j'ai toujours apprécié ce que tu écris. Parce que, c'est rare, je comprends. Figure-toi ! D'habitude, les philosophes, je reste comme une crêpe. Je déchiffre, je désemmêle, je mets ça bien à plat, je vois enfin la phrase, je cherche dans le dictionnaire, je finis par comprendre chaque mot, et bon, au bout de tout ça je suis toujours dans le noir, avec en plus la honte de ne plus avoir l'excuse du vocabulaire hermétique et de la syntaxe en nœuds de marin. Toujours aussi con qu'avant, mais le sachant, et sachant qu'il n'y a rien à faire. A se flinguer de désespoir. Voilà pourquoi personne ne lit les philosophes : par instinct de conservation.

Toi, je comprenais. Je me disais : « Ce type me fait exister. Je comprends pas les autres parce que c'est eux les cons, et la preuve. » Il est vrai que, ayant voulu faire partager ma joie, je me suis fait rabattre la gueule à coups de sourires écrasants de mépris. Que c'était de la philosophie pour charcutiers. Que c'était en vrai de la politique, et de la plus chafouine. Que c'était de la bonne vieille droite déguisée en nouvelle nouvelle gauche. Que fallait être vraiment con, archi-con, plouc et gogo pour marcher. Que la belle phrase me fardait l'idée creuse et l'intention pute. Que tout ça était fait justement pour que les gros cons dans mon genre crussent accéder à la pensée philosophique et, tout contents, se laissassent embarquer en douceur vers je ne sais quels acquiescements malodorants...

Et bon, me voilà encore plus con qu'avant.

Mais, con ou pas, n'ayant que ma machine à juger pour juger, je m'y cramponnais mordicus, le raisonnement, à deuxième lecture, me paraissant tenir le coup au-delà du plaisir esthète de la phrase.

Voilà maintenant que cette pensée qui me semblait lumineuse se traduit en exercices pratiques dans le, comme on dit, concret. En pleine pâte. Ça donne ça : comme exemples d'antisémitisme acharné et militant en France, tu alignes Marchais, Michel Droit et « Charlie-Hebdo ». Ah, ah.

Je n'ai pas, pour vérifier,épluché les œuvres complètes de Marchais, ni celles de Droit. Mais « Charlie-Hebdo », je connais. Je sais donc de façon massive que, sur ce point, tu te gourres. Ou que tu es de mauvaise foi. Ou que tu dis n'importe quoi. Eh, mais, dis voir, dans les trois cas, ça donne à penser.

Les Arabes n'aiment pas « Charlie-Hebdo ». Pourquoi ? Parce qu'il est anti-arabe ? Non. Parce qu'il n'est pas inconditionnellement pro-arabe. C'est-à-dire, entre autres, pas assez anti-juif. Les Israëliens n'aiment pas « Charlie-Hebdo ». Parce qu'il est anti-Israël ? Non. Parce qu'il n'est pas inconditionnellement pro-israëlien. C'est-à-dire anti-arabe. Qui n'est pas avec nous à cent pour cent est contre nous, qui nous critique quand nous déconnons est un ennemi... Et merde ! Je te croyais moins épais. On dit « manichéen ». Merci.

Enfin, de quoi s'agit-il, ici ? Un hebdomadaire moyen-grand public petit-bourgeois sort de la naphtaline le serpent de mer mité mais qui fait toujours vendre : l'interview-gadget d'un vieux con de Vichy, échappé au poteau et récupéré à Madrid par un journaliste fureteur. L'interview, je l'avais lue et trouvée beaucoup plus intéressante que le gadget attendu. Oh, là, là, cette ganache, tranche-montagne et cauteleuse tout à la fois, assénant ses énormités ! Que les persécutions nazies n'ont jamais eu lieu, que les chambres à gaz sont du décor bricolé après coup pour la photo...

Oui, oui ! D'accord. Il faut qu'on entende ces choses. Il faut qu'un imbécile haineux les clame à haute voix, au grand jour ! Avec le ton et les gestes. Car, braves gens, ELLES SE DISENT TOUS LES JOURS, partout, entre braves gens. A vous dresser les cheveux sur la tête ! Vous n'en savez rien. Vous ronronnez dans vos cénacles de gauche, ou bien de droite-issue-de-la-Résistance, vous croyez tout cela acquis, plus à y revenir, vous êtes installés sur de l'historique de granit...

La négation des horreurs, les « c'est très exagéré », j'entends ça depuis quarante-cinq, par bouffées, quand je passe devant certains soupiraux. Emanant de gens inattendus. Pas seulement d'ex-nazis ou d'enfants de collabos. A chaque fois, j'en reste sur le cul. En Bavière, dans les années cinquante, j'ai constaté qu'AUCUN montagnard du coin n'ajoutait foi aux six millions de massacrés, aux déportations, aux exterminations méthodiques... Tiens, comparaison sacrilège : combien crois-tu qu'il existe actuellement de Français convaincus qu'il y a eu en Algérie des tortures systématiques, des assassinats et des destructions massives commis par l'armée française ? Ça aussi, on le croit acquis, que ça va de soi. Vas-y, questionne. Tu seras surpris.

Au lendemain d'Hiroshima, je me rappelle avoir lu un article qui « démontrait » que la bombe atomique n'était qu'un mythe de propagande. Il ne se serait agi, à Hiroshima et à Nagasaki, que de bombes explosives ordinaires, mais énormes...

Les Français ne sont pas antisémites. Disons, plutôt moins antisémites qu'ailleurs. Le peuple français. Les petites gens du petit peuple. Oui, mais ceux qui ont pris le pouvoir en quarante, profitant de la « divine surprise » au père Maurras, étaient, eux, une minorité d'enragés, hallucinés par la haine du Juif (quand on est fait pour la haine, on hait ce qu'on a sous la main, or le Juif était l'objet de haine de grande série le plus vendu dans les boutiques chic) et d'opportunistes prêts à ramasser le pouvoir dans n'importe quelles latrines.

Tentation d'expliquer tout par les monstres. Hitler était un monstre. Darquier était un monstre. Ça exorcise. Ça rassure.

C'est pas vrai.

Les Hitler ni les Darquier ne sont des monstres, c'est-à-dire des exceptions, des bavures. Ils existent, latents, en une proportion certaine parmi les « normaux ». Ils ne sont pas « anormaux ». Ils sont les rêves merdeux, les insatisfactions, les brides intimes, les déceptions et les rancœurs de tout un chacun, aggravées par un jugement débile, des tendances parano certaines. Ils ne donnent leur mesure que quand les circonstances s'y prêtent. Nous tous à des degrés divers, sommes porteurs de ces virtualités-là. Je dis souvent : la démocratie est un état difficile, presque impossible, en équilibre sur une lame de couteau. Elle exige une vigilance de tous les instants, elle n'est jamais définitivement acquise. La tentation du totalitarisme ressurgit toujours, souvent là où on l'attend le moins.

Il était bon qu'on publie l'interview de Darquier. La meilleure preuve en est la merde qu'elle a soulevée ! Vous voyez bien que la France n'est pas le tas d'oubli et d'indifférence que craignent ceux à qui la vérité fait peur. Donner la parole au sinistre vieux salaud a peut-être, c'est toi qui le dis, éveillé des échos pourris chez quelques brutes sadiques à la recherche d'un anti-conformisme de groupe, elle a en tout cas fait lever une unanimité de dégoût incrédule. (Quoi ? Des cons pareils se font élire, et jouent un rôle de premier plan ?)

Bon. Je voulais juste moucher Bernard-Henry Lévy, me voilà parti pour le marathon. Jusqu'ici, seuls les chasseurs, les curés, les voyantes, les militaires, les bourreaux, les tortionnaires, les racistes, les chauvins, les promoteurs, les électriciens nucléaires, les bétonneurs, les pêcheurs à la ligne, les geôliers, les blancs anti-nègres, les Juifs anti-Arabes, les Arabes anti-Juifs et les Corses peigneurs de culs en rouge nous crachaient dessus. Il y a maintenant tous ceux-là, plus Bernard-Henry Lévy. Faudra s'y faire.

Cavanna

1978 *Charlie Hebdo* n°417
du 9 novembre

1978 *Charlie Hebdo* n°416 ▶
du 2 novembre

“Nos régions ont du talent”,

affirmait un slogan publicitaire. Elles sont aussi parfois très susceptibles quand on s’en amuse et qu’on ose moquer leur régionalisme.

DOUBLE PAGE
1998 *Charlie Hebdo* n°331
du 21 octobre

on a reçu ça

L’Alsace nous écrit

EN TANT QUE JOURNALISTE, j’ai été effondrée en voyant la caricature parue en dernière page du numéro 329.

À la suite de la visite à Oradour-sur-Glane, à Pâques, d’un groupe de jeunes Alsaciens accompagné d’un « malgré nous », le maire de Strasbourg, Roland Ries, a participé à la cérémonie commémorative du 10 juin. Le père de Roland Ries était un « malgré nous », militaire de carrière dans l’armée française en 1939, lâchement abandonné par Vichy au IIIe Reich, et incorporé de force dans la Wehrmacht quand celle-ci perdait du terrain du côté de Dresde. Les deux rencontres ont eu lieu après que les relations entre la Russie et l’Alsace (130000 « malgré nous », dont 32000 morts au front, de faim et de froid dans des camps en Russie, notamment à Tambov) se sont décrispées. Il importait dès lors de pacifier les relations alsaco-limousines, tissées de graves malentendus que votre caricature va encore relayer. Bravo!

Je vous recommande un livre intéressant, Oradour, arrêt sur mémoire, *de l’historienne américaine Sarah Farmers. Vous y apprendrez à faire la différence entre des soldats-lampistes de 17-18 ans (dont certains avaient réussi à rejoindre les Alliés par la suite, avant de rentrer en Alsace) et le commandement nazi. Curieux qu’au procès de Bordeaux les officiers allemands aient été absents, n’est-ce pas ? [...]*

Avez-vous entendu parler de Ballersdorf? C’est un petit village alsacien : treize jeunes qui refusaient l’incorporation de force et voulaient passer en Suisse ont été fusillés, leurs familles déportées en Allemagne, de quoi faire réfléchir les suivants. Ceux-ci savaient que le seul camp de concentration français était en Alsace au Struthof et que le camp de rééducation du Schirmeck recevait tout spécialement les Alsaciens. Parfois, on n’en sortait pas.

Ma dernière remarque est la suivante : il manque un dessin à votre subtile page. On y verrait un autochtone du Bassin parisien parlant le patois de l’Île-de-France. Il serait en train de massacrer et de brûler les indigènes d’un bled d’Algérie ou encore d’une rizière indochinoise. Mais, bien sûr, de telles choses n’ont jamais eu lieu!

MARIE [redacted] STRASBOURG

EN DÉCHIRANT le plastique du n° 329 de Charlie, j’ai découvert la série de dessins sur le « déficit de communication ». J’aurais bien applaudi des deux mains, mais elles étaient prises.

Quelques jours plus tard, sur France 2, un de ces lecteurs de prompteur qui se croient journalistes fustigeait ignominieusement votre œuvre et la livrait à la vindicte publique d’un « on les comprend » haineux qui terminait un plaidoyer pour ces pauvres « malgré nous ». Eh bien moi, non seulement c’est vous que je comprends, mais je vous admire et vous félicite pour votre courage.

Mon père était alsacien. Il est mort après quatre-vingt-trois ans d’une dure vie, dont trois années d’enfer à Buchenwald — ce nom dit peut-être quelque chose aux scribouillards de la 2 ? Il n’a pas choisi la Waffen SS; il aurait pu : il parlait allemand comme père et mère (humour!).

Les « malgré nous » d’Oradour étaient sûrement en nombre suffisant pour renverser la situation s’ils avaient voulu abattre leurs chefs et les quelques SS allemands d’origine. Ils ont choisi d’obéir aux ordres! On a pendu quelques Allemands à la fin de la guerre pour moins que ça, mais pas eux. Il n’aurait pas fallu que les pauvres bougres morts pour libérer l’Alsace et la Lorraine pensent qu’ils avaient donné leur peau pour des gens qui n’en valaient peut-être pas la peine! [...]

Pour en revenir au thème de vos dessins, les bien-pensants devraient savoir que la multiplicité des langues divise les hommes, car dans leur Bible n’ont-ils pas écrit que Dieu divisa les hommes dans la tour de Babel en multipliant les langages?

ALAIN [redacted]

La réponse de Riss

Le dessin paru dans le numéro 329 n’avait pas pour objet de faire le moindre commentaire sur l’aspect contraignant de l’enrôlement forcé des Alsaciens dans les forces allemandes. Il n’y a rien dans le dessin qui conteste ce fait. Seuls les esprits vicieux y ont trouvé ce sens. Le dessin n’avait qu’un but : illustrer le fait qu’en exploitant les différences culturelles d’une communauté avec d’autres on pouvait opposer les individus entre eux jusqu’aux pires extrémités. Évidemment, les régionalistes préfèrent éluder ce problème. J’avais indiqué « un grand nombre » d’Alsaciens, ce qui est, il est vrai, une inexactitude. J’avais cherché le chiffre exact mais je ne l’ai pas trouvé. Il y en avait en fait 14 à Oradour ce jour-là. Ce rectificatif fait, cela ne remet en rien en cause le sens du dessin tel que je l’ai explicité plus haut.

En réaction à la page 16 du n° 329 de « Charlie Hebdo », le député PS du Bas-Rhin Armand Jung a diffusé un communiqué portant gravement atteinte à la liberté de la presse.

LETTRE OUVERTE À LIONEL JOSPIN

Monsieur le Premier Ministre,

Si nous prenons la liberté de vous adresser cette lettre ouverte, c'est que nous avons à vous poser une question de la plus haute importance. Elle nécessite d'abord un rappel des faits, et une justification dont nous avons fait l'erreur de penser qu'elle allait de soi.

Il y a quinze jours, *Charlie Hebdo* publiait une page exprimant sa défiance vis-à-vis de l'engagement de l'État dans la promotion des langues régionales. Quel que soit le jugement que l'on peut porter sur la forme, nous avons parfaitement le droit d'exprimer l'opinion selon laquelle, dans une nation, c'est la langue véhiculaire qui doit être privilégiée. À notre sens, l'intérêt parfaitement légitime que l'on peut porter aux langues régionales relève de la sphère privée, d'un choix personnel d'adulte libre et en âge de décider. Doter un enfant d'une langue maternelle parlée par, au plus, 1 % de la population ne nous semble pas le meilleur moyen d'en faire un citoyen ouvert au monde qui l'entoure et capable de faire valoir ses droits, sauf à rédiger les actes administratifs et judiciaires dans les langues locales, c'est-à-dire revenir avant l'ordonnance de Villers-Cotterêts (1539). Attentifs et particulièrement sensibles à toutes les façons dont s'expriment le racisme, la xénophobie et toute forme de discrimination, nous soutenons une ligne éditoriale claire : nous privilégions systématiquement les valeurs communes à tous les hommes, ce qui les unit, ce qui les rassemble, leurs droits et leurs aspirations, et nous dénonçons systématiquement toutes les démagogies qui montent les peuples les uns contre les autres, en flattant de vains complexes de supériorité régionalistes, ethniques ou nationalistes. Si nous aimons toutes les cultures, de tous les pays, de toutes les régions, nous nous élevons contre les traditions lorsque celles-ci légitiment soit des actes barbares, soit le rejet de l'autre, soit le refus de droits qui nous semblent universels, refus absurdement justifié par le fait que leur rédaction n'a pas eu lieu sur le sol où ils s'appliquent. Cela posé, nous respectons et admirons le génie culturel, où qu'il se manifeste, en quelque langue qu'il s'élabore.

Le dessinateur Riss a donc exprimé, par le biais d'une caricature évoquant la présence des « malgré nous » alsaciens dans la division SS Das Reich, qui massacra les habitants d'Oradour-sur-Glane, sa crainte de voir utiliser les particularismes régionaux à des fins criminelles. Pour exagérée que l'on puisse trouver cette caricature, elle n'en rappelait pas moins un fait historique dont l'oubli s'apparenterait à ce négationnisme dont on sait quels dangers il fait courir à la démocratie. L'inexactitude sur la proportion de « malgré nous » dans la division Das Reich est regrettable (ils étaient quatorze, et non « en grande partie »), et nous la rectifions. L'Alsace et les Alsaciens ne sont pas insultés par ce dessin.

M. Jung, député socialiste du Bas-Rhin, a cru bon de publier un communiqué de presse, repris dans des quotidiens nationaux *(Le Monde, Libération)* et dans de nombreux quotidiens régionaux, où il affirme, contre toute raison, que tous les Alsaciens sont insultés. Dans ce communiqué de presse, diffusé nationalement, M. Jung nous diffame gravement : *« pseudo-journal »*, nous irions *« plus loin que l'extrême droite »*, alors que notre combat pour les valeurs démocratiques est constant et manifeste — M. Jung devrait se renseigner... —, *« journal torchon »*... Nous comparant, à notre désavantage, avec le KGB, M. Jung, se laissant emporter par sa verve, voit dans notre existence le déshonneur de la liberté de la presse. Dans l'esprit de M. Jung, il suffirait donc de ne pas partager son avis pour que la liberté de la presse soit discréditée ? C'est étrange, pour l'élu d'un parti démocratique... Notre surprise fut grande d'apprendre que M. Jung se vantait publiquement de nous envoyer une choucroute assaisonnée de mort-aux-rats, dans la plus pure tradition des pamphlétaires de cette extrême droite qu'il nous préfère, prouvant par là que ses goûts littéraires le rattachent davantage à Léon Daudet qu'à Jean Jaurès.

Mais ce ne sont que des détails, et les insultes en disent souvent beaucoup plus long sur ceux qui les profèrent que sur les destinataires.

Il y a beaucoup plus grave. Dans son communiqué, M. Jung, député de votre majorité, appelle *« les associations d'anciens combattants et victimes de guerre, ainsi que les collectivités territoriales »* à porter plainte, et à *« se constituer partie civile contre* Charlie Hebdo *»*, c'est-à-dire à provoquer non pas ***un***, mais une ***cascade*** de procès, afin que la multiplication des frais condamne le journal à mort. Cela relève d'une stratégie visant à faire disparaître un organe de presse.

M. Jung semble oublier qu'en 1789 l'Assemblée constituante découpa volontairement les départements à cheval sur les provinces, afin que les représentants du peuple ne sacrifient pas l'intérêt national aux passions identitaires. M. Jung a donc oublié qu'en tant que député du Bas-Rhin il est député du peuple français, et non du peuple alsacien. Le papier à en-tête de l'Assemblée nationale sur lequel est rédigé son communiqué de presse aurait dû le lui rappeler.

Monsieur le Premier Ministre, Monsieur le Premier Secrétaire du Parti socialiste, voici la question que nous vous posons publiquement : M. Jung est-il dans son rôle de député, et qui plus est de député socialiste, en appelant à faire disparaître un journal d'opinion ?

Question subsidiaire : Le Parti socialiste est-il prêt à assumer l'assassinat de *Charlie Hebdo*, réussissant ainsi là où le harcèlement judiciaire du Front national a échoué ?

Dans l'attente de votre réponse, dont l'intérêt, nous en sommes certains, dépassera largement le cercle de nos lecteurs — dans leur majorité, électeurs de gauche —, réponse qu'avec votre permission nous publierons sitôt reçue, nous vous exprimons notre attachement à la justice, à la liberté et à la démocratie dont vos responsabilités sont l'expression, et dont la défense est l'objet même de l'existence de notre journal.

PHILIPPE VAL

Cette lettre a également été envoyée, sous pli recommandé, à M. François Hollande, premier secrétaire du PS, et à M. Jean-Marc Ayrault, président du groupe socialiste à l'Assemblée nationale.

« O, INCULÉ ! ON VA TEUFERE LAPPO... » CLING !

« Cling », onomatopée imitant le bruit du téléphone qu'on raccroche, signifie que cette menace est la conclusion d'un appel téléphonique. Au bout du fil, un Corse. A l'autre bout, un soi-disant enculé, mettons un vrai enculé pour simplifier les choses. C'est un coup de téléphone entre cent coups du même ton et autant de messages écrits, tous annonciateurs de détériorations physiques entièrement réalisées à la main – à main nue ou à main outillée, au choix le moment venu –, annonciateurs aussi de dévastation d'immeuble, meubles et âmes – « bombe suit ». Bien sûr, tout cela à propos de la couverture du numéro 368 de « Charlie-Hebdo », assimilant Bokassa 1er à un Corse empereur et signée Gébé, l'enculé de service.

Lorsque l'État prend un peu trop ouvertement les Corses pour des cons, ils répliquent à coups de fusil ou de bombes dans les émetteurs télé. Lorsque « Charlie-Hebdo » les traite de cons, ils aiguisent leurs phalanges et allument la mèche. Légère différence, c'est qu'entre les Corses et l'État il y a les mercenaires de l'État, alors qu'entre les Corses et « Charlie-Hebdo » il n'y a que la rue à traverser.

Bref, les Corses ne sont pas contents.

Comme ils raccrochent dès le dernier mot de menace proféré (pas tous), ou bien oublient de signer (sauf quelques-uns), et comme peut-être ils ne me laisseront pas ouvrir la bouche avant de me lever la peau, je vais leur laisser un petit mot d'explication dans le journal.

Un enculé défie les Corses.

Je suis né en banlieue de Paris, c'est-à-dire nulle part. Pas de racines, pas de maison d'enfance que j'aime à revoir les yeux embués d'émotion, pas de dialecte riche et savoureux – juste un Français un peu traînard –, pas de folklore fil à la patte, pas de vieilleries culturelles à recueillir précieusement, à préserver jalousement et à transmettre pieusement. Rien à défendre. Tout à attaquer. La liberté totale. Si vous me tapez dessus, vous taperez sur un être du système solaire. Si vous ne craignez pas les vendettas galactiques, allez-y !

Tapez pas encore.

Étant enfant, marchant sur les trottoirs de mon coin de banlieue, allant chercher du pain, du vin et trois tranches de jambon en attendant que mon enfance se passe pour qu'on me foute enfin la paix, j'ai croisé des Bretons, des Auvergnats, des Ritals, des Picards sans doute, des Corréziens, beaucoup, et même des Allemands en uniforme. J'ai jamais eu le sentiment qu'ils foulaient ma terre natale. La terre qui fait pousser les fusains de banlieue, c'est pas de la terre natale.

La terre à canalisations de gaz, d'eau et de tout-à-l'égout, c'est pas de la terre de mère Patrie. Grâce au bitume, ça ne colle pas aux pieds. Grâce aux taches de gas-oil, irisées quand il pleut, ça ne sent pas le terroir. Le pied léger et le poumon libre, sans autocollant régionaliste sur mon cartable, j'ai volé très tôt. J'ai vu la terre ronde bien avant les cosmonautes. Je me suis senti de cette planète bien avant de savoir où était la France sur la mappemonde à pied tourné de l'école primaire. C'est plus tard que j'ai su que j'étais assigné à résidence dans ce petit coin de terre à tête de vieille institutrice : la France, dont l'étui à lunettes s'appelait la Corse. Et défense d'enjamber les pointillés sans montrer des papiers tamponnés ! « Et si tu as dans tes poches de culotte des billes agathe et la photo de Francis Pélissier, le géant du Tour de France, trouvée en prime dans un sem-sem-gum Globo, le douanier te les pique ». Un douanier corse, naturellement.

Tapez pas trop fort.

Je suis avec tous ceux qui réclament leur indépendance. LEUR indépendance à eux, individus. Pas l'indépendance d'un groupe où l'on s'enchaîne mutuellement pour mieux, « tous ensemble ! », rompre d'autres chaînes. « Plus de chaînes françaises, des chaînes corses ! » Qu'est-ce qu'ils doivent rigoler, les marchands de chaînes !

Et, d'abord, qu'est-ce que c'est que votre indentité corse ? Des airs graves et entendus entre hommes, quelques chansons lugubres, un peu de littérature orale, radotages de vieux transcrits par des notaires et des curés orfèvres en fariboles, trois recettes de cuisine rustiques et le chapeau de Napoléon.

Ailleurs, c'est des chapeaux ronds.

Plus vous serez Corses avec une belle rugosité corse et des caractères typiquement corses en forme de poignée de valise, plus vous donnerez prise et serez manipulés. Vive les anguilles !

É emplu, cet inculé, inoufait la lesson !

Mais non, je fais la leçon à personne. Je dis ça aujourd'hui, demain je dirai autre chose. Pas forcément le contraire, d'ailleurs. Je dis ce qui me passe par la tête, c'est mieux que de déballer sa petite valise d'idées toutes faites. A « Charlie-Hebdo », on parle à tort et à travers, mais de préférence à travers, et des fois ça traverse ceux qui ne lisent de « Charlie-Hebdo » que la couverture et seulement lorsqu'on y parle des Corses et uniquement parce qu'ils sont Corses. Et, manque de pot, on dit qu'ils sont cons. Cons d'être Corses comme il est con d'être Français avec « Allez France ! » sur sa pancarte de supporter de football ou sur son drapeau d'ancien ou de futur combattant, comme il est con d'être Allemand avec l'étoile Mercédès dans l'œil, comme il est con d'être Centrafricain avec un portrait de Bokassa-Napoléon dans sa case, comme il est doublement con d'être un fier Canadien français, comme il est tragiquement con d'être Argentin avec ses couilles marxistes dans la bouche (mon coup de poing dans la gueule, je l'aurai pas volé), comme il est regrettablement con d'être quelqu'un pour qui l'appartenance ethnique, idéologique ou religieuse compte plus que le massage de la nuque par une main amie.

Foutaises !

On n'est rien. On est d'ici ou de là par hasard. On vit ensemble pas longtemps. Si on ne s'accroche à rien, si on ne croit à rien, si on ne donne pas

JOURNAL DE LA CORSE du 8 Décembre « Quotidien d'information et de défense des intérêts de l'île depuis 1815 » Ajaccio.

REPONSE A GEBE

Le numéro du 1er décembre de l'hebdomadaire « Charlie Hebdo », publication qui se complait dans les sujets scatologiques, a cru faire de l'esprit, en consacrant sa première page au sacre de l'Empereur Bokassa.

Elle est illustrée par une tête, voulant représenter de façon caricaturale, le chef de la nation Centre-Africaine, coiffé du légendaire chapeau de l'Empereur Napoléon.

La presse étant libre, nous ne pourrions pas trouver à redire sur le parallèle fait entre l'Empereur défunt et l'actuel empereur africain.

Ce qui l'est moins, cependant, ce sont les appréciations outrancières qu'un petit scribouillard, se cachant derrière le pseudonyme GEBE (sans doute ses initiales G. B.), a cru devoir embellir son œuvre picturale. On lit, en effet : « Bokassa empereur, con comme un corse » et plus bas « comme un corse empereur naturellement ».

Ce monsieur croit donc avoir fait de l'esprit. Pour ce faire, il faut agir à découvert et courir le risque qu'un de ces c... vienne un jour lui frotter les oreilles comme il le mérite.

Ce factum prouve, si besoin était, que son auteur a dépassé les limites de la c... en l'espèce ce n'est plus une escadrille à laquelle il a droit, mais à une armée de l'air.

En ce qui concerne la comparaison avec Napoléon, elle est tellement stupide que personne parmi les lecteurs de cette feuille ne pourra s'esclaffer. Notre Empereur se défend par lui-même. Nous restons encore quelques-uns, non seulement en Corse mais également en France et dans le monde à croire qu'un jour un Corse ayant du génie a pu commander valablement la nation française. Il est des choses, monsieur, dont on ne doit parler qu'avec un certain respect. Mais, que voulez-vous, cela n'est pas donné à tout le monde, il faut avoir une certaine éducation. Ce qui n'est pas le fait de gens comme vous qui sont des minables et des pauvres types.

Nous espérons, quant à nous, qu'il se trouvera suffisamment d'associations napoléoniennes pour vous demander des comptes, car il y a des bornes à ne jamais franchir.

J. PULICANI.

1977 *Charlie Hebdo* n°368 du 1er décembre

◀ **1977** *Charlie Hebdo* n°370 du 15 décembre

prise, on peut échapper à tout (1). Alors les rapaces serreront du vent. Les pouvoirs déraperont. Les chefs politiques et religieux, les guides, les timoniers historiques, les hommes providentiels, les messies, les phares, les maîtres à penser, les à poigne, les à casquette, les encouronnés, les en chapeau du comité central, les maniganceurs machiavéliques, les emplumés angéliques, les rassembleurs pointeurs, les prophètes à front de néon, tous les manutentionnaires à cons pédaleront dans les anguilles.

Revoilà les anguilles !

Oui, mais des anguilles pensantes !

Gébé

P.S.

APERÇUS DE MON PROCHAIN ARTICLE (au cas où j'aurais le poignet foulé la semaine prochaine) :

CHAPITRE I – Tout homme a le droit de n'être rien de plus que ce qu'il est.

CHAPITRE II – Cela n'est pas une revendication adressée à un pouvoir souverain. C'est un droit que s'accorde tout vivant en tant qu'individu souverain.

CHAPITRE III – Où l'on verra que la fluidité n'engendre pas la tristesse, ni ne cause la fin de l'humanité.

(1) – Mais, mon pauvre ami, la servilité est au cœur de l'homme.

– Monsieur Jean Dutourd, je ne vous parle pas.

On a retrouvé des débris d'humour dans l'Atlantique

La couverture de *Charlie Hebdo* sur la disparition du vol Rio-Paris, quelques jours avant les élections européennes où une vague d'abstention est attendue, n'a pas été appréciée de tous. L'humour noir, une fois de plus, finit au pilori, et les dessinateurs avec lui.

DOUBLE PAGE
2009
Charlie Hebdo n°885
du 3 juin et
Charlie Hebdo n°886
du 10 juin

L'UMP BOYCOTTE « CHARLIE »

Frédéric Lefebvre, porte-parole de l'UMP et député des Hauts-de-Seine, appelle au boycott de *Charlie Hebdo*. Il a été très choqué par la « une » de la semaine dernière. Elle était de mauvais goût. Frédéric Lefebvre, c'est le type qui voulait faire travailler les personnes en arrêt maladie de chez elles. Il y aurait eu des survivants au crash du vol Air France, Frédéric Lefebvre, homme de goût, leur aurait sans doute demandé de travailler depuis leur lit d'hôpital.

Pour Frédéric Lefebvre, professeur d'humour, *« la limite, c'est de ne pas faire souffrir des gens qui souffrent déjà et de les faire souffrir inutilement »*. La politique du gouvernement UMP n'a, elle, rien à voir avec l'humour de *Charlie*, dans la mesure où elle ne fait pas souffrir inutilement les gens. Elle les fait souffrir utilement. Elle les fait souffrir pour la gloire du Medef et des actionnaires du CAC 40.

Dans un pays où il est interdit de dire *« Sarkozy, je te vois »* ou bien d'écrire sur Internet à l'intention de Nadine Morano *« Hou, la menteuse ! »*, le porte-parole du parti présidentiel a tout à fait le droit de souhaiter à haute voix qu'un journal satirique indépendant crève. Maintenant, si tous les lecteurs UMP de *Charlie* cessent d'acheter notre journal, il faut bien l'avouer, nous serons obligés de renoncer à l'achat d'une boîte de trombones ce mois-ci.

CHARB

Si t'aimes pas ça…

Voici, une fois de plus, posée l'inusable question: « Peut-on rire de tout? »

À laquelle Desproges répondait: « Oui, mais pas avec n'importe qui. »

Avec qui donc peut-on rire de tout? Où se cachent-ils, ceux-là? Pardi, parmi les autres. Dans la foule. Si l'on veut qu'ils rient avec nous, il nous faut bien prendre le risque que ceux avec qui l'on ne peut pas rire soient touchés. Si ces derniers ne trouvent pas ça drôle, qu'ils tournent la page. Mais ceux avec qui l'on ne peut pas rire ne se contentent pas de ne pas rire, ils ne supportent pas les rires de ceux avec qui l'on peut.

En 1970, un avion d'Air France s'écrase dans les Alpes. Quelques dizaines de morts. *Hara Kiri*, journal, comme l'on sait, bête et méchant, publie un photo-montage où se voit, autour de l'avion fracassé, un paysage jonché de victuailles et de passagers morts, des bonnes choses plein la bouche. En grosses lettres: « OUI, MAIS, SUR AIR FRANCE, ON MANGE BIEN! » Procès. Air France gagne pour préjudice commercial. Le public, lui, rit de bon cœur et, unanime, nous soutient.

Qu'en conclure? Que la France est devenue un pays de pisse-froid? Que le délit d'odieux, tout comme le délit de sacrilège, va faire son apparition dans le Code français?

Cette « une » doit être considérée comme un test. Elle n'insulte ni ne diffame personne. Elle n'incite personne à commettre des actes délictueux. Elle n'est pas contraire aux bonnes mœurs. Elle n'a pas à être jugée sur la qualité ou le bon goût de son humour. Que ceux avec qui on ne peut pas rire de tout regardent ailleurs et laissent rire les autres. Cela s'appelle la liberté.

CHARB

On a reçu tout ça *(courrier publié tel quel)*

L'indignation, c'est ce qui se porte le mieux quand on n'a rien d'autre à se mettre. L'indignation habille l'imbécile comme le voile habille la dévote. Parmi tous les messages indignés que nous avons reçus à la rédaction, nous publions une petite sélection des plus drôles. Cependant, une question se pose: on sait désormais qu'il est interdit de rire de la mort, mais peut-on rire de l'indignation? En cas de réponse négative, nous attendons les messages indignés.

Mesdames, Messieurs,
J'ai honte d'être Français quand je lis votre UNE. Comment notre Nation a pu accoucher de gens dénué ne serait-ce que d'un microgramme de morale et de dignité? Vous n'êtes qu'un ramassis de merde et je vous souhaite à tous de ne jamais vivre de près ou de loin le drame que vivent aujourd'hui les familles et proches des 228 « nouveaux abstentionnistes ».*

[…] Vous n'êtes en fait une tarre immonde de la démocratie…

[…]
Dimanche c'est les élections mais c'est aussi la fête des mères et j'ai une pensée pour tous ces enfants qui ont préparés des objets mais leurs mamans ne sont pas rentrées du travail et elles ne rentreront jamais!
UNE HÔTESSE DE L'AIR EN COLÈRE!

Parlez-donc des » juifs » mes gros malins si vous avez des couilles comme personne ne le croit vous concernant! Facile de se foutre de la gueule des morts et des arabes, mais quand ça craint ya plus personne. Hein mes courageux? Je m'éloigne un peu à cause de l'odeur… pfff! Pestilentiel! **P. M.**

Vous êtes monstrueux, intéressés par l'argent, et prêts à profiter des souffrances des autres!

Je me détournerai de vous avec fierté!

Et malheureusement votre équipe a le droit de voter pour les européennes?
A quand une redéfinition de la "capacité de discernement" dans votre pays?
Incordialement, **Q. S.**

[…]
si je peux déchirer/spoiler de crotte de nez des pages de votre journal en vente dans les différents kiosques de gare ou je circule..je le ferais j'espère que vous apprécierez ce geste comme ça vos lecteurs auront une merde et de la merde dans le meme papier.
bonne journée et continuer a faire de la merde comme la pluspart des journalistes
J. C. D.
PARIS

Vous allez payer très cher cette une. Attendez vous au pire.

[…] Cette totale absence de respect de la sensibilité d'autrui est une faute lourde, de celles qui vaillent, normalement, licenciement immédiat à l'auteur des faits dans n'importe quel autre journal. Mais pas chez vous…
Je ne vous salue pas

J'espère qu'il vous arrivera des choses terribles et là vous ne vous fouterez plus de la figure des gens. **C L**

La dernière Une n'est pas scandaleuse.
Elle est imbécile, comme l'est celui ou ceux qui l'ont choisie.
Vous êtes une bande d'inutiles, de parasites de la société.
Vous vous croyez libres de tout dire en bons "soixantehuitards" attardés.
Vous êtes comme moi un assemblage de quarks, à la seule différence que moi je le sais; **H. B.**, professeur agrégé de philosophie.

C'est trop facile à chaque fois que se cacher derrière cet liberté (d'expression), les limites de celle-ci demeurent malheureusement indéfinissable dans votre monde.
[…]
Bonne journée quand même.

[…]
Vous êtes pour moi des connards! Si la caricature est votre plaisir ou votre passe temps et bien je ris du malheur de vos proches…
N'hésitez pas à me recontacter pour plus de renseignements… **F. R.**

vous avez un QI ne dépassant pas votre température anale
J. L. G.

COMME JE SUIS HOTESSE J ESPERE NE JAMAIS VOUS CROISER SUR UN VOL AF CAR JE PENSE QUE JE RISUERAI DE PERDRE MON SANG FROID ET VOUS BALANCER MA VERSEUSE DE CAFE BOUILLANT SUR LA TETE. […] VOUS AVEZ REELLEMENT LE QI D'UN POISSON ROUGE; **V. D.**
PNC AIR France

bonjour juste pour vous dire le jour ou votre famille mouron je ferai la fete car je trouverai sa drole et j ecrirai un article sur internet en disant ke sa fera des retraite en moins a payer et plus d emploi

Et puis il y a ceux qui ont compris…

Bonjour,
[…]
Malgré les critiques que vous pouvez entendre, surtout ne renoncez pas.
Les gens sont tellement enfermés dans le système émotionel démagogique, sur lequel se base les médias pour vendre, qu'ils n'ont même pas le recul pour comprendre l'humour et sont incapables de lire entre les lignes.
Encore bravo pour le travail de toute votre équipe, et merci de continuer! **S.**

[…] rire de la mort est bien le seul luxe qu'on peut se permettre vis à vis d'elle. Certains semblent oublier qu'elle nous prendra tous tôt ou tard, autant la tourner en dérision, ça la rend moins terrible. Longue vie à Charlie Hebdo **D.**

Bonjour, je suis navigant chez Air france, (pilote). juste un petit mot, pour vous dire qu 'à la lueur des réactions concernant votre Une, sur notre forum interne, nous sommes plutot une majorité à soutenir la presse que vous incarnez. Nous sommes tristes, profondément meurtris par ce tragique accident, mais lucides.
Cordialement **P. P.**

Bonjour,
Je souhaiterai vous féliciter pour votre une d'aujourd'hui!
Malgré les détracteurs je la trouve très drôle et bien plus respectueuse que la une du parisien ou d'autres journaux qui attirent seulement les citoyens curieux et voyeurs. Je regrette que certaines personnes n'aient pas encore compris que l'on peut rire de temps et qu'il existe un 2ème degré dans l'humour…
Continuez ainsi, ce que vous faites est excellent!!!
MELLE J. C.

Bonsoir,
[…]
J'aimerais donc faire part à votre rédaction de tout mon respect et de toute ma reconnaissance, rédaction qui est pour moi l'une des seules à encore oser. Oser (prendre le risque de) blesser, oser appeler un con « un con », oser pointer du doigt les absurdités de notre société pour oser nous faire avancer.
[…] Je finirai donc (presque) ce court message par un simple mot: Merci!
Cordialement, **C L**

Bravo votre une de couverture m'a fait rire! Ça fait du bien de se moquer des gens qui n'iront pas voter car c'est aussi une catastrophe que l'abstention. Je n'y vois aucune atteinte aux victimes du tragique accident du vol AE447. Bravo, **H.**

LE SECOND DEGRÉ EXPLIQUÉ AUX CONS

PREMIER DEGRÉ

SECOND DEGRÉ

Minute, du 13/11/2013

Charlie Hebdo, du 30/10/2013.

PREMIER DEGRÉ

SECOND DEGRÉ

PREMIER DEGRÉ

SECOND DEGRÉ

PREMIER DEGRÉ

SECOND DEGRÉ

PREMIER DEGRÉ

SECOND DEGRÉ

U n bourgeois-blogueur habitué à prendre des poses gauchistes (vous le reconnaîtrez facilement : lorsqu'on tombe sur son site, on est abreuvé de pubs pour Toyota, les Galeries Lafayette, Carrefour…) a décidé de comparer un dessin de *Charlie Hebdo* qui dénonce le racisme dont est victime Taubira avec la « une » raciste de *Minute*. Sa conclusion est claire : puisque, dans *Charlie*, Taubira a été représentée « *sous les traits d'une guenon* », il trouve contradictoire que nous affirmions aux malcomprenants que *Charlie* n'est pas *Minute*…

D'autres que lui font semblant (du moins on espère) de ne pas comprendre qu'on peut faire des dessins antiracistes en mettant en scène ce qu'on dénonce. Selon eux, donc, une parodie d'affiche frontiste aurait le même sens qu'une « une » d'un journal d'extrême droite… Évidemment, le texte du dessin « Rassemblement bleu raciste » et le logo tricolore qui permet de comprendre qui on vise ne sont pas évoqués.

Que veulent-ils, les amalgameurs ? Interdire le second degré ? Interdire de mettre l'humour au service de l'engagement antiraciste ? Bon. Mais dans quel but ? Faire passer un journal antiraciste pour un journal raciste, ça sert qui, à part les racistes ? **Charb**

PREMIER DEGRÉ

SECOND DEGRÉ

PREMIER DEGRÉ

SECOND DEGRÉ

PREMIER DEGRÉ

SECOND DEGRÉ

PREMIER DEGRÉ

SECOND DEGRÉ

PREMIER DEGRÉ

SECOND DEGRÉ

PREMIER DEGRÉ

SECOND DEGRÉ

DEVINETTE : la photo (prise à Lille) de cette affiche en soutien aux femmes voilées victimes d'agressions islamophobes et qui représente une Joconde voilée est-elle à prendre au premier ou au second degré ?

2013 *Charlie Hebdo*
n°1119 du 27 novembre

LE DESSIN SATIRIQUE EXPLIQUÉ AUX CONS
(et en particulier aux médias)

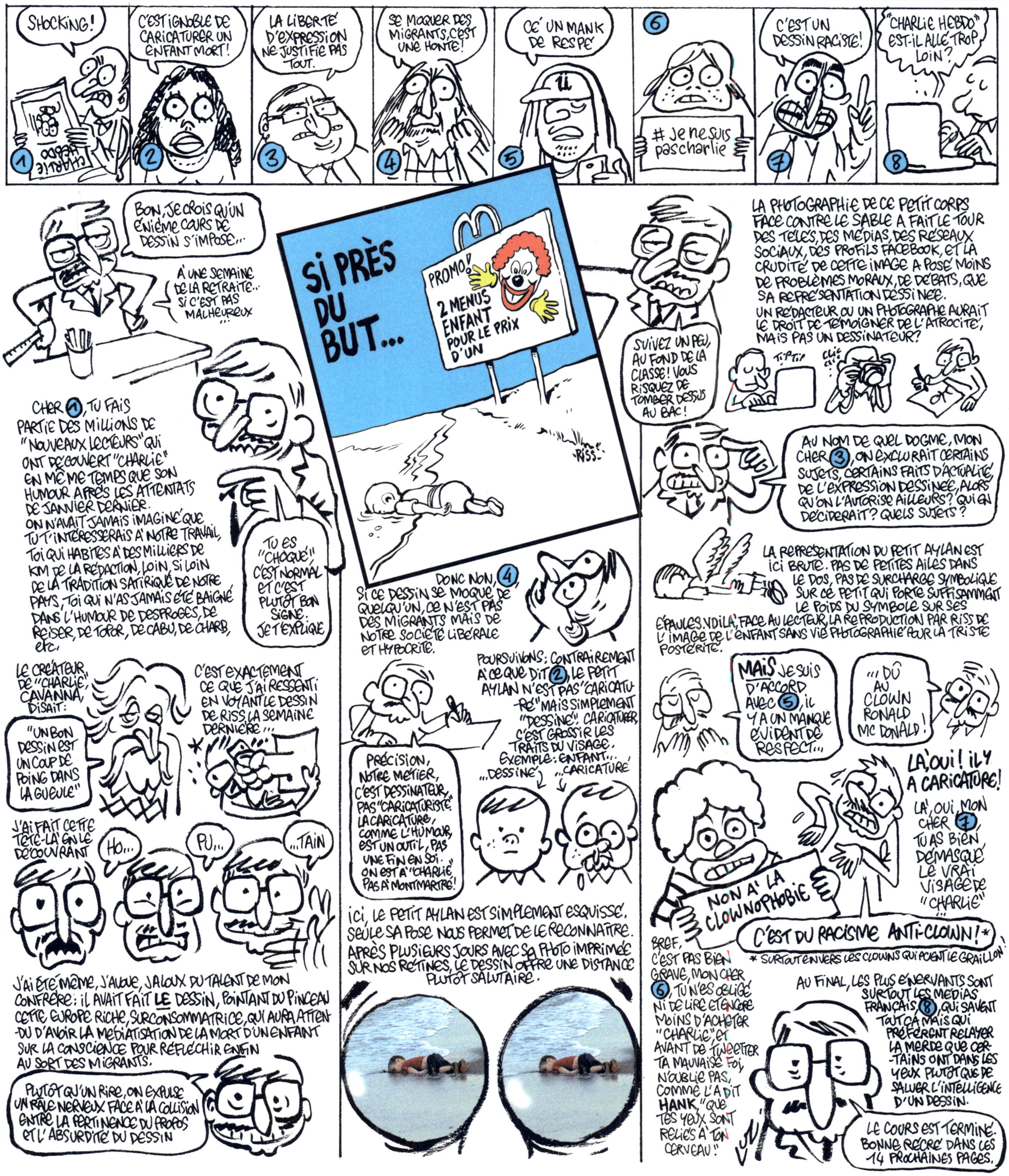

LE FILM *LA MARCHE* ET LES « CHIENS » DE *CHARLIE HEBDO*

Charlie Hebdo découvre avec effarement la violence des paroles de la bande originale du film *La Marche* à son encontre. Ainsi, la chanson *Marche*, à laquelle participent des rappeurs fameux comme Akhenaton, Soprano, Disiz la Peste et Kool Shen, reprend les propos que tient habituellement l'extrême droite musulmane lorsqu'elle évoque notre journal.

Que penser en effet de ce passage :
« Je réclame un autodafé pour ces chiens de Charlie Hebdo *»* ?

Nous rappelons aux auteurs de la chanson qu'ils se réveillent un peu tard : *Charlie Hebdo* a déjà été victime d'un autodafé (littéralement « acte de foi ») en novembre 2011. Plusieurs centaines d'exemplaires du journal ont disparu dans l'incendie criminel qui a ravagé ses locaux.

S'il leur manque un couplet, nous précisons aux auteurs de la chanson que le journal numérique *Inspire*, édité par Al-Qaida, a condamné à mort Charb en mars dernier.

Nous avons l'habitude de ces appels à la haine. Nous avons l'habitude de nous faire traiter de *« chiens »* (d'infidèles). Nous sommes juste très surpris que le réalisateur d'un film clairement antiraciste, un film qui rend hommage à un événement majeur dans l'histoire de la lutte pour l'égalité des droits, ait choisi de l'illustrer par une chanson en totale opposition avec son œuvre. **La rédaction**

www.buzzerie.com/musique/rappeurs-francais-bo-marche

2013 *Charlie Hebdo* n°1119 du 27 novembre

2018 *Charlie Hebdo* n°1352 du 20 juin

▶ **POLÉMIQUE**

« JE NE SUIS PAS CHARLIE HALEP »

La semaine dernière, *Charlie* publiait un dessin représentant la joueuse de tennis roumaine en train de brandir sa coupe remportée à Roland-Garros, tout en s'exclamant : *«Ferraille ! Ferraille !»* La caricature a suscité de vives réactions d'indignation en Roumanie.

On savait que les Roumains souffraient d'un complexe de supériorité pleine de ressentiment (le pays n'est-il pas une *«île de latinité entourée d'une mer slave»* ?), mais la vague d'hystérie qui a saisi les médias en Roumanie – après la publication par *Charlie* d'un banal dessin raillant non pas la victoire à Roland-Garros de la Roumaine Simona Halep, mais plutôt les préjugés des Français envers les Roumains – a déferlé comme une lame de fond d'appels à la censure et au zigouillage des profanateurs de chez *Charlie*. Les plus charitables des commentateurs roumains dans la presse et sur les réseaux sociaux ont sombrement insisté sur le fait qu'ils ne verseraient plus une larme au prochain massacre, que certains appellent maintenant de tous leurs vœux.

Pourquoi tant de haine ? Les Roumains ne veulent pas être confondus avec les Roms, les Tsiganes chapardeurs de ferraille au sein de la conscience collective, et, tout ce qu'ils ont retenu de ce dessin, c'est que chez *Charlie* on est des racistes et qu'il faudrait interdire de railler une gloire nationale telle que Simona Halep.

TOTEM ET TABOU

«Je ne suis plus Charlie Hebdo» a été le plus charitable des slogans. Les titres, dans la presse roumaine, sont allés de «Simona Halep, ridiculisée par *Charlie Hebdo*» (*Romania Libera*, quotidien national) jusqu'à «Caricature abjecte dans *Charlie Hebdo* après la victoire de Simona Halep» (Romania TV).

L'essayiste et figure politique de droite Adrian Papahagi, provenant lui-même de la minorité aroumaine – qui parle une langue proto-roumaine –, comme Simona Halep, a vitupéré : *«Le crime islamiste dont ils ont été victimes chez* Charlie *fut dû à leur façon acharnée de saper l'identité européenne, entreprise à laquelle cette officine trotskiste et empoisonnée qu'est* Charlie *a massivement contribué.»*

À de rares exceptions près (tel le vieux philosophe Mihai Sora), les médias s'en sont donné à cœur joie dans l'appel à l'unité nationale devant la *«trahison de la France»*. Cela a même entraîné l'intervention publique de l'ambassadrice de la France à Bucarest, Michèle Ramis, qui a dû rappeler le principe fondamental de la liberté d'expression, en veux-tu, en voilà.

On a lu des appels au boycott des croissants français et du camembert, comme au bon temps de l'invasion de l'Irak, quand les Amerloques ne voulaient plus bouffer des frites, des *French fries*, qu'ils avaient rebaptisées *freedom fries*.

Même cette boussole du moral de la nation roumaine qu'est le journaliste et moraliste Cristian Tudor Popescu s'est fendu d'une condamnation sans appel, accusant *Charlie* de *«xénophobie, racisme et bassesse»*, et menaçant de ne plus verser une larme après le bien mérité et inévitable châtiment.

Que doit-on retenir de tout cela ? Que les Roumains, comme beaucoup de nations qui vivent encore à l'heure de la «transition», ont deux obsessions : le totem et le tabou. Ils vous hissent difficilement en haut du totem, mais une fois que vous êtes vissé là-haut, vous devenez tabou. Touche pas à notre héroïne Simona Halep. Des commentateurs ont même suggéré que chez *Charlie* on serait rancuniers et qu'on se vengerait ainsi sur le fait qu'une Roumaine soit devenue le vainqueur de Roland-Garros. On leur suggérerait de jouer plutôt sur l'indignation féministe : le français n'a même pas un terme pour «vainqueur» lorsque c'est une femme.

Dan Alexe

FLORILÈGE SUR FACEBOOK

«Méchant putain queer français. Tu mérites Macron et sa momie. Dans dix ans, vous serez appelé La République Française Islamique. Votre constitution – Sharia. Vos femmes seront des esclaves sexuelles de l'imam et vous, esclaves eunuques. Mêlant des pédophiles bizarres. Tu es la merde de l'Europe. La Roumanie crotte au Louvre et pisse sur la tombe de Napoléon. Allahu Akbar !»
C[redacted]

«Les seules bonnes blagues des Français sont les voitures françaises !»
M[redacted]

«Vous êtes honteux ! Simona Halep est de nationalité roumaine et n'est pas ethnique tsigane ! Pouvez-vous faire la différence ? Ignorante !»
E[redacted]

**«Quel est le meilleur endroit pour cacher votre argent ?
— Sous le savon d'un Français.»**
M[redacted]

«Si Simona et les Romains sont des gitans et des ordures, alors je ne suis pas Charlie, je suis l'Islam.»
M[redacted]

«Vous êtes un gâchis d'homme. Vous devriez être jugé à La Haye. Vous êtes des gitans et des racistes. Vous deviez être dans l'éditorial et a tiré la chienne de l'homme.» *L[redacted]*

«La France, l'équipe africaine avec les meilleures chances !»
M[redacted]

ÊTES-VOUS POUR « LE VIVRE-ENSEMBLE » OU POUR « LE SE FAIRE TUER TOUT SEUL » ?

Un an et demi après le 7 janvier 2015, il y a encore beaucoup de monde qui voudrait nous tuer. Il suffit de lire sur Facebook les réactions délirantes (et authentiques !) à la couverture du dernier numéro. Désormais, tout devient blasphématoire. Tout devient prétexte pour injurier et appeler au meurtre.

CEUX QUI VEULENT ENCORE NOTRE MORT

J[redacted] B[redacted]
Charlie hebdo j'espère juste que vous mourrirez bien vite que nous rigolions aussi

P[redacted] L[redacted]
Bande de chiens de Charlie hebdo vous méritez la m***

H[redacted] S[redacted]
J espère encore des balles pour Charlie bande de fdp[1]

A[redacted] L[redacted]
C'est qui ça les journalistes de charlie machin tué par des terroristes ? Ils méritent

S[redacted] C[redacted]
Journal de merde vous mériter bien des coup de kalash

N[redacted] R[redacted]
Charlie Hebdo viennent de confirmer qu'ils sont officiellement des fils de putes j'espère leurs bureaux ils sautent une fois pour toute

D[redacted] K[redacted]
Kan on respect pas les morts ou les religions … Wai c d grosses merdes … & vivement kon les fumes 1 bonne fois pr toutes !!!!!

J[redacted] B[redacted]
Ils aurais du explose tour l'immeuble

D[redacted] K[redacted]
D grosses merde Charlie hebdo , Aucun respect bande de trou du Q .. Venez pas pleurez si vs vs faites encor rafaler bande de merde & J'espère que sa va arrivé une 2è fois & en finir avec vs 1 bonne fois pr toute !!! Bande 2 sous merde ke vs êtes !!!

I[redacted] O[redacted]
J'espère vous allez avoir encore des morts dans votre journal j'espère de tout cœur parce que toucher a Muhammed Ali c'est degueulasse voilà j'espère vous allez mourir torturé bande de chien la con de tout vos morts

S[redacted] S[redacted]
Bande de pourriture un jour vous allez regouter à la kalash et ce jour la ça se fetera

Z[redacted] A[redacted]
DANS LE CERCEUIL YA LES TETES DES VICTIMES DE LATTENTAT EN JANVIER 2015

Pédagogie au bout de combien de coups de règle vont ils enfin comprendre?

CEUX QUI NOUS FONT LES GROS YEUX

B[redacted] J[redacted]
Ca vous a pas suffit un deuil vous en voulez un autre ? Bande de con !

J[redacted] F[redacted]
Alors la bande de FDP vous avez vraiment aucun respect pour les personnes sur terre mais surtout pour les morts. J'espère que le FDP qui a fait ça va se faire punir par son DIEU. Bande d'enculer que vous êtes tous un par un.

S[redacted] M[redacted]
Les incultes de Charlie hebdo c'est pas pour rien qu'on a massacré une bonne partie de vos dirigeants, respectez les gens ! Vous ne pouvez pas vous permettre de touchez les gens où ça fait mal au nom de la liberté de merde et ne pas s'attendre à des actes criminelles !! Les gens ne réagissent pas tous de la même façon, faites attention !

R[redacted] Y[redacted]
Aucun respect pour les morts, Apres sa pleurs quand sa se prend 12balle dans la gl. Charlie on te baise

CEUX QUI DISENT DU MAL DE NOS MAMANS

C[redacted]
Aller vous faire enculer charlie de mes couilles aucun respect sur un homme qui a plus de valeur que votre famille entiere et surtout vos mere les putes

W[redacted] T[redacted]
J'espère que la Mere a celui ki a fait sa elle et morte, et je tien a dire que C un fils de pute

T[redacted] D[redacted]
#CharlieHebdoFdp vous êtes des fils de pute jvous bz vos mère bande d'humoristes de merde vous faites même pas rire bande de couillons de merde

E[redacted] K[redacted]
Que des fils de pute chez charlie hebdo jespere que des gens vont vous fumé, quelle manque de respect cest un boxeur pas un footballeur et ce grd homme a perdu la vie… Charlie hebdo niker vos meres

B[redacted] E[redacted]
Baiser vos mere bande de pute bande de cave les terroriste il vous on niker

E[redacted] T[redacted]
Nike ta mere charlie hebdo bande de fdp j'espère vous brulerai tous

CEUX QUI TENTENT LE DIALOGUE

R[redacted] R[redacted]
Bande de fils de pute vous mérite de vous faire rafale comme vos amie qui on creve plu respect apres ca di pk Charlie mes couille vous merite

P[redacted] C[redacted]
Non, faire un dessin ne mérite pas une rafale !

R[redacted] R[redacted]
Si il mérite

H[redacted] M[redacted]
CHARLIE niquer tous vos mère bande de fils de pute, sale chiens, sale bâtard que vous êtes. Les caricature de janvier elle sont où ??? Bande de fils de pute journal de bâtard de sale porc !!!

P[redacted] C[redacted]
Les caricatures de janvier sont dans le numéro de janvier, crétin

H[redacted] M[redacted]
Nique ta mère toi je lis pas ce journal de porc. Sale chien

CEUX QUI N'AIMENT PAS LES BÊTES

B[redacted] D[redacted]
Allez vou faire foutre bande de peau de cochon. La france est raciste et vous le serez toujours

I[redacted] B[redacted]
sale porc de Charlie hebdo

1. Fils de pute

2016
Charlie Hebdo n°1247
du 15 juin

RELIGION ET VIOLENCE

Il n'y a pas de hiérarchie dans l'organisation religieuse de l'islam – en tout cas pas officiellement, car il y a bien des autorités morales, qui se définissent comme telles. C'est très pratique. Cela permet notamment à Tareq Oubrou, l'imam de Bordeaux, de botter en touche quand il est interrogé sur France Info à propos de cet imam de Ripoll qui aurait radicalisé toute la cellule terroriste responsable des attentats de Barcelone et de Cambrils : l'islam n'est pas le catholicisme, a-t-il répondu, n'importe qui peut se dire imam et exercer. Partant de là, il ne faut pas chercher un quelconque rapport entre ce que cet imam a pu prêcher et la parole du Prophète. Bref, la réponse désormais classique : le terrorisme islamiste n'a rien à voir avec l'islam, ni même d'ailleurs avec quoi que ce soit qui ait un rapport, de près ou de loin, avec la religion.

DIEU JOUIT SANS ENTRAVES

De sa part, c'est logique, il défend sa crémerie et le slogan qui sert à vendre son beurre : Dieu est amour. Ce qui est moins logique, c'est que la journaliste qui l'interrogeait ne lui ait pas rappelé certains faits qui permettent de relativiser le pacifisme religieux. Par exemple, que ceux qui commettent des attentats se réclament bien de l'État *islamique*, pas de l'État sans dieu. Que les enragés qui se font exploser au milieu de foules ou qui sautent à la gorge des passants hurlent « Allah akbar », pas « passe-moi le sel ». Qu'ils se considèrent en guerre *sainte*. Qu'ils ne sèment pas la mort pour la beauté du geste, mais pour servir *Dieu*. Que les États qui financent le terrorisme – Arabie saoudite, Qatar, Iran… – sont des *théocraties islamiques*. Que tout a commencé quand un dignitaire *religieux* – l'ayatollah Khomeyni – a condamné à mort un écrivain – Salman Rushdie – décrété *blasphémateur*, et a appelé dans une fatwa *tous les musulmans* du monde à l'exécuter où qu'il se trouve. Que dans les innombrables messages de menaces et d'insultes que nous recevons à *Charlie* après la publication d'un dessin jugé impie ou « islamophobe », la plupart incluent la promesse qu'*Allah* nous bouffera les couilles et niquera nos mères.

Que l'idéologie qui motive cette haine prend sa source dans un texte proclamé *saint* qui s'appelle *le Coran*. Il est certes possible qu'il soit lu de travers par certains. Mais si l'on admet qu'il est sujet à interprétations, alors on peut tout aussi bien se tromper quand on affirme qu'il ne professe que la paix et le respect de l'autre…

Aucune religion n'est par définition « de paix » ou « de guerre ». Une religion, lorsqu'elle se cantonne à l'intime, est une béquille existentielle, un moyen de répondre simplement à des questions compliquées, une source de réconfort, un assouvissement masochiste, peu importe, dans ce cas – et dès lors qu'ils ne prétendent pas en faire profiter les autres –, ça ne regarde que les intéressés. Mais lorsqu'elle s'étend au collectif, elle devient un instrument de contrôle social et politique. Et à ce titre, il n'est pas exclu qu'elle soumette, emprisonne, torture et massacre à tour de bras, dans le seul but d'exercer un pouvoir 100 % terrestre. L'intégrisme, l'obscurantisme et le fanatisme ne sont pas des dérèglements, ils sont consubstantiels au « fait religieux ». On a tué pendant des siècles au nom du christianisme, et certains chrétiens regrettent encore aujourd'hui ce bon temps triomphant. Même le bouddhisme, qui est censé être la plus « cool » des religions, fait des ravages humains en Birmanie. L'état normal d'une religion, quand elle descend sur le terrain politique, est le totalitarisme, et ses outils préférés sont la brutalité, voire la barbarie. L'islam n'échappe pas à la règle.

Que cette évidence ne puisse plus, désormais, ni être dite ni être entendue, que l'on piaille à « l'amalgame » dès que l'on fait le lien entre l'islam et le terrorisme qui s'en revendique, entre le Coran et l'idéologie totalitaire qui s'en inspire, entre Dieu et les atrocités qu'on commet en son nom, pose un grave problème. Non seulement c'est intellectuellement inepte, mais c'est accepter que la foi – et tout ce qu'elle charrie – l'emporte de nouveau sur la raison.

Gérard Biard

▸ SUR FACEBOOK

Oh final c'est mérité ceux qu'il on fait à ces fdp » (A[redacted])

A QUAND LA PROCHAINE BOOM "BOOM" DANS VOS LOCAUX ?! » (D[redacted])

bande de chien va aller crever bande de merde vive l'islam » (A[redacted])

Vous aimez trop chercher la merde vous cest stupéfiant » (L[redacted])

Relançons les croisades et libérons Jérusalem !!! » (P[redacted])

	JEAN GROSJEAN	UOIF	MALEK CHEBEL
Sourate IV-56	« Ceux qui ne croient pas à nos versets, nous les pousserons au feu. »	« Certes, ceux qui ne croient pas à Nos Versets, nous les brûlerons bientôt dans le feu. »	« Car ceux qui n'auront pas cru à Nos signes seront accueillis dans un feu brûlant. »
Sourate IV-89	« Ne prenez pas d'amis chez eux avant qu'ils émigrent dans le sentier de Dieu. S'ils tournent le dos, saisissez-les, tuez-les où que vous les trouviez. »	« Ne prenez donc pas d'alliés parmi eux [les mécréants], jusqu'à ce qu'ils émigrent dans le sentier d'Allah. Mais s'ils tournent le dos, saisissez-les alors, et tuez-les où que vous les trouviez. »	« Ne prenez parmi eux comme compagnons que ceux qui se sont déjà mis en route vers le Seigneur. S'ils font marche arrière, saisissez-vous d'eux où qu'ils soient et tuez-les. »
Sourate V-33	« Ceux qui font la guerre à Dieu et à son messager et cherchent le désordre sur terre, leur salaire sera d'être tués ou crucifiés ou d'avoir une main et le pied opposé coupés. »	« La récompense de ceux qui font la guerre contre Allah et Son Messager, et qui s'efforcent de semer la corruption sur la terre, c'est qu'ils soient tués, ou crucifiés, ou que soient coupées leur main et leur jambe opposées. »	« Telle est la rétribution de ceux qui mènent la guerre à Allah et à Son prophète, et de ceux qui sèment le désordre sur terre. Ils seront tués ou suppliciés, tandis que leurs mains et leurs pieds seront amputés. »
Sourate VIII-7	« Dieu voulait par ses décrets instaurer la vérité et détruire les incroyants jusqu'au dernier. »	« Allah voulait par Ses paroles faire triompher la vérité et anéantir les mécréants jusqu'au dernier. »	« Allah a voulu que la vérité triomphe en imposant Son verbe et en éradiquant les mécréants. »
Sourate VIII-17	« Vous ne les avez pas tués, c'est Dieu qui les a tués. »	« Ce n'est pas vous qui les avez tués : mais c'est Allah qui les a tués. »	« Vous ne les aurez pas tués, car Allah les a tués. »
Sourate IX-5	« Une fois passés les mois sacrés, tuez les incroyants où que vous les trouviez. »	« Après que les mois sacrés expirent, tuez les associateurs où que vous les trouviez. »	« Lorsque les mois sacrés se seront écoulés, combattez les idolâtres là où vous les trouverez. »
Sourate XXXIII-61	« Maudits, où qu'ils soient [les hypocrites], ils seront pris et tués selon la coutume que Dieu a eue envers leurs devanciers. »	« Ce sont des maudits [les hypocrites]. Où qu'on les trouve, ils seront pris et tués impitoyablement. »	« Ils seront alors maudits partout où ils seront appréhendés. Ils seront mis à mort de manière implacable. »
Sourate IX-30	« Les Juifs disent : Ozaïr est fils de Dieu. Les chrétiens disent : Le messie est fils de Dieu. Paroles de leur bouche pareilles aux paroles des incroyants antérieurs. Dieu les combatte ! »	« Les Juifs disent "Uzayr est fils d'Allah" et les Chrétiens disent "le Christ est fils d'Allah". […] Ils imitent le dire des mécréants avant eux. Qu'Allah les anéantisse ! »	« Les juifs ont dit : Ozaïr est fils de Dieu. Les chrétiens disent : Le Messie est fils de Dieu. […] Mais, ce faisant, ils imitent ceux qui n'ont pas cru par le passé. Qu'Allah les combatte ! »

LE CORAN ET L'AMOUR

Le Coran peut être mal lu, mal interprété, affirment les gardiens de l'Amalgame. Ce qui est ennuyeux, car la sourate II-2 dit quand même : *« Voici le Livre sur lequel aucun doute n'est permis. »* Mais passons sur cette petite contradiction, et penchons-nous sur trois traductions différentes, plus ou moins littéraires, plus ou moins explicites, de mêmes versets, choisis parmi ceux qui appellent à massacrer allègrement les infidèles. On constatera que, malgré certains euphémismes employés, il est difficile, quelles que soient les versions, d'échapper au vrai sens du message. Dans l'ordre, la traduction de Jean Grosjean (Gallimard, « Folio », 1979), la traduction qui a figuré plusieurs années sur le site de l'UOIF, mais qui a disparu aujourd'hui (source : atheisme.free.fr), et la traduction de Malek Chebel (Le Livre de Poche, 2009). G. B.

ARRÊTONS L'AMALGAME

PAS D'AMALGAME !

Je demande la démolition immédiate des locaux de Charlie-la-Fiente, et la destruction de toute personne travaillant ou ayant travaillé pour eux. En arriver à cet extrême avec l'aval du gouvernement Macron-le cochon, qu'il crève celui-là, pourriture de merde. Comment un Etat n'interdit-il pas ce genre de publications. C'est honteux. [...] Bande de cochons vous êtes de la MERDE! Maudis vous êtes! Pourritures» (P[redacted])

QUAND VOS COLLEGUES SONT PARTI EN CONFETIS C ETAIT BEAUCOUP PLUS DRÔLE QUE VOS UNES DE JOURNAUX ...» (D[redacted])

Bande de fils de pute c est quoi cette merde de journal j espère que vous aller crever dans d atroce souffrance ! Vos mères les putes» (R[redacted])

Si tu répètes encore que les musulmans sont les premières victimes du terrorisme, je jure sur Allah que je te décapite femme ! » (O[redacted])

PAS D'AMALGAME !

PAS D'AMALGAME !

PAS D'AMALGAME !

▸ L'ÉDITO PAR RISS

PENSER PEUT PROVOQUER DES MALADIES GRAVES

La couverture du dernier numéro de *Charlie Hebdo* a fait parler un peu plus que d'habitude. Associer la formule « islam, religion de paix » à l'adjectif « éternelle » a déplu à certains. On nous a reproché de faire l'amalgame entre la religion musulmane et la mort. Cette accusation n'est pas acceptable. *Charlie Hebdo* n'a jamais amalgamé l'islam à quelque chose qui ne le concernait pas. Nous n'avons jamais amalgamé l'islam au cancer, aux excès de vitesse, à la canicule, aux inondations, au réchauffement climatique ou aux perturbateurs endocriniens. Nous avons juste constaté que, trop souvent, des innocents ont été assassinés à travers le monde par des musulmans qualifiés d'intégristes, qui voulaient mettre en pratique les sourates du Coran appelant à tuer les mécréants. Même si le Coran ne se réduit pas à ces passages qui glorifient le meurtre, on ne peut pas dégager en touche en se contentant de répéter cette phrase démagogique et creuse : « L'islam est une religion de paix. »

Pour être juste, il faut préciser que le Coran n'a pas le monopole de la violence. Contrairement à une idée répandue, le Christ ne s'est pas contenté de prononcer des paroles d'amour et de paix. Le christianisme fut lui aussi, à une époque, une « religion de paix... éternelle ».

« *Je suis venu jeter un feu sur la terre, et comme je voudrais que déjà il fût allumé !* » (Luc 12, 49.)

« *N'allez pas croire que je sois venu apporter la paix sur la terre ; je ne suis pas venu apporter la paix, mais le glaive.* » (Matthieu 10, 34.)

Ainsi parlait Jésus quand il était de mauvais poil, si on en croit les Évangiles de Luc et de Matthieu. Ces paroles belliqueuses ont été peu à peu oubliées, pour laisser place à un Jésus réinventé, plus en phase avec les exigences du monde moderne. Un Jésus pacifique, barbu, chevelu, prêchant l'amour entre les hommes comme un hippie aux yeux rougis par la fumée de ses pétards.

Des phrases toutes faites conçues pour verrouiller tout débat

Est-ce que les musulmans et leurs imams sont prêts à exclure définitivement du Coran les nombreux appels au meurtre qui s'y trouvent ? Qui osera modifier la parole révélée du Prophète sans avoir peur d'être envoyé lui-même vers la « paix éternelle » à coups de kalachnikov ? Ils ne sont pas nombreux, les religieux et les croyants qui oseront franchir ce pas. Et ils sont encore moins nombreux, les journalistes, les intellectuels et les politiques qui en parleront. Le malaise des musulmans est d'autant plus grand qu'ils se sentent obligés de condamner les assassinats commis au nom de l'islam, et en même temps de conserver les passages violents du Coran puisque c'est Mahomet lui-même qui en serait l'auteur.

Les portes de sortie sont donc peu nombreuses. On peut recourir à la « relecture » du Coran, en proposant de nouvelles traductions qui atténueraient les passages les plus sanglants. Mais l'exercice montre vite ses limites, car la liberté du traducteur ne l'autorise pas à dire le contraire de ce que Mahomet a écrit. Les réinterprétations du Coran arrivent trop tard, à une époque moderne où il est difficile de cacher au public les manipulations des textes, comme ce fut le cas avec le Nouveau Testament. Les manuscrits des Évangiles sont passés par tellement de mains, ont été si souvent remaniés, qu'il est très difficile de distinguer les véritables paroles de Jésus des ajouts et retraits effectués par ceux qui ont recopié les textes à leur guise pendant des siècles. Les musulmans n'ont pas cette chance. Ils sont prisonniers d'un Coran dont ils n'ont pas encore trouvé la sortie.

Après chaque attentat, tout le monde proclame que cela ne changera pas nos modes de vie. Nous continuons d'aller au restaurant, au cinéma et de boire des verres en terrasse. Ce qui a changé, ce ne sont pas nos modes de vie, mais nos modes de pensée. Nous ne pensons plus aussi librement qu'avant. Chacun a peur. Les intellectuels ont peur d'être traités d'islamophobes, les artistes ont peur pour leur carrière, les journalistes ont peur pour leur peau, et les hommes politiques ont peur pour les prochaines élections. Dès que les mots « Coran », « islam » ou « Mahomet » sont prononcés, tout le monde rentre la tête dans les épaules et baisse le regard. On n'ose plus rien penser sur la religion en général et sur l'islam en particulier. Il n'y a plus rien à penser, car on nous a fourni des phrases toutes faites, comme « l'islam est une religion de paix », conçues pour verrouiller tout débat.

Lorsque les frères Kouachi sont sortis dans la rue après leur crime, ils ont crié « *Charlie est mort !* ». Conformément aux sourates du Coran qui ordonnent aux musulmans de tuer les mécréants. Aujourd'hui, c'est sur les réseaux sociaux que, sans aucune honte, sont postés des appels au meurtre contre *Charlie Hebdo*. Les frères Kouachi n'ont pas réussi à détruire *Charlie*, mais ils sont parvenus à faire passer leur message dans la société française : craignez Dieu ou mourez. L'air de rien, la pensée en France semble de moins en moins influencée par Voltaire ou Hugo, mais de plus en plus par les deux tueurs du 7 janvier. ■

▸ L'ÉDITO PAR RISS

LIBERTÉ D'EXPRESSION : C'EST SANS DANGER

Il ne faudrait quand même pas prendre ici l'habitude de commenter toutes les semaines les couvertures de *Charlie Hebdo*. Après celle sur les attentats de Barcelone et Cambrils, la dernière, consacrée aux néonazis américains, a fait réagir surtout outre-Atlantique :

« Allez vous faire enculer, lâches pathétiques ! Peut-être que les islamistes radicaux viendront à nouveau vous tirer dessus pour que nous n'ayons plus à voir vos ordures. »

« J'étais avec vous quand les musulmans vous ont tiré dessus. Maintenant, je sais pourquoi ils l'ont fait. Allez vous faire enculer, allez vous faire enculer. De la part d'un juif américain. »

« J'étais désolé pour votre équipe en 2015, mais après avoir vu votre couverture sur les inondations à Houston et qui les traite tous de nazis, vous n'avez plus ma sympathie. Bien que vos idées sur le nationalisme américain puissent être justes, utiliser la tragédie de Houston pour s'en moquer est dégoûtant. Je soutiens la liberté d'expression, spécialement pour les journalistes, mais vous n'êtes pas des journalistes. Vous ne publiez que des cochonneries. Allez vous faire enculer, trous du cul (connards) de Français. JE NE SUIS PAS CHARLIE ! »

« Vous n'allez plus seulement avoir affaire à Daech, maintenant vous avez beaucoup d'Américains qui en ont marre de vous. Personnellement, je pense que vous n'êtes qu'un tas d'enculés de vos mères que j'aimerais abattre moi-même !!!!!!! Salutations, et je ne vous souhaite pas une vie plaisante,

J. Richie

Houston, Texas – nous sommes peut-être inondés, mais nous sommes toujours là, ENCULÉS DE VOS MÈRES ! »

En quelques heures, plus de 600 000 commentaires étaient déversés sur Facebook, et les protestations furent si nombreuses que la couverture fut retirée sans que *Charlie* ne puisse s'y opposer.

Beaucoup ont cru que le dessin se moquait des victimes de l'ouragan, alors que ce n'était évidemment pas le sujet. Le sujet était l'extrême droite suprémaciste américaine, pas les inondations, sur lesquelles il n'y a pas grand-chose à dire à part les déplorer.

Qui aurait imaginé qu'un dessin qui se moque des néonazis provoquerait une telle levée de boucliers ? Au-delà du grotesque de la situation se pose la question de la liberté d'expression. Pas celle d'un journal satirique français ni celle de ceux qui nous crachent à la figure. Si ça les soulage, pourquoi pas, nous sommes bon public. Non, il s'agit plutôt de l'exercice de la liberté d'expression par des groupes d'extrême droite qui ont le droit de défiler librement dans les rues en arborant des croix gammées grâce au premier amendement de la Constitution américaine.

Le talon d'Achille des démocraties

Un spectacle pareil est inimaginable en France et surtout en Allemagne, où la législation sur les symboles nazis est la plus drastique au monde. Pourtant, les États-Unis, la France et l'Allemagne sont des démocraties autant attachées les unes que les autres à la liberté d'expression. C'est l'histoire de ces pays qui explique leurs différences de conception. La France et plus encore l'Allemagne ont expérimenté grandeur nature ce que les paroles et les discours peuvent déclencher. L'extrême droite française des années 1930 a su gagner les esprits, davantage par les mots que par les urnes. Et lorsque les circonstances devinrent favorables avec la défaite de 1940 et l'avènement du régime de Vichy, son idéologie devint réalité. En Allemagne aussi, tout a commencé par des mots et des phrases couchés sur le papier d'un livre intitulé *Mein Kampf*. Les mots et les phrases, Hitler les manipula avec une virtuosité diabolique. La politique se fabrique d'abord avec des mots. Elle peut produire des textes mémorables, comme le discours de Lincoln à Gettysburg, mais aussi des discours de haine, comme au Rwanda, où le génocide des Tutsis débuta par les appels au meurtre de la sinistre Radio Mille Collines.

La foi inébranlable des Américains dans une liberté d'expression sans limites est à la fois admirable et en même temps utopique. Le premier amendement autorise les nazis américains à diffuser leur propagande abjecte, mais aussi à détenir des armes. La liberté de posséder des fusils d'assaut n'est pas plus limitée que celle de tenir des propos racistes. Sans restriction, les mots peuvent devenir aussi dangereux que les armes. Les libertés fondamentales semblent avoir été détournées de leurs objectifs premiers pour être retournées contre les valeurs qu'elles devaient protéger. C'est le talon d'Achille des démocraties. Que faire quand les libertés fondamentales sont dévoyées et utilisées pour détruire la démocratie ? Comment défendre ces valeurs sans recourir à des méthodes qui les renient ? À Charlottesville, les citoyens antiracistes ont été confrontés à cette pénible contradiction. Les Européens ont résolu ce problème depuis soixante-dix ans en recourant à la loi qui réglemente la liberté d'expression. Ce n'est pas l'idéal, mais au moins ces questions ne se débattent plus dans les rues à coups de barre de fer. Charlottesville, le temps d'un week-end, a ressemblé à l'Allemagne des années 1930, quand nazis et communistes s'affrontaient dans des batailles de rue sanglantes pour interdire au camp d'en face toute liberté d'expression.

Comparées à de telles violences, les couvertures de *Charlie Hebdo* semblent bien inoffensives. C'est peut-être pour cela qu'elles font autant réagir : on peut les insulter sans craindre quoi que ce soit. Comme le disait l'ancien médecin nazi joué par Laurence Olivier dans *Marathon Man* : « *C'est sans danger.* » ■

2017

Charlie Hebdo n°1310 du 30 août

◀ *Charlie Hebdo* n°1311 du 6 septembre

2019

Charlie Hebdo n°1403 du 12 juin

Charlie Hebdo n°1404 du 19 juin ▶

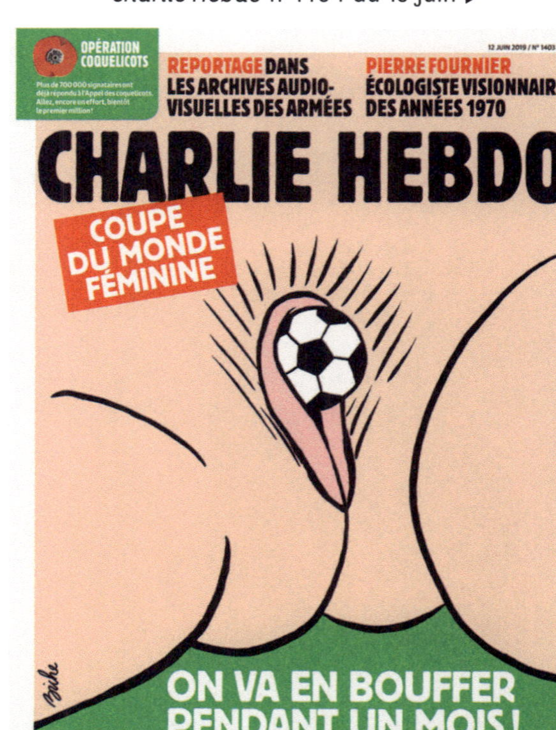

FRANCE, CHAMPIONNE DU MONDE D'HYPOCRISIE

RISS

Depuis toujours, *Charlie Hebdo* a critiqué sans ménagement la place démentielle que le football occupe dans nos vies. Que le football soit pratiqué par des hommes ou des femmes n'a aucune importance. Aussi, la semaine dernière, des protestations nombreuses nous sont parvenues pour critiquer la couverture de Biche consacrée à la Coupe du monde féminine de foot.

On a eu droit à tout : sexisme, misogynie, vulgarité, grossièreté, obscénité.

Ce qui est étonnant, c'est de constater à quel point le dessin d'un sexe peut mettre en émoi autant de gens. Surtout d'un sexe féminin. Ce n'est pourtant pas ce qui manque sur Internet, avec les millions de sites pornos qui diffusent des milliards de sexes féminins jusque sur les téléphones portables de nos bambins. Mais dessiner un sexe féminin avec des crayons, des gommes et des feutres, ça, c'est inadmissible. Le niveau de pudibonderie de notre société est affligeant. On se croit modernes avec nos smartphones, mais il suffit de brandir un petit dessin de sexe, et la meute s'enfuit ventre à terre, affolée. Si les Martiens voulaient nous envahir demain, pas besoin de rayon laser pour nous paralyser. Il leur suffira d'agiter devant eux un dessin de sexe de femme, et tout le monde partira en courant. Le sexe féminin fait peur, encore et toujours. Depuis la nuit des temps jusqu'à aujourd'hui. Peut-être parce que nous ne sommes toujours pas sortis de la nuit des temps.

Mais le plus agaçant n'est pas là. Depuis des années, des sociologues de tout poil ont entrepris de « déconstruire » le genre, le patriarcat, la famille, et bien d'autres choses encore. Pourquoi pas? Mais curieusement, aucun de ces intellectuels, en tout cas pas à ma connaissance, n'a encore cherché à « déconstruire » le football. S'il existe une « construction », un édifice bâti de toutes pièces pour nous façonner afin de nous transformer en supporteurs et en consommateurs serviles, c'est bien le football. Le football masculin aurait dû être « déconstruit » depuis longtemps, désossé, mis en pièces, afin de révéler au public sa vacuité. Le matraquage médiatique qui nous bourre le crâne depuis un mois pour nous faire croire que le football féminin est indispensable à l'égalité entre hommes et femmes est une construction totalement artificielle qui s'édifie sous nos yeux, en direct. Et personne ne proteste, et personne n'y trouve rien à redire. Pas un intellectuel à l'horizon pour venir « déconstruire » ces inventions que sont le foot féminin et le foot masculin.

On a eu droit à tout : sexisme, misogynie, vulgarité...

Le dessin de couverture de la semaine dernière n'avait pas d'autre objet que d'illustrer cette fumisterie. Un dessin est un raccourci. Il établit sous les yeux du lecteur des connexions qu'il n'avait pas décelées. Ce dessin illustrait ce mariage étrange et factice entre football et femme. Le foot ne fait pas partie du sexe de la femme, pas plus qu'il ne fait partie de celui de l'homme. Et pourtant, tout le monde en semble convaincu. Mais quand on dessine cette greffe chimérique et qu'on la met sous le nez du public, la foule crie au scandale. Il est alors plus facile de fustiger le dessin qui met en scène cette aberration que de s'interroger pour savoir pourquoi on veut absolument nous « vendre » le football féminin, comme on l'a déjà fait avec le foot masculin.

Le plus tragique est de lire des critiques qui se croient féministes. Cette couverture serait antiféministe, et ceux qui l'affirment se voient aussitôt parés d'un brevet de féminisme. À *Charlie Hebdo*, on est en droit d'émettre un avis différent. Le féminisme est une pensée politique. Et comme toute pensée politique, elle est une composante d'un projet politique plus large, appelé démocratie. À quoi bon se croire féministe si, dans le même temps, on ne réfléchit pas AUSSI à l'économie libérale, à l'écologie, aux services publics, à l'école, à la culture, au sport, au football et à tout ce qui compose une société démocratique. Déconnecté de ces questions, le féminisme ressemble alors à un corporatisme étriqué, à un communautarisme revanchard, à un cerveau de poulet maintenu en vie dans un bocal, mais déconnecté du corps qui le portait. Le dessin de la couverture de la semaine dernière était une interpellation. Voulons-nous que la femme s'impose à la société ou que la société s'impose à la femme? Vous seuls avez la réponse. ●

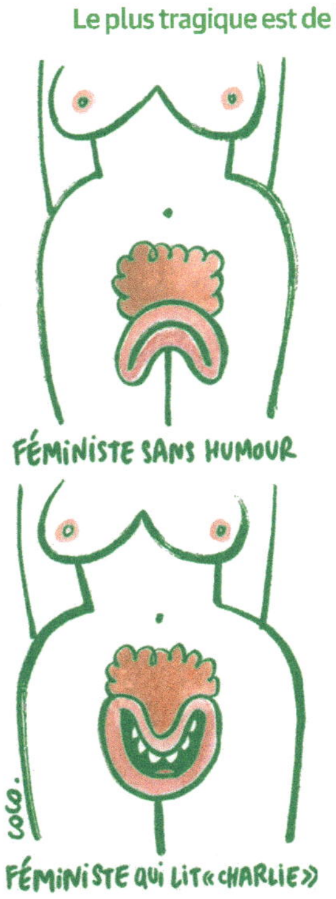

2019

Mis en ligne sur le site de *Charlie Hebdo* le jeudi 28 novembre, les dessins de Biche qui parodient les affiches de recrutement de l'armée soulèvent une vague d'indignation, quelques jours avant la cérémonie dans la cour des Invalides en l'honneur des soldats tombés au Mali.

CHARLIE ET SON ÉQUIPE, SES ENGUEULADES, SES DÉPARTS

Cavanna, le professeur Choron, Cabu, Wolinski, Gébé, Fournier, Delfeil de Ton, Reiser, Willem… À ses débuts, l'équipe de *Charlie Hebdo* n'était composée que d'une poignée de dessinateurs et de rédacteurs.

Avec les années, l'équipe s'est étoffée et en cinquante ans, de très nombreuses signatures se sont succédé dans les pages du journal. Certains collaborateurs ont quitté le journal, emportés par l'âge ou la maladie, d'autres sont partis, parfois en bons, parfois en mauvais termes.

Le journal n'a cessé de s'ouvrir aux plumes et aux crayons qui avaient quelque chose à dire qu'ils ne pouvaient pas exprimer ailleurs, et qui partageaient la même vision des soubresauts du monde, pour y réfléchir mais aussi pour en rire.

1977 *Charlie Hebdo* n°355 du 1er septembre ▶

En 1977, Wolinski, l'un des fondateurs du journal, accepte de dessiner dans *L'Humanité*, tout en continuant de le faire à *Charlie Hebdo*. Cavanna et une partie de l'équipe en prennent acte, à leur manière…

PAGE TROIS

J'ai pas envie d'écrire, aujourd'hui. Pas du tout. Si, cependant, je me forçais parce que je suis payé pour ça et que c'est mon tour de faire la page trois et que quand vous avez pas votre compte de texte vous nous traitez de voleurs, si je faisais ça je serais malhonnête. Ça m'est déjà arrivé, mais aujourd'hui j'ai vraiment envie de dégueuler rien qu'à la vue de la feuille de papier. Fatigué ? Y a de ça. Y a aussi la discussion déprimante qu'on a eue, hier soir, avec Wolinski et dont vous trouverez un écho atténué dans le papier qu'il signe dans cette même page. Je n'ai pas envie de lui répondre. Pas maintenant. Disons que je suis — pas que moi — assez découragé. Que, comme disait maman, les bras m'en tombent. C'est là qu'on voit combien on a tendance à attribuer aux autres ses propres façons de sentir... Le scepticisme vigilant, c'est pas humain. L'homme a besoin de foi, de francs et franches camarades aux yeux clairs, au sourire optimiste, aux certitudes de béton... Oui, j'ai dit que je lui répondrai un autre jour... Oh, et puis, merde, pourquoi répondre ? Que répondre ?

Gauche, droite, qu'est-ce que ça veut dire ? Non : droite, je sais. C'est opter délibérément pour l'injustice, les privilèges, pis : le refus de penser. C'est opter pour des « valeurs » qui n'ont pas à être discutées, puisqu'il va de soi qu'elles transcendent toute explication, que même émettre la prétention de les justifier par arguments logiques serait blasphématoire. La droite, c'est la notion de tabou au service des privilèges de quelques-uns. C'est l'affirmation du droit sacré de s'enrichir indéfiniment en parasitant le travail des moins doués pour la foire d'empoigne...

Gauche, je vois moins bien. Je suis un peu paumé. Je croyais que ça voulait dire épanouissement maximum des individus dans une société maternelle mais le moins contraignante possible, fondée sur la logique et la raison (mes vieux dadas). Je croyais en conséquence que c'était le refus fondamental de régler les problèmes par la force, et donc l'affirmation (au moins de principe) du souhait de la suppression de toute armée, et donc à plus forte raison le refus de l'élaboration d'armes ultra-sophistiquées, ultra-scélérates et ultra-ruineuses, et donc encore l'abstention de la fourniture d'armement et d'« aide » militaire à des pays sous-développés pour les inciter à régler leurs querelles à coups d'assassinats massifs. Je croyais que cela voulait dire oser regarder les problèmes en face, sans merdeuses proccupations démagogiques comme par exemple le problème du « Concorde », énorme piège à cons légué par la droite (la droite a le droit d'être incohérente, elle est par définition un panier de crabes de voracités conquérantes) et dont on décide mordicus de maintenir la fabrication. Je croyais que cela voulait dire prendre conscience de l'imbécillité qu'il y a à inciter les gens à pondre des gosses à coups d'allocations familiales, comme si la mission sacrée de l'homme sur la Terre était d'en couvrir la surface d'une couche de matière humaine vivante le plus tassée possible. Je croyais que c'était refuser que la notion de « progrès » ne soit réduite à celle de plus grande quantité de biens fabriqués possible, entre autres les bagnoles et leurs corollaires : autoroutes, parkings, bétonnage accéléré de l'espace encore libre. Je croyais que c'était remettre tout en question, reprendre tout à zéro, et puis voir comment s'y prendre étant donné le bordel dont on hérite, mais surtout ne pas reprendre à son compte ledit bordel en transformant simplement le capitalisme d'individus en capitalisme d'Etat, c'est-à-dire en capitalisme de fonctionnaires privilégiés. Je croyais surtout que la gauche c'était le refus de tout dogmatisme, de toute « vérité » imposée, de toute « démonstration » par citations d'ancêtres inspirés qui ont réglé les questions une fois pour toutes. Je croyais, je croyais... J'en croyais, des choses.

Maintenant, je ne sais plus. Khadafi est de gauche. Les colonels éthiopiens sont de gauche. Staline était un homme de gauche. Sadate était de gauche hier, il est de droite aujourd'hui...

Il y a des gens qui peuvent nourrir une discussion passionnée sur des thèmes semblables : qui est le plus à gauche, l'U.R.S.S. ou la Chine ? La Chine ou l'Albanie ?

Enfin, merde, tout ce qu'on voudra, Staline a fait zigouiller plus de monde qu'Hitler, je dis pas non, mais Staline était QUAND MEME plus à gauche qu'Hitler, ça se discute pas !

Droite-gauche : piège à cons. Ça ne correspond plus que lointainement à la réalité, ça simplifie tout, ça fait semblant de diviser l'univers en deux camps, ça réduit les questions chiantes à un combat de catch.

En vrai, il y a en ce moment même mise en place d'une formidable stratégie planétaire, sournoise, implacable, au bout de laquelle il y a la guerre. Car, à droite comme à gauche, ils n'ont encore rien trouvé d'autre pour régler les problèmes. La saignée périodique. Le grand casse-tout. Résorption des excédents et du chômage, création de marchés prioritaires (armement pour l'immédiat, reconstruction pour l'avenir), dictature d'état de guerre... Surtout grand jeu scout, jeu passionnant, jeu fascinant, où l'enjeu est la peau, la sienne, celles des autres... Merde, me voilà en plein catastrophisme. C'est parce que je suis un déprimé congénital. Je vois tout en noir. Mais faut pas vous en faire. Il n'y a pas que « Charlie-Hebdo », dans la vie. Il y a des chouettes gars et des chouettes filles au regard clair, au franc sourire, qui SAVENT que le monde n'est pas absurde, qu'il existe POUR quelque chose, que ce quelque chose est l'HOMME et qu'à se poser trop de questions on ne ferait jamais rien.

C'est toujours pareil : pour vous dire que je fous rien, je remplis la page. N'empêche, j'en ai pris un coup dans la gueule.

Si on était restés des clowns, on serait bien tranquilles dans notre coin, merde.

Cavanna.

POURQUOI JE TRAVAILLE A "L'HUMANITE"

« Travailler pour « l'Huma », c'est comme si l'un de nous était entré en religion », dit le professeur Choron. « Et si l'un de nous allait travailler à « Minute », devrions-nous le supporter ? », dit Cavanna. « Je ne suis pas d'accord pour que l'un de nous soutienne des gens qui sont pour le nucléaire et l'armée », dit Cabu. On ne peut pas dire que ma collaboration à l'organe du Parti communiste soulève l'enthousiaste de mes amis de vingt ans.

Les lecteurs de « Charlie-Hebdo », ceux qui me connaissent d'avant 68, ceux qui me connaissent depuis 68 et les autres, se posent sans doute les mêmes questions puisque Cavanna me dit qu'il reçoit beaucoup de lettres à ce sujet. Quant à moi, je vais mon chemin, parfois meurtri, souvent ébranlé, amusé aussi de tout ce bordel. Je sens qu'il faut que je m'explique, et ce n'est pas facile parce que je ne sais pas moi-même toujours très bien ce qui me fait agir.

Ce que je peux vous dire, c'est que, dans ma carrière d'humoriste professionnel déjà assez longue, j'ai peu souvent attaqué le Parti et, par contre, j'ai très souvent défendu les communistes. Il faut croire qu'ils s'en sont aperçus puisque Andrieu est venu me chercher. Ils ne sont pas fous, ils n'allaient pas recruter un type pour qu'il leur crache à la gueule.

Je ne sais pas qui vous êtes, nous n'avons jamais fait d'étude pour savoir quel âge vous avez, à quelle catégorie professionnelle ou à quelle classe sociale vous appartenez. Vous êtes les lecteurs de « Charlie-Hebdo », plutôt moins cons que les autres. Depuis le début de la création de ce journal, nous affichons des opinions de gauche, nous avons soutenu Mitterrand aux élections et cela, à l'époque, avait déjà soulevé quelques réticences au sein de la rédaction. Nos cibles ont été de Gaulle, Pompidou, Marcellin, Debré, Chirac, Giscard, parfois Mitterrand et Marchais, mais plus rarement. Nous sommes un journal de gauche, que nous le voulions ou non, pour vous, notre public. Or, plus la gauche se rapproche du pouvoir, plus il semble que nous ayons peur d'elle, comme si, finalement, c'était plus commode d'être de gauche lorsque c'est la droite qui dirige.

Pour ma part, lorsque les communistes m'ont proposé de travailler avec eux, je n'ai pas cru devoir me dérober et me cantonner dans un gauchisme confortable. J'ai tenté l'expérience d'aller dessiner à « l'Huma ». J'y ai rencontré des hommes et des femmes gais, intelligents, chaleureux, avec lesquels je me sens bien et qui me laissent libre de dessiner ce que je veux.

« Bien sûr qu'ils te laissent libre », dit Choron, « puisque tu leur lèches le cul. Il n'y a que deux journaux qui n'ont jamais prononcé les mots « Hara-Kiri » ou « Charlie-Hebdo », ce sont « le Parisien libéré » et « l'Huma ». Ces gens nous méprisent. »

Il n'a pas tout à fait tort, le professeur Choron. Dans « l'Huma », j'ai réservé mes critiques aux ennemis et alliés des communistes, sans jamais les critiquer eux-mêmes. Pourquoi ? Eh bien, je n'en ai pas envie, et je trouve que d'autres que moi ont de meilleures raisons de le faire. Ce n'est peut-être pas une très bonne réponse, mais c'est la seule que j'ai trouvée.

Les élections approchent ; j'ai fait le choix de participer à un combat avec les communistes, sans illusions ni espoir exagérés. Parce que je ne pouvais plus naviguer dans l'ambiguïté. Et aussi parce que cela m'amuse d'être honnête.

« Ah, si ça t'amuse », dit Choron, « ce n'est pas pareil. » Et il me sert à boire. Mais je vois bien qu'il est triste.

Wolinski.

ALORS, TU LA PRENDS, TA CARTE ?

Quel foin ! Jamais on n'a autant fait parler de nous depuis le « Bal tragique à Colombey : un mort » ! La grande presse et les autres — comme dit Dupaf — meudia, qui ignorent avec tant d'application tout ce qui sort de la bande à « Charlie-Hebdo » en temps normal, se sont jetés sur le truc en vrais vautours — pardon, les vautours ! — dès qu'ils ont cru renifler comme une odeur de roussi du côté de la rue des Trois-Portes. « Le torchon brûle chez les voyous de C.-H. ! » C'est bien flatteur, finalement.

Ma « Page trois » de la semaine dernière commençait par un lamento. C'est pas la première fois, vous le savez bien, vous qui me connaissez. C'est que, voyez-vous, j'ai fini par comprendre ceci : quand on ne sait pas comment commencer, la meilleure façon de commencer quand même c'est justement de dire ça : les gars, je sais pas comment commencer, je suis dans la merde. Croyez-moi si vous voulez, après cette phrase une autre arrive, miracle, et, sans s'en rendre compte, sans même s'apercevoir qu'on est passé de l'impuissance désespérée à la grande jouissance frénétique tagada, on finit par raconter sa petite histoire, et c'est après tout l'essentiel, pas vrai ? Commencer. L'angoisse devant la feuille blanche. Tous ceux qui ont eu une fois dans leur vie une rédaction à rendre me comprendront. Je savais pas que la grande presse attendait ma copie pour se la pourlécher se la vous coller sous l'œil en appuyant sur le lamento. J'aurais su, je me serais appliqué, j'aurais pas écrit aussi souvent « merde » et « con », j'aurais veillé à ne pas donner prise au quiproquo.

Bon, je recommence, mais en mieux. En rédaction de composition de rédaction. C'est parti.

●

Je nous croyais tous, ceux de la bande, unis par un point commun, un seul, mais le seul qui compte : le scepticisme, première condition de l'objectivité. Qui se traduit nécessairement par la volonté de rester « en dehors », seule position permettant de critiquer à l'aise tout et tout le monde. Critiquer ne veut pas dire « démolir systématiquement », ne veut pas dire nécessairement « haïr », ceci pour répondre aux connards qui nous reprochent d'être « contre tout ».

Si la collaboration de Wolinski à « L'Huma » m'a surpris et me laisse déconcerté (je me garde de parler au nom des autres de la bande, chat échaudé...) c'est parce qu'elle me fait brutalement découvrir ceci : on ne connaît JAMAIS les autres, fût-ce nos plus proches, fût-ce au bout d'une intimité de vingt ans. On a trop tendance à attribuer à l'interlocuteur ses propres schémas mentaux, surtout quand, comme moi, hélas, on a une grande gueule, qu'on parle beaucoup, séduit par son propre raisonnement qui progresse à mesure (On ne pense bien qu'à haute voix. Seul, on rêvasse), qu'on ne laisse guère la parole à l'interlocuteur. L'interlocuteur ne discute pas, on croit qu'il acquiesce, alors que ce n'est que lassitude et résignation. Oui, bon, vous n'êtes pas mon analyste, comme on dit au « Nouvel Obs ».

●

« Gauchisme confortable ». Il aurait dû mieux peser ses mots. Ça, il n'a pas voulu le dire, j'en suis sûr. Pas avec tout ce que ça implique. Car ça implique que ce combat de chiens que, tout seuls, le dos au mur, avec pour seules ressources les petits sous de nos lecteurs (pas un rond de pub), cette bagarre effrénée contre la connerie, le sectarisme, l'étroitesse d'esprit que nous menons depuis dix-huit ans, c'est le confort ! C'est le refuge ! Avec l'énorme majorité des bons cons, du Parti ou pas, contre nous... Il n'a pas pu vouloir dire ça, Wolinski, parce qu'il sait trop ce qu'il en est. Il a été avec nous tout le temps, a connu les longues longues années noires, la gamelle vide, les persécutions du pouvoir, les interdictions, les procès, les insultes, le mépris de la « vraie » presse, et il n'a jamais flanché, il a toujours été là. « Confortable » ? Choisis mieux ton vocabulaire, les mots font flèche, surtout les malencontreux, et c'est ceux-là que ceux qui nous détestent ramasseront pour nous clouer au mur.

De même que ta petite pirouette de la fin : « Je veux m'amuser à être honnête »... Ce n'est qu'un mot d'auteur, je sais bien. Tu adores les mots d'auteur. « S'amuser » à « être honnête » ! Paradoxe de clinquant pour « Au théâtre ce soir ». L'acteur marque un temps pour laisser le public applaudir. Pirouette, oui ! Mais qui, tu ne t'en es pas rendu compte, contient ceci : jusqu'ici, tu n'étais pas honnête (et ça te coûtait, puisque ça ne « t'amusait » pas). Tu as soudain vu la Lumière, tu y cours, tu te repends. Et ça contient encore ceci : nous, tes potes, qui persistons, nous sommes donc malhonnêtes, et malhonnêtes en pleine connaissance de cause, puisque tu nous montres la vraie voie et que nous persistons à douter et à ricaner. Merde, t'as pas voulu dire ça ? Alors, dis-le, que t'as pas voulu !

●

Un symptôme éclatant de la terrible régression mentale où nous plongeons, hommes civilisés du presque vingt et unième siècle, est l'incapacité de comprendre les choses autrement qu'en termes de noir ou blanc. Manichéisme, dit la marchande de melons. En ce qui concerne la critique, il va de soi, de plus en plus de soi, qu'elle ne peut JAMAIS provenir de sympathisants ou de neutres. Quiconque critique est un opposant, un adversaire, un ennemi. Puisque critiquer c'est « faire objectivement le jeu... etc. ». Si t'es pas cent pour cent avec moi, t'es contre moi, je sors pas de là. Si tu critiques les cocos, ALORS t'es anti-coco. Primaire. Ou perfide : c'est les pires.

Je ne sais pas si, comme on l'a dit, il y a eu censure à « L'Huma » à l'encontre de Wolinski. Wolinski dit que non. Ils apportent tous un mot de leur mère disant qu'ils étaient ailleurs ce jour-là. Je ne sais pas s'il y a eu censure, et je m'en fous. Il serait anormal qu'il n'y ait pas censure. Il y aurait forcément censure à un certain point limite. Si Wolinski prétendait passer un dessin montrant Marchais empapaoutant Marx et gueulant : « Saleté de pauvres ! On vous a bien eus ! Ce qu'on voulait, c'est le pouvoir ! Vous allez en chier ! » (c'est très con, je sais, Wolinski trouverait beaucoup mieux, c'est juste pour la commodité de la démonstration) et si la rédaction de « L'Huma » décidait de ne pas le passer, ça ne m'étonnerait pas, m'indignerait encore moins. « L'Huma » est un journal militant, destiné à des militants, à leur maintenir le moral, à les gonfler. Un acte de foi, si vous voulez. Un catéchisme, bon. Pourquoi « L'Huma », comme dit Wolinski, se chierait-elle sur la gueule elle-même ? Pour saper la foi des braves gens que l'opération Wolinski est justement destinée à rassurer quant à la jeunesse toujours verte de leur parti, à son « modernisme », à leur propre position « dans le vent » ? Z'en avaient marre, les militants, de se faire foutre de leur gueule par leurs mômes. « L'Huma » avec dedans Wolinski, de « Charlie-Hebdo », dis donc, t'as vu, merdeux, on est pas plus arriérés que les jeunes !

« L'Huma » est un journal de combat, un journal d'action, pas un journal de réflexion, de critique objective. Il n'est qu'un instrument d'un grand dessein, pas une fin en soi. Il n'est pas là pour critiquer le Parti, ni lui nuire en quoi que ce soit.

Extrait de la « Grande Encyclopédie Soviétique », édition de 1984 :

« WOLINSKI Georges, 1935 - ... Célèbre artiste graphiste communiste français (section : humour). Ses premiers dessins furent remarqués et appréciés dès 1960 par René Andrieu, alors que Wolinski, membre fervent et dynamique des Jeunesses Communistes, donnait à tous l'exemple du travail opiniâtre et de l'étude assidue des textes de Marx et de Lénine, seuls chemins vers le génie. Le rédacteur en chef de « L'Humanité » sut, de son œil d'aigle, déceler, au-delà des maladresses du débutant, la « patte » du grand artiste ainsi que sa profonde conscience politique. Wolinski débuta avec éclat à « Pif-le-chien-gadget », où il se traça un chemin fulgurant au rythme de la promotion hiérarchique démocratique et accéda, après dix-sept ans, en 1977, aux honneurs suprêmes de la « une » de « L'Humanité » en même temps qu'à la dignité de Premier Dessinateur du Parti. Après la prise du pouvoir par le Peuple lors de la Grande Révolution Prolétarienne d'Octobre 1978, Wolinski devint ministre des Beaux-Arts et Franches Rigolades mais Pas Vulgaires et Ayant une Valeur Educative pour le Peuple. Il figure à ce titre sur la tribune des dignitaires et héros du peuple aux défilés du Premier Mai, à la trente-huitième place, immédiatement après Althusser et avant Zavatta. Distinctions : Ordre de Lénine-Staline-Brejnev, Ordre de Jaurès-Thorez-Marchais, Commémorative de la G.R.P.O. (Grande Révolution Prolétarienne d'Octobre). Œuvres principales : « Je ne veux pas mourir idiot » (Editions du Peuple), « Le roi des blonds » (Editions du Peuple) et une vingtaine d'autres superbes albums, tous aux Editions du Peuple (gérées par l'Etat), seule maison d'édition autorisée par le peuple ».

ALORS, TU LA PRENDS, TA CARTE?

LEROY: C'est un voyou!
ANDRIEU: Je l'ai toujours dit.

Mais ce dessin, Wolinski ne le fera pas. Il ne le fera pas, non parce qu'on lui aura interdit de le faire, mais parce que les choses n'auront même pas été jusque là. Il se le sera interdit lui-même. Non. Même pas. Ça ne lui sera même pas venu à l'idée. Il m'a répondu d'avance : « Je n'aurai jamais l'occasion de dire que Marchais est un con, parce que Marchais n'est pas un con ». Candeur tranquille du chrétien dans la fosse aux lions.

Appartenir (même si on n'a pas la carte, même à titre de compagnon de route) à un parti structuré comme une Eglise, c'est faire acte de foi. Même si, au départ, on annonce hautement qu'on garde son quant-à-soi. « Prie seulement, la foi te viendra après » disait Pascal, à moins que ce ne fût Lénine. Pardi ! C'est qu'il ne s'agit pas d'un tête-à-tête entre toi et la foi, mais bien de l'accueil dans une grande chaleureuse famille, de s'y réchauffer, s'y fondre avec délices, laisser la sympathie, la joie « d'en être » (d'en être en vedette) vous pénétrer, estomper votre vigilance d'observateur objectif. On n'observe et ne juge bien que de l'extérieur. « Charlie-Hebdo » (nous l'a-t-on assez reproché !) est un journal de critique, pas d'apologétique, quelle qu'elle soit. Nous engueulons plus que nous louons ? Eh, la louange, les louangeables s'en chargent eux-mêmes ! Pourquoi la critique serait-elle le fait des seuls ennemis ? (Voir plus haut.)

●

Le scepticisme est nécessaire, le scepticisme est constructeur. La science, je veux dire la méthode scientifique, est basée sur le doute : tu n'acceptes rien qui ne soit prouvé (bien obligé, sans ça ça marche pas !). La justice est basée sur le doute : tu dois prouver que l'accusé est coupable, il est jusque-là présumé innocent (en principe !). Il est indispensable qu'il existe des organes de critique, pas seulement au nom de la liberté d'opinion, mais parce que sans eux le système déconne et se bloque. Attention, pas une critique bidon, une « opposition de Sa Majesté ». La gauche au pouvoir, tout ce qui se réclame de la gauche devrait ou applaudir, ou fermer sa gueule ? Pour ne pas faire le jeu de la réaction ? C'est prendre le peuple pour un débile mental. Le sinistre « Krokodil », journal « satirique » soviétique, ferait passer le peuple russe tout entier pour un énorme mongolien d'un seul bloc.

●

J'y reviens. C'est qu'aussi il m'énerve, Wolinski, avec son « gauchisme confortable », pas plus gauchiste que confortable, d'ailleurs ! Ce qui le menace, c'est la foi. S'il n'est déjà boulotté. On ne joue pas avec les sentiments. Etre communiste, c'est faire un acte de foi, d'amour, même. Du sentiment. (N'envisageons même pas l'hypothèse de la conversion par intérêt, opportunisme ou quelque autre bas calcul). J'ai horreur de la foi. De toute foi. De l'abandon pâmé.

« Je n'ai pas souvent attaqué le P.C. » dit-il. Nous autres, les autres, pas tellement non plus. Tout simplement parce que le P.C., n'étant pas au pouvoir, n'a pas eu l'occasion de commettre les conneries, les saloperies, qu'ont commises les gens au pouvoir. Les C.R.S. matraqueurs ne sont pas ceux du P.C., les éventreurs de villes et les bétonneurs de forêts ne sont pas le P.C., les expulseurs de petits vieux, les ratonneurs d'immigrés, les calomniateurs de jeunes, les néo-colonialistes ne sont pas le P.C... Les exalteurs d'armée, les marchands d'armes, les fabricants d'avions ruineux et inutiles, les promoteurs forcenés de bombes nucléaires ne sont pas... merde, mon élan m'emporte trop loin ! Rectifions : quand le P.C. exalte l'armée, se rallie à la force nucléaire, prône le Concorde et chatouille le nationalisme, là, oui, on dit : « Pas d'accord ». Et on veut pouvoir continuer à le dire.

●

Wolinski fait ce qu'il veut. Il est chez lui à « Charlie-Hebdo ». Nous, on reste les mêmes. Des voyous, des ruffians, des aventuriers du journalisme. On ne nous a jamais acceptés. Ce refus de toute étiquette, de tout copinage, de toute relation, même, au sein du milieu journalistique, nous a valu le dédain universel de la profession. Qui ne nous découvre que lorsqu'elle nous croit malade. On les emmerde. Personne ne peut se vanter d'avoir filé un rond de subvention à « Charlie-Hebdo » ou à « Hara-Kiri ». Ça les fait chier. Comprennent pas comment on n'est pas crevés depuis longtemps. Le secret, je vous le donne : on est les plus beaux, on est les plus forts, on est très peu et on bosse comme des vaches. N'importe qui peut en faire autant. D'autres détails ? En dehors du boulot, on ne se fréquente pas, on se voit jamais. Amis ? Copains ? J'en sais rien. Quand on est ensemble, on a tant à faire qu'on n'a pas le temps d'apprécier. On se fend la gueule, ça oui.

Tous ensemble, on a fait quelque chose. On a fait « Hara-Kiri ». On a fait « Charlie-Hebdo ». Sans un rond. On a fait Wolinski. On a fait Cavanna. On a fait Reiser, Choron, Delfeil de Ton, Gébé, Willem, Caster, tous les autres... On s'est faits tous ensemble. Pépinière. Ouais, ouais, c'est comme ça que ça s'appelle. « L'Huma » a besoin d'un talent neuf, elle est pas foutue de se le dégotter toute seule, de se le former toute seule, la pauvre grande conne, elle vient le piquer aux marginaux, aux paumés, aux mecs que c'est dommage qu'ils aient tant de flair et tant de talent, vulgaires comme ils sont, c'est de la confiture aux cochons. On va leur faucher le plus présentable, il sera mieux à sa place chez nous.

Tu deviens amer, grand con. T'oublies d'être drôle. Je vous emmerde. Si Wolinski peut se payer le luxe de « s'amuser à être honnête », je peux bien me payer celui de m'amuser à être amer. Chacun son tempérament. Moi, je suis une crapule. Une crapule amère. (Et bourrée : je carbure à la vodka, depuis hier soir, et voilà, plein comme... oh, merde, cherche pas : comme une vache).

●

Ils me font chier, à la fin, ces mecs qui se bombardent rédacteurs-t'en-chef et qui sont pas foutus de distinguer un vrai talent naissant d'une paire de chaussettes sales ! Hier « Le Nouvel Obs » qui fauche Delfeil de Ton, profitant de ce que lui-z-et moi on a eu des mots, aujourd'hui « L'Huma » qui nous fauche Wolinski ! Merde, qu'ils se les fassent pousser eux-mêmes, leurs génies, ces feignants ! Qu'ils les arrosent, les bonnes graines, les mignottent, les regardent pousser avec des pleurs de joie ! Et surtout, LEUR FOUTENT LA PAIX ! Vous savez pourquoi les mecs d'ici sont si forts, sont les plus forts qu'il y a jamais eu ? Parce qu'ils sont LIBRES, nom de Dieu ! Libres de faire ce qui leur plaît, comme il leur plaît, autant qu'il leur plaît. De ne rien faire s'ils ont pas la pêche ce jour-là. A partir du moment où ils ont été reconnus « valables », on les laisse marcher tout seuls.

Tiens, tu sais une chose ? Les articles et les dessins qui paraissent dans « Charlie-Hebdo » ne sont vus par personne d'autre que leur auteur avant parution. Et où trouverais-je le temps de les lire, bon Dieu ? Tout arrive groupé sur deux ou trois heures de temps, alors que je suis moi-même en train d'en baver sur mon papier ! On se répartit même pas les sujets, chacun parle de ce qu'il a envie. On se découvre les uns les autres quand le journal sort de l'imprimerie. Demandez à ceux qui nous connaissent si c'est pas vrai. Mais je sais que d'un Wolinski, d'un Reiser, d'une Caster, etc. (pardon, les autres, vous froissez pas) je n'ai rien à craindre au point de vue QUALITE d'écriture, de dessin, d'inspiration. Pas plus que d'un Delfeil de Ton ou d'un Fournier quand ils étaient là. Des épées. Quitte à ce que l'un de nous réponde, dans le journal même, à quelque chose publié par un autre et avec quoi il n'est pas d'accord... Tous ces petits cons de merdeux sans couilles qui vont susurrant que je suis un dictateur, que Reiser ne va pas pisser sans me demander la permission... Connards ! Et Wolinski, il m'a demandé la permission ?

●

Si ça nous fait de la peine ? Je ne peux pas parler pour les autres, je viens juste d'avoir la preuve — en pleine gueule — qu'il faut être bien présomptueux bien téméraire pour préjuger des opinions d'autrui. Je parle pour moi. Et je dis : ça me fait juste comme si Sylvie Caster s'était faite bonne sœur. Ou si Choron posait sa candidature à l'Académie française.

Oui. Je déconne pas mal. Faites excuses, m'sieur-dames. C'est la vodka, je sais pas quel genre de saleté ils peuvent bien foutre là-dedans. Je voulais vous dire. Vous faites pas de bile. On continue. Toujours les plus beaux, toujours les plus forts. On les emmerde. Tous. On est les mal piffés, les morveau-nez, les Pieds-Nickelés du journalisme. Et je vais te dire une chose, camarade : la vie est courte, et t'en as qu'une. Fends-toi la gueule.

Cavanna.

1977
Charlie Hebdo
n°356 du
8 septembre

A tous ceux qui se demandent ce qui se passe et à tous ceux qui s'en foutent mais qui lisent tout ce qu'il y a d'imprimé du moment qu'ils ont payé.

Quand Fournier a cessé de collaborer à "Charlie-Hebdo",je vous ai dit pourquoi :parce qu'il était mort.Il aurait pu difficilement vous le dire lui-même.Vous auriez bien fini par vous apercevoir qu'il n'était plus là.D'avance,je voyais déferler les marées de lettres.Cauchemar.

Delfeil de Ton n'est pas mort.Je n'ai donc pas à vous expliquer pourquoi il ne collabore plus à "Charlie-Hebdo".Il peut faire ça lui-même.Ici.

"Vos bisbilles,on en a rien à foutre.Rendez-nous Delfeil."T'as tout-à-fait raison,mec.Tes ennuis de famille,à toi,nous,on n'en a rien à foutre.Aboule tes deux francs cinquante. "...sinon,on laisse tomber "Charlie-Hebdo""Laisse tomber,mon gars,c'est ton droit.T'es pas satisfait de la soupe qu'on t'offre,eh bien,tu l'achètes pas,quoi de plus simple ? Pas besoin d'écrire pour ça. T'écris à Monsieur Omo quand t'as décidé d'acheter désormais de l'Ariel ?

Comptez pas sur moi pour vous raconter par le menu ce qui s'est passé.On n'est pas à "Ici-Paris". Je vous dirai seulement que je,signataire de ces lignes,ne suis ni un grand frère,ni un grand-père, ni un papa,ni une mamma,ni un dictateur,ni un fin psychologue,ni un patient pédagogue,ni un psychiâtre,ni un curé,ni Ménie Grégoire,ni Superman.Ni un chef,surtout pas! Ni un guide,j'en ai trop besoin moi-même.Juste un pauvre con de tâcheron de l'écriture qui essaye de faire dans l'humour,et c'est déjà bien fatigant,bien ras le bol.

Tout en comprenant à peu près ce qui se passe dans les inconscients,dans les glandes et dans les nerfs des autres,surtout de ceux que je connais depuis longtemps,tout en prévoyant grosso modo leurs réactions -c'est pas malin- je suis totalement impuissant à les aider.A les supporter, désormais.Pas assez équilibré moi-même.Pas assez habile.Pas assez de goût pour la chose.Les autres,je voudrais ni qu'ils me dominent ni les dominer,ni agir sur eux ni qu'ils agissent sur moi,je voudrais ne pas exister en fonction d'eux,ni eux de moi.C'est pas possible,je sais bien.Je vous explique mes tendances profondes,celles que je peux bien sûr forcer et contraindre, et qu'ai-je fait d'autre jusqu'ici,mais au prix de mon épanouissement,peut-être de ma santé mentale.J'en ai marre.T'as le coeur sec,quoi ? Ben voilà,t'as tout compris.Moralement,c'est très vilain.O que j'en ai honte,chers petits communautaires aux yeux pleins d'amour !

Dans mon contrat (tacite) de"rédacteur-en chef"(tu parles!) il était question de pages à fournir,de boulot technique à assumer,de responsabilité quant à la qualité du journal et au choix des collaborateurs.Pas question d'angélique patience,ni de doigté de velours,ni de sacerdoce. C'est déjà bien assez dur de se battre avec une feuille de papier blanc ! Les hommes, pas mon rayon.Tout ce qui est humain me donne de l'urticaire.

Si vous préférez traiter ça en termes de "rivalité",de "fortes personnalités destinées fatalement à se heurter",comme on cause dans les biographies à deux ronds,amusez-vous à fouiller entre les lignes avec vos petites pelles.

Et sachez que les journaux,fanzines,underground ou tout ce que vous voudrez qui,en le disant ou en le suggérant,éveillent en vous l'image qu'ils sont une "grande famille",une "vraie chouette bande de copains marrants qui se saoulent la gueule ensemble,et baisent,et pètent,et bâclent le journal au dernier moment sur un coin de guéridon de bistrot à la six-quatre-deux,vachement génial,vachement sympa,et que le lecteur est un pote,de plain-pied,comme chez lui" sont des putes et des menteurs.Ou des petits jeunes très très jeunes.Je crois que vous aimez les putes et les menteurs.Je crois aussi que je vous emmerde.En ce moment,en tout cas,de tout mon coeur.

Cavanna

1974 *Charlie Hebdo* n°177 du 8 avril

En 1974, Delfeil de Ton quitte *Charlie Hebdo*.
Cavanna tente d'expliquer aux lecteurs cette décision inattendue.
Après un bref retour, il quitte définitivement le journal en 1975
pour rejoindre *Le Nouvel Observateur*.

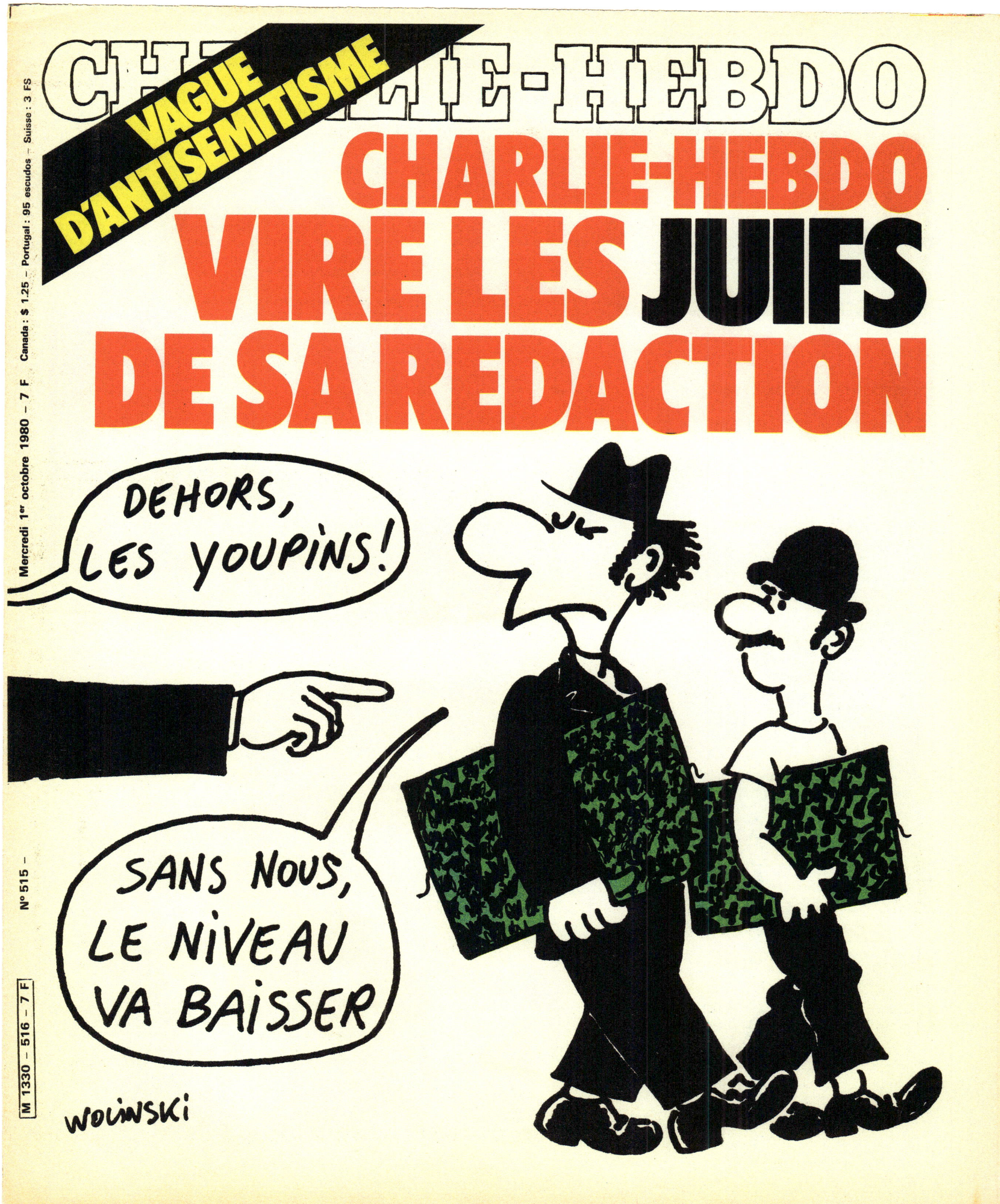

1980
Charlie Hebdo n°516
du 1er octobre

1996
Charlie Hebdo n°221 ▶
du 11 septembre

En 1996, Patrick Font, qui accompagnait Philippe Val depuis des années sur scène et tenait une chronique dans les pages de *Charlie Hebdo*, est poursuivi par la justice pour attouchement sur mineurs. Il est condamné en 1998 à six années de prison et décède en 2018.

Les aventures de Font (suite)

Patrick Font est en prison parce qu'il est soupçonné d'avoir tripoté des gamines. Quand ? Comment ? Pourquoi ? Vous êtes quelques-uns à nous avoir écrit pour en savoir plus. Si *France-Soir* ne fait pas son boulot, ne comptez pas sur nous pour faire le boulot de *France-Soir*. Patrick est un pote, on n'a jamais foutu notre nez dans sa vie privée, et ce n'est pas aujourd'hui qu'on va commencer. La seule personne à qui Patrick est obligé de raconter sa vie privée, c'est le juge.

D'autre part, on a décidé presque unanimement de ne pas commenter un dossier d'instruction auquel on n'a pas accès, ni de déconner sur un sujet qui risque de ne pas faire rire Patrick. Seul Lefred-Thouron a insisté, la semaine dernière, pour publier un dessin « pouêt-pouêt » sur Patrick. On lui a demandé d'y renoncer, il a refusé et a décidé de ne plus dessiner dans *Charlie*. C'est dommage pour nous, pour vous et pour son plan d'épargne-logement.

Vous pouvez continuer à écrire à Patrick, vos lettres lui seront transmises. **LA RÉDACTION**

1996
Charlie Hebdo n°219 du 28 août

Lefred-Thouron décide de quitter *Charlie Hebdo* après que l'équipe lui ait demandé de renoncer à publier un dessin sur l'affaire Patrick Font. Dessin qui sera finalement publié dans les pages du journal la semaine suivante et qui accompagnait le texte ci-dessus, afin de laisser le lecteur seul juge.

Chers lecteurs de « Charlie Hebdo », cher public de « Font et Val »

par Philippe Val

Chacun voit midi dans sa culotte, du moment que les partenaires sont contents, consentants, et en âge et en situation de décider. Mais nous défendons, seize pages par semaine, cinquante-deux fois par an, le droit, le respect et la liberté de l'individu. Or Patrick Font, ayant autorité sur les enfants de son école, a pratiqué sur certains d'entre eux des attouchements qu'ils n'étaient ni en âge ni en situation de choisir.

La pratique de la pédophilie est une atteinte au droit et à la liberté de l'enfant. La pratique de la pédophilie, de surcroît par un adulte directeur de l'école que fréquente l'enfant, est contraire à tout ce pour quoi nous nous battons à *Charlie*. Sinon, pourquoi alors nous élèverions-nous contre l'exploitation des gosses dans tel ou tel pays, si nous acceptions une pratique sexuelle qui relève de cette sujétion que nous condamnons, d'où qu'elle vienne, et quel que soit l'être qui en est victime ? Ce combat pour le droit émancipateur, c'est la raison d'être même de *Charlie*.

Entre les interrogations des uns et des autres, la jubilation crapoteuse de la presse d'extrême droite et le courrier qui arrive au journal — parfois insultant, parfois compatissant, parfois incrédule —, et pour en finir avec les rumeurs, les erreurs bien ou mal intentionnées, j'ai pensé, après bien des répugnances et des hésitations, que l'on vous devait, à vous, lecteurs, souvent si proches, quelques éclaircissements sur « l'affaire Font ».

Répugnance et hésitation, car jamais je n'aurais pensé devoir écrire un jour les lignes qui vont suivre. Chaque mot me coûte et va à rebours d'une part de moi-même, celle qui, pendant tant d'années, a cultivé le respect et l'affection pour Patrick.

Beaucoup de gens ont été, paraît-il, choqués par mes propos repris par *France-Soir* dans un article par ailleurs très correct. J'y disais que depuis des années Patrick et moi ne nous fréquentions plus en dehors du travail. On a vu une dérobade là où il n'y avait que vérité. À la fin des années 70, Patrick, à la suite de son divorce, a décidé de partir vivre dans la Haute-Savoie afin d'y monter un cours de théâtre.

J'ai refusé de le suivre dans cette entreprise, n'ayant aucune envie de quitter Paris, ni d'enseigner une discipline — la comédie — dans laquelle je me suis toujours senti pour le moins médiocre.

Dès lors, et de plus en plus avec les années, Patrick donna la priorité à cette activité, y consacrant l'essentiel de sa vie, à tel point que la préparation des spectacles « Font et Val » devint de plus en plus problématique. À la suite de notre passage au Casino de Paris, nous avons décidé d'arrêter définitivement le duo à l'issue de la tournée qui s'ensuivit. Comme il n'était pas question d'exploiter médiatiquement ces « adieux », nous avons laissé faire le temps. Patrick monta des spectacles avec d'autres partenaires et décida d'ouvrir une vraie école — son rêve selon lui contrarié depuis des années par le temps que lui prenaient les tournées du duo. Pendant longtemps, j'ai d'ailleurs péniblement ressenti cette rancune sourde que Patrick entretenait contre le duo. Mais ces choses-là, j'imagine, font partie de la complexité et des contradictions qui président à une collaboration si longue.

D'ailleurs, sans cet éloignement, sans ces barrières qui, au fil des années, se sont édifiées entre nous et ont servi à la protection de la vie de l'un et de l'autre, ce duo n'aurait pas pu durer autant. De sa vie privée, de ses amours, de ses amis, depuis une quinzaine d'années je n'ai pratiquement rien su, ou très peu de choses, et rarement par lui. Et réciproquement d'ailleurs. À cette incuriosité pour nos vies respectives, répondait, une fois sur scène, une complicité formidable, joyeuse, amicale, respectueuse, qui fit à la fois notre joie et, apparemment, celle du public. Dès que le spectacle commençait, le miracle se reproduisait : nous partagions passionnément cet « intérêt supérieur du public et du spectacle » : et voilà l'autre raison de la longévité du duo. Quoi qu'il soit advenu depuis, et quel que soit le deuil que j'en ressens aujourd'hui, je dirai toujours que ce fut une expérience artistique et humaine riche, « ondoyante et diverse », comme dit Montaigne.

Pour cela, il a bien fallu qu'il y ait dans la nature de Patrick des qualités de générosité, d'intelligence, de sensibilité, et une capacité d'amitié qui, j'imagine, à l'heure qu'il est, doivent rendre son sentiment de culpabilité encore plus indomptable et féroce. Une brute souffrirait moins, ou serait indifférente aux conséquences de ses actes. Patrick, pour ce que j'en sais, n'est pas une brute.

À *Charlie Hebdo,* nous ne l'avons pratiquement jamais vu. Il nous faxait les textes qu'il écrivait pour France-Inter. Il n'a jamais voulu travailler spécialement pour le journal, qu'il aimait bien, mais dont il se sentait étranger. Il avait beaucoup de respect et d'admiration pour les membres de l'équipe, mais donnait l'impression d'être intimidé ou mal à l'aise les rares fois qu'il a franchi le seuil de la salle de rédaction.

Patrick a reconnu devant le juge avoir touché des petites gamines. Certains se sont demandé pourquoi, quelques semaines avant que l'affaire éclate, Patrick a cessé sa collaboration avec le journal. Tout simplement parce que, lorsque la justice a été saisie, Patrick l'a su immédiatement, a résolu de ne pas s'y dérober. Dès qu'il m'en a parlé, j'ai décidé de ne plus publier aucun texte de lui dans *Charlie Hebdo*, ce qu'il a trouvé normal et souhaitable. Et cela pour une raison simple. En tant que rédacteur en chef de *Charlie Hebdo,* je suis garant de sa ligne éditoriale. Compte tenu de la nature des accusations dont il a reconnu le bien-fondé, il n'était plus question qu'il collabore à un journal qui réprouve radicalement ces pratiques. Que Patrick ait été ma plus lointaine et indifférente relation ou mon frère le plus proche n'aurait rien changé. En colère, déçu, malheureux comme un chien, ma décision était prise, et elle m'a semblé juste.

Ceux qui m'ont écrit et qui, à l'instar de la presse d'extrême droite, m'ont traité de faux-cul et de lâcheur peuvent désormais se passer de moi comme je me passerai d'eux. S'ils ne me comprennent pas, qu'ils s'abonnent à *Présent* ou à *Minute*. Ils y trouveront des humeurs et des méthodes plus conformes à leur inclination.

Certains ironisent : « Tu ne pouvais pas ne pas savoir, avec tout ce qu'il racontait sur scène ! » Je n'en savais pas plus que le public, composé de parents, d'enfants, de juges, de policiers, de plombiers, de journalistes... Patrick se permettait de grosses plaisanteries, en public et en privé, sur le sujet de la pédophilie. Mais un artiste, un comédien, un créateur, un écrivain, s'il exprime ses fantasmes dans son œuvre, c'est peut-être précisément parce qu'il ne les vit pas. En psychanalyse, on appelle ça la *sublimation*. Sinon, Shakespeare serait le plus grand serial-killer de tous les temps. Mais, pour ce qu'on en sait, il n'a jamais crevé les yeux du roi Lear. Nul, ni moi, ni les parents des enfants — sans doute bien plus proches que moi de Patrick —, ni personne, j'imagine, de son entourage, ne pouvait se douter qu'il mettait en pratique certaines des énormités qu'il proférait pour la joie du public et des auditeurs de France-Inter.

On a trouvé, paraît-il, pour le moins saugrenue la dernière phrase de notre communiqué, exprimant notre sympathie aux enfants cités dans cette affaire. Tant pis pour le saugrenu, mais c'est plus fort que moi, je me mets dans la peau de ces petits gosses aujourd'hui montrés du doigt, interrogés, porteurs d'une honte — d'une haine de soi, comme Spinoza définit la honte — qu'ils n'auraient jamais dû ressentir. Bon dieu, ils méritent bien un mot d'amitié et de compassion, non ? Et bien plus encore : le témoignage ferme, haut et clair que la considération et l'affection qu'ils méritaient avant cette affaire ne sont en rien entamées par ce qu'ils ont subi, ni par ce qu'ils endurent aujourd'hui. Il faut être bien épais, bien abruti, pour trouver « saugrenu » que l'on souhaite qu'ils soient entourés de tout le réconfort possible !

Voilà. De l'attitude du journal et de la mienne vous connaissez maintenant toutes les raisons. J'espère avoir failli le moins possible à mon désir de tout dire au plus vrai, entre la chair et l'os. Et, pour finir, il me faut également dire — mais quelle importance ? — que si une part de ce qui me rattachait à Patrick est aujourd'hui brisée par le chagrin, la colère et la réprobation que j'éprouve, il en reste une autre qui ressent de la compassion pour l'homme seul et brisé qu'il est aujourd'hui. Oui, spontanément, c'est le sentiment qu'éprouvent tous ceux qui l'ont bien aimé. Mais celui qui a commis ces actes n'est pas le Patrick que l'on aime. Et, aujourd'hui, c'est aux enfants que nous voulons témoigner notre amitié et notre compassion. ■

Patrick Font nous écrit

Trahison ?

Mardi 25 mai, sur France-Inter, au cours de l'émission « Zinzin », trois auditeurs ont accusé Philippe Val de m'avoir largué comme un vieux Kleenex.

Qui a trahi ?
C'est moi.

J'ai trompé l'amitié, la confiance de Philippe, en commettant des actes dont les retombées l'ont éreinté pendant deux ans et dont les séquelles le marqueront à jamais. Loin de m'en porter rigueur, il est allé jusqu'à composer une chanson à mon sujet, La Marelle, *dont j'ai reçu des échos imprégnés de reconnaissance et de tendresse.*

J'ai trompé l'amitié, la confiance, l'affection des victimes, de leurs familles et de leurs amis. J'ai abusé de l'amour qui me fut offert dans une ambiance extraordinaire de spectacles et de voyages. Parfaitement inconscient d'outrepasser les limites de l'équilibre sentimental, j'ai provoqué une catastrophe que m'a fait comprendre le psychiatre qui me reçoit chaque semaine depuis un an.

J'ai trompé l'amitié, la confiance de mes propres amis, qui travaillent pour et avec ma compagnie théâtrale. Et je demeure étonné de voir avec quelle constance ils continuent de m'écrire.

J'ai dupé un monde fou, si j'ajoute encore le public de Font et Val, fidèle depuis tant d'années à nos spectacles. Si j'ajoute enfin les lecteurs de Charlie.

Je pense donc qu'il est inutile et déplacé de vouloir allumer un conflit entre Philippe et moi. Je jure sur ma tête qu'il ignorait tout de ma vie privée. Eût-il été mis au courant de mes actes délictueux, je vous flanque mon billet qu'il aurait tout tenté pour me faire redescendre de l'enfer que je prenais pour un paradis.

J'ai pris, seul, la décision de transmettre ce message au journal. J'ai mérité d'être malheureux, et je le suis, croyez-moi. Mais cette petite mise au point me soulage un peu.

Patrick Font
27 mai 1999

Je transmets un double de cette lettre à France-Inter.

1999
Charlie Hebdo n°365
du 16 juin

1998
Charlie Hebdo n°299 ▶
du 11 mars

> CHARB N'AIME PAS LES GENS

Les coulisses de l'exploit

À NOS LECTEURS, À PROPOS DE SINÉ

Le directeur de la publication, responsable devant les tribunaux de tout le contenu du journal, connaît forcément des moments pénibles. C'est mon cas aujourd'hui. Les propos de Siné sur Jean Sarkozy et sa fiancée, outre qu'ils touchaient à la vie privée, colportaient la fausse rumeur de sa conversion au judaïsme. Mais surtout, ils pouvaient être interprétés comme faisant le lien entre la conversion au judaïsme et la réussite sociale, et ce n'était ni acceptable, ni défendable devant un tribunal.
Je n'ai découvert la fin de sa chronique qu'une semaine après publication, lorsqu'elle a commencé à susciter des réactions indignées, notamment sur RTL. J'assume cette négligence.
Absolument tout a été fait pour éviter d'en arriver à cette situation. Mais, pour des raisons qui lui appartiennent, Siné a décidé de ne pas s'expliquer sur ses propos, ni d'en reconnaître l'ambiguïté.
Parce qu'il en va de l'honneur et de la réputation de notre journal, j'assume également de l'avoir mis en face de ce choix: s'exprimer de façon à dissiper clairement cette ambiguïté, ou ne plus écrire dans *Charlie*. Il a préféré s'exclure de nos colonnes, et je le regrette.

PHILIPPE VAL, DIRECTEUR DE LA PUBLICATION

NOTE AUX LECTEURS

Il y a deux semaines, Siné a publié dans sa « Zone » un propos évoquant la conversion de Jean Sarkozy au judaïsme — information fausse — et sa liaison avec une « *fiancée juive, et héritière* », ce qui pouvait induire que cela aiderait sa carrière. Un tel propos n'a pas manqué de susciter émotion et condamnation. Il était prévu que la rédaction réprouve sobrement cette atteinte à ses valeurs essentielles et que Siné s'en explique et s'en excuse. Finalement, il a refusé. Nous regrettons la décision de Siné. Nous regretterons aussi Siné.

BERNARD MARIS, DIRECTEUR ADJOINT DE LA RÉDACTION
GÉRARD BIARD, RÉDACTEUR EN CHEF
CHARB, RÉDACTEUR EN CHEF ADJOINT

2008
Charlie Hebdo n°839
du 16 juillet

2008
Charlie Hebdo n°841 ▶
du 30 juillet

Durant l'été 2008, une chronique de Siné qui visait l'un des fils de Nicolas Sarkozy met le feu au journal. Après plusieurs jours de discussions avec Siné, sa collaboration prend fin, laissant un goût amer à toute l'équipe.

Quand les boîtes de Valium sont vides, il faut bien regarder la réalité en face : la disparition de la colonne de Siné est à la fois un échec personnel et un échec professionnel. Tous les protagonistes de cette histoire ont dû sérieusement merder (moi aussi) à un moment donné pour que le débat, qui s'est élargi à toute la France, tourne autour de l'antisémitisme de Siné. L'est-il, ne l'est-il pas ? À *Charlie*, personne n'a eu à répondre à cette question et personne n'a dit que Siné était antisémite (y compris ceux qui ne peuvent pas blairer ses chroniques), parce que ça n'a jamais été le sujet du débat. Aurait-on travaillé durant seize ans avec un antisémite ? Moi, non. Une phrase — *la* phrase, désormais — dans une chronique pouvait être mal interprétée par des gens de bonne foi (quelques-uns) et instrumentalisée contre *Charlie* par des gens de mauvaise foi (plus nombreux). Claude Askolovitch, qui a prétendu, sur RTL, que la chronique de Siné était antisémite, à mon sens, fait partie de la seconde catégorie. Ses grands yeux d'enfant ne se sont pas embués de larmes lorsqu'il les a posés sur la chronique de Siné huit jours après sa parution. Il connaît le monde de la presse, il sait ce qu'est *Charlie Hebdo*, il connaît Siné, qui sème (vraiment) sa zone dans les journaux depuis soixante ans... Je veux bien croire qu'il n'en est pas de même pour les familles de Jean Sarkozy et de sa fiancée, habituées à d'autres lectures. Le débat en interne à *Charlie* était : la phrase de Siné pouvait-elle paraître ambiguë à certains ? C'est tout. Il s'agissait de lever une ambiguïté, pas d'accrocher le panneau « antisémite » autour du cou de Siné.

Un journal, quel qu'il soit, n'est pas obligé de prendre le risque de se taper tous les procès qui lui pendent au nez. On peut aller au procès, comme on peut tenter de l'éviter. Val ne s'est jamais caché, en tant que directeur de la publication, d'éviter si possible les procès « non glorieux » et qui feraient à *Charlie* une réputation de merde. Qui décide que les procès seront « glorieux » ou non ? Le directeur de la publication, en dernier ressort. Les risques d'une condamnation ne sont pas partagés à égalité entre les membres de la rédaction.

Charlie n'a, à ma connaissance, jamais fui un procès avec les extrémistes religieux, la droite, l'extrême droite, les sectes, etc. En revanche, les procès pour atteinte à la vie privée, ou bien les procès pour insultes, on les a souvent évités en négociant. C'est bien ? Pas bien ? Jamais personne n'a protesté contre cette pratique jusqu'à maintenant.

Un exemple : le journal a été condamné par la XVIIe chambre pour avoir publié un de mes dessins représentant un ministre en uniforme allemand en train d'envoyer des fonctionnaires à la chambre à gaz. Il s'agissait d'illustrer un propos ignoble du ministre sur les fonctionnaires. Le ministre s'est vexé. Notre avocat a essayé de négocier jusqu'au bout pour qu'il n'y ait pas procès (de son point de vue, on risquait de perdre, traiter le ministre de nazi était exagéré — il n'était que RPR — et mettre les nazis à toutes les sauces pour discréditer l'adversaire était facile et contribuait à banaliser leurs crimes). Le ministre était très vexé. Pas question de mot d'excuses ou de bisous dans le cou, il voulait en découdre, on a perdu. À titre personnel, je peux dire que si le directeur de la publication m'avait demandé de faire un mot d'excuses, je l'aurais signé, oui, je me serais « coupé les couilles » (mais j'ai des couilles de lait, elles repoussent), non pas pour les offrir en bouquet à Val, mais pour aider le journal. Et s'il avait fallu, pour faire poids face à la partie adverse, que mes camarades désavouent mon dessin (et non pas mon travail dans son ensemble), je les aurais laissés me donner ce coup de poing en mousse. Je n'ai jamais douté de l'amitié et du soutien de mes collègues (sauf de l'autre con, là... Non, pas lui, l'autre). Il faut dire que je les vois plusieurs fois par semaine, ça aide. Message personnel : oh, les mecs, oh, les filles, venez vous insulter à la rédaction plutôt que de le faire depuis vos couettes ! Un conflit est plus facilement arrangeable lorsqu'on a la tête de con de l'autre en face de soi. À aucun moment (et c'est une faute, parce que je suis censé connaître Siné) je n'ai

pensé que Siné pourrait se vexer de la déclaration de la rédaction qui réprouvait sa phrase (et qui n'a finalement pas été publiée, faute de consensus au sein de l'équipe sur les termes employés). Il s'est senti humilié, aucune conciliation n'a plus été possible.

Maintenant, le dessinateur ou le rédacteur dont le travail déclenche un procès n'est pas le seul responsable. Il n'est même considéré par la justice que comme complice. Le premier responsable est le directeur de la publication. Val ne se cache pas d'avoir fait une connerie en laissant passer *la* phrase. On ne s'est pas privés de le lui dire. On le lui répète encore et on le lui chantera longtemps. La solution, pour l'avenir, c'est un directeur de la publication plus ferme ? Ou un directeur de la publication qui est prêt à passer son temps au tribunal ? Un directeur de la publication qui a suffisamment confiance dans ses collègues pour pouvoir défendre leurs propos en public ? S'il faut un volontaire pour se prendre des claques au tribunal, je postule. Cette crise a été gérée dans la précipitation. On aurait pu — on aurait dû — ne pas agir dans l'urgence. C'est gratuit et facile de le dire, maintenant.

Val et Siné sont en désaccord politique sur tout ou à peu près depuis seize ans. Pour juger des débats qui animent la rédaction, il suffit de lire les textes et les dessins du journal. Que le clash se produise à propos d'une question de principe aussi con (s'excuser ou ne pas s'excuser) me gâche le spectacle. Val aurait cessé de publier les chroniques de Siné parce qu'il critiquait la politique d'Israël dans les Territoires occupés, ou le oui au référendum sur l'Europe, ou parce qu'il défendait Denis Robert, je serais parti du journal. Si j'étais convaincu que la menace d'un procès pour antisémitisme n'était qu'un prétexte pour déraciner le vieux, je serais parti et sans doute un paquet d'autres aussi. Depuis quinze jours, à l'extérieur du journal, tout le monde sait mieux que tout le monde ce qui s'est passé au journal. J'apprends un scoop par jour... Les convictions de chacun sont coulées dans le béton, elles ne bougeront plus. On dira, « dans l'affaire Siné, t'es plutôt BHL ou Guy Bedos ? ».

J'entends dire qu'il y a de la censure à *Charlie Hebdo*. En l'occurrence, quelle censure ? C'est parce que aucun travail de « censure » n'a été fait que cette grotesque affaire a pris cette ampleur et qu'elle finit en eau de boudin. Personne n'est d'accord à 100 % avec personne à *Charlie*, certains sont même en désaccord à 99,9 %. Est-ce qu'on peut faire un journal qui rassemble tous ces gens ? Un journal, non. *Charlie Hebdo*, oui. ■

P.-S. Parmi tout ce qui s'écrit sur « l'affaire », j'ai lu qu'Alexandre Adler qualifiait Val de Zola et Siné de stalinien. Je ne connais pas le travail de ce M. Zola, en revanche je connais bien l'œuvre de M. Staline, elle n'arrive pas à la cheville de celle de Siné.

Antisinétisme

Pour commencer, je voudrais juste faire une petite remarque à l'usage de certains de mes confrères qui, depuis deux semaines, m'ont contraint à recharger mon portable cinq fois par jour. Ils m'appelaient pour m'interroger sur « l'affaire Siné ». Mais seulement pour m'interroger. Mes réponses ne les intéressaient pas. Aucun d'entre eux ne s'est donné la peine de vérifier, de chercher un peu, de recouper, bref, de faire ce pour quoi, généralement, un journaliste est fait. Ils m'appelaient, mais ils savaient déjà tout. Leur religion était faite. Les rumeurs les plus aberrantes — je me suis vengé à cause de Clearstream, j'ai renvoyé l'ascenseur à Sarkozy pour son témoignage dans l'affaire des caricatures, j'ai comploté avec le journaliste du *Nouvel Observateur* Claude Askolovitch pour virer Siné, il n'y a jamais eu de menace de procès, c'est Carla Bruni qui m'a demandé de virer Siné..., j'en passe et des meilleures — ont été colportées et ont allumé le feu dans une savane d'opinions dont l'inflammabilité devrait nous alerter. Même Edgar Morin, philosophe qui s'est notamment fait connaître à la fin des années soixante pour avoir analysé et démonté la fameuse « rumeur d'Orléans », a signé une pétition nourrie par ces rumeurs.

Et pourtant, les faits étaient simples et vérifiables.

1. Je suis directeur de la publication et, à ce titre, responsable devant les tribunaux de tout le contenu du journal. J'ai commis une erreur que j'assume, je n'ai pas relu la chronique de Siné. Je n'ai lu cette chronique en détail que huit jours après publication, lorsque Anne-Sophie Mercier m'a prévenu qu'Askolovitch en avait été alerté par l'entourage de Jean Sarkozy. Dans les minutes qui ont suivi, un proche collaborateur de Jean Sarkozy m'a contacté pour m'informer que les familles de Jean Sarkozy et de sa fiancée avaient été outrées et envisageaient de faire un procès.

2. J'ai demandé à Siné de lever les ambiguïtés sur ces propos, qui étaient au nombre de trois. Il s'attaquait à la vie privée d'une personne publique, Jean Sarkozy, pour le critiquer non pas sur ce qu'il fait — comme l'avait fait et sans prendre de gants Anne-Sophie Mercier la semaine précédente —, mais sur ce qu'il est, préjugeant que son mariage n'était pas un mariage d'amour mais d'intérêt méprisable. Il colportait une rumeur — encore une — selon laquelle il se convertissait au judaïsme. Et enfin, le plus grave, confirmé par le contexte de la chronique, Siné exprimait un poncif de l'antisémitisme en liant « Juif » et « réussite sociale ». Rappelons au passage que cette vieille rhétorique du Juif et de l'argent n'est jamais sans effet. C'est à cause d'elle que Fofana a torturé à mort pendant plusieurs jours Ilan Halimi, supposé avoir de la famille et des amis riches puisqu'il était juif...

3. Siné, après avoir accepté de lever les ambiguïtés de sa chronique, a finalement refusé de le faire en arguant que lui avait des couilles. Ce faisant, il confirmait ses ambiguïtés, qui, du coup, cessaient d'en être. Je lui avais demandé de s'excuser dignement et d'accepter de voir ses excuses accompagnées d'un mot de la rédaction regrettant ses propos, ou de partir. Il a préféré partir, et depuis il alimente la rumeur — beaucoup plus affriolante que la réalité — selon laquelle je l'ai « viré ».

Que les choses soient claires. Lorsque nous avons relancé le journal, il y a seize ans, nous avons « hérité » de collaborateurs historiques. Pour la plupart d'entre eux, nous nous en sommes réjouis, mais nous savions, Cabu et moi, que nous ne partagions ni les goûts ni les convictions de Siné. Bien des fois, je suis intervenu pour empêcher Siné de commettre ce que je jugeais être un dérapage. Je pense avoir prouvé, plus souvent même que je ne l'aurais voulu lorsque j'échouais à convaincre mes contradicteurs au sein de la rédaction, que je ne voyais pas d'inconvénients à la diversité des opinions dans *Charlie*. Mais il y a un accord tacite entre nous tous : nos satires, nos critiques, nos attaques concernent toujours des individus pour ce qu'ils font et jamais pour ce qu'ils sont.

Dans la montagne d'injures antisémites qui s'abat sur nous depuis quinze jours — Juifs ou pas Juifs, qu'importe, *Charlie Hebdo* est vendu aux Juifs — se dégagent trois questions auxquelles il me tient à cœur de répondre, même s'il me semble y avoir répondu bien des fois.

1. Depuis l'affaire des caricatures, vous incarnez la liberté d'expression, et soudain vous virez Siné parce que vous censurez sa chronique. C'est deux poids deux mesures. Peut-on tout dire des Arabes et rien des Juifs, protégés par la Shoah ?

Jamais dans *Charlie* nous n'avons publié des généralités infamantes sur des gens de quelque origine que ce soit, qu'ils soient noirs, arabes ou juifs. Ou alors nous avons mis ces propos dans la bouche d'un abruti afin de stigmatiser l'abruti, et non ceux qu'il insultait. En revanche, nous avons publié de nombreuses attaques contre les religions en tant qu'elles veulent se substituer aux lois démocratiques qui garantissent le « vivre ensemble ». Tant le bouddhisme que le christianisme, le judaïsme et l'islam ont fait l'objet de dessins, de satires, ou d'analyses féroces. Le croyant anonyme, le fidèle en général, qui assouvit son désir de spiritualité auprès de la religion de son choix sans l'obsession d'imposer ce choix à d'autres, doit être absolument respecté pour ce qu'il accomplit dans le cadre d'une vie privée heureusement garantie par la loi.

> **“La liberté d'expression est au service de la liberté tout court.”**

Les caricatures de Mahomet critiquaient l'islam tel qu'il est instrumentalisé par des radicaux afin de justifier le terrorisme. Cette liberté de critiquer est indispensable à la liberté de tous. C'est une liberté sans laquelle l'édifice des libertés fondamentales des États de droit s'effondre. Le procès m'aurait été fait par des autorités de quelque religion que ce fût, j'aurais agi de la même façon.

D'ailleurs à l'époque, le grand rabbin Sitruck — rudement attaqué dans *Charlie* encore récemment par Caroline Fourest, que je n'ai pas renvoyée pour autant — avait pris position contre la publication des caricatures.

Le texte de Siné ne s'attaquait pas à l'idéologie d'une religion. Il s'attaquait à une personne, Jean Sarkozy, pour en stigmatiser les liens supposés avec le judaïsme, dans une chronique d'où il ressortait

— que contrairement à certains, les Arabes perdaient devant les tribunaux,

— que par intérêt il épousait une héritière juive, ce qui était le bon moyen pour réussir dans la vie,

— que l'éditorialiste de *L'Express* se permettait de dire des Arabes ce qu'il ne dirait pas des Juifs,

— et qu'enfin, entre une Juive rasée et une Arabe voilée, son choix était fait, ajoutant à l'ambiguïté antisémite la délicatesse du maquignon qui expose ses critères de choix en matière de bétail féminin.

En ce qui me concerne, la liberté d'expression est au service de la liberté tout court. À l'« époque bénie » de la jeunesse de Siné où l'on pouvait tout dire, c'est-à-dire il y a une quarantaine d'années, on avait la liberté de proférer des insultes machistes, antisémites et homophobes. Quelle belle liberté ! À la même époque, ce qui se pratiquait en paroles se pratiquait aussi en actes. Les femmes n'avaient droit ni à la contraception ni à l'avortement, les homosexuels se faisaient casser la gueule par des brutes toujours impunies, et de nombreux Juifs cachaient qu'ils l'étaient pour échapper aux préjugés racistes. C'est-à-dire qu'à la liberté de quelques grandes gueules à éructer leur haine correspondait l'aliénation de la moitié de la population, les femmes, à quoi s'ajoutaient l'aliénation des Juifs, des homosexuels et des Arabes, qui subissaient sans protections légales toutes les rancœurs liées à la décolonisation et à l'immigration. Qu'est-ce donc que cette liberté paradoxale dont le prix est l'absence de liberté des autres ? Une forme molle de fascisme, qui ne veut pas rendre compte de sa violence aux victimes de sa violence. Cette liberté que revendiquent ceux qui se prétendent des radicaux de la liberté, c'est toujours la même : elle consiste à pouvoir insulter impunément les Juifs, les femmes et les homosexuels. Qu'importe si cette « liberté d'expression » implique une levée de tabous dans la société, privant de liberté les groupes concernés, de nouveau prisonniers de peurs inacceptables. Voir l'affaire Ilan Halimi citée plus haut.

Je serais prêt à affronter de nouveau, et même s'il se répète éternellement, le procès qui m'a été fait pour avoir publié les caricatures danoises. De même, éternellement, je remettrais Siné devant le choix de s'excuser ou de quitter *Charlie Hebdo*.

2. Pourquoi n'ai-je pas tenté d'aller jusqu'à un procès que j'aurais peut-être gagné ?

Tout simplement parce qu'il est hors de question que je gagne un tel procès. Je n'en ai nulle envie. Il aurait eu lieu, j'aurais, comme directeur de la publication, plaidé coupable, et j'aurais demandé au tribunal de me condamner. Ce qui est absurde. Procès ou pas procès, il fallait que Siné s'excuse et lève l'ambiguïté. C'était une question de principe.

3. Vous passez pour un défenseur de la laïcité. Pourquoi sanctionner Siné, qui tape sur toutes les religions ?

La laïcité ne doit pas servir de prétexte pour insulter ceux qui entretiennent un lien avec telle ou telle religion. La laïcité moderne, c'est d'abord lutter contre le racisme, et pour les règles qui permettent que des citoyens d'origines et de cultures diverses vivent dans la concorde à l'intérieur du pacte démocratique. Le procès des caricatures permettait d'affirmer les principes de la laïcité et le cadre de la liberté d'expression. La chronique de Siné n'avait rien de laïque, en valorisant les uns (les Arabes) au détriment des autres (les Juifs), il piétine l'idée même de laïcité. Et le conflit israélo-palestinien ne doit en aucun cas servir à alimenter cette confusion criminelle, quelle que soit l'opinion que l'on a sur ce conflit.

Pour conclure, quelques remarques pour sortir de la confusion. Nicolas Sarkozy, président élu démocratiquement, suscite — à mon sens à juste titre — de vives et nécessaires oppositions politiques. Je pense compter parmi les éditorialistes qui lui font le moins de cadeaux, et je rappelle avoir été l'un des initiateurs de la lutte contre l'amendement ADN, dont les victimes sont des immigrés qui viennent rarement d'Israël. Comme « j'ai pris la défense de son fils », j'aurais du même coup fait allégeance au père. Il aurait été le fils de personne, ça aurait été pareil. C'est toujours la vieille histoire de cette gauche pourrie, celle de Jules Guesde, anti-dreyfusarde parce que Dreyfus était un militaire bourgeois. Si Sarkozy lui-même essuyait des insultes racistes, quelles que soient nos idées politiques, il faudrait le défendre avec la même vigueur que s'il s'agissait d'une personne pauvre et obscure. Au nom d'une haine de principe contre Sarkozy, il faudrait reprendre contre lui les arguments de Le Pen ? Sans nous.

Les journalistes, les dessinateurs de presse et les journaux qui ont pris la défense de Siné ne vont pas assez loin. Qu'ils aient le courage de l'engager dans leur journal et de le garder quinze ans, comme nous l'avons fait à *Charlie*, en lui donnant carte blanche au nom de la liberté d'expression.

Enfin, quand nous avons relancé *Charlie*, nous savions qu'il avait déjà eu des démêlés avec la justice. Ayant fauté, ayant payé, il était tenu de ne pas récidiver. Hélas pour lui, son agitation a fait remonter à la surface cette affaire dont j'ignorais les détails. Antisémite, Siné ? Ce n'est pas à moi d'en juger. Mais au lendemain de l'attentat de la rue des Rosiers, en 1982, c'est lui-même qui déclarait sur la radio Carbone 14 : « *Je suis antisémite et je n'ai plus peur de l'avouer. Je vais faire dorénavant des croix gammées sur tous les murs.* [...] *Je veux que chaque Juif vive dans la peur, sauf s'il est pro-palestinien. Qu'ils meurent.* »

Cher lecteur, après ces deux semaines où j'ai la sensation d'avoir ramé dans un océan de merde, j'avoue ma lassitude. Mais je suis sûr d'avoir été fidèle à nos valeurs communes, et c'est ma consolation. ■

2008
Charlie Hebdo ▶
n°841
du 30 juillet

Faut-il vraiment un titre ?

Cavanna

Ainsi donc, c'est la curée. Le lynchage. Tous les coups sont permis. Tous les braves gens exultent. Et envoient leur pierre. Ah, que c'est beau, la bonne conscience ! Ah, que c'est bon !

Avoir raison avec tout le monde. Se sentir les coudes. Sans se poser trop la question. Puisque la réponse éclate aux yeux : « Val a viré Siné. » Qu'ajouter à cela ? « Mort à Val ! » C'est sans réplique.

Ça devrait me passer par-dessus la tête. Comment se fait-il que j'en prends plein la gueule ? Vous rendez-vous compte que le problème — car problème il y a — s'est soudain réduit à pour ou contre, sans nuance, comme chaque fois que la passion s'en mêle. Tu es pour l'un, tu es contre l'autre. Pour la victime ou pour le bourreau... Eh non, ça ne marche pas ! Personne n'est pour le bourreau, ou alors les méchantes gens. Du coup, il y a deux victimes. Chacun choisit la sienne. Et deux bourreaux, par conséquent.

Je refuse l'analyse démago. Je refuse de juger, car il n'y a pas là matière à jugement. Il y a eu une connerie initiale, un sursaut de dignité mal placée, des réactions peut-être exagérées, et, merde, le blocage.

Je ne suis pas des intimes de Siné, pas plus que de ceux de Val. Je crois les connaître suffisamment l'un et l'autre pour leur vouer toute mon estime. En l'affaire, ni l'un ni l'autre n'a démérité, quoi qu'on hurle. Siné a fait le con. Tu ne diras pas le contraire, Siné ? Il n'a pas pu se retenir de glisser au passage sa petite appréciation sur les fiançailles du fils à papa. Il savait parfaitement qu'il prenait un risque. Il est comme ça, provocateur dans l'âme, faut qu'il tire la queue du tigre endormi. Ça n'aurait pas dû passer. C'est passé. Ça n'aurait pas dû foutre le feu. Ça l'a foutu. Le fils à papa menace. Siné accepte de s'excuser. Tout va bien. Là, il s'est passé quelque chose que je n'ai pas très bien compris. Siné ne veut plus. Il y va de sa dignité. Ah, bon. Val s'est-il alarmé à l'excès ? D'une part, le procès avec mort du journal (?), d'autre part virer Siné. Il a choisi — à mon avis — la mauvaise voie.

L'affaire se réduit à cela : une plaisanterie, certes dangereuse mais occasionnelle, de Siné, une erreur d'appréciation de Val. Une gaminerie, une bouffée de panique. Pas de quoi fouetter un chat. S'il y a autre chose, je ne suis pas au courant. Vous qui savez, veuillez me le faire savoir.

Je suis certain qu'il n'y a pas eu calcul opportuniste de la part de Val pour exploiter la gaffe initiale afin d'assouvir une vieille rancune. De même, je ne pense vraiment pas qu'il y ait eu de la part de Siné autre chose que le titillement du fruit défendu. Si les choses ont pris cette tournure imbécile, si l'on en est à subir ces débordements de ce qu'il faut bien appeler de la haine, c'est que des gens qui y ont intérêt — ou que cela amuse — s'en sont mêlés, ont excité le sens de l'honneur de l'un — « honneur », mot haïssable ! —, la réactivité de l'autre. (Je ne trouve pas le mot juste. « Peur », « pusillanimité », ont une couleur par trop péjorative.)

Les beaux esprits diront que je suis chèvre-chou, que je renvoie les parties dos à dos, c'est bien commode et assez lâche. Laissons dire, ça glisse. Par contre, je ne puis pas ne pas entendre, hurlée à pleine gorge, la haine des bien-pensants contre *Charlie Hebdo*. Et là, c'est mon affaire.

Quoi qu'on puisse dire — ou plutôt, qu'on suggère par omission —, j'ai créé ce journal. Moi, Cavanna. Avec Choron, oh que oui, et Delfeil de Ton, et Cabu, et Wolinski, et Reiser, oui, oui ! En tout cas, sans moi, il n'aurait pas existé. J'y ai insufflé ma conception de l'humour et de la critique, tout ça, tout ça. Quand les circonstances firent de moi un simple collaborateur, je me suis plié à la discipline commune. Je ne crois pas avoir démérité.

C'est pourquoi je défends ce journal de toutes mes forces, de toute ma conviction. Il n'est pas exactement tel que je le concevrais si... Le ton n'est pas tout à fait le mien, c'est le moins qu'on puisse dire... Il n'empêche que la presque totalité de l'ancienne équipe — sauf Delfeil — s'y retrouvait, y compris Siné, et n'y subissait aucune contrainte, n'est-ce pas, Willem, n'est-ce pas, Cabu, n'est-ce pas, Wolin ?

Vous, les beaux donneurs de leçons, que faites-vous ? Que ne donnez-vous l'exemple ? Où sont-ils, les talents piaffant d'impatience ? Rien de neuf ne s'est fait depuis la résurrection de *Charlie Hebdo*. Il n'est né aucun autre journal où j'aimerais écrire. Entendez-vous, dans les longs crépuscules d'été, coasser les philosophes qui se répondent de mare en mare ?

Siné, il y a un grand trou dans ce qui fut ta page. Je souhaite que tu reviennes, voilà la pétition que je suis prêt à signer. Mais tu ne peux plus. L'honneur, n'est-ce pas... Et tous ces cons qui t'encensent, ça te monte à la tête, te voilà martyr. Martyr de quelle cause? D'un malentendu monté en mayonnaise. Tu vas m'envoyer chier, mais tu sais que j'ai raison. Tu es plus intelligent encore que tu n'es malin, tu en jouis mais tu n'es pas dupe. Moi, je te regrette. Tout ça me rend triste, infiniment. ■

2008
◀ *Charlie Hebdo* n°841
du 30 juillet

«COMMUNIQUE JUDICIAIRE
Par arrêt partiellement confirmatif du 14 décembre 2012, la cour d'appel de Paris Pôle 5 Chambre 2 a condamné la société Les EDITIONS ROTATIVE, société éditrice du journal CHARLIE HEBDO à payer à Maurice SINET dit SINE la somme de 90.000 euros à titre de dommages intérêts pour rupture abusive de leur collaboration à la suite de la parution de la chronique de Siné, dans le numéro du 2 juillet 2008»

2012
Charlie Hebdo n°1071
du 26 décembre

En 2012, Siné, qui a poursuivi *Charlie Hebdo* pour rupture abusive de sa collaboration, fait condamner le journal.

En 2016, après des millions de cigarettes fumées et des milliers de litres d'alcool absorbés, Siné baisse le rideau.

1993
Charlie Hebdo n°53 ▶
du 30 juin

L'ORGANIGRAMME DE CHARLIE HEBDO

Cette fois, c'est Choron

Cavanna

Je ne vais pas faire de littérature. Il est mort, que voulez-vous que j'en dise de plus ? C'est un morceau de moi qui s'en va. Un gros morceau. J'ai mal.

Nous ne nous voyions plus guère. Il n'y avait plus le travail commun pour nous rapprocher. Lorsque, avec les vieux de la vieille, nous avons relancé *Charlie Hebdo*, en 1992, il a refusé véhémentement de faire partie de la nouvelle équipe. Dommage. Ça aurait fait de belles empoignades !

Il était malade. Depuis longtemps. La dernière fois que je l'ai vu — il y a de cela trois semaines —, nous sommes tombés dans les bras l'un de l'autre. Il se savait en sursis. Se blaguait lui-même.

Essai de nécro

Nous nous étions rencontrés en 1954. Avec l'ami Fred, je dessinais, écrivais, mettais en page un petit journal vendu « au colportage », c'est-à-dire à l'arraché, sur le trottoir. Celui qui n'était pas encore le « professeur » Choron, soldat de fortune rendu à la vie civile, répondant à une petite annonce, se mit à vendre *Zéro* — c'était le nom du journal — et se révéla un vendeur prodigieux. Bientôt il mena les équipes de colporteurs, devint directeur des ventes. Fred et moi avions en tête une idée tenace : faire un vrai bon journal d'humour. Choron accepta d'enthousiasme. *Hara Kiri* était né.

Pendant plus de trente ans, Choron et moi ne nous quittâmes plus. Il administrait le journal — ce n'est pas ce qu'il faisait de mieux ! —, mais surtout, s'étant pris au jeu, il participait activement à la recherche des idées, révélant un esprit d'une originalité provocante, ouvrant des chemins absolument inattendus. Esprit fruste, certes, mais déroutant dans la justesse de sa frappe. Je n'aime pas employer des mots comme « génial », j'ai pourtant bien envie de l'employer ici.

Il ne savait pas se discipliner. Il lâchait tout ce qui lui venait en tête, le bon et le mauvais. Il était tout à la fois casse-pieds et fulgurant. Il riait tout le premier à ses propres trouvailles, pas vexé si on n'enchaînait pas.

C'était un aventurier. Il aimait s'en donner l'allure, mais il l'était bien véritablement. La chute de *Charlie Hebdo* première formule comme celle de *Hara Kiri*, engloutis dans la débâcle financière, sont redevables pour beaucoup de sa gestion périlleuse.

N'empêche que, sans Choron, aucun des gars qui règnent depuis ces temps sur le dessin d'humour français n'aurait eu l'occasion de prendre le départ. Moi-même, que serais-je ? C'était un dilettante, un farceur, un bandit, mais comme il savait se faire aimer ! Un charmeur, oui.

Les exploits de Choron renvoient ceux d'un Volpone au jardin d'enfants. Quelqu'un les écrira peut-être un jour ? Peut-être sera-ce moi ? Quoique j'en soupçonne beaucoup plus que je n'en connais.

Si Choron avait eu la patience de se forcer à écrire, nous aurions un romancier qui ne ressemblerait à nul autre, une espèce de sanglier saccageur de plates-bandes ne devant rien à personne qu'à lui-même.

Bon. Ceci est ce qu'il est convenu d'appeler une « nécro ». Chose haïssable. Discours devant la tombe ouverte. Il est midi, l'imprimerie attend. J'ai été cueilli à froid. J'ai froid. Tout un panneau de ma vie s'écroule. Après Gébé, ça fait beaucoup. Pardonnez-moi si ce que j'écris n'a ni queue ni tête. Choron est mort, merde ! Vous vous rendez compte ? ■

2005 *Charlie Hebdo* n°656 du 12 janvier
◀ **2005** *Charlie Hebdo* n°657 du 19 janvier
2005 *Charlie Hebdo* n°656 du 12 janvier

> **L'ÉDITO** *par Philippe Val*

Chers lecteurs de « Charlie », chers amis

Comme dans la chanson de Gainsbourg, je suis venu vous dire que je m'en vais. Non pas, comme le croient certains, parce que j'ai trouvé du boulot ailleurs, mais parce que ma décision était prise depuis longtemps. Après le procès des caricatures de Mahomet, j'étais résolu à tout mettre en place pour assurer ma succession. Cela faisait quinze ans que je dirigeais le journal, et il me semblait normal de laisser la main à la génération montante. La sortie du film de Daniel Leconte à Cannes, *C'est dur d'être aimé par des cons*, retraçant le procès, m'a fait prendre un peu de retard sur mon programme, et l'été suivant, Siné, sans le savoir, m'a convaincu de rester à la manœuvre encore quelques mois. Le changement de présidence à Radio France n'a rien à voir avec tout cela, puisqu'il n'en était encore nullement question. Je sais aussi qu'en écrivant ceci je ne serai pas cru de ceux qui préfèrent croire autre chose. Mais qu'importe. C'est ma vérité, et chacun en fera ce qu'il voudra.

Évidemment, les attaques désagréables dont j'ai fait l'objet ne m'ont pas incité à revenir sur ma décision, et ce ne sont pas les coups portés par mes adversaires qui m'ont fait le plus mal. Tout cela est derrière moi et n'a nullement entamé mon attachement à *Charlie*. Je suis toujours aussi convaincu que notre journal est indispensable.

J'ai appris au fil des années combien la conduite d'un journal était compliquée, difficile et parfois dangereuse, mais, comme l'a écrit je ne sais plus quel philosophe italien, ça vaut toujours mieux que de travailler. J'ai aimé les polémiques avec vous, vos engueulades et vos encouragements, vos méchancetés et vos gentillesses. Lorsque Cabu et moi avons relancé le titre, il y a dix-sept ans, avec nos petites économies et un prêt de notre ami Renaud, on ne savait pas que l'on ferait vivre une entreprise de presse avec plus de quarante salariés. On ne saurait dire à quel point nous sommes fiers des talents qui ont trouvé chez nous le temps et l'espace pour se révéler au public. Et je ne saurais dire, moi qui ne suis pas dessinateur, combien j'ai été émerveillé par la force d'expression qui, avec le temps, s'est déployée sous les crayons de nos tout jeunes collaborateurs de l'époque. En cela, le second *Charlie*, le nôtre, remplit vaillamment sa mission de faire connaître au public des graphistes singuliers, qui, à l'ombre bienveillante de Cabu, de Gébé, de Wolinski, ont poussé en toute liberté. J'ai vécu leurs progrès, leurs recherches, leurs doutes, leurs piétinements avec une émotion profonde que mes fonctions m'interdisaient de trop exprimer. De même pour ceux qui écrivent, et dont j'ai vu la plume se discipliner, s'acérer, se libérer des clichés... Il m'est arrivé de me tromper, de croire en des gens qui n'ont pas trouvé leur place dans le journal, et de devoir en tirer les conséquences. Je ne regrette rien, et c'est pour toi, lecteur, que j'ai pris les décisions agréables et désagréables.

Ensemble, nous avons fait de bons coups. Pour les plus anciens, rappelez-vous le fameux numéro « Pour aller à gauche, c'est par où ? », question que nous avions posée à une quantité de personnalités de gauche, dont le président de la République d'alors, François Mitterrand. Je me souviens de Françoise Sagan nous rendant son papier, de la gentillesse de Piccoli, et des belles contributions de nos lecteurs qui traversaient toutes les pages... Un bonheur. Puis la pétition contre le Front national, puis les polémiques nombreuses, qui agitaient même la rédaction : le Kosovo, l'Europe, la deuxième Intifada, l'AMI (Accord multilatéral d'investissement), le dépôt de la marque « Front national » qui a fait enrager Le Pen, l'amendement ADN... Il faut polémiquer sur les sujets graves. Il faut de la controverse, de la bagarre d'idées, des affrontements de convictions. Le pire, c'est de regarder passer le monde avec l'indifférence des vaches qui regardent passer les trains de viande de bœuf. *Charlie* est un agitateur, au nom de sa passion de la liberté et de sa haine de la haine.

Si nous avons eu des différends, nous avons toujours été soudés par des principes dont nous savons tous qu'ils sont au-dessus de nos sensibilités politiques respectives : l'antiracisme, la défense des animaux, le respect de la vérité historique et scientifique, de la justesse de l'information, l'amour de la culture, des libertés démocratiques et le goût de la rigolade.

Notre journal aurait aussi bien pu s'appeler *Rebrousse-Poil Hebdo*. Mettre du doute où ronfle la certitude, de l'ébranlement où se fossilise la pensée, de la vie fragile où pèsent les traditions de plomb, du mouvement discutable où règne l'immobilité rassurante, c'est notre métier bizarre. Il nous expose à bien des vicissitudes, mais c'est notre façon de partager avec vous l'étonnement et la saveur de la vie incessante. Et d'ailleurs, bien des malentendus viennent de là.

Il est arrivé qu'on me questionne sournoisement sur mon appartenance à la gauche. Les questionneurs sont généralement convaincus qu'ils « sont » la gauche. J'ai eu beau leur demander de voir l'acte de propriété qui leur accorde l'exclusivité de la gauche, je ne l'ai jamais vu. Chacun sa gauche ? Peut-être... Mais, quoi qu'il en soit, la gauche, ça existe.

Et pour moi, cette force politique, d'abord, dit oui. Oui à l'étonnante diversité du monde. Elle commence par une approbation de la vie telle qu'elle se manifeste, au-delà du bien et du mal, une vie qui n'est pas la création d'une Volonté condamnable ou admirable, mais l'effet des combinaisons innombrables du hasard et de la nécessité. Ce qui gronde sous la colère et la critique, ce n'est pas la haine, c'est l'enthousiasme. Dans le premier mouvement, la réalité ne mérite ni l'amour ni le rejet : juste une approbation et un émerveillement. Après, après seulement, le « non » de la critique s'exerce pour rendre cette réalité plus vivable, plus juste, plus libre, comme le sculpteur dit oui à la matière avant d'en retrancher ce qu'il faut pour lui donner la forme désirable.

Les visions optimistes et pessimistes de l'humanité m'ont toujours semblé également vaines. L'humanité est imprévisible. On verra, et ça vaut toujours le coup de voir. Un coup, c'est Benoît XVI, un coup, c'est Mozart. On n'est jamais à l'abri d'une bonne surprise, et c'est pour ça que ça vaut la peine de vivre et d'agir.

En tâtonnant, en me trompant parfois, c'est vrai, c'est cette manière d'appréhender les choses que j'ai cherché à insuffler dans nos pages, parce que j'ai senti qu'elles étaient faites aussi pour ça. Je me souviens davantage du *Charlie Hebdo* du début des années soixante-dix pour ce qu'il m'a fait aimer que pour ce qu'il m'a fait détester. Il est plus facile de haïr que d'aimer. Haïr est une pente facile que toutes les démagogies savent rendre savonneuse.

Du moins, c'est ce que j'ai cru comprendre alors que je n'étais encore qu'un lecteur fidèle et attentif du premier *Charlie Hebdo*, grâce au travail génial de ses dessinateurs, aux textes de Cavanna et de Delfeil de Ton.

Sans l'invention et le talent de Cavanna, tout cela n'aurait pas été possible. Jamais, sans le journal qu'il a créé, nous n'aurions pu vivre ces dix-sept années si riches, si vivantes. Ma vie reste attachée à ce journal qui, dès la fin de mon adolescence, m'a aidé à me former par son intelligence et sa liberté. J'en ai tiré la conviction que la diversité des opinions est essentielle. C'est pourquoi il était vital pour moi qu'au fil de ces années des opinions parfois radicalement opposées aux miennes s'expriment dans notre journal.

Mais quoi qu'on fasse, on est toujours de passage. Et je m'en vais. Avant même que Cabu et moi ne nous lancions dans l'aventure du second *Charlie*, en 1992, je travaillais déjà avec Jean-Luc Hees. Notre complicité n'a jamais faibli pendant toutes ces années. Nous avons traversé lui et moi, pour des raisons différentes, des périodes difficiles, et nous avons toujours tenu bon ensemble. Nous partageons une passion pour la radio et pour le service public qui a nourri nos interminables conversations. Nous voulions retravailler ensemble, à *Charlie* ou ailleurs. Jean-Luc va désormais présider aux destinées de Radio France, qui est la plus belle maison de service public qui se puisse imaginer. Je vais donc le rejoindre dans les semaines qui viennent, pour travailler dans ce groupe qui a également été pour moi un élément essentiel de ma formation intellectuelle et professionnelle.

Je m'en vais rassuré. La direction de *Charlie* est en de bonnes mains. Sylvie Coma que j'aime et que j'admire autant pour ce qu'elle fait que pour ce qu'elle est, Charb et Riss, mes complices de la première heure, vont en assurer la direction de la publication et de la rédaction. Depuis longtemps je savais que ce serait eux qui me succéderaient. Bernard Maris, alias Oncle Bernard, le seul économiste qui écrit comme Coluche et qui pense comme Nietzsche, et Gérard Biard, qui pense comme Johnny Cash et qui écrit comme Eddy Mitchell, restent au cœur du système *Charlie*, comme ils l'ont toujours été. Ils ont cette chance : ils vont continuer à travailler aux côtés de Cabu, de Wolinski et de Luce Lapin. Quant à moi, c'est une des plus belles choses qui me soient jamais arrivées.

C'est un troisième *Charlie* qui va naître de leurs mains. Je l'attends avec impatience. On en a besoin. Vive *Charlie* ! ■

Dix-sept ans qu'avec Philippe on rame dans le même navire. On a souvent ramé à contresens du reste de la presse, des modes, des idées reçues et du marché. On a connu tous les temps, repoussé tous les abordages, résisté aux chants de toutes les sirènes. Durant toutes ces années, on a traversé des océans de joie, des mers de doute et des lacs de merde. Profonds, les lacs. Maintenant que tu t'éloignes à bord de ce petit pédalo que tu t'es bricolé avec le ventilo d'un Mac et un bout de la table de la rédaction, nous te souhaitons bonne chance, Philippe. Gaffe aux requins, il paraît que ceux qui peuplent les lacs de merde sont particulièrement agressifs.

Lorsque des journalistes nous interrogent sur *Charlie Hebdo*, une des questions qui reviennent le plus souvent (après celles qui concernent le chiffre des ventes et la vie privée de Val) est la suivante : *« C'est quoi, votre lectorat ? »* Dit autrement : à quelle cible vous adressez-vous ? Tous les journaux dignes de ce nom ont fait des enquêtes pour savoir le plus précisément possible à quelle catégorie sociale, professionnelle, culturelle appartenait la majorité de leurs lecteurs. Pourquoi dresser le portrait-robot du lecteur type ? Pour adapter le contenu du journal à la clientèle la plus susceptible de l'acheter. *Charlie Hebdo* n'a jamais calibré son contenu en fonction d'un marché potentiel. C'est pourquoi *Charlie Hebdo* continuera à ne ressembler à rien d'autre qu'à... *Charlie Hebdo*.

Cavanna s'est toujours refusé à « flatter le con », Val déteste pardessus tout la démagogie, nous prenons à notre tour l'engagement que nos langues ne râperont le cul de personne.

SYLVIE COMA, CHARB, RISS

Philippe, de ton côté :
l'intelligence et l'humour.
Par ci, par là :
le mensonge et la jalousie.
Laisse les crapauds !
ils crèveront dans leur peau !
Ton ami Cabu

Au revoir, Philippe. Tu vas me manquer. Tu vas nous manquer. Depuis cinquante ans que je dessine dans les journaux, j'ai eu beaucoup de rédacteurs en chef. Tous sont devenus mes amis. Ou alors je partais. Cette fois-ci, c'est toi qui pars. Tu avais su, à *Charlie Hebdo*, t'entourer d'une bonne équipe, des femmes, des hommes, lorsque je les regarde à la réunion, je les aime. Je ne peux travailler qu'avec des gens que j'aime, que j'estime, que j'admire.

Tu as dit, il n'y a pas longtemps : *« Nous sommes là pour dire ce que nous croyons être la vérité, nous pouvons nous tromper, à condition d'être sincères... »* *Charlie Hebdo* est un journal qui essaie de dire la vérité. Si nous nous trompons, nous ne le faisons pas exprès. Nous avons la chance d'être libres. Au revoir, Philippe. Nous avons beaucoup ri ensemble. Amuse-toi bien là où tu vas.

WOLINSKI

2009
Charlie Hebdo n°882
du 13 mai

CAVANNA SPÉCIAL PÈRE-LACHAISE

CHARLIE HEBDO

5 FÉVRIER 2014 / N° 1129 / 3 €

CAVANNA, L'ANTIVIEUX

Il commence à faire nuit, ça doit être l'hiver. Ou pas. C'est peut-être l'été, tiens. On s'en fout. On rentre à pied d'une dédicace qui se déroulait en proche banlieue. Cavanna marche encore d'un bon pas. D'un bon pas de vieillard que Parkinson chahute. On arrive en bas des escaliers qui mènent au quai quand le métro arrive. Une bonne vingtaine de mètres nous séparent du cul de la dernière rame et Cavanna se met à mimer un mec qui court. En fait, non, il court. Il croit qu'il court. Il cahote.

Parkinson ne le tient pas encore trop fermement en laisse, et du coup on chope le métro avant que les portes nous cisaillent les miches. Cavanna ne veut pas s'asseoir. Il s'accroche à la barre centrale et peste. Il ne comprend pas que son corps soit toujours en retard sur ses envies, ses fantasmes, sa volonté. Juste avant de se lever, le matin, il se voit sauter du lit, sortir cavaler dans les rues, mais dès qu'il pose le pied par terre il sent que ça ne va pas être possible. Et tous les matins, me dit-il, il est d'abord surpris d'être enfermé dans un corps aussi pataud avant de se mettre en colère. Véritablement en colère. Et dans le métro il pique une crise contre la vieillesse, cette saloperie, cette escroquerie, cette déchéance ignoble. On lui a filé un corps, il y a des années de ça, parfaitement réglé sur le tic-tac de ses pensées, pourquoi ce putain de corps ne marche plus, merde !

J'ai déjà vu Cavanna en rogne, mais jamais à ce point. Cavanna refusait d'accepter le rôle que la société demande à un plus de 80 ans de jouer. Il refusait de se couler dans la peau du bon petit vieux résigné à vivre sa vie de vieux. Il détestait les vieux qui laissent entendre qu'ils sont contents d'être vieux, qu'il y a des avantages à la vieillesse. Des collabos ! Il faut se révolter contre la vieillesse, ne pas trouver ça normal ! Il n'y a aucune gloire à être vieux, il faut abattre ceux qui propagent ce mensonge !

Ç'aurait été beau, une manif de vieux avec Cavanna à leur tête pour protester contre la vieillesse. De République à Nation, « Crève, la vieillesse ! », « Parkinson, Alzheimer, un charter pour l'enfer ! », « Et si l'enfer n'existe pas, inventons-le pour se débarrasser de ces ordures ! »

Toute sa vie, Cavanna a lutté contre les évidences, les lieux communs, les réjouissances obligatoires, les traditions imbéciles, les méchants cons, les gentils cons, les pas-cons-mais-faut-se-méfier-quand-même, la gloriole, les idées à la mode, l'ordre établi, les bons sentiments, les cucuteries bien-pensantes, les foules à l'unisson, heureuses ou en colère. Non, Cavanna n'aurait pas pris la tête d'une manif. Trop peur d'y rencontrer des imbéciles et d'avoir la faiblesse de les trouver sympathiques, en plus…

Cavanna avait 20 ans, il aura 20 ans pour l'éternité.

Il s'est battu contre les institutions, moins pour les abattre, je ne crois pas qu'il ait eu cette prétention, mais au moins pour emmerder leurs larbins et se marrer. La dernière institution qu'il a attaquée, c'est la vieillesse, elle a eu sa peau. D'habitude, les fâcheux font des procès, la vieillesse aurait pu le traîner devant la 17e chambre correctionnelle pour diffamation, insulte ou atteinte à l'image de la déchéance, mais non. La vieillesse l'a tué.

Une bonne nouvelle pour t'accompagner vers le néant, c'est-à-dire pas très loin de nulle part : en même temps qu'on apprenait que la bande à Parkinson avait eu ta peau, on apprenait que la justice déclarait nulles les poursuites engagées par deux associations d'islamo-affairistes contre *Charlie Hebdo*, ton journal, accusé de provocation à la haine raciale. Les juges ont trouvé que l'action intentée était grotesque… On se dit que la justice de 2014 a plus de talent que les ministres de l'Information des années 70, non ? ■

charb@charliehebdo.fr

2014
Charlie Hebdo n°1129 du 5 février

François Cavanna, fondateur de *Hara-Kiri* et *Charlie Hebdo*, s'éteint le 29 janvier 2014.

2014
Charlie Hebdo
n°1129 du 5 février

Mignonne, allons voir si les cendres...
LES OBSÈQUES DE CAVANNA
« JE SUIS PRATIQUEMENT NÉ AVEC LA MOUSTACHE »
« TU NOUS AVAIS PROPOSÉ DE JETER TON CORPS AUX CHIENS »
« J'ESPÈRE QUE TU NE M'AURAS PAS TRANSMIS TA MALADIE DE PARKINSON »
Laurent et Jérôme, fils de Cavanna
« ON N'A PAS EU DES PAPAS FACILES » Michèle Bernier, fille de Choron.
« Il a écrit, "À MON FILS JÉRÔME, C'EST POUR TE NOURRIR QUE J'AI ÉCRIT TOUTES CES CONNERIES !" »
Les Siné et les Charlie réunis pour la première fois, plus de la musique Italienne pour l'ambiance, ça faisait un peu enterrement du Parrain. Quand la musique change pour "La Prière" de Georges Brassens, en entendant : "JE VOUS SALUE MARIE" Cabu sourit
Gérard Descrambe, l'ami bordelais et viticulteur bio "d'Hara-Kiri", est là.
« IL M'A QUAND MÊME FAIT LEVER À 5 H, CE CON DE CAVANNA ! »
« JE SUIS UN LECTEUR, UN LECTEUR ANONYME »
« UN JOUR, MON PÈRE M'A DIT "TIENS, Y A UN JOURNAL POUR TOI ! ... IL EST BÊTE ET MÉCHANT !" »
Crémation de Cavanna.
POUR UN ÉCOLO, BONJOUR LE BILAN CARBONE !
CRÉMATORIUM
TIGNOUS
Bribes d'interventions en vrac.
« AU PROCHAIN CONSEIL MUNICIPAL, JE PROPOSERAI QUE FRANÇOIS CAVANNA SOIT ÉLEVÉ AU RANG DE CITOYEN D'HONNEUR » Jacques Martin, maire UMP qui a fait ériger une statue à l'effigie de Carla Bruni dans "sa" ville de Nogent-sur-Marne.
« LA CHANSON ÉCRITE PAR CAVANNA N'EST JAMAIS PASSÉE À LA RADIO (...) JE SUIS FIER D'ÊTRE LE SEUL À AVOIR CHANTÉ DU CAVANNA »
Marcel Amont
« Siné sort une feuille de sa poche.
« J'AI UN PENSE-BÊTE ..... ET MÉCHANT ! (...) MON VOEU AURAIT ÉTÉ QU'ON SOIT IMMORTELS AVEC CAVANNA AFIN QU'ON PUISSE FAIRE CHIER TOUT CEUX QU'ON DÉTESTE ! »
« DIEU N'EXISTE PAS, CAVANNA, SI !! » Charb.
Denis Robert cite Cavanna "(...) JE SAIS TROUVER LA GRANDE OURSE, MAIS PAS LA PETITE ! »
« ON A DÉBUTÉ ENSEMBLE DANS LE DESSIN, J'AURAIS DÛ LE SUIVRE ! » Gondot
Delfeil de Ton
« ALLEZ, SALUT MON CAVANNA ! » la petite Virginie
« CAVANNA, LE PRÉSIDENT, LUI-MÊME, TE FÉLICITE AUJOURD'HUI D'AVOIR SECOUÉ LA FRANCE, ÇA, TU L'AS SECOUÉE ! »
CLAP CLAP CLAP CLAP CLAP CLAP CLAP CLAP CLAP CLAP CLAP
Départ de Cavanna.
« ON EST PRESQUE TOUS HABILLÉS EN NOIR » « BAH, ON EST TOUJOURS HABILLÉS EN NOIR ! »
Pendant la crémation : « ÇA NE SENT PAS LA MOUSTACHE GRILLÉE ! »
HA HA HA T'ES CON !!
Il faisait froid à l'intérieur, ces cons n'ont allumé le feu que quand on est sortis.
6/2/14 Crématorium du Père-Lachaise.
Le 9/2/14, j'apprends de la bouche de mon ami JY le décès de BARBE, mon ami aussi. Il avait travaillé avec Cavanna, ils avaient même fait un livre ensemble, "JE T'AIME". « Si j'étais Barbe, je sais ce que je ferais : je ferais ce que fait Barbe. Oui, mais je ne suis pas Barbe... » Cavanna.
TIGNOUS

CHARLIE ET LE DROIT AU BLASPHÈME

Traditionnellement athée et anticlérical, *Charlie Hebdo* a toujours critiqué les dogmes religieux et la place parfois envahissante des religions dans la société. Malgré les menaces et les poursuites judiciaires, *Charlie Hebdo* n'a jamais cessé d'affirmer ses convictions à l'égard de toutes les religions, y compris de l'islam et plus encore de l'islamisme.

Le procès intenté au journal en 2006 pour avoir publié les caricatures danoises de Mahomet allait décider si le droit à la caricature pouvait s'appliquer à toutes les religions.

2006 *Charlie Hebdo* n°712 du 8 février
1994 *Charlie Hebdo* n°126 du 23 novembre ▶

CHARLIE HEBDO

10F

- Reportage : la Bourgogne vendue au Front national *page 11*
- La préfecture de police abrite des ateliers clandestins *page 5*

N° 316 • Mercredi 8 juillet 1998 • 10 francs • 70 francs belges • 3 francs suisses • 3,75 dollars canadiens • US dollars $ 2,95 • 2 900 lires

2006
Charlie Hebdo n°713
du 15 février

1994
Charlie Hebdo n°126 ▶
du 23 novembre

Novembre 1994 : l'islamisme pointe le bout de son nez

À la suite d'une de ses chroniques sur France Inter consacrée au port du voile, Philippe Val reçoit au journal une lettre de menace de mort. La première d'une longue série…

J'ai reçu ça !

Monsieur PHILIPPE VAL

Votre tribune du 7 Novembre 1994 sur France-Inter, à 18h. 55mn., enregistrée par hasard par un de nos frères et écoutée ensuite à plusieurs, a été jugée comme une agression et une insulte caractérisée.

Aussi nous excigeons pour le lundi 21 Novembre 1994 des excuses claires et sincères pour avoir propagé le mépris des musulmans au moment où ils se font tuer en Algérie.

Dans le cas où vous oublierez cet avertissement, la justice s'abattra sur vous.

Pour ne pas vous transformer en martyr laïc, ce que vous ne méritez même pas, il vous arrivera simplement un accident, grave, très grave.

Il ne fallait pas croire qu'on pouvait cracher sur l'Islman impunément

Allâh akbar !

Lorsque j'ai ouvert cette lettre, j'ai d'abord été furieux. J'ai senti que j'allais être en contradiction avec moi-même. Car les héros m'ont toujours fait ricaner. J'ai toujours préféré ouvrir mes bras à une femme qu'offrir ma poitrine aux balles de l'ennemi. Je préfère être vivant pour mes amis et mes chats que mort pour la France. Et, je l'avoue sans vergogne, si, un jour, pour rester en vie, je devais me rendre à la mosquée cinq fois par jour, j'irais, j'enlèverais ma paire de chaussures, et, si ça pouvait rallonger ma vie, j'enlèverais même trois chaussures. On peut tout me prendre, mon nouveau réfrigérateur, mon scooter, mon couteau suisse, et même mon piano, mais la vie, non. Montaigne lui-même, en pleine guerre de Religion, disait qu'il était catholique, parce que c'était la religion du roi. Il a donc choisi mathématiquement d'être emmerdé par une minorité plutôt que par une majorité. Cette étiquette catholique, d'ailleurs, lui a certainement été utile pour sauver la vie de beaucoup de protestants. De même, quand il y a eu la peste à Bordeaux, ville dont il était maire, on lui a reproché d'avoir fui la région. Mais qu'est-ce que vous voulez faire contre la peste, en plein XVIe siècle ? Lui reprocher cela est absurde. C'est comme si, aujourd'hui, sous prétexte qu'il y a le sida, on demandait à Chaban-Delmas de faire l'amour sans préservatif. Dans une de ses dernières chansons, Renaud se solidarise avec un moineau qui fait caca sur le nez de la statue d'un maréchal de France. S'il est d'accord, je veux bien faire partie du club, entre lui et le moineau.

Mais il y a une chose que je ne peux pas faire, c'est penser le contraire de ce que je pensais il y a quinze jours, si rien n'est venu me prouver que j'avais tort. Mon dentiste, s'il touche le nerf de la dent, peut me faire avouer n'importe quoi. Que la Terre est plate, et que l'eau bout à 50°. Mais, au fond de moi, je continuerai de penser que la Terre est ronde et que l'eau bout à 100°. Dans la chronique incriminée, je faisais remarquer que la religion asseyait toujours son empire sur le ravalement de la femme à un rang inférieur. Chez les juifs, les chrétiens, comme chez les musulmans. Au début de tout, il y a la femme comme agent du mal. Eve, par sa concupiscence, provoque la colère de Dieu, qui chasse l'homme du jardin d'Eden, et le condamne à vivre en banlieue nord. Il a dit à la femme, désormais, tu enfanteras dans la douleur et tu pousseras un caddie plein de cochonneries, et tu vivras à découvert. Quant à toi, l'homme, tu iras pointer au chômage, et tu te feras tirer ton blouson par des skinheads sur la ligne Paris-Pontoise. Et ne viens pas pleurer, tu n'avais qu'à pas épouser cette conne. Je résume, mais, en gros, c'est ça. Toutes les religions partent du postulat que la femme est impure, de façon à pouvoir asseoir le règne de l'homme. Or je ne crois que ce que je vois. J'ai bien connu quelques femmes dans ma vie. Moins que Johnny Hallyday, mais plus que Jean-Paul II ou que l'ayatollah Khomeyni. Eh bien, je peux vous dire qu'elles ne sont pas plus impures que moi. Et, sans me vanter, je peux vous dire que j'en ai étonné plus d'une qui ne savait même pas qu'on pouvait être impur au point où je le suis. Mais trêve de plaisanterie. La pureté n'existe pas, ni l'impureté. C'est une création de l'esprit comme les êtres de raison tels que la ligne droite et le cercle. Dans la nature, il n'y a aucun cercle parfait ni aucune ligne exactement droite. L'homme sensé ne juge ni ne condamne au nom de la pureté, puisque c'est une notion chimérique. Je suis intimement persuadé qu'hommes et femmes sont égaux. Ils se valent. Et ce que je dis, hélas, n'est pas forcément flatteur pour les femmes.

Pourquoi les hommes ne portent pas le voile ?

En revanche, je crois que tous les racismes, anti-Blancs, anti-Arabes, anti-Chinois, anti-pédés, anti-tout ce qu'on veut, tous les ségrégationnismes prennent leur source dans un seul et unique racisme fondateur : le racisme anti-féminin. C'est un racisme culturel, religieux, auquel les hommes s'agrippent comme des naufragés, car, de manière implicite, inconsciente, à toutes les heures du jour et de la nuit, il rassure le mâle, terrifié par la mort, l'impuissance, et la perte de ses dérisoires prérogatives de coq de basse-cour. Hiérarchiser l'homme et la femme permet ensuite de hiérarchiser tout le reste. Et d'inventer la primauté du droit du sang sur le droit du sol. Rejeter dans l'infériorité un être humain parce qu'il naît femme, ou Noir, ou Arabe, permet d'avoir une bonne justification pour l'opprimer, l'exploiter, voire le massacrer. La peur de la différence commence par le gonflement monstrueux du sexe masculin, comme la peur ébouriffe la queue du chat, ce gonflement fantasmatique par la taille ou par le nombre dont témoignent les minarets, les tours des cathédrales et les sept bougies des chandeliers juifs.

Une autre petite remarque à propos du voile, puisque toute l'affaire est partie de cette mauvaise polémique. Voilà maintenant environ quarante ans que beaucoup de musulmans sont installés en France. Et ça ne fait que deux mois que les jeunes filles se présentent au lycée avec le voile. Il faudrait en conclure que, pendant quarante ans, vous étiez de mauvais musulmans, et que, depuis deux mois, vous êtes de bons musulmans... C'est idiot. La vérité est que cette affaire du voile est politique et non religieuse. Elle est une mauvaise réponse au racisme ambiant. Et ma chronique elle aussi était politique. Elle essayait d'apporter sa contribution au débat à l'issue duquel je souhaite que soient trouvés les moyens de faire entrer un peu de lumière dans toute cette obscurité haineuse. En vous attaquant à des gens comme nous, à des humanistes, aux laïques, vous vous attaquez à ceux qui se battront toujours pour que vous ne soyez pas soumis à l'arbitraire, à l'injustice. Vous vous attaquez à ceux qui défendront toujours vos droits, pour que vous soyez traités comme des citoyens à part entière, libres et respectés.

Mais ceux qui me menacent de mort ne s'attaqueront jamais au Front national, à ceux qui brament les Arabes dehors, c'est-à-dire à leurs vrais ennemis. Et c'est louche. Parce qu'en s'attaquant au Front national ils savent qu'ils s'attaqueraient à leur équivalent français. En tirant sur un facho, ils auraient l'impression de tirer dans un miroir.

De même, je mets en doute la solidarité musulmane au nom de laquelle ils me menacent. Car je mets en doute l'amour que se portent les hommes entre eux quand il ne sert qu'à détester un ennemi commun. Le progrès de la civilisation interviendra quand les liens entre les gens se nourriront d'autre chose que de la haine de l'étranger ou de l'infidèle. Et ce progrès sera autrement important que le Minitel, le téléphone portable ou le nouveau char Leclerc.

Dieu, alibi des assassins

En choisissant la violence, vous, minorité fanatique, vous allez faire des millions d'Arabes qui vivent en France les victimes d'une répression qu'ils ne méritent pas, et que je dénoncerai si Dieu me prête vie. Mais vous agissez par stratégie, pour attiser la haine entre les gens parce que vous savez que seuls le sang, le malheur et l'injustice remplissent efficacement vos rangs.

Je soupçonne que les justiciers, les terroristes, les gens prêts à tuer pour une cause ont d'abord et avant tout envie de tuer. Ensuite, ils trouvent une cause. Dans les années 70, c'était la bande à Baader et les Brigades rouges, aujourd'hui, c'est l'islam, demain, ce sera n'importe quoi d'autre, la défense du taille-crayon à deux trous, ou le culte de Wotan, comme on l'a vu il n'y a pas si longtemps avec les nazis. Mais, si j'ose dire, Allah et Marx ou Wotan ont bon dos. Les dieux, en l'occurrence, ne sont là que pour servir d'alibi à des gens incapables de s'exprimer autrement que par le crime.

Pour finir, les héros, si héros il y a, sont des gens qui se définissent par leur courage. Vous qui cultivez le danger et la violence, vous n'êtes pas de vrais héros. Car, devant un danger, être héroïque est à la portée de n'importe quel inconscient. Le vrai courage et la vraie liberté consistent à chercher à être heureux. A essayer de l'être tous les jours. Dans l'enfer quotidien, avec le temps qui passe, la vieillesse, la mort, l'ennui, la précarité, les gens capables de bonheur sont beaucoup plus émouvants et dignes d'admiration que les héros des tueries. Ils essayent d'être à la hauteur de leur cerveau d'être humain. Les autres s'enivrent comme des chimpanzés rendus fous par le sang de leurs victimes. Je vous souhaite donc d'être heureux. Non par gentillesse, ni par charité. Non. Tout simplement parce que si vous l'étiez, vous me foutriez la paix.

PHILIPPE VAL

Nous tous, les collaborateurs de *Charlie Hebdo*, assumons toutes les conneries que Philippe Val écrit dans notre journal et raconte sur France-Inter. Pas seulement parce que c'est notre chef et qu'on n'a pas le choix, mais aussi parce qu'on partage la plupart de ses idées (sauf en matière de gastronomie). Et même s'il nous arrivait d'être gravement pas d'accord avec lui, nous lui reconnaîtrions le droit d'aller travailler au *Nouvel Obs* ou à *l'Equipe*.

Les barbus qui s'en prendraient à Philippe Val nous trouveraient sur leur chemin, vu qu'on prend le même chemin que Val pour aller au travail.

LES COLLABORATEURS DE « CHARLIE HEBDO »

Publié dans le n° 545, ce dessin nous a valu p
pour avoir « insulté » Mahomet.

***Charlie Hebdo* paru le mercredi 27 novembre 2002**

Nous irons droit au but avec ce journal, nous exigeons des excuses de la part de Charlie hebdo à toute la communauté musulmane suite à leur insulte à l'égard de notre Prophète que la paix et les bénédictions soient sur lui.
Il est de notre droit et de notre devoir, à nous, membres de la communauté de l'Islam de nous mettre en colère lorsque notre Prophète et nos croyances sont bafoués, il est de notre droit et de notre devoir d'être furieux, il est de notre droit et de notre devoir de leur dire de ne pas dépasser les limites et de ne pas se montrer irrespectueux envers l'être qui possède la plus haute distinction de l'histoire de ce monde.
Nous tenons à rappeler à tous ceux qui liront ces lignes qu'en tant que musulmans, **nous avons un devoir,** qui est de se défendre, contre les gens qui bafouent notre religion l'Islam, et notre Prophète Mohamed que la paix et les bénédictions soient sur lui.
Nous sommes dans l'obligation, de nous plaindre auprès de ce journal, et d'exprimer notre colère pour leur attitude irrespectueuse envers notre communauté.
Et nous ne tarderons pas à réagir, par le biais d'une pétition et de manifestation...
Tous les moyens seront mis en oeuvre si des excuses publics ne sont pas présentées.
Adressez vos courriers, ainsi que vos appels au journal :

l'objet:
la date: Wed, 4 Dec 2002 13:27:09 -0000
De: "[redacted]>
à: <charlie.hebdo@noos.fr>

Bonjour,je vous envoie ce message pour vous dire à quel point je outré et indigné pour cette caricature si mensongère à l'égard de notre noble Prophète. De quel droit vous permettez-vous d'insultez et de blessez le coeurs de millions de musulmans qui vivent en France.
Pourquoi cette caricature du Prophète avec un cigare dans une main et un verre de vin dans l'autre?
De plus pourquoi traitez-vous les musulmanes de "sac à patates?" Je suis moi-même une femme musulmane qui portent un foulard avec lequel je travaille et je suis respectée de tout le monde. Cela ne m'a pas empêché également de me marier avec un français de souche!!!! et alors???
Nous attendons de votre par des excuses publiques et sachez que je n'acheterai plus jamais votre journal.

l'objet: Mohamed est au dessus de toi minable
la date: Tue, 3 Dec 2002 16:49:24 +0100
De: "[redacted]" <[redacted]@[redacted]
à: <charlie.hebdo@noos.fr>

Vous n'êtes qu'un minable dont l'origine n'est qu'une goutte de sperme qui périra en enfer pour l'éternité si Dieu le veut.

l'objet: indignation
la date: Wed, 4 Dec 2002 10:24:51 EST
De: [redacted]
à: Charlie.hebdo@noos.fr

Bonjour,
Permettez moi de vous dire que je suis indignée et choquée à la lecture de votre journal , a l'apparition d'un dessin de camus illustrant une election faite par notre cher prophete Mohammad (Paix et salut sur lui).
Vous avez poussez le bouchon un peu trop loin en faisant apparaitre le prophete comme une personne hideuse
Par consequent, je vous demande de presenter des excuses à toute la communauté musulmane qui a été offensée par vos images. Ne respectez donc vous pas les religions a ce point.

CHARLIE SE CO

AU TEMPS POUR MOI

PHILIPPE VAL

L'islamisme n'a pas inventé le fil à couper le jambor

Fallait-il ou non parler du déluge de menaces que nous avons reçues, à la suite du dessin de Cabu ? Le plus simple aurait été de le traiter par l'indifférence, non ? Surtout en ce moment, quand Bush s'apprête à bombarder l'Irak... Est-ce qu'on ne va pas contribuer à intensifier le sentiment anti-musulman ou anti-arabe — ce qui n'est pas pareil ? Pas pareil ? Eh non... Et c'est toute la question. Ou l'on accepte que l'on vit dans un monde simplifié, un monde divisé en deux camps bien identifiés — la zone d'influence judéo-américano-chrétienne d'un côté, les musulmans de l'autre —, ou l'on ne se reconnaît en rien dans cette anthropologie de primate, et l'on essaye de continuer à penser des modes de cohabitation pacifiques en refusant les amalgames, qui, avec le kérosène, sont le meilleur carburant des bombardiers.

On ne peut pas s'excuser d'exercer un droit.

Ce qui était choquant dans l'opinion de Houellebecq selon laquelle l'islam était la religion *« la plus con du monde »*, c'était la hiérarchisation de la connerie qu'elle impliquait. C'est faire un mauvais procès à l'islam que de lui faire tenir un rôle de leader dans l'obscurantisme...

Ce n'est pas en soi qu'une religion est pire ou meilleure qu'une autre. En soi, elles se valent toutes. Ce qui les différencie, c'est le moment de l'histoire dans lequel elles agissent, et la virulence qu'elles expriment dans des lieux et des temps donnés. Le protestantisme au XVIe siècle en Europe du Nord, le catholicisme en Vendée en 1793, ne s'exprimaient pas de la même façon qu'aujourd'hui dans les mêmes régions. Le fondamentalisme était leur manière d'être standard. Aujourd'hui, la virulence de l'islamisme fonctionne comme une sorte de mondialisation des méthodes critiques du Front national, comme un exutoire des protestations du tiers-monde. Que la révolte contre la misère et l'injustice n'ait trouvé qu'une religion pour s'exprimer, c'est sans doute une des tragédies de notre temps.

L'horreur de vivre dans un monde régi par un islam radical n'a rien à envier à l'horreur de vivre dans un monde chrétien fondamentaliste. La différence, c'est qu'il n'y a plus guère de pays où règne un totalitarisme chrétien. Il y a bien eu l'Espagne, il y a bien çà et là quelques bleds américains dominés par les puritains, il y eut quelques beaux égorgements du temps des guerres de Religion en Europe, certes l'Irlande du Nord est un exotique musée de ces survivances, mais enfin, aujourd'hui, même au Vatican, les cardinaux se pacsent avec les gardes suisses, et on trouve un distributeur automatique de capotes au Macumba de Lourdes.

Le problème, avec les religions, c'est qu'elles mutent sans qu'on puisse prévoir comment, un peu comme les virus. Par exemple, en France, en ce moment, on trouve des athées qui, bien qu'encore imperméables à la foi, découvrent avec délices les principes de l'ordre chrétien. En gros, ils ne sont pas encore croyants, mais ils sont déjà pratiquants. Perdus dans un monde qu'ils jugent sans repères et sans une autorité indiscutable, ils trouvent dans les religions des préceptes pratiques pour que la jeunesse baise dans les clous. On ne garde de la religion que sa force réactionnaire, la foi étant laissée au hasard du pari pascalien : faisons semblant de croire, et, bientôt...

De même, il faut être aveugle pour ne pas voir que l'islam est également en pleine mutation. Depuis le retour de Khomeyni en Iran il y a vingt-cinq ans, tout le monde islamique est travaillé par une tendance toujours plus forte à vouloir occuper tout le champ de la politique. Dans ce monde où « la modernité » ébranle les modes de vie, de pensée, la sexualité, le rapport hommes-femmes, un peu partout, les religions reviennent en proposant les bonnes vieilles recettes d'antan, quand la domination du coq faisait régner l'ordre dans la basse-cour.

Cette crise de la masculinité — qui n'est qu'un refus de voir changer la condition féminine —, dénoncée chez nous par les amis philosophes de Luc Ferry, est vécue dans les sociétés islamiques avec une virulence décuplée. L'élection de Miss Monde
Nigeria en est le signe consternant. Deux cents mo
parce qu'une journaliste a trouvé que Mahomet aur
trouvé des charmes aux Miss... Va-t-il falloir mai
tenant qu'on défende l'insondable bêtise des électio
de reines de beauté sous prétexte que leurs ennen
ont tué deux cents personnes ? Ô connerie...

Alors pourquoi attacher de l'importan
à ces menaces dont nous sommes submergés
journal ? Tout simplement parce que c'est une inf
mation. Il est important de savoir qu'un dessin com
celui de Cabu, publié dans un journal comme *Char*
suscite une réaction organisée de cette ample
et avec cette tonalité menaçante et haineu
Important de prendre conscience de la sensibil
de ce mouvement et de la candeur avec laquell
s'érige en juge investi du pouvoir de condamner
actions de citoyens vivant dans des pays laïques.

Ce qui est délicat dans cette affaire, c'
le piège qu'elle contient. Puisque le monde est scin
en deux, tu es d'un côté ou de l'autre. Ainsi, puisq
nous sommes l'objet de menaces islamistes, no
sommes automatiquement des alliés de Bush...
nous considérons — ce qui est notre droit le plus st
— que ni la Vierge Marie, ni Moïse, ni le petit Jés
ni Bouddha, ni Mahomet, ni dieu, ni maître ne s

s de 500 messages nous demandant des excuses publiques

l'objet:
la date: Wed, 04 Dec 2002 09:27:55 +0000
De: "[redacted]>
à: charlie.hebdo@noos.fr

Bonjour
Avec tout le respect que j'ai pour vous, je me permets de vous écrire suite à une caricature publiée et qui représente le prophète Muhammad. Je ne conteste nullement vos droits à caricaturer tous les sujets, mais veuillez faire attention à ne pas vous attaquer à des symboles trés importants pour les Musulmans, ceci d'autant plus que nous sommes aujourd'hui victime d'une campagne raciste de dénigrement sans égal. N'en rajoutez pas vous non plus dans la catégorie poncifs et prêt à penser.
En vous remerciant de votre compréhension.
Un jeune musulman.

bjet: (sans sujet)
date: Tue, 3 Dec 200
De: [redacted]
à: charlie.hebdo@

sieur, Madame,

ous interpelle par ce courrier en tant que musulman afin de protester contre votre journal sur l' article où on cature le prophéte de l' humanité toute entiére Mohamed "Que la paix et la miséricorde de Dieu soit sur lui".

e article est un manque de respect significatif envers les musulmans.
e article est trés dangereux et peut vous apporter beaucoup de problémes avec une part minimum de ulmans qui verront là une offense et sombront dans la violence !
our cela que je vous demande de bien vouloir éditer un article pour demander pardon aux musulmans, et out de demander pardon à Dieu Le Trés Haut. [redacted]

l'objet: HONTE SUR VOUS
la date: Wed, 4 Dec 2002 02:28:54 EST
De: [redacted]
à: Charlie.hebdo@noos.fr

Honte sur vous sur votre journal, vos journalistes, vos lecteurs et tous les imbéciles de la planète qui taxent l'islam d'intolérance et qui se montrent à son égard plus intolérant encore et en parlent sans aucune connaissance, ni recul.
Je veux évidement parler de ce que vous dites sur notre prophète mohamed, que la paix soit su lui.
On ne se plaindra pas par la suite si des évenements comme ceux survenus au nigéria se reproduise mais cette fois à votre encontre.
Je vous conseille vivement de rapidement présenter toutes vos excuses à l'ensemble de la communauté musulmane. ET aussi d'arrêter au nom de votre conception éronée de la liberté d'expression de dire tout et n'importe quoi.
ENCORE UNE FOIS HONTE SUR VOUS

l'objet: ...
la date: Wed, 4 Dec 2002 13:23:49 +0100 (CET)
De: [redacted]
à: charlie.hebdo@noos.fr

preparez vous au pire,
vous l'avez bien chercher cette fois.

un musulman.

l'objet: Plainte de vore
la date: Wed, 4 Dec 2002 09:02:02 +0100
De: [redacted]
à: charlie.hebdo@noos.fr

Bonjour,

Je n'irais pas par quatre chemins pour clarifier mes propos.
Je suis scandalisés par e Charlie Hebdo paru le mercredi 27 novembre 2002 qui a atteind l'integrité de ma personne.
Je ne pensais pas que l'on puisse atteindre un niveau aussi primitif pour exprimer une calomnie contre une religion et ses adeptes.
Vous devriez avoir honte d'user de tels caricatures pour incendier le paysage multiculturel de notre communauté musulmane.
Les mots me manquent pour exprimer ma colere et mon desarroi devant ce siomplisme et cette vulgarité exprimé dans votre article dont vous trouveraz ci-bas un echantillon.
Un campagne est en cours pour demander des escuse a la communauté musulmane qui encore une fois porte le poids de ces imbécilités.
Je voudrais aussi vous informer que les forums sur l'islam ont reportés ce fait et vous êtes desormais le point de mire de toute notre attention.
Mes salutations ameres.

NVERTIT À L'ISLAM !

s objets de vénération pour nous-mêmes, alors où mmes-nous ? Si nous ne reconnaissons rien de cré dans aucune religion, si nous n'adhérons à cun dogme mystique, nous ne faisons qu'exprimer e philosophie que nous considérons fondatrice de démocratie. En effet, lorsque l'on suppose une torité transcendante, la démocratie n'est pas utile. suffit que des représentants (autoproclamés) de te autorité montrent le chemin pour que le upeau s'y engouffre. Mais s'il n'y a pas d'autorité nscendante ? Alors il faut que chacun consente à ordre commun, débattu et voté avec les seuls arguents de la raison, et c'est la naissance de la démotie. Il est fondamental, dans une démocratie, de éserver le droit de se moquer des religions et de ntester librement leur autorité, puisque c'est de contestation de cette autorité que la démocratie naît tous les jours.

les extrémistes musulmans nous emandent des excuses, ils risquent de nous demander longtemps. On ne peut pas s'excuser xercer un droit. Et ce refus n'a rien à voir avec l'adhésion politique de George Bush. Si les auteurs de ces essages avaient trois neurones dans le cerveau, ils aient la différence entre Condolezza Rice et Cabu, re George Bush et Wolinski, entre Gébé et le général hwarzkopf. Ils se rendraient compte que le monde est divers. Qu'il n'y a pas deux camps, mais quelques milliers. Que dans ces quelques milliers il y a des amis du tiers-monde dans lesquels ils voient d'irréductibles ennemis parce que les femmes y mettent du rouge à lèvres et qu'on y lit d'excellents romans américains.

Que les choses soient claires. Le droit — que l'on a acquis de haute lutte — de se moquer du petit Jésus ou de Mahomet, on n'est pas près de l'abandonner. Il est constitutif du monde dans lequel nous voulons vivre. Ceux qui ne sont pas d'accord avec nous peuvent librement se foutre de notre gueule, on ne risque pas de les menacer de mort pour ça.

Être opposé à Bush, ce n'est pas être anti-américain. Être opposé à l'islamisme, ce n'est pas être anti-arabe. Quand un musulman se moque du pape, je ne me sens pas victime de racisme. Il y a des musulmans intégristes de toutes les couleurs et de tous les pays. Ce que l'on critique, ce n'est jamais leur origine, c'est leurs idées. C'est comme si, étant anti-chiraquien, on m'accusait d'être raciste anti-corrézien. C'est plus que con. C'est vertigineux.

Je dois à la culture qui s'est élaborée dans le monde islamique parmi mes plus belles émotions de lecteur. Des *Roubbaïates* d'Omar Khayyam aux romans de Nadjib Mahfuz, j'ai connu des joies irremplaçables. Combien de fois j'ai vu se lever le jour en lisant *Les Mille et Une Nuits* ? L'invention de Schéhérazade est l'une des plus belles trouvailles littéraires du monde. Elle nous dit : tant que vous désirez, tant que vous avez quelque chose à dire, à raconter, à représenter, vous échappez à la mort. Il y a là une intuition de génie, à des années-lumière de la stupidité morbide des culs-bénits de toutes les religions. La notion d'« arabe » n'appartient pas aux islamistes, de même que l'attachement aux libertés démocratiques ne fait entrer personne dans une catégorie quelconque du racisme.

Confondre religion et origine ethnique est un tour de passe-passe auquel personne n'a rien à gagner, à part les assoiffés de sang et de crime. Il ne nous viendrait jamais à l'esprit de ridiculiser quelqu'un à cause de ses origines. En revanche, la critique des idées — y compris les idées religieuses — est la raison d'être même de notre journal. Si l'on s'en excusait, cela reviendrait à dire que l'on regrette d'exister, ce qui est une impossibilité logique. C'est une manie des semeurs de certitudes de menacer de mort les semeurs de doutes. Mais, sans les semeurs de doutes, les semeurs de certitudes ne seraient même plus là pour nous menacer, car l'humanité se serait autodétruite depuis longtemps. Quant à ceux qui se disent humiliés car on a humilié leur dieu, ils prouvent qu'ils se prennent pour Dieu lui-même. Pour eux, c'est sûr, les bombardiers de Bush ne peuvent rien. En revanche, un bon psychiatre... ■

DOUBLE PAGE PRÉCÉDENTE

2002 *Charlie Hebdo* n°547
du 11 décembre

2002 *Charlie Hebdo* n°548
du 18 décembre

« CHARLIE EST GRAND ET CABU EST SON PROPHÈTE »
APRÈS LES MENACES, LES SOUTIENS :

l'objet: **Fatigué...**
la date: Wed, 11 Dec 2002 19:41:39 +0100 (CET)
De: [redacted]
à: charlie.hebdo@noos.fr, persepolis@altern.org

...de devoir rappeler qu'Omar Khayyam est Persan, c'est-à-dire Iranien, et non Arabe (ceci est valable aussi pour Avicienne). Cette confusion est dûe à la récupération systématique qu'opère l'impérialisme arabe sous le nom de l'Islam, partout dans les pays où il a sû s'imposer par la force plus que par les propos. Devra t-on assimiler les Malaysiens aux Arabes sous prétexte que ces derniers ont réussi à leur imposer artificiellement leur doctrine?

Pour revenir à la polémique engendrée par le dessin de Cabu, je tiens à apporter mon petit grain de sel. Ayant fui les conséquences désastreuses de la révolution de 1979, je suis terrifié quand je constate l'influence croissante des barbus en tout genre qui s'imaginent permis d'imposer leurs restrictions en Europe, et particulièrement en France, en abusant des mêmes droits qui découlent d'une logique qui leur est antithétique.
Tenez bon, et suivez un peu plus les évènements estudiantins en Iran en ce moment, car une remise en cause profonde est en train de s'opérer dans l'évolution de ce pays. Et de la même manière que la révolution fût le catalyste de l'islamisme, sa chute sera celui d'une évolution indispensable.

Salutations,

l'objet: **Soutien !**
la date: Wed, 11 Dec 2002 15:59:18 GMT+1
De: [redacted]
à: charlie.hebdo@noos.fr

Bonjour,

C'était juste pour vous dire que vous avez très bien réagi à ces menaces ridicules et imbéciles. Continuez à défendre ces libertés et ces droits qui sont non seulement votre raison d'être, mais aussi celle de beaucoup de gens ! Comme dit José Arthur : " Le vrai jugement, ce sera Dieu qui comparaîtra devant le tribunal des Hommes ".
Soyez assurés de mon soutien !
Salutations cordiales et optimistes,

[redacted] 24 +0100
[redacted] ie.hebdo@noos.fr>

Cher Charlie Hebdo
Je suis un marocain marié a une francaise,et je lis chaque semaine votre journal avec beaucoup d'intérêt.
Je viens d'une famille berbère musulmane pratiquante,et j'ai grandi dans un climat d'ouverture d'esprit; mon père ne nous a jamais imposé quoi que se soit.
Je trouve revoltantes et grotesques les lettres d'insultes que vous avez reçues des prétendus défenseurs du prophète apres la parution du dessin de Cabu, on voit que ces gens n'ont aucune connaissance de la philosophie arabe! Il est amusant de penser que les insultes les plus courantes employées dans leurs pays d'origine sont "que la religion de ta mère soit maudite" ou "je nique ton Dieu!"!!!!!!!!!!.
Je veux vous manifester mon soutien -Les prétendus croyants, dans de nombreux pays islamiques commettent tant d'horreurs au nom de Dieu,du prophète ou de la religion! on doit pouvoir débattre de tout, tout critiquer et pouvoir rire de tout - La pensée rationnelle est au cour-même de la civilisation arabo-musulmane.
croyez bien que ces vociférations et ces menaces imbéciles ne représentent pas tous les arabes, ni tous les musulmans.

l'objet:
la date:
De:
à: [redacted] hebdo@noos.fr>

Bonjour,

Voilà je suis un fidèle lecteur - depuis seulement 2 ans mais je n'ai que 22 ans, les réalités du monde ne me sont pas apparues il y a très longtemps, et puis 2 ans c'est déjà pas mal - et je vous écris pour vous exprimer mon soutient dans cette 'affaire'.
Je trouve inadmissible la réaction de ces gens, qui au nom de croyances très discutables - enfin pour moi il n'y a rien a discuter d'ailleur, mais passons - se permettent de donner des leçons de morale et de menacer des journalistes.
Surtout que le dessin incriminé ne me paraissait pas si choquant que ca. Mais même.
Evidemment on peut ne pas être d'accord avec tout ce que vous publiez, mais c'est ca l'intêret. A quoi ca sert de lire un journal avec lequel on est toujours d'accord ? Même moi ca m'arrive de lire des choses qui ne me plaisent pas trop dans charlie - surtout que je suis supporter de foot, je doit avouer que j'en prend parfois pour mon grade! - mais je sais faire la part des choses.
Bref, même si c'est un peu insignifiant, sachez que vous avez mon soutient total dans cette affaire. Que charlie reste charlie, on l'aime comme il est.

PS: Dites y'a pas moyen d'obtenir un p'tit abonnement à tarif préférentiel avec tout les compliments que j'ai fait ? non ?
Bon tant pis

l'objet: **Défense contre les religion**
la date: Fri, 13 Dec 2002 09:27:38 +0100
De: [redacted]
Société: [redacted]
à: <charlie.hebdo@noos.fr>

Salut et fraternité
Salut à toi Charlie Hebdo, que la fraternité et l'humanisme soient sur toi, saches que si vous avez besoin de gardes du corps, nous sommes prêts à assurer votre défense contre les illuminés de toutes sortes. Nos fusils sont déjà chargés. De plus si ces ensoutanés, endjellabalisés ou autre n'achètent plus Charlie Hebdo, que la fraternité et l'humanisme soient sur toi, nous sommes prêts aussi à en acheter 10, 20 et plus pour te soutenir.
En revanche, si tu fais des excuses à ces primitifs, tu ne nous auras plus comme lecteurs. Heureusement, à la lecture du dernier N°, il n'en est pas question. Il est aussi amusant de vous voir taxés de simplistes par des gens adorants un ectoplasme.
Continue comme tu est, c'est un plaisir sans cesse renouvelé que de te lire. A propos, chapeau Cavanna, je viens de lire d'une traite les aventures du fils de Bouzil, super.
Salutations d'un frère anar.

[redacted]
a: charlie.hebdo@noos.fr

Bonjour,
Je voudrais exprimer mon soutien a votre journal et a Cabu suite aux 500 cretins qui se sont offusque d'un dessin.

Ces individus veulent bien lire Charlie tant qu'il se moque du bon dieu des autres. Mais pas touche au leur. Au diable la coherence.

Connaissant le caractere borne de la plupart de mes concitoyens des qu'on touche a leur foutue religion (dont ils ne connaissent que les interdits, et encore quand ca les arrange), je m'attendais a ce genre de reaction quand j'ai vu le dessin de Cabu.

Je voulais par ce message vous dire qu'il y a tout de meme quelques africains du nord pour qui la coherence et l'honnetete sont les qualites premieres, quand on se pretend lecteur de Charlie, et donc progressiste.
Merde a toutes les religions, et bonne chance.

Février 2006 : *Charlie* décide de publier les caricatures de Mahomet

L'éviction du rédacteur en chef de *France-Soir* pour avoir publié les caricatures de Mahomet réalisées lors d'un concours lancé par le journal danois *Jyllands-Posten* pousse la rédaction de *Charlie Hebdo* à les publier à son tour, au nom de la liberté d'expression et du droit de caricaturer et critiquer les religions.

2006
Charlie Hebdo n°712 ▶
du 8 février

CHARLIE
2€
NUMÉRO SPÉCIAL
MAHOMET DÉBORDÉ PAR LES INTÉGRISTES
C'EST DUR D'ÊTRE AIMÉ PAR DES CONS...
cabu

CACHEZ CES DESSINS QUE JE N

L'Association du Manifeste des libertés (AML) rassemble des hommes et des femmes de culture musulmane qui portent des valeurs de laïcité et de partage. Elle nous a fait parvenir ce texte.

Pour la liberté d'expression !

L'hebdomadaire jordanien *Shihane* publiait, le 2 février dernier, trois des caricatures danoises qui mettent aujourd'hui le *« feu aux poudres »*, et se demandait *« ce qui portait le plus préjudice à l'islam: ces caricatures ou bien les images d'un preneur d'otage qui égorge sa victime devant les caméras »* (cité par *Libération*, 3 février 2006). Le problème est que ce journal a été retiré de la vente, et le directeur de publication, limogé. Ainsi, il y a certainement nombre de gens qui pensent la même chose en terres d'islam, mais ils n'auront pas le droit de le dire: c'est à eux que manque le plus gravement la liberté d'expression.

On pourra toujours discuter de la qualité de ces caricatures et de l'influence possible, sur elles, de l'atmosphère droitière et teintée de racisme qui sévit actuellement au Danemark, comme dans d'autres pays européens. Mais qu'on en appelle au meurtre contre leurs auteurs et contre l'ensemble de leur nation au nom de Dieu, que le secrétaire général du Hezbollah libanais déclare que *« s'il s'était trouvé un musulman pour exécuter la fatwa de l'imam Khomeyni contre le renégat Salman Rushdie, cette racaille qui insulte notre prophète Mahomet au Danemark, en Norvège et en France n'aurait pas osé le faire »*, nous impose l'urgente nécessité de les défendre: allons-nous attendre, comme le dit Magdi Allam dans *Il Corriere de la sera*, *« qu'un autre Théo Van Gogh soit assassiné à Copenhague ou à Oslo »* ? Qu'on ait de nouveau ce sinistre « fini de rire » dont parlait un journaliste français lors de l'affaire Van Gogh ?

Cette remise en cause de la liberté d'expression, orchestrée quatre mois après les faits, vise à empêcher toute liberté de pensée d'artistes, d'intellectuels, toute critique de la religion, dans une surenchère sur fond de victoire électorale du Hamas en Palestine, et des positions du gouvernement iranien. Ces manifestations et ces apparents désordres provoqués par les caricaturistes danois sont, en réalité, un rappel à l'ordre adressé à ceux qui se reconnaissent provenir de cette civilisation-là, citoyens d'Europe et d'ailleurs, et surtout d'ailleurs: Vous n'avez pas le droit d'être européens, vous n'avez pas le droit de penser « comme des Européens ».

L'actuel projet de l'Organisation de la conférence islamique et de la Ligue arabe demandant à l'ONU d'adopter une résolution interdisant les atteintes aux religions – qui rencontrera, à coup sûr, la plus grande sympathie chez certains groupes chrétiens et juifs – est une remise en cause d'un acquis européen dont nous avons besoin plus que jamais, celui de la liberté de penser, indissociable de la liberté de conscience, du droit à l'athéisme, et au blasphème. D'autres « communautés » – juives, chrétiennes – se sont, elles aussi, senti insultées par tel ou tel texte, dessin, discours, mais elles ont réagi devant les tribunaux.

Au Manifeste des libertés, nous maintenons vive une double exigence: la condamnation de l'intégrisme et de ceux qui l'alimentent, et la nécessité de redonner espoir à un avenir démocratique partagé, à partir d'une pluralité de provenances culturelles. C'est cet espoir dont ne veulent ni les partis d'extrême droite, ni les radicaux islamistes, qui se renvoient étonnamment la balle – et nous avons à saisir cette balle au bond.

Pour cela, il importe de faire connaître toutes les contradictions qui ont été – et sont – à l'œuvre dans le monde musulman, toutes les expériences de liberté tentées dans ce monde, aujourd'hui comme hier. Rappelons-nous cette expérience de liberté d'ampleur historique et sociale inégalée, où pendant plus de deux siècles Bagdad est devenue un centre des savoirs du monde (Dimitri Gutas, *Pensée grecque, culture arabe*, Aubier). Il est vrai que le désir de civilisation y était alors intense et n'était pas écrasé par l'appétit des revenus pétroliers.

Des expériences de liberté qui, comme le dit Salman Rushdie, finiront bien par *« abattre un jour la porte de cette geôle »*.

TEWFIK ALLAL,
pour l'Association du Manifeste des libertés
manifeste@manifeste.org

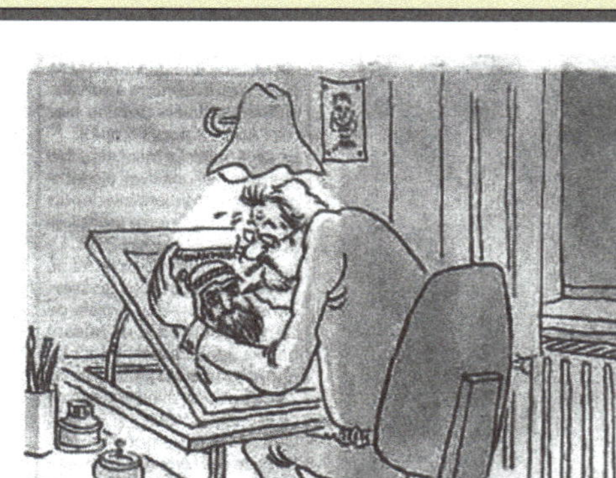
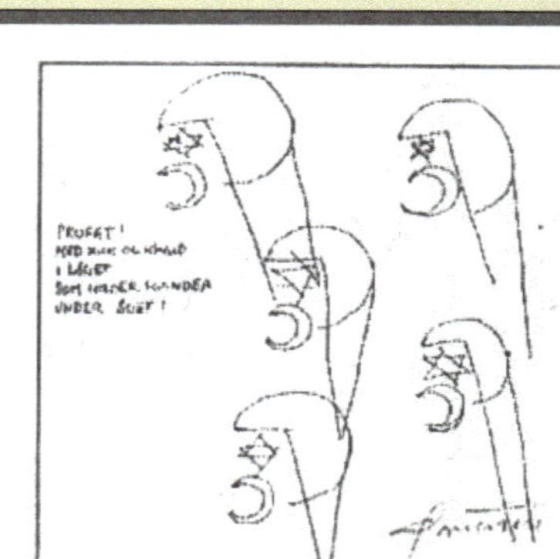

DOUBLE PAGE
2006
Charlie Hebdo n°712
du 8 février

SAURAIS VOIR !

> L'ÉDITO *par Philippe Val*

Petit glossaire d'une semaine caricaturale

Prophète Mahomet Chef religieux et militaire né aux alentours de 570 à La Mecque. Il a réussi à soumettre toutes les tribus de la péninsule Arabique. Il s'ensuivit une longue période de conquêtes victorieuses qui s'étendirent de l'Espagne à tout le Moyen-Orient. C'est un personnage historique qui appartient à l'humanité, comme Napoléon, Alexandre le Grand, Tamerlan. Les sunnites n'ont pas le droit de représenter son image, contrairement aux musulmans chiites. Dans les pays qui ont conquis la liberté d'expression, on peut le représenter comme on veut, de même que Jésus ou Bouddha, ou Moïse, ou Confucius, ou Platon, ou Sarkozy.

Le droit à la représentation Représenter une chose ou une personne est un élément fondateur du langage. Remettre en question le droit à la représentation reviendrait à censurer l'*Iliade* et l'*Odyssée*, le théâtre grec du ve siècle, qui met en scène la tragédie de l'intrusion des dieux dans la vie des hommes, toute la littérature, les *Mille et Une Nuits* des Arabes, Shakespeare, toute la poésie, toute la peinture, tout le cinéma, etc. La représentation, qui met à distance une figure de la réalité, permet d'entretenir avec elle un rapport, au lieu de la subir comme la subissent les minéraux, les végétaux et les animaux. Or c'est dans ce *rapport* que l'on entretient avec la réalité que la liberté humaine s'exprime. Sans lui, seuls régneraient l'instinct de reproduction et celui de conservation, et jamais nous n'aurions ni le temps ni l'idée de chercher à améliorer notre condition humaine, jamais nous n'aurions le temps ni l'idée de chercher à diminuer nos souffrances, jamais nous n'aurions le temps d'imaginer notre vie plus heureuse. Nous serions sans cesse occupés à survivre, comme les animaux dans la jungle.

Rappel historique Lorsque le grand Reich a demandé au petit royaume du Danemark de livrer les Juifs, les Danois refusèrent. Le résultat fut étonnant. Les nazis renoncèrent. Sans la complicité du peuple, ils ne pouvaient rien faire. C'est une leçon. La même chose s'est produite en Bulgarie. Tous les autres pays sollicités ont livré les Juifs. Devant les fascistes, le « non » collectif est toujours payant. Les individus ont le droit d'avoir peur, mais, quand ils incarnent des institutions, la peur est interdite. La démocratie, sommée de se renier, doit refouler ses peurs et refuser de céder sur les principes qui la fondent.

Troisième Guerre mondiale « S'il fallait censurer ces dessins pour éviter la Troisième Guerre mondiale, leur publication serait absurde. » L'argument n'est pas recevable. Si la Troisième Guerre mondiale devait éclater, elle éclaterait de toute façon. On ne peut imaginer une seconde que ses causes soient épuisées par une douzaine de dessins. Ne pas publier les dessins serait interprété par les religieux totalitaires comme une victoire encourageante qui ne ferait que précipiter la crise suivante. Seule une fermeté calme et sans agressivité peut calmer la folie qui se lève. Lorsque des extrémistes, par le chantage ou par la terreur, arrachent des concessions aux démocraties sur des questions de principe, c'est que les démocraties n'en ont plus pour longtemps. Les « accords de Munich » sont le cas de figure de référence.

La bombe dans le turban Que les dessins qui ont déclenché le scandale ne soient pas très bons, c'est une chance. S'ils avaient été géniaux, on aurait entendu tous les esthètes défendre leur publication au nom de l'esthétique. Là, au moins, les choses sont claires. Il ne s'agit pas de critiquer des œuvres, mais de défendre un principe. Quand un journaliste est pris en otage par des terroristes, on ne se pose pas la question de savoir s'il est génial ou médiocre. Le capitaine Dreyfus était un militaire avec une personnalité rigide, pas très sympathique. Une partie de la gauche, menée par Jules Guesde, a décidé de ne pas le soutenir et de laisser les « bourgeois régler leurs affaires entre eux ». Jaurès a décidé de défendre un innocent accusé parce qu'il était juif. Quant au dessin représentant Mahomet avec une bombe dans le turban, il est suffisamment faible pour être interprété n'importe comment par n'importe qui, et le crime est dans l'œil de celui qui regarde le dessin. Ce qu'il représente, ce n'est pas l'islam, mais la vision de l'islam et du prophète que s'en font les groupes terroristes musulmans. Ils prétendent que le prophète leur inspire des meurtres et des attentats. C'est leur propre vision du prophète qu'ils ne veulent pas voir représenter. Sauf à oublier les attentats de New York, Londres, Madrid et les prises d'otages, la représentation de cette vision djihadiste du prophète est légitime. C'est toujours pareil. La liberté d'expression est sans cesse menacée par ceux qui ne veulent pas voir exposer leur propre enfer intérieur. Il en va ainsi des puritains à la libido tyrannique et refoulée, qui ne peuvent pas voir un slip sans appeler la police. À chacun son prophète et son dieu, condamnés à cohabiter avec toute la diversité des mentalités humaines. Pour les hommes tolérants et bons, Dieu et son prophète sont bons et tolérants, pour les hommes de haine et de cruauté, Dieu et son prophète sont guerre et assassinat.

Liberté d'expression Si elle est un fait dans les États de droit, elle n'en est pas moins réglementée par le législateur. La diffamation, le racisme, l'insulte aux personnes, relèvent des tribunaux de la République. Libre à nous de chercher à faire évoluer le champ de cette liberté, mais c'est à nos risques et périls. À *Charlie*, nous avons eu, avec les extrémistes chrétiens, de nombreux procès que nous avons gagnés, et qui, désormais, font partie de la jurisprudence en vigueur dans les tribunaux. Précision capitale : les lois qui encadrent cette liberté protègent des personnes, non des mythes.

Amalgame Le concept d'islamophobie a été réactualisé dans l'Iran des mollahs, de façon à pouvoir interpréter la critique de l'islam comme l'expression d'un racisme. La balle a été reprise au bond par les fondamentalistes chrétiens qui nous attaquaient en justice pour blasphème et racisme anti-Français. L'amalgame entre racisme et critique de la religion est à peu près aussi cohérent que l'était, à l'époque de Franco, l'amalgame entre critique du fascisme et racisme anti-ibérique...

Tabou Toutes les religions du monde interdisent ou prescrivent un nombre incalculable de choses. Si chacune d'entre elles prétendait vouloir imposer toutes ses prescriptions à tout le monde, nous ne pourrions jamais manger, boire ou dormir, ni nous habiller, ni nous raser, ni dessiner, ni vivre, en somme. Les tabous des religions ne concernent que leurs fidèles.

Rascisme Comment s'exprime le racisme ? En rejetant sur toute une communauté — les Danois, les Blancs, les chrétiens, les Arabes, les musulmans, les Américains, etc. — ce que l'on reproche à l'un ou à quelques-uns de ses membres. Ainsi, un dessinateur danois caricature Mahomet, et soudain, dans tout le Moyen-Orient, la chasse est ouverte à tous les Danois et à tous les Norvégiens. Ce transfert d'un problème posé par quelques personnes à tous leurs concitoyens est l'expression la plus classique et la plus violente du racisme. C'est le phénomène des pogroms et des ratonnades...

Victimes Les principales victimes de l'islamisme, ce sont les citoyens des pays musulmans. L'exemple de l'Algérie devrait nous aider à nous éclaircir les idées. La guerre civile des années quatre-vingt-dix a fait plus de cent cinquante mille victimes, assassinées par les islamistes. Des journalistes, des artistes, des paysans, des juristes... Nombre d'Algériens, dont la vie était menacée, se sont exilés en France. On peut imaginer combien, à leurs yeux, la critique de la religion n'a rien à voir avec un quelconque racisme anti-arabe.

Immobilité Les religieux intégristes pensent que ce qui est sacré l'est pour l'éternité, que Dieu est éternellement immobile, qu'il ne connaît pas le changement. C'est absurde. Si Dieu existe, lui-même a dû bouger pour créer l'Univers. Tout est en mouvement, les choses sacrées comme les choses profanes. Les prêtres des dieux antiques pensaient également que leurs dieux étaient éternels. Et pourtant, ils ont muté, eux aussi, et plus personne ne manifeste quand quelqu'un insulte Apollon. Dans quelques siècles, les historiens de l'avenir considéreront l'histoire des caricatures danoises comme nous regardons le problème de la substitution des dieux grecs aux dieux égyptiens. Nous vivons dans un mouvement perpétuel des choses, et dans l'éternel débat entre ceux qui veulent que rien ne change et ceux qui acceptent le devenir incessant de la vie pour l'aménager au mieux. Tout ce que l'on peut souhaiter, c'est que ce mouvement universel de la vie finisse par nous rapprocher. Nous ne serons jamais d'accord sur nos croyances, nos opinions, nos idées, nos convictions. Nous nous affronterons toujours pour elles. Ça n'est pas si grave que ça, si nous sommes tous d'accord pour dire que, d'abord et avant toute autre chose, le respect de la vie de l'autre est sacré. Lui seul me garantit de conserver ma seule richesse incontestable, qui est ma propre vie. Et puisqu'en France tout finit par des chansons, je propose ce couplet de Brassens :

> *« Et veuille le Grand Manitou*
> *Pour qui le mot n'est rien du tout*
> *Admettre en sa Jérusalem*
> *À l'heure blême*
> *Le pornographe. »*

■

Chasse Dieu à coups de pied, il revient enturbanné !

Cavanna

Tu ne crois en rien. Tu as banni de ton langage l'usage du verbe « croire » à la première personne du singulier. Tu es athée. Pour toi, rien n'est sacré. Or, il te faut agir comme si le sacré existait, et que tu doives en tenir compte, parce qu'il existe des gens, ce qu'on nomme des croyants, qui, eux, organisent leur existence autour de cette notion de sacré. « Tout est permis, mais il faut tenir compte de la sensibilité d'autrui », disent les bons apôtres. Que de délicatesse ! On en tient compte parce qu'on a la trouille, oui !

On n'arrête pas de faire remarquer que le christianisme et aussi le judaïsme tolèrent les plus cinglantes moqueries envers, non seulement leurs prêtres et leurs prophètes, mais envers leurs dieux mêmes... Croyez-le, ce n'est pas de bon cœur ! Seulement, on leur a arraché les dents. Ils ne peuvent protester que par la voie judiciaire, ils ne s'en privent d'ailleurs pas, mais enfin ils ne sont pas prêts à déclencher la guerre sainte.

L'islam, lui, oui. Tout au moins, je me plais à le croire, une frange excitée de l'islam. Or l'islam est, désormais, partout, en terre d'Occident. Et donc, partout où est l'islam, cette minorité d'excités est aussi. Il faut le dire, la peur règne. Car c'est bien la peur qui suscite cette formidable explosion autour des réactions des pays musulmans à la publication des douze dessins danois — pas très bons, d'ailleurs, mais là n'est pas la question.

Quiconque croit en quelque chose de tellement sacré qu'il échappe au jugement ne peut admettre qu'il existe des gens pour qui ce tabou n'est pas évident. Dans toutes les religions, la masse des croyants n'en fait pas un crime effroyable, tout au plus un blasphème. Oui, mais, en religion plus encore qu'en tout autre domaine, ce sont les excités, les fanatiques, qui agissent, qui parlent au nom des autres et vont aux pires excès.

De tous les dessinateurs interrogés par *Le Monde*, seul Cabu a eu le mot juste : « *Je suis frappé de voir, en ce qui concerne les musulmans, à quel point les modérés ne s'expriment pas et laissent faire des choses terribles en leur nom.* »

Parmi les dérobades plus ou moins motivées de ses confrères, ce parler libre et franc — et courageux ! — faisait du bien. Cabu, mon petit frère, je t'aime.

Il importe de se poser la question : pourquoi ce vacarme indigné, pourquoi ces menaces, et, surtout, pourquoi précisément maintenant ? Est-ce là une conséquence de la soudaine accession au pouvoir du Hamas palestinien ? Faut-il y voir un avant-goût du climat de violence et d'insécurité qui, jusqu'ici, a caractérisé l'action du Hamas ? C'est-à-dire créer un climat de guerre sainte, sur l'image d'un islam persécuté et méprisé partout en Occident ? Il semble bien que, malgré toutes les démonstrations multipliées par l'Iran ces derniers temps pour se donner l'allure du leader de la lutte à outrance, le petit Hamas soit en train de lui damer le pion.

Donc, nous en sommes là. On peut rire de tout, sauf d'une seule chose : l'image d'un certain prophète, fondateur d'une certaine religion. « On peut rire de tout, sauf... » Dans cette phrase, « sauf » prime « tout ». Là où il y a « sauf », il n'y a plus rien. La liberté ne peut être que totale ou n'être pas.

Pour nous, incroyants, toute religion n'est qu'amas de billevesées, consolationnisme, imposture, celle-ci autant que celles-là. Or nous, incroyants, devons subir la loi des croyants — de certains croyants — parce qu'ils nous font peur. Rangez vos discours lénifiants. Vous avez la trouille. J'ai la trouille. On en est là, après plus d'un siècle de triomphe laïque. S'abstenir de publier les trop fameux dessins danois, s'interdire de les défendre, s'autocensurer (quelle chose vile !), c'est abandonner la laïcité, c'est renier les durs combats du début du XXe siècle. Ce que n'ont pu faire nos curés, nos pasteurs ni nos rabbins, les « fous de Dieu » des banlieues sont en train de le réussir.

Ne parlons pas de mansuétude ni de respect de l'« autre ». Disons franchement : « Je ne me moquerai plus d'Allah ni de son prophète parce que j'ai la trouille. » Et ajoutons : « Si, demain, un imam m'interdit de manger du jambon en sa présence, je m'abstiendrai d'en manger, parce que j'ai la trouille. » Ce sera plus franc.

Je n'avais pas l'intention d'évoquer cette lamentable histoire de caricatures maudites, j'avais un sujet bien en main, et puis, vous savez ce que c'est, l'ambiance m'a saisi. Ce dégonflage universel avec tortillements de croupe et protestations de « politiquement correct » m'a fait bondir. Je pense que, tout ce que je viens de vous dire, les copains l'auront amplement traité dans ce numéro, et sans se dégonfler, eux. Ça ne fait rien, ça soulage.

J'écris ceci vendredi. J'ose espérer que d'ici à parution, soit mercredi prochain, la presse française aura, comme un seul homme, protesté franchement, sans tourner autour du pot, contre cette violence qui lui est faite et aura sauvé le principe même de la laïcité. Si nous sommes unis, « ils » ne foutront tout de même pas des bombes dans toutes les rédactions ! ■

Amen !

Il existe — au musée du palais de Topkapi, je crois bien, mais je n'en suis pas sûr —, enfin, il existe, j'en ai vu maintes reproductions, un splendide manuscrit en langue arabe, exécuté aux premiers siècles après l'hégire, lorsque la civilisation des califes brillait de son plus vif éclat. Ce manuscrit très précieux s'intitule *Le Voyage du Prophète*. Il est abondamment illustré de miniatures représentant le prophète Mahomet emmené par l'ange Gabriel visiter les régions célestes. Le tabou de l'image du prophète n'existait-il donc pas en ces temps encore tout proches de la Révélation ? Il est vrai qu'il ne s'agit pas de caricatures, mais d'images pieuses, sur lesquelles Mahomet apparaît entouré d'une gloire matérialisée par les flammes d'un ardent brasier. Je reconstitue de mémoire. ■

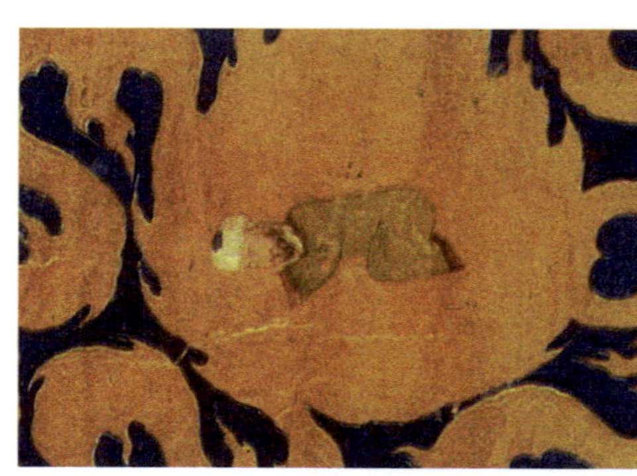

C'était l'époque des *Mille et Une Nuits*. L'islam, alors, à ce qu'il semble, était aimable. Et fertile. La science arabe brillait d'un vif éclat tandis que l'Occident crevait sous la féodalité et la tyrannie chrétienne. ■

INTOLÉRANCE

2005, BON CRU POUR LE BLASPHÈME

Le délit de blasphème n'est ni le privilège d'une religion ni celui d'une région. Petit rappel des « sacrilèges » ordinaires commis en 2005.

FÉVRIER

• Égypte. Deux jeunes femmes coptes cherchant à se convertir à l'islam ont été ramenées à leurs familles par les autorités. Comme le divorce est interdit, la conversion permet d'échapper à un mariage.

• Indonésie. Lors d'un office à la cathédrale d'Atambua (Timor-Occidental), des catholiques remarquent qu'un homme n'avale pas l'hostie. Accusé d'être protestant, le fautif ne doit son salut qu'à l'intervention de la police. Les postes de police sont alors incendiés.

MARS

• Russie. Le directeur du musée Sakharov de Moscou est condamné pour *« exposition anticléricale »*.

• Russie. Manifestations contre la première du ballet *Raspoutine*, dans lequel le personnage de Nicolas II, canonisé comme martyr, danse. Parmi les pancartes : *« Anathème au ballet blasphématoire »*. L'Église n'a pas protesté, mais elle rappelle que Nicolas II était *« un laïc qui dansait* [...]. *Sa représentation dans les œuvres d'art est acceptable, à condition de ne pas aller jusqu'au blasphème »*.

• France. La justice interdit l'affichage d'une publicité qui présentait une libre interprétation de *La Cène* de Léonard de Vinci.

• Italie. Dans le village d'Alviano, Corrado Sorbara, metteur en scène, comptait confier le rôle du Christ à une femme pour le spectacle de Pâques. Le maire de la commune a exigé *« un acte d'humilité* [...]. *Il n'est pas question de toucher à la liberté d'expression, fondamentale en démocratie, mais il y a un débat dans le village »*.

AVRIL

• Sierra Leone. Pour inciter les contribuables au civisme, les services fiscaux lancent une affiche : *« Jésus-Christ soutient le paiement des impôts »* ; celle-ci rappelle le propos de Jésus : *« Paie à l'Empereur ce qui appartient à l'Empereur et paie à Dieu ce qui appartient à Dieu. »* Protestations et manifestations.

• Russie. Suite aux protestations de l'Église orthodoxe russe, les organisateurs d'un festival d'art moderne à Arkhanguelsk se censurent et retirent une des œuvres, composée d'une faucille et d'un crucifix.

MAI

• Soudan. M. T. Mohamed Ahmed, rédacteur en chef d'*Al Wifaq*, est arrêté pour blasphème après avoir remis en cause la généalogie du prophète. À l'appel de la grande mosquée, deux mille individus manifestent devant le tribunal en criant : « Mort à l'apostat ! »

• Afghanistan. Deux étudiants en journalisme de l'université d'Herat ont été exclus pour avoir blasphémé, suite aux plaintes de quarante de leurs camarades. Ils avaient posé une question au professeur de religion sur l'inspiration.

JUIN

• Israël. Yishay Shlisel, un ultra-orthodoxe, poignarde trois personnes lors de la Gay Pride de Jérusalem — accusée d'être blasphématoire par les intégristes juifs et musulmans.

AOÛT

• Grande-Bretagne. Sœur Mary Michael a prié douze heures devant la cathédrale de Lincoln pour que Dieu interrompe le tournage du *Da Vinci Code* et qu'il châtie le révérend de Lincoln, coupable de blasphème et de simonie pour avoir permis le tournage.

• Pakistan. Mohammed Younus Shaikh, écrivain, est condamné à la prison à vie pour blasphème. Dans un livre, celui-ci expliquait que les quatre premiers imams étaient juifs (ce qui n'est pas tout à fait exact) et que la lapidation pour adultère ne figurait pas dans le Coran (ce qui est exact).

SEPTEMBRE

• Italie. Une affiche pour PlayStation, intitulée « Dix ans de passion », montre un jeune homme, souriant, couronné d'épines. Le cardinal Ersilio Tononi déclare : *« On ne peut pas utiliser ainsi les Saintes Écritures. »* Craignant un boycott, Sony retire la campagne en exprimant ses *« regrets »*.

OCTOBRE

• Afghanistan. L'éditeur d'un magazine féminin est condamné à deux ans de prison pour blasphème : il a remis en cause la sévérité des châtiments islamiques contre les femmes.

NOVEMBRE

• Égypte. Sept édifices coptes et une église sont assiégés, des dizaines de boutiques, une école, un hôpital et des évangiles brûlés, suite à une pièce de théâtre parlant de la divinité du Christ. Plusieurs blessés.

FIAMMETTA VENNER

THÉOLOGIE

Des points communs entre une pipe et un prophète

Dans les caricatures de Mahomet, ce qui m'étonne le plus, c'est qu'on ne voit finalement qu'un type barbu orné d'un turban. Ce personnage n'a de prophète que le fait qu'on *devine* ou qu'on *dit* qu'il est prophète. Un tel rapport entre « représentation » et « représenté » fait penser au tableau de Magritte montrant une pipe accompagnée de la légende « Ceci n'est pas une pipe ». À cela près que l'image d'une pipe renvoie à la réalité de l'objet pipe.

Mais la réalité d'un prophète, c'est quoi ? Que dalle. Il n'y a aucun lien objectif entre le dessin et son modèle. Si le journal danois avait accompagné ses caricatures de la légende « Ceci n'est pas Mahomet », les islamistes auraient-ils été choqués ? Ma préoccupation est donc la suivante : quels sont les critères permettant d'affirmer qu'une image est, ou n'est pas, l'image d'un prophète ?

Pour y répondre, j'avais besoin de lumières théologiques. Je les ai trouvées auprès de Sami Aldeeb, spécialiste des rapports entre droit et religion, à l'Institut suisse de droit comparé de Lausanne[1]. Sami Aldeeb nous apprend qu'*« une image ayant été décapitée ou dont manque une partie vitale pour pouvoir être habitée par une âme devient licite »*. Ainsi, on pourrait représenter Mahomet décapité ? Malheureusement non, car le prophète échappe à toute dérogation et reste hors de portée dans n'importe quel état... Fût-il acoustique, étant donné que sa voix ne doit pas être évoquée. Inutile de songer à en faire un personnage de film, quand bien même il parlerait « off », à la manière du Dieu qui s'adresse à Fernandel dans *Don Camillo*.

Ça va encore plus loin : *« Il est aussi interdit de représenter le mulet qui a transporté Mahomet à Jérusalem. »* Un simple dessin de bourricot pourrait déclencher les foudres des imams. Et les tabous ne s'arrêtent pas là : *« Il est interdit de faire paraître l'image de Jésus ou des prophètes en général. »* Les barbus considèrent donc qu'ils ont de bonnes raisons d'incendier toutes les églises.

Et si on faisait comme la télé, qui montre les mains quand elle ne peut filmer les visages ? Impossible, car le moindre doigt est interdit pour peu qu'on l'attribue à Mahomet. Un cheveu, un poil ou une rognure d'ongle obéissent à la même règle. En toute logique, un simple trait sous-titré « poil de prophète » mérite une fatwa. Tout ça pour dire qu'on s'énerve beaucoup à propos du dessin, alors qu'en tant que tel il n'est rien, et que c'est surtout sa légende ou son contexte qui importent. Ah, si Magritte avait été musulman, il nous aurait certainement laissé deux ou trois tableaux à côté desquels les pauvres carcicatures danoises sembleraient bien dérisoires.

ANTONIO FISCHETTI

1. Auteur de *Introduction à la société musulmane* (éditions Eyrolles).

DANEMARK

Porcs et baleines se tamponnent du boycott

Suite aux dessins sataniques publiés par les Danois, les bons musulmans vont boycotter les produits danois (les mauvais vont fermer les yeux). Que peuvent bien vendre les Danois aux musulmans ?

Le Danemark est un petit pays de 5,4 millions d'habitants, gouverné par de paisibles sociaux-démocrates adeptes de la « flexsécurité », sous l'œil d'une reine elle-même danoise, Marguerite (dite Daisy) II.

80 % des Danois sont syndiqués (t'entends, Thibault ?), 95 % sont luthériens (avec une sous-marque, j'ai oublié laquelle), 3 % catholiques romains (ouh !) et 2 % musulmans. La mortalité infantile y est l'une des plus faibles du monde, le nombre de livres publiés par habitant l'un des plus forts (sinon le plus fort) du monde, tout va bien. Le Danemark n'a pas d'inflation, pas de dette, pas d'UMP, un solde budgétaire en excédent. Hélas, le Danemark vend à l'extérieur. Pour 75 %, il vend en Europe et aux États-Unis, plus un petit 10 % vers l'Asie, restent 15 % vers le reste du monde, dont, disons, allez : 10 % des exportations vers les amateurs de dessin. Le Danemark vend du steak de pingouin du Groenland, qui n'intéresse personne. Également de la baleine des îles Féroé (et oui ! ces cons chassent la baleine), qui n'intéresse personne non plus, car manger du poisson à mamelles est interdit par toutes les religions. Le Danemark est un gros producteur d'éoliennes (qui n'intéressent pas les bons musulmans).

Le Danemark est aussi le plus gros exportateur du monde de porcs : entre 1,6 et 2 millions de tonnes de porc bon an mal an, soit deux fois plus que les plus gros exportateurs, le Canada et les États-Unis. Son porc est d'excellente qualité biologique, ce qui cause bien du souci aux éleveurs bretons. Le Danemark vient d'ailleurs de signer un accord avec la Chine, grande bouffeuse de porcs (et de chiens). Donc les exportations de porc ne souffriront pas du boycott.

Ensuite, le Danemark exporte du gaz et du pétrole, denrées dont les musulmans regorgent. En revanche, le Danemark exporte 90 % de sa pêche. Or le poisson (à quelques réserves près) plaît à Dieu, à Allah et à Vishnou. Et aussi à Yahvé. Mais la pêche ne représente que 4 % des exportations. La chute des boîtes de surgelé dans les pays musulmans ne sera pas catastrophique pour l'économie. Le Danemark exporte aussi les jouets Lego, de l'industrie pharmaceutique et médicale, de la mécanique, des bateaux : que voulez-vous faire de tous ces trucs dans le désert ? Reste l'un des postes essentiels de la balance commerciale danoise, le tourisme.

Et là, c'est catastrophique. Car certains musulmans, après leur petit tour à La Mecque, ont pour habitude d'aller se geler les miches au Groenland, histoire de se changer les idées. Les charters n'iront plus au Groenland. Et ce n'est pas tout : beaucoup de musulmans lisent Shakespeare, car ils adorent le prince Hamlet, roi du Danemark. Mais on peut penser que la chute de la lecture de Shakespeare aura peu d'incidence sur le commerce extérieur danois. De même, l'effondrement des ventes des contes d'Andersen. Au total, on peut penser que les consignes de boycott auront peu d'incidence sur l'économie danoise.

ONCLE BERNARD

2006
Charlie Hebdo ▶
n°712 du
8 février

2006
Charlie Hebdo
n°713 du
15 février

> PHILIPPE LANÇON La pente respectueuse

Le « respect » des religions et l'appel à la « responsabilité de la presse » honorent sans doute les gens de bien qui s'en prévalent. Ils s'en gargarisent avec une onction de notable au nom d'un humanisme bien tempéré, par tactique politique ou, tout simplement, et c'est finalement la bonne raison, la raison sensible, par peur des représailles. Mais le respect n'est qu'un sentiment. Il est subjectif et très relatif dans ses manifestations. C'est un sentiment souhaitable, nécessaire ; ce n'est pas une règle objective de vie en commun : ce que les uns appellent respect, d'autres l'appelleront lâcheté, hypocrisie, mauvaise conscience retournée ou soumission. Le respect dépend des hommes, des circonstances et des critères. Il est vague, menaçant. En bandoulière, ce respect-là finit toujours par défiler en procession du bordel au club de vertu, en passant quelquefois par la potence.

Voici un texte fameux qui date de 1955. Commençons par en citer des extraits sans en révéler ni le titre ni l'auteur. À l'occasion d'un voyage en Inde et au Cachemire, celui-ci observe de près la vie des musulmans, qu'il compare à celle des hindous. Pour les premiers, note-t-il, la solitude est invivable et la tolérance ne peut être qu'« *une perpétuelle victoire sur eux-mêmes* ». Pourquoi ? « *En la préconisant, le Prophète les a placés dans une situation de crise permanente, qui résulte de la contradiction entre la portée universelle de la révélation et l'admission de la pluralité des fois religieuses. Il y a là une situation "paradoxale" au sens pavlovien, génératrice d'anxiété d'une part et de complaisance en soi-même de l'autre, puisqu'on se croit capable, grâce à l'Islam, de surmonter un pareil conflit. En vain, d'ailleurs : comme le remarquait un jour devant moi un philosophe indien, les musulmans tirent vanité de ce qu'ils professent la valeur universelle des grands principes : liberté, égalité, tolérance ; et ils révoquent le crédit à quoi ils prétendent en affirmant du même jet qu'ils sont les seuls à les pratiquer.* »

Plus loin, l'auteur poursuit : « *Tout l'Islam semble être, en effet, une méthode pour développer dans l'esprit des croyants des conflits insurmontables, quitte à les sauver par la suite en leur proposant des solutions d'une très grande (mais trop grande) simplicité. D'une main on les précipite, de l'autre on les retient au bord de l'abîme. Vous inquiétez-vous de la vertu de vos épouses ou de vos filles pendant que vous êtes en campagne ? Rien de plus simple, voilez-les et cloîtrez-les.* [...] *Une franche conversation avec de jeunes musulmans enseigne deux choses : d'abord, qu'ils sont obsédés par le problème de la virginité prénuptiale et de la fidélité ultérieure ; ensuite, que le purdah, c'est-à-dire la ségrégation des femmes, fait en un sens obstacle aux intrigues amoureuses, mais les favorise sur un autre plan : par l'attribution aux femmes d'un monde propre, dont elles sont seules à connaître les détours.* » Si ce que dit cet auteur est vrai, il aurait manqué aux musulmans un Molière pour inventer une *École des femmes*. Mais, dans la bêtise idéologique ambiante doublée Tartuffe, ne va-t-on pas m'accuser de jouer le choc des civilisations pour la seule raison que je cite ce texte sans aussitôt m'oindre de respectabilité en regrettant sa publication ?

Le même auteur croit enfin remarquer, chez les musulmans qu'il décrit, un « *souci, inconscient sans doute, d'infantilisation systématique, d'imposition homosexuelle de la communauté par la promiscuité qui ressort des rituels de propreté après le repas, quand tout le monde se lave les mains, se gargarise, éructe et crache dans la même cuvette, mettant en commun, dans une indifférence terriblement autiste, la même peur de l'impureté associée au même exhibitionnisme. La volonté de se confondre est d'ailleurs accompagnée par le besoin de se singulariser comme groupe* ».

Plus loin, il conclut : « *Ce malaise ressenti au voisinage de l'Islam, je n'en connais que trop les raisons : je retrouve en lui l'univers d'où je viens ; l'Islam, c'est l'Occident de l'Orient. Plus précisément encore, il m'a fallu rencontrer l'Islam pour mesurer le péril qui menace aujourd'hui la pensée française.* [...] *Chez les musulmans comme chez nous, j'observe la même attitude livresque, le même esprit utopique, et cette conviction obstinée qu'il suffit de trancher les problèmes sur le papier pour en être débarrassé aussitôt.* »

Ce texte est écrit pendant la guerre froide, au moment où les intellectuels français se livrent à des orgies de faux humanisme.

Peut-être aurez-vous reconnu cette logique sans compassion et ces longues phrases si métalliquement claires : il s'agit de *Tristes Tropiques*, de Claude Lévi-Strauss. Un classique de l'anthropologie et, à mon sens, l'un des grands textes de la littérature française. Les remarques sur l'Islam viennent à la fin, dans la partie intitulée « Le retour ». Elles ne forment pas l'essentiel du livre et ce sont les plus discutables : leur généralisation est douteuse. Mais le premier problème n'est pas de savoir si Lévi-Strauss a tort ou non. Il est de savoir si, aujourd'hui, ce qu'il écrit pourrait encore être publié et discuté sérieusement.

Quel éditeur légitime (ou réputé tel) publierait ces lignes (à l'époque, c'était Plon) ? Quel journal les critiquerait sans passion ? N'exigerait-on pas une interdiction partielle, une édition caviardée, au nom du « respect » ? Si l'œuvre venait pourtant à être publiée par un éditeur légitime (ou réputé tel), que deviendrait-elle dans le débat qui la dévorerait ? Les trois quarts du livre disparaîtraient sans doute dans une foire aux cris et aux menaces. Celle-ci ne concernerait, bien entendu, que les pages sur l'Islam, très peu nombreuses. Elle serait animée par des professionnels de l'image ou de l'agit-prop. La plupart d'entre eux n'auraient évidemment rien lu d'autre que ce qui légitime leur présence sur les plateaux et dans les pages Débats. Dans les dictatures musulmanes, on accuserait la France d'être responsable des écrits d'un homme : fantasme de la totalité et de l'unité communautaire. On rappellerait sans doute ici et là — tiens, tiens ! — qu'il est juif. Que resterait-il de *Tristes Tropiques ?* Le « bouquin » d'un « islamophobe ». Et quelques lecteurs qui, dans une sorte de clandestinité démocratique, partageraient l'intelligence, la sensibilité et la violence d'un livre qui pousse, non pas à respecter des passions tristes, mais à réfléchir sur l'humanité vivante. ■

Chasse Dieu à coups de pied...

Cavanna

J'aimerais bien parler d'autre chose, ne serait-ce que pour montrer que *Charlie Hebdo* n'a pas les regards fixés dans une seule direction, mais l'ampleur qu'ont prise les événements ne m'en laisse guère le loisir.

Mon grand navrement, en cette affaire des caricatures du Prophète, est de mesurer l'effroyable impact du fait religieux sur les foules. C'est terrifiant. La bêtise au front de taureau partout triomphe, arrogante, hurlant de ses millions de mufles furieux... Mon adolescence fut baignée de l'idée du progrès en marche. Du progrès, veux-je dire, intellectuel, et, par conséquent, moral. L'école publique nous enseignait les Lumières, le doute, le raisonnement, la futilité des dogmes invérifiables. J'étais persuadé — et les jeunes de mon âge avec moi — que le règne des hommes en noir mourait doucement de sa belle mort, que celui de la saine raison était imminent, avait déjà commencé.

Et, en effet, en Europe, surtout en France, la religion reculait, le nombre des non-croyants militants augmentait, les croyants ne l'étaient plus que par habitude, le « bas » peuple — dont moi-même! — lisait, réfléchissait, s'instruisait. Là où l'on se met à penser, Dieu prend la porte. Aussi me figurais-je naïvement qu'il en était de même partout dans le monde. Je fus stupéfait lorsque éclata la guerre nazie. Encore pus-je me leurrer en reléguant l'horreur au rang de phénomène local, qui, une fois la bête écrasée, ne modifiait en rien l'élan général vers ce qu'on appelle un peu pompeusement « les Lumières », mais je ne trouve pas d'autre mot.

C'était oublier que le monde ne se limite pas à l'Occident européen et à ses prolongements. On m'avait tant vanté l'excellence de l'action civilisatrice de la France — et aussi des autres nations colonialistes — dans les pays lointains que je voyais les habitants de ces heureuses régions aussi avancés dans l'instruction et dans les commodités de la vie que nous-mêmes, et par conséquent aussi peu tourmentés que nous par les sottises, les terreurs et les tabous des vieux cultes locaux que nos instituteurs laïques ne manquaient pas d'avoir balayés et remplacés par la réflexion méthodique et la pratique de la démocratie. Vous voyez, j'étais vraiment très naïf.

Je n'imaginais pas que la colonisation d'un pays exotique n'était qu'une gigantesque entreprise de pillage, que les indigènes, bien loin d'être élevés au rang de citoyens, de recevoir instruction, soins et apprentissage de la raison, étaient au contraire maintenus dans les plus crasseuses superstitions par un clergé local et des chefs « coutumiers » au service des envahisseurs. Je ne savais pas que, à part quelques « élites », fils de notables complices des occupants, le peuple nous subissait, refusait le christianisme des missionnaires et renforçait son refus de l'étranger dans l'exaltation de sa propre foi.

C'est ainsi que l'islam est devenu la religion des peuples opprimés, puis libérés. On peut dire que, par-delà les frontières, les musulmans ont une super patrie : l'islam.

C'est dommage, mais c'est ainsi. Si les colonisateurs avaient vraiment voulu « civiliser » les peuples, on peut imaginer que la question religieuse n'y aurait pas plus d'acuité qu'elle n'en a chez nous. Et voilà : dans une France qui ne compte certainement pas plus d'un million de chrétiens vraiment convaincus à cent pour cent, six millions de musulmans pratiquants — même si ce ne sont pas tous des « fous de Dieu », en tout cas tous respectent le tabou du cochon, le ramadan et quelques autres — six millions, donc, de musulmans plus ou moins fervents mais tous d'accord sur l'essentiel réinventent la primauté du religieux sur tout le reste.

(suite)

L'attitude du président Chirac est une démission devant cette résurrection du divin. Sa réprobation verbale des *« provocations susceptibles d'attiser dangereusement les passions »* équivaut à une condamnation du blasphème, c'est-à-dire à réintroduire la notion d'un outrage spécial — l'outrage au sacré — dans le paysage politique. D'ici à ce qu'une loi votée dans la peur la réintroduise dans le Code...

J'écris ceci vendredi, nécessité technique oblige. D'ici mercredi, il se sera passé des choses. La grande manif de samedi, entre autres. Je souhaite de tout mon cœur qu'elle ait lieu dans le calme. Le MRAP (!) et d'autres organisations portent plainte contre nous. Ils ont raison, c'est la vraie démarche démocratique. Si les juges français estiment, en nous condamnant, que nous avons commis un délit ou causé un dommage, alors c'est qu'en effet la séparation de l'Église et de l'État n'est plus qu'un mirage.

Le Danemark, en tant qu'État souverain, a demandé publiquement pardon pour les caricatures. Le Danemark a eu tort. Non seulement il s'avoue coupable d'une faute — si faute il y a! — qui ne concerne que le seul journal éditeur, mais il associe tout le peuple danois à sa culpabilité.

Ce n'est pas en baissant la tête et en tendant les fesses qu'on fera respecter la démocratie. ■

Je vous parlais la semaine dernière d'un manuscrit arabe du Moyen Âge abondamment illuminé de portraits du Prophète en action. Pour peu que cela vous intéresse, j'ai eu depuis des précisions. Ce manuscrit très précieux, intitulé *Mirâj Nameh* (« Le voyage du Prophète ») et composé en Perse au XVe siècle, raconte comme une véritable bande dessinée le voyage de Mahomet, conduit par l'ange Gabriel et chevauchant sa jument à tête de femme, dans les régions du ciel et de l'enfer. Un peu comme *La Divine Comédie*, de Dante, c'est cela. On y voit dans chaque miniature le Prophète, c'est un jeune homme de jolie figure, barbu sans excès, vêtu d'une robe verte et d'un turban blanc. Cette extraordinaire galerie de tableaux aux couleurs éclatantes, après avoir appartenu à Gallard (le premier traducteur des *Mille et Une Nuits*), est aujourd'hui à la Bibliothèque nationale (supp. fonds turc n° 190). Une reproduction complète et de bonne qualité a été éditée par Draeger en 1977.

Donc, au XVe siècle encore, le tabou n'était pas sur l'image du Prophète. Ou alors, pas pour les Persans (chiites ?). ■

2006
Charlie Hebdo n°712
du 8 février

2006
◀ *Charlie Hebdo* n°713 ▶
du 15 février

DOUBLE PAGE

2006 *Charlie Hebdo* n°713 du 15 février

SAUF **2006** *Charlie Hebdo* n°712 du 8 février ▶

Jacques Chirac: *« Si la liberté d'expression est un des fondements de la République, celle-ci repose également sur les valeurs de tolérance et de respect de toutes les croyances.* [...] *Je condamne toutes les provocations manifestes susceptibles d'attiser dangereusement les passions. »* Comme de faire le jeu du Front national en dénonçant le bruit et l'odeur des immigrés.

Dominique de Villepin: *« Nous avons à préserver dans notre pays bien sûr l'exigence de la liberté d'expression,* ***MAIS*** *aussi à défendre l'exigence de respect dans un esprit de responsabilité. »* En poursuivant, par exemple, la politique arabe de la France dans son soutien aux théocraties et aux dictatures du Moyen-Orient clientes de Dassault.

Gilles de Robien: *« On peut caricaturer un homme ou une femme politique* [...] ***MAIS*** *dans cette notion du divin, dans la foi que certains peuvent porter avec beaucoup d'intensité, il y a tout un domaine que l'on doit respecter davantage que les actions humaines. »* Dit sans langue de bois: les droits de Dieu sont plus importants que les droits de l'Homme. Inch'Amen.

Douste-Blazy: *« Je suis attaché à la liberté d'expression, c'est évident,* ***MAIS*** *dans le cadre des lois de la République et aussi du respect* [...] *des croyances, des philosophies de chacun.* [...] *La liberté d'expression, elle, donne des droits, c'est vrai, elle donne aussi des devoirs de responsabilité à ceux qui parlent. ».* Ça éviterait qu'un ministre des Affaires étrangères ridiculise la diplomatie française en s'étonnant qu'il n'y ait pas eu de Juifs déportés en Angleterre.

Luc Ferry: l'ancien ministre de l'Éducation nationale a déclaré qu'il *« détestait » Charlie Hebdo,* ***MAIS*** qu'en ce moment il ne pouvait que soutenir l'hebdo. Nous, c'est l'inverse: on a toujours adoré Luc Ferry, MAIS on ne l'a jamais soutenu.

Merci à Pierre Marcelle, qui, dans *Libération,* se réjouit pour les comptes de *Charlie Hebdo,* suite aux ventes exceptionnelles de son dernier numéro. Sa sollicitude nous touche d'autant plus que, chroniqueur dans un quotidien financé en partie par la publicité et dont l'actionnaire principal est un homme d'affaires soucieux du retour sur investissements, il sait mieux que personne l'importance de l'autonomie financière d'un journal pour défendre son indépendance face au grand Capital.

Le *New York Times* a titré un article sur *Charlie Hebdo* en laissant croire que notre prochaine étape pourrait être de se moquer de l'Holocauste ! Décidément, entre les catholiques intégristes qui nous font des procès pour racisme anti-chrétiens, ceux qui nous accusent d'inciter à la haine raciale anti-Arabes, ceux qui, dans de charmants fax anonymes, nous traitent de *« sales juifs pédérastes »* et, maintenant, ceux qui pensent que nous sommes négationnistes… Le MRAP va avoir du boulot.

eBay a refusé d'aider un internaute à vendre le dernier numéro de *Charlie Hebdo* sur son site au motif que *« les annonces qui incitent à la haine, à la violence ou au racisme n'ont pas leur place dans la communauté eBay ».* En revanche, le nazisme n'y est pas interdit: samedi dernier, on pouvait par exemple acheter pour 4 euros « Le Dernier Sursaut nazi » et quelques pin's collector à la gloire de Le Pen (1,99 euro).

2006
◀ Charlie Hebdo n°712
du 8 février

2006 *Charlie Hebdo* n°713
du 15 février

> CHARB N'AIME PAS LES GENS

L'islam des faux croyants

Pourquoi l'islam interdit-il (par tradition) de représenter les prophètes ? Pour éviter au croyant de les idolâtrer, de les poser sur le dessus de sa cheminée et de se prosterner devant leur représentation.

Y a-t-il un risque que le croyant qui découvre les caricatures de Mohamed réalisées par les dessinateurs danois ou les dessinateurs de *Charlie* s'affale devant elles et se mette à les idolâtrer ? C'est peu probable de la part d'un vrai croyant. Pourtant, des musulmans sont choqués — ou en tout cas certains d'entre eux jouent à l'être — que des dessinateurs aient représenté le prophète Mohamed de manière grotesque. Ceux-là sont des traîtres à l'islam. Ont-ils tellement peu confiance dans leur foi qu'ils ont peur, en découvrant la représentation du Prophète, de tomber à genoux devant elle ? Si c'est le cas, qu'ils ne perdent pas de temps à manifester dans les rues, à incendier des ambassades ou à intenter des actions en justice : qu'ils se rendent à la mosquée la plus proche afin que l'imam raffermisse leur foi, si jamais c'est possible.

Plutôt que de chasser le non-croyant qui se revendique comme tel et de chercher à l'empêcher de s'exprimer, le vrai musulman devrait traquer ceux qui se prétendent musulmans et qui dans le même temps tremblent devant de simples dessins. Si un caricaturiste menace la foi d'un croyant, ce n'est pas le caricaturiste qu'il faut lapider, mais le soi-disant croyant. Que les musulmans qui ont la foi en mou de veau relisent le Coran et se retirent au fond d'une grotte pour méditer.

C'est ce que devraient faire les représentants français du culte musulman qui se sont sentis insultés dans leur foi par quelques dessins. Se rendent-ils compte de l'image qu'ils donnent d'eux-mêmes et du prophète de Dieu ? Si un dessin, quel qu'il soit, peut mettre en péril la réputation d'un prophète, quel est ce prophète ? Le commandeur des croyants a-t-il besoin d'être défendu comme des plus grands défendraient un môme de douze ans dans une cour de récré parce qu'on se moque de ses oreilles décollées ou de son nez crotteux ?

Que les musulmans révulsés par les caricatures de Mohamed cessent d'insulter le Prophète en le traitant comme une femmelette.

Le dessin qui pose le plus de problèmes semble être celui qui représente Mohamed avec un turban en forme de bombe. Certains ont compris que ce dessin signifiait que tous les musulmans étaient des terroristes. Si c'est ce qu'a voulu exprimer le dessinateur, c'est simplement politiquement faux. Ça mérite un débat, peut-être un procès, mais en aucun cas une crise d'hystérie. Le dessinateur n'a-t-il pas voulu représenter la façon dont les musulmans intégristes — et seulement eux — instrumentalisaient l'islam pour en faire une religion de haine ? On peut trouver plusieurs interprétations à ce dessin. C'est peut-être en cela que ce n'est pas un bon dessin. Mais que font les musulmans avec le texte sacré du Coran ? Rien que la notion de « djihad » donne lieu à différentes interprétations suivant qu'elle est lue par un musulman « extrémiste » ou un musulman « modéré ».

Pourquoi des musulmans qui ne sont pas choqués que le texte du Coran soit interprété de différentes manières refusent-ils de comprendre qu'un dessin peut l'être ? Pourquoi des gens qui se prétendent des musulmans cherchent-ils à faire passer les musulmans pour des abrutis ? Ceux qui prennent la parole pour condamner la liberté d'expression ridiculisent l'islam et les musulmans. Que les vrais musulmans chassent ceux qui se prétendent leurs représentants et qui confisquent la parole des croyants à leur profit !

Amen. ■

2006 *Charlie Hebdo* n°713
du 15 février

2006 *Charlie Hebdo* n°712 du 8 février
◀ **2006** *Charlie Hebdo* n°713 du 15 février ▶

MANIFS ISLAMISTES : ON Y ÉTAIT

ICI PARIS

Les intégristes français dans un voile bleu blanc rouge

Samedi dernier, 7 000 musulmans manifestaient à Paris. Dans le lot, Dieudonné, qui préparait sa campagne électorale.

« *Vous êtes là pour honorer le prophète. Son premier enseignement est la discipline.* » L'Union des associations musulmanes de Seine-Saint-Denis, organisatrice de la manif, n'a visiblement pas envie d'offrir aux journalistes le spectacle de débordements à l'iranienne.

Les poilus du menton qui trépignent sous les « Allah akbar » et les voilées à la saoudienne ne sont pas les plus nombreux. Il y a surtout là des musulmans de base. De tous âges et de tous sexes (pas trop mélangés quand même), tous ayant en commun de se déclarer personnellement offensés par les caricatures de Mahomet. « *C'est comme si je chiais dans une église* », résume un manifestant.

Tapie sous les banderoles, la bête négationniste

On distribue des textes de Lamartine et de Bonaparte sur le Coran, on cite Chirac (« *tout ce qui peut blesser la religion doit être évité* »), et le secrétaire général de la Conférence des évêques de France, Stanislas Lalanne (« *la liberté d'expression comporte des devoirs et des responsabilités* »). Mais pourquoi tant d'efforts pour se parer des couleurs de la société française… si c'est pour ne lancer quasiment que des slogans religieux en arabe (du genre « *Il n'y a qu'un seul dieu et Mahomet est son prophète* »)? Ça donne l'impression que la manif s'adresse surtout aux autres musulmans.

De fait, c'est eux qu'on cherche à galvaniser, en faisant passer un banal blasphème pour une persécution raciste. Ils sonnent tellement faux, ces panneaux qui réclament « *une loi contre l'islamophobie* », ou bien qui singent SOS Racisme avec « *Touche pas à mon prophète* », ou encore qui misent sur un amalgame perfide : « *En 1935, la persécution des Juifs a commencé par des caricatures* »… Admettons qu'il soit vexant d'être perçu comme un Ben Laden en puissance (c'est le dessin du turban et de la bombe qui, décidément, ne passe pas — « *Nous sommes des musulmans, pas des terroristes* »), mais, dans ce cas, pourquoi ne pas dénoncer les vrais poseurs de bombes, au lieu des « *intégristes de la liberté d'expression* »?

Cette manif est surtout le théâtre d'un jeu pervers entre prédateur et gibier, où le blasphème républicain sert d'appât.

Le gibier, ce sont les musulmans « normaux », sincèrement heurtés par les caricatures. Ceux-là devront bien comprendre, tôt ou tard, que l'adoption des lois de la République commence par l'adhésion à son principe premier, la laïcité, et son corrolaire le droit au basphème. Il serait bien qu'ils le fassent avant de tomber dans la gueule des prédateurs dont la visée apparaît au détour de petits « détails »… Tel cet hystérique qui vocifère que « *les Juifs mènent le monde* » en brandissant le livre du négationniste Roger Garaudy intitulé *Le Terrorisme occidental*. Ou tel ce prédateur que je découvre en fin de manif, au milieu d'un attroupement débordant de cris… « *Dieudo, Dieudo* ». Il était donc là, bien caché! Dieudonné, entouré de jeunes qui se bousculent pour se faire photographier avec lui! Tout à l'heure, les manifestants clamaient qu'ils voteraient pour le candidat qui présenterait une loi contre l'islamophobie. Eh bien, voilà, on le connaît. Dieudonné, caricaturiste de la Shoah et candidat affiché pour 2007 — qui joue par ailleurs sur les deux tableaux en revendiquant dans *France Soir* de samedi dernier le « droit au blasphème », tout en qualifiant les caricatures de « provocations directes » —, Dieudonné, donc, ne pouvait pas rater l'occasion de draguer ici de futurs électeurs.

ANTONIO FISCHETTI

ICI LONDRES

Puisqu'on vous dit qu'on est gentils !

Samedi 11 février, un rassemblement en forme d'opération marketing de restauration d'image était organisé à l'appel du Muslim Council of Britain…

La manifestation du 3 février avait laissé une image désastreuse qu'il s'agissait de faire oublier. Hizb al-Tahrir, le groupe des partisans d'Omar Bakri — ce fidèle admirateur de Ben Laden que Londres a fini par expulser au lendemain des attentats du 7 juillet —, était alors aux commandes. Protégées par les bobbies, une centaine de personnes étaient venues brandir des pancartes sur lesquelles on pouvait lire : « *Tuez ceux qui insultent l'islam* », « *Décapitez ceux qui insultent le prophète* », « *Votre 11 septembre arrive* », « *Bombardez le Danemark* », « *Vive Ben Laden* », ou encore « *Le 7 juillet va revenir* »… Une femme entièrement voilée de noir brandissait un « *Préparez-vous au véritable holocauste* », un jeune homme arborait un très beau « *Liberté, va au diable !* ». Ce jour-là, deux drapeaux danois furent brûlés.

Le flegme des bobbies confine à l'inertie.

Une provocation comme la Grande-Bretagne sait les tolérer — un peu moins, il est vrai depuis les attentats du 7 juillet… Le parti conservateur s'est emparé de l'affaire pour dénoncer l'inertie de la police. Même la gauche a tiqué. Tony Blair a dû sortir du silence et rappeler que « *rien ne peut justifier la violence contre des personnes innocentes et contre des ambassades à travers le monde ou la glorification d'actes de terrorisme, dont les attentats du 7 juillet dernier à Londres* ».

Restait à canaliser la colère des musulmans de Grande-Bretagne, conformément à la stratégie des autorités anglaises, qui encouragent la mise sous tutelle de la communauté musulmane par les Frères musulmans dans l'espoir de contenir la poussée salafiste djihadiste. À l'image du Conseil français du culte musulman, qui a choisi de saisir la justice pour contenir sa base, le Muslim Council of Britain (MBC) — majoritairement composé de Frères musulmans — a donc décidé d'organiser une manifestation officielle pour offrir au monde l'image d'une colère contenue et digne.

Le résultat rappelle étrangement l'époque où un certain collectif, emmené par la députée Christine Boutin, avait décidé de reprendre en main la communication des manifestations anti-Pacs en distribuant des tee-shirts orange fluo et des pancartes de couleurs imprimées… Comme eux, les organisateurs de samedi ont distribué des tee-shirts : « *United against islamophobia* » (Unis contre l'islamophobie). L'orange fluo ayant dû être jugé trop « Guantanamo style » pour être imité, ils se sont rabattus sur un bleu et blanc plus classique, assorti aux pancartes imprimées — et donc toutes contrôlées — déclinant des slogans tels que « *Mahommet : symbole de liberté et d'honneur* ».

Avec le tee-shirt, les manifestants avaient droit, en prime, à un Coran. Comme pour les manifestations anti-Pacs, on avait pensé à la sono. Mais, en fait de techno, elle diffusait les chants islamiques branchés de Cat Stevens, alias Youssouf Islam…

Selon la police, 1500 personnes se sont ainsi rassemblées dans une humeur plutôt studieuse, malgré quelques ratés : un jeune homme déployant une pancarte affirmant « *Bush, le plus grand terroriste de tous les temps* » immédiatement évacué par le service d'ordre, des enfants voilés se cachant le visage derrière des pancartes, deux gamines venues avec sur le front le bandeau vert des kamikazes ou encore cet écran géant diffusant des sourates du Coran… et une représentation du prophète. Preuve, s'il en était besoin, d'une sensibilité au blasphème à géométrie variable.

Malgré cette forme plus policée, le message reste celui de la censure. Le Conseil musulman britannique demande que la publication des dessins sur Mahomet soit interdite. « *Insulter le prophète est pire qu'insulter votre femme, vos enfants ou votre sœur* », a déclaré Saddiqi, porte-parole du MBC et Frère musulman. Lors du procès contre *Charlie*, Fouad Alaoui, porte-parole de l'UOIF et Frère musulman également, avait fait une déclaration quasiment jumelle devant les caméras de télévision… Décidément, à Londres comme à Paris, même pour les intégristes chargés de contenir les extrémistes, le respect des individus et des libertés semble devoir passer bien après le respect du dogme.

• À Londres, les représentants des Frères musulmans et du Hizb al-Tahrir ont tous les deux désapprouvé le dernier numéro de *Charlie*. Taji Mustapha, porte-parole du groupe salafiste, est même venu déposer une lettre à l'ambassade de France, dans laquelle il invite les « *dirigeants du monde musulman à rompre les relations diplomatiques et économiques avec la France* ». Et à boycotter les produits français. Comme Bush.

FIAMMETTA VENNER, ENVOYÉE SPÉCIALE À LONDRES

DOUBLE PAGE
2006 *Charlie Hebdo* n°713
du 15 février

◀ **2006**
Charlie Hebdo n°714
du 22 février

2006
Charlie Hebdo n°712 ▶
du 8 février

2006
Charlie Hebdo n°720
du 5 avril

CARICATURES

Blasphémateurs sans frontières

Alors que, dans les pays musulmans, les directeurs des journaux qui ont publié les caricatures de Mahomet risquent, pour certains, la peine de mort, on attend la formation de comités de soutien...

Plusieurs journalistes et responsables de journaux de pays musulmans ont été arrêtés et poursuivis pour avoir publié les caricatures de Mahomet. Avec, pour seules réactions en France et en Europe, quelques tièdes déclarations de principe. Voici donc le point sur la situation.

• Jihad Momani, rédacteur en chef de l'hebdomadaire jordanien *Shihane*, a publié les caricatures, accompagnées d'un éditorial titré « *Musulmans du monde, soyez raisonnables* », dans lequel il se demandait : « *Qu'est ce qui porte plus préjudice à l'islam, ces caricatures ou bien les images d'un preneur d'otage qui égorge sa victime devant les caméras, ou encore un kamikaze qui se fait exploser au milieu d'un mariage à Amman ?* ». Il a été arrêté le 4 février et est passé en jugement le 9 mars. Toujours en Jordanie, le rédacteur en chef de tabloïd *al-Mehwar*, Hicham al-Khalidi, est également sous le coup d'une enquête pour avoir publié les dessins, et a en outre été convoqué par le syndicat de la presse qui l'a « *réprimandé* ». Ils risquent trois ans de prison, car d'« atteinte au sentiment religieux » — passible de trois mois d'emprisonnement —, la plainte pourrait être requalifiée en « incitation à la zizanie ».

• Imam Tri Karso Hadi, rédacteur en chef du journal indonésien *Péta* a été arrêté par la police le 6 février. Inculpé de blasphème, il encourt une peine pouvant aller jusqu'à cinq ans de prison.

• Le 7 février, les services de sécurité syriens ont arrêté Adel Fayad pour avoir évoqué dans un article sur internet l'arrestation de jeunes étudiants qui voulaient « *constituer un rassemblement démocratique de jeunes pour discuter des problèmes de la jeunesse* » et la tolérance de la police concernant les violences contre les ambassades.

• Le 8 février, la publication de trois journaux yéménites, *Yemen Observer*, *Al-Houriya* et *Al-Raï Al-Aam* a été suspendue et leurs rédacteurs en chefs, ainsi qu'un journaliste d'*Al-Houriya*, arrêtés trois jours plus tard. Les avocats à charge ont demandé « *l'application de la loi* », c'est-à-dire la peine de mort.

• Au Maroc, le rédacteur en chef du quotidien *Annahar Al Maghribia* a été mis en examen pour « *atteinte aux valeurs sacrées de l'islam* », alors qu'il affirme avoir reproduit les dessins pour les dénoncer : « *Nous avons dénoncé la publication des caricatures portant atteinte au prophète depuis cinq mois, alors que le gouvernement et les oulémas étaient « out »* ».

• En Algérie, le directeur de l'hebdomadaire *Errisala*, Kamel Bousaâd, a été arrêté le 8 mars, et celui d'*Essafir*, Berkane Bouderbala, le 11 mars. Ils ont passé un mois en prison et sont poursuivis par le ministère de la Communication pour offense au Prophète.

FIAMMETTA VENNER

Le 6 avril à 20 heures, au Cercle républicain, 5 avenue de l'Opéra, Paris Ier (tél. 0142605321), « La liberté d'expression face à l'intimidation intégriste », conférence organisée par Corinne Lepage, présidente de CAP 21, avec Caroline Fourest (prix du Livre politique 2006 pour *La Tentation obscurantiste*, éd. Grasset). Participation : 10 euros (gratuit pour étudiants et chômeurs). Préinscription obligatoire : cap21sylviane@wanadoo.fr

> PHILIPPE LANÇON

« Charlie » et son héros

La première fois qu'il ouvrit *Charlie* dans le métro, il eut l'impression d'être un héros. Ce n'était pas si fréquent et ce fut bref. Le jeudi 9 février 2006 avait commencé depuis huit heures. Il faisait dehors un froid de Danois.

La veille, il avait fouillé en vain trois kiosques le matin, trois libraires le soir. Il avait même fini par demander, ce que d'habitude il ne faisait pas. Il aimait trouver et payer en silence. Acheter un journal demeurait pour lui un acte d'identification et d'intimité qu'il supportait mal d'afficher. Il n'aimait pas davantage lire un journal en public. Il se sentait brutalement mis à nu sous les regards des autres. Ouvrir dans le métro *Charlie* lui demanderait un effort supplémentaire : c'était un journal qu'il n'achetait jamais. Il se sentait indigné par ceux qui transigeaient avec la liberté d'expression ; la violence des dessins le gênait. Il voulait bien en rire, mais chez lui. Dehors, il avait peur qu'on le prenne pour l'homme indélicat qu'il ne voulait pas être. Les dessins ne laissaient pas les gens indifférents. Comment dire... Ils les sommaient. Et ceux-ci réagissaient parfois avec toute l'intelligence qui leur manquait.

Tous les exemplaires de *Charlie* semblaient épuisés, c'est du moins ce qu'on lui dit. Les kiosquiers avaient des regards encourageants. Ceux de certains libraires semblaient dire : « Toi aussi, tu cherches le collector... Encore plus de curiosité que de vulgarité, hein ? » Et son regard leur répondait : « Je t'emmerde. » Du moins le croyait-il. En quoi il se trompait. L'agressivité exige un talent dont il était dépourvu et qu'il aurait mal supporté. Comment fait-on pour vivre avec un talent qui perturbe ?

Il prenait chaque matin le métro dans les quartiers nord de Paris pour rejoindre son bureau. Sur ses deux lignes, les Blancs n'étaient pas rares, mais n'étaient plus majoritaires. Il n'y pensait jamais. C'était son ordinaire, sa vie. Ces vingt dernières années, la foule d'une ville changeait plus vite que le cœur d'un mortel. Il avait parfois le sentiment que la France dont lui parlaient la presse, la télévision, et même ses amis, n'était plus celle où il vivait. De celle-ci, on ne lui présentait que des drames ou des caricatures — les pires caricatures : celles qui font croire qu'elles n'en sont pas. La réalité n'était pas vraie ; elle n'était même pas drôle.

Il trouva *Charlie* jeudi à l'aube dans une librairie un peu éloignée de son parcours. Comme il montait en bout de ligne, il put s'asseoir. Il laissa passer deux stations, respira, ouvrit son cartable et sortit l'exemplaire. La Une représentant Mahomet faisait maintenant face aux autres comme un drapeau pirate. Il sentit des regards peser sur lui et, aussitôt, se mit à suer. Il avait peur, mais autre chose le gênait. Il n'aurait pu le formuler que par des questions. Où finissait le tact ? Où commençait la provocation ? Où était sa sincérité, et où la posture ? Où le courage, où l'inconscience ? Était-ce du sérieux, était-ce une comédie ? Il avait l'impression de tenir un rôle inévitable qui n'était pas forcément le bon.

Le wagon s'était rempli. Sa voisine, une Blanche d'une cinquantaine d'années, sentait le tabac froid et finissait sa nuit. En face, deux Noirs le regardaient avec une intensité qu'il ne put interpréter. Sur la banquette d'à côté, une jeune femme voilée de noir l'observait avec un mépris agressif. Il évita de croiser son regard. Il tournait les pages lentement. Dans son dos, des regards de passagers debout ne perdaient rien des dessins et des textes que lui-même était incapable de lire. La veille, une collègue lui avait dit : « Je l'ai acheté, mais je n'ai pas osé l'ouvrir dans le métro. J'avais peur qu'on m'agresse. » On dit que Spinoza se promena toute sa vie avec le manteau troué par le coup de couteau que lui avait donné un fanatique, pour se rappeler ce qu'il en coûtait d'être philosophe. Mais lui n'était pas philosophe, il n'était qu'employé de bureau, et d'ailleurs il ne connaissait pas l'histoire de Spinoza.

Que pensait-il des musulmans ? Eh bien, il n'en pensait rien. Il n'y connaissait rien. Ils étaient là, dans son air, matin et soir, mais ils vivaient ailleurs. À moins que ce ne soit lui, l'étranger ? À part les barbus et les femmes voilées comme celle qui le fixait en ce moment, comment les reconnaître ? Statistiquement, les Arabes avaient toutes chances de l'être. Mais il avait lu assez d'articles pour savoir qu'ils ne l'étaient pas tous. Au mieux (ou au pire ?), il y avait présomption de croyance. Et comment différencier un croyant d'un pratiquant, un pratiquant d'un pratiquant maniaque, un pratiquant maniaque d'un islamiste ? Il va falloir que j'achète le Coran, pensa-t-il. Le Coran va devenir un best-seller. En France, on lira le *Quid*, la Bible et le Coran. Et Marc Lévy. Et Alexandre Jardin. Et Thierry Meyssan. Et quoi d'autre ? Il essayait de penser à autre chose, à n'importe quoi, pourvu que ça le fasse rire. Le regard de la femme voilée ne le lâchait pas, le cherchait. Il ne le trouverait pas. La station où il changeait arriva moins vite qu'il n'aurait voulu et il descendit comme on fuit.

2006
◀ *Charlie Hebdo* ▶
n°714 du
22 février

Dans les couloirs, il glissa *Charlie* dans le cartable. Il entra sur le second quai au moment où la rame s'arrêtait et trouva une place assise. Courage ! se dit-il. Et il remit la main dans le cartable à la station suivante, au moment où montaient deux Beurettes. L'une était jolie et s'assit à sa gauche ; l'autre était belle et s'assit face à lui. Elle avait dix-sept, dix-huit ans. Ses cheveux, longs, bouclés, aux racines légèrement teintes, étaient tirés en un chignon sauvage dont la forme mettait en valeur les lignes vierges du visage. Sa peau était d'un bronze magnifique. Ses bijoux valsaient avec ses yeux d'un or marron, extraordinairement vifs et joyeux. Il la regarda clairement. Elle sourit. Le charme énergique qu'elle dégageait le coula dans la banquette et, du vieux cartable, il sortit une main vide. Un sourire fut sa seule audace. Trois stations plus loin, les deux filles se levèrent. Avant de descendre, elle se tourna vers lui et sa jeunesse créa un dernier sourire, un sourire absolu, pour assurer un pouvoir sans regret. Il se sentit dévoré par une fleur profonde, légère, sans lendemain. Et la beauté devint la solution d'un problème qu'il ne parvenait pas à poser. ■

LIBERTÉ DE LA PRESSE

Dieu tape l'incruste à l'Assemblée

Un député proche de Sarkozy vient de déposer une proposition de loi qui réactive le délit de blasphème.

Jean-Marc Roubaud, député du Gard et conseiller exécutif de Nicolas Sarkozy — l'homme qui a promis de restaurer l'espérance sociale grâce à la religion —, vient de déposer une proposition de loi visant à insérer dans la loi du 29 juillet 1881 sur la liberté de la presse un alinéa qui interdit *« les propos et les actes injurieux contre toutes les religions »*. Il est rédigé comme suit : *« Tout discours, cri, menace, écrit, imprimé, dessin ou affiche outrageant, portant atteinte volontairement aux fondements des religions, est une injure. »*

Vingt mots. Il n'en faut pas plus à ce député pour rétablir le délit de blasphème, torpiller cent ans de laïcité et mettre la justice républicaine au service de la défense des *« fondements de la religion »*. Les intégristes catholiques en rêvent depuis toujours. Leur rêve va peut-être se réaliser…

L'argument massue du député est simple : à cause de la mondialisation de l'information, ce qui s'écrit « ici » peut choquer « là-bas ». Moralité, pour ne pas « mettre de l'huile sur le feu », il faut d'urgence et par avance se plier aux injonctions religieuses en vigueur là-bas et renoncer à des siècles de philosophie rationaliste en germe ici. Les esprits libres — notamment ceux de culture musulmane qui pensaient pouvoir s'exprimer à l'ombre des démocraties laïques — vont devoir la fermer. Là-bas et ici.

Cela promet de belles batailles rangées. Car, au fond, qui porte le plus atteinte aux « fondements » d'une religion, sinon une autre religion ? Lorsque les musulmans croient qu'Abraham accepte de sacrifier son fils préféré, Ismaël, cela ne porte-t-il pas atteinte aux fondements du christianisme et du judaïsme, pour qui ce fils préféré était Isaac ? Quand la Bible raconte que Jésus a été crucifié, n'est-ce pas un blasphème pour les musulmans, qui ne croient pas à cet épisode ?

Autant dire que si cette loi venait à être adoptée, les tribunaux républicains et laïques auraient de quoi s'amuser. À condition, bien sûr, que les tribunaux républicains et laïques existent toujours…

CAROLINE FOUREST

JEAN-MARC ROUBAUD, ÉVÊQUE DU GARD

Jean-Marc Roubaud, maire de Villeneuve-lès-Avignon et pharmacien de profession, est entré à l'Assemblée nationale en 2002. Né le 18 juin 1951 à Alger, il a en toute logique signé la proposition de loi visant à reconnaître *« l'œuvre positive »* de la *« présence française »* en Algérie… Membre de la Délégation de l'Assemblée nationale aux droits des femmes et à l'égalité des chances, il fait partie de ceux qui pensent lutter contre l'inégalité en menaçant de retirer les allocations familiales aux parents immigrés dont les enfants traînent dans la rue.

Pour autant, Jean-Marc Roubaud ne confond pas immigrés pauvres et musulmans riches, puisqu'il est membre des groupes d'amitié parlementaires France-Brunei et France-Qatar. Il préside en outre le groupe d'amitié France-Biélorussie, ce qui prouve que cet homme de droite est également ouvert au dialogue avec les dictateurs postsoviétiques.

C. F.

En pleine crise des caricatures de Mahomet, de courageux parlementaires ressortent l'idée d'une loi contre le blasphème.

2006
◀ *Charlie Hebdo* n°718
du 22 mars

2006
Charlie Hebdo n°719 ▶
du 29 mars

2006
Charlie Hebdo n°723
du 26 avril

2006 *Charlie Hebdo* n°712 du 8 février

La censure est une religion, Éric Raoult est son prophète

BLASPHÈMES
DERNIÈRES CARICATURES AVANT FERMETURE!

Pfff… Il est très difficile pour un caricaturiste de caricaturer une caricature. Tout le monde connaît la tronche de Mamie Nova bouffie d'Éric Raoult. Il n'a pas choisi sa gueule et il serait déplacé de se moquer du masque de viande qu'arbore le député-maire UMP du Raincy. Mais il se trouve que, par un hasard extraordinaire, les traits du bonhomme témoignent parfaitement de sa pensée. Quand on dessine la gueule de Raoult, on dessine aussi ses idées. Quand je dis ses idées, le terme est impropre. Raoult n'a pas d'idées. C'est pour décrire la consistance de sa pensée que ses amis UMP l'ont surnommé « Jambon-Purée ». Ce qu'une âme charitable voudra bien prendre pour des idées sont en fait des astuces. Des astuces pour faire parler de lui.

Une camisole pour les banlieues: le communautarisme religieux

Ce démagogue de bazar a donc pondu une nouvelle « idée ». Un peu en retard sur l'actualité et sur un de ses collègues UMP, le député du Gard, Jean-Marc Roubaud, qui, le 28 février dernier, a déposé un projet de loi réprimant le blasphème, Raoult à son tour prétend s'attaquer à la liberté d'expression. Il faut voir comment!

Raoult veut introduire le mot « caricature » dans les articles 23 et 29 de la loi de 1881 sur la liberté de la presse. Il a déposé son projet de loi à l'Assemblée comme un gamin dépose un étron au fond de sa couche. Au début, ça soulage, mais après, ça colle désagréablement au cul. Raoult souhaite en effet que la caricature soit considérée comme un support aux « *crimes et délits commis par voie de presse* » au même titre que les « *écrits, imprimés, dessins, gravures, peintures, emblèmes, images* ». Nouille! Qu'est-ce qu'une caricature, sinon un dessin? Lorsque l'armée française, l'extrême droite catholique, les représentants des musulmans de France, un ministre, une secte ou un industriel attaquent en justice des caricatures parues dans *Charlie Hebdo*, le procès a lieu et il arrive parfois que le journal et l'auteur de la caricature soient condamnés. À aucun moment des dessinateurs n'ont échappé à une condamnation en France en prétendant que leur dessin était en fait une caricature.

La caricature est un dessin. Un dessin à charge, mais un dessin.

Éric Raoult: un neurone et demi

Alors, Raoult est-il benêt? Non. Il n'est probablement pas que ça. S'il a déposé son miteux projet de loi, c'est pour satisfaire l'Union des associations musulmanes de Seine-Saint-Denis (UAM 93), qui avait organisé, en février dernier, la manifestation à Paris contre la publication des caricatures de Mahomet. Flatter les associations cultuelles qui bourgeonnent en Seine-Saint-Denis ne lui coûte pas cher et lui donne l'impression de contribuer à résoudre le problème des banlieues. Les imams coûtent moins cher aux municipalités que n'importe quel projet de développement des quartiers, et ces hommes de foi sont aussi disciplinés que des flics.

À l'annonce de la résolution de Raoult de déposer son projet de loi, l'UAM s'est réjouie en lançant une action nationale de soutien au député liberticide. L'UAM, qui semble s'y connaître autant en matière de caricature que Raoult, n'a pas non plus remarqué qu'une caricature était très souvent un dessin… Combien l'association mettra-t-elle de temps pour s'apercevoir qu'elle s'est fait berner par son champion?

Mais on comprend que l'UAM soit sous le charme du député. Elle se souvient certainement de ce qu'Éric Raoult déclarait en octobre 1988 à l'Assemblée: « *On sait que dans un établissement scolaire, comme me l'expliquait récemment le directeur d'un établissement, sur 349 enfants, seuls douze ne sont pas d'origine islamique à la rentrée scolaire qui vient d'intervenir.* » En effet, la volonté du député de recenser les élèves en ne tenant compte que de leur religion supposée ne peut que réjouir les culs-bénits de tous bords, mais aussi faire le jeu des ségrégationnistes, des communautaristes et des racistes.

CHARB

EXPOSITION SACCAGÉE AU BAR LA MER À BOIRE

« Ni Dieu, ni Dieu »... mais toujours autant d'abrutis

Alléluia, le miracle a eu lieu : le député Raoult et la « racaille » qu'il veut éduquer à coups de matraque poursuivent finalement le même combat : obliger les caricaturistes à ne dessiner que des lapins.

Depuis peu, les agressions gratuites, les insultes et les tournées non payées pour jouer au caïd devant les potes semblaient appartenir au passé. Une accalmie planait sur La Mer à boire, ce café ouvert en septembre, sur les terrasses de Belleville, consacré au dessin de presse et à la bande dessinée, qui organise des concerts et des rencontres avec le public. Il y eut l'exposition collective sur les émeutes en banlieue, et, depuis le 15 mars, celle intitulée « Ni Dieu, ni Dieu », qui présente les dessins de Berth, Charb, Faujour, Luz, Martin, Rémi, Siné, Tignous et Willem.Une expo où toutes les religions en prennent pour leur grade et qui s'adresse *« à tous ceux qui refusent que la pratique d'une religion quelle qu'elle soit mette le monde et les individus à feu et à sang »*.

Raté. Le 28 mars dernier, des mômes du quartier commencent à insulter Marianne, Marika et Zayed, les tenanciers du bar, jetant leur verre à terre et les traitant de *« sales racistes »*. Précisions : Marianne est une juive athée, Marika a été baptisée, communiée, confessée, et Zayed est un palestinien qui tient à vivre l'islam comme il l'entend – et considéré dès lors comme un félon qui a trahi la cause du prophète...

« Faudra pas vous étonner si votre bar crame. »

Dix minutes plus tard, les gamins reviennent, des bâtons et des tiges de fer dans les mains, pour s'acharner sur les vitrines, puis sur les caricatures portant sur l'islam. La dizaine de clients du bar – des habitants du quartier – s'interposent et les mettent à la porte. Quelques heures plus tard, les « grands frères » se pointent, l'air faussement pacificateur : « *Ce n'est pas bien ce que les petits ont fait. Mais cette exposition, il faut la décrocher. Sinon on va aller chercher les Frères musulmans. Et faudra pas vous étonner si votre bar crame. Ici, vous êtes chez nous.* » De toute évidence, il semble donc que les mômes du quartier ont trouvé une excuse pour reprendre leurs « incivilités » existentielles avec l'appui d'Allah. Et que les énervés de la mosquée de Couronne ont trouvé les bons couillons à instrumentaliser...

Depuis, les dessins incriminés sont dissimulés par une feuille blanche annotée d'un « censuré » et le voisinage, excédé par cette minorité mafieuse (lire encadré) qui tient le quartier par les couilles, ne cesse de venir affirmer sa solidarité à La Mer à boire.

AGATHE ANDRÉ

« Ça sert à rien de parler, y a qu'en tapant qu'on fait changer les choses »

Jeudi 30 mars,* Charlie *enquêtait à La Mer à boire. Charb et une équipe de France 3 étaient présents. L'article de* Libération *sur l'échauffourée était paru le matin. Deux « grand frères » rentrent dans le café, suivis très vite par d'autres. Extraits.

— Bande de menteurs! Y a jamais eu de menaces, y a jamais eu de barre de fer...

— Qui a menacé de venir cramer notre bar?, demande Marika. Qui a dit que les Frères musulmans viendraient tout casser?

— Les Frères Muz? Vas-y, c'était une blague!

— Ben, tu vois, cette blague ne nous fait pas rire, rétorque Charb. Comme toi, certains dessins ne te font apparemment pas rire...

— Caricaturer des gens, OK, mais pas la religion, tu te fous de la gueule des musulmans, là, ça se fait pas... [Il va chercher un dessin.]

Charb tente de lui expliquer, en vain, comment il se lit...

— Et ta mère à poil, tu la dessinerais, hein? Tu la dessinerais?

— Bah oui, je l'ai déjà dessinée.

— Toi t'as aucune valeur, aucun principe, t'es athée, hein, c'est ça? Toi tu veux être connu, c'est ça, tu veux faire du fric sur le dos des musulmans!

— Je suis déjà connu.

— Toi t'es même pas connu, je te connais pas, alors t'es pas connu... Fais gaffe à ta gueule...

— Ça sert à rien de parler, balance un autre, y a que les coups qui font changer les choses!

— Vous nous menacez, là, non?, demande Charb.

— Ce ne sont pas des menaces, ce sont des promesses. Ici vous êtes chez nous, t'es raciste, tu nous provoques et tu vas nous trouver!

Là-dessus, le preneur de son de France 3 leur montre l'affiche du concert contre « L'immigration jetable »: *« Il est pas raciste, ce bar... Viens plutôt au concert de soutien... »* Gêné, le type quitte les lieux avec la bande, lâchant:

- Toutes ces conneries ça va faire venir la police!

Eh bien voilà, il fallait le dire...

En sortant du bar, je discute avec eux sur la route. *« Bah, ouais, tu vois, c'est pas la peine de faire venir de la police, y a des petits trafics ici... »* Des petits trafics... qui ne font pas pleurer le prophète, eux. A.A.

2006 *Charlie Hebdo*
n°720 du 5 avril

◀ **2006** *Charlie Hebdo*
n°718 du 22 mars

2006 *Charlie Hebdo*
n°713 du 15 février

SOUTENEZ LE MANIFESTE
« Ensemble contre le nouveau totalitarisme »

Samedi 11 mars, un site islamiste britannique, ummah.net, a diffusé un message proférant des menaces de mort envers les douze signataires du manifeste « Ensemble contre le nouveau totalitarisme » (*Charlie* n° 715): *« Excellent, tuer les kafirs sera plus facile* [...], *maintenant nous avons la liste, le Who's who des personnes à descendre. Prenez votre temps, mais soyez sûrs qu'ils seront partis bientôt. Oh, n'attendez pas une fatwa, elle n'est vraiment pas nécessaire ici. »*

Ce message n'est pas anodin quand on sait que les consignes sur Internet remplacent désormais les fatwas. Et que plusieurs messages du même type ont circulé sur Internet contre Théo Van Gogh avant son assassinat...

Un comité de soutien au Manifeste des douze s'est mis en place: *« Nous tenons à exprimer notre soutien et notre solidarité aux douze signataires de ce manifeste et notre indignation suite à cette attaque des islamistes. Nous soutenons les douze signataires contre ce mouvement réactionnaire et nous joignons à leur appel à la résistance. Contre le totalitarisme religieux. Pour la promotion de la liberté, de l'égalité et de la laïcité pour tous. »*

Si vous désirez signer ce texte de soutien, envoyez votre nom ainsi que la manière dont vous voulez être présenté entre parenthèses à manifesto@prochoix.org. A.A.

• Pour en savoir plus et suivre le manifeste : www.prochoix.org

Attention !
Un nez peut cacher un Juif

Cavanna

Un dessinateur danois spécialisé dans le dessin d'humour, c'est-à-dire dans le dessin ayant pour ambition de faire, premièrement, rire aux larmes puis, deuxièmement, amener à réfléchir son public — selon la formule d'Alfred de Musset, crois-je, parlant, me semble-t-il, du théâtre de Molière, dont *« il faut se dépêcher d'en rire avant d'être obligé d'en pleurer »* (on nous apprenait cela en classe, jadis) —, ce, donc, dessinateur plus danois qu'il n'est permis publia un dessin où — souvenez-vous — le prophète Mahomet était représenté en outrageante posture.

Outrageante, je veux dire, aux yeux de ses fidèles, très chatouilleux sur le chapitre des choses sacrées. En fait, rien de bien méchant, ni de bien drôle, d'ailleurs. Le vénérable fondateur apparaissait sommé d'un imposant turban d'où dépassait une de ces bombes spéciales pour dessin d'humour, vous savez, une toute ronde, toute noire, avec la mèche allumée qui dépasse. Mais bon, le prophète c'est le prophète, on ne représente pas le prophète, même avec une fleur au chapeau. Alors, une bombe, pensez !

Ce dessin — étudions la chose avec calme et recul — appartenait à la catégorie cataloguée « dessins d'humour à des fins politiques », plus brièvement « dessins politiques ». Ces dessins se caractérisent par le fait qu'ils ne font pas rire. Ils ne sont d'ailleurs pas destinés à cet emploi. Quel est-il, leur emploi, alors ? Eh bien, ils ont pour mission suprême de transposer les événements de la politique dans le domaine, moins ardu à comprendre pour le menu peuple, de l'allégorie éducative. Comme les fables de La Fontaine, les paraboles de Notre Seigneur ou les pets de Coluche ? Vous avez tout compris.

Vous aimeriez un exemple ? En voici un, qui remonte à trop loin pour blesser quiconque. Il y a de cela quelques lustres, l'Argentine eut l'honneur et le profit d'accueillir les matches de la Coupe du monde de football, autrement dit le « Mundial ». Or, l'Argentine gémissait alors sous l'excessivement implacable dictature d'un quarteron de généraux. Quelle occasion pour le dessin politique et néanmoins d'humour ! On assista donc à la floraison aussi spontanée qu'exubérante de ballons de football transformés en boulets de fonte rivés par des chaînes au pied de citoyens argentins vêtus de costumes rayés modèle Auschwitz, d'autres ballons où était découpée une fenêtre à gros barreaux derrière laquelle, cramponné aux barreaux, pleurait un martyr, de filets de but formant piège et prenant les pauvres gens à la nasse… Bien sûr, tout cela n'était pas pure rigolade gratuite. Cela avait… Quoi ? Élève Dugrogenou, je vous le demande. Un sens, M'sieur ! Bravo ! Je ne vous le fais pas dire. Tout cela avait un sens. Et ce sens était que le peuple argentin gémissait sous la botte tyrannique des traîneurs de sabre. N'est-ce pas admirable ?

Bon. C'était une récréation, juste pour vous faire toucher du doigt. Revenons à notre Danois. L'Islam tout entier s'embrasa. On chercha comment punir le maudit sacrilège. Et l'on trouva. On organisa une vengeresse, une spirituelle, une prodigieuse exposition de dessins politiques. Puni par où il a péché, on est comme ça, nous. Ça, c'était tapé !

Une exposition de dessins ? En effet, c'est répondre du tac au tac. Contre le dessinateur ? Ce ne serait pas assez. Il faut que sa femme, sa mère, sa famille, son peuple, sa race soient ridiculisés et traînés dans la boue. Contre tout le peuple danois alors ? Quels Danois ? Où allez-vous chercher ces Danois ?

Contre qui, alors ?

Qu'est-ce qu'on se marre !

Pardi, contre les Juifs ! Contre qui d'autre voudriez-vous ? Mais c'est un Danois qui… Écoutez. Les Danois ont-ils le nez crochu ? Les Danois ont-ils des papillotes aux cheveux ? Les Danois sont-ils veules, serviles, menteurs, cupides, lâches, sionistes, voûtés, ont-ils des lèvres épaisses et des lunettes à gros foyer ? Les Danois traînent-ils les pieds ? Non, n'est-ce pas. Vous êtes bien obligé de répondre que non. Les Danois ont-ils subi l'Holocauste avec un *H* majuscule ? Non plus. L'Holocauste, c'est une spécialité juive, c'est là qu'on peut se foutre de leur gueule, c'est là que ça fait le plus mal. Si tu veux bien rigoler, vraiment bien, fous-toi de la gueule d'un Juif, c'est fait pour ça. T'as juste à dire « Holocauste » en te marrant. Tu peux ajouter « mon cul ! » mais c'est pas nécessaire. Le Juif comprend. Intelligent, le Juif. Qu'est-ce que tu me chantes, avec tes Danois ?

Mais le Danois — pardon ! —, c'est pas du peuple musulman tout entier qu'il s'est moqué. C'est seulement des intégristes, des excessifs, des poseurs de bombes… Là, je t'arrête. Quiconque fait offense au prophète fait offense à tout l'Islam. Quiconque fait offense à l'Islam est de plein droit un Juif et entraîne la punition de tout le peuple juif — je crache.

Il y a tout de même une différence — oh, toute petite ! — entre l'outrage et la revanche. Le Danois — oui, il y a quand même un Danois, à l'origine de tout ça, j'y peux rien, moi — le, donc, Danois a fait son truc tout seul, il a pris ses risques, il était en porte-à-faux à l'encontre de l'opinion publique — on l'a bien vu lorsque, le courroux musulman déclenché, les confrères journalistes, les hommes politiques, les organisations laïques et les cintreurs de guidons de vélo l'ont laissé tomber avec une unanime lâcheté — alors que les dessinateurs vengeurs de l'exposition de Téhéran sont aux ordres de l'autorité, et quelle autorité ! Se payer la binette des Juifs — ou de quiconque — quand c'est le gouvernement qui vous y invite, hein…

L'Holocauste est donc promu sujet ultra-rigolo pour caricaturistes, chansonniers, clowns et ombres chinoises — le nez ! Je pouffe. Dommage que je n'aie pas le temps d'y faire un saut. Peut-être y verra-t-on des œuvres sauvées de l'exposition analogue qu'il y eut, entre 39 et 45, à Berlin, puis à Paris. « Sachez reconnaître et démasquer le Juif ! »

Attention ! Un nez peut cacher un Juif. Je pouffe. ■

2006 *Charlie Hebdo* n°740 du 23 août
2006 *Charlie Hebdo* n°719 du 29 mars ▶

7 février 2007 : *Charlie* et le procès des caricatures

Attendu avec fébrilité, le procès intenté contre *Charlie Hebdo* par trois associations musulmanes s'ouvre le 7 janvier 2007 devant la 17e chambre correctionnelle de Paris, spécialisée dans les délits de presse. L'enjeu : la liberté d'expression et le droit à la caricature seront-ils restreints par le droit des religions ?

DOUBLE PAGE ET SUIVANTE
2007
Charlie Hebdo n°764
du 7 février

Veillée d'armes

Cavanna

Au moment où j'écris ceci, j'ignore comment aura tourné le procès intenté à *Charlie Hebdo* par la Mosquée de Paris et d'autres instances musulmanes. Au moment où vous le lisez, vous savez ce qu'il en a été ou vous allez bientôt le savoir. Notre dialogue a un pied dans le passé et un dans l'avenir, un véritable voyage dans le temps. Avec, pour moi, les affres de l'incertitude et de l'appréhension, pour vous la sérénité de la certitude, nuancée de commisération ou de joie, ça dépend de ce qu'aura été le verdict, d'une part, et des sentiments que vous nous portez, d'autre part.

Ce procès est une grosse affaire. Une très grave affaire. Si *Charlie Hebdo* est condamné, fût-ce à une peine symbolique, ce sera là le premier coup vraiment sérieux porté au principe de laïcité sur quoi est fondée la démocratie française. Même si, profitant du climat ainsi créé, les adversaires de la laïcité n'en profitent pas pour faire voter une loi instituant (plus ou moins hypocritement) le délit de blasphème, il n'en sera pas moins acquis que le jugement fera jurisprudence (la jurisprudence, c'est-à-dire l'antériorité d'un jugement, a pratiquement force de loi) et rendra les médias encore plus frileux sur ce point, ce qui n'est pas peu dire !

J'espère que le tribunal aura su ne pas se laisser entraîner sur le terrain pourri du racisme, où nos adversaires n'auront pas manqué de tenter de faire déraper l'accusation. Il n'est nullement question ici de racisme ou de xénophobie, pas plus que d'attaques contre une communauté, quelle qu'elle soit, mais bien du refus qu'une secte religieuse quelconque, aussi nombreuse et ancienne soit-elle, impose son sens du sacré et ses tabous particuliers à la communauté française tout entière, quels que soient ses croyances ou son refus de croire.

Les Français, en général, ne mesurent pas l'importance du sacré. Peuple positif, peu porté aux abstractions et gestes symboliques, ils font machinalement leur signe de croix (s'ils pratiquent) en pensant à autre chose. Or le sacré, pour un croyant fervent, est une notion essentielle, l'essence même de sa foi. Le sacré insuffle dans un être, un objet, une parole, un « charme » — je ne trouve pas de mot plus approprié — qui transforme profondément sa nature et la lie au divin. Il existe un sacré négatif : le tabou.

Il se trouve que, pour l'islam, à côté du sacré positif posé sur le Prophète, il y a un tabou — qui date peut-être d'avant le Prophète —, lequel interdit de représenter la figure de Dieu. Ce tabou s'étendait jadis à toute représentation de la face humaine, mais il s'est atténué, sauf chez quelques groupes intransigeants. Il est toujours absolu en ce qui concerne l'image du Prophète. Caricaturer le Prophète, en dehors même de l'intention satirique du dessin, est en soi blasphémer.

Les tabous de l'islam, pas plus que ceux de n'importe quelle religion, ne sauraient faire loi dans un pays pleinement démocratique, c'est-à-dire respectueux de la liberté de chacun de croire ou de ne pas croire, et en tout cas ne favorisant aucune pratique religieuse.

Au rempart

C'est au nom de cette liberté que nous avons fait écho à la publication des désormais fameuses caricatures par un journal danois et au déferlement de haine qu'elles ont suscité. Geste symbolique, certes, les caricatures étant fort mauvaises, d'esprit comme de talent, mais les menaces n'étaient pas du ressort de la critique d'art.

Devant l'impudence de l'ingérence religieuse et la violence de la menace, *Charlie Hebdo*, unanime, a décidé de manifester sa solidarité. Nous étions persuadés que nos confrères, en France et dans le monde, allaient tous, d'un seul mouvement, en faire autant. Dois-je dire que nous avons été plutôt déçus ?

Pourtant, ç'aurait été bien beau, ce sursaut. Et imparable. On menace, on attaque, un journal. Pas l'unanimité de la presse. Nous ne sommes pas plus courageux que d'autres, mais quand faut y aller, faut y aller.

J'ai entendu — ou lu — des choses. Des choses comme celle-ci : « Vous ne vous embêtez pas, les mecs ! Le numéro des caricatures a dû faire un tirage pas possible ! » Les bras t'en tombent.

Comme je vous le suggérais la semaine dernière, la passivité de la presse n'est pas toujours aussi innocente, je veux dire aussi uniquement motivée par la trouille. Le calcul n'est pas toujours absent. Les milieux chrétiens traditionalistes n'ont jamais digéré la loi de séparation. Mal résignés mais n'ayant en eux-mêmes aucune force pour faire abolir les lois de la laïcité, ils ne sont pas fâchés de la montée en puissance sur le sol national d'une religion exotique qui, travaillant pour son propre compte, réussira peut-être là où eux-mêmes se casseraient les dents. Ainsi l'islam le plus intolérant servirait-il de bélier pour enfoncer la porte par laquelle, à sa suite, se rueraient les intégristes chrétiens.

Veillée d'armes rue de Turbigo. Devons-nous faire confiance à la justice de notre pays ? Je vous dirai ça la semaine prochaine... Mais, j'y pense : vous savez déjà ! ■

P.-S. Si nous perdons, irons-nous dans les banlieues foutre le feu aux voitures ? Ce sont des choses qui se font.

LES ISLAMISTES CONTRE CHARLIE HEBDO

LE PROCÈS QUI PREN[D] LES MUSULMANS POUR D[...]

Poursuivi pour avoir publié, en février 2006, des caricatures représentant le prophète Mahomet et mettant en scène l'extrémisme isla-mique,* Charlie Hebdo *est accusé d'« injure publique » à l'égard des personnes de confession musulmane. Amalgame. En assimilant tous les musulmans aux intégristes, c'est au contraire ce procès qui fait injure à tous les hommes et femmes de culture ou de confession musulmanes. Nombreux sont ceux et celles qui, refusant de se voir comparés à des extrémistes, nous ont témoigné leur soutien.

Ceux qui critiquent ouvertement l'islam nous prennent — enfin! — pour des citoyens français et européens à part entière. J'estime que les Français de culture musulmane, épris de liberté, sont suffisamment mûrs pour accepter la critique, même caricaturale. En privé, ils sont plus qu'autocritiques. Si la dignité humaine est sacrée, la religion ne l'est pas. Voilà l'acquis principal du siècle des Lumières. Nous devons en être les dignes héritiers, nous, musulmans d'Europe. L'Histoire nous a suffisamment démontré qu'il est difficile, si ce n'est impossible, de moderniser l'islam classique, d'y faire entrer la liberté, la justice, la démocratie et la paix avec les autres, sans toucher à sa plus haute autorité: Mahomet. Contrairement à ce que d'aucuns voudraient faire accroire, l'islam classique n'est pas synonyme de paix et d'amitié entre les peuples. La preuve: il considère les Juifs et les chrétiens comme menteurs-falsificateurs; les bouddhistes comme idolâtres à combattre et Bouddha comme idole à abattre. [...]
Hélas, les caricatures danoises n'en sont pas! Avec sa vision des autres croyances et convictions, l'islam classique est plutôt facteur de guerre. J'aimerais bien qu'on me démontre le contraire. Pour entrer dans la modernité et dépasser l'islam classique, nous, musulmans, nous devons tout simplement lire notre Histoire telle qu'elle a été écrite par les premiers musulmans, puis tourner la page. Après le deuil, la vie reprendra de plus belle.

MOHAMED PASCAL HILOUT, initiateur du nouvel islam

Je suis un jeune étudiant kabyle et je suis en France depuis septembre 2003 pour faire mes études. J'ai été parmi ces jeunes révoltés kabyles en 2001, « le printemps noir », on se battait alors pour la « LIBERTÉ », un mot qui a été écrit par une victime avec son propre sang, avant de mourir assassinée par des gendarmes, sur un mur de la ville d'Azazga, en grande Kabylie. Je tiens à dire tout mon dégoût sur ce qui se passe en ce moment en réaction aux caricatures sur Mahomet et je vous salue pour votre numéro sur ces caricatures. Vous avez très bien réagi: la liberté d'expression n'a pas de limites... Mais je voulais surtout vous dire, en mon nom et au nom de tous les Kabyles, toute notre démarcation par rapport à ces actes de barbarie que font ces soi-disant musulmans. [...] L'islam doit apprendre à être une religion comme toutes les autres, limitée essentiellement à la vie privée et soumise au respect des lois et des principes démocratiques, dont celui de la liberté d'expression.

ALI B.

Merci d'avoir publié les caricatures. Merci de rappeler qu'il existe des personnes en France qui ne se reconnaissent pas dans cette association qu'est l'UOIF. Merci d'avoir rappelé qu'il existe des « musulmans athées ». Merci de défendre la liberté d'expression. Merci de votre courage.

FATMA M.

Je vous envoie ce mail simplement pour vous dire que je vous soutiens à 100 %, moi qui suis d'origine musulmane et qui ne me reconnais aucunement dans ces fanatiques télégéniques ou ces charlots arrivistes du Conseil musulman... Mes parents, beaucoup plus pratiquants que moi, ont souri en voyant les caricatures... N'ayant pas le cœur rempli de haine, d'absurdité revancharde ou de quelque profit dans le chaos à retirer, ils ont simplement souri et sont retournés à leur occupation... Voilà, il fallait que vous sachiez que des gens comme nous vous soutiennent et que les musulmans ne sont pas tous des arriérés vivant dans une dimension moyenâgeuse, ce que les médias oublient trop souvent de dire... Courage...

RACHID S.

Je suis algérienne, et, en Algérie, dès qu'on a l'occasion de rigoler un peu, on se moque et on discute de ce qu'aurait pu être Mahomet en son temps. Éleveur de cochons (commerçant) revient souvent. C'est parce qu'il aurait été très concurrencé (faire faillite) qu'il aurait interdit la consommation du porc. Et on y croit, nom de nom... On ne voit vraiment pas d'autre explication.Nous (je sais que je peux parler au nom de ma famille ainsi que de beaucoup d'amis algériens) vous soutenons très haut pour votre liberté.

NASSIRA A.

PALAIS DE JUSTICE DE PARIS, 4, BD DU PALAIS 75001 PARIS. Mº CITÉ. LE 7 FÉVRIER À PARTIR DE 9 HEURES LE MATIN, 14 HEURES L'APRÈS-MIDI. LE 8 À PARTIR DE 14 HEURES.

CONS

Je suis un Français musulman, c'est-à-dire un catholique de naissance converti, il y a une dizaine d'années, à la religion musulmane. [...] Cet islam dont les soufis ont su si bien en définir les saveurs et toute la beauté qui s'en dégageait, ceci dit (parce que je ne cherche pas du tout à te convertir), je ne peux pas m'empêcher de t'apporter mon soutien moral, c'est déjà ça. Je trouve que tu représentes tout à fait la situation du moment, c'est réellement à pleurer quand on voit ce qu'est devenue ce que j'estime être la plus belle et la plus grande des religions. À très bientôt, *Charlie,* longue vie et bonne santé.

THIERRY L.

La liberté d'expression n'est pas un concept à géométrie ou géographie variable. Elle est ou elle n'est pas! Les attaques portées contre «Charlie Hebdo» sont à mon sens révélatrices des tentatives de musellement de la presse menées depuis plusieurs années par les mouvances intégristes et leurs alliés objectifs! Je suis musulmane et en aucun cas les caricatures reproduites dans «Charlie» ne m'ont offensée ni blessée dans ma conscience. «Charlie Hebdo» est l'un de ces médias qui forgent l'esprit critique et accompagnent tous les combats sociaux. Depuis sa création, ses journalistes ont toujours soutenu la lutte des femmes pour leur émancipation. Féministe, internationaliste, antiraciste, provocateur et populaire! Big up, «Charlie Hebdo»!

FADELA AMARA,
présidente fondatrice de Ni putes ni soumises

Aucun blasphème n'autorise à se substituer à Dieu, pour se faire justice et répandre la violence en son nom, quand Dieu lui-même condamne la violence et son entretien. Sincèrement, je ne me suis pas senti concerné par ces caricatures, parce que l'éducation musulmane que m'ont transmise mes parents va à l'encontre d'un visage sanglant de l'islam que révèlent ces caricatures. En revanche, j'ai été indigné par les manifestations meurtrières qui ont suivi la publication des caricatures. Pour moi, chacun est libre de pratiquer, critiquer, condamner ou même blasphémer l'islam. Cela n'engage que son auteur. Interdire la critique sous toutes les formes littéraires, artistiques ou autres, même les plus absurdes (sauf les incitations à la violence, au racisme et à l'antisémitisme), me paraît contraire à la liberté d'expression, qui est mon outil de travail et un droit que tout un chacun peut exercer. *Charlie Hebdo* est un journal satirique fidèle à lui-même. Il a toujours prôné la liberté d'expression et dénoncé les violences, le racisme, l'antisémitisme avec un humour mordant. À ce titre, je le soutiens vivement.

KAMEL YAHIAOUI, artiste plasticien

> L'ÉDITO *par Philippe Val*

L'intégrisme est-il soluble dans la laïcité?

Le recteur de la Mosquée de Paris, Dalil Boubakeur, s'est donc engagé dans une procédure contre *Charlie.* Il a, entre autres alliés dans cette affaire, la Ligue islamique mondiale et l'Union des organisations islamiques de France, qui sont à la laïcité ce que le bureau de tabac est aux poumons. Le procès commencera au moment où ce numéro de *Charlie* arrivera chez les marchands de journaux. La semaine dernière, le recteur a organisé une conférence de presse et distribué un document justifiant son action et exposant sa défense.

Il se prévaut du soutien du président de la République et du Vatican, grand bien lui fasse. C'est d'ailleurs davantage un aveu qu'une révélation. Au sujet de SOS Racisme, le recteur semble faire une petite erreur. Son président, Dominique Sopo, sera effectivement présent au procès, mais pour témoigner en faveur de *Charlie*...

Dalil Boubakeur, dans son document, est rien moins que clair. Dans un premier temps, il nie que ce procès soit une manière de faire revenir, par la voie d'une décision de justice qui ferait jurisprudence, le délit de blasphème, dont le Parlement, même dans sa configuration actuelle, ne veut pas entendre parler. Mais, un peu plus loin, il cite comme allié de sa cause le député UMP Jean-Marc Roubaud, proche de Sarkozy, qui avait élaboré un projet de loi pour instaurer... un délit de blasphème. Il faudrait savoir...

Quand Boubakeur annonce, dans le même document, que le MRAP a déposé une plainte pour incitation à la haine raciale, il omet juste de dire que, devant le flot de démissions de ses militants et les protestations publiques de ses membres historiques, dont Jean Ferrat, il a été contraint de retirer sa plainte. Lorsque Boubakeur cite Jacques Chirac en Conseil des ministres: « *Je condamne toutes les provocations manifestes susceptibles d'attiser dangereusement les passions...* », de quoi s'agit-il? De commenter la couverture de Cabu, laquelle montre un Mahomet éploré d'être débordé par les intégristes, qu'il traite de cons! Il faudrait donc ne pas se moquer des intégristes — habités par la passion — parce qu'ils n'ont pas le sens de l'humour. Mais si on ne se moque pas des intégristes, ils ont gagné. Et ce n'est pas parce qu'on a tous peur du terrorisme qu'il ne faut pas se foutre de la gueule des terroristes. Ils sont grotesques, avec leur amour de la mort et tout leur cinéma cagoulé. Si on s'interdit d'en rire, comment allons-nous vaincre nos peurs? S'il faut les respecter, comment allons-nous lutter contre leurs idées? Si leurs actes ne donnent pas matière à rire, en revanche, leurs motivations et leur fanatisme sont d'inépuisables sujets de satire de première nécessité. Il en va de notre survie, non? Si le président de la République juge bon de taire ce qu'il est censé en penser, on ne peut en aucun cas imposer le silence aux citoyens, qui ont un droit inaliénable de vaincre par le ridicule ce qui les menace par la force.

Ou alors faut-il déjà considérer les terroristes comme des combattants respectables d'une cause qui n'est pas la nôtre, certes, mais qui les honore? Euh... Autant dire que si certains de nos dirigeants sont tentés par cette vision des choses, l'écrasante majorité des Européens n'est pas tout à fait près de s'y convertir. Les dirigeants en question feraient bien de remballer leur quincaillerie, je ne pense pas qu'on soit décidés à en rabattre sur nos libertés dans le seul but de ne pas défriser des barbus qui, en outre, loin de nous en savoir gré, ne nous en mépriseront que davantage, et avec raison, parce que nous sommes infidèles à nos propres principes. Si tourner en dérision les terroristes et les intégristes, c'est insulter tous les musulmans, alors il y a un sacré problème. Mais je pense qu'en réalité ce n'est pas le cas, et de nombreux musulmans sont fatigués de cette situation, les témoignages publiés ci-contre le prouvent assez.

Le problème, c'est que le Conseil français du culte musulman, dont Boubakeur est président, est noyauté par l'UOIF, et qu'effectivement se moquer des intégristes, c'est se moquer d'eux. Et là où Boubakeur enfonce le clou, c'est quand il ose déclarer, dans *L'Express* du 1er février: « *Il n'y a pas de différence entre la communauté musulmane de ce pays et le culte qui la représente.* » Alors il n'y a pas de différence entre les Français de culture chrétienne, qui sont majoritaires en France, et le culte catholique? C'est donc sur cette base que ce procès est engagé: sur la pression des religieux, on voudrait confondre la critique de l'idéologie religieuse avec l'insulte raciste.

Cela signifierait que désormais toute contestation d'un dogme serait condamnable par les tribunaux de la République... Attaquer le catholicisme serait donc faire preuve de racisme antifrançais. C'est précisément ce que voulaient les associations catholiques d'extrême droite qui nous ont fait tant de procès dans les années 1990. Procès que nous avons tous gagnés, d'ailleurs.

De l'issue de ce procès dépend l'avenir de la critique des dogmes dans la démocratie française. Si elle est assimilée à une insulte raciale et donc punie par les tribunaux, ça veut dire rétrospectivement que dans les années 1970 nous n'aurions pas établi l'égalité entre les hommes et les femmes, le droit à l'avortement et la contraception, qui ont nécessité une confrontation violente avec des représentants du christianisme. Ça veut dire qu'il faudra prévoir des écoles où l'on n'enseignera plus le darwinisme, qui est une insulte aux religions qui développent une théorie des origines différente, en l'occurrence le judaïsme, le christianisme et l'islam. Ça veut dire que dans les hôpitaux il faudra des médecins femmes pour les femmes musulmanes, et allez savoir quoi pour toutes les autres religions du monde qui vont s'empresser de faire valoir leurs droits, elles aussi, et leurs coutumes médicales, alimentaires les plus baroques. L'État sera donc chargé du respect des tabous cultuels, comme s'il n'avait pas autre chose à faire.

Plus grave encore, si la critique de la religion devient répréhensible, cela signifie que sur le territoire de la République, lorsque les hommes dénieront des droits aux femmes, comme celui de s'habiller comme elles le veulent, d'aller et de venir et de fréquenter qui elles veulent, on ne pourra plus intervenir. Lorsqu'un macho bafouera les droits fondamentaux des femmes, on laissera faire puisqu'il le fait au nom de la religion.

Enfin, ces plaintes ont une étrange tonalité. Le recteur de la Mosquée de Paris, l'Union des organisations islamiques de France et la Ligue islamique mondiale, qui ont solidairement porté plainte, supposent que les musulmans sont incapables de regarder et de comprendre un dessin humoristique. Dénier aux musulmans cette faculté de comprendre relève d'un mépris qui confine au racisme. Et d'ailleurs, je n'ai pas besoin d'être musulman pour me sentir solidairement offensé par la manière dont Boubakeur, l'UOIF et la Ligue islamique mondiale défendent l'honneur de ceux qu'ils prétendent représenter, tout en leur déniant la faculté d'entendre l'humour et la critique. Comme si, en plus des droits de l'Homme, il fallait prévoir un droit des musulmans, légèrement restrictif parce que les musulmans comprennent moins bien que les autres. Alors je pose la question, qui est le raciste, dans cette histoire?

Dans sa conférence de presse, le recteur a déclaré: « *Nos frères juifs, au lendemain de la Seconde Guerre mondiale, ont réussi à créer une jurisprudence qui les protège.* [...] *Il faut aussi protéger les musulmans des abus insultants.* » Deux remarques, les lois sur le négationnisme de la Shoah sont des lois qui concernent des faits historiques. L'islam est un fait religieux. Il n'est pas question de la religion judaïque dans les lois réprimant l'antisémitisme. La religion ne se confond pas avec l'histoire, et les idées ne se confondent pas avec les hommes. S'en prendre aux religions et aux idées n'a rien à voir avec la négation de l'histoire et la haine des hommes. Ces amalgames sont dignes de Dieudonné, et n'honorent pas la Grande Mosquée. Par ailleurs, ces propos laissent supposer que les lois sont votées sous la pression de lobbies. Mais dans le système de la République française, ça n'est pas le cas. Les lois sont promulguées au nom du peuple français, et les députés ne sont les députés ni de leur département, ni de leur ville, ni des lobbies, mais ils sont députés du peuple français dans son ensemble.

Dans sa conférence de presse, le recteur a cru bon de se lancer dans une diatribe dont voici quelques extraits: « Charlie Hebdo *a mûri un numéro spécial, lucratif, provocateur. Si le droit considère qu'ils doivent aller se soigner, ils ont suffisamment d'argent pour se soigner avec le pactole qu'ils ont touché.* [....] *C'est l'expression d'islamophobiques, d'un acte psychopathologique que l'on soigne normalement à Sainte-Anne.* [...] » Amusant comme, finalement, tous les grands démocrates modérés, dont Staline fut le modèle, ont ceci en commun de vouloir envoyer en hôpital psychiatrique leurs contradicteurs. C'est un réflexe. Un tic. Un TOC[1].

Enfin, ce procès s'ouvre une semaine après les fameuses déclarations de Chirac sur la bombe iranienne. Cela montre à la fois une certaine constance présidentielle et les limites de l'engagement chiraquien pour l'écologie. Il est farouchement contre le réchauffement climatique, sauf si c'est l'Iran qui réchauffe l'atmosphère en faisant exploser ses bombes atomiques. Parfois, tout devient tellement subtil qu'on a du mal à suivre. ■

1. Trouble obsessionnel compulsif.

ATTENTION! MERCREDI 7 FÉVRIER, NUMÉRO SPÉCIAL DE *LIBÉ* AVEC TOUTE L'ÉQUIPE DE *CHARLIE HEBDO*.

PROCÈS DES CARICATURES

Bien souvent, les procès de presse sont des procès de société. Celui qui s'est tenu les 7 et 8 février devant la 17e chambre correctionnelle, opposant Charlie à la Mosquée de Paris, l'UOIF et la Ligue islamique mondiale, le fut d'une manière éclatante. Le prétexte de l'injure raciste, dont nous étions accusés, n'était là que pour permettre de réintroduire dans la loi française, par le biais de la jurisprudence, le délit de blasphème. Il s'agissait de rétablir la prééminence de la foi sur le droit, du dogme sur le débat démocratique. L'énorme médiatisation de ce procès, le large spectre des soutiens politiques que nous avons reçus, la foule qui se pressait aux portes de la salle d'audience, le réquisitoire du ministère public, réclamant la relaxe, tout cela prouve que ce sont non seulement nos lecteurs, mais aussi toute la société française qui a saisi l'importance cruciale de ce qui se jouait. En attendant le verdict, le 15 mars prochain, résumé et coups de projecteur.

ON S'EST BIEN MARRÉS !

Un mois

Mais pas plus !

Et maintenant, un mois à attendre. Un mois, « long comme un jour sans pain », disait ma maman à moi — est-ce encore compris de nos jours ? Que faire, quand on attend et qu'on a — un tout petit peu — peur ? Trépigner. Alors voilà : nous trépignons.

L'angoisse grosse, je veux dire celle d'avant le procès, s'est estompée, laissant la place à des soucis moins cuisants. Par exemple, celui-ci :

Sarkozy, l'affreux Sarkozy, nous ayant spontanément fait l'honneur d'une lettre de soutien sans équivoque aucune et même, à bien regarder, plutôt chaleureuse et sans coup de pied en vache, devons-nous :

a/ Repousser noblement du pied ce cadeau de l'ennemi (qui ne saurait d'ailleurs qu'être empoisonné, même si l'odeur caractéristique du poison ne nous saute pas aussitôt aux narines) ?

b/ Accepter, mais avec des pincettes, comme on ramasse la crotte du chat, sans commentaire mais en ayant soin d'exprimer, par une mimique ostensible, que nous avons eu la main forcée et que vraiment nous sommes pris par surprise ?

c/ Accepter avec enthousiasme, des larmes émues plein le plastron, en proclamant bien haut combien nous émeut ce geste magnifique de l'adversaire farouche mais loyal qui sait s'incliner avec fair-play et élégance devant la bonne foi de l'ennemi ?

d/ Accepter avec un ricanement cynique puis, la lettre ayant produit son effet bénéfique, aller brûler la voiture de Sarkozy ?

À l'heure où je vous parle, on n'est pas encore décidés. Il y a des pour, il y a des contre. Une chose semblerait en tout cas d'ores et déjà acquise : aucun d'entre nous ne votera pour Sarkozy. De purs salauds, je vous dis.

Remarquez, à la réflexion, c'est peut-être lui qui a fait le calcul le plus astucieux. S'il est battu, il pourra toujours dire que c'est à cause de cette foutue lettre et de son bon cœur. Il est vrai que, de notre côté, quand il sera président de la République, cette lettre signée de son auguste main pourra nous être fort utile en tant que pièce maîtresse d'un chantage qui fera des gars et des filles de *Charlie Hebdo* les maîtres du monde, ou du moins de l'Hexagone (moi, je prends la Côte d'Azur).

Un mois à être sages, c'est difficile quand on a le mal dans la peau. Car, voyez-vous, si un seul d'entre nous fait une grosse bêtise qui trahit sa nature mauvaise, la madame le procureur et le monsieur le président vont soudain comprendre qu'ils se sont fait avoir, que sous nos airs bonasses nous dissimulons des férocités et que, tout compte fait, ce pourrait bien être ceux d'en face qui avaient raison.

C'est pourquoi vos médias habituels, charmés, ne vous transmettront plus aucune nouvelle d'attentats à la bombe, de vols de poules, de blasphèmes en tout genre, de pédophilie sur enfants de chœur, de viols collectifs sur vierges sacrées réservées aux kamikazes patriotes ou de tags injurieux à l'égard de M. Sarkozy.

J'ai pu me livrer, dans la salle du tribunal, à plusieurs observations ethnologiques. C'est un lieu fort propice à la science. Il y règne certains effluves qu'on ne retrouve guère que dans les salles de boxe. Le tempérament féminin y est tout particulièrement sensible. Je vous accorde que les dames ici posées sur des sièges de bois cannibales ne hurlent pas leur enthousiasme ni ne le manifestent gestuellement avec la même véhémence que les spectatrices sportives. Point ici de « Tue-le ! », « Saigne-le à mort ! », « Bouffe-lui l'œil ! », point de parapluie écrasé sur la tête du fan de l'autre, non. Mais que de poitrines haletantes, que de soupirs prolongés lorsque Maître Kiejman termine au sprint une tirade irréfutable, lorsque Maître Malka, dans un éblouissant sourire, écrase sur la table la triste puante vermine qu'est devenu son adversaire ! Que de pâmoisons discrètes pressentis-je dans mon entourage immédiat !

Oui, ce fut un grand jour, quoi !

CAVANNA

DOUBLE PAGE

2007 *Charlie Hebdo* n°765 du 14 février

2007

◄ *Charlie Hebdo* n°764 du 7 février

2007
Charlie Hebdo n°765
du 14 février

À la fin du procès, sur deux jours, les défenseurs de *Charlie Hebdo*, Richard Malka et Georges Kiejman, prennent la parole.

Deux grandes plaidoiries dans un procès historique, qui aurait mérité d'être filmé pour la postérité.

LES TÉMOINS À LA BARRE. Ces témoignages sont décisifs. Deux témoins clefs nous ont fait faux bond au dernier moment, Taslima Nasreen et Nasser Khader, mais nous les avons remplacés. Et chacun a finalement apporté un éclairage indispensable.

Antoine Sfeir, directeur des *Cahiers de l'Orient*.

Mehdi Mozaffari, universitaire iranien réfugié au Danemark.

Flemming Rose rédacteur en chef au *Jyllands-Posten*.

Dominique Sopo, président de SOS Racisme.

François Hollande et François Bayrou avaient accepté de longue date de témoigner.

Élisabeth Badinter philosophe.

Caroline Fourest, essayiste et collaboratrice à *Charlie Hebdo*.

Daniel Leconte, journaliste et producteur, Prix Albert-Londres.

Denis Jeambar, ancien directeur de *L'Express*.

Claude Lanzmann, réalisateur de *Shoah*.

Abdelwahab Meddeb, écrivain musulman éclairé.

Mohamed Sifaoui, journaliste d'origine algérienne.

DANS LE BOX DES TÉMOINS Ils sont venus nous soutenir

La salle est dans l'obscurité. Il n'y a rien, sauf quatre bancs en bois, une chaise et un vague placard où les officiers de sécurité ont posé leurs gilets pare-balles. La seule fenêtre, une grande vitre sans tain, surplombe l'escalier qui mène au parvis de la 17e chambre correctionnelle, avec sa foule impatiente de pouvoir entrer et des journalistes qui tournent en rond avec leurs caméras sur l'épaule.

Nous n'avons pas le droit d'assister à l'audience avant de témoigner. Mais, bien entendu, quelques échos nous sont déjà parvenus. Nous réclamons un peu de lumière. Les officiers chargés de notre sécurité sont absolument adorables et prévenants, mais nous avons quand même l'impression d'être en cage, et cela va durer des heures.

« Je veux bien allumer la lumière, mais vous serez vu de l'extérieur », prévient gentiment notre garde féminin. Je tente de détendre l'atmosphère : *« Nous sommes venus réclamer la lumière contre l'obscurité, alors n'hésitez pas… Allumez ! »* On se voit mieux, mais on s'entend à peine à cause du blindage. Et quand on veut aller pisser, les policiers sont obligés de nous escorter. L'après-midi du premier jour, Flemming Rose est le premier à passer. Son interrogatoire, traduit de l'anglais au français, va durer une heure et demie ! Les policiers nous font savoir que le délai est dû aux avocats de la partie civile, qui soumettent le témoin à un feu de questions. Nous sommes là pour encore des heures…

LES SOUTIENS POLITIQUES

Si Nicolas Sarkozy, le créateur du Conseil français du culte musulman, a le sens du timing, ce n'est pas le cas de Ségolène Royal. Elle a bien envoyé un texto à Philippe Val, *« Bon courage »*, mais elle n'a fait aucune déclaration publique. François Hollande et François Bayrou sont présents au procès, mais la presse en parle presque au même titre que le ralliement de Sarkozy. Quant aux petits candidats, elle les ignore comme toujours.

Dominique Voynet et Roland Castro ont signé le texte de soutien à *Charlie* paru dans *Libé*. Corinne Lepage, aussi. Logique : elle est à nos côtés depuis longtemps sur ces questions et elle a même proposé d'organiser une opération pour rebaptiser la rue du Palais « rue de la laïcité » le temps du procès. Besancenot a failli signer. Au deuxième jour du procès, toutefois, la Ligue communiste révolutionnaire a pris fait et cause pour *Charlie Hebdo*. Enfin.

Et Le Pen ? Pouvait-il demeurer en reste ? Emmerdé, le chef du FN… Comment ratisser les voix de ceux qui confondent Arabes et musulmans en se ralliant à un journal qui ne pratique justement pas l'amalgame et qui est sa bête noire ? Comment se proclamer champion de la liberté d'expression quand on a soutenu tous les procès intentés par l'AGRIF pour « racisme anti-chrétien » à *Charlie* depuis des années ? Marine le veut, les cathos tradi sûrement moins… Entre les deux, le chef du paquebot a tangué en estimant qu'on *« ne pouvait pas condamner* Charlie Hebdo *»*, tout en prenant ses distances avec les caricatures. Après pareil grand écart à son âge, étonnant que son col du fémur ait résisté… Pendant ce temps, maître Szpiner boude : *« C'est la caravane des politiques ! »*.

LES PLAIDOIRIES

«Historique ! », « Unique ! » « Il aurait fallu montrer ce procès dans les écoles ! » En sortant de l'audience, ce jeudi vers 22 heures, les gens avaient des étoiles dans les yeux. Les plaidoiries se sont enchaînées crescendo depuis 18 h 30.

Maître Bigot a ouvert le feu pour la Mosquée de Paris, tentant de démontrer que la republication des caricatures dans *Charlie Hebdo* constituait une provocation *« gratuite »* et inutile, d'autant plus coupable qu'elle avait été *« mûrement réfléchie »*. Il invoque la « modernité » des arrêts de la Cour européenne des droits de l'Homme, qui a déjà condamné des œuvres ayant offensé les croyances, au motif que les croyants ont le droit à une pratique *« paisible »* de leur religion.

À sa suite, maître Szpiner tente des effets de manche qui tombent à plat. Il parle de ces musulmans qui ont versé leur sang pour la France, à qui il faudrait rendre hommage en cessant de les offenser. *« Nous ne sommes plus les indigènes de la République »*, lance-t-il d'un air grandiloquent qui fait presque rire la salle, tellement l'image est surréaliste. L'avocat de l'UOIF enchaîne sur un mode besogneux et victimaire. Il se plaint du sort réservé à son client et de s'être vu couper la parole par maître Kiejman. *« Je vous connais bien, vous savez ! »*, lance-t-il, mystérieux. *« Alors vous en savez plus que moi ! »*, répond Kiejman, en faisant rire toute la salle. L'avocat saoudien de la Ligue islamique mondiale est, lui, tout simplement décalé. Il se défend de vouloir rétablir un quelconque délit de blasphème, mais sa plaidoirie sonne faux et tout le monde continue de penser à ce drapeau saoudien, avec une épée surmontée par la profession de foi…

Le réquisitoire du ministère public est sans appel. En restituant avec précision la chronologie des faits et les intentions de chacun, le procureur remet tout à sa place. Elle détaille chaque dessin en le replaçant dans son contexte et conclut à la relaxe de *Charlie Hebdo*. Un journal qu'elle présente comme étant *« pour nombre de nos concitoyens le reflet vivant de la liberté de la presse dans une société démocratique qui ne peut être théocratique »*. La salle applaudit.

À la pause, les parties civiles en profitent pour s'éclipser. Le recteur de la Mosquée de Paris n'a pas montré son nez pendant deux jours. Et les deux larrons de l'UOIF sont partis avant les plaidoiries de la défense. Il faut croire que le jeu républicain ne les amuse qu'un temps : celui de l'accusation.

À la reprise, maître Malka entame une plaidoirie drôle, passionnée, vivante. La salle est toujours pleine et personne n'en perd une miette. Il s'attache à montrer combien il est absurde de voir le dessin de Cabu comme traitant les musulmans de cons alors qu'il s'adresse clairement aux intégristes. La Mosquée de Paris a tenté de faire l'amalgame en redéfinissant l'intégrisme comme un simple *« degré dans l'intensité de la foi »* (sic). Maître Malka rappelle qu'il y a quelques années Dalil Boubakeur écrivait : *«L'intégrisme n'est pas l'islam. » « Dalil Boubakeur aurait-il un passé islamophobe ? »* La salle rit.

Il explique que les parties civiles visent bien le blasphème et non le racisme : *« Les citations des plaignants ne comportent jamais le mot communauté, mais 31 fois les mots "croyances", "foi" et "religion" ! »* Il revisite un à un les dessins satiriques publiés par *Charlie Hebdo* à l'adresse du christianisme, très violents, et qui ont tous été relaxés. Ou encore cet édito de Val saluant la venue du pape en France à sa manière : *« Bienvenue au pape de merde ! » « On nous parle de deux poids deux mesures, mais vous la voulez vraiment, l'égalité de traitement ? ! »*, lance maître Malka aux avocats des parties civiles. L'avocat de la Ligue islamique mondiale a déjà changé de couleur quand maître Kiejman prend le relais et s'attache à démontrer que les arrêts de la Cour européenne des droits de l'Homme invoqués par l'accusation ne s'appliquent en aucun cas à notre affaire.

Lorsque l'audience s'achève, le président autorise Philippe Val à dire un dernier mot. Beau joueur après deux jours d'enfer, Philippe redit combien la liberté d'expression et le droit d'irrévérence sont consubstantiels à la démocratie laïque, avant de tendre la main à la Mosquée de Paris : *« J'invite le recteur Boubakeur à poursuivre ce débat dans les pages de* Charlie, *pour lutter ensemble contre la théorie du choc des civilisations et de l'inimitié programmée. »*

Caroline Fourest

> **L'ÉDITO** *par Philippe Val*

On n'a pas gagné

Lorsque le quatrième pouvoir, ce n'est plus la presse, mais la religion, c'est qu'on a changé de régime. En terre laïque, la religion n'est pas un pouvoir politique. Et lorsqu'elle prétend en être un, il faut qu'elle accepte d'être repoussée dans le domaine privé qui est le sien. Lorsqu'elle prétend agir sur les règles collectives, il faut qu'elle accepte d'être traitée pour ce qu'elle est: une idéologie comme une autre soumise à toutes les critiques. La liberté de critiquer les idées doit être pleine et entière. Comme l'a rappelé Richard Malka, tous les éditeurs qui, dans les pays arabes — Jordanie, Yémen… —, ont été condamnés pour avoir publié les caricatures l'ont été pour blasphème. Inutile de se voiler la face. Il s'agit ici, bel et bien, d'une affaire de blasphème, même si l'on s'interdit de prononcer le mot. C'est pourquoi seule une relaxe totale serait compréhensible. Car si l'on était condamné, cela voudrait dire que la religion est devenue le quatrième pouvoir.

La caricature blasphématoire, celle à laquelle s'accroche le plus la partie adverse pour étayer ses protestations, c'est évidemment celle de Mahomet avec la bombe dans le turban. Et précisément, c'est la plus importante, celle dont le droit de la publier est décisif.

Lorsque l'on va à Istanbul et qu'on visite Topkapi — le palais royal —, il y a une pièce dont la porte est entrebâillée et devant laquelle on a installé un cordon pour empêcher qu'on ne s'en approche trop. Il faut donc se pencher par-dessus le cordon pour apercevoir dans l'entrebâillement de la porte une chose sacrée. On ne peut pas la voir de face ou dans une vitrine. Elle impose trop de respect. Il s'agit du sabre du Prophète. L'objet culte, celui qui est conservé et protégé du regard direct, c'est donc un sabre. Comme Mohamed Sifaoui l'a rappelé pendant le procès, ce sabre est l'emblème de nombreux drapeaux de pays islamiques et d'un nombre incalculable d'associations musulmanes.

L'équivalent du sabre, aujourd'hui, c'est la bombe. Lorsque Mahomet, en une petite poignée d'années, a conquis un quart du monde connu, il ne l'a pas fait avec une cuillère. Nier que le Prophète fut un homme en armes, c'est nier l'histoire. C'est nier aussi les massacres qu'il a fallu perpétrer pour aller de Médine à Poitiers! Et, comme d'habitude, la négation des massacres s'exprime toujours au service de leur récidive. Même à travers un écart de siècles aussi considérable que celui qui nous sépare de la naissance de l'islam. Surtout dans la tête des fanatiques.

Qu'aurait-on dit, il y a quelques années, lorsque Amin Maalouf a publié son livre admirable *La Croisade vue par les Arabes*, si les chrétiens d'Europe avaient fait interdire son livre en terre chrétienne? C'est impensable et ridicule. Et pourquoi laisserions-nous ridiculiser l'ensemble des musulmans lorsqu'une poignée de fanatiques font pression pour faire condamner une représentation du Prophète tout ce qu'il y a de plus légitime. De la même façon qu'aujourd'hui les soldats romains accrocheraient le Christ en croix avec une perceuse électrique, Mahomet aujourd'hui ne se servirait plus d'un sabre, mais d'armes à feu et à détonation. C'est d'ailleurs la raison pour laquelle les terroristes qui se réclament de lui utilisent le sabre pour égorger leurs victimes lorsqu'ils sont bien planqués dans un repaire, mais des bombes lorsqu'ils agissent dans l'espace public. Représenter Mahomet avec une bombe dans le turban signifie quoi, exactement, si l'on ne s'attache qu'à la réalité du dessin, et si on n'oublie pas qu'il ne s'agit ni d'une vraie bombe ni du vrai Mahomet, mais d'encre et de papier? Cela signifie que l'on représente le Prophète dans la posture guerrière qui a été la sienne toute une partie décisive de sa vie, ce qui est le droit le plus strict du dessinateur, sauf à faire des lois qui interdisent de rendre compte de l'histoire. Et cela signifie aussi que le temps de la conquête étant terminé — du moins, on ose l'espérer — pour la plupart des musulmans du monde, il se trouve quelques cerveaux archaïques qui pensent le contraire et continuent le djihad, le plus célèbre d'entre eux étant Ben Laden, mais il y en a d'autres, comme Ahmadinejad, le président iranien. Ces gens-là veulent prolonger la geste guerrière du Prophète, mais évidemment avec des armes modernes, des bombes. Que le prophète dont ils se réclament n'ait plus un sabre à la main, mais une bombe dans la tête, qui peut le nier? Et pour ce qui concerne Ahmadinejad, ce n'est pas une bombe à mèche du style XIXe siècle, mais une bombe atomique tout ce qu'il y a de plus moderne. Qui peut nier ce qu'Ahmadinejad lui-même clame sur tous les toits? Ceux qui, atteints d'une surdité pathologique, ne l'entendent pas? Oui, évidem-

ment, Mahomet avec la bombe dans le turban est la caricature la plus importante, celle qu'il fallait publier en priorité, et la seule qu'il fallait publier s'il avait fallu n'en publier qu'une. Qui peut interdire à un dessinateur de dénoncer la terreur que font régner les fanatiques religieux qui se servent de Mahomet comme d'une bombe? Il est évident que ce dessin dénonce le terrorisme. Qui peut donc vouloir l'interdire? Deux sortes de personnes.

— Les fanatiques eux-mêmes, qui jouent toujours sur les deux tableaux de la vantardise menaçante et du négationnisme outré.

— Ceux qui ont peur d'eux, et qui, d'ores et déjà, sont prêts à abdiquer leurs droits fondamentaux pour ne pas risquer d'attirer leur attention.

Dessiner une bombe dans le turban de Mahomet ne signifie qu'une stigmatisation des fanatiques. Que tant de gens s'en offusquent est inquiétant. Cela tendrait à prouver qu'il y a à la fois beaucoup de fanatiques et beaucoup de personnes déjà tétanisées par la trouille. Je pense sincèrement que notre avenir dépend, entre autres choses, de notre liberté de publier des Mahomet avec des bombes dans le turban, qui ridiculisent les fanatiques, et que les musulmans du monde entier ont tout intérêt à jouir également de ce droit. Se sentir blessé dans sa foi par une telle représentation signifie quoi? Que l'on souffre que des intégristes se servent de la religion pour commettre leur meurtre? Ou que l'on souffre de voir critiquer des musulmans quels qu'ils soient, fussent-ils terroristes?

Qui peut estimer qu'il y a autre chose qu'une critique du fanatisme dans ce dessin?

D'où vient l'expression qui dénonce l'association du sabre et du goupillon sinon de la satire qui accompagnait les luttes qui ont mené à la séparation des Églises et de l'État. Interdire l'association, pour la dénoncer, de Mahomet et de la bombe, qui est le sabre moderne, c'est interdire l'expression qui conduira un jour les pays musulmans sur la voie de la séparation du temporel et du spirituel. C'est mépriser l'islam et vouloir le cantonner dans un folklore archaïque, des tabous et des préceptes d'un autre temps. C'est lui refuser les portes du monde contemporain, comme si nous étions les seuls à être assez intelligents pour en jouir…

Nous tenons à remercier nos témoins. Grâce à eux, le débat s'est immédiatement situé au niveau élevé où nous souhaitions qu'il se déroule.

Fleming Rose, du *Jyllands-Posten*, a replacé la publication de ces dessins dans leur contexte.

Mehdi Mozaffari, grand intellectuel iranien émigré au Danemark, francophone remarquable, a fait notamment une analyse du statut de l'islam au Danemark.

Antoine Sfeir, dont l'amour et la connaissance de l'Orient ne sont discutés par personne, sauf par les avocats de la partie adverse, qui auraient bien fait de se renseigner un peu…

Claude Lanzmann, résistant pendant la Seconde Guerre mondiale, avec Sartre et Frantz Fanon aux côtés des Algériens pendant la guerre d'indépendance, réalisateur de *Shoah*, œuvre capitale du XXe siècle, est venu démontrer la différence de nature entre les caricatures danoises et les dessins de propagande raciste, au cours d'un témoignage grave et saisissant.

François Hollande s'est montré d'une fermeté et d'une profondeur qui devraient faire réfléchir les humoristes qui s'entêtent à le représenter en benêt. Son témoignage était précieux, utile, et, avec l'absence de pathos qui lui est coutumière et que l'on confond à tort avec la superficialité, il a mis en lumière le rôle de la liberté d'expression dans les rouages complexes de la démocratie.

De même **François Bayrou**, qui a insisté sur la laïcité, et qui l'a définie comme « la pointe de diamant » de nos institutions. En rappelant sa foi catholique, pour ce qui concerne la vie publique, il met au-dessus le droit de critiquer les dogmes quels qu'ils soient. Son témoignage dans ce contexte politique relève d'un certain courage, car il ne va pas de soi pour nombre de ses électeurs potentiels.

Élisabeth Badinter a prévenu que si nous étions condamnés, alors, ce serait le silence qui s'abattrait sur nous tous. Son témoignage était un moment d'intensité qu'aucun d'entre nous n'est près d'oublier.

Abdelwahab Meddeb, dont le livre *Contre-Prêches* (Seuil) est une mine de réflexions des plus fécondes sur les problèmes de sécularisation au sein de l'islam, a exposé la nécessité pour les religions d'encaisser les critiques et l'humour.

Caroline Fourest a non seulement apporté son témoignage, mais en plus elle a dû, à la porte du tribunal, s'occuper des soutiens insoutenables, tel Dieudonné, qui, à bout d'arguments, lui fit un pied de nez devant les caméras de télé. Sur quoi Caroline lui demanda où en était sa psychanalyse…

Mohamed Sifaoui a raconté les attentats islamistes auxquels il a miraculeusement échappé en Algérie, et rappelé qu'il n'était pas venu en France pour les voir définir la liberté d'expression.

Dominique Sopo, président de SOS racisme, a fait la différence entre la critique de la religion et le racisme, et il a rappelé notre longue collaboration dans la lutte anti-raciste.

Denis Jeambar, qui a reproduit dans *L'Express* les caricatures en même temps que *Charlie*, a raconté que dans la nuit de l'impression il avait eu une conversation houleuse avec son financier, Serge Dassault. Comme il accompagnait le président Chirac en Arabie Saoudite quelques jours plus tard afin de conclure des contrats, cette publication dans un journal lui appartenant était une catastrophe. Pour s'en dédouaner, il a précipité la vente de *L'Express*… Ce témoignage de Denis Jeambar éclaire d'un jour intéressant les conditions de possibilité de ce procès…

Daniel Leconte, producteur, journaliste, Prix Albert-Londres, avait fait venir Salman Rushdie sur le plateau d'Arte lorsqu'il a été frappé par la fatwa de Khomeyni. Il a montré la différence de réaction à vingt ans d'écart, comment déjà Chirac avait dénoncé Rushdie, et il a parlé du sort des journalistes qui viennent d'être jugés au Maroc. Il a rappelé à quel point la décision du tribunal serait suivie attentivement par les démocrates dans les pays arabes.

Témoignage de dernière minute, que nous n'avions pas sollicité, celui de Nicolas Sarkozy. Nous acceptons ce soutien et nous nous en réjouissons, car il prouve que dans une démocratie la gauche et la droite s'affrontent sur la base de valeurs qui ne se discutent pas, et qu'elles partagent clairement. Merci donc à Nicolas Sarkozy, d'autant qu'il sait que nous ne le ménagerons pas pour autant. Son soutien a eu également le mérite d'ébranler le Conseil français du culte musulman qu'il a créé lui-même.

Enfin, Le Pen a jugé bon de s'exprimer en faveur de la liberté d'expression. Nous nous passons de ce soutien qui ne soutient que lui. Le Pen ne désire être libre de s'exprimer que pour pouvoir dire sans risque que les chambres à gaz sont un point de détail de la Seconde Guerre mondiale. Cela le disqualifie à nos yeux pour jouer quelque rôle que ce soit dans cette affaire. ■

2007
Charlie Hebdo n°764
du 7 février

> L'ÉDITO *par Philippe Val*

La victoire en dessinant

Victoire ! Bien sûr, pour l'équipe de *Charlie*, au terme d'une année de tension et de péripéties diverses, c'est une énorme satisfaction. Pour nos avocats, Richard Malka et Georges Kiejman, aussi. Ils se sont donnés sans compter, ils ont consacré tout leur talent et toute leur énergie à cette victoire. Travailler avec eux était non seulement un vrai plaisir, mais un enrichissement intellectuel. Mais c'est avant tout une victoire que nous dédions à tous les musulmans laïcs et républicains, qui, malgré des situations parfois délicates pour eux, ont eu le courage de nous soutenir publiquement avec détermination. C'est vraiment leur victoire, eux que ce procès humiliait en sous-entendant qu'ils n'étaient pas assez évolués pour supporter l'humour de petits dessins critiquant leur religion.

Victoire pour eux, parce qu'ils sont fatigués de se taire quand Tariq Ramadan ou l'UOIF prétendent exprimer leur point de vue. Victoire pour eux, parce que, s'ils ont immigré en Europe, ce n'est certainement pas pour vivre sous le régime de la charia, mais sous celui de la démocratie. Victoire aussi pour ceux qui, au Yémen et en Jordanie, ont eu le courage de publier les caricatures, et se sont retrouvés emprisonnés pour blasphème. Nous aurions perdu ce procès, de quoi pourraient-ils encore nourrir l'espérance de voir leur pays entrer un jour dans la communauté démocratique ? Victoire pour les disciples actuels d'Averroès, lequel, le premier, a tenté d'établir en terre d'Islam la séparation du spirituel et du temporel, et dont l'échec s'est payé par l'irrémédiable décadence des califats.

Victoire, parce que les juges, en rédigeant leurs attendus, ont de toute évidence eu à l'esprit qu'ils écrivaient pour l'histoire. Aucune des questions, aucun des problèmes soulevés pendant les débats n'est resté sans réponse. Les attendus sont incroyablement détaillés. Ils ont été écrits pour l'avenir. Nul doute que l'on s'appuiera sur eux pour les décisions qui seront prises dans les domaines des relations entre le sacré et la laïcité. L'évolution de l'islam en Europe créait une situation nouvelle et des flous juridiques que ce jugement éclaircit sagement. Il faut souligner la qualité du travail des magistrats, qui ne se donnent pas toujours la peine de travailler à cette profondeur.

Victoire aussi pour la procureure Anne de Fontenette. Dans son réquisitoire, elle avait déclaré que ce jour-là, entre tous, elle avait la conviction de parler au nom de la République et de la société française. Je ne suis pas très objectif pour en juger, puisqu'elle avait réclamé ma relaxe, mais chacun a pu constater que son réquisitoire était à la fois savant, du point de vue du droit, et chargé d'émotion. Son argumentation a, de toute évidence, pesé lourd dans la forme qu'a prise la décision finale.

Victoire aussi, au bout du compte, pour la Mosquée de Paris et le recteur Boubakeur, aussi bizarre que ça puisse paraître. Sur les antennes de France-Inter, Boubakeur déclarait qu'il était satisfait par ce jugement qui lui semblait équilibré, et qu'il ne ferait donc pas appel. Vu de loin, cela peut paraître étrange, mais lorsqu'on a suivi les débats de l'intérieur, c'est moins étonnant qu'il n'y paraît. La controverse a été riche, et, du moins avec la Mosquée, les arguments échangés ne l'ont pas été que pour la forme. Ils ont vraiment été livrés à la réflexion des diverses parties.

À *Charlie Hebdo*, nous sommes autant satisfaits d'avoir gagné que de constater que la Mosquée ne fait pas appel. Non pas parce que nous craignons particulièrement l'issue d'une telle procédure, mais parce qu'un certain rapprochement des points de vue rend le dialogue possible sur d'autres terrains que celui des tribunaux.

Ce jugement est sage, et il affirme donc qu'en France les religions, quelles qu'elles soient, doivent se faire à l'idée d'une cohabitation avec leur critique, leur satire, et leur contestation. C'est une victoire pour les dessinateurs de presse, bien sûr, mais aussi pour les peintres, les chorégraphes, les dramaturges, les écrivains, les journalistes, les philosophes, les chercheurs en tout genre, qui, un jour ou l'autre, sont confrontés aux limites que prétendent fixer les différentes croyances qui composent le tissu religieux d'une population. Mais le plus remarquable, c'est vraiment la satisfaction exprimée par les représentants des musulmans français laïcs et républicains. Cette satisfaction est une défaite pour le relativisme culturel, cette tare, aussi répandue à gauche qu'à droite, qui voudrait que le droit varie en fonction de l'origine des individus, et que les traditions, même humiliantes et cruelles, notamment pour les femmes, fassent partie d'un patrimoine qu'il serait raciste de contester.

C'est exactement l'inverse de ce qui vient de se produire en Allemagne. Et ce n'est pas pour pousser un cocorico imbécile que je rapporte cette histoire, car il m'est indifférent qu'un pays d'Europe ait raison en face d'un autre, fût-il mon pays d'origine. Je me sens avant tout européen, et lorsque le droit dérape dans un des pays de l'Union, c'est un problème pour toute l'Europe.

L'affaire s'est déroulée à Francfort. Une femme d'origine marocaine, battue et menacée de mort par son mari, demande le divorce. La juge le lui a refusé au motif que dans le Coran il n'est pas inhabituel d'observer qu'en ce qui concerne les rapports conjugaux *« l'homme exerce son droit de punir sa femme »*.

Cette juge allemande s'est-elle trop inspiré des articles de Xavier Ternicien dans *Le Monde*, de Pierre Marcelle dans *Libération*, ou des émissions de Daniel Mermet sur France-Inter, lesquels ont toujours tendance à confondre la critique et le refus des coutumes humiliantes avec le racisme ? Allez savoir... Il faut dire que ce ne sont que des femmes qui sont humiliées ou qui subissent les violences. Et une certaine interprétation des droits de l'homme est tellement littéraliste qu'elle en oublie que les femmes sont des hommes comme les autres.

Mais ce qui est intéressant dans cette affaire de Francfort, c'est que l'organisation représentative des musulmans d'Allemagne a été la première choquée de ce jugement imbécile. Ils ont été humiliés qu'on les prenne pour des primitifs auxquels on prête une culture qui consiste à battre les femmes.

L'effet démagogique qu'a voulu produire cette magistrate allemande s'est retourné contre elle. Les autorités musulmanes d'Allemagne ont publié un communiqué pour protester, et dans lequel elles déclarent que la juge *« aurait dû se référer à la Constitution allemande, et non au Coran »*. Devant le scandale, la juge a été dessaisie du dossier.

Ce sont les musulmans, qui, en l'occurrence, ont donné une bonne leçon à la lâcheté institutionnelle qui reste la première tentation de nos démocraties devant la violence religieuse. ■

2007 *Charlie Hebdo* n°771 du 28 mars

2007 *Charlie Hebdo* n°764 du 7 février

2007 *Charlie Hebdo* n°771 du 28 mars

CHARLIE HEBDO 1 - ISLAMISTES 0

L'UOIF reléguée en deuxième division

Le jeudi 22 mars 2007, la 17e chambre du tribunal correctionnel de Paris a statué que, dans une société démocratique, le blasphème ne saurait être considéré comme un délit et que l'islam peut, au même titre que les autres religions, être sujet à critique et à débat. Dans une France de plus en plus tentée par le communautarisme, dans une Europe politiquement trouble et confrontée aux assauts des intégristes de tous bords, cela n'allait malheureusement pas de soi. C'est pourquoi nous publions quelques extraits des attendus de ce jugement scrupuleusement argumenté. Comme un cri de victoire, mais aussi comme un rappel à la raison.

[…]

Attendu que CHARLIE HEBDO est un journal satirique, contenant de nombreuses caricatures, que nul n'est obligé d'acheter ou de lire, à la différence d'autres supports tels que des affiches exposées sur la voie publique ;

Attendu que toute caricature s'analyse en un portrait qui s'affranchit du bon goût pour remplir une fonction parodique, que ce soit sur le mode burlesque ou grotesque ; que l'exagération fonctionne alors à la manière du mot d'esprit qui permet de contourner la censure, d'utiliser l'ironie comme instrument de critique sociale et politique, en faisant appel au jugement et au débat ;

Attendu que le genre littéraire de la caricature, bien que délibérément provocant, participe à ce titre de la liberté d'expression et de communication des pensées et des opinions ; […]

Attendu que la première caricature publiée en couverture du journal est un dessin de CABU montrant un homme barbu, qui représente à l'évidence le prophète MAHOMET, se tenant la tête dans les mains, en disant : *« C'est dur d'être aimé par des cons… »* ;

Attendu cependant que ce dernier terme, s'il constitue bien une expression outrageante, ne vise que les *« intégristes »* expressément désignés dans le titre : *« MAHOMET DÉBORDÉ PAR LES INTÉGRISTES »* ;

Attendu que c'est à tort que les parties civiles poursuivantes prétendent que ce dernier mot ferait seulement référence à un degré plus ou moins élevé de respect des dogmes, renvoyant à l'obscurantisme supposé des nombreux musulmans blessés par la publication renouvelée des caricatures danoises ; qu'en effet, les *« intégristes »* ne peuvent se confondre avec l'ensemble des musulmans, […] ;

[…]

Attendu que les deux autres caricatures poursuivies font partie de celles initialement publiées par le journal danois JYLLANDS-POSTEN

et reproduites en pages 2 et 3 de CHARLIE HEBDO ;

Que l'une est censée représenter le prophète MAHOMET accueillant des terroristes sur un nuage et s'exprimant dans les termes suivants : […] *« Arrêtez, arrêtez, nous n'avons plus de vierges ! »* […] ;

Attendu que ce dessin évoque clairement les attentats-suicides perpétrés par certains musulmans […] ; que, néanmoins, il n'assimile pas islam et commission d'actes de terrorisme et ne vise donc pas davantage que le précédent l'ensemble des musulmans en raison de leur religion ;

Attendu que le dernier dessin incriminé montre le visage d'un homme barbu, à l'air sévère, coiffé d'un turban en forme de bombe à la mèche allumée, sur lequel est inscrite en arabe la profession de foi de l'islam : […] ; qu'il apparaît d'une facture très différente et beaucoup plus sombre

que les onze autres caricatures danoises, […] ;

[…]

Attendu ainsi, que si par sa portée, ce dessin apparaît, en soi et pris isolément, de nature à outrager l'ensemble des adeptes de cette foi et à les atteindre dans leur considération en raison de leur obédience, en ce qu'il les assimile — sans distinction ni nuance — à des fidèles d'un enseignement de la terreur, il ne saurait être apprécié, au regard de la loi pénale, indépendamment du contexte de sa publication ;

Qu'il convient, en effet, de le considérer dans ce cadre factuel, en tenant compte des manifestations violentes et de la polémique suscitées à l'époque, mais aussi de sa place dans le journal ;

Attendu que, relativement à la publication des caricatures de Mahomet, CHARLIE HEBDO ne s'est pas prévalu d'un objectif d'information du public sur un sujet d'actualité, mais a clairement revendiqué un acte de résistance à l'intimidation et de solidarité envers les journalistes menacés ou sanctionnés, en prônant « la provocation et l'irrévérence » et en se proposant ainsi de tester les limites de la liberté d'expression ; que cette situation rend CHARLIE HEBDO peu suspect d'avoir, comme le prétendent les parties civiles, été déterminé à publier ces caricatures dans une perspective mercantile, au motif qu'il s'agissait d'un numéro spécial ayant fait l'objet d'un tirage plus important et d'une durée de publication plus longue qu'à l'ordinaire ;

[…]

Attendu, surtout, que le dessin en cause, qui n'est que la reproduction d'une caricature publiée par un journal danois, est inclus dans un numéro spécial dont la couverture « éditorialise » l'ensemble du contenu et sert de présentation générale à la position de CHARLIE HEBDO ; qu'en une telle occurrence, il ne peut qu'être regardé comme participant à la réflexion dans le cadre d'un débat d'idées sur les dérives de certains tenants d'un islam intégriste ayant donné lieu à des débordements violents ;

Attendu qu'ainsi, en dépit du caractère choquant, voire blessant, de cette caricature pour la sensibilité des musulmans, le contexte et les circonstances de sa publication dans le journal CHARLIE HEBDO apparaissent exclusifs de toute volonté délibérée d'offenser directement et gratuitement l'ensemble des musulmans ; que les limites admissibles de la liberté d'expression n'ont donc pas été dépassées, le dessin litigieux participant du débat public d'intérêt général né au sujet des dérives des musulmans qui commettent des agissements criminels en se revendiquant de cette religion et en prétendant qu'elle pourrait régir la sphère politique ;

Que le dernier dessin critiqué ne constitue dès lors pas une injure justifiant, dans une société démocratique, une limitation du libre exercice du droit d'expression ;

[…]

PAR CES MOTIFS

Le tribunal statuant publiquement, en matière correctionnelle, en premier ressort, par jugement contradictoire […],

[…]

Renvoie Philippe VAL des fins de la poursuite,

Rejette l'ensemble des demandes des parties civiles.

DOUBLE PAGE
2007 *Charlie Hebdo* n°771
du 28 mars

SAUF
2007 *Charlie Hebdo* n°764 ▶
du 7 février

Saint Plantu contre le blasphème

Après que certains de ses propos ont servi d'arguments aux associations islamiques qui attaquaient *Charlie Hebdo* (voir n° 766), l'autoproclamé pape du dessin de presse et dessinateur du *Monde* a proposé « *une trêve des blasphèmes* » lors d'un débat à Genève, organisé par l'ONU le 16 mars dernier. Une telle trêve, rapporte l'AFP, devrait également être observée par « *les dessinateurs moyen-orientaux qui dessinent des Juifs ou des Israéliens avec des nez crochus* ».

Plantu met donc sur le même plan des dessins antireligieux « blasphématoires » avec des dessins antisémites. Pour Plantu, la critique de la religion serait donc à mettre sur le même plan que le racisme. Il appuie en cela les attaques des associations islamistes partie civile contre *Charlie Hebdo*. Plus grave, Plantu renvoie implicitement dos à dos les caricaturistes danois qui ont mis en scène Mahomet et les dessinateurs qui ont participé au concours de dessins sur la Shoah organisé par l'Iran... De la part des barbus, bravo et merci, Plantu.

CHARB

CENSURE

Tignous sur le bûcher de l'UOIF

Pendant que *Charlie* attendait le verdict du procès des caricatures, l'UOIF obtenait le retrait d'un dessin de Tignous de l'exposition « La BD prend l'air », qui a pris ses quartiers au musée de l'Air et de l'Espace du Bourget du 10 mars au 15 avril. Un très beau musée et une très belle expo, où douze dessinateurs — Barbe, Blachon, Bridenne, Loup, Laville, Sabatier, JY, Tignous, Charb, Luz, Mose et Fred — ont été invités à illustrer leur vision de l'aéronautique.

Depuis des années, le musée de l'Air expose des dessins façon Tanguy et Laverdure sans froisser l'aile d'une mouche. Tignous, par contre, a fait bourdonner l'UOIF, qui se croit visiblement en terrain conquis depuis qu'elle organise son congrès annuel au Bourget. En cause, un dessin paru dans *Charlie*, titré *« Attentats de New York : on a retrouvé la boîte noire à La Mecque »*, et représentant la pierre noire granitique, enfermée dans la Kaaba, autour de laquelle priaient déjà les polythéistes mecquois bien avant la naissance de Mahomet (le site était alors entouré de niches avec des idoles), et qui est devenue le symbole de l'islam depuis que celui-ci a gagné la guerre contre les habitants de La Mecque... et interdit l'idolâtrie.

Outré, le président de l'UOIF, Lhaj Thami Breze, a téléphoné au directeur du musée de l'Air pour le prévenir qu'il pourrait y avoir du grabuge. Ce dernier a eu la bonne idée de lui demander confirmation de sa demande par écrit — dans plusieurs cas, comme en 1993 en Suisse pour la pièce *Mahomet le prophète* de Voltaire, des prédicateurs ont exigé des interdictions, pour ensuite le nier. La lettre, signée par Lhaj Thami Breze en personne, mêle, dans une rhétorique désormais bien huilée, argument anti-blasphème — *« Il s'agit d'un dessin qui dénigre les musulmans et offense l'islam »* — et alibi antiraciste — *« Cette association est inacceptable car elle nourrit les préjugés ainsi que les clichés. »* Preuve que, malgré une victoire de taille remportée devant un tribunal, la vigilance doit rester de mise. **C. FOUREST ET F. VENNER**

DOUBLE PAGE
2008
Charlie Hebdo
n°822 du
19 mars

SAUF
◀ **2008**
Charlie Hebdo
n°815 du
30 janvier

CHRONOLOGIE

2005

● 30 septembre : le quotidien conservateur *Jyllands-Posten* publie, sous le titre *« Les visages de Mahomet »*, douze caricatures, dont celle avec la tête du Prophète surmontée d'un turban en forme de bombe à la mèche allumée.
● 14 octobre : plusieurs milliers de musulmans manifestent à Copenhague.
● 17 octobre : les caricatures paraissent dans un journal égyptien, *Al Fajr*, sans que cela provoque aucune réaction.

2006

● janvier : les manifestations violentes se multiplient dans le monde.
Le 30, le *Jyllands-Posten* présente ses « excuses » aux musulmans offensés.
● 1er février 2006 : comme d'autres journaux européens, *France-Soir* publie les caricatures. Le lendemain, le directeur du quotidien est limogé.
● 4, 5 et 6 février : les ambassades du Danemark et de la Norvège à Damas sont incendiées, comme le consulat du Danemark à Beyrouth. Des centaines d'Iraniens attaquent les ambassades du Danemark et d'Autriche à Téhéran. Quelques jours plus tard, le Danemark ferme ses ambassades en Syrie, en Iran et en Indonésie.
● 8 février : *Charlie Hebdo* publie les 12 caricatures avec une grille de lecture critique.
● 10 et 11 février : des dizaines de musulmans manifestent en Europe.
● 21 juillet : la Grande Mosquée de Paris engage des poursuites contre Philippe Val, directeur de la publication, pour injure publique à l'égard d'un groupe de personnes à raison de la religion. Elle réclame 30 000 euros de dommages et intérêts. Les poursuites concernent trois caricatures : celle avec Mahomet et le turban-bombe, celle du Prophète accueillant des kamikazes au paradis avec la légende *« Arrêtez, arrêtez, nous n'avons plus de vierges ! »* et celle de Cabu représentant Mahomet se prenant la tête dans les mains et déclarant « C'est dur d'être aimé par des cons », avec une légende précisant : *« Mahomet débordé par les intégristes »*.
● 2 août : l'Union des organisations islamiques de France (UOIF) dépose plainte à son tour.

2007

● 7 février : le procès de Philippe Val s'ouvre devant le tribunal correctionnel de Paris. La Ligue islamique mondiale (LIM) se porte partie civile aux côtés de l'UOIF et de la Grande Mosquée de Paris.
● 8 février : le parquet requiert la relaxe de Philippe Val, estimant qu'il *« n'y avait pas d'attaque contre des convictions religieuses en tant que telles »*, mais contre les intégristes.
● 22 mars : le tribunal correctionnel relaxe Philippe Val, estimant que les trois caricatures mises en cause ne constituaient pas une injure vis-à-vis de la communauté musulmane. Mais, dans son jugement, le tribunal précise, concernant le dessin du « turban-bombe » de Mahomet : *« Si, par sa portée, ce dessin apparaît, en soi et pris isolément, de nature à outrager l'ensemble des adeptes de cette foi et à les atteindre dans leur considération en raison de leur obédience, en ce qu'il les assimile à des fidèles d'un enseignement de la terreur, il ne saurait être apprécié, au regard de la loi pénale, indépendamment du contexte de sa publication. »*
● 28 mars : la Grande Mosquée de Paris confirme qu'elle ne fera pas appel du jugement.
● 30 mars : la Ligue islamique mondiale (LIM) annonce qu'elle fait appel aux côtés de l'UOIF.

2008

● 23 janvier : second procès devant la cour d'appel de Paris, présidée par Laurence Trebucq. La cour juge irrecevable la LIM à se constituer partie civile. L'organisation, basée en Arabie saoudite, financée pour promouvoir l'islam wahhabite dans le monde, n'a pas établi sa « capacité à agir en France ». Il ne reste plus que l'UOIF.
Le ministère public, qui avait requis la relaxe en première instance et n'a pas fait appel, demande à la cour de confirmer le jugement.
● 13 février : dix-sept journaux danois publient à nouveau la caricature du « turban-bombe » de Mahomet, par solidarité avec son auteur, cible d'un projet d'attentat déjoué par la police.
● 27 février : le ministre allemand de l'Intérieur appelle *« tous les journaux européens »* à publier les caricatures au nom de la liberté d'expression. Tandis que le Vatican et l'université al-Azhar condamnent ces publications.
● 12 mars : la cour d'appel de Paris confirme la relaxe de Philippe Val. (voir les attendus du jugement).

A. A.

PROCÈS DES CARICATURES

LA LAÏCITÉ ET LA DÉMOCRATIE ONT GAGNÉ

Le 12 mars, et pour la seconde fois,* Charlie Hebdo *a été relaxé par la cour d'appel de Paris, de façon plus catégorique encore qu'en première instance. Le message est clair : en France, on peut se foutre de la gueule de la religion ! Et ce n'est pas aux culs-bénits de penser la loi sur la liberté d'expression.

LA COUR EUROPÉENNE DES DROITS DE L'HOMME EN LIGNE DE MIRE

Le prévenu Philippe Val n'en est peut-être qu'à mi-chemin dans son périple judiciaire. En effet, avant que toutes les voies de recours soient épuisées, il lui restera peut-être à se présenter devant la Cour de cassation, puis devant la Cour européenne des droits de l'Homme.

Lors de cette ultime étape, l'affaire n'opposera plus les parties entre elles, mais l'une d'elles à l'État français, qui sera poursuivi pour avoir prononcé une décision non conforme aux principes de la Convention européenne de sauvegarde des droits de l'Homme.

S'agissant de la Cour de cassation, sa jurisprudence apparaît très protectrice de la liberté d'expression et s'est récemment illustrée par deux décisions concernant la religion catholique. Par la première d'entre elles, la Cour a refusé de considérer comme injurieuse une représentation parodique de la Cène dans une version publicitaire féminisée et considérée comme outrageante par une association catholique. Dans un second arrêt, la Cour a estimé qu'une caricature d'une religieuse catholique, outrageusement maquillée et accompagnée de la légende : *« La nuit de la sainte capote »*, ne *« dépassait pas les limites admissibles de la liberté d'expression »*.

Quant à la Cour européenne, qui a été saisie de nombreux dossiers opposant respect des religions et liberté d'expression, sa subtile jurisprudence admet les particularismes culturels de chaque pays tout en rappelant que *« ceux qui choisissent d'exercer la liberté de manifester leur religion [...] ne peuvent raisonnablement s'attendre à le faire à l'abri de toute critique »* et *« doivent tolérer et accepter le rejet, par autrui, de leur croyance religieuse et même la propagation par autrui de doctrines hostiles à leur foi »*.

Tout en rappelant également que la liberté d'expression *« constitue l'un des fondements essentiels d'une société démocratique, l'une des conditions primordiales de son progrès et de l'épanouissement de chacun »*, y compris s'agissant de l'expression d'informations ou d'idées *« qui heurtent, choquent ou inquiètent l'État ou une fraction quelconque de la population »*, la Cour européenne admet néanmoins que des sanctions soient prononcées, par exemple en Turquie, contre des auteurs de propos *« jugés incompatibles avec le respect de la religion d'autrui »*. Il a ainsi été jugé que les propos *« Mohammed n'interdisait pas les rapports sexuels avec une personne morte ou un animal vivant »* avaient pu légitimement entraîner la condamnation de leur auteur à deux ans de prison par le tribunal de grande instance d'Istanbul, peine par la suite commuée en amende de 16 dollars. Des opinions dissidentes étaient toutefois formulées, au sein de la Cour européenne, regrettant de telles restrictions en matière de liberté d'expression.

Encore de beaux combats en perspective et probablement quelques années de procédures avant qu'une décision définitive ne referme le chapitre judiciaire de *« l'affaire des caricatures »*.

RICHARD MALKA

LES PRINCIPALES MOTIVATIONS DE L'ARRÊT

La troisième caricature [celle de Mahomet coiffé d'une bombe dans son turban] si elle peut choquer et susciter l'émoi [...] ne peut être comprise qu'à la lumière de l'ensemble du contenu du journal qui porte un regard critique, non pas sur la communauté musulmane mais sur certains de ses membres qui, au nom de l'Islam, pratiquent des actes terroristes à répétition.

[...]

Aucun risque de confusion n'est créé entre les musulmans et les terroristes qui se réclament de l'Islam pour perpétrer leur crime ; au contraire, comme Elisabeth BADINTER l'a exprimé devant le Tribunal, la couverture de Cabu ne peut être lue par le lecteur que comme une volonté de tenir à part la religion musulmane de ceux qui se revendiquent d'Allah pour commettre des ignominies [...] une façon de dire aux lecteurs *« faites bien la différence »*.

Les caricatures poursuivies comme toutes celles qui figurent dans ce numéro de l'hebdomadaire ont, par leur publication, participé aux débats d'intérêt général sur la liberté d'expression [...].

L'UOIF ne lâche pas l'affaire !

Avant que leur plainte soit jugée irrecevable par la cour d'appel de Paris, les cinglés wahhabites de la Ligue islamique mondiale (LIM) avaient d'ores et déjà annoncé *« qu'ils se ménageaient l'accès vers la Cour européenne des droits de l'Homme, en cas de déboutement généralisé par les cours françaises »*.

La bonne nouvelle : juridiquement, ça risque d'être très, très difficile pour la LIM.

La mauvaise, prévisible : depuis le départ, l'UOIF s'inscrit dans la même stratégie. Discréditer, via la Cour européenne des droits de l'Homme, la justice, le droit et la laïcité à la française aux yeux des théocraties du monde entier. Et maquiller le blasphème en violation des droits de l'Homme.

« On s'attendait à ce verdict, développe Lhaj Thami Breze, président de l'UOIF, *normalement, la justice française est indépendante, mais ce procès était une embuscade politique et médiatique. Il y avait trop de pression. Nous irons donc en cassation, puis devant la Cour européenne, car notre objectif est précis : canaliser la frustration et la colère des musulmans, et leur montrer que l'UOIF est là pour les défendre. »* Les musulmans laïcs sont ravis d'apprendre la nouvelle...

A. A.

> L'ÉDITO par Philippe Val

Victoire pour tout le monde !

L'arrêt de la cour d'appel n'est pas seulement notre victoire. Il est historique. Il fera date, car il va plus loin que le jugement du tribunal en première instance. Mais voyons d'abord à quelle stratégie, déjà pour la France, cet arrêt vient de donner un sérieux coup de frein.

De toute évidence, le scandale des caricatures, allumé par les religieux, relevait du défi. C'était un test. Comme aux Pays-Bas, et comme au Danemark, comme en Allemagne, en Espagne, au Canada, en Angleterre et ailleurs, les représentants des courants musulmans radicaux essaient d'affaiblir la culture démocratique, en tentant de la mettre devant une impossibilité, une contradiction. Ils cherchent à rendre intenable l'existence de deux fondements de cette culture. D'abord, la liberté d'expression et d'opinion, qui est non seulement une valeur fondatrice, mais l'élément décisif de la vitalité démocratique. Ensuite, le refus de la discrimination de tel ou tel groupe en raison de son appartenance à une origine ou à une religion. Ce sont les deux attaches du pont sur lequel dansent nos libertés.

Les organisations religieuses radicales cherchent à démontrer que la liberté d'expression engendre la discrimination de leurs fidèles. Et au nom d'un étrange antiracisme, elles réclament — par deux moyens très différents — que les États de droit reconsidèrent le champ de la liberté d'expression afin de le rétrécir. Évidemment, l'affaire des caricatures n'était qu'un prétexte. Ce qu'ils craignent le plus, c'est que l'habitude de la liberté finisse par en donner le goût aux enfants d'origine immigrée qui en jouissent. Le danger de voir la culture musulmane devenir compatible avec les principes démocratiques n'est pas acceptable pour les littéralistes. Leur plus grande victoire serait d'obtenir qu'au nom de la lutte contre la discrimination on réduise la liberté d'expression. Ils pourraient ainsi faire avancer les revendications les plus insensées sans avoir à subir le feu de la critique, puisque critiquer l'islam serait assimilé à un racisme... L'affaiblissement de tout l'édifice de droit serait fatal et les antidémocrates obtiendraient ce dont ils rêvent toujours : voir la démocratie se discréditer elle-même en se contredisant sur des principes de base.

L'autre moyen dont ils disposent, très efficace également, c'est la peur qu'engendre le terrorisme islamique. Évidemment, ce ne sont pas les organisations, mêmes radicales, qui ont pignon sur rue qui s'en rendent coupables. Mais des activistes, kamikazes ou non, le font en signant leur crime de revendications islamistes. Outre les attentats, il y a les fatwas, les agressions, les menaces et, récemment encore, la tentative d'assassinat sur Kurt Westergaard, l'auteur d'un des dessins incriminés dans le procès des caricatures.

Les grands perdants de ces manœuvres, ce sont les immigrés de culture musulmane, qui se voient, contre leur gré, perçus comme une population hostile. C'est ce climat xénophobe qui contribue à rendre acceptables par l'opinion les pratiques délétères d'une politique d'immigration dont sont victimes même les enfants.

Tout se passe comme si la façade légale — les religieux radicaux — bénéficiait de la peur que font régner les terroristes, et qu'ils en jouaient, de leur côté, pour agir sur le terrain légal en saisissant les tribunaux.

La Mosquée de Paris, par la voix de son recteur, Dalil Boubakeur, qu'on ne peut pas soupçonner de rentrer dans ce jeu, n'ayant ni le goût ni le désir de servir de faux nez aux extrémistes, s'est désolidarisée de sa base turbulente. De toute façon, le ministre de l'Intérieur de l'époque et très probable futur président de la République Nicolas Sarkozy, nous ayant envoyé une lettre destinée à publication où il expliquait qu'il préférait un excès de caricatures à une absence de caricatures, la Mosquée n'avait plus tellement de latitude pour faire appel. C'est la raison pour laquelle ils ont accepté le jugement de première instance, et n'ont pas vu l'utilité de faire appel. Restait l'Union des organisations islamiques de France (UOIF), et la Ligue islamique mondiale, dont l'appel n'a pas été jugé recevable. L'UOIF a tenté sa chance avec pour issue, au cas où ils perdraient, la possibilité de poser en martyrs.

L'arrêt de la cour d'appel affirme que la publication des caricatures incriminées était légitime, y compris la plus discutée, celle de la bombe dans le turban. Il précise qu'elle doit être « [...] *comprise à la lumière de l'ensemble du journal qui porte un regard critique non pas sur la communauté musulmane, mais sur certains de ses membres, qui, au nom de l'Islam, pratiquent des actes terroristes à répétition. Aucun risque de confusion n'est créé entre les musulmans et les terroristes qui se réclament de l'Islam pour perpétrer leurs crimes* [...] ». D'ailleurs, les terroristes ont parfaitement compris qu'eux seuls étaient visés, puisque, il y a quelques jours, ils ont tenté d'assassiner l'auteur de ce dessin. Les dernières réserves exprimées par le jugement précédent sont balayées.

Et c'est très important. Car la cour a parfaitement analysé la situation, et s'est exprimée, au nom de la République, dans des termes qui ne laissent plus planer aucun doute. Le dernier attendu est décisif. Il signifie que la justice, garante des libertés et du droit, dans cette affaire cruciale, ne cède ni à la peur, ni aux intérêts politiques divers. Elle affirme clairement, et comme jamais cela ne l'a été encore fait dans une affaire comparable, la nécessité de la liberté d'expression : « *Les caricatures poursuivies, comme toutes celles qui figurent dans le numéro de l'hebdomadaire, ont, par leur publication, participé au débat d'intérêt général sur la liberté d'expression, mise à mal par la polémique, les intimidations et certaines réactions suscitées par leur diffusion dans le journal danois.* »

Nul doute que cette décision aura un fort impact sur ceux qui pensaient pouvoir instrumentaliser la justice. Nul doute aussi qu'elle fera utilement jurisprudence. Nul doute que c'est une bonne nouvelle pour tous ceux à qui la liberté d'expression est vitale dans l'exercice de leur métier. Nul doute que c'est aussi une bonne nouvelle pour ceux qui, de culture musulmane, grâce à ce procès, se voient clairement dissociés des extrémistes qui prétendent les représenter. Hommage doit être rendu à la cour et à nos avocats, Richard Malka et Georges Kiejman, pour avoir maintenu le débat à une hauteur telle que, comme il est dit dans l'arrêt, il a servi l'intérêt général. ■

CHARLIE INCENDIÉ

Dans la nuit du 1er novembre 2011, un incendie éclate dans les locaux de *Charlie Hebdo*. La couverture du numéro, publiée le jour même sur Internet et devant sortir le lendemain en kiosque, semble avoir motivé les auteurs de cet acte criminel, qui ne seront jamais identifiés.

Le journal est soutenu par une grande partie de l'opinion publique, même si des voix divergentes ne cachent pas leur indifférence, voire leur satisfaction, face à cette attaque contre *Charlie Hebdo*.

2011 *Charlie Hebdo* n°1012 du 9 novembre
2011 *Charlie Hebdo* n°1011 du 2 novembre ▶

LES CATHOS INTÉGRISTES CONTRE LE THÉÂTRE P.6
2 NOVEMBRE 2011 / N° 1011 / 2,50 €
CHARLIE HEBDO
CHARIA HEBDO
MAHOMET
REDACTEUR EN CHEF
100 COUPS DE FOUET, SI VOUS N'ÊTES PAS MORTS DE RIRE !
LUZ

▸ L'APÉRO HALAL

L'ÉDITO DE MAHOMET

Le parti islamiste Ennahda est arrivé en tête des élections en Tunisie ! Al-hamdoullilah ! Et l'Occident de se demander une fois de plus si l'islam est compatible avec la démocratie… Mais aucune religion n'est compatible avec la démocratie à partir du moment où le parti politique qui la représente veut prendre le pouvoir au nom de Dieu, bande de mécréants !

Un musulman pratiquant, un chrétien dévot ou un juif orthodoxe peut devenir président d'une république, et même d'une république laïque, oui. Le militant d'un parti politique religieux, non. Enfin, si, il peut devenir président de la République, mais ce sera, inch'Allah, dans le but de servir sa religion, son dieu, sa foi et non pas les crétins qui ont voté pour lui. D'ailleurs, comment une démocratie peut-elle s'encombrer de partis politiques religieux ? Autoriser les partis politiques religieux, c'est permettre l'asservissement de la politique par la religion. Comment les Tunisiens, ces petits prétentiards qui se prennent pour le peuple le plus « évolué » du monde arabe, au prétexte que leurs bonnes femmes ont le droit de pisser debout, ont-ils pu se faire niquer aussi facilement. (« Évolué », pour eux, ça veut dire occidentalisé !)

Il n'y a de dieu que Dieu (sinon, c'est le bordel).

Ennahda leur raconte qu'ils ne changeront rien au code du statut personnel, qu'ils n'appliqueront jamais la charia… Ah, ah, sans déconner ! Quel intérêt aurait un parti religieux à prendre le pouvoir pour ne pas appliquer ses idées ? Bonjour, nous sommes le parti bolchevique, et si vous votez pour nous, nous promettons de ne jamais vous parler de communisme… Allons !

Non, Ennahda est un parti religieux taillé pour la course de fond. Dieu a le temps, Dieu a l'éternité devant Lui. Moi aussi. La première mission d'Ennahda, c'est de rassurer tout le monde. Ennahda ne mènera pas le peuple tunisien sur la Voie sacrée de Dieu à coups de pompes dans le cul. Juste un doigt, ils vont se prendre, les Tunisiens. Pour commencer. Et puis un autre, et puis, etc. Le leader d'Ennahda, Rached Ghannouchi, a assuré que « *les mosquées ne doivent pas être des tribunes pour les partis politiques* ». Magnifique ! Ghannouchi ne veut pas compter sur les mosquées pour faire de la politique puisqu'il compte avoir un jour un gouvernement pour faire de la religion !

Au lendemain de sa victoire, Ennahda propose un gouvernement d'unité nationale. Pourquoi s'encombrer de mal-croyants ? Pour mouiller tout le monde. Toute la classe politique tunisienne sera responsable du marasme économique qui menace. Ennahda ne veut pas qu'aux prochaines élections on puisse lui reprocher l'échec de sa politique. Aux prochaines élections… Oui, il y aura de prochaines élections et puis d'autres encore, réjouissez-vous, adorateurs de l'idole démocratie ! Ennahda sera la maladie qui vous tuera sans déclencher de fièvre !

Il y a même de gentils démocrates français bouffis de paternalisme qui expliquent qu'il ne faut pas trop être sévère avec le vote islamiste des Tunisiens au prétexte que ceux-ci sortent d'une dictature et qu'ils ont pris beaucoup de retard avec la pratique de la démocratie. Il faut laisser le temps au temps… Le temps au temps : exactement le programme d'Ennahda ! J'entends aussi des Frankaouis qui comparent leur révolution à la révolution de Jasmin. « *Il nous a fallu passer par plein d'épreuves nous aussi avant d'accéder à une démocratie aussi parfaite* » (par démocratie, ils entendent le régime corrompu de Sarkozy). Comme si les Tunisiens ne vivaient pas en 2011 (1432, pour nous, musulmans), mais en 1789… Quel mépris ! Au nom de quoi les Tunisiens devraient-ils errer dans les mêmes tunnels sordides de l'Histoire que les Français ? Ils vont avoir leur Napoléon, les Tunisiens ? Et puis leur Louis XVIII ? J'attends de voir la gueule de leur de Gaulle. Les Tunisiens vivent au XXIe siècle, l'islam est une religion du XXIe siècle ! Allah akbar ! ▪

Mohamed Rassoul Allah
leprophete@charliehebdo.fr

P.-S. Merci à Sarkozy et à BHL pour le coup de pouce en Libye.

Le numéro de *Charlie Hebdo* qui devait sortir le lendemain de l'incendie des locaux ironise sur le retour de la charia en Libye et l'ascension des islamistes d'Ennahdha en Tunisie, présentés comme un moindre mal par certains intellectuels d'Europe.

Prenant au mot cette affirmation optimiste, *Charlie Hebdo* imagine Mahomet rédacteur en chef du journal le temps d'un numéro. Tout le monde n'a pas apprécié et les dessins réalisés pour ce numéro ont fini en cendres dans l'incendie du journal.

DOUBLE PAGE ET SUIVANTE
2011
Charlie Hebdo n°1011
du 2 novembre

SAUF
2011
◀ *Charlie Hebdo* n°1012
du 9 novembre

LE MOT DE MAHOMET
*« **Dites à Fischetti** que je ne pourrai pas venir comme témoin de moralité pour son procès sur le clitoris, j'ai toujours pas trouvé à quel endroit les femmes cachaient ce truc.* »

▸ **REPORTAGE**

CATHOS ET MUSULMANS INTÉGRISTES MAIN DANS LA MAIN

Après avoir perturbé violemment pendant une semaine la représentation au Théâtre de la Ville d'une pièce prétendument « blasphématoire » de Romeo Castellucci intitulée *Sur le concept du visage du fils de Dieu*, la mouvance royaliste, catholique intégriste et facho organisait le 29 octobre un cortège d'environ 1 500 personnes qui a défilé de la statue de Jeanne d'Arc, place des Pyramides, à l'Opéra et au Palais-Royal. Les cantiques alternaient avec le slogan « *la christianophobie, ça suffit* », scandé par les jeunes de l'Action française, du groupe Dextra et du Renouveau français. En tête de cette manifestation convoquée par l'institut Civitas, un groupe de fidèles des intégristes de la Fraternité Saint-Pie X, se trouvait son secrétaire général, Alain Escada, ainsi qu'une banderole frappée de cette injonction : « *La France est chrétienne et doit le rester* ».

La plupart des médias ont semblé surpris par l'activisme des intégristes, jeunes souvent. Ils ont fait mine de découvrir Civitas alors que Fiammetta Venner avait souligné, dans son livre *Extrême France*, que le catholicisme intégriste est, en France, la tendance de l'extrême droite qui mobilise le plus dans la rue depuis les années 1980. Son objectif est de soumettre la loi civile à la loi catholique, donc d'abolir la laïcité. D'où ses thèmes de prédilection : contre l'avortement, le Pacs, l'adoption par les couples homosexuels.

Les méthodes sont toujours vindicatives, souvent violentes : en 1988 déjà, un cinéma projetant *La Dernière Tentation du Christ*, de Scorsese, est incendié à Paris. Des cliniques pratiquant l'IVG sont régulièrement la cible d'actions de commando. En avril dernier à Avignon, Civitas et l'AGRIF (Alliance générale contre le racisme et pour le respect de l'identité française et chrétienne) protestent contre l'œuvre de l'Américain Andres Serrano, *Piss Christ*, qui est vandalisée.

La mobilisation intégriste profite sans doute de l'évolution du Front national, qui n'attire plus les partisans de la matraque. C'est sans doute pour cela qu'on apercevait en queue de cortège les cogneurs du GUD, quelques hooligans et Alexandre Gabriac, nouveau président de Jeunesses nationalistes, dont on devrait reparler sur le pavé parisien et lyonnais.

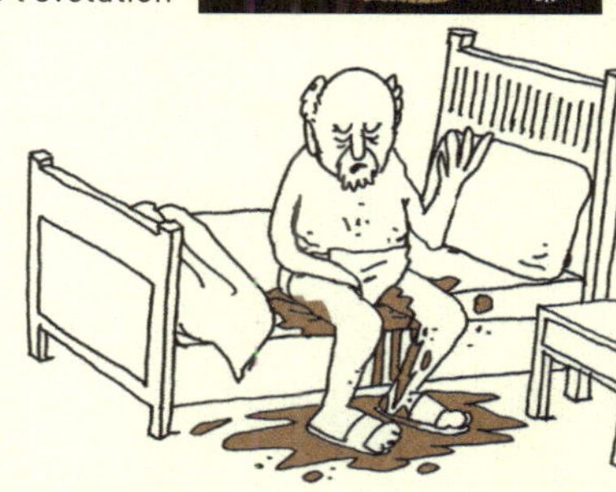

Extrait de la pièce *Sur le concept du visage du fils de Dieu.*

Les cathos lefebvristes avaient même le soutien de drôles de paroissiens : les islamistes radicaux du Parti antisioniste (les amis de Dieudonné) et les salafistes de Forsane Alizza, brandissant une banderole « *Nous aimons Jésus, fils de Marie* ». Logique. Atteinte au Christ ou caricatures de Mahomet, la méthode est la même : empêcher par tous les moyens tout ce qui est perçu comme une atteinte à la religion.

La pièce de Castellucci sera jouée début novembre au 104 rue d'Aubervilliers, qui est, comme le Théâtre de la Ville, un lieu culturel géré par la municipalité parisienne. Le maire de Paris, Bertrand Delanoë, a annoncé que la Ville de Paris et le théâtre déposeront « *systématiquement* » plainte contre toute personne qui tente d'empêcher les représentations.

Jean-Yves Camus

LE MOT DE MAHOMET
*« **On critique l'islam,** mais chez les cathos, c'est pas mieux : regardez la gueule de Boutin, c'est une charia à elle toute seule.* »

LE MOT DE MAHOMET
*« **S'il y avait eu une primaire chez les prophètes** comme au PS, je lui aurais fait bouffer sa couronne d'épines dès le premier tour, à votre Jésus.* »

ISLAM

LA CHARI

Après que le président du CNT libyen a annoncé que la principale source de la législation du pays serait la charia, et après la victoire du parti islamiste Ennahda aux élections tunisiennes, les démocrates et les laïques s'inquiètent. Pas de panique, nous expliquent les musulmans libyens et tunisiens, il y a plusieurs façons d'appliquer la charia. Nous n'appliquerons pas la charia « dure » de l'Arabie saoudite, promettent-ils... Bon, mais alors qu'est-ce que serait une charia « molle » ?

LÈCHE-CUL.
PLANQUÉE.
VENDUE.

CENT COUPS DE FOUET POUR SODOMIE
YESSSS !
J'ÉTAIS LÀ AVANT VOUS.
PAS DU TOUT.
HÉ OUSTE, VOUS ÊTES DÉJÀ PASSÉ, VOUS

A MOLLE

AH, C'EST TOI QU'AS DIT.

EN FRANCE, UN HOMME A ÉTÉ CONDAMNÉ À 9 ANS DE PRISON POUR AVOIR TRANSMIS LE SIDA À SA COMPAGNE...
LA CHARIA EST MOINS SÉVÈRE ! LA FEMME AURAIT JUSTE ÉTÉ OBLIGÉE DE DIRE MERCI...

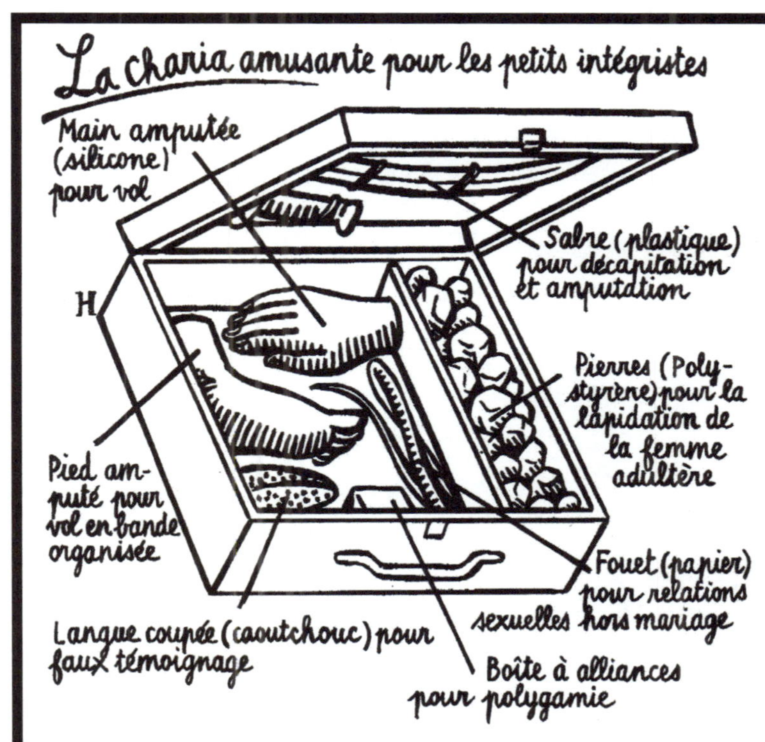
La charia amusante pour les petits intégristes
Main amputée (silicone) pour vol
Sabre (plastique) pour décapitation et amputation
H
Pierres (Polystyrène) pour la lapidation de la femme adultère
Pied amputé pour vol en bande organisée
Fouet (papier) pour relations sexuelles hors mariage
Langue coupée (caoutchouc) pour faux témoignage
Boîte à alliances pour polygamie

JE PEUX AVOIR DU KETCHUP ?
AH, NON ! C'EST RAMADAN...

MADAME
FAITES-VOUS PLUTÔT LAPIDER AVEC DES CAILLOUX MAX HAVELAAR FABRIQUÉS PAR DES ARTISANS DU TIERS-MONDE
VOUS NOURRIREZ TOUTE UNE FAMILLE DE CASSEURS DE PIERRES EN INDE.

CHARIA DE LA ROUTE
VOUS SERIEZ PASSÉ À L'ORANGE, JE VOUS L'AURAIS JUSTE DÉGONFLÉ, VOTRE PNEU...
MAIS AU ROUGE !

DOUBLE PAGE
2011 *Charlie Hebdo* n°1012
du 9 novembre

▸ **L'APÉRO DE CHARB**

MÊME PAS MAL !

J'ai la trousse qui sent quelque chose entre la saucisse fumée et le pneu brûlé. Ce n'est pas une allusion graveleuse. C'est tout ce que j'ai sorti du tas de suie qui recouvre notre journal : la trousse où je range mes stylos, feutres et gommes. C'est donc ce matériel dérisoire qui nous permet de lutter à égalité avec les pires armées de connards… Ouah ! C'est dingue, le pouvoir de l'humour et de la dérision. Plutôt que de chercher à avoir la bombe, le pouvoir iranien devrait distribuer des crayons aux Gardiens de la révolution…

On a tous rapporté chez nous cette épaisse odeur de bêtise. La bêtise a l'odeur d'un journal brûlé. On aura au moins appris quelque chose de l'incendie criminel qui a ravagé *Charlie*. *« Attentat »*, a dit le ministre de l'Intérieur, qui est venu visiter les locaux. Oui, le ministre de l'Intérieur, celui-là même qui a presque une rubrique attitrée dans le journal toutes les semaines. Vous savez, la rubrique de Réseau éducation sans frontières, qui explique comment le gouvernement instrumentalise l'immigration et les sans-papiers pour gagner des parts de marché sur le Front national. Tiens, le Front national, qui, par la voix de Marine Le Pen, déplore aussi ce qui est arrivé à *Charlie*. Ils sont cruels, les incendiaires, ils ont réussi à me faire serrer la main de Guéant. Justement, nous demandent quelques journalistes, le nez retroussé par ce qui se voudrait un sourire ironique : ça vous fait quoi d'être soutenu par une partie de ceux que vous critiquez le plus ? Qu'est-ce que tu veux répondre… Vous imaginez le ministre de l'Intérieur ou un chef de parti politique se réjouir publiquement d'un attentat perpétré contre un journal ? Oui, mais, continuent les journalistes aux gencives luisantes, ça fait quoi pour un journal en marge de provoquer un tel consensus dans le pays ? Hein ? Eh ben, ÇA FAIT DU BIEN !

Au moment de l'affaire des caricatures de Mahomet, en 2006, le président Chirac nous avait chié à la gueule et la plus grande partie de la presse avait refusé de publier les fameuses caricatures en solidarité avec les dessinateurs danois menacés. D'abord, un journal satirique a flambé, c'est inédit, et surtout on a gagné le procès que nous avaient intenté trois associations musulmanes pour avoir publié les caricatures de Mahomet. Le verdict a rappelé à tous ceux qui en doutaient qu'il n'existe pas de délit de blasphème en France. On peut, en France, critiquer toutes les religions.

Nous comprenons parfaitement qu'un musulman ne veuille pas représenter son Prophète, ni manger de porc, ni rigoler aux dessins de *Charlie*. Nous ne sommes pas musulmans. Nous avons donc le droit de représenter Mahomet, de manger du porc et de rigoler de tout et de n'importe quoi. Nous ne sommes pas non plus chrétiens, ni juifs, ni bouddhistes…

Une pensée maintenant pour les musulmans, qui sont les premières victimes de cet incendie. Il faut s'attendre à ce que cette agression soit instrumentalisée par l'extrême droite pour jeter le discrédit sur tous les musulmans. Et comme l'extrême droite abuse des amalgames foireux, ce sont tous les immigrés issus de pays à majorité musulmane qui risquent d'être stigmatisés. Et si c'était des provocateurs fachos qui avaient balancé des cocktails Molotov ? C'est possible. Tout est possible, nous attendons les résultats de l'enquête, comme on dit quand on n'a rien à dire. Mais ceux qui piratent notre site Internet le font de l'étranger au nom de l'islam. Ceux qui nous menacent de mort le font depuis l'étranger au nom de l'islam, ceux qui menacent de mort notre hébergeur en Belgique le font de l'étranger au nom de l'islam. Les candidats assassins font de l'islam un paillasson sur lequel les fachos adorent s'essuyer les pieds.

Merci à tous les journaux, médias, syndicats, théâtres, marchands de journaux, associations, élus, lecteurs qui ont manifesté leur soutien et leur solidarité. Je suis désolé de ne pas avoir répondu à tous, ce n'est pas l'incendie qui a fait fondre mon portable, mais les centaines et les centaines de témoignages d'amitié. Merci tout particulièrement à *Libération* et à Nicolas Demorand, qui nous abritent. Merci au *Nouvel Obs*, à *Marianne*, à Rue 89, à la CGT qui ont été également parmi les premiers à nous proposer un toit. Merci au *Monde*, sur les ordinateurs duquel nous avons rédigé nos papiers. (Si tous les SDF pouvaient être traités comme on l'a été…) Merci à Jean-Michel Ribes et au Théâtre du Rond-Point de nous avoir accueillis aussi. Après le Théâtre de la Ville, c'est son théâtre qui est menacé par l'extrême droite chrétienne. Nous serons à ses côtés et sur le terrain pour repousser les assauts des suceurs d'hosties.

Mahomet s'est abonné à « Charlie ».

Les fascistes, qu'ils soient musulmans, chrétiens, juifs ou agnostiques, ne nous feront pas taire. Ils agissent la nuit, parce qu'ils ont peur qu'on s'aperçoive qu'ils ne sont pas aussi nombreux qu'ils le prétendent. Ils ne sont rien, mais ils ont une attachée de presse redoutable : la violence. Un assassin fera toujours plus parler de lui que des millions de pacifistes. Que l'incendie de *Charlie* nous donne l'occasion d'inverser la tendance.

Lecteurs, vous nous demandez comment nous aider à reconstruire le journal. Simplement en le lisant. Abonnez-vous, abonnez vos amis, achetez-le en kiosques, soutenez votre marchand de journaux, soutenez la presse libre, indépendante, la presse d'opinion. S'il y a des milliardaires gâteux ou des pauvres très riches qui veulent nous aider à récupérer ce qu'on a perdu, ils peuvent le faire en versant leurs dons à l'association Presse et pluralisme (voir encart ci-dessous). Tout l'argent qu'il y aura en plus, on le boira.

Au nom de toute l'équipe, qui a travaillé cette semaine dans des conditions très spéciales, je vous dis à la semaine prochaine. À toutes les semaines prochaines. ■

P.-S. Nous ne pouvons pas, faute de place, publier tous les textes de soutien. On en remettra une petite couche la semaine prochaine.

« T'inquiète pas, Tignous, Charlie va renaître de ses cendres ! »
Mercredi matin, 2 novembre 2011. Beaucoup de personnes sont venues nous soutenir.
Depuis fin septembre, "Charlie" était là.
Une voiture passe, le passager gueule « ALLEZ VOUS FAIRE ENCULER ! »
« NOUS, MUSULMANS, NOUS CONDAMNONS CET ACTE QUI PORTE PRÉJUDICE À L'IMAGE DE L'ISLAM ET À LA PAIX SOCIALE… MAIS ATTENTION RIEN NE PROUVE QUE CE SONT DES MUSULMANS QUI ONT FAIT ÇA !! »
Wolinski, SDF, en pleine trêve hivernale.
« LE VRAI BUT DE CET ATTENTAT, C'EST DE NOUS FAIRE ATTRAPER FROID »
Les pompiers ont tout sorti sur le trottoir. Catherine récupère quelques serviettes "Charlie" pas brûlées.
Préparatifs en vue de la visite du ministre.
« GUÉANT VA SE METTRE LÀ, ÇA VA ?… NE POUSSEZ PAS ! »
Bidon d'huile, cageots de fruits, c'est devenu la décharge du quartier.
Les DVD "C'EST DUR D'ÊTRE AIMÉ PAR DES CONS"
Guéant
Charb
« CHARB A SERRÉ LA MAIN DE GUÉANT. »
« NON ! »
« SI !! »
Guéant : « VOUS Y ÊTES ALLÉS UN PEU FORT ! »
Charb : « ON Y VA ENCORE PLUS FORT AVEC VOUS, ET VOUS N'AVEZ PAS BRÛLÉ NOTRE JOURNAL ! »
On avait mis à l'intérieur l'enseigne qu'on avait en façade dans nos anciens locaux pour ne pas, dixit Charb, attirer l'attention.
CHARLIE HEBDO
Le "Nouvel Obs", "Le Monde", "Rue 89", "Marianne"… beaucoup de journaux nous ont proposé leur aide. Finalement on s'installe à "Libé"
« GUÉANT FERAIT MIEUX DE PROTÉGER LES JOURNAUX PLUTÔT QUE DE SURVEILLER LES JOURNALISTES ! »
Nicolas Demorand (patron de "Libé")
Vous êtes nombreux à vouloir nous aider, le meilleur moyen, c'est de vous abonner.
TIGNOUS

CHARLIE HEBDO
CHARLIE MERGUEZ

DOUBLE PAGE
2011
Charlie Hebdo n°1012
du 9 novembre

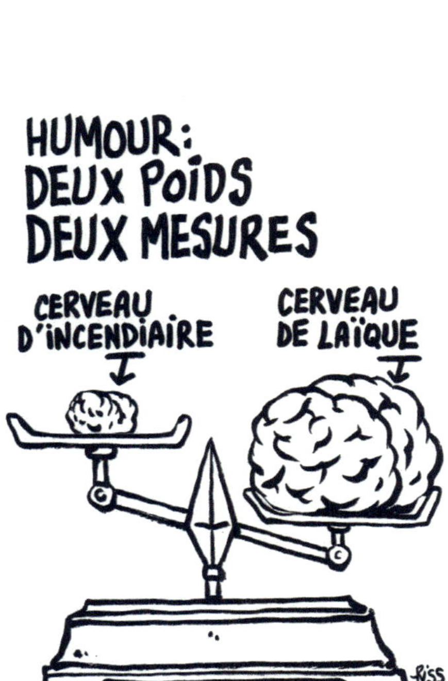

2012 *Charlie Hebdo* n°1058 du 26 septembre ▶
2012 *Charlie Hebdo* n°1057 du 19 septembre

LES FACHOS DEHORS !

Invitée à la Fête de *L'Huma* à participer à un débat intitulé « Comment faire face au FN ? », Caroline Fourest n'a pu s'exprimer parce que des fachos beuglants « *Fourest, raciste, dégage !* » l'en ont empêchée. L'organisation de la fête a, hélas, décidé d'évacuer Fourest pour des raisons de sécurité. Une trentaine de fachos arrive donc à saboter un débat dans une fête rassemblant des milliers de communistes… À une époque, les fachos, à la Fête de *L'Huma*, on les bouffait en merguez. Réveillons-nous, camarades ! Charb

2012 *Charlie Hebdo* n°1057 du 19 septembre
2012 *Charlie Hebdo* n°1026 du 15 février

« CHARIA HEBDO »

Le journaliste saoudien Hamza Kashgari, d'un journal de Djedda, a été déclaré apostat par les autorités religieuses après avoir adressé au prophète Mahomet ce message sur Twitter : *« Au jour de ton anniversaire, je ne m'inclinerai pas devant toi* […] *j'ai aimé certaines choses en toi mais j'en ai abhorré d'autres, et je n'ai pas compris beaucoup de choses à ton sujet. »* Ses propos ont aussitôt été jugés blasphématoires et une page Facebook a été créée, regroupant déjà 10 000 membres pour réclamer l'exécution du journaliste. Au passage, on pourra s'étonner de voir Facebook laisser se créer une telle page de condamnation à mort. Depuis, Hamza Kashgari, qui avait pris la fuite, a été retrouvé et arrêté en Malaisie, d'où il devrait être extradé vers l'Arabie saoudite, où il risque la peine de mort. On aurait bien aimé l'accueillir à *Charlie*, malheureusement, on n'a plus de sièges pour le recevoir : ils ont tous brûlé !

▶ **L'APÉRO** DE CHARB

LA FIN DE LA PEUR ISLAMISTE !

Ils ne sont rien, mais ils font peur. Ils sont une poignée, mais on les voit partout. L'islam en France, c'est lui : le barbu hirsute déguisé en tube de dentifrice. Il y en a combien, d'épouvantails du même genre, à rouler des yeux de dingue quand ils voient une caméra de télé ? Cent ? Deux cents ? Il y a plus de caméras en France que de musulmans extrémistes. Il y a même plus de chaînes de télé que de tarés à poils longs qui postillonnent dans la langue du Prophète qu'il faut égorger les Juifs. Oui, c'est ce qu'ils criaient il y a quinze jours sur le Trocadéro. Combien étaient-ils la semaine suivante ? Zéro. Mais ils font peur et ils le savent. Notre peur est leur raison de vivre. Notre peur est leur véritable religion. Notre peur les nourrit. Ils boivent notre sueur froide comme les vampires de série B boivent le sang de leurs victimes. Notre peur est la complice de ces connards. Autorisons leur manif, de quoi a-t-on peur ? De constater qu'ils sont trois, dont un agent de la DCRI ?

La petite vieille qui sort son chien a peur que l'ogre islamiste égorge Kiki. Faut dire que Kiki est frisé comme un mouton. Ce n'est pas Parkinson qui l'agite, mamie, c'est la peur. Et la vedette du show-biz de culture musulmane (oui, toi !) qui raconte en coulisse des émissions de télé qu'elle a peur de dire qu'elle est athée, elle est pire qu'un extrémiste religieux. Elle a mille fois plus d'audience que lui, elle a mille fois plus de pouvoir que lui, mais elle pète de trouille. La trouille de quoi ? D'être prise pour cible par les pères Noël de l'Apocalypse ? Et si toutes les nouilles dans son genre sortaient de sous leur lit pour affirmer leur athéisme ou tout du moins leur laïcité, elles se rendraient compte que le rapport de force est en leur faveur. Les obscurantistes prient le Seigneur en vain depuis des millénaires pour qu'Il leur fournisse un cerveau, alors qu'il suffit que les athées prononcent la formule « je suis athée et je t'emmerde » pour que l'islam de mort disparaisse de la surface de la Terre. C'est magique ! Essayez !

Et cette députée des Français de l'étranger qui s'insurge sur France Inter contre la publication des caricatures au motif qu'elles risquent de mettre en colère Al-Qaida et donc de menacer la sécurité des Français de l'étranger… Une députée française qui appelle à l'autocensure des Français au nom d'Al-Qaida ! Une députée française qui s'institue commissaire politique d'Al-Qaida ! Nous sommes irresponsables, dit-elle : ce qui est responsable, c'est de céder à la peur. Comme Christine Boutin, qui attaque qui en justice ? Les terroristes, les preneurs d'otages, les apprentis kamikazes ? Non, *Charlie Hebdo* ! Pour mise en danger de la vie d'autrui… A-t-elle porté plainte, Christine Boutin, contre des politiques français dans l'affaire de l'attentat de Karachi ? Noooon… Elle veut quoi, Boutin ? Que le droit français s'adapte au droit des pays étrangers dans lesquels il y a des Français expatriés, tout simplement… Boutin, la honte.

Tiens, la presse a trouvé un nouveau gros mot pour faire peur : salafiste. L'expression « extrémiste religieux », on l'avait trop dans l'oreille, ça n'effrayait plus assez le téléspectateur du JT. Mais « salafiste », ça fout les jetons ! Ça sonne comme quelque chose entre la maladie incurable et la pratique sexuelle non avouable. On a l'impression, aujourd'hui en France, qu'il suffit de retourner une pierre pour voir grouiller un nid de salafistes. Certains jouissent de se voir exister dans l'œil terrorisé du bourgeois frankaoui, alors ils se déguisent en salafistes. Ils ne vont pas à la mosquée, ils ne prient pas, ne croient pas et picolent sec, mais ils portent la panoplie qui leur assure le plus gros morceau du trottoir. Véridique ! Certains se déguisaient en punks au début des années 80 pour obtenir le même effet. Dans l'intimité de leur chambre, ils écoutaient du Claude François comme tout le monde…

Une fois qu'on a écrémé les faux croyants, il ne reste plus qu'une poignée de vrais dingues. Les vrais dingues peuvent être dangereux, mais il faut encore déduire de ces vrais dingues les incapables, les nuls en tout, les vantards, les pipi-au-lit, les culs-de-jatte et Mohamed Merah, parce qu'il a glissé dans l'escalier. Si après ce décompte les souris extrémistes qui restent prennent d'assaut l'éléphantesque République et que celle-ci fuit en appelant sa mère, on aura perdu. La laïcité a le fessier suffisamment large pour s'asseoir sur cette vermine et l'écrabouiller.

> ***Contre la peur, le rire est une arme atomique.***

La peur donne de l'importance aux pitoyables fachos monothéistes, le ridicule, contrairement à ce que prétend l'adage, les tue. ■

P.-S. Parmi le flot de commentaires imbéciles qui ont bouillonné ces derniers jours, il en est un qui revient chaque fois que *Charlie Hebdo* fait la une de la presse. On aurait fait « ça » pour l'argent… On a l'impression que tout le reste de la presse n'est constitué que de bénévoles ! Des « bénévoles » qui parlent de nous à outrance et qui nous le reprochent. Nous ne faisons jamais de « promo », nous n'en avons pas les moyens. Mais lorsqu'on nous tend un micro, il faut que celui qui le tend s'attende à ce qu'on lui réponde. En vingt ans de *Charlie*, nous avons publié 1 057 numéros. Sur ces 1 057 numéros, trois ont été particulièrement médiatisés et se sont mieux vendus qu'à l'ordinaire. Chaque fois il s'agissait d'une couverture en rapport avec Mahomet ou l'islam. Trois « buzz » en vingt ans. Pourquoi pas un buzz toutes les semaines puisque nous possédons la formule magique ? J'attends la réponse… ■

2012
Charlie Hebdo n°1057 ▶
du 19 septembre

RIRE BORDEL DE DIEU !

Peins un Mahomet glorieux, tu meurs.
Dessine un Mahomet rigolo, tu meurs.
Gribouille un Mahomet ignoble, tu meurs.
Réalise un film de merde sur Mahomet, tu meurs.
Tu résistes à la terreur religieuse, tu meurs.
Tu lèches le cul aux intégristes, tu meurs.
Prends un obscurantiste pour un abruti, tu meurs.
Essaie de débattre avec un obscurantiste, tu meurs.
Il n'y a rien à négocier avec les fascistes.
La liberté de nous marrer sans aucune retenue,
la loi nous la donnait déjà, la violence systématique
des extrémistes nous la donne aussi.
Merci, bande de cons. Charb

▸ L'APÉRO DE CHARB

KARIM ACHOUI CONTRE « CHARLIE HEBDO »

On est prévenus : la centaine d'avocats et de juristes qui composent la toute récente Ligue de défense judiciaire des musulmans (LDJM) s'apprête à porter plainte contre *Charlie Hebdo*, qui a osé publier en une un dessin illustrant les violences de l'armée égyptienne contre les Frères musulmans. Un dessin « islamophobe » donc, puisqu'il est titré *« Le Coran c'est de la merde »*. Ils se sont mis à cent pour déchiffrer le titre d'un dessin satirique. Que le titre. Deux cents yeux pour ne lire qu'un quart d'un dessin. Belle performance.

La petite troupe est menée par l'avocat Karim Achoui. Un avocat radié du barreau en 2012 et très régulièrement désigné comme « *l'avocat du milieu* » par une presse bourgeoise qui oublie que même la pègre a le droit d'être défendue. Passons sur le curriculum vitæ d'ex-maître Achoui, on aura l'occasion d'y revenir plus tard.

Karim Achoui a fondé la LDJM pour lutter contre l'islamophobie. Mais il poursuivra *Charlie Hebdo* pour incitation à la haine raciale. Son but est le même que celui des associations musulmanes qui avaient attaqué notre journal suite aux publications des caricatures danoises de Mahomet en 2006 : assimiler la critique des religions à du racisme et pénaliser le blasphème. Utiliser l'image du Coran pour à la fois se foutre de la gueule des Frères musulmans qui voulaient faire de la religion une arme politique et dénoncer les violences de l'armée égyptienne, c'est donc insulter le milliard et quelques de musulmans en raison de leur « race »... Parce que nous nous étions moqués de la Vierge, l'extrême droite catholique nous a bien attaqués pour « racisme anti-français » ! Karim Achoui prend modèle sur ces glorieux défenseurs des droits de l'homme.

La lutte contre le racisme prise en otage par les inventeurs de l'islamophobie

Quitte à lutter contre la haine raciale, pourquoi Karim Achoui ne met-il pas ses talents de radié du barreau au service du MRAP, de SOS Racisme, de la Licra ou de toute autre association qui lutte contre les discriminations ? Parce que la lutte contre le racisme n'est plus à la mode. Non pas que le racisme a été éradiqué de France, loin de là, mais parce que l'islamophobie est plus porteuse médiatiquement. À tel point qu'on a l'impression que les étrangers ou les citoyens d'origine étrangère ne sont plus agressés en France que parce qu'ils sont musulmans... Les victimes de racisme qui sont d'origine indienne, asiatique, rom, noire africaine, antillaise, etc., auront bientôt intérêt à se trouver une religion si elles veulent être défendues. L'extrême droite musulmane (trop souvent appelée salafiste), qui essaie d'imposer aux autorités judiciaires et politiques la notion d'islamophobie, n'a pas d'autre but que de pousser les victimes de racisme à s'affirmer musulmanes. D'ailleurs, Karim Achoui décrit son action dans *Marianne* comme étant *« un combat communautaire pour des libertés individuelles »*. Et puis sur iTélé, où il faisait de la retape pour son association, le radié du barreau estimait la population musulmane en France à 8 ou à 10 millions de personnes, soit *« la population de la Tunisie »*. Ce chiffre délirant fait de chaque immigré ou enfant d'immigrés d'origine musulmane un musulman de fait. Un peu comme si chaque enfant de catholiques ou de juifs était obligatoirement un catholique ou un juif. Karim Achoui reprend à son compte le discours de l'extrême droite française, qui aimerait voir en chaque immigré basané un musulman. Les musulmans, il semble lui aussi les identifier au faciès. Si c'est le cas et fort de ce talent, Achoui peut peut-être entamer une carrière de flic.

Pour ceux que les chiffres obsèdent, rappelons qu'en 2010, selon une enquête de l'Ined (Institut national d'études démographiques) et de l'Insee (Institut national de la statistique et des études économiques), 2,1 millions de personnes se déclaraient musulmanes en France, tandis que 11,5 millions se disaient catholiques et 125 000, juives... Oui, ce sont des chiffres qui font mal aux communautaristes de tout poil.

Nous attendons donc la plainte de la LDJM, une plainte infamante si elle n'était pas surtout ridicule puisqu'elle nous range, nous, qui sommes pour la régularisation des sans-papiers et le vote des immigrés, dans le camp de ceux que nous combattons le plus radicalement : les racistes et les fascistes.

Karim Achoui et tous ceux pour qui l'islamophobie représente le bon filon pour exister médiatiquement ne peuvent pas sortir totalement perdants d'un procès comme ils nous en promettent un. Si la justice leur donne raison, c'est effectivement une victoire pour le communautarisme religieux et l'extrême droite musulmane, catholique, juive et autre, puisqu'un délit de blasphème empêchera tout commentaire critique ou humoristique de textes et de rituels qui ne seront plus sacrés uniquement pour ceux qui y croient et qui les pratiquent, mais également pour ceux qui ne croient pas. Si la justice leur donne tort, ils pourront fédérer autour d'eux l'extrême droite musulmane et les paranoïaques qu'elle manipule, qui crieront d'une seule voix au complot anti-islam. À bientôt, donc, Karim Achoui. ■

LES TWITTOS SONT SYMPAS

Ils ne lisent pas Charlie, ils ne savent pas décrypter un dessin de presse, ils ne maîtrisent pas le second degré, mais ils twittent. Petite sélection de ce que nous avons reçu.

T[redacted]@J[redacted]
@Charlie_Hebdo_ Vous êtes une bande de merde ambulante, et c'est une chrétienne qui parle. C'est vous qui méritez les balles. Fils de pute.

N[redacted]@J[redacted]
@Charlie_Hebdo_ J'ESPÈRE DU FOND DU CŒUR QUE VOS LOCAUX VONT CRAMER AVEC TT LES EMPLOYÉES À L'INTÉRIEUR !!!!!

V[redacted]@V[redacted]
@Charlie_Hebdo_ la bêtise est sans limite. Vos cœurs malades ne ferons que souffrir encore plus. Continuez.

B[redacted]@B[redacted]
Bonjour je suis @Charlie_Hebdo_ et je cherche à faire en sorte que mes locaux soient incendiés demain matin. #Provoc

L[redacted]@B[redacted]
Vous êtes un ramassis de conneries, un gros sac à merde, même un chien à plus de valeur à mes yeux, @Charlie_Hebdo_.

v[redacted]@v[redacted]
@Charlie_Hebdo_ c est votre haine ou votre stupidité qui vous fait confondre un gilet par balle a un coran ? #islamophobie

"@C[redacted]
Le coran, c'est de la merde, ça n'arrête pas http://lc.cx/sommaire pic.twitter.com/XDVye81CGg" FDP JVAI VOLER TA KIPA

M[redacted]@[redacted]
Je vous pisse dessus sans une once de sentiment de culpabilité @ Charlie_Hebdo_ #LRTs

L[redacted]@F[redacted]
@Charlie_Hebdo_ votre couverture me répugne bande de fils de pute. Je vous souhaite tous le mal qui soient.

C[redacted]@d[redacted]
«@Charlie_Hebdo_: Le coran, c'est de la merde (...) pic.twitter.com/3KYPrpIGDh « VOUS êtes de la merde chaude. Des gigolo. Des Cahuzac de l'info

O[redacted]@O[redacted]
Comme par hasard le 1er jour du ramadan @Charlie_Hebdo_ sort la Une pour foutre le bordel. Que Dieu vous brûle.

M[redacted]@M[redacted]
@Charlie_Hebdo_ Starfoullah ! N3el sheytan t'sais quoi va te pendre wssh !

A[redacted]@A[redacted]
@Charlie_Hebdo_ Bande d'enculés de racistes de merde!!!! Vous brûlerez en enfer!

F[redacted]@f[redacted]
@Charlie_Hebdo_ tfou bone do fis de punto walla charli bedo jvé vomir sur la seur a ton frer si jvou croize zebi

S[redacted]@l[redacted]
@Charlie_Hebdo_ 26 rue serpollet 75020 Paris c'est bien ça A TRÈS BIENTÔT

S[redacted]@S[redacted]
Celui qui tien ce journal , je viole ta mère ensuite je la découpe avec passion et je donne ses excréments a mon Chien :)

M[redacted]@S[redacted]
Faudra vous baisé vos mère

R[redacted]@R[redacted]
@Charlie_Hebdo_ quand le Malheur vas s'abattre sur vous .. Ça sera aussi de la Liberté d'expression ;) Prenez la phrase comme vous voulez

#C[redacted]@b[redacted]
Vous avez pas les couilles de faire une caricature des chambres à gaz bande de fdp @Charlie_Hebdo_

l[redacted]@a[redacted]
@Charlie_Hebdo_ tu peux niquer ta mère la grosse salope et même temps doigter ta grand mère la macabee

M[redacted]@M[redacted]
@Charlie_Hebdo_ De toute façon, tôt ou tard tout se paie

a[redacted]@a[redacted]
@Charlie_Hebdo_ Allah les maudit ici-bas,comme dans l'au-delà et leur prépare un châtiment avilissant . Coran [CH33:V57]

a[redacted]@h[redacted]
@Charlie_Hebdo_ et tte leur ptite equipe de chiene 1 jour on va vou cramer vou verez

M[redacted]@M[redacted]
@Charlie_Hebdo_ JE VOUS TUERAIS TOUS UN PAR UN A MAIN NUE PRENEZ SA POUR DES MENACES DE MORT APPELEZ LE GIGN LE RAID JE LES ATTENDS

B[redacted]@D[redacted]
@Charlie_Hebdo_ jvais crée un journal aussi en Insultant les juif sa sera ma liberté d'expretion bande d'enculé de rasiste

2013
Charlie Hebdo n°1100
du 17 juillet

2013
◀ *Charlie Hebdo* n°1106
du 28 août

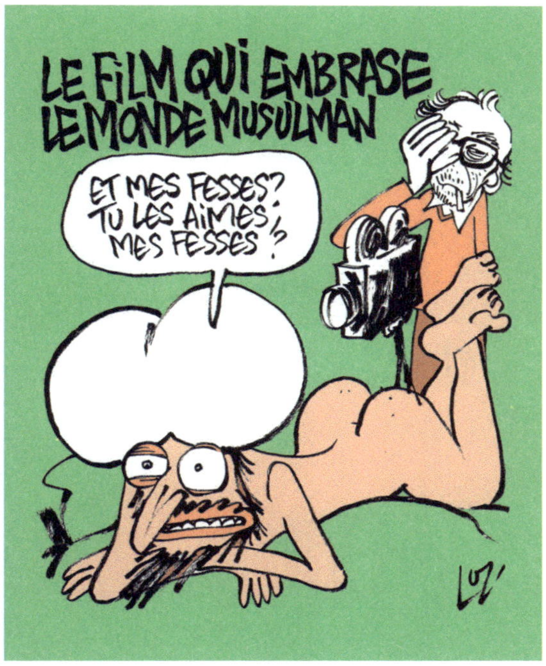

2011 *Charlie Hebdo* n°1012 du 9 novembre

2012 *Charlie Hebdo* n°1057 du 19 septembre
et *Charlie Hebdo* n°1058 du 26 septembre

CHARLIE MASSACRÉ

Le 7 janvier 2015, la rédaction de *Charlie Hebdo* est attaquée par deux terroristes se revendiquant d'Al-Qaïda afin de venger la publication des caricatures de Mahomet, neuf ans plus tôt. On dénombre ce jour-là douze personnes tuées, dont dix dans les locaux du journal, et quatre gravement blessées.

Le 8 janvier, une policière municipale est tuée et le 9, un magasin casher est attaqué par un autre terroriste, faisant quatre victimes de confession juive. En trois jours, dix-sept personnes perdent la vie, victimes de terroristes islamistes. Pour la première fois depuis la fin de la Seconde Guerre mondiale, des femmes et des hommes sont massacrés en France par une idéologie totalitaire, à cause de leur conviction et de leur usage de la liberté d'expression.

2018 *Charlie Hebdo* n°1328 du 3 janvier

2015 *Charlie Hebdo* n°1178 du 14 janvier ▶

ET PAGES SUIVANTES

CHARLIE HEBDO

JOURNAL IRRESPONSABLE

14 JANVIER 2015 / N° 1178 / 3€

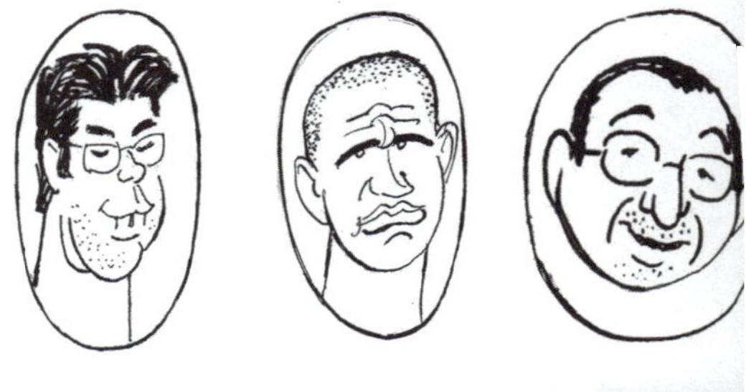

▸ **L'APÉRO** DE GÉRARD BIARD

EST-CE QU'IL Y
DES « OUI

Depuis une semaine, *Charlie*, journal athée, accomplit plus de miracles que tous les saints et prophètes réunis. Celui dont nous sommes le plus fiers, c'est que vous avez entre les mains le journal que nous avons toujours fait, en compagnie de ceux qui l'ont toujours fait. Ce qui nous a le plus fait rire, c'est que les cloches de Notre-Dame ont sonné en notre honneur... Depuis une semaine, *Charlie* soulève à travers le monde bien plus que des montagnes. Depuis une semaine, comme l'a si magnifiquement dessiné Willem, *Charlie* a plein de nouveaux amis. Des anonymes et des célébrités planétaires, des humbles et des nantis, des mécréants et des dignitaires religieux, des sincères et des jésuites, des que nous garderons pour la vie et des qui ne sont que très brièvement de passage. Aujourd'hui, nous les prenons tous, nous n'avons pas le temps ni le cœur de faire le tri. Nous ne sommes pas dupes pour autant. Nous remercions de tout notre cœur ceux, par millions, qu'ils soient simples citoyens ou qu'ils incarnent les institutions, qui sont vraiment à nos côtés, qui, sincèrement et profondément, « sont *Charlie* » et qui se reconnaîtront. Et nous emmerdons les autres, qui de toute façon s'en foutent...

La laïcité, point final

Une question, quand même, nous taraude: est-ce qu'on va enfin faire disparaître du vocabulaire politique et intellectuel le sale mot de « laïcard intégriste » ? Est-ce qu'on va enfin arrêter d'inventer de savantes circonvolutions sémantiques pour qualifier pareillement les assassins et leurs victimes ?

Ces dernières années, nous nous sommes sentis un peu seuls, à tenter de repousser à coups de crayon les saloperies franches et les finasseries pseudo intellectuelles qu'on nous jetait au visage, et au visage de nos amis qui défendaient fermement la laïcité : islamophobes, christianophobes, provocateurs, irresponsables, jeteurs d'huile sur le feu, racistes, vous-l'avez-bien-cherché... Oui, nous condamnons le terrorisme, mais. Oui, menacer de mort des dessinateurs, ce n'est pas bien, mais. Oui, incendier un journal, c'est mal, mais. Nous avons tout entendu, et nos amis aussi. Nous avons souvent essayé d'en rire, parce que c'est ce que nous faisons le mieux. Mais nous aimerions bien, maintenant, rire d'autre chose. Parce que ça recommence déjà. Le sang de Cabu, Charb, Honoré, Tignous, Wolinski, Elsa Cayat, Bernard Maris, Mustapha Ourrad, Michel Renaud, Franck Brinsolaro, Frédéric Boisseau, Ahmed Merabet, Clarissa Jean-Philippe, Philippe Braham, Yohan Cohen, Yoav Hattab, François-Michel Saada, n'avait pas encore séché que Thierry Meyssan expliquait à ses fans Facebook qu'il s'agissait, évidemment, d'un complot judéo-américano-occidental. On entendait déjà, çà et là, les fines bouches faire la moue devant le rassemblement de dimanche der-

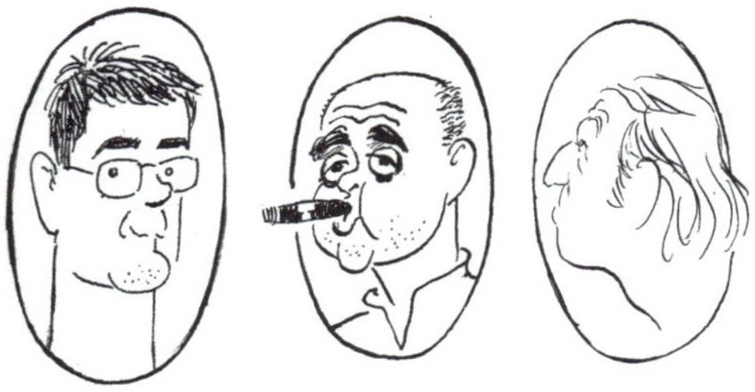

AURA ENCORE MAIS » ?

nier, bavant du coin des lèvres les éternelles arguties visant à justifier, ouvertement ou à bas bruit, le terrorisme et le fascisme religieux, et s'indignant, entre autres, que l'on célèbre les policiers = SS. Non, dans ce massacre, il n'y a pas de morts moins injustes que d'autres. Franck, qui est mort dans les locaux de *Charlie*, et tous ses collègues abattus au cours de cette semaine de barbarie sont morts pour défendre des idées qui, peut-être, n'étaient même pas les leurs.

Nous allons quand même essayer d'être optimistes, bien que ce ne soit pas la saison. Nous allons espérer qu'à partir de ce 7 janvier 2015 la défense ferme de la laïcité va aller de soi pour tout le monde, qu'on va enfin cesser, par posture, par calcul électoral ou par lâcheté, de légitimer ou même de tolérer le communautarisme et le relativisme culturel, qui n'ouvrent la voie qu'à une seule chose : le totalitarisme religieux. Oui, le conflit israélo-palestinien est une réalité, oui, la géopolitique internationale est une succession de manœuvres et de coups fourrés, oui, la situation sociale des, comme on dit, « populations d'origine musulmane » en France est profondément injuste, oui, le racisme et les discriminations doivent être combattus sans relâche. Il existe heureusement plusieurs outils pour tenter de résoudre ces graves problèmes, mais ils sont tous inopérants s'il en manque un : la laïcité. Pas la laïcité positive, pas la laïcité inclusive, pas la laïcité-je-ne-sais-quoi, la laïcité point final. Elle seule permet, parce qu'elle prône l'universalisme des droits, l'exercice de l'égalité, de la liberté, de la fraternité, de la sororité. Elle seule permet la pleine liberté de conscience, liberté que nient, plus ou moins ouvertement selon leur positionnement marketing, toutes les religions dès lors qu'elles quittent le terrain de la stricte intimité pour descendre sur le terrain politique. Elle seule permet, ironiquement, aux croyants, et aux autres, de vivre en paix. Tous ceux qui prétendent défendre les musulmans en acceptant le discours totalitaire religieux défendent en fait leurs bourreaux. Les premières victimes du fascisme islamique, ce sont les musulmans.

Les millions de personnes anonymes, toutes les institutions, tous les chefs d'État et de gouvernement, toutes les personnalités politiques, intellectuelles et médiatiques, tous les dignitaires religieux qui, cette semaine, ont proclamé « Je suis *Charlie* » doivent savoir que ça veut aussi dire « Je suis la laïcité ». Nous somme convaincus que, pour la majorité de nos soutiens, cela va de soi. Nous laissons les autres se démerder avec ça.

Une dernière chose, importante. Nous voudrions envoyer un message au pape François, qui, lui aussi, « est *Charlie* » cette semaine : nous n'acceptons que les cloches de Notre-Dame sonnent en notre honneur que lorsque ce sont les Femen qui les font tinter. ▪

LA FILLE AÎNÉE DE L'ÉGLISE SE NÉGLIGE !
cabu

Les Français sont pessimistes.
T'AS PAS L'AIR PESSIMISTE, TOI !
TIGNOUS

BONNE ANNÉE 2001...
AÏE !
WOLINSKI

Le fabricant de chars Leclerc va fusionner avec son homologue allemand KMW
Et si on descendait les Champs-Élysées ensemble le 14 juillet ?
HONORÉ

PAPE OÙ T'ES PAPE OÙ T'ES
cabu

RAMADAN.
JE ME FAIS BOUFFER LA CHATTE QUAND JE VEUX !
Ni putes ni soumises
TIGNOUS

VOUS ALLEZ ME MANQUER
TIGNOUS

«J'agis et j'agirai jusqu'au bout» Hollande (13 %)
Non, mais !
HONORÉ

ELLES N'ONT PLUS BESOIN DE NOUS...
...BON, AU REVOIR MAMAN, JE VOULAIS JUSTE TE FAIRE UN PETIT COUCOU... MA FEMME T'EMBRASSE..
WOLINSKI

L'UN DES TUEURS TRAVAILLAIT AU "TRI SÉLECTIF" À PARIS
C'EST TROP COMPLIQUÉ !
BIEN
MAL

Après la visite au Journal, la mort à l'imprimerie
J'ai peur que ça fasse un peu intello.

NOS CRAYONS SERONT TOUJOURS MIEUX TAILLÉS QUE VOS BALLES
RiSS.

ATTENTION
POOIIIIN
JOURNAL DANGEREUX
CATHERINE

DESSINATEUR À "CHARLIE HEBDO", C'EST 25 ANS DE BOULOT.
CHARLIE HEBDO
TERRORISTE, C'EST 25 SECONDES DE BOULOT
RiSS.
TERRORISTE, UN MÉTIER DE FEIGNANT ET DE BRANLEUR

DIMANCHE 1

PLUS DE MONDE POUR « C

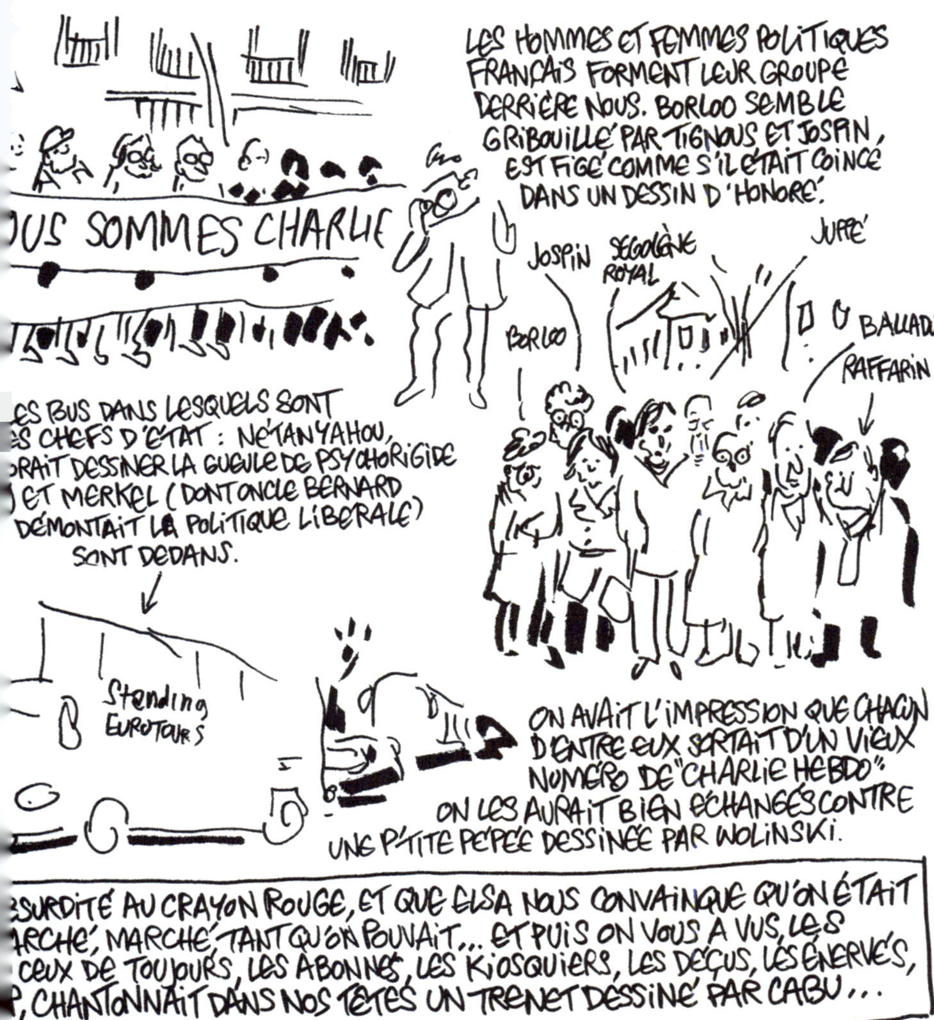

ANVIER 2015

RLIE » QUE POUR LA MESSE

L'ÉDITO

Longtemps, j'ai cru que la pire des choses que pouvait subir un dessinateur de presse, c'était l'emprisonnement. Comme celui qu'ont connu Daumier ou Philipon sous le règne de la vieille poire Louis-Philippe. Alors quand Charb, Luz ou moi-même, jeunes dessinateurs, allions proposer quelques croquis aux journaux satiriques du début des années 90, il n'y avait rien à craindre, car sur nos têtes planait l'ange bienveillant de notre art : la sacro-sainte liberté d'expression.

On espérait rire et faire rire avec quelques dessins. Mais, au bout de plusieurs années, à force de dessiner tous ces personnages célèbres dans des situations risibles, une question venait à l'esprit : caricaturer, dessiner, au fond, ça sert à quoi ?

Après tout, un dessin, ce n'est qu'un dessin. Un petit truc gribouillé qui essaye d'amuser tout en espérant faire un peu réfléchir. Rire et faire réfléchir : le voilà, le dessin idéal ! Plaisir de surprendre le lecteur par un point de vue original, par un petit pas de côté qui oblige à regarder les choses de biais sous un angle inhabituel, différent de la vision majoritaire. L'outrance et l'excès souvent reprochés aux dessinateurs de « Charlie Hebdo » ne sont en réalité qu'une méthode pour s'aventurer sur des chemins inconnus.

C'est peut-être cela que ne supportaient pas les assassins du 7 janvier. Ceux-ci n'ont en réalité jamais rien osé. Ils se sont laissé enfermer dans le confort d'une religion qui a déjà toutes les réponses et dispense de réfléchir et douter. Car le doute est le pire ennemi de toute religion. Il ne faut pas douter quand on décide d'entrer dans une rédaction pour en tuer tous les membres.

Les dessinateurs et les rédacteurs de « Charlie », eux, passent leur temps à douter. De tout et surtout d'eux-mêmes, de leur talent, de leur inspiration. Ce qui les rend parfois un peu chiants. Wolinski se posait la question après l'incendie du journal en 2011 : « N'avons-nous pas été trop loin ? » Seul un honnête homme se pose ce genre de question. Jamais un assassin. Wolinski avait le courage d'exposer ses doutes. Il avait fait de l'expression de sa vulnérabilité un art. Voilà pourquoi un dessinateur ne deviendra jamais un tueur et pourquoi il est malhonnête de mettre sur le même plan les soi-disant « provocations » des dessinateurs avec la violence des tueurs en proclamant « ils l'ont bien cherché ».

Mais, pour douter, on a besoin des autres, de tous ceux qui ne pensent pas comme vous. Qu'est-ce qu'on s'ennuierait si tout le monde pensait comme nous ! Dans quel triste monde devaient vivre les assassins du 7 janvier... Un monde uniforme où la moindre tête qui dépasse est décapitée, où la moindre voix discordante est tranchée. Alors, imaginez, pour ces petits cerveaux, l'idée de faire des petits dessins sur un prophète ! Pauvres hères qui ont foutu en l'air la vie des autres pour oublier d'avoir gâché la leur. Comme Luz l'écrivait à la une de « Charlie », on leur pardonnerait presque d'être à ce point le peu qu'ils étaient.

Malgré des flots d'encouragements et de soutiens, on est cependant en droit de se demander qui a réellement le courage de mener ce combat. Car, franchement, qui a envie de se battre pour le blasphème, qui a envie de défier le religieux, si c'est pour finir protégé par dix policiers 24 heures sur 24 ? Personne ! Tout le monde a soutenu « Charlie » : « Allez-y les gars, on est derrière vous ! » Mais combien oseront dessiner et publier un dessin blasphématoire ? Si peu. La foule soutient « Charlie » comme elle soutient le taureau dans l'arène. Car qui sait, un jour peut-être « Charlie » mourra, épuisé par les banderilles, sous les applaudissements admiratifs de la foule.

Et voilà qu'au moment où « Charlie » s'apprête à reparaître, un attentat quasi identique a lieu à Copenhague. Moins de morts mais les mêmes objectifs : faire taire ceux qui croient à la liberté d'expression et exterminer des Juifs. Ceux qui tentent de trouver des raisons, pour ne pas dire des excuses, aux meurtriers en accusant les dessinateurs de « jeter de l'huile sur le feu », qu'auront-ils comme explications pour atténuer la responsabilité des tueurs antisémites ? Car les Juifs victimes à l'Hyper Cacher ou à Copenhague n'ont pas dessiné de caricatures de Mahomet. Et pourtant ils ont été assassinés. Supporter une telle violence est déjà assez éprouvant, entendre des discours pseudo-intellos plus ou moins complaisants est juste insupportable.

Les attaques de Paris et de Copenhague sont d'abord des attaques contre une conception moderne des rapports entre les individus, contre la pluralité des idées et des hommes. Pendant des siècles, les religions ont contesté avec violence ces valeurs-là. L'époque moderne semblait avoir ramené à la raison ces religions rétrogrades et leur prétention hégémonique sur les hommes et les esprits. Les attaques de Paris et Copenhague indiquent qu'il faudra encore du temps et du sang pour que toutes les religions acceptent définitivement ce cadre démocratique non négociable.

-RISS-

2015
◀ *Charlie Hebdo* n°1179 ▶
du 25 février

2015
Charlie Hebdo n°1180
du 4 mars

25 février 2015 / N° 1179 / 3 €

CHARLIE HEBDO

2017
Charlie Hebdo n°1279
du 25 janvier

2015
Charlie Hebdo n°1180
du 4 mars

2015
Charlie Hebdo n°1179 ▶
du 25 février

▸ **DANS LE JACUZZI DES ONDES**
PHILIPPE LANÇON

UN TROU DANS LE JACUZZI

Dans la chambre d'hôpital où je vis depuis un mois et demi, je n'ai pas pris l'option télé. Ce n'est naturellement pas le cas de la plupart de mes voisins de couloir, parfois très seuls, très peu lecteurs, pour qui l'écran est une indispensable compagnie. Certains l'écoutent très fort, en permanence, comme pour devenir sourds (à moins qu'ils ne le soient déjà un peu ou beaucoup) à l'incommodité et à l'angoisse qui constituent l'ordinaire du patient. Il y a ici des cancéreux, des accidentés, des suicides manqués, des petits mecs après baston de trottoir ou de sortie de bar, parfois des détenus. Ce qui nous rassemble tous, ce qui nous isole, c'est une gueule plus ou moins cassée. Nous sommes le clan occasionnel des mâchoires qui ont chu.

Pourquoi ne pas avoir pris la télé ? Quatre-vingt-huit euros par mois pour de la connerie à flux continu, c'est un peu cher, et, question flux, je préfère encore celui, discret, des aliments inconnus qui me nourrissent par sonde gastrique. Mais l'argent n'est pas la question, et le problème de la télé, au lendemain du 7 janvier, s'est posé autrement. J'étais alors dans un autre monde, un pied ici, un pied ailleurs, et je ne pouvais parler. J'étais dans le monde flottant des survivants. Les survivants n'ont pas besoin d'images ; ils les vivent, en huis clos et sur un mode répétitif qui laisse loin derrière les exploits bégayés des chaînes d'information en continu. J'écrivais de grands mots sur de grands cahiers. Quand je fermais les yeux, je voyais battre sous mes paupières la cervelle d'un ami mort à moins d'un mètre de moi, et dont je tairai le nom. J'évitais de fermer les yeux, donc de dormir. Ma famille m'informait brièvement de la progression des recherches quant aux assassins, jusqu'au moment où quelqu'un m'a dit : « *Ça y est. On les a butés.* » J'appris un peu plus tard qu'ils étaient deux frères et s'appelaient Kouachi. Les jambes noires et le bout d'arme que j'avais vus s'approcher de moi, allongé à terre, appartenaient donc à l'un des deux. Il aurait sans doute fallu faire coller ce que nous avons vécu ce jour-là, à *Charlie*, avec ce que journaux et télés nous apprenaient maintenant de nos assassins, de ces faux jumeaux en guerre. C'était, en tout cas pour moi, impossible. Ça ne collait pas. On me parlait d'un événement qui n'était pas le mien. Ceux qui m'avaient tiré dessus étaient des fantômes venus d'un autre âge, d'une autre planète, ou d'un film de série Z. Leur irruption avait déchiré nos vies, la mienne. La déchirure reste concrète ; les tueurs, abstraits.

UN TROU ÉTERNEL

À la télé, l'événement, c'est toujours le drame des autres, plus ou moins bien mis en spectacle. On le regarde, on s'indigne un peu, on en rit, on verse une larme, puis on l'oublie. L'événement du 7 janvier n'était pas hors de moi, mais ancré en moi — comme il l'est dans la conscience de la plupart de mes amis. Il ne relevait ni de l'information, ni des experts, ni d'un programme financé par la publicité. Il occupait mes mains bandées. Il entrait ou sortait à sa guise, comme un mauvais génie, du trou fait par la caresse intrusive d'une balle au bas du visage. Plutôt que la télé, je préférais regarder ce trou avec un petit miroir quand on changeait le pansement, écouter les commentaires de ma formidable chirurgienne, une artiste de grande classe et de caractère, une sévère aristocrate de sa profession, ou des infirmières amicales, précises, précieuses, sur l'évolution quotidienne de la plaie. Une belle plaie ! disaient-elles — selon les critères médicaux, naturellement. Je m'efforçais de me l'approprier sans aller jusqu'à la complaisance, au masochisme. Je l'apprivoisais et l'objectivais : c'était mon trou. Bientôt, une greffe le ferait disparaître. Mais je savais, moi, qu'il serait toujours là, même invisible aux autres. Mon trou n'était pas là pour me rappeler l'événement ; il était l'événement lui-même, qui continuait de vivre et bourgeonner en moi.

Pourquoi n'ai-je pas pris la télé ? Parce que le temps s'est arrêté, pour l'instant, le 7 janvier ; je n'ai pas voulu d'un temps artificiel, organisé, accéléré, programmé sur l'événement selon les autres. Regarder en boucle les images, écouter sans fin les bavardages sur l'itinéraire des deux frères et sur tout ce qui s'ensuivit, tout cela ne m'aurait au fond rien appris sur un événement aussi bref, violent et opaque qu'un cauchemar dans une nuit d'enfant. Je ne pouvais ni ne voulais le suivre de l'extérieur, comme un téléspectateur. Ce n'était pas l'outil dont j'avais besoin pour recommencer la tapisserie. Le 7 janvier n'était pas un événement qui me « touchait », me « concernait », me « bouleversait ». C'était d'abord — et ça reste — un événement intime. J'étais immobilisé dedans, à l'atelier réparation, lové dans le noir cocon de l'instant fatal. L'hôpital l'entrouvrait peu à peu.

Bien plus tard, à la mi-février, alors que j'allais mieux et tandis qu'on marchait dans les jardins de l'hôpital, l'un des policiers qui m'accompagnent m'a demandé si je préférais que les deux frères soient morts, ou vivants, de manière à ce qu'on puisse les entendre et les juger. Sur le moment, je n'ai pas su quoi répondre. C'était l'un des beaux jours du début février. La lumière était splendide. Pouvais-je souhaiter la vie à ceux qui avaient failli me l'enlever, l'avaient enlevée à mes compagnons et collègues, à ceux qui de toute façon étaient morts ? La question était abstraite, et je ne vivais plus que dans le concret ou la méditation. Mon trou a fini par lui répondre à peu près ceci : « *Je ne vais évidemment pas pleurer sur leur mort. Je ne la souhaitais pas non plus. Je n'ai aucune haine, aucun esprit de revanche envers ces inconnus. Et je ne crois pas que les écouter en procès m'aurait permis de comprendre quoi que ce soit à ce qui a eu lieu, ni à ce qu'ils sont. Je n'ai pas vu leurs visages ce jour-là, je n'ai même pas senti les balles qui me touchaient. Ils sont entrés chez mes amis, chez moi, sans y être invités, et ils ont tout cassé en installant leur folie au cœur de nos discussions, de notre amitié, de nos rires. Je n'ai pas envie que la télé prolonge la présence de ces hôtes meurtriers et indélicats, qu'elle l'étale au-delà des bords de la tartine. Je préfère écouter de la musique, et surtout Bach, l'homme dont l'harmonie calme les plaintes et élève les chagrins vers une ligne de beauté, qui n'est jamais de fuite. Avec lui, je retrouve un monde où le silence n'est pas occupé par les morts, mais par ce qu'il y a de vie en nous.* » Quelques jours plus tard, un ami violoniste est venu jouer dans ma chambre. Il a étalé la longue partition de la chaconne de Bach sur mon lit. Elle s'étalait comme un grand pansement sur les draps, les oreillers, sur les traces de mon corps redevenu mobile. Mon ami violoniste jouait debout, remontant peu à peu vers la tête du lit. Ses notes veillaient sur mes blessures. J'écoutais depuis le fauteuil, et pendant quelques minutes je me suis senti sauvé. De qui, de quoi ? Je ne sais pas. ▪

2015 *Charlie Hebdo* n°1179 du 25 février ▶
2015 *Charlie Hebdo* n°1180 du 4 mars

2017
Charlie Hebdo
n°1279 du
25 janvier

2015
Charlie Hebdo
n°1179 du
25 février

DOUBLE PAGE SUIVANTE
2015 *Charlie Hebdo*
n°1189 du 6 mai

ANTI-CHARLIE DE TOUS

A-T-ON LE DROIT DE CARICATURER « CHARLIE » ?

Ça vous est déjà arrivé de devenir une « breaking news » ? Parce que, ici, à *Charlie*, oui. L'histoire, vous la connaissez, vous faites des dessins, des papiers. Et puis un jour le ciel vous tombe sur la tête, et vous voilà transformé en machine à buzz. Il y a maintenant les pro-*Charlie*, les contre, les tout contre. Emmanuel Todd a décidé de participer à ce débat via un livre. Évidemment, il a le droit de caricaturer *Charlie*. Ce qu'il dit n'est d'ailleurs pas scandaleux, c'est tout simplement faux. Voici pourquoi.

Emmanuel Todd n'est pas le Booba de la sociologie, ce serait plutôt l'Akhenaton. Le chanteur d'IAM fait du rap au musée, Todd pense une France qui n'existe plus. Depuis une trentaine d'années, Todd applique la même méthode : convoquer les structures anthropologiques pour expliquer les phénomènes sociaux. Selon lui, il existe différentes France, façonnées entre autres par la religion, les types familiaux. Et, quel que soit le sujet traité, du communisme au suicide, il utilise la même recette, il sort une carte de France et analyse.

Aujourd'hui, la victime de la méthode est *Charlie*. Les villes qui ont le plus manifesté pour *Charlie*, dit-il, sont celles ou le *« catholicisme zombie »* est le plus fort. Catholicisme zombie, parce que, pour Todd, le christianisme, c'est *Walking Dead* : dans certains lieux, il survit à sa mort. Et les statistiques toddiennes démontrent que ceux qui ont manifesté pour *Charlie* sont des MAZ, avec un « M », comprenez : des classes Moyennes, personnes Âgées, catholiques Zombies. C'est nul, d'être un MAZ. Parce que, sous la plume de Todd, ceux-ci militent pour une société inégalitaire, sécuritaire, libérale et, au fond, liberticide. Vous avez reconnu les valeurs que *Charlie* défend depuis sa création. Todd redoute d'ailleurs que ce mouvement engendre un *« monstre autoritaire et inégalitaire »*, voilà pourquoi il attend de vous, lecteur, un sursaut...

L'erreur de Todd a un nom : la corrélation sans cause. Pas la peine de remonter à 1793 et aux guerres de Vendée pour comprendre pourquoi la France de l'Ouest a plus manifesté que la France du Sud. Todd invoque une mystérieuse *« mémoire des lieux »*, mais les habitants de Marseille aujourd'hui ne sont probablement pas les mêmes que ceux de Massilia. Inutile de revenir à Chilpéric pour comprendre pourquoi on a surtout manifesté le 11 janvier à Brest, Rennes, Quimper, Grenoble ou Paris. Cette carte n'a rien à voir avec l'héritage gallo-romain, c'est avant tout celle de la France riche, intégrée et, hélas, blanche. Évidemment, cette situation reflète la fracture sociale de notre pays, notion qu'Emmanuel Todd avait soufflée en 1995 à Jacques Chirac. Mais si ces manifestants révélaient un clivage, ils ne le justifiaient pas, aucun d'entre eux ne cherchait à le défendre.

Et voilà pourquoi Todd pense faux : chez lui, les individus ne savent pas ce qu'ils font. Les manifestants croient descendre dans la rue pour défendre la liberté d'expression ? Pas du tout, ils soutiennent un mouvement réactionnaire. Quelqu'un qui découvrirait *Charlie* dans le livre de Todd penserait avoir affaire à *Valeurs actuelles* avec une caricature de Mahomet en couverture. Le 11 janvier, Todd a vu les rues pleines de zombies voulant s'en prendre à un groupe faible et discriminé, les musulmans. Pauvres Charlie : ils se réclamaient de Voltaire, mais c'est derrière Zemmour qu'ils ont marché. Les manifestants ? Quatre millions de crétins ou, plus précisément, quatre millions d'idiots utiles de l'extrême droite, une extrême droite qui a toujours bénéficié ici même d'un soutien sans faille. Les marcheurs du 11 janvier ne savaient pas ce qu'ils faisaient, les trois terroristes non plus. Mais Todd, lui, le sait : l'acte des frères Kouachi ne possédait aucun *« sens idéologique »*, il n'appelait qu'une *« interprétation psychiatrique »*. Des dingues, voila ce qu'ils étaient, pourquoi n'ont-ils pas pris leur médicament à temps ? Contre le djihad, une pilule et au lit ! Alors résumons : des manifestants zombies, une poignée de fous, et tant pis pour la pelletée de travaux qui témoignent au contraire de la rationalité pleine et entière des terroristes. La France ? Des mabouls contre des MAZ, avec une seule conscience claire : Emmanuel Todd.

C'est vrai : la science aboutit souvent à des paradoxes, mais tout ce qui est paradoxal n'est pas nécessairement scientifique. La méthode de Todd ne révèle pas l'inconscient de la société française, mais le sien. Y a-t-il vraiment quelqu'un pour prendre au sérieux une phrase comme *« la France qui est aux commandes, c'est celle qui a été antidreyfusarde, catholique, vichyste »* ? Hollande, Pétain, Charb, cherchez l'intrus... Du reste, à quoi bon lutter contre l'extrême droite si celle-ci est déjà au pouvoir, à quoi bon lutter contre *Minute* puisque l'on a *Charlie* ? Todd ne comprend pas les acteurs qu'il étudie, parce qu'il les prend pour des zombies. Et c'est parce qu'il leur coupe la tête que son explication ne marche pas.

Guillaume Erner

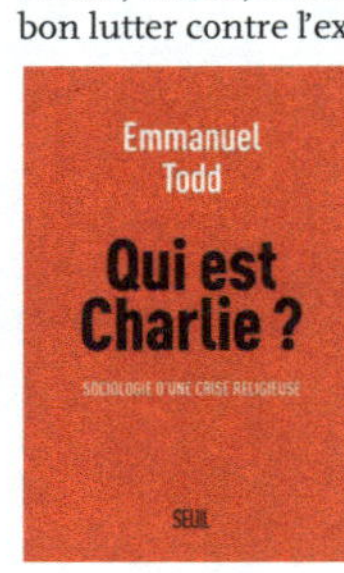

• Emmanuel Todd, *Qui est Charlie ?* (éditions du Seuil)

…S PAYS, UNISSEZ-VOUS !

LES NOBLES AVEUGLES

Quelques menus problèmes physiques dus à l'attentat du 7 janvier m'empêcheront, hélas, comme d'autres, d'être présent à Manhattan pour la remise à *Charlie* du Prix du courage pour la liberté d'expression par l'American PEN Club. Je ne m'attribue pas plus, j'imagine, que mes collègues et amis un courage particulier. Quant à la liberté d'expression, j'ai grandi comme eux dans les journaux qui m'ont accueilli sans trop y penser, tant elle constituait l'air qu'on y respirait, pour le meilleur et pour le pire. Aurions-nous dû être plus conscients du privilège que nous avions ? Nous sentir plus responsables, « juste milieu » ? Je ne le crois pas. Un excès de conscience réduit la liberté, la fantaisie, l'imagination. Il augmente, non pas la rigueur, mais l'esprit de sérieux. Un tel esprit tuerait *Charlie*.

Il faut ici de nouveau le rappeler : nous étions bien seuls, en 2006, lorsque nous avons publié les caricatures de Mahomet. Les uns nous reprochaient de désespérer le Billancourt musulman ; les autres, d'afficher des dessins de mauvais goût. D'un côté, les idéologues et les couards ; de l'autre, les arbitres des élégances. Tout ce beau monde faisait mine de croire que *Charlie* devait se sentir responsable de ses choix au même titre et selon les mêmes critères qu'un gouvernement, une ONG, un conservateur de musée, une tenancière de salon de thé ou le journal *Le Monde*. Cette fable concernait un hebdomadaire satirique, le nôtre, qui avait une histoire politique précise, que nul n'était obligé d'acheter et qui n'apparaissait pas même à la devanture des kiosques.

Sur ce point, la célébration de *Charlie* par une institution comme le PEN Club me semble relever de l'un de ces hasards cocasses qui rappellent la rencontre entre le parapluie et la machine à coudre sur une table de dissection symbolique. Du moins, me semblait, jusqu'au moment où l'on a su qu'un troupeau de plus de deux cents écrivains notables et anglo-saxons, pour la plupart issus d'un univers multiculturel, refusaient de participer à la cérémonie. Ces écrivains sont naturellement libres de ne pas adhérer à « Je suis Charlie », de se méfier d'un mouvement collectif de bonne conscience et de ne pas venir au PEN Club : *Charlie* s'est assez fichu des institutions pour ne pas en devenir un à son tour — l'un de ces lieux où il est indispensable de se montrer bien-pensant pour faire carrière et se croire aimé. Ce n'est donc pas leur abstention qui me choque ; c'est la nature de leurs arguments. Que des romanciers d'une telle qualité — Peter Carey, Michael Ondaatje, Francine Prose, Teju Cole, Rachel Kushner, Taiye Selasi — en viennent à dire autant de stupidités mal informées en aussi peu de mots, avec toute la vanité des belles âmes, voilà qui attriste le lecteur que je suis. Même si ce lecteur sait, par expérience, qu'un bon écrivain n'est jamais rien de plus, ni de moins, qu'un bon écrivain : un type qui sait bâtir quelque chose de beau, de surprenant et d'intelligent, mais qui, en dehors de son art, peut hélas penser et écrire à peu près n'importe quoi.

LIRE RUSHDIE

Agglomérée en une phrase, la ratatouille de leurs arguments est la suivante : ces attentats sont regrettables, mais ne comptez pas sur nous pour défendre un journal raciste, admirer un journal blessant et de mauvais goût, devenu emblème d'un pays donneur de leçons, alors que tant d'hommes meurent, victimes de l'Occident, sur cette planète. L'Américain Teju Cole, dans un article en ligne du *New Yorker*, publié le 9 janvier et intitulé *« Unmournable Bodies »* (Des corps qu'on ne peut plaindre), avait ouvert le feu. Le texte révélait la stupidité du moralisme ethnique américain lorsqu'il s'appuie sur une ignorance complète de ce qu'il dénonce : l'histoire d'un journal, *Charlie Hebdo*, que son auteur n'avait probablement jamais lu, mais aussi le contexte politique et social d'un pays, la France. La mauvaise foi ajoutait au reste : Cole interprétait ouvertement de travers le célèbre dessin de Cabu *(« C'est dur d'être aimé par des cons… »)*. C'est dur d'être condamné par des cons qui ne vous lisent pas.

L'Australien Peter Carey, bon romancier, dénonce, lui, *« l'arrogance »* française : veut-il parler de *Charlie*, du mouvement du 11 janvier, du gouvernement ou de la France en général, depuis Louis XIV peut-être ? Tout cela est si confus, a un tel fumet de dîner en ville trop arrosé, qu'il est préférable d'en rire. Le mieux est de conclure avec Salman Rushdie, qui aime l'œuvre de Carey, mais qui sait de quoi il parle : *« Si le PEN, en tant qu'organisation défendant la liberté d'expression, ne peut pas défendre et rendre hommage à des personnes qui ont été tuées pour avoir dessiné des caricatures, alors je ne sais vraiment pas à quoi il sert. Ce que je peux dire à Peter, Michael et aux autres, c'est* :"J'espère que jamais personne ne vous prendra pour cibles." » Si je les connaissais, je leur dirais volontiers la même chose. Je me contenterai de lire leurs romans sur mon lit d'hôpital. Et de relire, avant tout, Joseph Anton : *Une autobiographie* (Folio), livre où Rushdie raconte, avec beaucoup d'humour et de précision, ce qu'est sa vie d'homme et d'écrivain condamné par une fatwa.

Philippe Lançon

TASLIMA NASREEN

LES DESSINATEURS DE « CHARLIE HEBDO » ET MOI

Il y a quelques années, j'ai été invitée à me rendre dans les locaux parisiens de *Charlie Hebdo*. J'ai été éblouie par le travail des dessinateurs du journal, par leur intelligence et leur talent. Leur combat pour la liberté d'expression, au péril de leurs vies, résonne avec mes propres combats. Malgré les fatwas et les nombreuses menaces de mort, ils n'ont jamais cédé. Malgré la pression et les intimidations suite aux caricatures de Mahomet, ils ont tenu bon. En dessinant, ils savaient qu'ils risquaient d'être assassinés : pourtant, ils ont continué à dessiner. Leurs locaux ont été dévastés par un cocktail Molotov, et leurs noms figuraient sur la liste des personnes recherchées par Al-Qaida : pourtant, ils n'ont jamais fermé leurs portes. Naturellement, je me suis sentie solidaire de leur sort. Les fatwas, les injonctions, l'exil, rien ne pourrait me faire taire. Ces dessinateurs étaient tous des êtres humains exceptionnels. Ils étaient passés maîtres dans l'art de la satire et ils étaient toujours partants pour un grand éclat de rire. Leur philosophie était similaire à la mienne : un rejet absolu du fondamentalisme, de la violence et de la terreur au nom de la religion. Eux aussi s'inquiétaient de mon sort et de ma sécurité. Citoyens d'un pays démocratique parmi les plus sûrs au monde, ils ne semblaient pas très inquiets pour leur vie. À l'époque, j'étais loin d'imaginer que des terroristes débarqueraient dans ces mêmes locaux pour les tuer un par un, et que plus aucun pays dans ce monde ne serait considéré comme totalement sûr.

Le fait que *Charlie Hebdo* continue de paraître est un triomphe pour la liberté d'expression. Il n'y a pas besoin de beaucoup de talent pour devenir terroriste, se servir d'une arme automatique et tuer des innocents. En revanche, il en faut beaucoup pour devenir journaliste ou dessinateur de presse. Le meurtre de tant d'êtres doués par une poignée de fous barbares, au nom de leur dieu et de leur prophète et pour s'assurer leur ticket pour le paradis, est une offense à la dignité humaine. C'est ainsi que, dans le monde entier, on endoctrine des jeunes hommes et femmes crédules en les transformant en musulmans dévots !

Depuis la nouvelle de l'assassinat des dessinateurs et des journalistes de *Charlie Hebdo*, je suis sous le choc. J'ai le sentiment qu'un jour je subirai le même sort, aux mains de fanatiques islamistes. Je serai peut-être en train de finir un roman ou un recueil de poésie... Ils pénétreront dans mon bureau comme des voleurs pour me massacrer ou me loger plusieurs balles dans la tête en hurlant « *Allahou akbar* ». S'ils ont pu commettre leur forfait dans une ville comme Paris, malgré la présence de gardes armés, cela pourrait tout aussi bien arriver à l'endroit où je me trouve. Advienne que pourra : on ne pourra jamais me faire taire, comme on ne pourra jamais faire taire *Charlie Hebdo*.

Les intellectuels occidentaux ont toujours exprimé leur soutien aux musulmans, quel que soit le nombre d'actes terroristes perpétrés par des musulmans. Il faut peut-être y voir la volonté de maintenir une tradition libérale occidentale, une certaine compassion envers les musulmans, autrefois colonisés par les nations européennes et qui constituent aujourd'hui une minorité au cœur de l'Europe, ou l'expression d'une émotion face au sort des musulmans persécutés en Afghanistan, en Irak ou en Palestine. Les intellectuels qui travaillaient pour *Charlie Hebdo*, eux, n'épargnaient personne. Aucun responsable politique, aucun dignitaire de quelque religion que ce soit n'échappait à leur humour. Ils se moquaient tout autant du christianisme ou du judaïsme que de l'islam. Parfois, ils caricaturaient aussi le prophète Mahomet. Leurs œuvres d'art étaient toujours d'une extrême intelligence. D'aucuns se sont plaints de leur caractère provocateur. Or ils ont parfaitement le droit de faire de la provocation, alors que personne ne devrait avoir le droit de les tuer pour avoir justement fait de la provocation.

Malgré les fatwas et les nombreuses menaces de mort, ils n'ont jamais cédé.

Aujourd'hui, presque tout le monde se rangerait du côté de *Charlie Hebdo*. Tous critiquent les terroristes, arguant que leur vision de l'islam n'est pas fidèle à l'esprit de cette religion et que le véritable islam n'offre aucune justification pour le meurtre d'incroyants. Or rien de tout cela n'est vrai. De nombreux versets de sourates du Coran, notamment Al-Baqara, An-Nisa, Al-Anfal et Al-Tauba, mentionnent le fait de tuer ceux qui n'ont pas foi en l'islam. Il s'agit là de commandements explicites adressés aux musulmans, à savoir de tuer les non-musulmans. Nombre de hadiths citent des cas dans lesquels il a été ordonné aux musulmans d'assassiner des infidèles. Le Prophète lui-même a mené de nombreuses guerres. Les hommes de différentes tribus arabes ont été forcés de se convertir à l'islam. Accompagné de ses soldats, il a tué 800 hommes juifs de la tribu des Banu Qurayza, avant de piller leurs terres et leurs biens. Il a ensuite réparti les femmes de la tribu comme des trésors de guerre entre les musulmans victorieux, pour en faire des esclaves ou des objets sexuels. L'islam est né de ces actes de terreur innommables. Sans cette stratégie d'épouvante, cette religion n'aurait jamais dépassé les frontières de Médine. Il s'est propagé dans le monde par la peur, l'effroi, la force, la tyrannie, la brutalité, le meurtre, la torture et le massacre. Ne nous étonnons donc pas que les fidèles de Mahomet suivent aujourd'hui ses traces en répandant la terreur dans le monde entier. Contrairement à tous les autres ordres religieux, l'islam est totalement imperméable aux réformes. Il n'a quasiment jamais subi l'examen critique auquel les autres religions ont dû se soumettre pour se moderniser. Il est resté presque aussi primitif qu'il y a mille quatre cents ans. Les fidèles les plus dévots de Mahomet croient en un véritable islam et appellent de leurs vœux la création d'un califat islamique par excellence, voué à régir le monde entier et peuplé exclusivement de véritables musulmans. Ils se réservent le droit d'éliminer quiconque ne croit pas en l'islam ou le tourne en ridicule, comme l'ont fait les disciples du Prophète au VIIe siècle. Les groupes terroristes islamistes tels qu'Al-Qaida, Daech, Boko Haram ou Al-Shabbaab entendent semer la terreur dans le monde entier. Ils suivent tous la même idéologie : Allah est le seul et unique dieu. Le chemin tracé par Mahomet est la véritable voie de l'islam. Ils ne croient pas à la pluralité d'opinions ou aux principes démocratiques, ils s'appuient au contraire sur une version théocratique et monolithique de leur système de croyances moyenâgeux.

Le fondamentalisme islamique n'est pas à prendre à la légère. Pour le combattre, il faut s'attaquer à ses racines mêmes. Prêcher les principes de la liberté d'expression ne mènera à rien. Il faut connaître les discours qui parlent aux terroristes et les incitent à prendre les armes. Leur livre saint dégouline de violence. Ce Coran doit être considéré soit comme un document historique, soit comme un « code de vie » exhaustif ou le fondement de lois. Il est essentiel de mettre fin à l'endoctrinement des enfants par une foi religieuse irrationnelle, à la maison ou dans certaines institutions telles que les *medersa* (« écoles ») ou les mosquées. Nous devons faire en sorte que nos enfants développent un esprit logique et rationnel et analysent le monde de manière scientifique, afin qu'ils puissent distinguer le bien du mal, et la réalité de la fiction.

Je suis profondément convaincue que sans évolution et sans réformes de l'islam, la terreur ne disparaîtra pas.

2016 *Charlie Hebdo* n°1224
du 6 janvier

◀ **2015** *Charlie Hebdo* n°1177
du 7 janvier

2014 *Charlie Hebdo* n°1167 ▶
du 29 octobre

ALORS, LES ATTENTATS, ÇA VIENT ?
LES FRANÇAIS SONT PRÊTS : ILS SAVENT DÉJÀ CE QU'ILS DIRONT AU JOURNAL DE 20 HEURES
PARIS BRISÉ ! PARIS MARTYRISÉ ! MAIS PARIS HACHIS PARMENTIER !
PAS MANGER PAS TRAVAIL PAS BOYAUX.
DLING DLING
SI J'AVAIS SU, J'AURAIS MIS UN SLIP PROPRE.
IMPRESSION SOLEIL GLUANT
NON, MOI JE SUIS UNE SCULPTURE DE LA FIAC.
LE POSEUR DE BOMBE EST PARTI PAR LÀ…
… NON, PAR LÀ.
J'AVAIS DEMANDÉ UNE CARTE NAVIGO 2 ZONES, PAS 5 TRANCHES !
HORAIRE
JE VEUX BIEN RÉPONDRE AUX QUESTIONS SI C'EST POUR « L'AMOUR EST DANS LE PRÉ »
ON ÉTAIT PLUS TRANQUILLES EN SYRIE.
C'EST MOI QUI AI TWITTÉ LE PREMIER.
… DES GRÊLONS GROS COMME DES ŒUFS DE PIGEON.
PRESSE
J'AVAIS ÉCRIT À HOLLANDE POUR LUI DIRE DE NE PAS INTERVENIR EN IRAK, MAIS IL NE M'A PAS RÉPONDU.
DIEU A PUNI LE MARIAGE POUR TOUS ET L'ABCD DE L'ÉGALITÉ !
JE PROFITE DE PASSER DANS LE POSTE…
SI ÇA PEUT FAIRE VENDRE DES JOURNAUX…
… POUR FAIRE DON DE MON JARRET À « MASTERCHEF ».
EST-IL NORMAL, MONSIEUR PUJADAS, QUE DES BOMBES EXPLOSENT DANS LE RER QUE PRENNENT TOUS LES MATINS TANT D'HONNÊTES CITOYENS COMME MOI ?
RISS

▸ L'EMPIRE DES SCIENCES **ANTONIO FISCHETTI**

LE VRAI VISAGE DE « CHARLIE »

Des chercheurs du CNRS viennent d'étudier le profil des manifestants du 11 janvier. Il s'avère qu'ils sont plus tolérants et ouverts à l'islam que les non-manifestants. Tout le contraire du discours fumeux d'Emmanuel Todd, cet imposteur qui se pare d'atours pseudo-scientifiques pour combattre la laïcité.

Dans son édito de la semaine dernière, Riss avait déjà taillé un costard à Emmanuel Todd. On pourrait arrêter là les frais, mais son livre *Qui est Charlie ?* est tellement hallucinant de stupidité[1] qu'il mérite bien un deuxième passage. Mais cette fois à l'aune de la science, puisque c'est d'elle que se revendique Emmanuel Todd. Pour ceux qui auraient raté un épisode, rappelons l'essentiel de la « pensée » du pseudo-intellectuel : la laïcité mène à l'intolérance, à l'islamophobie et à l'antisémitisme, les manifestants du 11 janvier étant l'émanation d'une France catho et nostalgique de Vichy, car *« il faudrait accepter de voir, au cœur de* Charlie, *qui se définit par rapport à l'islam, la descendance de forces anthropologiques qui ne furent pas franchement aimables aux juifs »*. De là, l'urgence de lutter *« contre cette nouvelle menace à la liberté de croyance qu'est désormais le laïcisme radical »*. Si Todd n'était qu'un clown à la Zemmour, on pourrait ranger le dossier au rayon des pitreries médiatiques. Le problème est qu'il se dit scientifique. De fait, il est ingénieur de recherche à l'Institut national d'études démographiques (INED), un organisme tout ce qu'il y a de sérieux par ailleurs. Le commun des mortels pourrait donc faire confiance à l'un de ses membres qui prétend bâtir ses théories sur une *« analyse statistique des manifestations »*.

Or, justement, parlons-en, de son analyse. Elle se résume à une méthode, et une seule : Emmanuel Todd superpose des cartes de France. Il met en relation les cartes du taux de manifestants du 11 janvier avec celles des pratiques religieuses en 1960, du vote pour le traité de Maastricht en 1992, ou du soutien au régime de Vichy… *A priori*, rien de mal à observer la fréquence de certains phénomènes selon les régions. En termes techniques, on fait alors de l'« inférence géographique ». Sauf qu'aucun chercheur ne s'en contenterait pour bâtir une théorie. Avec cette méthode, on pourrait superposer le taux de manifestants aux pratiques alimentaires ou aux goûts musicaux du XIXe siècle : ce qui permettrait de relier la défense de la laïcité au taux de consommation de camembert ou au goût pour le biniou. Hallucinant de stupidité, mais c'est pourtant ce que fait Emmanuel Todd. Avec ça, on peut montrer tout ce qu'on veut. Très utile pour qui part d'une idée préconçue et cherche de prétendues preuves *a posteriori*. Une méthode courante chez les pseudo-intellectuels qui n'alignent que des mots… Mais, normalement, pas dans le domaine scientifique. Or la sociologie et la démographie sont des sciences, certes humaines, mais néanmoins bâties sur des méthodes rigoureuses.

Et justement une étude, très sérieuse celle-ci, vient d'être menée. On la doit à Luc Rouban, directeur de recherche en sociologie politique au CNRS. Dans le cadre du baromètre de la confiance politique du Cevipof[2], toute une série de questions ont été posées à un échantillon de plus de 1 500 personnes représentatives de la population française : dans le lot, des manifestants du 11 janvier, aussi bien que des non-manifestants. Il en ressort un profil précis des uns et des autres. Notamment, on trouve moins de catholiques chez les manifestants que chez les non-manifestants (54 % contre 58 %), moins d'électeurs du Front national (9 % contre 27 %)… et même davantage de musulmans (3 % contre 1 %). Sur un plan plus psychologique, le « degré de tolérance » des gens peut être mesuré par un questionnaire dont la pertinence a été prouvée (avis sur la peine de mort, sur l'immigration, sur la discipline à l'école, etc.) : ainsi, il apparaît que ceux qui étaient dans la rue le 11 janvier sont nettement plus tolérants que les autres. Au final, Luc Rouban conclut que *« les manifestants acceptent bien davantage l'islam, la laïcité et le principe même de l'immigration que les non-manifestants »* et que *« l'islamophobie est surtout portée par ceux qui n'ont pas manifesté »*. Autrement dit, tout l'inverse des théories d'Emmanuel Todd. On savait que celui-ci racontait des bobards : c'est désormais prouvé scientifiquement ! Malheureusement, il continue à en faire des best-sellers, pendant que les travaux des vrais chercheurs, eux, ne sont lus que par une poignée de spécialistes. Emmanuel Todd peut dire ce qu'il veut, mais pas au nom de la science. S'il était étudiant, on lui demanderait de revoir sa copie. S'il était toubib, il serait rayé de l'ordre des médecins, et s'il était maçon on lui interdirait de construire des bâtiments. En toute logique, on devrait lui interdire de se présenter comme membre d'un établissement scientifique public payé par nos impôts. ■

1. Tous les journaux de France ont reçu ce livre en service de presse… sauf bizarrement *Charlie*. Quand j'ai appelé les Éditions du Seuil, il n'en restait plus un seul pour nous, et j'ai dû aller l'acheter en librairie.

2. « Qui sont les manifestants du 11 janvier 2015 ? », par Luc Rouban, note du Cevipof-Sciences Po. Consultable sur cevipof.com

2015 *Charlie Hebdo* n°1179
du 25 février

◀ **2015** *Charlie Hebdo* n°1191
du 20 mai

PÉDAGOGIE

MON PARCOURS D'ÉCRIVAINE

Le fait que je voyage pour mes livres et leurs traductions m'amène, depuis quelque temps, à devoir «expliquer» ce qu'est *Charlie.* Premier problème : je ne sais pas ce qu'est *Charlie.*

Ma réaction viscérale le 7 janvier 2015 a été : il faut que ce journal continue. Mais je sens toujours l'absence des morts alors même que je ne les ai pas connus. Je serai toujours un peu «à côté». Pourtant je supporte encore moins que ce journal disparaisse. Alors je ne peux que raconter ce que je vis au contact de ceux qui sont vivants – des gens beaucoup plus «normaux» qu'on ne croit. Et j'essaie de faire de la pédagogie.

Et c'est très compliqué. Même dans ces démocraties que sont l'Australie et le Japon, les pays où j'étais ces deux derniers mois. Je ne vous parle même pas du Niger. Je pourrais. Ce serait un autre article. Restons dans le pays où je me trouve encore : le Japon. Tokyo University of Women. C'est l'université de ma traductrice, Mako Takato. Elle m'a invitée à parler de mon *«parcours d'écrivaine européenne»*, avec une interprète aidée par des professeurs dans la salle. Les questions fusent, ça va de mes romans au «Brexit» en passant par Marine Le Pen. Puis vient une première question sur *Charlie.* J'ai prévu le coup : j'ai apporté les deux derniers numéros parus avant mon départ. *«Pourquoi est-ce que les gens de* Charlie Hebdo *continuent à provoquer alors qu'ils savent que ça va énerver d'autres gens ?»* C'est une question qu'on me pose toujours, aux États-Unis par exemple. Et toujours dans ces milieux hyperéduqués, souvent francophiles, qui sont ceux qui m'invitent. Alors je parle du contexte. De la laïcité, mais pas seulement : de la nécessité de parler français pour entendre *Charlie.* Mais aussi de connaître les petits événements de la semaine en France. Et déjà ça commence, la bataille de la traduction, mot par mot. Ne serait-ce que pour dire contexte en japonais : on dit «contexte», le mot français.

La deuxième question arrive : *«Pensez-vous que* Charlie *est raciste ?»* Je tente alors un exemple qui a été compris en Australie parce que je m'exprimais directement en anglais. Mais il s'avère vite, ici, trop complexe : je parle du dessin de Charb qui dénonçait la caricature qu'avait faite *Minute* de Christiane Taubira en singe. Il faut donc que j'explique : 1) qui est Christiane Taubira ; 2) ce qu'est *Minute* ; 3) la nécessité du titre de Charb, qui dénonçait le racisme du FN. Ce titre est souvent malhonnêtement coupé dans le dessin tel qu'on le trouve sur Internet. J'essaie d'expliquer que Charb a fait une caricature de caricature. (C'est d'ailleurs un des grands talents de *Charlie Hebdo* en général.) Et j'explique le fait qu'un dessin sans la légende voulue par son dessinateur est un dessin décapité. Mais même en français, je sens que ces explications sont tuantes. Mon interprète japonaise ne cesse de demander conseil aux quelques bilingues de la salle, qui eux-mêmes discutent entre eux. Et je n'oublie jamais ce fait accablant : je parle pour un mort. Il ne faudrait pas expliquer. Il faut que ce soit compris instantanément. Ce journal est sorti de son lit, comme une rivière. Il n'y rentrera pas. Il n'est pas fait pour être lu hors de France, et pas non plus sur Internet. C'est un problème. Dangereux.

Alors je montre les couvertures des deux numéros que j'ai apportés. La reine d'Angleterre montrant ses fesses : efficace, immédiat, tout le monde rigole. Ouf. Et puis Donald Trump réclamant que «les bougnoules qui tuent nos pédés, dehors». Déjà plus difficile… Une professeure me dit : *«Vous, la liberté d'expression, vous l'avez conquise durement. Nous, elle nous a été donnée en cadeau de défaite par les Américains.»* Mais les étudiantes ont une réaction qui me plaît : elles réclament les journaux. Elles n'écoutent plus rien à ce que je raconte, mais je vois le journal vivre de main en main, et toutes ces jeunes filles pouffer, mi-horrifiées, mi-enchantées. À la sortie, j'offre les deux numéros pour la bibliothèque de l'université. Mais il y a un flottement chez les professeurs. Les deux *Charlie* restent sur une table.

Marie Darrieussecq

2016 *Charlie Hebdo* n°1252
du 20 juillet

DOUBLE PAGE SUIVANTE
2015 *Charlie Hebdo* n°1190
du 13 mai

L'AMÉRIQUE DÉC

Comment expliquer un journal satirique 100 % français et 200 % athée dans un pays où le président prête centenaire PEN American Center nous a décerné au lendemain du 7 janvier, considérant qu'*« en soutenan* *des conventions et choque […], déclenche des débats qui élargissent le champ de l'expression et*

VENDREDI 1er MAI. LES AUTEURS GROGNONS

Alain Mabanckou.

Arriver sur le territoire américain par Washington, c'est un peu aborder les États-Unis par leur histoire politique. Ici, chaque monument, chaque bâtiment officiel est beaucoup plus qu'une simple attraction touristique. Ça tombe bien, ce matin, Jean-Baptiste Thoret et moi avons rendez-vous avec un des symboles de l'histoire politique américaine : le *Washington Post*. Autrement dit, LE journal. Celui qui a révélé l'affaire du Watergate et entraîné la démission de Richard Nixon, en 1974, et dont l'immeuble majestueux qui abrite son siège social souligne si besoin était son statut d'institution nationale.

C'est l'une des multiples rencontres qui jalonnent le programme chargé que nous a concocté le PEN American Center, qui remet cette année à *Charlie Hebdo* le « Toni and James C. Goodale Freedom of Expression Courage Award ». Et qui doit faire face depuis quelques jours à une polémique déclenchée par six de ses membres, outrés que le PEN honore un journal qu'ils jugent, on suppose par ouï-dire car il est peu probable qu'ils aient jamais ouvert un seul *Charlie*, *« raciste »*, *« obsédé par l'islam »* et s'attaquant à *« une partie de cette population française déjà marginalisée et rendue victime »*. Cet accès soudain d'« emmanueltoddite » aiguë a fait réagir nombre de leurs confrères, parmi lesquels Salman Rushdie, qui a traité ces rebelles à bon compte de *« pussies »* — traduction polie : lavettes. Mais la polémique a placé le PEN en situation de défensive, et sa directrice exécutive, Suzanne Nossel, qui sera notre coach très attentif durant ces cinq jours, passe son temps au téléphone à gérer la crise, tout en s'inquiétant de notre bien-être, de notre humeur, qu'elle espère la plus zen possible, et de notre ponctualité…

EXPLIQUER « CHARLIE »

Autant dire qu'elle est un peu tendue en pénétrant dans la salle de réunion où nous attend l'*editorial board* du *Washington Post* : une vingtaine de journalistes, parmi les plus pointus dans leur domaine, qui veillent sur la ligne éditoriale du journal. À travers un coin de la paroi vitrée qui nous fait face, on peut apercevoir la gigantesque salle de rédaction, *open space* pharaonique que nous avons brièvement longé en arrivant et où l'on entendrait presque encore claquer les claviers des machines à écrire de Bob Woodward et Carl Bernstein.

Les questions s'enchaînent, dans un mélange de curiosité pour un journal qu'au fond ils ne connaissent pas et d'envie de nous chatouiller sous le menton : liberté d'expression, liberté religieuse, racisme, polémique du PEN, portée désormais planétaire de *Charlie Hebdo*…

Il nous faut donc raconter ce qu'est *Charlie*, son histoire, son fonctionnement, ses combats contre toutes les formes de racisme, contre toutes les religions, contre les discriminations, contre l'extrême droite, contre l'obscurantisme religieux, pour le droit au blasphème, à l'égalité. Dire que, contrairement à ce que prétendent les auteurs qui boycottent le prix du PEN Club, nous n'attaquons pas des croyances intimes et des individus faibles, mais des principes antidémocratiques, des dogmes politico-religieux totalitaires, des institutions puissantes qui maintiennent des peuples entiers sous domination, des fanatiques qui utilisent la violence et la menace pour imposer leurs idées. Rappeler que la fatwa contre Charb n'avait pas été lancée par une ONG de lutte contre la pauvreté, mais par une organisation terroriste fondée par un milliardaire saoudien. Et qu'aujourd'hui ce n'est pas un demandeur d'asile qui a mis à prix la tête de Riss, mais un ancien ministre pakistanais. Objecter que nous ne sommes pas obsédés par l'islam, mais que nous faisons simplement notre boulot, qui est de commenter l'actualité. Que sur les 523 couvertures publiées entre 2005 et 2015, seulement 7 étaient consacrées à l'islam. Enfin, surtout, expliquer cette laïcité que les Anglo-Saxons ont tellement de mal à comprendre. Souligner la différence fondamentale de point de vue entre les États-Unis et la France sur la séparation des Églises et de l'État : aux États-Unis, on estime que l'État n'a pas à intervenir dans les affaires religieuses, tandis qu'en France on estime que les religions n'ont pas à intervenir dans les affaires de l'État.

Art Spiegelman.

L'AILE OUEST

Suzanne prend frénétiquement des notes — elle aussi doit répondre aux médias — tandis que, peu à peu, on se met en bouche ce qui, pendant cinq jours, va constituer la colonne vertébrale de notre discours. Si la répétition est l'une des clés de la pédagogie, alors nous aurons été durant ce séjour des pédagogues acharnés, soucieux de satisfaire la curiosité des Américains face à cet ovni qu'est pour eux *Charlie Hebdo*. Car les journalistes ne sont pas les seuls à nous abreuver de questions. Nous nous sommes prêtés au même exercice une heure plus tôt, au Capitole, devant les assistants parlementaires des sénateurs de la commission des Affaires étrangères du Sénat, et nous le réitérerons, à peine sortis des bureaux du *Washington Post*, dans un débat public organisé par la Freedom House, organisation fondée en 1941 par, entre autres, Eleanor Roosevelt, dédiée à la promotion de la démocratie dans le monde et financée en partie par le gouvernement fédéral américain et l'Union européenne.

Débat chaleureux et passionnant, mais malheureusement trop court : avant de prendre l'avion pour New York, il nous faut honorer une dernière invitation… À la Maison-Blanche. Après avoir franchi plusieurs barrages de montagnes humaines qui ôtent toute envie d'essayer de se faufiler entre les contrôles de sécurité, nous pénétrons dans la *Left Wing*, où nous attend Ben Rhodes, conseiller adjoint au président pour les questions de sécurité nationale et de communication stratégique — c'est ce qui est écrit sur sa carte de visite —, pour un

OUVRE CHARLIE HEBDO

sur la Bible ? C'est le défi que nous avons relevé, en décidant d'aller chercher nous-mêmes le prix que le prestigieux et bientôt *défendant le rôle de la satire dans les sociétés libres Charlie Hebdo brise les tabous, interroge les certitudes, teste les limites nges d'idées, et il l'a fait en courant le risque le plus élevé qui soit».* Récit d'une virée officielle de *Charlie* aux États-Unis.

entretien assez surréaliste où ce proche collaborateur d'Obama nous demande en substance ce qu'il peut faire pour nous… Ou, plus précisément, comment *Charlie Hebdo* a vécu ce qui s'est passé et quelles sont ses attentes en termes d'actions gouvernementales. Un peu cueillis à froid, après un petit moment d'hésitation, nous évoquons l'instrumentalisation de la «tension communautaire» en France, Jean-Baptiste souligne l'importance de l'éducation, tandis que j'explique la difficulté, pour un journal comme le nôtre, de devenir un symbole du jour au lendemain, en appuyant sur la nécessité, pour les gouvernements démocratiques, d'affirmer les valeurs que nous sommes censés incarner. De toute évidence, nous passons notre examen de langue de bois avec succès, puisque Ben Rhodes semble satisfait et nous propose, pour oublier l'ambiance un peu claustro du lieu — les pièces où nous sommes, évoquant l'intérieur d'un bateau, sont très basses de plafond —, un petit tour dans les jardins, où nous nous conduisons en parfaits touristes, *selfies* ahuris à l'appui. Bon, il est peut-être temps de décoller pour New York, avant qu'on ne se mette à tweeter «# trop cool. je suis à la Maison blanche».

Neil Gaiman.

DIMANCHE 3 MAI. GROUND ZERO EN VIP

Dans la foulée d'un samedi lui aussi très touristique passé à arpenter Manhattan à pied, Matt, le garde du corps que le PEN a engagé pour veiller à ma sérénité, me propose, pour cette seconde journée de liberté, d'aller visiter le musée du 11 septembre — Jean-Baptiste, ayant déjà fait la visite, préfère musarder dans Greenwich Village, à la recherche des *seventies*. Quelques mots, nécessaires pour la suite, sur Matt. Avant de fonder sa boîte de sécurité privée, cet attachant New-Yorkais pur jus moitié Irlandais, moitié Italien, a passé vingt-cinq ans dans la police de la ville. Autant dire qu'il connaît tout le monde — sa devise, c'est : *«I know a guy who knows a guy.»* Se balader dans New York avec lui, c'est être assuré de se voir raconter l'histoire de chaque immeuble : *«Ici, il y avait un hôtel de passe.» «Là, c'était le coin des dealers de crack.» «Tu vois la fenêtre, là-haut ? Je suis passé au travers.»* Après quelques coups de fil, nous voilà arrivés au pied de la Freedom Tower, le premier gratte-ciel du futur World Trade Center reconstruit, accueillis par le chef de la sécurité, qui nous annonce que nous allons visiter le musée en VIP, avec les élèves de la FBI Academy. Soit une quarantaine de flics de choc — le plus fluet doit peser deux cents livres — venus des quatre coins des États-Unis pour se familiariser avec les techniques du FBI ou pour carrément intégrer le «Bureau». Lesquels flics, une fois que Matt m'a présenté, m'entourent, me disent qu'il faut que *Charlie* continue, me serrent la main ou m'empoignent par l'épaule, veulent à tout prix être photographiés avec moi et me refilent l'insigne de leur département de police… À Las Vegas, ça me ferait éclater de rire, mais ici, au milieu des reliques et du mausolée du 11 septembre, la chose prend une tout autre dimension. Je repense à tous ces rassemblements spontanés, le 7 janvier, à travers le monde, à l'émotion sincère de ceux qui y participaient…

LUNDI 5 MAI. DON'T MESS WITH TEXAS

C'est reparti pour le marathon médiatique. Avec, en prime, une nouvelle polémique : la veille, au Texas, deux djihadistes se revendiquant de Daech ont tiré sur les participants d'un concours de caricatures de Mahomet, avant d'être abattus par la police. Problème : ce concours imbécile était organisé par Pamela Geller, une hystérique raciste obsédée par l'islam, et avait pour invité d'honneur Geert Wilders, politicien néerlandais d'extrême droite. Aux journalistes qui nous demandent si nous pensons qu'il y a un lien entre cette fusillade et l'attaque à *Charlie Hebdo*, nous répondons qu'il n'y a évidemment aucun rapport entre Pamela Geller et nous : nous n'organisons pas de concours, nous combattons le racisme et l'extrême droite, nous ne sommes pas obsédés par l'islam… Mais tirer sur les gens, ça ne se fait pas. Même au Texas. Contre toute attente, bien que la question revienne en boucle tout au long de la journée, du *Wall Street Journal* au show télévisé de Lawrence O'Donnell sur MSNBC, nous n'avons pas besoin d'insister pour convaincre, en tout cas sur ce point. Il semblerait que notre acharnement pédagogique porte un peu ses fruits. Impression confirmée lors de l'entretien avec Charlie Rose, légende du journalisme télévisé américain, qui nous reçoit dans sa très intimiste — mais de grande audience — émission sur la chaîne publique PBS : difficile de faire plus cordial.

MARDI 6 MAI. «CHARLIE» À NEW YORK

Trois gros morceaux aujourd'hui — dont un avec costard cravate de rigueur… On commence la journée par un débat public à l'Université de New York, organisé par le département journalisme. Dans une fac sous lourde protection policière — la fusillade au Texas a mis la police de New York en surchauffe en ce qui nous concerne —, devant un public d'étudiants, le professeur qui nous reçoit fait, en guise de préambule, un bref mais précis récapitulatif historique de la caricature en France, souligne sa radicalité et sa violence, et enchaîne sur un résumé, couvertures à l'appui, de l'histoire de *Charlie Hebdo*, rappelant que la caricature est aussi faite pour, sinon choquer, du moins déranger celui qui en est l'objet. En clair, il bouche les trous culturels dans l'appréhension américaine de l'«affaire *Charlie*». Ce qui fait qu'on est plus dans la conversation détendue que dans le débat acharné, tout le monde parlant de la même chose.

L'ambiance est tout autre au *New York Times* : devant un *editorial board* au sein duquel on sent pas mal de divergences d'opinion sur notre cas — tout comme au *Washington Post*, d'ailleurs —, nous répondons au désormais familier flot de questions. Et l'on passe beaucoup de temps à expliquer la loi sur la négation de la Shoah, qui constitue une énigme dans un pays où la liberté d'expression est totale, garantie par le premier amendement. En faisant tout de même remarquer au passage que ça n'empêche pas l'autocensure de fonctionner à plein régime dans les médias américains, comme en témoigne le nombre conséquent de journaux qui ont refusé de publier les «unes» de *Charlie*. Parmi lesquels le *New York Times*…

NŒUDS PAP ET TAPIS ROUGE

Bon, quand il faut y aller… Direction le Musée américain d'histoire naturelle, face à Central Park. Un peu incongrus dans nos costumes, escortés par la moitié de la police de New York et débarqués en coulisses d'un énorme SUV Cadillac noir, Jean-Baptiste et moi arrivons enfin à ce fameux gala — qui, apprend-on, est placé sous sécurité maximum, avec snipers sur les toits… —, accompagnés de l'écrivain franco-congolais Alain Mabanckou, qui nous remettra notre prix. Nous y retrouvons également notre ami Dominique Sopo, président de SOS Racisme, venu lui aussi nous soutenir. L'Amérique ayant besoin d'images, sur scène, celle-ci sera parfaite et dissipera tout ce qui pouvait demeurer d'ambiguïté.

Suzanne Nossel.

De toute évidence, les quelques auteurs boudeurs absents ne manquent à personne et, conformément au rituel de ce genre d'événement, les flashs nous bousillent la rétine. Espérons qu'on arrivera aux hors-d'œuvre avant d'être aveugles. On fait risette aux côtés de Salman Rushdie, qui nous redit son mépris des écrivains boycotteurs, des dessinateurs Bob Mankoff et Art Spiegelman — qui, lui, nous explique que l'interdiction de *Maus* en Russie le ravit : *«Du coup, j'en vends plein !»* —, de Neil Gaiman venu en renfort nous apporter son soutien, de Françoise Mouly, la directrice artistique du *New Yorker*…

Les hors-d'œuvre sont servis et on pénètre dans la discrète cambuse où se tient ce dîner de gala de 800 personnes : la salle du monde marin du musée. Elle fait à peu près la taille d'un terrain de football, avec une mezzanine surplombée d'une baleine grandeur nature, qui, on l'espère, est solidement accrochée… Nous avons l'agréable surprise de dîner en compagnie de la journaliste Sally Quinn, la veuve de Ben Bradley, rédacteur en chef du *Washington Post* à l'époque du Watergate. Du coup, on écoute à peine Glenn Close chanter avec humour les louanges de Tom Stoppard, et c'est presque à regret que nous devons monter sur scène, pile au moment où elle nous raconte comment son mari et elle discutaient la nuit, en nuisette et en pyjama, sur le perron de leur maison, seul endroit à peu près préservé des écoutes ordonnées par Nixon…

Quelques discours et une *standing ovation* plus tard, *Charlie Hebdo* est adoubé par le gratin littéraire de l'Amérique, tandis que Suzanne Nossel, enfin rassurée, rend hommage à la journaliste azérie Khadija Ismayilova, enfermée depuis le 5 décembre 2014 pour s'être trop intéressée aux affaires du président Ilham Aliyev. Quant au président du PEN Club, Andrew Solomon, il est ravi : la polémique autour du prix remis à *Charlie* aura eu pour effet de démultiplier le montant des dons faits au cours de ce gala de levée de fonds. Quelque part, nous aussi sommes assez contents. En privilégiant le débat, la pédagogie, la mise en perspective mutuelle, plutôt que la confrontation et le combat de coqs, on a peut-être marqué quelques points dans l'imaginaire d'un pays sans doute moins obtus que la caricature qu'on se plaît à en faire.

Gérard Biard

TROIS JOURS EN BANLIEUE AVEC « CHARLIE » SOUS LE BRAS

Balade pas toujours de tout repos au-delà du périphérique parisien, pour tester les réactions envers un journal toujours vu comme le « Grand Satan ».

À Colombes, jeudi matin, aux Quatre-Routes, c'est le jour du marché. Un grand marché pas cher où l'on trouve de tout : des vêtements à la mode dégriffés à la layette à bas prix en passant par la coriandre fraîche et les poulets rôtis. Ici, on n'est pas encore en *« territoire perdu de la République »*, mais la laïcité n'est pas de mise. Le religieux occupe de plus en plus l'espace public. Les stands de livres religieux musulmans et de cassettes de prêche côtoient ceux proposant des tableaux des sourates du Coran et des foulards islamiques pailletés. Et souvent, au coin du marché, on fait la quête pour la construction d'une mosquée, avec un grand drap déployé. Pour y être allée très fréquemment ces trente-six dernières années, j'ai noté que les jupes vendues se sont allongées au fil du temps – y compris au rayon fillettes. Les pulls, robes et manteaux pour femmes sont de plus en plus informes. Pour autant, l'atmosphère est joyeuse. On marchande, on discute, on goûte les plats cuisinés.

J'ai choisi ce marché pour sonder les banlieues sur le thème suivant : un an après les attentats de *Charlie*, et même pas deux mois après ceux du Bataclan, où en est-on ? Qu'en pense la banlieue-à-forte-population-immigrée ? Plutôt que poser des questions, j'ai préféré me promener d'étal en étal, avec un *Charlie* sous le bras, et un autre dans la poche. Personne ne m'a apostrophée, mais ceux qui reconnaissaient le journal – notamment quand je le posais devant la caisse alors que je payais mes achats – me jetaient des regards noirs ou volontairement indifférents. Le regard de ceux qui identifiaient le titre, tel ce vendeur de sous-vêtements féminins affriolants, allait de la couverture du journal à moi, avec cette interrogation muette : « Que vient-elle faire ici avec ça ? » Mais personne n'osait ouvrir les hostilités.

« CE JOURNAL NE DEVRAIT PAS EXISTER »

Ce n'est que dans le marché couvert d'à côté que Mohamed, la trentaine, en blouse blanche, m'a interpellée avec un grand sourire tout en poussant sa benne à ordures vers la sortie du marché : *« Mais qu'est ce que vous faites ? Vous le vendez, ce journal ? — Non, je fais mes courses, il est sorti hier, je viens de l'acheter. Il vous dérange ? »* Mais non, *Charlie* ne dérange pas, m'explique-t-il, toujours en souriant, c'est juste qu'*« il fout sa merde, et c'est pas bien »*. Je le suis et je sors le numéro avec Dieu et sa kalachnikov en bandoulière en « une » et demande : *« Mais là, ce dieu n'est pas le vôtre, c'est le mien, pourquoi cela vous dérange ? — C'est un dieu, c'est pas bien ; regardez, ils ne vous ont pas demandé à vous avant de dessiner ce dieu qui est le vôtre. »* Puis je sors le *Charlie* précédent, celui où Hollande présente ses vœux de bonne année en s'adressant aux « Françaises, Français, binationaux » : *« Regardez, là,* Charlie *prend position en votre faveur. Il critique l'autorité, le politique. Là, il vous dérange ? »* Mohamed s'indigne : *« Ah ! non ! Là, c'est bien, quand il critique l'autorité, c'est bien, mais la religion, non ! — Mais la religion, c'est l'autorité. — Ah ! non ! La religion, c'est la religion, regardez où ça mène, les vrais croyants réagissent. Ils ne peuvent pas accepter ça. — Vous croyez que ceux qui ont fait ces attentats étaient de vrais croyants ? qu'Allah serait d'accord ? »* Grand sourire gêné : *« Je ne sais pas, oui, je crois... »* Je ne m'attendais pas à cette dernière phrase. Même avec le sourire. Je me suis demandé si ce point de vue était partagé. Tout le monde a entendu notre dernier échange, personne n'a relevé.

Perdu pour perdu, je me suis mise à faire la queue devant un stand de fruits. De ceux où le vendeur domine la situation, car il est sur une estrade. Ce détail a son importance. Le vendeur de clémentines n'a rien perdu de ma précédente conversation. Nous étions, Mohamed et moi, en plein dans son champ de vision. Les réactions devraient pleuvoir. *« Trois kilos de clémentines, s'il vous plaît, monsieur. — Bien, madame, mais qu'est-ce que c'est ce journal que vous avez là, c'est* Charlie *? Encore ? Il fout sa merde, celui-là. — Oh ! excusez-moi, je ne voulais pas vous offenser. »* En choisissant mes clémentines, ce quadra me répond tout sourires : *« Mais vous ne m'offensez pas, madame, vous êtes libre de lire le journal que vous voulez, c'est lui qui fout sa merde. — Mais pourquoi ? — Il veut séparer les Français. Les musulmans d'un côté, les juifs de l'autre, c'est plus possible, ça ! On vit tous ensemble. Il veut provoquer. »*

De l'autre côté de l'étal, un vendeur plus âgé vient vers moi, remet des fruits en place et se mêle à la conversation, sans sourire, le ton franchement plus virulent : *« Ce journal ne devrait pas exister. J'ai voté Hollande. Je le regrette, il laisse ce journal écrire sa merde et permet à deux hommes ou à deux femmes de se marier. C'est pas normal ! J'ai pas voté pour ça. Pourquoi il fait ça ? — Mais parce qu'on est tous des citoyens égaux devant la loi, avec les mêmes droits et les mêmes*

devoirs. Vous n'êtes pas d'accord ? — Non, mêmes droits, mêmes devoirs, oui, mais eux, c'est des malades, et ce journal ne devrait pas exister. — Vous pensez qu'ils n'ont eu que ce qu'ils méritaient, au journal ? — J'ai pas dit ça, mais quand on provoque, il faut s'attendre à des réactions. — Mais Allah aurait approuvé ? — On ne provoque pas Allah, on n'offense pas Dieu sans risque.» Là, mon vendeur de clémentines intervient, toujours avec le sourire, mais fermement : *«Arrête de dire ces conneries, t'es vieux jeu ! Dis pas de bêtises.»* Puis, en me tendant mes clémentines : *«Non, madame, ne vous inquiétez pas, vous ne nous offensez pas, mais on n'aime pas ce journal, c'est de la merde, c'est tout.»* L'un sourit, l'autre pas ; et autour je sens une gêne qui s'installe. Je mets les voiles. Cap sur le café du coin.

3 KG DE CLÉMENTINES, ÇA PÈSE

Le Café des Quatre-Routes. Un grand café tout droit sorti des années 1950, avec un vieux zinc, un distributeur de cacahuètes et des tables en Formica un peu partout. Pour le coup, avec la serveuse, je suis la seule femme dans la salle. La seule aussi qui parle gaulois. J'ai besoin d'un café, et surtout de poser mes sacs. À force d'engager la conversation et d'acheter n'importe quelle connerie pour poser mon *Charlie* sur la caisse au moment de payer, je me suis retrouvée avec trois kilos de clémentines, des culottes rouge pompier, deux lots de yaourts à la semoule, sans oublier les bouquets de menthe et de coriandre... Ça commence à peser. Contre toute attente, mon *Charlie*, ouvert sur la table, n'émeut personne. Le serveur lui jette un coup d'œil et m'offre son plus beau sourire en prenant la commande. Par le jeu des miroirs sur les murs, je vois bien les regards croisés sur mon journal, mais, indéniablement, le patron tient sa salle. Une heure plus tard, je pars. On me dit au revoir avec le même sourire.

Le lendemain, je mets le cap vers Saint-Denis. C'est vendredi, jour de prière. Le décor y est tout autre, l'atmosphère aussi. Ici, il y a bien plus de femmes qui portent le hidjab et d'hommes avec la tenue islamique. J'ai posé sur le devant de mon pare-brise un numéro de *Charlie*, bien en évidence. Il faut préciser qu'on est dans une Fiat Ducato surélevée : dans les embouteillages, impossible de louper le camion et les *Charlie*. Les regards des passants et des automobilistes sont noirs. Chargés. J'avoue avoir eu peur d'un caillassage et retiré par réflexe les journaux du pare-brise... J'ai eu honte. Quelques jours auparavant, je m'étais moquée de mon amie d'enfance qui n'avait pas osé demander *Charlie* dans un café beur, rue Saint-Denis, qui vendait la presse. Infirmière depuis trente ans dans le Xe arrondissement de Paris, elle était, je pensais, à l'abri de ce genre de réflexe. Eh bien, non ! Elle m'a expliqué qu'elle a eu peur. Je lui avais balancé : *«C'est pas normal que tu cèdes du terrain comme ça.»* Et voilà que moi, du haut de mon camion, je me suis fait le même film... Précaution ou paranoïa ? J'ai remis les journaux devant le pare-brise. Il ne s'est rien passé. Mais les regards noirs étaient toujours là.

DES RÉACTIONS VIOLENTES

Pour y couper court..., j'entre avec mon ami chez un coiffeur pour hommes, lui pour se faire couper les cheveux, moi avec mes *Charlie* sous le bras pour voir les réactions. Elles ont été violentes, mais on n'a rien compris. L'échange verbal s'est fait en arabe, entre quatre garçons coiffeurs qui voulaient s'occuper de mon ami et un autre qui, manifestement, voulait le foutre dehors. On leur a dit qu'on pouvait partir, mais pas question. Mon ami a eu sa coupe de cheveux entre des garçons coiffeurs qui s'insultaient, mais qui, régulièrement, nous disaient avec un beau sourire : *«Tout va bien.»* Je n'ai pas cessé de lire *Charlie*, enfoncée dans un fauteuil. On ne m'a rien dit. Trois rues plus loin, on est entrés dans une boutique de djellabas en solde tenue par deux femmes voilées. Tout sourires, elles nous servent et on leur pose la question directement : *«Est-ce que Charlie gêne, ici ? — Moi, ça ne me gêne pas. C'est votre journal, moi, je ne le lis pas, et personne ne peut me forcer à le lire, et personne ne peut le forcer à fermer, mais oui, ici à Saint-Denis, c'est le torchon rouge pour beaucoup.»* On lui a expliqué ce qui s'était passé chez le coiffeur, elle s'est excusée pour eux et nous a pris le journal des mains et a retourné la couverture avant de nous le rendre : *«Portez-le comme ça, c'est plus sûr. Vous savez, le problème, c'est qu'on est mal représentés. Ceux qui parlent en notre nom, c'est des ignorants qui ne connaissent rien. Ils sont incultes et minoritaires.»* Les attentats ? Elles les condamnent avec force et rappellent que les dix commandements sont communs aux trois religions monothéistes : *«Tu ne tueras point»*, martèlent-elles en chœur. *«Ceux qui ont tiré sur* Charlie, *les cafés, les restaurants, c'est des criminels, pas des musulmans.»* Est-ce que le journal doit fermer ? *«Je m'en fous. Ils font ce qu'ils veulent, et nous aussi. Mon dieu ne demande pas que* Charlie *ferme. Il a d'autres problèmes.»*

Justement, le lendemain, c'est la journée du thé et des mosquées portes ouvertes. Retour à Colombes. C'est la sortie des classes où les enfants apprennent l'arabe, le Coran par cœur et l'instruction islamique. J'attends devant la sortie, mon *Charlie* toujours sous le bras. L'écrasante majorité des femmes n'est pas voilée. Seules quatre petites filles portent un voile bien fermé. C'est un professeur de maths, Lhacen, qui nous fait faire le tour du propriétaire. Ici, *Charlie* n'est pas en odeur de sainteté, mais personne ne demande sa disparition, même si notre interlocuteur dit ne pas comprendre *«son acharnement à attaquer les religions»* : *«Pourquoi, puisque ça blesse ?»* Au lendemain des attentats, plusieurs parents n'ont pas voulu envoyer leurs enfants dans cette école, de peur d'être stigmatisés. *«C'est la grande peur de notre communauté»*, explique Lhacen. Justement, qu'enseignent les professeurs de cette mosquée au sujet des attentats ? *«Ils ont dû d'abord répondre aux questions des enfants, même petits, qui demandaient si les auteurs des attentats allaient au paradis ou en enfer. On a été surpris par ces questions, et il fallait bien expliquer qu'il n'y a pas de paradis pour les meurtriers. Qu'ils n'ont rien à voir avec l'islam.»* Là-dessus, Lhacen est clair, mais il refuse d'avoir, en tant que Français musulman d'origine marocaine, à se positionner pour ou contre les attentats : *«Est-ce qu'on demande aux Français d'origine russe de se positionner par rapport à Poutine ? Non ! Alors, qu'on nous foute la paix.»*

Angélique Kourounis

2016
Charlie Hebdo n°1224
du 6 janvier

2016
◀ *Charlie Hebdo* n°1226
du 20 janvier

DO YOU SPEAK CHARLIE ?

F*uck*. Je suis sacrément contrarié. J'avais 364 idées géniales pour vous cette semaine, des trucs à vomir de rire. J'allais la jouer scientifique : le racisme fait grossir — franche rigolade et possibles retombées lucratives, voire occasion d'ouvrir enfin ma secte (j'ai toujours pensé que je ferais un parfait patron de secte). Plus possible.

Récemment, Queen's University, Belfast, annulait une conférence autour de *Charlie Hebdo*. La semaine dernière, une poignée d'écrivains anglo-saxons sérieusement carencés en paires de couilles annonçaient boycotter une cérémonie du PEN Club, parce que *Charlie* y serait primé.

Alors, maintenant, il faut que j'écrive sur ces conneries. En tant qu'unique Rosbif chez *Charlie*, je dois vous présenter mes excuses au nom de la moitié du monde anglophone, qui se comporte comme de purs trous du cul poilus.

C'est particulièrement exaspérant, parce que, depuis quelques années, me moquer de votre anglais est devenu ma principale source de plaisir. La France grouille de traducteurs incapables de dire : *« Hello, my name is Marcel. »* Au cinéma, je me régale quand *Fuck you, motherfucker, I'm gonna rip off your head and shit in the hole* est immanquablement sous-titré : *« Finalement, je ne suis pas tout à fait d'accord avec vous, monsieur. »*

J'aime tellement ça, me foutre de vous. Plaisir si simple, si innocent. Et voilà que c'est fini.

On a dit beaucoup d'obscénités sur *Charlie* dans le monde anglophone ces derniers temps. Selon l'opinion quasi majoritaire, *Charlie* est raciste. Au mieux, suspect. Bien sûr, les gens ont droit à leurs opinions. Vous devriez voir ce que ce salopiaud de Gérard Biard passe son temps à laisser dans mon vestiaire — et les trucs qu'ils écrivent sur moi dans les toilettes sont juste… (sûrement un coup du putain de docteur, là).

Mais cette vision d'un *Charlie* suspect est basée sur les déclarations *ex cathedra* de quelques écrivains pas gênés de ne pas avoir lu une ligne du journal. Vu qu'ils ne parlent pas français.

Vous seriez surpris de découvrir combien cette idée d'un *Charlie* raciste s'arrête au dessin de Taubira. Dans mon univers, il a été reproduit sans texte, hors contexte. Qui, d'après vous, aux États-Unis ou en Grande-Bretagne, connaît Taubira, ou Marine, ou *Minute* ? À peu près personne. Ils entendent parler d'un journal qui caricature les Noirs en singes, et hop ! *Charlie* est raciste.

En 1729, l'écrivain irlandais Jonathan Swift publiait sa *Modeste Proposition*. Il y propose une solution contre l'infortune économique des pauvres d'Irlande : qu'ils vendent leurs enfants aux riches comme nourriture. Rien ne saurait ridiculiser plus férocement les désinvoltes Anglais. Cette œuvre, dont l'influence ne s'est jamais démentie, est fondamentale, elle définit l'idée même de satire en langue anglaise.

Prendre le dessin de Taubira au premier degré reviendrait à dire que Swift est un mangeur de bébés psychopathe. Grrrrr.

C'est vrai, la bêtise, c'est mon truc. Mais j'avoue être pris de court quand il s'agit d'évaluer combien il faut être con pour qualifier sans ciller la moralité ou l'éthique d'un journal écrit dans une langue qu'on ne PEUT PAS lire.

Erreur ou mauvaise foi ? Il ne s'agit pas ici de gâcher les sous-titres de Woody Allen. Il ne s'agit pas d'incompétence linguistique. Il s'agit d'une absence de langage. Sans le moindre rudiment de français, comment raisonnablement commenter ?

Alors, vraiment, je vous demande pardon. Allez-y. Je vous donne six mois pour vous payer ma pomme. Mais après, dites, j'peux devenir français ? Allez, quoi… J'peux faire partie de la bande ? ■

2015
◀ *Charlie Hebdo*
n°1189
du 6 mai

2017
Charlie Hebdo ▶
n°1276
du 4 janvier

JEFFREY HERBST ET GENE P

« POURQUO PUBLIÉ LES D

Le Newseum, le musée de la Presse de Washington DC, présente au public l'histoire du journalisme américain et s'attache à défendre les libertés politiques. En 2016, les noms des membres de l'équipe de *Charlie* au mémorial des journalistes tués dans l'exercice de leur travail y ont été ajoutés. Rencontre avec Jeffrey Herbst et Gene Policinski, directeurs du Newseum et du Newseum Institute.

CHARLIE HEBDO : Pourquoi avoir créé un musée de la Presse ?

▸ **Jeffrey Herbst :** Le musée existe avant tout pour promouvoir les libertés du *First Amendment* de notre Constitution, dont la liberté d'expression et celle de la presse. Ces libertés sont consubstantielles à notre société démocratique, et les défendre constitue notre ambition première.

▸ **Gene Policinski :** Nous nous concentrons souvent sur la presse, mais notre vision inclut également les cinq libertés comprises dans ce *First Amendment* : libertés d'expression, de rassemblement, de religion, de la presse et de pétition. Je pense que les Américains, qui jouissent pleinement de ces libertés, n'y pensent pas souvent de manière immédiate. Nous existons pour les aider à comprendre comment ces libertés fonctionnent dans le monde contemporain.

Le 7 janvier, le Newseum a été le lieu d'un rassemblement de soutien à *Charlie*. Le musée prévoyait-il d'assumer ce rôle ?

G. P. : On savait que le Newseum pouvait devenir un point de rencontre pour ceux qui cherchent à défendre les libertés d'expression et de religion. Quand un musée est orné d'une table en pierre de vingt mètres de hauteur sur laquelle est inscrit le texte du *First Amendment*, les gens y voient un point de ralliement naturel et y convergent pour exprimer leur solidarité aux journalistes. Il y a eu deux manifestations : la première était complètement spontanée le jour des attentats, la seconde organisée quelques jours plus tard. Mais nous, directeurs, n'avions rien organisé. Nous nous sommes contentés d'encourager ces personnes à venir.

Qui sont-elles ? Quelles étaient leurs motivations ?

G. P. : C'était des personnes d'horizons divers, jeunes et âgées, avec ou sans rapport direct au journalisme. Elles sont venues exprimer leur tristesse et leur solidarité. Je pense aussi que les Américains se rendaient compte de l'impact qu'un acte terroriste, perpétré dans un pays, peut avoir sur les autres.

Les attentats à *Charlie* ont suscité un débat dans les médias mondiaux. Comment décririez-vous ce débat aux États-Unis ? Et quelle a été la contribution du Newseum ?

G. P. : Pour nous, l'essentiel était d'engager un débat d'envergure nationale sur les menaces pesant sur la presse libre, ce que nous avons fait dès les premiers jours. Un an après cette première initiative, nous avons organisé une conférence avec Reporters sans frontières et des experts qui avaient étudié l'impact de l'attaque sur le journalisme américain. Une question a retenu notre attention : pourquoi si peu de journaux américains avaient-ils publié les dessins de *Charlie* après les attentats ? Certains considéraient alors qu'une telle publication était la bonne réponse à apporter. D'autres s'y sont opposés, jugeant qu'elle allait à l'encontre de leur ligne éditoriale, opposée à la publication de contenus délibérément hostiles envers un groupe. D'autres y ont renoncé, craignant d'éventuelles représailles contre leurs équipes.

J. H. : L'attentat de *Charlie* a suscité un vrai débat dans la presse américaine, mais d'envergure assez limitée. Ce qui m'a toujours frappé chez vous, c'est les risques que vous courez en connaissance de cause, pour la liberté d'expression. En 2006, par exemple, l'équipe de *Charlie* savait pertinemment que la publication des caricatures de Mahomet compromettait sa sécurité, ce qui ne l'a pas empêchée d'y consacrer un numéro spécial. Je pense que les Américains partagent cet attachement indéfectible à la liberté d'expression. Les débats post-janvier 2015 l'ont bien montré. Mais lorsqu'il s'agit d'assumer pleinement ses décisions au point de compromettre sa sécu-

• Newseum (newseum.org) :
555 Pennsylvania Ave., N.W.,
Washington, DC 20001.

ICINSKI, DIRECTEURS DU MUSÉE DE LA PRESSE DE WASHINGTON

I PEU DE JOURNAUX AMÉRICAINS ONT-ILS SSINS DE "CHARLIE" APRÈS LES ATTENTATS ? »

rité, je pense que nous n'avons pas fait preuve du même courage.

Comment expliquez-vous cette différence ? Il est clair que nos deux pays ont des cultures journalistiques et des traditions satiriques très distinctes. Pourquoi n'y a-t-il pas de *Charlie Hebdo* aux États-Unis ?

J. H. : C'est une question très intéressante, qui m'a fait beaucoup réfléchir. Je crois tout simplement que vous avez en France un genre de satire « mordante » qui n'existe pas chez nous.

G. P. : Il y a des traditions juridiques différentes aussi. C'est précisément ce que l'on a vu en 2005-2006 avec « l'affaire Mahomet ». En France, comme au Danemark, des lois antiblasphème étaient autrefois intégrées au corpus juridique national. En plus du contenu des caricatures, il était nécessaire de dire « on peut dessiner ceci » pour empêcher le retour de telles normes juridiques. Les éditeurs américains n'ont pas ce problème, car il n'y a pas la même urgence, du moins, pas pour les dessins politiques. Nous avons, bien entendu, une tradition de dessins politiques, dont certains sont aussi mordants que ceux de *Charlie*, mais je suis d'accord avec Jeff : actuellement, dans le paysage journalistique américain, on voit très peu de dessins satiriques comparables aux vôtres.

> « Les directeurs de journaux invoquent une tradition de respect des minorités, mais il s'agit bien d'autocensure. »

J. H. : Il faut également évoquer le rôle de l'islam dans le contexte actuel. Il y a aux États-Unis des artistes qui produisent des œuvres très critiques vis-à-vis du christianisme ou du judaïsme. Les musées, en général, ont peu de réticences à les exposer. Mais on hésite, ou bien on a peur, à faire de même avec l'islam. Je pense que les attentats perpétrés en Europe ont contribué à nourrir ce sentiment de peur aux États-Unis.

G. P. : La réponse de l'Associated Press (AP) aux critiques suscitées par sa décision de ne pas republier les dessins de *Charlie* en fournit un bon exemple. Elle avait, bien avant, publié une œuvre controversée, le *Piss Christ*, d'Andres Serrano, représentant Jésus sur la Croix immergé dans un verre rempli d'urine. L'AP n'a pas publié vos dessins, conformément à sa politique éditoriale contre les œuvres ciblant ouvertement une religion, mais, lorsqu'on lui a rappelé cette contradiction, l'AP a répondu en retirant ses images du *Piss Christ*...

D'un point de vue français, on ne peut pas éviter de qualifier cela d'autocensure. L'idée du « politiquement correct » est devenue un slogan dans la politique américaine actuelle. Décrit-elle adéquatement l'attitude des Américains ?

J. H. : Le terme n'est pas très précis, mais je pense qu'il a un sens réel. Sur les campus universitaires américains, par exemple, les étudiants ont éprouvé une grande tristesse après les attentats de *Charlie*. Mais aucune université ne permettrait à ses étudiants de créer et de diffuser un journal comme *Charlie*.

G. P. : Les éditeurs américains ont décidé d'un commun accord d'écarter toute publication délibérément nuisible à un groupe de personnes. Autrefois, les journaux américains faisaient des reportages sur les accidents de voiture dans telle ou telle région. Avec la généralisation de la photographie en couleurs, on a jugé les photographies des accidents trop explicites. Il n'y a pas eu de décision officielle ou concertée du gouvernement et des associations professionnelles. Les éditeurs ont pris la décision de supprimer ces reportages que l'on ne trouve désormais presque plus. Si vous étudiez l'histoire de la presse américaine, vous trouverez beaucoup de décisions tacites de cette nature, conduisant à la suppression de ce que l'on aurait peut-être montré en d'autres circonstances. Aujourd'hui, l'islam est un sujet particulièrement sensible. Les gens invoquent cette tradition de respect des minorités, mais il s'agit bien d'autocensure.

Ces différences mises en lumière, les journalistes et satiristes américains ont-ils des choses à apprendre de leurs homologues français ? Pensez-vous vraiment qu'une approche à l'américaine aurait pu nous aider en France à éviter l'issue tragique qu'a connue *Charlie* ? Que peut-on apprendre de ces comparaisons internationales ?

G. P. : Si j'étais toujours éditeur, ma première question serait la suivante : quelle est la valeur

de telle ou telle image, de telle ou telle histoire, pour que le lecteur comprenne la situation ? Je ne publierai rien juste pour prouver que je peux le faire, et je ne pense pas non plus que beaucoup d'éditeurs américains raisonnent de cette manière. Mais s'il est un sujet, ou une image, qui doit être diffusé, j'espère que les journalistes auront le courage de faire leur travail. Nous entrons dans une période turbulente de la politique américaine. J'espère que les éditeurs ne céderont pas à la peur de déplaire à leurs lecteurs.

J. H. : Je doute que l'on puisse avoir un *Charlie Hebdo* aux États-Unis, parce qu'il n'y a pas de base de lecteurs qui pourrait le comprendre. Il faut le rappeler. Vos lecteurs ont grandi avec *Charlie*, dans une tradition satirique qui lui donne un sens. Les leçons qu'on peut en tirer ne sont pas facilement transposables au contexte américain. En même temps, je pense que si *Charlie Hebdo* devait s'accommoder aux sensibilités américaines, ce ne serait pas *Charlie*. On entre dans une période où il faudra protéger la liberté d'expression et celle de la presse avec plus de courage. Nos garanties constitutionnelles sont si fortes que nous avons relégué ces questions aux marges du débat public. Les événements actuels, internes ou extérieurs à la société américaine, nous imposent de penser ces libertés, et il sera crucial de ne pas céder à la tentation de l'autocensure.

Selon vous, quels dangers pèsent actuellement sur la liberté de la presse dans le climat politique actuel ? Pensez-vous aux menaces et insultes que Donald Trump a proférées à l'encontre des journalistes ?

J. H. : En fait, le plus grand danger, dont nous avons pour l'heure peu parlé, c'est l'effondrement du modèle financier du journalisme. Cette question est plus préoccupante encore, à mon sens, que la situation politique. Je crains qu'il n'y ait plus de modèle financier viable qui soutienne le journalisme de haute qualité. Ce n'est pas vraiment la liberté de la presse qui est en danger, mais bien la santé de la presse. C'est le premier enjeu. Le deuxième, moins grave à mon avis, est la polarisation de notre société, qui implique une polarisation de la presse. Internet permet à trop de gens de ne regarder que les publications avec lesquelles ils sont d'accord. Le troisième danger, c'est la tension entre la presse et le gouvernement. Bien sûr qu'avec Donald Trump on a beaucoup à craindre, mais il faut reconnaître que Barack Obama n'a pas été non plus un très bon ami des médias. En 2015, RSF a placé les États-Unis au 41e rang mondial des pays, classés selon leur respect pour la liberté de la presse. Ce classement est dû aux actions du gouvernement actuel, qui a mis des journalistes sur écoute, essayé de les mettre en prison et leur a bloqué l'accès aux informations publiques. Les huit dernières années n'ont pas été les meilleures pour la liberté de la presse, mais la situation peut encore se dégrader sous la présidence de Trump !

G. P. : La fragilité financière des journaux produit aussi sa propre forme d'autocensure, bien que les éditeurs n'utilisent pas ce terme. Dans le climat présent, il faut trouver l'audience la plus large possible. Par conséquent, on voit de moins en moins de reportages sur le fonctionnement des institutions, alors même qu'il s'agit là de l'une des tâches fondamentales d'une presse libre dans une société démocratique. J'ai peur que, pour garantir leur survie, les journaux doivent à l'avenir privilégier les histoires moins sérieuses, qui ne rendent pas compte des questions majeures. Si un journal simplifie à l'extrême ses reportages, le public commence à le considérer comme tel : trivial. C'est comme ça que les libertés constitutionnelles peuvent être menacées, car on ne dit rien quand un journal trivial est la cible de menaces.

Propos recueillis par Jacob Hamburger

CHARLIE TOUJOURS VIVANT

Encore sous le choc de l'attentat, les dessinateurs et les journalistes de *Charlie Hebdo* décident de continuer à publier leur journal coûte que coûte.

Bien décidé à tenir en échec les terroristes qui voulaient l'anéantir, *Charlie Hebdo* retrouve les kiosques le 14 février 2015, entamant sa lente reconstruction, malgré les difficultés innombrables et le traumatisme profond qui a frappé toute sa rédaction.

2018 *Charlie Hebdo* n°1328 du 3 janvier
2017 *Charlie Hebdo* n°1321 du 15 novembre ▶

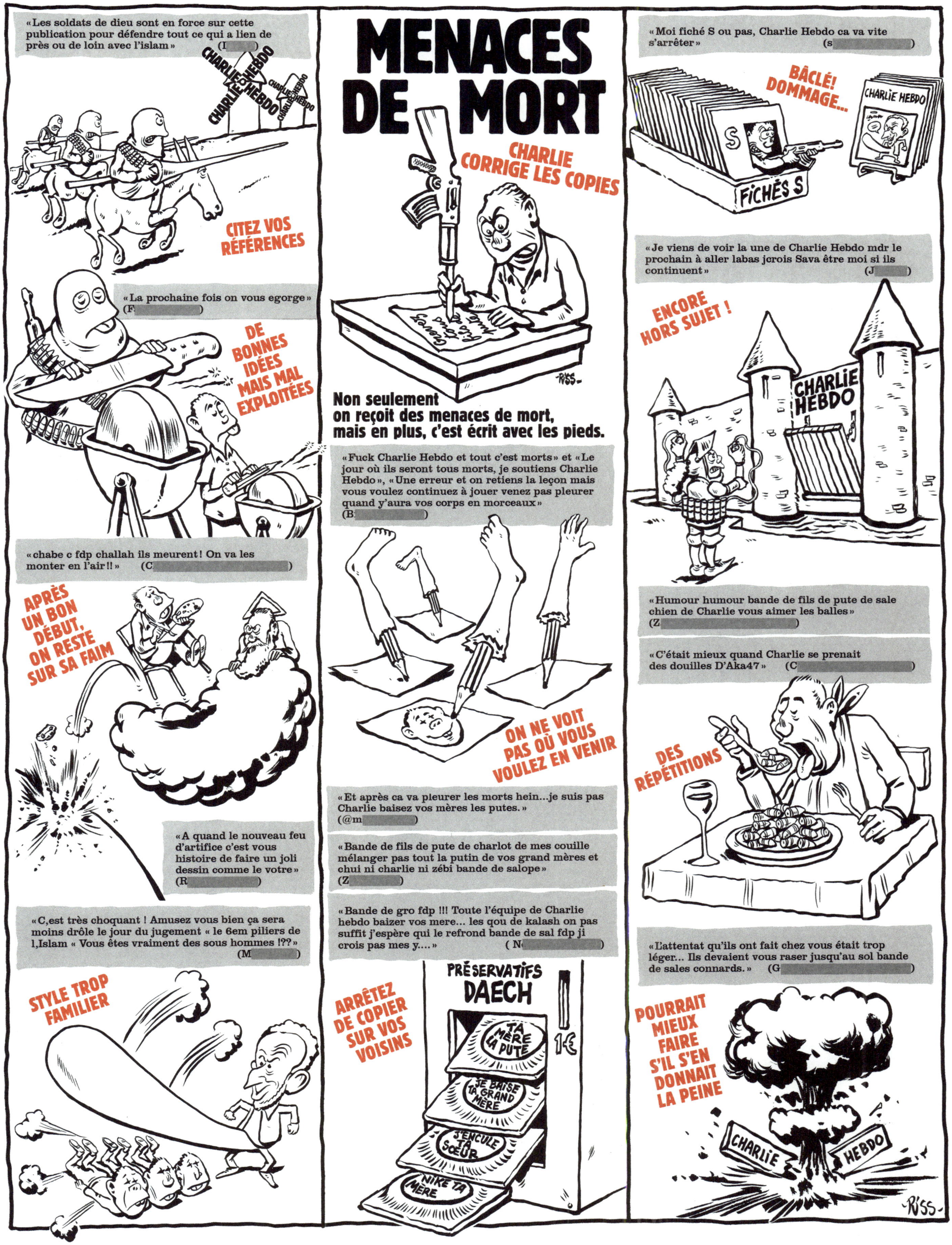
«Les soldats de dieu sont en force sur cette publication pour défendre tout ce qui a lien de près ou de loin avec l'islam» (I[redacted])
CHARLIE HEBDO
CHARLIE HEBDO
CHARLIE HEBDO
CITEZ VOS RÉFÉRENCES
«La prochaine fois on vous egorge» (F[redacted])
DE BONNES IDÉES MAIS MAL EXPLOITÉES
«chabe c fdp challah ils meurent! On va les monter en l'air!!» (C[redacted])
APRÈS UN BON DÉBUT, ON RESTE SUR SA FAIM
«A quand le nouveau feu d'artifice c'est vous histoire de faire un joli dessin comme le votre» (R[redacted])
«C,est très choquant ! Amusez vous bien ça sera moins drôle le jour du jugement « le 6em piliers de l,Islam « Vous êtes vraiment des sous hommes !??» (M[redacted])
STYLE TROP FAMILIER
MENACES DE MORT
CHARLIE CORRIGE LES COPIES
-RISS-
Non seulement on reçoit des menaces de mort, mais en plus, c'est écrit avec les pieds.
«Fuck Charlie Hebdo et tout c'est morts» et «Le jour où ils seront tous morts, je soutiens Charlie Hebdo», «Une erreur et on retiens la leçon mais vous voulez continuez à jouer venez pas pleurer quand y'aura vos corps en morceaux» (B[redacted])
ON NE VOIT PAS OÙ VOUS VOULEZ EN VENIR
«Et après ca va pleurer les morts hein...je suis pas Charlie baisez vos mères les putes.» (@m[redacted])
«Bande de fils de pute de charlot de mes couille mélanger pas tout la putin de vos grand mères et chui ni charlie ni zébi bande de salope» (Z[redacted])
«Bande de gro fdp !!! Toute l'équipe de Charlie hebdo baizer vos mere... les qou de kalash on pas suffit j'espère qui le refrond bande de sal fdp ji crois pas mes y....» (N[redacted])
ARRÊTEZ DE COPIER SUR VOS VOISINS
PRÉSERVATIFS DAECH
1€
TA MÈRE LA PUTE
JE BAISE TA GRAND MÈRE
J'ENCULE TA SOEUR
NIKE TA MÈRE
«Moi fiché S ou pas, Charlie Hebdo ca va vite s'arrêter» (s[redacted])
BÂCLÉ! DOMMAGE...
S
CHARLIE HEBDO
FICHÉS S
«Je viens de voir la une de Charlie Hebdo mdr le prochain à aller labas jcrois Sava être moi si ils continuent» (J[redacted])
ENCORE HORS SUJET !
CHARLIE HEBDO
«Humour humour bande de fils de pute de sale chien de Charlie vous aimer les balles» (Z[redacted])
«C'était mieux quand Charlie se prenait des douilles D'Aka47» (C[redacted])
DES RÉPÉTITIONS
«L'attentat qu'ils ont fait chez vous était trop léger... Ils devaient vous raser jusqu'au sol bande de sales connards.» (G[redacted])
POURRAIT MIEUX FAIRE S'IL S'EN DONNAIT LA PEINE
CHARLIE HEBDO
-RISS-

MENACES DE MORT CONTRE « CHARLIE »
MÊME PAS LES COUILLES DE VENIR À SON PROCÈS !

17 novembre 2017, 10e chambre du tribunal correctionnel de Paris : Faiçal Benmansour, un plombier de 37 ans domicilié en Seine-Saint-Denis, est appelé à répondre de menaces de mort et d'apologie d'actes de terrorisme sur la page Facebook de *Charlie Hebdo*, en juin 2016.

LES INFRACTIONS MENTIONNÉES DANS LA PROCÉDURE

Don Kurlyto :
« D grosses merde Charlie Hebdo , Aucun respect bande de trou du Q .. Venez pas pleurez si vs vs faites encore rafaler bande de merde & J'espère que sa va arrivé une 2è fois & en finir avec vs 1 bonne fois pr toute !!! Bande 2 sous mrde ke vs êtes !!! »
11 juin, 05:01

« Kan on respect pas les morts ou les religions... Wai c d grosses merdes .. & vivement kon les fumes 1 bonne fois pr toutes !!!!! »
11 juin, 14:27

DES EXTRAITS DU PV D'AUDITION DE FAIÇAL BENMANSOUR

QUESTION: Le surnom de DON KURLYTO évoque t-il quelque chose pour vous?
REPONSE: DON KURLYTO, c'est le nom de mon compte Facebook et c'est aussi un surnom que l'on m'a donné dans le passé; C'était lié à mon gout entre autre pour les Curly, les biscuits apéritifs.

QUESTION: Etes-vous bien l'utilisateur du compte DON KURLYTO dont je vous présente une capture d'écran du profil réalisée à l'occasion des constatations le 21/07/2016.
REPONSE: Oui, c'est bien mon compte et c'est moi qui l'utilise.

QUESTION: Je vous ai expliqué lors de votre arrivée le motif de votre convocation. Elle fait suite à deux messages adressés à CHARLIE HEBDO via Facebook à partir du compte DON KURLYTO le 11/06/2016 et je vous donne connaissance de ces messages. En avez-vous souvenir et quelles explications avez-vous à y donner?
REPONSE: J'en ai effectivement souvenir. J'étais abonné à la page CHARLIE HEBDO depuis l'attentat. avant, je ne connaissais pas du tout. c'est au moment de l'attentat que j'ai par curiosité été voir leur compte et j'avais même mis un "like" concernant leur page. Donc, suite aux faits dont ils ont été victimes, je consultais leur publication.

Un jour, lors de cette consultation sur leur compte, j'ai vu une image qui représentait un Imam avec le Coran dans les mains avec le corps et le coran criblé de balles. il y avait un commentaire qui disait en gros, le Coran c'est de la merde, ça n'arrête pas les balles.
J'avais aussi été choqué par une autre publication quelques temps auparavant représentant le petit garçon mort sur la plage, un petit Syrien naufragé, et l'image se moquait de cela, j'ai trouvé cela pas bien.

C'est donc pour cela que j'ai posté ces deux messages pour leur dire qu'ils avaient rien compris, qu'ils provoquaient, qu'ils fallaient arreter de se moquer comme cela de la religion. J'ai bien dit, quand vous vous faites taper sur les doigts après ce genre de publication, vous risquez ce qui vous est arrivé.

QUESTION: Que pensez-vous des faits dont CHARLIE HEBDO a été victime en novembre 2015?
REPONSE: CHARLIE HEBDO provoque les gens avec leurs publications mais en aucun cas cela doit justifier ce genre d'acte dont ils ont été victimes. Je ne suis bien sur pas d'accord avec cela. Il n'est pas du tout question pour moi de faire l'apologie de ce genre d'actes. J'ai d'ailleurs moi aussi participer à la marche pour CHARLIE et j'étais CHARLIE moi aussi.

Ce que je n'ai pas compris en voyant ces publications qui m'ont fait réagir, c'est que la France entière s'était mobilisée pour eux, pour les soutenir après ce qu'ils avaient subis et quelques temps plus tard, ils recommencent à provoquer les gens et notamment les musulmans par cette publication que j'ai décrite plus haut (l'Imam et son Coran transpercé par les balles).

QUESTION: Avez vous conscience qu'en disant ".. j'espère que ça va vous arriver une 2ème fois", vous faites l'apologie de ce genre d'acte dont ils ont été victime?
REPONSE: Je n'avais pas conscience de cela, je ne veux pas soutenir les terroristes. C'est sous le coup de la réaction que j'ai écrit et envoyé ce message.

Je me suis désabonné de leur page depuis cela car je ne cautionne pas le genre de publications qu'ils mettent. Ils provoquent les gens avec leurs articles.

C'est la première fois que je suis mis en cause pour ce genre de message.

QUESTION: Avez-vous souvenir où vous étiez quand vous avez écrit ces messages?
REPONSE: De chez moi, avec ma tablette.

QUESTION: Avez-vous conscience maintenant que l'on ne peut pas tout dire sur Internet?
REPONSE: Avant de venir vous voir, je ne me rendais pas compte que l'on pouvait être mis en cause pour des propos sur internet. J'avais le sentiment que l'on pouvait dire ce que l'on voulait, qu'il y avait une liberté de parole.
Maintenant, je réalise qu'on peut être mis en cause pour ces propos.

2017
Charlie Hebdo n°1322
du 22 novembre

BIENVENUE DANS LE LOFT « CHARLIE »

Gros coup de chaud dans le monde des médias. La semaine qui vient de s'écouler fut particulièrement brûlante pour ceux qui font profession d'informer. Pas uniquement en raison de la canicule, même si la teneur des reportages qui tournaient en boucle démontrait par l'exemple que les journalistes n'hésitent pas à mouiller la chemise et, accessoirement, que Jean-Pierre Pernaut a définitivement gagné la bataille de l'info — exemple parmi d'autres, mercredi 1er juillet au matin sur France Info, reportage dans un pressing au cours duquel le reporter fait un constat implacable de la situation — *« Ici, il fait déjà très chaud à l'intérieur »* — et ne recule devant aucune question embarrassante — *« et vous arrivez à faire des courants d'air? »* La Grèce et les sueurs plus ou moins froides qu'elle provoque ces derniers temps, tout comme l'affaire Bolloré/« Guignols », ont également quelque peu contribué à faire monter la température médiatique.

Mais, vu depuis notre petite rédaction, c'est incontestablement « l'anniversaire » — pour être plus précis, le demi-anniversaire, puisqu'il s'agit de « fêter » les six mois des attentats de janvier — qui a le plus enfiévré nos confrères. Pour être tout à fait honnête, on peut même dire que le thermomètre bout déjà depuis quelques semaines. Et il n'est guère redescendu depuis.

Tous les médias sont au taquet. Il y a ceux qui se concentrent sur le fond — pour aller vite, « l'esprit du 11 janvier », débat qui vaut ce qu'il vaut, mais qui a au moins le mérite de brasser quelques idées de-ci de-là. Il y a ceux qui préfèrent miser davantage sur le pathos — *« Alors, comment ça va? », « et l'ambiance, ça boume? »* —, mais qui le font avec un minimum de tact et d'empathie. Il y a aussi ceux qui le font machinalement, « professionnellement » dira-t-on, parce que ce n'est pas tous les jours qu'on découvre un nouveau marronnier sur lequel mouliner pour ne rien dire. Et puis il y a ceux qui ne rêvent que de planter des caméras et des micros dans la rédaction de *Charlie Hebdo* et d'y enregistrer une émission de télé-réalité. En continu, comme l'info qui porte le même nom et qui sent la même chose. Paradoxalement, la presse papier n'échappe pas au phénomène.

Qui a pété ?

Eux veulent à tout prix savoir ce qui se passe, vingt-quatre heures sur vingt-quatre et sept jours sur sept, dans le Loft: qui y est entré, qui l'a quitté, qui a pété dans la piscine qu'on a fait creuser sur la terrasse de *Libé*, qui couche avec qui et dans quelle position, à quel moment les familles des victimes vont passer dans le confessionnal, qui organise le trafic d'antidépresseurs, qui fait Steevie, qui fait Loana, est-ce qu'il y aura une deuxième saison? Au-delà du voyeurisme obscène — ce dont on ne les soupçonnera évidemment pas… —, sans doute se disent-ils qu'avec un peu de bol ça devrait attirer quelques annonceurs, avant le grand marasme estival qui réduit des deux tiers la pagination, avant le long défilé de la caravane publicitaire du Tour de France qui écrase implacablement la concurrence des autres plages horaires.

Cela donne, une fois imprimé ou mis en images, de curieux résultats, où l'on ne sait plus trop si l'on feuillette la version *hipster* de *Closer* ou si l'on a zappé sur Gossip Channel. Mais non. Nous lisons bien un honorable magazine aux éditoriaux qui portent l'éthique en étendard, nous sommes bien sur la télévision de service public. Mais nous sommes aussi au cœur de l'une des dernières péripéties de « Top Rédac Chef », l'émission qui fait vibrer la médiasphère. Une médiasphère irrémédiablement lancée à la poursuite impossible de l'instantanéité et de « l'info-tweet », qui semble désormais incapable de s'affranchir de la dictature de la vitesse, donc de l'à-peu-près, de la superficialité et du sensationnalisme, et qui confond toujours plus scoop et buzz. Mais qui n'aura pas toujours la canicule pour excuser les insolations qui la font délirer. ■

CHARLIE SUJET DE DÉBAT INTERDIT

Pendant qu'à Palmyre, Daech fait chauffer les moteurs de ses bulldozers pour raser les vestiges d'un patrimoine de l'humanité, en France, la culture est également menacée de tomber en poussière. À la différence qu'ici elle prend elle-même les devants. Après les expositions annulées et les pièces déprogrammées viennent aujourd'hui les débats censurés… Face à l'obscurantisme et à la violence totalitaire, la culture s'effrite de trouille et recule.

L'université est un lieu de savoir, et aussi, en principe, de débat. Mais, par ces temps de grande trouille, les principes ont tendance à se diluer, voire carrément à se dissoudre. Ainsi, la très honorable University of London Institute in Paris (ULIP) organise chaque année une conférence sur la bande dessinée et le roman graphique, dans ses locaux du 7e arrondissement parisien. Parmi la quarantaine de tables rondes prévues pour l'édition 2015, qui doit se tenir du 22 au 27 juin, deux sont consacrées à *Charlie Hebdo* et aux dessinateurs assassinés le 7 janvier. Deux malheureux petits débats qui épouvantent l'ULIP, l'International Bande Dessinée Society et le British Council, qui abrite les locaux de l'université, comme l'explique l'universitaire Jane Weston Vauclair, l'une des intervenantes : *« Nous avons reçu un courrier commun des organisateurs nous indiquant que pour des raisons de sécurité non explicitées, nous ne pouvions nous exprimer et étions donc sommés soit de changer notre intervention et la faire porter sur un autre sujet, soit de ne pas participer à la conférence. »*

Ce n'est pas la première fois qu'une université tente d'annuler un débat autour de *Charlie* et de la liberté d'expression. En avril dernier, la Queen's University de Belfast avait également voulu enterrer un colloque sur le sujet, avant de revenir sur sa décision devant la levée de boucliers de nombre d'universitaires. Mais, fidèle à sa réputation, l'Anglais tient bon. Le British Council est inflexible, au nom de la sécurité, notamment celle d'élèves qui auraient cours dans des salles mitoyennes du lieu de la conférence. Magnanime, et parce que le British Council est bien évidemment attaché au dialogue, à l'échange d'idées et à la liberté d'expression, il propose néanmoins aux participants de ces deux tables rondes à hauts risques d'aller faire leurs bêtises plus loin, ailleurs, à la cave, au grenier ou sur la Lune, comme ils préfèrent.

Messieurs les Anglais, tirez-vous les premiers.

Certes, le British Council est responsable de la sécurité des élèves qui ont cours dans ses locaux. Mais cette honorable institution culturelle a également la responsabilité de veiller à ce que lesdits élèves grandissent et vivent dans un monde riche en cultures variées et en débats féconds. Et anticiper les désirs de fanatiques obscurantistes qui ont pour seuls arguments la violence et la terreur n'est pas forcément le meilleur moyen d'y parvenir…

Gérard Biard

2015 *Charlie Hebdo* n°1193 du 3 juin
◀ **2015** *Charlie Hebdo* n°1198 du 8 juillet

CENSURE À LA SORBONNE

CHARB N'EST PLUS LÀ, MAI

NOTE D'INFORMATION

Aux sous-commissaires politiques du syndicat Solidaires Étudiant-e-s de Paris-7, qui ne connaissaient pas Charb, n'ont jamais vu ses dessins, n'ont jamais lu ses textes, mais qui exigent leur interdiction au sein de leur université.

Voici ce qu'était Charb et que vous ne serez jamais :

Charb était de gauche.

Charb était antifasciste. Il détestait tous les totalitarismes, y compris ceux qui étaient encensés par certains pans de sa famille politique.

Charb était antiraciste. Il considérait qu'un con est un con, quels que soient son origine ethnique, sa religion, son sexe ou sa classe sociale.

Charb croyait aux luttes sociales, pas aux guerres religieuses.

Charb était anticolonialiste, et un propalestinien acharné.

Charb savait écrire « connards » en arabe.

Charb admirait et connaissait cette culture « musulmane » dont vous ignorez tout, mais qui vous émoustille comme la danse du ventre émoustillait le colon.

Charb considérait les « musulmans » et les « musulmanes » comme des adultes émancipés et des citoyens à part entière. Il combattait autant la haine qu'on leur porte à l'extrême droite que la condescendance méprisante qu'on leur porte à l'extrême gauche.

Charb avait lu Orwell, et avait compris ce qu'il avait lu.

Charb avait lu Plenel, et avait compris ce qu'il avait lu.

Charb était drôle.

Gérard Biard

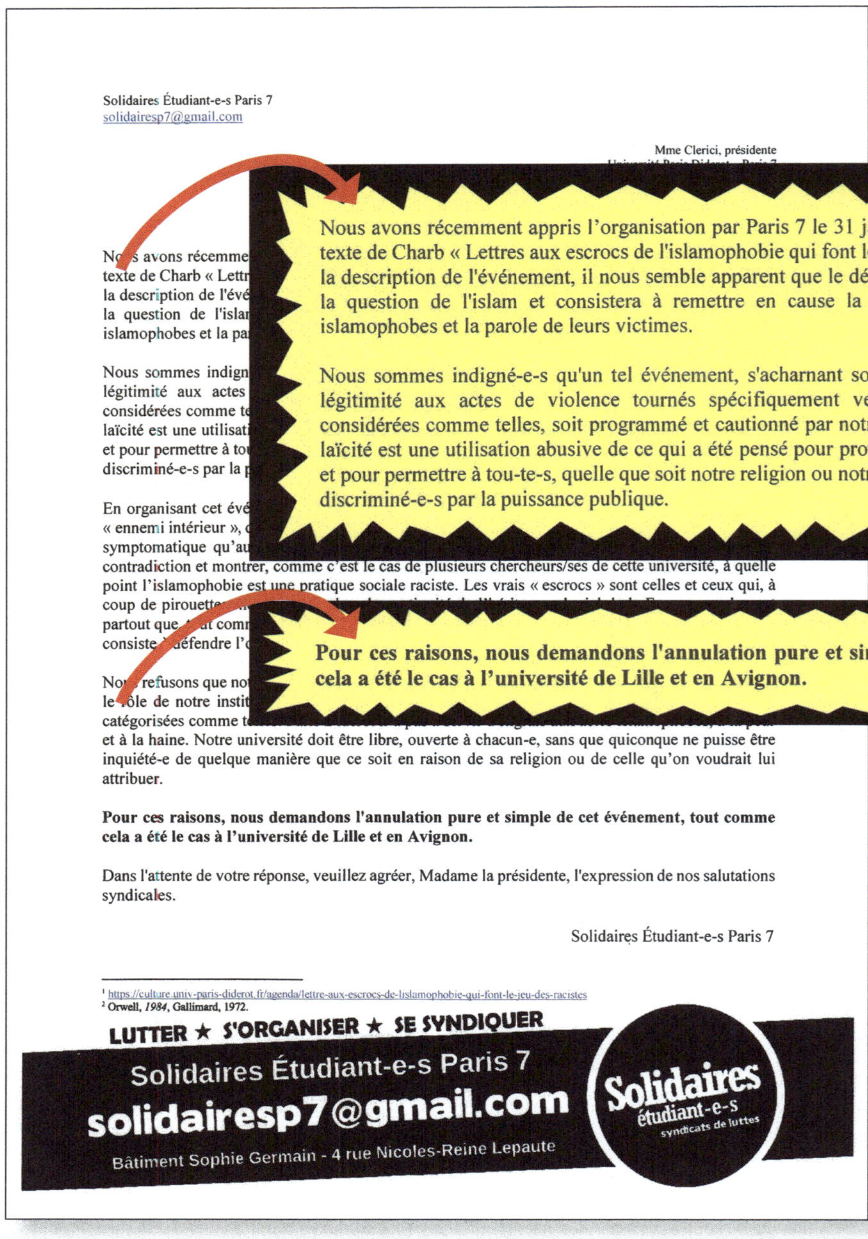

Solidaires Étudiant-e-s Paris 7
solidairesp7@gmail.com

Mme Clerici, présidente

Nous avons récemment appris l'organisation par Paris 7 le 31 janvier d'une lecture-débat autour du texte de Charb « Lettres aux escrocs de l'islamophobie qui font le jeu des racistes »[1]. Compte tenu de la description de l'événement, il nous semble apparent que le débat sera, une fois de plus, centré sur la question de l'islam et consistera à remettre en cause la lutte contre les violences racistes islamophobes et la parole de leurs victimes.

Nous sommes indigné-e-s qu'un tel événement, s'acharnant sous couvert de laïcité à trouver une légitimité aux actes de violence tournés spécifiquement vers les personnes musulmanes ou considérées comme telles, soit programmé et cautionné par notre université. Cette conception de la laïcité est une utilisation abusive de ce qui a été pensé pour protéger l'État de l'influence religieuse et pour permettre à tou-te-s, quelle que soit notre religion ou notre absence de religion, de ne pas être discriminé-e-s par la puissance publique.

En organisant cet év[…] « ennemi intérieur », […] symptomatique qu'au[…] contradiction et montrer, comme c'est le cas de plusieurs chercheurs/ses de cette université, à quelle point l'islamophobie est une pratique sociale raciste. Les vrais « escrocs » sont celles et ceux qui, à coup de pirouette[…] partout que […] consiste […]

Nous refusons que no[…] le rôle de notre instit[…] catégorisées comme t[…] et à la haine. Notre université doit être libre, ouverte à chacun-e, sans que quiconque ne puisse être inquiété-e de quelque manière que ce soit en raison de sa religion ou de celle qu'on voudrait lui attribuer.

Pour ces raisons, nous demandons l'annulation pure et simple de cet événement, tout comme cela a été le cas à l'université de Lille et en Avignon.

Dans l'attente de votre réponse, veuillez agréer, Madame la présidente, l'expression de nos salutations syndicales.

Solidaires Étudiant-e-s Paris 7

[1] https://culture.univ-paris-diderot.fr/agenda/lettre-aux-escrocs-de-lislamophobie-qui-font-le-jeu-des-racistes
[2] Orwell, *1984*, Gallimard, 1972.

LUTTER ★ S'ORGANISER ★ SE SYNDIQUER
Solidaires Étudiant-e-s Paris 7
solidairesp7@gmail.com
Bâtiment Sophie Germain - 4 rue Nicoles-Reine Lepaute
Solidaires étudiant-e-s syndicats de luttes

Pour ces raisons, nous demandons l'annulation pure et simple de cet événement, tout comme cela a été le cas à l'université de Lille et en Avignon.

Tract diffusé sur le campus de Paris-7 par les étudiants du syndicat Solidaires Étudiant-e-s pour demander l'interdiction de la pièce tirée du texte de Charb.

SES LIVRES SONT ENCORE DE TROP

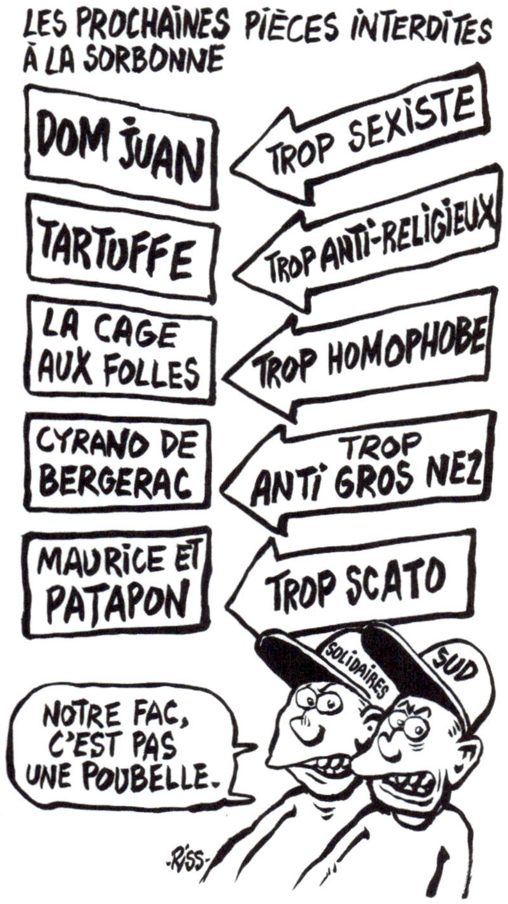

▸ **L'ÉDITO** PAR RISS

SOUS LES PAVÉS, LE NÉANT

Que reste-t-il de Mai-68 ? La pièce qui met en scène le texte de Charb intitulé *Lettre aux escrocs de l'islamophobie qui font le jeu des racistes* est une nouvelle fois la cible des censeurs. Une représentation prévue ce mercredi à la Sorbonne a provoqué la diffusion d'un tract qui réclame son interdiction pure et simple. D'où vient cette fronde ? D'un groupuscule d'extrême droite ? Non. D'islamistes fanatiques ? Pas davantage. Ce sont des étudiants réunis sous la bannière de Solidaires Étudiant-e-s qui sont à l'origine de cette requête abjecte. Au motif totalement malhonnête que ce texte serait *« raciste »*, ces étudiants bien comme il faut réclament qu'on empêche la lecture de ce texte.

En 2018, ce sont les étudiants qui censurent, interdisent, bâillonnent, comme le faisait la police de De Gaulle en mai 1968, avec pour objectif de réprimer et de faire évacuer de la Sorbonne les agitateurs comme Charb. Étranges étudiants qui, du haut de leur jeunesse, se croient autorisés à dire qui mérite d'entrer à la Sorbonne et qui ne le mérite pas, eux qui n'ont plus rien à étudier, plus rien à apprendre, puisqu'ils savent déjà tout.

Ce tract délirant affirme qu'*« un tel événement »* cherche *« à trouver une légitimité aux actes de violences tournés spécifiquement vers les personnes musulmanes »*. Mais de quoi parle-t-on ? Quels actes de violence et commis par qui ? Et quels liens existeraient avec les textes de Charb ? On nage en plein délire, en pleine propagande, en affirmant des choses sans aucun fondement et en accusant de vouloir entretenir la *« haine »*. Ce tract ne cherche pas à prévenir une hypothétique violence, il la suggère et la désire. Qu'est-il arrivé à l'antiracisme pour tomber si bas ?

Dans les années 1980-1990, les choses étaient simples. Combattre le Front national, c'était combattre le racisme et le fascisme en même temps. La lutte antifasciste était indissociable de la lutte antiraciste.

Les choses se sont compliquées ensuite. L'apparition de l'intégrisme religieux au sein de l'islam a fait exploser l'antiracisme. Car le fascisme islamiste était propagé par des personnes souvent issues de l'immigration. Certains militants antiracistes n'ont pas supporté une telle contradiction : comment être issu de l'immigration, originaire d'un pays anciennement colonisé, tout en étant simultanément un fasciste religieux ?

Qu'est-il arrivé à l'antiracisme pour tomber si bas ?

L'antiracisme a alors explosé en vol et n'en finit pas de se désagréger en mille morceaux, à l'image de ce tract honteux. Un choix a alors été fait : entre la lutte contre le racisme et la lutte contre le fascisme, certains ont laissé tomber l'antifascisme au profit de la lutte antiraciste. Par ce choix tragique, ils ont décidé de fermer les yeux sur le totalitarisme que l'islam radical diffuse.

Ce n'est pas la première fois que la gauche perd pied quand elle est confrontée à des phénomènes qui n'entrent pas dans ses grilles de lecture. Dans les années 1990, quand le Front national obtenait des succès électoraux de plus en plus importants, il a fallu du temps à une bonne partie de la gauche pour admettre l'impensable : ceux qui donnaient leur voix au Front national étaient d'anciens électeurs communistes ou socialistes. Comment un ouvrier, un électeur issu de la classe ouvrière, pouvait voter pour Jean-Marie Le Pen après l'avoir fait pour Georges Marchais ou François Mitterrand ? Comment quelqu'un issu de la classe ouvrière pouvait être en même temps un raciste xénophobe et même fasciste ?

Il en est de même aujourd'hui avec certains citoyens français issus de l'immigration, ayant été victimes du racisme et du postcolonialisme. Une poignée de militants de gauche qui se disent antiracistes refusent d'admettre que ces personnes puissent être aussi, parfois, des fascistes religieux.

Pour ces étudiants qui se croient antiracistes, les propos de Charb n'entrent pas dans le logiciel binaire qu'ils ont dans la tête. Les textes de Charb les confrontent à une complexité, à une réalité qu'ils ne supportent pas. Alors la solution la plus simple est de le faire taire. Demander l'interdiction de la lecture des textes de Charb est une insulte à la mémoire d'un homme qui a payé de sa vie le courage de dire une réalité qu'ils fuient lâchement. C'est aussi le symptôme d'une gauche en perdition, qui, entre l'antiracisme et l'antifascisme, a fait le choix catastrophique de mettre en opposition ces deux causes pourtant aussi vitales l'une que l'autre.

Charlie Hebdo a toujours combattu et continuera de combattre le racisme ET le totalitarisme en même temps.

Le clivage n'est pas entre les musulmans et les non-musulmans. Il n'est pas entre les religieux et les non-religieux. Il n'est pas entre les Français issus de l'immigration et les Français qui ne sont pas issus de l'immigration. Le seul clivage fondamental est celui entre les défenseurs de la liberté et les défenseurs du totalitarisme. Entre ceux qui défendent la démocratie et ceux qui veulent la détruire. Ce clivage ne se soucie pas des origines. Qu'importe d'où on vient tant qu'on défend la liberté et la démocratie. Mais qu'importe aussi d'où on vient quand on propage le totalitarisme et l'intégrisme : ils devront être combattus sans états d'âme, quelles que soient leurs origines. Parce que les origines des gens, on s'en fout. La seule chose qui compte, ce n'est pas d'où on vient mais vers où on veut aller ensemble. Il n'y a que de cette manière qu'on pourra réconcilier l'antiracisme avec l'antifascisme. ▪

À L'ATTENTION DE MONSIEUR
L'HOMME QUI N'ÉTAIT AU COU

Ainsi qu'on commence à savoir, vous êtes en colère, car votre moustache a été caricaturée par ce grossier journal qu'est *Charlie*. Dans l'ordre, votre riposte graduée a été celle-ci : vous draper d'abord dans les mots de Romain Rolland – *« Ils peuvent me haïr, ils ne parviendront pas à m'apprendre la haine »* ; vous comparer au résistant Manouchian et à ses camarades de l'Affiche rouge assassinés par les nazis ; enfin, juger que l'attaque contre votre pilosité entrait dans le cadre d'une *« campagne générale de guerre aux musulmans »*. Mazette, vous vous hissez donc à la hauteur d'un Prix Nobel de littérature, d'un héros des FTP-MOI, mais aussi des 1,7 milliard de musulmans estimés dans le monde. Non, ce n'est pas encore le moment de rire.

ROMAIN ROLLAND, « SOLEIL DE LA CULTURE HUMAINE »

Non, ne rions pas, car vous vivez un drame : décidément, on vous cache tout. Voyons le cas Romain Rolland, votre excellent professeur de morale. Le grand personnage a été dans les années 30 du siècle passé le président de l'Association des amis de l'URSS, principal outil de désinformation créé par l'appareil stalinien pour camoufler la réalité de la dictature. Pardi ! l'association était officiellement « neutre » et « indépendante ».

Votre Romain Rolland est au Grand-Théâtre de Moscou le 25 juin 1935, où le NKVD lui a réservé la loge du tsar, après en avoir expulsé le corps diplomatique. Rolland : *« On me fait un accueil incroyable. »* Des agents et des bureaucrates du parti interrompent la représentation par des ovations et des cris d'amour préenregistrés. Arosev, le bureaucrate stalinien qui suit Rolland pas à pas, le présente comme *« le soleil de la culture humaine contemporaine »*. En cette année 1935, l'Ukraine ne se remet toujours pas de la famine qui a exterminé sur place entre 2,5 et 5 millions d'habitants entre 1932 et 1933. Fut-ce en partie intentionnel ? Nul ne sait bien encore, mais la responsabilité stalinienne – la collectivisation des terres, la lutte contre les koulaks – est totale. *Holodomor*, ce mot forgé en ukrainien pour dire l'extermination par la faim, conduit à de très nombreux cas de cannibalisme dans le temps que l'URSS exporte 3,3 millions de tonnes de céréales. Cela, on le sait en temps réel, pas cinquante ans plus tard.

Autre événement, quelques mois avant la visite de Rolland au paradis. Le 1er décembre 1934, un chef stalinien, Sergueï Kirov, est assassiné, probablement sur ordre de Staline. L'affaire Kirov sera le vrai début des procès de Moscou et des grandes purges qui culmineront en 1936. Mais Rolland, qui est reçu en grande pompe par Staline, ne trouve à dire qu'une chose : *« Je me sens redevable de votre pays. Et, comme des milliers de gens en Occident, je suis reconnaissant à votre pays d'avoir répondu à tous les espoirs que nous avions placés en vous et que vous réalisez avec une telle puissance. »*

L'AMI ROLLAT ET LA DIALECTIQUE

Nous sommes bien certains, monsieur Plenel, que vous ignoriez cela, sinon, auriez-vous choisi une crapule aussi manifeste ? On vous l'aura caché, comme c'est triste. Mais à y bien réfléchir, est-ce l'exception, ou plutôt la règle de votre vie ? Sans discussion, la nouvelle formule du journal *Le Monde* en 1995 et le succès qui a suivi, c'est vous. Dans la foulée, en 1996, vous devenez le directeur de la rédaction, vous appuyant sur votre vieux complice Alain Rollat, qui « tient » habilement la section CGT du journal. Encore un ingrat, ce Rollat : n'a-t-il pas raconté par le menu vos savantes manœuvres de prise du pouvoir, tout en propulsant Jean-Marie Colombani à la tête de l'entreprise ? N'a-t-il déclaré même : *« Plenel est expert en dialectique. Mis en accusation, il accuse à son tour. Mais il porte sa riposte sur le terrain où il est le plus à l'aise, celui de la réflexion affective, pas sur le terrain où il est attaqué, celui des faits objectifs »* ? Dites, vous ne seriez pas en train de nous offrir un remake ?

> « Vous n'avez pas honte de comparer le journal libre d'un pays démocratique à une horde fasciste ? »

Au *Monde*, vous y seriez peut-être encore si le livre de Péan et Cohen *La Face cachée du Monde* ne vous avait chassé du journal en 2005. Vous aviez eu le temps de licencier Daniel Schneidermann, ce journaliste qui ne croyait pas vos rocambolesques explications, mais votre grand œuvre personnel était depuis beau temps réalisé. C'est en effet sous votre règne avisé et moral que *Le Monde*, jusqu'ici SARL et indépendant de l'industrie, se change fin 1994 en société anonyme (SA) à directoire et conseil de surveillance, dont Alain Minc devient le président. L'un de ses membres s'appelle Jean-Louis Beffa, l'un des parrains du capitalisme français – il dirige alors Saint-Gobain –, et grand fabricant d'amiante. À cet instant, Saint-Gobain fait partie du Comité permanent amiante (CPA) et mène dans ce cadre une entreprise de désinformation pour continuer à vendre son poison, qui ne sera interdit qu'en 1997. Comme on vous l'avait une nouvelle fois dissimulé, vous l'aurez également caché à vos centaines de milliers de lecteurs. Trop bête.

L'ARRIVÉE DES MISSILES DANS LE GRAND JOURNAL

Beffa au conseil de surveillance, donc, et bientôt Lagardère, l'homme de Matra, des armes de guerre et des missiles, au capital du *Monde Interactif*, joyau de l'entreprise. Il devient bientôt normal et naturel qu'une entreprise capitaliste possède le principal quotidien français, et qu'Alain Minc y joue les premiers rôles. Comment, vous ne saviez pas non plus ? Mais votre ancien ami et allié Alain Minc était et demeure un soutien enthousiaste de la mondialisation, cette épopée qui écrase les peuples et les écosystèmes. Si, juré. Mais il est vrai que vous revendiquez un « trotskisme culturel » dont on croit comprendre qu'il vaut papillonnage : une fois par ici, une autre par là.

Ainsi, en 2006, vous vous faites aider par votre nouveau camarade Dominique de Villepin – alors Premier ministre de droite – pour tenter de vous emparer de *Libération* et menez en même temps un distrayant livre de dialogue avec... François Hollande soi-même, *Devoirs de vérité*. Un joli coup de pouce à ce bon copain, qui lui permet de clamer haut et fort : *« Ne traitons pas les idées et les engagements qui les accompagnent, les partis et les groupes qui leur donnent naissance comme quantité négligeable. »*

Mais quel dommage que vous n'ayez une énième fois rien su ! Vous auriez pu, au lieu de vanter les si nombreux mérites du futur président, raconter sa vie de bureaucrate-en-chef du parti, son indifférence pour tout ce qui n'est pas la politique la plus corpusculaire, son soutien de trente ans à ce que vous dénoncez aujourd'hui sous le nom de libéralisme, l'absence radicale du mot écologie dans sa vision du monde. Et ainsi aider l'opinion à mieux considérer sa candidature en 2012, évitant à la France – qui sait ? – cinq ans de ridicule.

MEDIAPART, ATELIER DE RECYCLAGE DE L'OCI

Avec la création de Mediapart en 2008, la vérité en marche allait balayer tous ces mauvais souvenirs. Vous créez cet admirable site d'information en compagnie de deux anciens membres de premier plan de la défunte Organisation communiste internationaliste (OCI), Gérard Desportes et Laurent Mauduit. Ce ne sont évidemment pas des criminels, mais leur organisation de jadis, peut-être bien que oui. Sauf erreur que nous rectifierons volontiers, ni l'un ni l'autre n'auront écrit publiquement sur la part d'ombre si pesante que contient cette histoire. Or il y a là matière à d'extraordinaires enquêtes à la façon de Mediapart. Car l'OCI de Jospin et de Mélenchon est probablement, avec le parti communiste stalinien d'antan, l'une des pires sectes politiques du siècle passé en France.

Au programme des belles années : la violence physique la plus massive, l'utilisation des jeunes militantes pour attirer des adhérents – ce qu'on appelle aussi le *fishing* – et bien sûr un machisme de combat, le culte du chef suprême – Lambert –, l'usage d'urnes magiques dans les élections universitaires, les procès de Moscou à Paris – l'affaire Varga en 1972 –, sans compter l'existence de prodigieux et ténébreux personnages comme Alexandre Hébert. Ce dernier, chef clandestin de l'OCI, aura dirigé l'essentiel de sa vie une fictionnelle tendance « anarcho-syndicaliste » dans le syndicat Force ouvrière, indéfectible soutien de toutes les directions du syndicat depuis sa création en 1948 grâce à l'argent américain.

Ce pourrait paraître anecdotique, mais l'influence de ce courant si étrange dans FO aura marqué soixante ans d'histoire sociale française. Qui assistait à l'enterrement de Pierre Lambert, *capo dei capi* de la secte, le 25 janvier 2008 ? Le vieux Bergeron, mais aussi Marc Blondel, patron

EDWY PLENEL,
RANT DE RIEN

de FO de 1989 à 2004, mais encore Jean-Claude Mailly, actuel boss. Il aurait été grandiose, monsieur Plenel, que vous envoyiez vos limiers sur la piste de ce considérable mystère, mais à nouveau, *damned*, vous n'aviez pas idée.

QUAND ON AIME, ON NE COMPTE PAS LES MORTS

Encore deux petites bricoles qui ne sauraient égratigner votre impeccable panoplie de justicier moustachu. D'abord, cette excellente initiative que vous avez prise en offrant une tribune télévisée à Alain Badiou. Précisons que, entre 2014 et 2015, Mediapart a abrité l'émission *Contre-Courant*, coprésentée par Aude Lancelin et Alain Badiou.

Ce dernier aurait certainement séduit votre professeur de morale Romain Rolland, car à le lire, à le suivre, les dizaines de millions de morts de la dictature communiste chinoise n'existent pas. Citation : « *Le dénombrement des morts* [des héroïques temps maoïstes, ndlr] *est le degré zéro de l'analyse politique.* » La Révolution culturelle de 1966, sommet indépassable de la manipulation de masse, «*porte l'avenir, qui est ce à partir de quoi doivent se formuler les principes de la nouvelle séquence du communisme* ». Et oublions la glorification des Khmers rouges, qui n'ont jamais tué que le quart de la population cambodgienne, salués par Badiou comme de nobles «*révolutionnaires* ».

Monsieur Plenel, mettez-vous à notre place. Si nous ne savions pas comme on vous tient mal informé, que ne pourrait-on penser ? Que vous avez ouvert votre porte si farouchement démocrate à un militant de la cause totalitaire ? Et que cela n'est pas grave, alors qu'un dessin rigolo qui ne vise que vous, au devant d'un journal, est un acte « *de guerre aux musulmans* », ainsi que vous avez eu la lucidité de le déclarer ?

Les musulmans, nous y voilà. Vous n'êtes pas du genre à trop démontrer, et c'est bien normal. Comme le moindre de votre pas est dans le chemin du Bien, il vous suffit d'énoncer. Critiquer une religion comme fait social, ainsi que l'ont fait des générations de penseurs critiques avec le christianisme, c'était parfait pour vous il y a quarante ans. Et vous bénissiez naturellement dans votre jeunesse perdue toute la tradition du défunt mouvement ouvrier juif, qu'il ait été socialiste, bundiste, communiste et même sioniste, frontalement opposé à la bigoterie du judaïsme. Mais plus maintenant, oh non !

LES LARMES ARTIFICIELLES DU 22 JANVIER 2015

Attaquer un islam où le rôle des femmes, pour ne prendre que cet exemple, est d'être contraintes et soumises, c'est mal. Pis, c'est raciste. Tous les Arabes sont musulmans bien sûr – allez donc à la rencontre des Coptes, des Chaldéens, des Assyriens, des maronites, allez donc passer un quart d'heure avec des Palestiniens chrétiens –, et critiquer l'islam, c'est vouloir la discrimination, l'ostracisation des opprimés, en attendant mieux et pis. *Charlie*, journal des aboyeurs et demain des tueurs ? N'avez-vous d'ailleurs pas écrit *Pour les musulmans* sur le modèle explicite de *Pour les juifs*, du grand Zola ? Tout cela est assez cohérent, puisque *Charlie*, par la grâce de vos tweets, se voit rapproché de la soldatesque hitlérienne.

Le 7 janvier 2015, nous avons été sauvagement attaqués, tirés comme des lapins, et bien des nôtres sont morts, qui vous auraient sauté à la gorge pour répondre à l'insulte. Monsieur Plenel, on ne vous la fait décidément pas. Le 22 janvier 2015, alors que l'odeur de la poudre est encore dans l'air du 10 de la rue Nicolas-Appert, Paris, vous êtes à la télé. Pour dire à votre inimitable manière de pharisien que non, décidément, vous ne sauriez être Charlie, car «*la haine ne peut pas avoir l'excuse de l'humour* ».

Plus fort encore, car vous êtes l'homme des records, vous parvenez, en ces jours de deuil intense, à amalgamer *Charlie*, notre *Charlie* universaliste et antiraciste de toujours, et la détestable figure d'Éric Zemmour. Ô grand homme que vous êtes !

Monsieur Edwy Plenel, comment conclure cette adresse ? C'est difficile, soyez-en certain. Mais ce n'est plus à vous que nous parlons, mais à ceux qui vous écoutent et qui vous croient pourtant. Franchement, vous n'avez pas honte d'insulter aussi gravement les héros vrais du combat antinazi de 1944 ? Vous n'avez pas honte de comparer le journal libre d'un pays démocratique à une horde fasciste ? Vous n'avez pas honte de convoquer à votre secours incertain des géants, quand vous n'êtes ridiculement que vous-même ? Nous, en tout cas, nous avons honte de vous. Au nom de la liberté pour tous, pensant à ceux que ne gênent toujours pas vos effarantes palinodies.

Fabrice Nicolino, avec la rédaction

2017
Charlie Hebdo ▶
n°1320 du
8 novembre

2017
◀ *Charlie Hebdo*
n°1321 du
15 novembre

▸ **L'ÉDITO** PAR RISS

JAMAIS

Que dire de plus sur la polémique autour de la dernière couverture de *Charlie Hebdo*, après avoir lu, sous la plume de Fabrice Nicolino, la trajectoire édifiante du célèbre directeur de Mediapart ? Plus grand-chose. Cependant, nous nous permettrons d'ajouter une dernière remarque.

Il est une phrase prononcée par Edwy Plenel qui mérite attention : « *La "une" de* Charlie Hebdo *fait partie d'une campagne générale de guerre aux musulmans*[1]. »

On peut passer l'éponge sur beaucoup de choses, et penser que parfois les passions font dire des choses excessives et caricaturales. Il est certainement arrivé aussi à *Charlie* de céder à cette tentation de forcer le trait. Il en est ainsi du débat public et des polémiques tel qu'ils ont cours dans une démocratie.

Mais cette phrase, « *La "une" de* Charlie Hebdo *fait partie d'une campagne générale de guerre aux musulmans* », nous ne l'oublierons jamais.

D'abord parce que *Charlie Hebdo* n'a nulle envie de faire la guerre à quiconque. Ensuite parce que *Charlie Hebdo*, tout en affirmant son athéisme et son attachement à la laïcité, respecte le droit de chacun de croire et de pratiquer sa religion dans le cadre défini par la République. Il n'y a aucune guerre à mener contre ceux qui respectent ces règles élémentaires.

Charlie Hebdo n'a nulle envie de faire la guerre à quiconque

Mais dans le logiciel Plenel, critique et satire sont métamorphosées en actes de guerre. En un instant, Plenel, le Rouletabille de l'investigation, range sa carte de presse derrière laquelle il se cachait, et brandit celle d'un procureur qui envoie à l'échafaud les ennemis du peuple.

Cette phrase, « *La "une" de* Charlie Hebdo *fait partie d'une campagne générale de guerre aux musulmans* », nous ne la pardonnerons jamais.

Car en la prononçant, Plenel condamne à mort une deuxième fois *Charlie Hebdo*. Cette phrase n'est plus une opinion, c'est un appel au meurtre. Mais un appel plus distingué que ceux que nous recevons sur les réseaux sociaux, rédigés par des gens au QI de poisson rouge. Cette phrase, qui désigne *Charlie Hebdo* comme un agresseur supposé des musulmans, adoube ceux qui demain voudront finir le boulot des frères Kouachi. Cette phrase, qui parle de notre journal satirique comme d'une arme de guerre, acquitte déjà ceux qui nous tueront demain.

Le « Oui mais » d'Edwy Plenel, quinze jours après la tuerie du 7 janvier, n'était pas une maladresse. C'était un message en direction de ceux qui avaient besoin de légitimer le massacre de nos amis. La phrase « *La "une" de* Charlie Hebdo *fait partie d'une campagne générale de guerre aux musulmans* » de novembre 2017 est la conclusion du « Oui mais » de janvier 2015.

Indiquer aux djihadistes leurs futures victimes ne relève pas de la liberté d'expression. Si demain on nous liquide tous, si demain nous ne sommes plus là, espérons qu'il subsistera quelques courageux qui demanderont justice contre ceux qui nous auront frappés, mais aussi contre les esprits qui les auront armés. ■

1. Edwy Plenel, mercredi 8 novembre sur France Info.

2017 *Charlie Hebdo* n°1321
du 15 novembre

2018
Charlie Hebdo n°1328
du 3 janvier

CHARLIE HEBDO
LA VIE DE CHÂTEAU

FABRICATION
COMME IL FAIT UN PEU FRAIS, JE VOUS TRICOTE DES COTTES DE MAILLE À COL ROULÉ
TA GUEULE !
DAME MARTINE FÉE DU LOGIS
SALLE DE CORRECTION DES LETTRES D'INSULTES ET DE MENACES DE MORT
« BANDE D'ENCULERR » ÇA PREND 2 R ?
ÇA DÉPEND SI T'ES TRÈS ÉNERVÉ
LATRINES
HÉ ! VOUS AVEZ LAISSÉ UNE FAUTE ! PAS QUESTION QUE JE M'ESSUIE LE CUL AVEC CE TORCHON !
DAME MARIKA GÉRANT LE PERSONNEL
SALLE D'ACCUEIL CHALEUREUX
BONJOUR ! J'AI RENDEZ-VOUS AVEC LA RÉDACTION ET…
ET À POIL !
PANIC ROOM AVEC DE QUOI TENIR UN SIÈGE
PEPITO PAQUET FAMILIAL
evian
PARFAIT ! SI ÇA CONTINUE COMME ÇA, ON VA FAIRE DES ÉCONOMIES SUR LES POINTS RETRAITE
DAME CHEVALIER COCO MOTIVANT LA TROUPE
RÉSERVE D'OFFICIERS DE SÉCURITÉ
ÇA SENT LA POUDRE OU QUELQU'UN A PÉTÉ ?
ENTRÉE SECRÈTE OFFICIELLE
TRAYNER PAS TROP CI-DEVANT OU IL VA VOUS ARRIVER DES ENNUYS
FOSSE D'AYSANCES ET D'INITIATION
DU NERF, PETIT CHOU ! SI TU VEUX FOUTRE LA MERDE, IL FAUT D'ABORD SAVOIR LA RAMASSER !
JEUNE CHEVALIER FÉLIX, PAS POLI DU TOUT
ALLEZ VOUS FAIRE ENCULER BANDE D'ENCULÉS

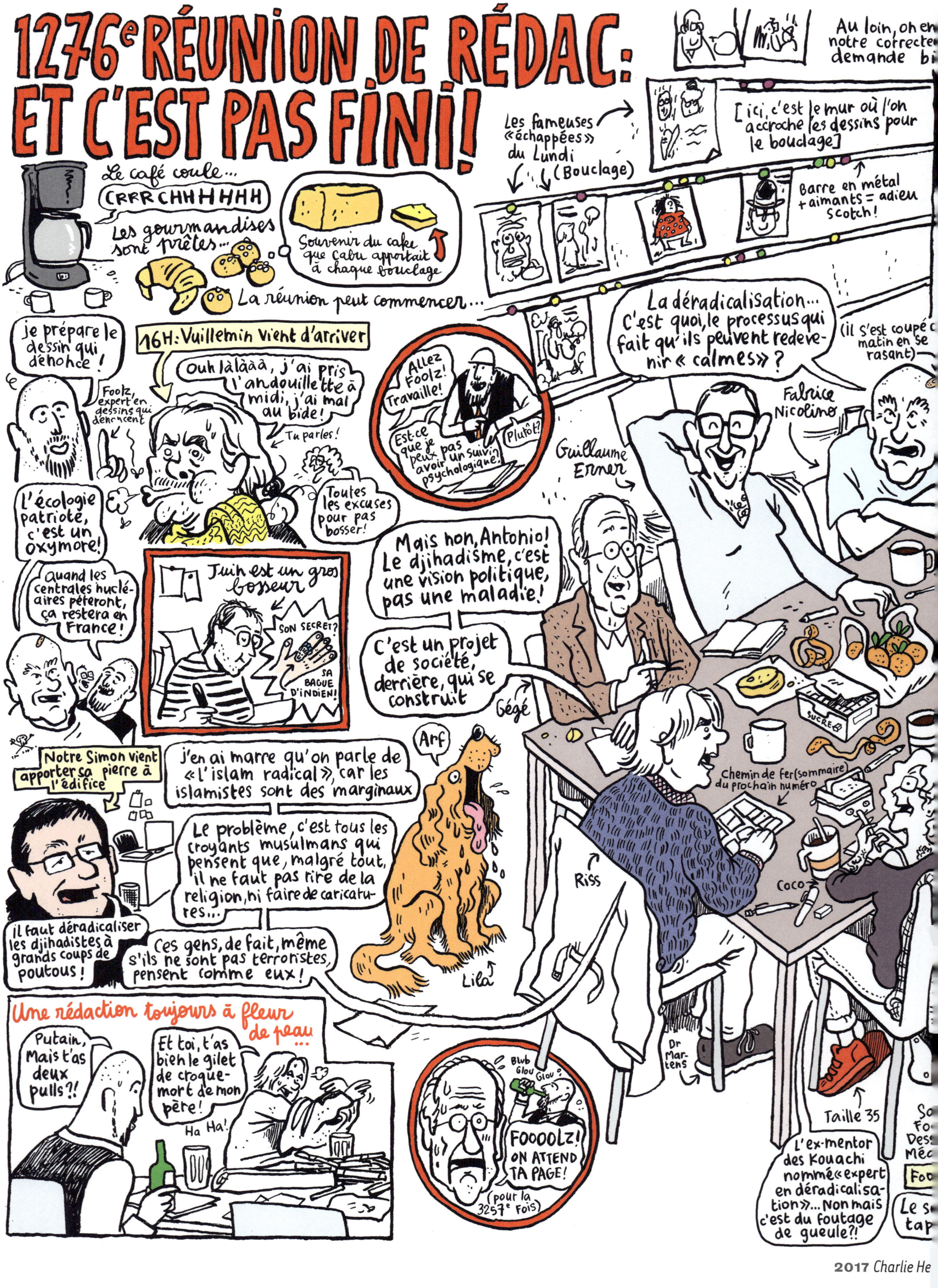
1276e RÉUNION DE RÉDAC : ET C'EST PAS FINI !
Au loin, on en… notre correcte… demande bi…
Les fameuses « échappées » du Lundi (Bouclage)
[ici, c'est le mur où l'on accroche les dessins pour le bouclage]
Barre en métal + aimants = adieu scotch !
Le café coule…
CRRRCHHHHHH
Les gourmandises sont prêtes…
Souvenir du cake que Cabu apportait à chaque bouclage
La réunion peut commencer…
Je prépare le dessin qui dénonce !
Foolz, expert en dessins qui dénoncent
16H : Vuillemin vient d'arriver
Ouh lalàaa, j'ai pris l'andouillette à midi, j'ai mal au bide !
Tu parles !
Toutes les excuses pour pas bosser !
Allez Foolz ! Travaille !
Est-ce que je peux pas avoir un suivi psychologique ?
Plutôt ?
La déradicalisation… C'est quoi, le processus qui fait qu'ils peuvent redevenir « calmes » ?
(il s'est coupé c… matin en se rasant)
Fabrice Nicolino
Guillaume Erner
L'écologie patriote, c'est un oxymore !
Quand les centrales nucléaires péteront, ça restera en France !
Juin est un gros bosseur
SON SECRET ? SA BAGUE D'INDIEN !
Mais non, Antonio ! Le djihadisme, c'est une vision politique, pas une maladie !
C'est un projet de société, derrière, qui se construit
Gégé
Notre Simon vient apporter sa pierre à l'édifice
J'en ai marre qu'on parle de « l'islam radical », car les islamistes sont des marginaux
Le problème, c'est tous les croyants musulmans qui pensent que, malgré tout, il ne faut pas rire de la religion, ni faire de caricatures…
Il faut déradicaliser les djihadistes à grands coups de poutous !
Ces gens, de fait, même s'ils ne sont pas terroristes, pensent comme eux !
Arf
Lila
SUCRE
Chemin de fer (sommaire) du prochain numéro
Riss
Coco
Une rédaction toujours à fleur de peau…
Putain, mais t'as deux pulls ?!
Et toi, t'as bien le gilet de croque-mort de mon père !
Ha Ha !
Blub Glou Glou
FOOOOLZ ! ON ATTEND TA PAGE !
(pour la 3257e fois)
Dr Martens
Taille 35
L'ex-mentor des Kouachi nommé « expert en déradicalisation »… Non mais c'est du foutage de gueule ?!
So… Fo… Dess… Méd…
Le s… tap…

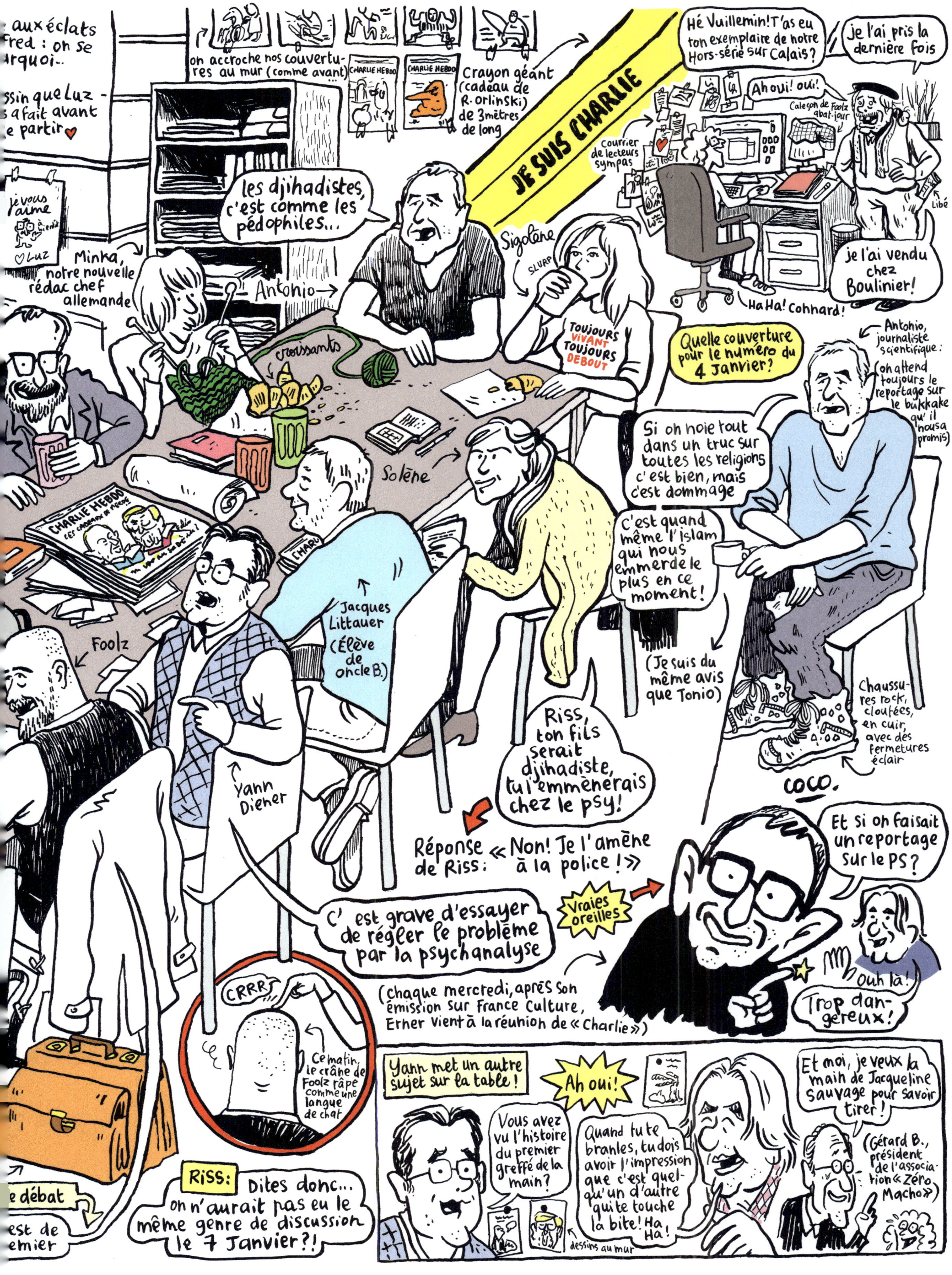
aux éclats
Fred : on se
urquoi..
ssin que Luz -
s a fait avant
e partir
on accroche nos couvertures au mur (comme avant)
CHARLIE HEBDO
CHARLIE HEBDO
Crayon géant (cadeau de R. Orlinski) de 3 mètres de long
JE SUIS CHARLIE
Hé Vuillemin! T'as eu ton exemplaire de notre Hors-série sur Calais?
Je l'ai pris la dernière fois
Ah oui! oui!
Caleçon de Foolz abat-jour
Courrier de lecteurs sympas
Libé
je l'ai vendu chez Boulinier!
Ha Ha! Connard!
je vous aime
♡ Luz
les djihadistes, c'est comme les pédophiles...
Sigolène
SLURP
TOUJOURS VIVANT TOUJOURS DEBOUT
Minka, notre nouvelle rédac chef allemande
Antonio
croissants
Quelle couverture pour le numéro du 4 Janvier?
Antonio, journaliste scientifique : (on attend toujours le reportage sur le bukkake qu'il nous a promis)
Si on noie tout dans un truc sur toutes les religions c'est bien, mais c'est dommage
Solène
CHARLIE HEBDO
C'est quand même l'islam qui nous emmerde le plus en ce moment!
Jacques Littauer (Élève de oncle B.)
Foolz
(Je suis du même avis que Tonio)
Chaussures rock, cloutées, en cuir, avec des fermetures éclair
Riss, ton fils serait djihadiste, tu l'emmènerais chez le psy!
Yann Diener
COCO.
Et si on faisait un reportage sur le PS?
Réponse de Riss: « Non! Je l'amène à la police! »
Vraies oreilles
C'est grave d'essayer de régler le problème par la psychanalyse
(chaque mercredi, après son émission sur France Culture, Erner vient à la réunion de « Charlie »)
Ouh là!
Trop dangereux!
CRRR
Ce matin, le crâne de Foolz râpe comme une langue de chat
Yann met un autre sujet sur la table!
Ah oui!
Vous avez vu l'histoire du premier greffé de la main?
Quand tu te branles, tu dois avoir l'impression que c'est quelqu'un d'autre qui te touche la bite! Ha Ha!
Et moi, je veux la main de Jacqueline Sauvage pour savoir tirer!
(Gérard B., président de l'association « Zéro Macho »)
dessins au mur
e débat
est de
emier
RISS: Dites donc... on n'aurait pas eu le même genre de discussion le 7 Janvier?!

L'éditeur remercie
l'intégralité des ayants droit, dessinateurs,
journalistes et chroniqueurs qui ont
accepté la reproduction de ces archives,
afin de permettre la création de cet ouvrage
inédit sur l'histoire de *Charlie Hebdo*
et de ses collaborateurs.

Crédits

© Agathe André : p.47, 258, 274, 275 © Agence Euro-RSCG Stockholm : p.169 © Albert Dubout : p.183 © Angélique Kourounis : p.312-313 © Anne Kerloc'h : p.56, 105, 192 © Aurélie Mengin : p.38 © Antonio Fischetti : p.84, 91, 195, 245, 252, 309 © Bernar : p.58-59, 113, 138, 160, 163, 166, 248, 258, 259 © Bernard Maris : p.48, 71, 100-101, 153, 166, 224, 245 © Biche : p.52, 178, 179, 214, 215 © Caroline Fourest : p.256, 268, 273 © Catherine Meurisse : p.57, 252, 257, 260, 266-267, 272, 284, 285, 295, 296, 297, 300, 308-309 © Cavanna : p.10-11, 14, 19, 28-29, 40, 90, 94-95, 128, 160, 200, 201, 217, 218-219, 220, 226, 228, 244, 247, 259, 261, 264-265 © Charb : p.43, 46, 47, 48, 50-51, 54, 55, 56, 57, 65, 66-67, 71, 82, 84, 87, 91, 101, 105, 106-107, 108, 109, 112, 114, 115, 117, 122, 124, 126, 134, 136, 144, 145, 148, 155, 156, 157, 158, 161, 162, 163, 167, 169, 174, 177, 181, 189, 190-191, 203, 206, 207, 208, 224, 226, 229, 231, 232, 239, 245, 249, 250, 251, 253, 254, 256, 257, 262, 263, 266, 269, 270, 273, 278, 279, 280, 281, 282, 284, 286, 287, 288, 289, 290, 292, 293, 314, 315, 320 © Coco : p.48, 52, 185, 211, 215, 284, 286, 296, 297, 300, 301, 303, 304, 305, 306, 313, 319, 323, 326-327, 4ème de couverture © Cosmopolitan : p.104 © Dan Alexe : p.210 © DR : p.8, 12, 15, 28-29, 40, 56, 57, 142-143, 187, 188, 200, 202, 207, 208, 209, 210, 211, 212, 213, 236, 240, 244, 262, 263, 272, 288 ; *Toxico, Sida & co* © Editions Isoète/OREP-www.orepeditions.com : p.36 © Elle : p.96 © Fabrice Nicolino : p.322-323 © Fadela Amara : p.263 © Faujour : p.309 © Félix : p.53, 210, 212, 213, 302 © Fiammetta Venner : p.245, 252, 254, 273 © Foolz : p.53, 120-121, 146, 211, 212, 213, 287, 289, 295, 302, 304, 305, 319, 320, 321, 322-323 © France-Soir : p.95 © Frédéric Pajak : p.184 © Gébé : p.6, 9, 23, 25, 26, 27, 30, 31, 32, 33, 60, 65, 70, 75, 79, 85, 92, 100, 101, 102, 112, 114, 123, 129, 132, 155, 161, 193, 204-205, 238 © Gene Policinski : p.314-315 © Gérard Biard : p.38, 42-43, 44-45, 53, 57, 104, 162, 167, 169, 178, 212, 224, 292-293, 310-311, 319, 320 ; *Pervers pépère* © Gotlib/Fluide Glacial : p.34 © Guillaume Erner : p.65, 304 © Guillaume Lecointre : p.82 © Hamé : p.47 © Honoré : p.41, 69, 78, 112, 118, 177, 236, 239, 245, 246, 249, 256, 257, 280, 281, 293, 294 © Jacob Hamburger : p.314-315 © Jean-Patrick Manchette : p.22 © Jean-Yves Camus : p.279 © Jeffrey Herbst : p.314-315 © Journal de la Corse : p.204 © Juin : p.145, 169, 211, 213, 318, 321 © Jul : p.49, 83, 104, 154, 239, 257, 280, 287, 295 © Jyllands-Posten : p.242-243 © Kamagurka : p.55, 113 © Kamel Yahiaoui : p.263 © L'Écho de la Presse : p.15 © L'Est-Éclair : p.14 © L'Évènement : p.114 © La Croix : p.15 © Le Courrier Cauchois : p.14 © Le Journal des psychologues : p.104 © Le Matin : p.54, 201 © Le Monde : p.66 © Le Nouvel Observateur : p.66, 82, 114 © Le Point : p.104 © Le professeur Choron : p.188-189 © Libération : p.67, 106, 114, 148 © Luz : p.35, 36, 41, 44-45, 46, 50-51, 58-59, 63, 64, 67, 70, 78, 106-107, 112, 116, 118, 132, 136, 138, 142-143, 174, 175, 177, 180, 196, 198, 208, 209, 228, 232, 246, 249, 250, 253, 256, 257, 262, 272, 273, 276, 277, 278, 279, 280, 281, 284, 285, 287, 289, 291, 296, 297, 299, 300, 301, 304, 305, 319 © Marianne : p.104 © Marie Claire : p.104 © Marine Chanel : p.47 © Marie Darrieussecq : p.37, 308 © Max : p.104, 105 © Men's Health : p.104, 105 © M Magazine : p.105 © Mohamed Pascal Hilout : p.262 © Mougey : p.238 © Nicoulaud : p.22 © Oliviero Toscani : p.40 © Paris Match : p.106-107, 119 © Pascal Gros : p.304-305 © Patrick Font : p.223 © Philippe Lançon : p.69, 102-103, 246, 255, 300, 305 © Philippe Val : p.58-59, 62-63, 70, 116, 140, 154, 157, 176, 192, 197-198, 203, 222, 224, 225, 229, 237, 238-239, 243, 263, 269, 271, 275 © Philippe Rouyer : p.42-43 © Pierre Péan : p.62-63 © Reiser : p.13, 24, 37, 93, 99, 159-160 © Richard Malka : p.52, 275 © Riss : p.37, 50-51, 64, 66, 72-73, 74-75, 79, 80-81, 83, 87, 107, 112, 113, 114, 115, 118, 119, 122, 134, 140, 145, 146, 150, 156, 170-171, 172, 174, 179, 194, 195, 202, 203, 206, 208, 211, 212, 213, 214, 215, 229, 232, 245, 246-247, 249, 253, 257, 260, 266, 268, 269, 271, 272, 274, 280, 281, 284, 285, 287, 288, 289, 295, 298, 302, 304, 305, 307, 308, 310-311, 312-313, 314, 316, 317, 321, 323 ; *My Troubles With Women* © Robert Crumb, 1989 : p.35 © Robert McLiam Wilson : p.314 © Schvartz : p.234, 245, 287, 297 © Sciences Humaines : p.104 © Seuil : p.304 © Stéphane Bou : p.49, 62-63, 104 © Sylvie Caster : p.22, 188-189 © Sylvie Coma : p.229 © Tardi : p.149 © Taslima Nasreen : p.306 © Technikart : p.104 © Tewfik Allal : p.242 © The New York Times : p.178 © Tignous : p.36, 50, 106, 129, 177, 196-197, 208, 233, 235, 239, 249, 263, 268, 271, 273, 283, 292, 293, 294 © V. Cabut : p.20-21, 23, 47, 61, 62-63, 64, 70, 75, 76-77, 78, 82, 83, 86, 88-89, 90, 91, 95, 99, 103, 113, 118, 125, 126, 127, 128, 130, 131, 132, 133, 135, 139, 141, 144, 145, 146, 147, 151, 152, 153, 155, 156, 164-165, 168, 183, 186, 187, 199, 208, 223, 227, 229, 230, 238, 241, 245, 249, 251, 255, 260, 262, 264-265, 268, 273, 292, 293, 294 © Vérités : p.104 © Vital : p.104 © Vuillemin : p.184, 211, 324-325 © Willem : p.19, 39, 55, 98, 113, 136, 137, 297 © Wolinski : p.16, 17, 18, 26, 42-43, 61, 68, 96, 97, 105, 110, 111, 112-113, 126, 135, 173, 182, 200, 201, 216, 217, 221, 228, 229, 232, 239, 243, 247, 248, 254, 282, 293, 294 © Xavier Pasquini : p.65 © Yann Diener : p.184 © Yves Boisset : p.44-45 © 20 ans : p.104

Direction éditoriale : Riss
Maquette intérieure : Harold Peiffer
Chef de fabrication : Philippe Alfonsi
Correction : Olivier Godefroy

BP 50311 • 75625 Paris Cedex 13

Dépôt légal : octobre 2020
N° d'édition 110 • ISBN : 978-2-35766-174-5

Imprimé en Italie par L.E.G.O
N° d'impression : 1